CZAS ŻNIW

THE BONE SEASON

SAMANTHA SHANNON

Tłumaczenie
Regina Kołek

Kraków 2022

The Bone Season

Redakcja i korekta – Joanna Mika, Kamil Misiek, Marta Pustuła
Opracowanie typograficzne i skład – Joanna Pelc
Okładka – Rafał Tyński, Paweł Szczepanik / BookOne.pl

Drogi Czytelniku,
niniejsza książka jest owocem pracy m.in. autora, zespołu redakcyjnego i grafików. Prosimy, abyś uszanował ich zaangażowanie, wysiłek i czas. Nie udostępniaj jej innym, również w postaci e-booka, a cytując fragmenty, nie zmieniaj ich treści. Podawaj źródło ich pochodzenia oraz, w wypadku książek obcych, także nazwisko tłumacza.
Dziękujemy!
Ekipa Wydawnictwa SQN

Wydanie IV, Kraków 2022
ISBN: 9788382109481

641

Wydawnictwo SQN pragnie podziękować wszystkim, którzy wnieśli swój czas, energię i zaangażowanie w przygotowanie niniejszej książki:
PRODUKCJA: Kamil Misiek, Joanna Pelc, Joanna Mika, Dagmara Kolasa, Grzegorz Krzymianowski, Natalia Patorska
DESIGN I GRAFIKA: Paweł Szczepanik, Marcin Karaś, Agnieszka Jednaka, Julia Siuda
PROMOCJA: Piotr Stokłosa, Łukasz Szreniawa, Aleksandra Parzyszek, Paulina Gawęda, Piotr Jankowski, Barbara Chęcińska
SPRZEDAŻ: Tomasz Nowiński, Patrycja Talaga
E-COMMERCE: Tomasz Wójcik, Szymon Hagno, Marta Tabiś, Marcin Mendelski
ADMINISTRACJA: Klaudia Sater, Monika Kuzko, Małgorzata Pokrywka
FINANSE: Karolina Żak, Honorata Nicpoń
ZARZĄD: Przemysław Romański, Łukasz Kuśnierz, Michał Rędziak

www.wsqn.pl
www.sqnstore.pl
www.labotiga.pl

CZAS ŻNIW

THE BONE SEASON

WYDAWNICTWO
SINE QUA NON

Książka zaprojektowana i wydrukowana w Polsce

Śniącym

Oprócz tej ziemi i oprócz rasy ludzkiej
istnieje świat niewidzialny
i królestwo duchów. Ten świat nas otacza,
gdyż jest wszędzie.*

Charlotte Brontë

* Charlotte Brontë, *Dziwne losy Jane Eyre*, tłum. Teresa Świderska, Państwowy Instytut Wydawniczy, Warszawa 1976, tom I, str. 85 (wszystkie przypisy pochodzą od tłumaczki).

SIEDEM KATEGORII JASNOWIDZENIA

Według *O wartościach odmienności*

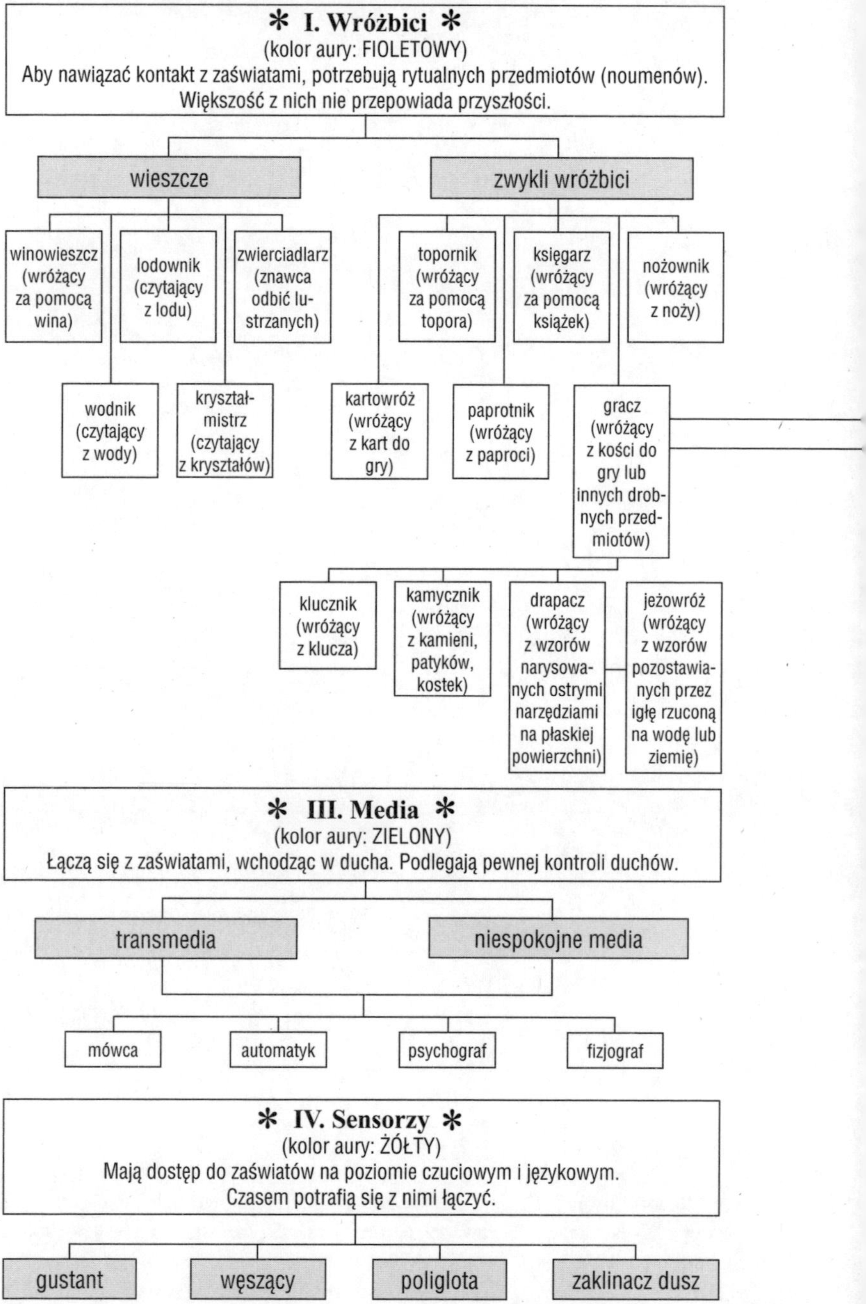

* II. Augurzy *

(kolor aury: NIEBIESKI)

Aby połączyć się z zaświatami, używają materii organicznej albo żywiołów. Większość z nich przewiduje przyszłość.

- **nikczemni augurzy**
- **zwykli augurzy**

- bebesznik (wróżący z wnętrzności zwierzęcych)
- kościej (wróżący z kości, głównie z łopatek)
- augur wampirzy (wróżący z krwi)
- papracz (czytający z wydzielin)
- papilarnik (czytający z dłoni)
- ocznik (czytający z oczu)
- ofiarnik (czytający z ludzkiej ofiary)

- różdżkarz (czytający za pomocą różdżki)
- ogniomistrz (czytający z ognia)
- słony kryształmistrz (czytający z soli)
- resztkarz (czytający z fusów lub osadów po winie)
- zielennik (wróżący z roślin)
  - kwietmistrz (czytający z płatków kwiatów)
  - figarz (czytający z liści figowych)
  - leśnik (czytający z drzew)
  - laurnik (czytający z liści laurowych spalanych w ogniu)
- pasterz (wróżący z zachowania zwierząt)
- popielnik (czytający z popiołu)
- dymnik (czytający z dymu)
  - kadzielnik (czytający z dymu ofiarnego, głównie kadzidlanego)

* V. Stróże *

(kolor aury: POMARAŃCZOWY)

Posiadają wyższy niż przeciętny stopień kontroli nad duchami i potrafią pokonywać typowe duchowo-przestrzenne ograniczenia.

- spoiwo
- przywołujący
- nekromanta
- egzorcysta

* VI. Narwańcy *

(kolor aury: CZERWONO-POMARAŃCZOWY)

Gdy łączą się z zaświatami, zazwyczaj dzięki sennemu krajobrazowi, podlegają wewnętrznym zmianom.

- nieczytelny
- sybilla
- berserk

* VII. Skoczki *

(kolor aury: CZERWONY)

Potrafią wpływać na senny krajobraz poza własnymi fizycznymi ograniczeniami. Obdarzeni ponadprzeciętną wrażliwością na zaświaty.

- śniący wędrowiec
- wyrocznia

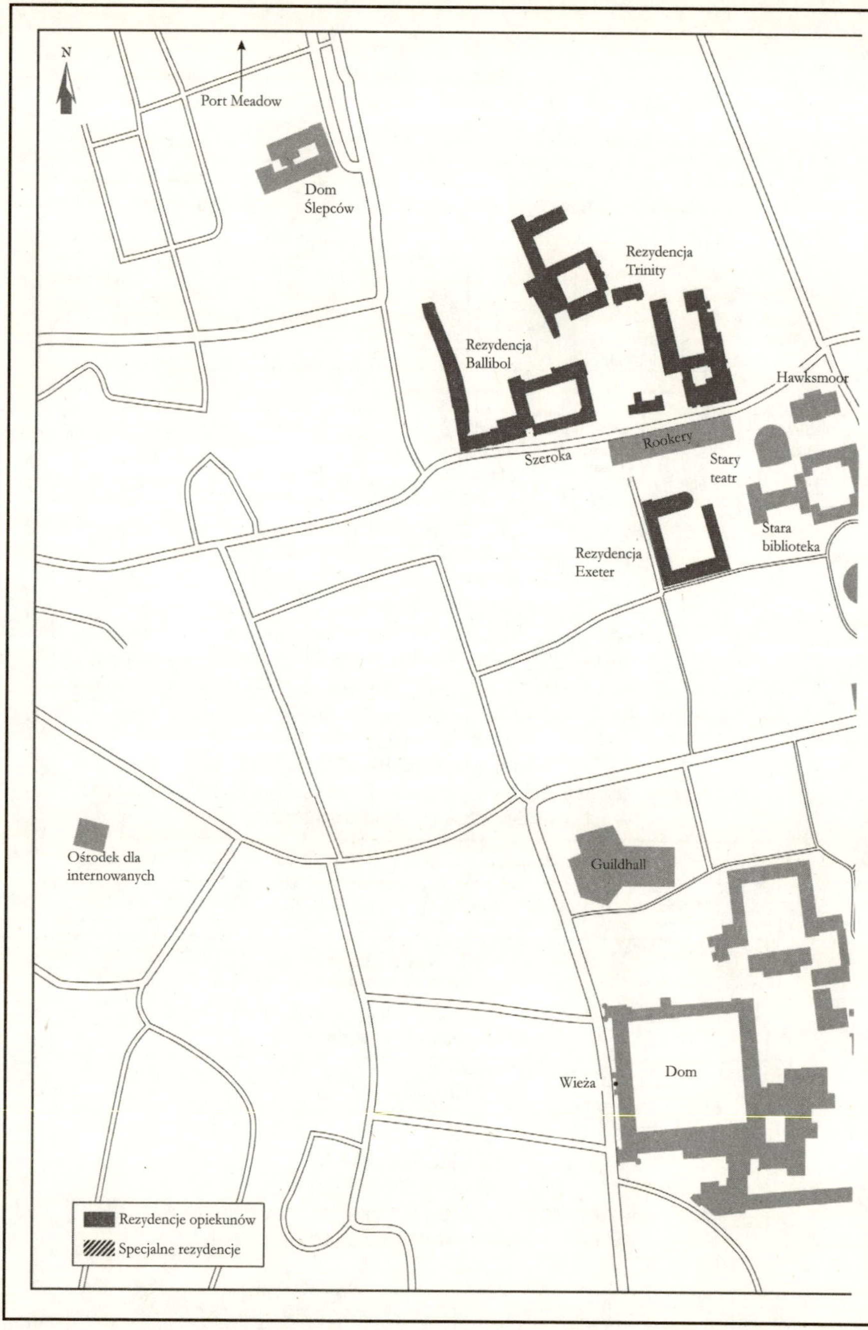

N
Port Meadow
Dom
Ślepców
Rezydencja
Trinity
Rezydencja
Ballibol
Hawksmoor
Rookery
Szeroka
Stary
teatr
Stara
biblioteka
Rezydencja
Exeter
Ośrodek dla
internowanych
Guildhall
Wieża
Dom
Rezydencje opiekunów
Specjalne rezydencje

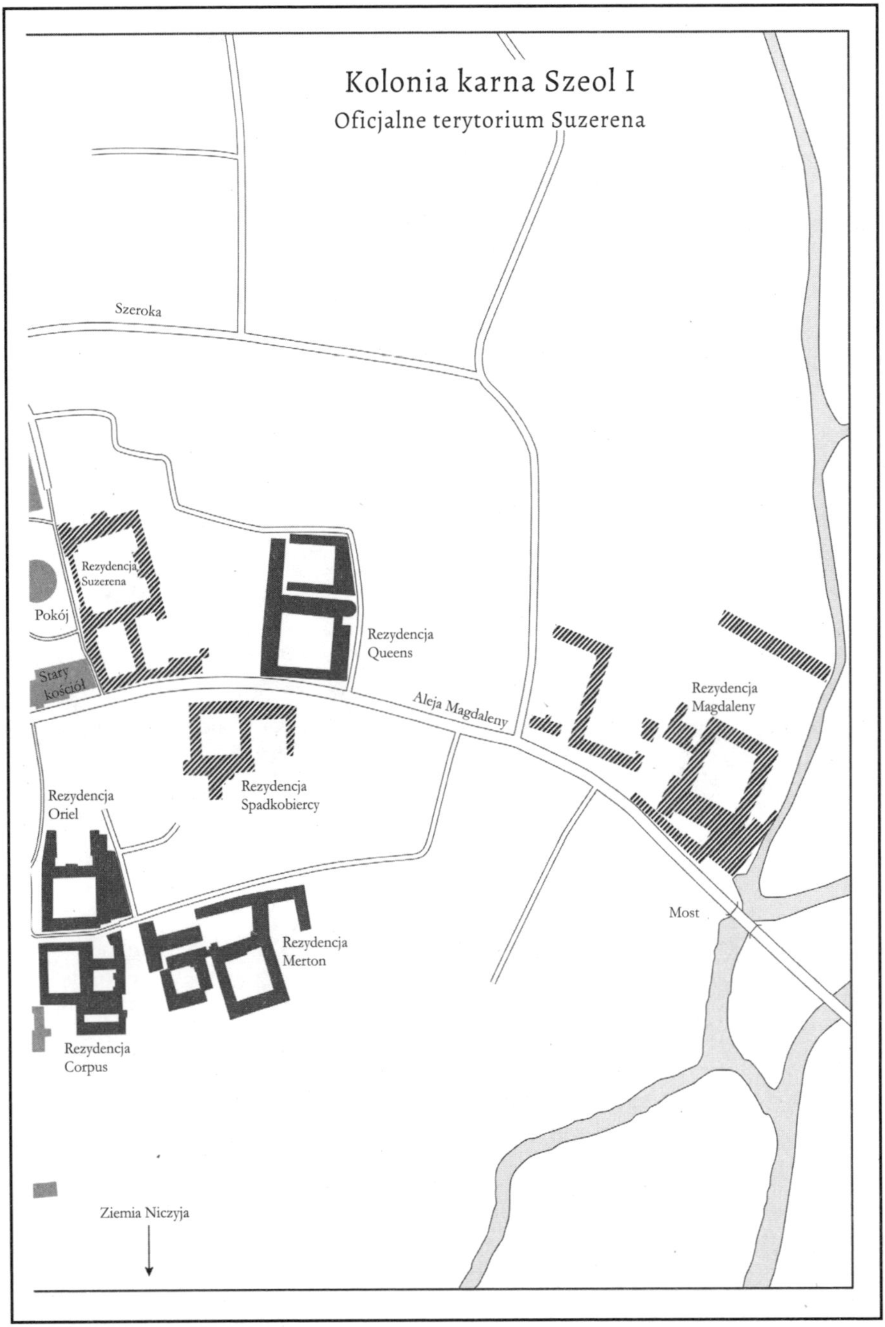
Kolonia karna Szeol I
Oficjalne terytorium Suzerena
Szeroka
Rezydencja Suzerena
Pokój
Stary kościół
Rezydencja Queens
Aleja Magdaleny
Rezydencja Magdaleny
Rezydencja Spadkobiercy
Rezydencja Oriel
Most
Rezydencja Merton
Rezydencja Corpus
Ziemia Niczyja

1

Przekleństwo

Lubię sobie wyobrażać, że na początku było nas więcej. Wydaje mi się, że niewielu, ale na pewno więcej niż teraz.

Jesteśmy mniejszością, której świat nie akceptuje, nawet fantazjowanie o nas jest zakazane. Wyglądamy jak inni. Czasem zachowujemy się jak inni. W wielu przypadkach *jesteśmy* jak inni. Da się nas spotkać wszędzie, na każdej ulicy. Na pozór prowadzimy normalne życie, ale kryje ono w sobie coś więcej.

Nie wszyscy z nas wiedzą, kim jesteśmy. Niektórzy umierają, nie mając pojęcia o swojej prawdziwej naturze. Inni wiedzą, dlatego nigdy nie pozwolimy się złapać. Ale istniejemy.

Uwierzcie.

Od ósmego roku życia mieszkałam w części Londynu zwanej dawniej Islington. Uczęszczałam do prywatnej szkoły dla dziewcząt, po ukończeniu której, w wieku szesnastu lat, należało iść do pracy. Był rok 2056 albo, według kalendarza Sajonu, AS 127. Oczekiwano, by młode kobiety i młodzi mężczyźni zarabiali na swoje utrzymanie w jakikolwiek możliwy sposób, zazwyczaj stojąc za barem.

W przemyśle usługowym było mnóstwo pracy. Ojciec myślał, że będę wiodła proste życie, że jestem bystra, ale pozbawiona ambicji, i że będę w pełni zadowolona z jakiegokolwiek zajęcia.

Ojciec jak zwykle się mylił.

W wieku szesnastu lat działałam już w kryminalnym podziemiu Sajon Londyn – SajLo, tak nazywaliśmy to na ulicach. Pracowałam wśród bezwzględnych gangów jasnowidzów, gotowych wyeliminować się nawzajem, byle tylko przeżyć. Stanowiliśmy część syndykatu cytadeli, którym przewodził Zwierzchnik*. Zepchnięci na margines społeczeństwa zostaliśmy zmuszeni do działalności przestępczej, aby móc zarabiać na życie. Z tego powodu jeszcze bardziej nas znienawidzono. Nie pozostawaliśmy dłużni.

Odnalazłam swoje miejsce w tym chaosie. Zostałam mianowana faworytą, protegowaną mim-lorda. Moim szefem był Jaxon Hall, mim-lord odpowiedzialny za teren I-4. Sześcioro z nas podlegało mu bezpośrednio. Nazywaliśmy się Siedem Pieczęci.

Nie mogłam się przyznać ojcu. Był przekonany, że pracowałam w barze z tlenem – to słabo płatne, ale legalne zajęcie. Kłamstwo mi się opłacało. Ojciec nie zrozumiałby, gdybym mu powiedziała, dlaczego spędzam czas z przestępcami. Nie wiedział, że należałam do nich nawet bardziej niż do niego.

Miałam dziewiętnaście lat, kiedy moje życie znowu się zmieniło. Już wtedy moje imię było znane na ulicach. Po ciężkim tygodniu na czarnym rynku zaplanowałam spędzić weekend

* Wyjaśnienie znaczenia najważniejszych terminów stosowanych w powieści znajduje się w *Słowniczku* na końcu książki (zob. s. 498).

z ojcem. Jax nie pojmował, dlaczego potrzebowałam od niego odpocząć; dla niego nie liczyło się nic poza syndykatem, ale nie miał rodziny, tak jak ja. W każdym razie żyjącej rodziny. Mimo że nigdy nie byłam z ojcem blisko, czułam, że powinnam utrzymywać z nim kontakt – czasem zjeść wspólną kolację, innym razem zadzwonić, kupić prezent na Święto Listopadowe. Jedyny szkopuł to niekończące się pytania. Jaką mam pracę? Z kim się przyjaźnię? Gdzie mieszkam?

Nie potrafiłam mu się przyznać. Prawda wydawała mi się niebezpieczna – osobiście mógłby mnie wysłać do Wieży, gdyby się dowiedział, co naprawdę robiłam. A może powinnam powiedzieć mu prawdę? Bałam się jednak, że go to zabije. Niemniej nie żałowałam, że należałam do syndykatu. Moja praca była nieuczciwa, ale opłacalna. Jax zawsze mówił, że lepiej być wyjętym spod prawa niż martwym.

To był mój ostatni dzień w pracy. Pamiętam, że padał deszcz. Respirator podtrzymywał mi funkcje życiowe. Wyglądałam jak martwa, i w pewien sposób byłam: mój duch częściowo oderwał się od ciała. To przestępstwo, za które mogłam trafić na szubienicę.

Wspomniałam, że pracowałam dla syndykatu – zatem parę słów wyjaśnienia. Byłam pewnego rodzaju hakerem. Nie czytającym umysł, raczej radarem umysłu wchodzącym w zaświaty. Potrafiłam dostrzegać szczegóły sennego krajobrazu i dusze łotrów. Rzeczy, które działy się poza mną. Rzeczy niewyczuwalne dla przeciętnego jasnowidza.

Jax posługiwał się mną jako narzędziem do inwigilacji. Moje zadanie polegało na śledzeniu aktywności dusz w jego sekcji. Często zlecał mi sprawdzanie innych jasnowidzów, czy czegoś nie ukrywają. Na początku miałam inwigilować ludzi w pokoju – ludzi, których mogłam widzieć, słyszeć i dotknąć – ale wkrótce uświadomiłam sobie, że potrafię wejść głębiej. Dostrzegałam rzeczy dziejące się w innych miejscach: jasnowidza spacerującego po ulicy, zgromadzenie dusz w Garden. Dopóki byłam utrzymywana przy życiu, mogłam wybrać sobie duszę w promieniu mili od Siedmiu Tarcz. Kiedy więc Jax potrzebował kogoś, kto sprawdzi, co się dzieje w I-4, mogłam być pewna, że zleci to mnie. Wciąż powtarzał, że mam możliwość wejść głębiej, ale Nick nie pozwalał mi spróbować. Nie wiedzieliśmy, jak by się to dla mnie skończyło.

Naturalnie każda forma jasnowidzenia została zakazana, a wykorzystywanie swoich zdolności w celach zarobkowych uważano za grzech absolutny. Była na to specjalna nazwa: mim-zbrodnia. Porozumiewanie się ze światem duchów głównie dla pieniędzy. Cały syndykat był na tym zbudowany.

Odpłatne jasnowidzenie stało się popularne wśród tych, którzy nie mogli dostać się do gangu. Nazywaliśmy to chałturnictwem. Sajon uznawał je za zdradę. Oficjalną metodą karania za takie przestępstwa było uduszenie nitrogenem, promowanym pod nazwą NitKind. Wciąż pamiętam te nagłówki: BEZBOLESNA KARA: NAJNOWSZY CUD SAJONU. Mówili, że to jak zaśnięcie, jak połknięcie tabletki. Niemniej nadal wieszano ludzi publicznie i stosowano różnorodne tortury za zdradę.

Ja dokonywałam zdrady przez sam fakt, że oddychałam.

Wróćmy do tamtego dnia. Jaxon podłączył mi tlen i wysłał mnie na kontrolę. Przeprowadzałam rozpoznanie pobliskiego umysłu, który często odwiedzał Sekcję Czwartą. Starałam się, jak mogłam, by zobaczyć te wspomnienia, ale coś wciąż mnie powstrzymywało. Ten senny krajobraz był inny niż poprzednie i nawet Jax miał z nim kłopot. Sądząc po nawarstwieniu mechanizmów obronnych, powiedziałabym, że jego właściciel miał kilka tysięcy lat. Ale to nie to. To było coś innego.

Jax wydawał się podejrzliwy – właściwie każdy nowy jasnowidz w jego sekcji powinien się meldować co czterdzieści osiem godzin. Jego zdaniem to jakiś inny gang brał w tym udział, ale nikt z I-4 nie miał wystarczającego doświadczenia, by blokować moje rozpoznanie. Żaden z nich nie wiedział, że potrafiłam to robić. To nie mógł być Didion Waite, który stał na czele drugiego co do wielkości gangu w okolicy. Nie byli to też przymierający głodem chałturnicy, którzy bywali w Tarczach. Ani lokalni mim-lordowie, specjalizujący się w przywłaszczaniu dusz. To było coś innego.

Setki umysłów mijały mnie, srebrząc się w ciemności. Ich właściciele pospiesznie przemykali ulicami, a ja nie mogłam rozpoznać tych ludzi. Nie widziałam ich twarzy, jedynie skrawki ich umysłów.

Nie przebywałam teraz w Tarczach. Moja percepcja znajdowała się bardziej na północ, jednakże nie potrafiłam ustalić gdzie. Podążałam za znajomym uczuciem zagrożenia. Umysł tego obcego czaił się gdzieś blisko i ciągnął mnie przez zaświaty, jakbym zmierzała za światłem latarni, rzucał mną pomiędzy innymi umysłami.

Poruszał się szybko, jakby mnie wyczuł. Jakby próbował uciec.

Nie powinnam podążać za tym światłem. Nie wiedziałam, dokąd mnie zawiedzie, a już i tak odeszłam zbyt daleko od Siedmiu Tarcz.

„Jaxon kazał ci go znaleźć". Odległa myśl. „Będzie zły". Ruszyłam naprzód najszybciej, jak mogłam. Sięgnęłam granic swoich fizycznych możliwości. Teraz potrafiłam rozpoznać ten szelmowski umysł. Nie był srebrny jak inne; nie, ten był zimny i ciemny, niczym lód albo kamień. Zbliżyłam się do niego. Był tak blisko, tuż, tuż… Nie mogłam go teraz stracić…

Nagle zaświaty zatrzęsły się dookoła mnie i w mgnieniu oka zniknęły. Umysł obcego znów znalazł się poza zasięgiem.

Ktoś mną potrząsnął.

Mój srebrny sznur – więź pomiędzy moim ciałem i duszą – był wyjątkowo wrażliwy. To pozwalało mi wyczuwać senny krajobraz na odległość. Dzięki temu mogłam też wrócić do swego ciała. Kiedy otworzyłam oczy, Dani wymachiwała latarką kieszonkową przed moją twarzą.

– Źrenice reagują – powiedziała do siebie. – To dobrze.

Danica. Nasz nadworny geniusz, posiadający intelekt porównywalny tylko z umysłem Jaxa. Była ode mnie trzy lata starsza, a jej urok i wrażliwość przywodziły na myśl cios frajera. Kiedy została przyjęta do pracy, Nick zaliczył ją do socjopatów. Jax z kolei twierdził, że po prostu ma trudną osobowość.

– Pobudka! Wstawaj, Śniąca! – Prasnęła mnie w policzek. – Witamy wśród żywych.

Uderzenie zabolało: nie było to miłe, ale dobrze wróżyło. Sięgnęłam, aby odłączyć maskę tlenową.

Moim oczom ukazał się przytłumiony blask rozjaśniający pokój. Melina Jaxa. Tajemna jaskinia kontrabandy: zakazane filmy, muzyka i książki, wszystko upchane na pokrytych kurzem półkach. Kolekcja tanich thrillerów, które w weekendy z łatwością można zdobyć w Garden, sczepiona zszywaczem sterta broszurek. To było jedyne miejsce na świecie, gdzie mogłam czytać, oglądać i robić, co mi się podoba.

– Nie powinnaś budzić mnie w ten sposób – powiedziałam. Znała zasady. – Jak długo tam byłam?

– Gdzie?

– A jak myślisz?

Dani pstryknęła palcami.

– No tak, jasne, zaświaty. Sorry. Nie jestem na bieżąco.

Bynajmniej. Dani zawsze była na bieżąco.

Zerknęłam na niebieski wyświetlacz zegara Nixie na maszynie. Dzieło Dani. Nazwała go Systemem Podtrzymującym Życie Śniącego Jasnowidza, czyli SPŻŚJ. Monitorował i kontrolował moje funkcje życiowe, kiedy przebywałam w zaświatach. Serce mi zamarło, kiedy zobaczyłam cyfry.

– Pięćdziesiąt siedem minut. – Potarłam skronie dłonią. – Pozwoliłaś mi zostać tam przez godzinę?

– Możliwe.

– Całą godzinę?

– Rozkazy to rozkazy. Jax powiedział, że masz rozpracować ten tajemniczy umysł do zmierzchu. Udało ci się?

– Starałam się.

– To znaczy, że ci się nie udało. Minus dla ciebie. – Wypiła swoje espresso. – Wciąż nie mogę uwierzyć, że straciłaś Anne Naylor.

Musiała o tym wspomnieć. Kilka dni wcześniej zostałam wysłana do domu aukcyjnego, aby odzyskać ducha prawnie należącego do Jaxa: Anne Naylor, słynnego ducha Farringdon. Zostałam przelicytowana.

– Nigdy nie dostalibyśmy Naylor – powiedziałam. – Didion nie pozwoliłby na to, nie po ostatnim razie.

– Nieważne. I tak nie wiemy, co Jax zrobiłby z poltergeistem. – Spojrzała na mnie.

– Podobno dał ci wolny weekend. Z jakiego powodu?

– Z powodów psychologicznych.

– Czyli?

– Czyli że ty i twoje ustrojstwa doprowadzacie mnie do szału.

Rzuciła we mnie swoim pustym kubkiem.

– Ja się tobą zajmuję, urwisie. Moje ustrojstwa nie będą działały beze mnie. Mogłabym po prostu stąd wyjść na lunch i pozwolić, żeby twój mózg wysechł.

– Mógł wyschnąć.

– Nie żal się. Znasz zasady: Jax wydaje rozkazy, my się do nich stosujemy i dostajemy kasę. Idź pracować do Hektora, jeśli ci nie pasuje.

Jeden zero dla niej.

Pociągając nosem, podała mi moje znoszone skórzane buty. Założyłam je.

– Gdzie są wszyscy?

– Eliza śpi. Miała epizod.

Mówiliśmy tak, kiedy jedno z nas otarło się o śmierć, co w przypadku Elizy oznaczało niechciane opętanie. Rzuciłam okiem na drzwi do jej pracowni.

– Wszystko z nią w porządku?

– Odeśpi to.

– Rozumiem, że Nick był u niej.

– Dzwoniłam do niego. Jest nadal w Chat's, z Jaxem. Powiedział, że odwiezie cię do ojca o wpół do szóstej.

Chateline's było jedynym miejscem, w którym mogliśmy zjeść coś porządnego, to luksusowy grill-bar w Podwórzu Neil. Zawarliśmy umowę z właścicielem: dawaliśmy mu spore napiwki, a on nie mówił stróżom miasta, kim jesteśmy. Napiwek kosztował nas więcej niż posiłek, ale mimo to warto było spędzić wieczór na mieście.

– Więc się spóźnia – powiedziałam.

– Musiało go coś zatrzymać.

Dani sięgnęła po telefon.

– Daj spokój. Wsunęłam włosy pod czapkę. – Nienawidzę im przeszkadzać, gdy są razem.

– Nie możesz jechać pociągiem.

– Właśnie że mogę.

– Już po tobie.

– Nic mi nie będzie. Tygodniami nikt nie sprawdzał tej linii. – Wstałam. – Zjemy razem śniadanie w poniedziałek?

– Być może. Prawdopodobnie będę musiała zostać po godzinach. – Spojrzała na zegarek. – Lepiej idź, już prawie szósta.

Miała rację. Zostało mi niecałe dziesięć minut, aby dotrzeć na stację. Złapałam kurtkę i pobiegłam w stronę drzwi, rzucając szybkie „Cześć, Pieter" do ducha stojącego w rogu. W odpowiedzi rozpromienił się delikatnym, znudzonym blaskiem. Nie widziałam tego, ale poczułam. Pieter był znowu przygnębiony. Fakt, że jest martwy, czasami go przytłaczał.

Mieliśmy ustalony sposób postępowania z duchami, przynajmniej w naszej sekcji. Na przykład z Pieterem, jednym z bliskich współpracowników – muzą, ściślej mówiąc. Eliza pozwalała mu się przenikać, gdy malowała dzieło, na co dziennie poświęcała jakieś trzy godziny. Kiedy kończyła, biegłam do Garden opchnąć je jakiemuś nieostrożnemu kolekcjonerowi sztuki. Pieter był pobudliwy, czasami miesiącami nie mieliśmy żadnego obrazka.

W naszej kryjówce nie było miejsca na etykę. Dzieje się tak, kiedy mniejszość zostaje zepchnięta do podziemia. Kiedy świat jest okrutny. Nie można wtedy nic zrobić, tylko się dostosować. Próbować przetrwać, zarobić trochę gotówki. Prosperować w cieniu Westminster Archon.

Moja praca – moje życie – opierała się na Siedmiu Tarczach. Zgodnie z unikalnym systemem podziału miejskiego Sajonu Siedem Tarcz znajdowało się w Pierwszej Kohorcie, Sekcji Czwartej lub I-4. Zbudowano je wokół kolumny na skrzyżowaniu w pobliżu czarnego rynku Covent Garden. Na kolumnie widniało sześć zegarów słonecznych.

Każda sekcja miała własnego mim-lorda lub mim-królową. Tworzyli razem Eteryczne Stowarzyszenie, które miało zarządzać syndykatem, ale tak naprawdę robili w swoich sekcjach, co chcieli. Tarcze znajdowały się w Centralnej Kohorcie, gdzie syndykat był najsilniejszy. Dlatego Jax wybrał to miejsce, dlatego tam zostaliśmy. Tylko Nick miał swoją własną dziuplę, na północ od Marylebone. Korzystaliśmy z niej jedynie w nagłych wypadkach. W ciągu trzech lat mojej pracy dla Jaxa była tylko jedna taka sytuacja, kiedy Nocna Dywizja Kontrolna zrobiła nalot na Tarcze, szukając śladów jasnowidzenia. Kurier ostrzegł nas mniej więcej dwie godziny wcześniej. Byliśmy w stanie zmyć się w godzinę.

Na zewnątrz panował chłód i wilgoć. Był marcowy wieczór. Wyczuwałam duchy. Zanim powstał Sajon, w Tarczach mieściły się slumsy, dlatego tłumy nieszczęśliwych dusz wciąż dryfowały wokół kolumny, czekając na nowy cel. Przywołałam je do siebie i zrobiłam z nich szpulę. Ochrona zawsze mogła się przydać.

Sajon był najważniejszym słowem dla ślepców. Jakiekolwiek odniesienie do życia pozagrobowego zostało zakazane. Frank Weaver uważał, że jesteśmy odmieńcami, i tak jak jego poprzednicy, Wielcy Inkwizytorzy, uczył resztę Londynu czuć do nas wstręt. Jeśli nie było to konieczne, wychodziliśmy na zewnątrz tylko w bezpiecznych godzinach. NDK wtedy spała, a służbę przejmowała Dzienna Dywizja Kontrolna.

Oficerowie DDK nie byli jasnowidzami. Nie mogli zachowywać się tak brutalnie jak ich nocni zmiennicy, przynajmniej publicznie. NDK to jasnowidze w mundurach, zobowiązani do służby przez trzydzieści lat, zanim zostaną poddani eutanazji. Ten diaboliczny pakt dawał im trzydziestoletnią gwarancję wygodnego życia. Większość widzących nie miała takiego szczęścia.

Historia Londynu kryła w sobie tyle śmierci, że trudno było znaleźć miejsce bez duchów. Tworzyły sieć bezpieczeństwa. Niemniej jednak pozostawało mieć nadzieję, że ten, którego właśnie miałeś przy sobie, okaże się dobry. Jeśli użyłbyś wątłego ducha, ogłuszyłby napastnika tylko na kilka sekund. Duchy, które miały burzliwe życie, były najlepsze i właśnie dlatego niektóre z nich sprzedawały się tak dobrze na czarnym rynku – za Kubę Rozpruwacza można by dostać miliony, gdyby tylko ktokolwiek potrafił go odnaleźć. Niektórzy zarzekali się, że Rozpruwacz był Edwardem VII – upadłym księciem, Krwawym Królem. Sajon podawał, że to właśnie on był pierwszym jasnowidzem, ale nigdy w to nie wierzyłam. Wolałam myśleć, że istniejemy od zawsze.

Robiło się ciemno. Na niebie błyszczał złoty zachód słońca, a księżyc rysował się białym uśmieszkiem. Poniżej znajdowała się cytadela. The Two Brewers – bar z tlenem po drugiej stronie ulicy – wypełnili już ślepcy. Normalni ludzie. Jasnowidze mówili o nich, że zostali dotknięci ślepotą, tak jak my, według nich, byliśmy dotknięci jasnowidzeniem. Nazywano ich czasem zgniłkami.

Nigdy nie lubiłam tego słowa. Brzmiało cuchnąco. Było naznaczone hipokryzją, jako że to my porozumiewaliśmy się z umarłymi.

Zapięłam kurtkę i naciągnęłam czubek czapki na oczy. Głowa w dół, oczy otwarte. To tej zasady przestrzegałam. Nie zasad Sajonu.

– Powróżę za szylinga. Tylko szylinga, panienko! Najlepsza wyrocznia w Londynie, daję słowo. Szylinga dla biednego chałturnika?

Głos należał do szczupłego mężczyzny wciśniętego w wąską kurtkę. Już od jakiegoś czasu nie widziałam chałturnika. Byli rzadko spotykani w Centralnej Kohorcie, gdzie większość jasnowidzów należała do syndykatu. Przeczytałam jego aurę. Wcale nie był wyrocznią, tylko wróżbitą; bardzo głupim wróżbitą – mim-lordowie mieli chałturników za nic. Podeszłam do niego.

– Co ty, do cholery, robisz? – Chwyciłam go za kołnierz. – Upadłeś na głowę?

– Proszę, panienko. Umieram z głodu – powiedział suchym, szorstkim głosem. Mięśnie jego twarzy drgały, co świadczyło o uzależnieniu od tlenu. – Nie mam pieniędzy. Nie donieś na mnie do Spoiwa, panienko, chciałem tylko…

– Więc wynoś się stąd. – Wcisnęłam mu kilka banknotów do ręki. – Nie obchodzi mnie, dokąd pójdziesz, po prostu zejdź z ulicy. Prześpij się. A jeśli jutro będziesz musiał chałturzyć, rób to w Szóstej Kohorcie, nie tutaj. Zrozumiałeś?

– Bóg zapłać, panienko.

Pozbierał swoje drobiazgi, między innymi szklaną kulę. Tańszą od kryształowej. Patrzyłam, jak ucieka w kierunku Soho.

Biedny człowiek. Jeśli straci te pieniądze w barze z tlenem, lada moment wróci na ulice. Wielu ludzi tak robiło: podłączali się do kaniuli i godzinami zasysali smakowe powietrze. To był jedyny legalny haj w cytadeli. Cokolwiek robił ten chałturnik, musiał być zdesperowany. Być może wydalono go z syndykatu albo został odrzucony przez rodzinę. Nie pytałam.

Nikt nie pytał.

Na stacji I-4B zazwyczaj panował spory ruch. Ślepcy korzystali z pociągów. Nie mieli aury, która by ich zdradzała. Większość jasnowidzów unikała transportu publicznego, ale czasami bezpieczniej było w pociągu niż na ulicy. NDK działała raczej w pobliżu cytadeli. Kontrole należały do rzadkości.

W każdej z sześciu kohort było sześć sekcji. Aby wyjechać ze swojej sekcji, szczególnie w nocy, należało mieć pozwolenie na przejazd i odrobinę szczęścia. Podstrażnicy działali po zmierzchu. Stanowili pododdział Nocnej Dywizji Kontrolnej. Tworzyli go jasnowidze ze standardową gwarancją życia – służyli państwu, aby przeżyć.

Nigdy nie brałam pod uwagę pracy dla Sajonu. Jasnowidze potrafili być okrutni dla siebie nawzajem – mogłabym zrozumieć tych, którzy przeszli na drugą stronę – ale wciąż wyczuwałam swego rodzaju pokrewieństwo z nimi. Na pewno nie aresztowałabym żadnego z nich. Chociaż czasami, jak wtedy, gdy po dwóch tygodniach mojej ciężkiej pracy Jax zapomniał mi zapłacić, kusiło mnie.

Miałam jeszcze dwie minuty, więc przeglądnęłam dokumenty. Po przekroczeniu barierek uwolniłam szpulę. Duchy nie lubiły, jeśli zabierałam je zbyt daleko od ich ulubionych miejsc spotkań, i nie pomogłyby mi nawet, gdybym je zmusiła.

Głowa pękała mi z bólu. Cokolwiek Dani wtłoczyła mi w żyły, właśnie przestawało działać. Godzina w zaświatach… Jaxon naprawdę mnie żyłował.

Na zielonym wyświetlaczu widniały rozkłady jazdy pociągów; poza tym było raczej ciemno. Z głośników dobiegał nagrany wcześniej głos Scarlett Burnish:

– Pociąg ten wjeżdża na wszystkie stacje w obrębie Pierwszej Kohorty, Sekcji Czwartej w kierunku północnym. Proszę przygotować dokumenty do kontroli. Należy obserwować wieczorne biuletyny na ekranach bezpieczeństwa. Dziękuję i życzę miłego wieczoru.

Mój wieczór wcale nie był miły. Od rana nic nie jadłam. Jax pozwalał mi na przerwę na lunch tylko jak miał dobry humor, co nie zdarzało się często.

Na ekranach bezpieczeństwa pojawiła się nowa wiadomość. TWR: TECHNOLOGIA WYKRYWANIA RADIESTETYCZNEGO. Inni pasażerowie nie zwrócili na to uwagi. Cały czas nadawano tę informację:

„W cytadeli tak zaludnionej jak Londyn powszechne jest wrażenie, że podróżuje się obok eterycznych postaci. (Niemy obraz różnych sylwetek pojawił się na ekranie, każda z nich przedstawiała mieszkańca. Jeden z nich zaświecił się na czerwono). Obecnym udogodnieniem SajSOBN jest testowanie Tarczy Czuciowej TWR w kompleksie Terminalu Paddington i w Archon. Do roku 2061 naszym celem jest zainstalowanie Tarczy Czuciowej na osiemdziesięciu procentach stacji w Centralnej Kohorcie, co pozwoli nam zmniejszyć zatrudnienie eterycznej policji w Podziemiu. Aby uzyskać więcej informacji, proszę odwiedzić Paddington lub zapytać oficera Dywizji Kontrolnej Sajonu".

Wyświetlano kolejne informacje, ale ta jedna utkwiła mi w głowie. TWR stanowiła największe zagrożenie dla społeczeństwa jasnowidzów w cytadeli. Według Sajonu ta technologia była w stanie wykryć aurę z odległości dziesięciu metrów. Gdyby nie było większych opóźnień w ich planach, musielibyśmy zwinąć interes do 2061 roku. Żaden z mim-lordów nie wymyślił rozwiązania dla tej sytuacji, potrafili się tylko bez końca sprzeczać. Sprzeczać się o swoje sprzeczki.

Aury wibrowały na ulicy nade mną, byłam jak kamerton rozbrzmiewający ich energią. Aby odwrócić od nich swoją uwagę, obejrzałam dowód osobisty. Widniały na nim moje zdjęcie, nazwisko, adres, odciski palców, miejsce urodzenia i zatrudnienie. Panna Paige E. Mahoney, naturalizowany mieszkaniec I-5, urodzona w Irlandii w 2040 roku. Przeprowadziła się do Londynu w 2048 w specjalnych okolicznościach. Zatrudniona w barze z tlenem w I-4, stąd pozwolenie na przejazd. Blondynka. Oczy szare. 175 centymetrów wzrostu. Znaków szczególnych brak – z wyjątkiem ciemnych ust, prawdopodobnie od palenia papierosów.

Nigdy w życiu nie paliłam.

Wilgotna dłoń chwyciła mnie za nadgarstek. Wyrwałam się.

– Jesteś mi winna przeprosiny.

Spojrzałam piorunującym wzrokiem na ciemnowłosego mężczyznę w meloniku i brudnym białym fularze. Powinnam była rozpoznać go od razu po zapachu: Haymarket Hektor, jeden z naszych mniej higienicznych rywali. Zawsze śmierdziało od niego jak z kanału. Niestety był także Zwierzchnikiem, szychą w syndykacie. Jego terytorium nazywali Zagonem Diabła.

– Wygraliśmy. Uczciwie. – Oswobodziłam ramię. – Nie masz nic do roboty, Hektorze? Na początek mógłbyś umyć zęby.

– A może to ty powinnaś zacząć grać *fair*, oszustko. I naucz się okazywać szacunek swojemu Zwierzchnikowi.

– Nie oszukuję.

– Moim zdaniem właśnie to robisz. – Ściszył głos. – Bez względu na to, jak bardzo się wywyższacie, cała wasza siódemka to tylko kłamcy i oszuści. Podobno ty jesteś najbystrzejsza na czarnym rynku, moja droga Śniąca. Ale znikniesz. – Dotknął palcem mojego policzka. – Wszyscy w końcu znikniecie.

– Ty także.

– Przekonamy się wkrótce – powiedział, a potem szepnął mi do ucha: – Bezpiecznego powrotu do domu, dziewczynko. – Po czym zniknął w wyjściu z tunelu.

Musiałam uważać na Hektora. Jako Zwierzchnik nie miał realnej władzy nad innymi mim-lordami – jego zadaniem było tylko zwoływać spotkania – ale posiadał wielu zwolenników. Zrobił się drażliwy, odkąd mój gang pobił jego lokaja w tarocchi na dwa dni przed aukcją Naylor. Ludzie Hektora nie lubili przegrywać. Jaxon, drażniąc ich, dolewał tylko oliwy do ognia. Większość członków mojego gangu nie wchodziła im w drogę, unikając tym samym wystawienia się na śmierć. Jax i ja wręcz przeciwnie, byliśmy buntownikami. Imię Blada Śniąca – tak nazywano mnie na ulicach – znajdowało się na ich czarnej liście. Gdyby mnie dorwali, nie pożyłabym długo.

Pociąg miał minutę opóźnienia. Zajęłam wolne miejsce. W wagonie siedziała jeszcze jedna osoba: mężczyzna czytający „Potomka Codziennego". Jasnowidz, medium. Zaniepokoiłam się. Jax miał niejednego wroga, wielu jasnowidzów wiedziało, że jestem jego współpracownikiem oraz że sprzedaję obrazy, które z pewnością nie mogły być autorstwa prawdziwego Pietera Claesza.

Wyjęłam swój standardowy nośnik danych i włączyłam ulubioną dozwoloną powieść. Nie mając już przy sobie ochronnej szpuli, bezpieczeństwo mogłam sobie zapewnić, jedynie wyglądając najnormalniej jak to tylko możliwe.

Przeglądając książkę, obserwowałam współpasażera. Znajdowałam się w zasięgu jego radaru, ale żadne z nas się nie odzywało. Skoro do tej pory jeszcze mnie nie złapał i bezsensownie nie stłukł, domyślałam się, że nie był świeżo wykiwanym przeze mnie miłośnikiem sztuki.

Ostrożnie spojrzałam na jego egzemplarz „Potomka", jedyną gazetę nadal masowo publikowaną na papierze. Papier mógłby być niebezpieczny, elektroniczne nośniki danych umożliwiały nam dostęp tylko do tego, co zostało zatwierdzone przez cenzora. Typowe wiadomości brzmiały wrogo: dwóch młodych mężczyzn powieszonych za zdradę, podejrzany kompleks sklepów zamknięty w Sekcji Trzeciej, do tego długi artykuł odrzucający „odmienny" pogląd, że Brytania została odizolowana politycznie. Dziennikarz nazywał Sajon „cesarstwem w zarodku". Od zawsze tak mówili. Jeżeli Sajon wciąż był zarodkiem, za nic w świecie nie chciałabym tu być, kiedy się narodzi.

Sajon istniał już prawie dwieście lat. Został założony jako reakcja na realne zagrożenie dla imperium, nazwane epidemią, epidemią jasnowidztwa. Oficjalnie powstał w 1901 roku, kiedy Edwardowi VII przypisano pięć okropnych morderstw. Twierdzono, że ów władca rozpoczął coś, czego nie można już było skończyć, że spuścił plagę jasnowidzenia na świat i że jego zwolennicy byli wszędzie, reprodukowali się i zabijali, czerpiąc moc ze źródeł potężnego zła. Wtedy powstał Sajon, republika zbudowana, aby zniszczyć chorobę. W ciągu następnych pięćdziesięciu lat stała się maszyną tropiącą jasnowidzów, większość działań politycznych koncentrowała się wokół odmieńców. Tylko oni popełniali morderstwa. Każda przemoc, kradzież, gwałt, podpalenie – wszystko to działo się z powodu odmieńców. Z biegiem lat syndykat rozbudował się w cytadeli, tworząc zorganizowane podziemie i oferując przystań dla jasnowidzów. Od tego czasu Sajon jeszcze bardziej starał się nas wykorzenić.

Z chwilą zainstalowania TWR syndykat przestałby istnieć, bo Sajon widziałby wszystko. Mieliśmy dwa lata, żeby coś z tym zrobić, ale pod przewodnictwem Hektora szanse były niewielkie. Za jego rządów królowała korupcja.

Przejechaliśmy trzy stacje spokojnie, bez żadnych incydentów. Skończyłam właśnie rozdział książki, kiedy zgasły światła, a pociąg się zatrzymał. Razem z drugim pasażerem niemal jednocześnie uświadomiliśmy sobie, co się dzieje. Wyprostował się na swoim siedzeniu.

– Zamierzają przeszukać pociąg.

Usiłowałam coś powiedzieć, aby potwierdzić jego obawy, ale nie mogłam wydusić z siebie ani słowa.

Wyłączyłam nośnik danych. W ścianie tunelu otworzyły się drzwi. Na wyświetlaczu Nixie w wagonie pojawił się ALARM BEZPIECZEŃSTWA. Wiedziałam, co to oznacza: dwóch Podstrażników na służbie. Jeden z nich był zawsze szefem, medium. Nigdy wcześniej nie doświadczyłam wyrywkowych kontroli, ale znałam kilku jasnowidzów, którym udało się ich uniknąć.

Serce biło mi jak szalone. Spojrzałam na współpasażera, aby sprawdzić jego reakcję. Był medium, ale nie miał wielkiej mocy. Coś było nie tak, ale nie bardzo wiedziałam co. Nie dawało mi to spokoju.

– Musimy wysiąść. – Wstał. – Kim jesteś, skarbie? Wyrocznią?

Milczałam.

– Wiem, że jesteś jasnowidzem. – Pociągnął za klamkę. Chodź, skarbie, nie siedź tak. Musi być stąd jakieś wyjście. – Przetarł czoło rękawem. – Akurat dzisiaj kontrola, właśnie d z i s i a j...

Nie ruszyłam się z miejsca. Nie było sposobu, aby się stąd wydostać. Okna zostały wzmocnione, drzwi zabarykadowane – nie mieliśmy już czasu. Dwa snopy światła rozbłysły w ciemnym wagonie.

Zamarłam. Podstrażnicy. Musieli wykryć jasnowidzów w tym wagonie, inaczej nie pogasiliby świateł. Wiedziałam, że są w stanie widzieć nasze aury, ale z pewnością będą chcieli dowiedzieć się dokładnie, jakiego rodzaju jasnowidzami jesteśmy.

Byli blisko. Przywołujący i medium. Pociąg ruszył, ale światła pozostały zgaszone. Najpierw podeszli do mężczyzny.

– Nazwisko?

Wyprostował się.

– Linwood.

– Powód podróży?

– Odwiedzałem córkę.

– Odwiedzałeś córkę. A nie jesteś przypadkiem w drodze na swój seans, medium?

Chciał go sprowokować.

– Proszę, dokumenty ze szpitala. Jest bardzo chora – odparł Linwood. – Mam pozwolenie odwiedzać ją co tydzień.

– Nie będziesz miał pozwolenia odwiedzać jej w ogóle, jeśli jeszcze raz otworzysz jadaczkę. – Wtedy zwrócił się do mnie. – Ty. Gdzie twój dowód?

Wyjęłam go z kieszeni.

– A pozwolenie na przejazd?

Podałam mu to, czego chciał. Przeczytał.

– Pracujesz w Sekcji Czwartej?

– Tak.

– Kto wydał to pozwolenie?

– Bill Bunbury, mój przełożony.

– Rozumiem. Ale muszę sprawdzić coś jeszcze. Zaświecił mi latarką w oczy. – Nie ruszaj się.

Nawet nie drgnęłam.

– Ani śladu ducha. Musisz być wyrocznią. Już jakiś czas nie widziałem czegoś takiego.

– Ja ostatni raz słyszałem o wyroczni z cyckami w latach czterdziestych. Spodoba im się.

Jego przełożony się zaśmiał. Miał szparę w każdym oku, ślad stałej obecności ducha.

– Zarobię dzięki tobie fortunę, młoda damo. Pozwól, że jeszcze raz sprawdzę twoje oczy.

– Nie jestem wyrocznią – odparłam.

– Jasne, że nie. A teraz zamknij się i pokaż to limo.

Większość jasnowidzów myślała, że jestem wyrocznią. Łatwo się pomylić, ponieważ aury były podobne – miały ten sam kolor.

Strażnik siłą otworzył mi lewe oko. Kiedy sprawdzał źrenice ostrym światłem latarki, szukając brakującej szpary, drugi pasażer ruszył w kierunku drzwi. Rzucił w Podstrażników duchem – swoim aniołem stróżem – i wszystko zadrżało. Jeden z mężczyzn wrzasnął, a anioł po prostu go zmiażdżył, wyrywając mu zmysły jednym łagodnym pociągnięciem.

Pierwszy z nich był szybszy – zanim ktokolwiek zdołał się ruszyć, przywołał szpulę poltergeistów.

– Nie ruszaj się, medium.

Linwood zmierzył go wzrokiem. Był niewysokim mężczyzną, około czterdziestki, szczupłym, ale silnym i giętkim. Miał brązowe włosy, które posiwiały przy skroniach. Nie widziałam poltergeistów – z powodu światła, którym mnie wcześniej oślepili – ale to oni sprawiali, że nie mogłam się ruszyć. Było ich trzech. Nigdy nie widziałam, żeby ktokolwiek kontrolował *jednego* złego ducha, a co dopiero trzy. Zimny pot zlał mi kark.

Kiedy anioł podniósł się do drugiego ataku, poltergeist zaczął osaczać Podstrażnika.

– Poddaj się, medium – powiedział – a poprosimy przełożonych, żeby cię nie torturowali.

– Róbcie swoje, panowie. – Linwood podniósł rękę. – Nikogo się nie boję, mając przy boku swego anioła.

– Wszyscy tak mówią, panie Linwood. Zmieniają zdanie, kiedy widzą Wieżę.

Linwood rzucił swym aniołem. Nie widziałam zderzenia, ale parzyło mi zmysły. Z trudem wstałam. Obecność tych trzech poltergeistów osłabiała moją energię. Linwood był mocny w gębie, ale wiedziałam, że ich czuł, że z trudem walczył, aby wzmocnić swego anioła. Kiedy przywołujący kontrolował złego ducha, drugi Podstrażnik recytował tren: serię słów, które zmuszały duchy, aby całkiem umarły, wysyłając je do miejsca poza zasięgiem jasnowidzów. Anioł zadrżał. Musieliby znać jego pełne imię, aby się go pozbyć, ale tak długo, jak jeden z nich śpiewał, anioł tracił siły.

Krew pulsowała mi w uszach. Gardło miałam ściśnięte, a palce mi zdrętwiały. Gdybym bezczynnie stała z boku, obydwoje zostalibyśmy zatrzymani. Już widziałam się w Wieży, torturowaną, na szubienicy…

Nie umrę dzisiaj.

Kiedy poltergeist skupił się na Linwoodzie, coś stało się z moim wzrokiem. Wpatrywałam się w Podstrażników. Ich umysły zadygotały w pobliżu, tworząc dwa pulsujące kręgi energii. Usłyszałam, jak moje ciało uderza o ziemię.

Chciałam tylko odwrócić ich uwagę, dać sobie czas na ucieczkę. Byłam w stanie ich zaskoczyć, co przeoczyli. Wyrocznie potrzebowały nici, aby być niebezpiecznymi.

Ja nie.

Ogarnął mnie ciemny przypływ strachu. Mój duch uleciał z ciała, kierując się prosto w pierwszego Podstrażnika. Zanim zorientowałam się, co się dzieje, zderzyłam się z jego sennym krajobrazem. Nie tylko z nim – w nim, przez niego. Cisnęłam jego duchem w zaświaty, pozostawiając w jego ciele pustkę. Zanim jego kumpel zdołał się obrócić, spotkał go ten sam los.

Mój duch powrócił do ciała, a ból rozrywał mi głowę. Nigdy w życiu mnie tak nie bolało; noże przeszywały mi czaszkę, ogień wypalał każdą tkankę w mózgu, zrobiło mi się tak gorąco, że nie mogłam nic zobaczyć ani się ruszyć, nie mogłam nawet myśleć. Ledwo wyczuwałam lepką podłogę wagonu na policzku. Czymkolwiek było to, co właśnie zrobiłam, na pewno szybko tego nie powtórzę.

Pociągiem zatrzęsło, musieliśmy się zbliżać do następnej stacji. Oparłam się na łokciach, mięśnie drżały mi z wysiłku.

– Panie Linwood?

Nie odpowiedział. Podczołgałam się do niego. Kiedy pociąg wjechał w strugę światła, zobaczyłam jego twarz.

Był martwy, zły duch wyrwał mu duszę. Jego dowód osobisty leżał na podłodze – William Linwood, czterdzieści trzy lata, dwoje dzieci, jedno z nich chore na mukowiscydozę. Żonaty. Bankier. Medium.

Czy żona i dzieci wiedzieli o jego sekretnym życiu? Czy byli ślepcami, nieświadomymi, kim Linwood jest naprawdę?

Musiałam odmówić tren, w przeciwnym razie wiecznie nawiedzałby ten wagon.

– Williamie Linwood – powiedziałam – odejdź w zaświaty. Wszystko jest uregulowane. Długi spłacone. Nie musisz już przebywać wśród żywych.

Duch Linwooda dryfował w pobliżu. Usłyszałam szept z zaświatów, kiedy on i jego anioł zniknęli.

Ponownie włączyli światła. Ścisnęło mnie w gardle.

Pozostałe ciała leżały na podłodze. Przytrzymałam się poręczy, aby wstać, ledwo mogąc ją chwycić lepką dłonią. Pierwszy Podstrażnik znajdował się kilka kroków ode mnie, na twarzy wciąż miał grymas zdziwienia.

Zabiłam go. Zabiłam Podstrażnika.

Jego towarzysz nie miał tyle szczęścia. Leżał na plecach, z oczami wlepionymi w sufit, a na jego podbródku pojawiła się wijąca wstęga śliny. Kiedy podeszłam bliżej, zobaczyłam, że ma drgawki. Dreszcz przeszedł mi po plecach, smak żółci palił mi gardło. Nie wypchnęłam jego ducha wystarczająco daleko, wciąż unosił się w ciemnych częściach umysłu: sekretnych, cichych miejscach, w których żaden z duchów nie powinien przebywać. Oszalał. Nie. To ja doprowadziłam go do szaleństwa.

Zacisnęłam szczęki. Nie mogłam go tak po prostu zostawić – nawet Podstrażnik nie zasłużył na taki los. Położyłam swoje zimne dłonie na jego ramionach i zebrałam siły, aby go dobić. Jęknął i szepnął:

– Zabij mnie.

Musiałam to zrobić, byłam mu to winna.

Ale nie mogłam. Po prostu nie mogłam go zabić.

Kiedy pociąg wjechał na stację I-5C, czekałam przy drzwiach. Jeśli następni pasażerowie znaleźliby ciała, nie zdołaliby mnie złapać. Byłam już ponad nimi, na ulicy. Naciągnęłam czapkę, aby ukryć twarz.

2

Kłamca

Weszłam do mieszkania i zawiesiłam kurtkę na wieszaku. Całodobową ochroną kompleksu Golden Crescent zajmował się strażnik o imieniu Vic, ale kiedy przyszłam, akurat miał obchód. Nie widział mojej trupio bladej twarzy i trzęsących się rąk, gdy sięgałam po kartę, chcąc otworzyć drzwi.

Ojciec siedział w salonie, zobaczyłam jego stopy w kapciach oparte o podnóżek. Oglądał *Oko Sajonu*, wiadomości z wszystkich cytadeli Sajonu, a na ekranie Scarlett Burnish ogłaszała, że metro wzdłuż Pierwszej Kohorty właśnie zostało zamknięte.

Słysząc jej głos, zawsze dostawałam dreszczy. Burnish miała dopiero dwadzieścia pięć lat, była najmłodszym Wielkim Gawędziarzem: asystentką Wielkiego Inkwizytora. To właśnie ona oddała swój głos i poczucie humoru Sajonowi. Ludzie nazywali ją dziwką Weavera, być może z czystej zazdrości. Miała jasną skórę i szerokie usta, uwielbiała używać czerwonej kredki do oczu. Pasowała do jej włosów, zawsze upiętych w szykowny kok. Jej sukienki z wysokim kołnierzykiem kojarzyły mi się z szubienicą.

„Wiadomości zagraniczne. W tym roku Wielki Inkwizytor Republiki Francuskiej Benoît Ménard odwiedzi Inkwizytora Weavera w czasie zabawy z okazji Święta Listopadowego. Na osiem miesięcy przed uroczystością Archon już rozpoczął przygotowania do tej jakże pokrzepiającej wizyty".

– Paige?

Ściągnęłam czapkę.

– Cześć.

– Chodź, usiądź ze mną.

– Za chwilę.

Poszłam prosto do łazienki. Byłam nie tyle przestraszona, co przerażona.

Zabiłam kogoś. Naprawdę z a b i ł a m. Jax zawsze mówił, że jestem do tego zdolna – do bezkrwawego zabójstwa – ale nigdy mu nie wierzyłam. A jednak stałam się morderczynią. I co gorsza, zostawiłam dowód: jeden z nich ocalał. Nie miałam też przy sobie nośnika danych, musiało być na nim pełno moich odcisków palców. Nie dostałabym NitKindu, nie, to byłoby zbyt proste. Na pewno torturowaliby mnie, a potem powiesili.

Jak tylko dotarłam do łazienki, zwymiotowałam. Zanim skończyłam, trzęsłam się tak strasznie, że ledwo mogłam ustać na nogach. Zdjęłam ubrania i weszłam pod prysznic. Na skórze poczułam gorącą wodę.

Tym razem przesadziłam. Po raz pierwszy w życiu nie tylko dotknęłam, ale z a a t a k o w a ł a m czyjś senny krajobraz. Jaxon byłby zachwycony.

Zamknęłam oczy. Wciąż odtwarzałam tę scenę z wagonu. Nie miałam zamiaru ich zabijać, chciałam tylko popchnąć, zafundować im co najwyżej migrenę, może mały krwotok z nosa. Odwrócić ich uwagę.

Wpadłam w panikę. Znajdą mnie. Będę kolejną anonimową ofiarą Sajonu.

Pomyślałam o Linwoodzie. Jasnowidze nigdy nie chronili się nawzajem, chyba że należeli do tego samego gangu. Jego śmierć mi ciążyła. Podciągnęłam kolana pod brodę, trzymając bolącą głowę w dłoniach. Gdybym tylko była szybsza. A tak umarło dwoje ludzi, a jeden oszalał. Jeśli nie będę miała szczęścia, będę następna.

Przycupnęłam w rogu brodzika i przyciągnęłam kolana do klatki piersiowej. Nie mogłam się tu jednak wiecznie chować. W końcu i tak mnie znajdą.

Musiałam pomyśleć. Sajon miał odpowiednie procedury zatrzymania w takich przypadkach. Kiedy oczyściliby stację i zatrzymali ewentualnych świadków, zadzwoniliby po znachora – eksperta od eterycznych narkotyków – i podaliby temu, który przeżył, niebieski aster. To chwilowo przywróciłoby wspomnienia mojej ofiary, mogliby je zobaczyć. Po nagraniu istotnych części uśmierciliby człowieka i przekazali jego ciało do kostnicy w II-6. Wtedy przeglądnęliby jego wspomnienia, szukając twarzy zabójcy. W ten sposób znaleźliby mnie.

Aresztowania nie zawsze zdarzały się w nocy. Czasami robili to w ciągu dnia, kiedy tylko człowiek wyszedł na ulicę. Świecili latarką w oczy, wkłuwali igłę w szyję i po sprawie. Nikt nie zgłaszał zaginięcia.

Nie byłam teraz w stanie myśleć o tym, co będzie. Ból na nowo przeszył mi czaszkę, ściągając mnie na ziemię.

Musiałam się zastanowić, co teraz zrobić. Mogłabym wrócić do Tarcz i ukryć się w naszej melinie, ale stróże miasta mogli mnie szukać. Nie wolno mi było zaprowadzić ich do Jaxa, poza tym nie miałabym szans powrócić do Sekcji Czwartej, ponieważ stacje zostały zamknięte. Nierealne byłoby znalezienie taksówki, ponieważ w nocy systemy bezpieczeństwa działały dziesięć razy sprawniej.

Mogłabym się zatrzymać u koleżanki, ale poza Tarczami wszyscy moi znajomi byli ślepcami, zresztą z dziewczynami ze szkoły rzadko utrzymywałam kontakt. Gdybym powiedziała, że jestem ścigana przez tajną policję, ponieważ zabiłam kogoś swoim duchem, pomyślałyby, że zwariowałam. I z pewnością by na mnie doniosły.

Owinięta w stary szlafrok, boso, po cichu weszłam do kuchni i postawiłam garnek z mlekiem na kuchence. Zawsze tak robiłam, kiedy byłam w domu; nie powinnam niczego zmieniać. Ojciec zabrał mi mój ulubiony kubek, duży, z napisem CHWYTAJ ŻYCIE ZA POMOCĄ KAWY. Nigdy nie przepadałam za smakowym tlenem ani Floxy®, sajońskim odpowiednikiem alkoholu, a kawa była legalna, choć wciąż prowadzili badania, czy kofeina wyzwala jasnowidzenie. Ale hasło CHWYTAJ ŻYCIE ZA POMOCĄ SMAKOWEGO TLENU nie dawałoby takiej samej energii.

Przez to użycie ducha coś stało mi się w głowę, z trudem mogłam patrzeć. Kiedy nalałam mleko, wyjrzałam przez okno. Ojciec miał nienaganny gust w kwestii urządzania wnętrz, ponadto posiadał wystarczająco dużo pieniędzy, by mieszkać w bezpiecznym miejscu, w ekskluzywnej posiadłości Barbican. Apartament był jasny i przestronny, na korytarzach unosiła się woń suchych kwiatów i pościeli. W każdym pokoju wstawiono ogromne kwadratowe okna – największe w salonie, ogromny świetlik na zachodniej ścianie, tuż obok rozbudowanych drzwi balkonowych. Będąc dzieckiem, często oglądałam zachód słońca z tego okna. Na zewnątrz cytadela wirowała swoim życiem. Nad naszym mieszkaniem znajdowały się trzy brutalistyczne kolumny Barbican. Mieszkali tu pracownicy umysłowi Sajonu.

Na szczycie Wieży Lauderdale wisiał wielki ekran transmisyjny I-5 – to tam w niedzielne wieczory wyświetlali publiczne wieszanie ludzi. Obecnie widniał tam nieruchomy emblemat systemu Sajon – czerwony symbol przypominający kotwicę – i tylko jedno słowo: SAJON, czarne na śnieżnobiałym tle. I jeszcze to okropne hasło: NIE MA BEZPIECZNIEJSZEGO MIEJSCA.

Lepiej pasowałoby bardziej niebezpiecznego. Przynajmniej dla nas.

Powoli wypiłam mleko i popatrzyłam chwilę na ten symbol, życząc im w duchu wszystkiego najgorszego. Umyłam kubek, nalałam wody do szklanki i skierowałam się do sypialni. Musiałam zadzwonić do Jaxa.

Ojciec zagadnął mnie w korytarzu:

– Paige, zaczekaj.

Zatrzymałam się.

Był Irlandczykiem z burzą rudych włosów. Pracował w dziale badań naukowych Sajonu, a oprócz tego pisał wzory na swoim nośniku danych i rozwodził się nad biochemią kliniczną, jedną z jego dwóch specjalizacji naukowych. Byliśmy do siebie zupełnie niepodobni.

– Cześć – powiedziałam. – Przepraszam, że tak późno. Musiałam zostać po godzinach.

– Nic się nie stało. – Skinął na mnie, zapraszając tym samym do salonu. – Zrobię ci coś do jedzenia, wyglądasz mizernie.

– Nic mi nie jest. To tylko zmęczenie.

– Wiesz, czytałem dzisiaj o obwodach tlenowych. Straszny przypadek w IV-2. Źle opłacany personel, zanieczyszczony tlen, klienci z napadami drgawek, bardzo nieprzyjemne.

– Główne bary są w porządku, serio. Klienci oczekują dobrej jakości. – Obserwowałam, jak nakrywa do stołu. – Jak w pracy?

– Dobrze. – Spojrzał na mnie. – Paige, jeśli chodzi o twoją pracę w barze…

– Co z nią? – zapytałam.

Córka pracująca na najniższym szczeblu cytadeli – dla człowieka z jego pozycją nie mogłoby być chyba nic gorszego. Musiał czuć się zażenowany, kiedy jego koledzy pytali go o dzieci, przekonani, że wychował lekarza lub prawnika. Jakże musieli szeptać między sobą, gdy uświadamiali sobie, że pracuję w barze. Wymyśliłam to kłamstwo, aby go chronić. Mógłby nie poradzić sobie ze świadomością, że jestem odmieńcem, przestępcą.

No i morderczynią. Na samą myśl o tym dostawałam mdłości.

– Wiem, że nie powinienem tego mówić, ale uważam, że powinnaś ponownie rozważyć złożenie dokumentów na uczelni. Twoja praca nie ma przyszłości. Zarabiasz mało, nie masz tam żadnych perspektyw. Na uniwersytecie…

– Nie – odparłam głośniej, niż zamierzałam. – Lubię swoją pracę. To był mój wybór.

Wciąż pamiętałam, jak pani w szkole wręczała mi raport końcowy. „Przykro mi, że nie zdecydowałaś się ubiegać o przyjęcie na uniwersytet, Paige – powiedziała – ale może wyjdzie ci to na dobre. Opuściłaś zbyt wiele zajęć. Młode, wartościowe damy nie zachowują się w ten sposób". Wręczyła mi cienką, oprawioną w skórę teczkę z moimi wynikami. „Tutaj masz zawodowe rekomendacje od twoich nauczycieli. Zauważyli, że posiadasz talent do nauk fizycznych, języka francuskiego i historii Sajonu".

Nie obchodziło mnie to. Od zawsze nienawidziłam szkoły: mundurków, dogmatów. Rzuciłam ją w najlepszym okresie kształtowania się mojej osobowości.

– Mógłbym coś załatwić. – Ojciec nie odpuszczał. Tak bardzo pragnął mieć wykształconą córkę. – Mogłabyś spróbować ponownie.

– Nepotyzm w Sajonie nie istnieje – odparłam. – Powinieneś o tym wiedzieć.

– Ja nie miałem takiego wyboru, Paige. – Mięsień drgnął mu na policzku. – Nie miałem takich możliwości.

Nudziła mnie ta rozmowa. Nie chciało mi się myśleć o tym, co stracił mój ojciec.

– Nadal mieszkasz ze swoim chłopakiem? – zapytał.

To kłamstwo z chłopakiem było błędem. Odkąd go wymyśliłam, ojciec nie przestawał o niego pytać.

– Zerwałam z nim – powiedziałam. – Nie było mi łatwo. Ale już jest lepiej. Suzette ma wolny pokój w swoim mieszkaniu, pamiętasz?

– Suzy ze szkoły?

– Tak.

Kiedy to mówiłam, ostry ból przeszył mi głowę. Nie mogłam czekać, aż ojciec przygotuje kolację. Musiałam zadzwonić do Jaxona, powiedzieć mu, co się stało. Teraz.

– Wiesz, tato, trochę boli mnie głowa – powiedziałam. – Nie obrazisz się, jeśli położę się wcześniej?

Podszedł do mnie i dotknął mej brody.

– Wciąż masz te bóle głowy. Jesteś przemęczona. – Kciukiem musnął moją twarz, cienie pod oczami. – Jest dobry dokument w telewizji, jeśli masz ochotę, zrobię ci miejsce na kanapie.

– Może jutro. – Delikatnie odepchnęłam jego dłoń. – Masz może jakieś środki przeciwbólowe?

Stał przez chwilę w milczeniu, w końcu skinął głową.

– W łazience. Zrobię nam jutro rano irlandzką jajecznicę, dobrze? Chciałbym, żebyś mi wszystko opowiedziała, *seillean**.

Wpatrywałam się w niego. Nie zrobił mi śniadania, odkąd skończyłam dwanaście lat; ani nie nazwał mnie tak, odkąd opuściliśmy Irlandię. To było dziesięć lat temu – cała wieczność.

– Paige?

– Dobrze – odpowiedziałam. – Do zobaczenia rano.

* (Szkocki-gaelicki) Pszczółka.

Poszłam do swojego pokoju, ojciec nie powiedział już nic więcej. Zostawił uchylone drzwi, jak zawsze, kiedy byłam w domu. Nigdy nie wiedział, jak się przy mnie zachować.

W pokoju gościnnym było wyjątkowo ciepło. Moja stara sypialnia. Przeprowadziłam się do Tarcz, jak tylko skończyłam szkołę, ale ojciec nigdy nie wziął lokatora, nie potrzebował go. Oficjalnie nadal tu mieszkałam. Nie musiał niczego zmieniać w aktach, tak było łatwiej. Otworzyłam drzwi na balkon, który rozciągał się od mojego pokoju aż do kuchni. Robiło mi się na przemian zimno i gorąco, a moje oczy były przemęczone, jakbym godzinami patrzyła w światło. Jedyne, co widziałam, to twarz swojej ofiary – i pustkę, obłęd Podstrażnika, którego zostawiłam przy życiu.

Wszystko to wydarzyło się w sekundzie. Mój duch nie był jedynie zwiadowcą – był bronią. Jaxon tylko na to czekał.

Odszukałam telefon i zadzwoniłam do pokoju Jaxa w naszej kryjówce. Odebrał od razu.

– A jednak! Myślałem, że zostawiłaś mnie na weekend. Co się stało, skarbeńku? Zmieniłaś zdanie co do urlopu? Tak naprawdę go nie potrzebujesz, prawda? Tak myślałem. Zdecydowanie nie mogę stracić swojego wędrowca na dwa dni. Miej serce, skarbie. Wspaniale. Cieszę się, że się ze mną zgadzasz. A tak na marginesie, dorwałaś Jane Rochford? Przeleję ci kolejny tysiąc, jeśli potrzebujesz. Tylko mi nie mów, że ten pyszałkowaty drań Didion przejął Anne Naylor i…

– Zabiłam kogoś.

Zamilkł.

– Kogo? – Jego głos zabrzmiał dziwnie.

– Podstrażnika. Chcieli zatrzymać medium.

– Hmm, zabiłaś Podstrażnika.

– No tak.

Gwałtownie złapał powietrze.

– A co z drugim?

Wypchnęłam go do jego strefy hadal*.

– Chwila, zrobiłaś to swoim…?

Kiedy nie odpowiedziałam, zaczął się śmiać. Słyszałam, jak klepał ręką w biurko.

– W końcu. W końcu. Paige, ty mały cudotwórco, zrobiłaś to! Latami czekałem, aż wykorzystasz swój talent. Zakwitłaś jak boski kwiat, jesteś moim fascynującym, cudownym dzieckiem. – Wyobraziłam sobie, jak z namaszczeniem zapala cygaro. – A więc mój śniący wędrowiec w końcu wszedł w czyjś senny krajobraz. I zajęło ci to tylko trzy lata. Teraz powiedz, dałaś radę ocalić jasnowidza?

– Nie.

– Nie?

– Mieli ze sobą trzech poltergeistów.

– Daj spokój, żadne medium nie jest w stanie kontrolować poltergeistów.

– Temu się udało. Myślał, że jestem wyrocznią.

Zaśmiał się delikatnie.

– Amatorzy.

Spojrzałam przez okno na Wieżę, gdzie pojawiła się nowa wiadomość: MOGĄ NASTĄPIĆ NIEOCZEKIWANE OPÓŹNIENIA POCIĄGÓW.

– Zamknęli metro – powiedziałam. – Próbują mnie znaleźć.

– Nie panikuj, Paige, to niestosowne.

– Lepiej wymyśl jakiś plan. Zamknęli całą sieć. Muszę się stąd wydostać.

– O to się nie martw. Nawet jeśli uda im się wydobyć wspomnienia Podstrażnika, to i tak z jego mózgu nic nie zostało. Jesteś pewna, że wypchnęłaś go aż do strefy hadal?

– Tak.

* Najgłębszy rów oceanu; tu: ciemne, mroczne części umysłu.

– W takim razie wydobycie jego wspomnień zajmie im przynajmniej dwanaście godzin. Dziwię się, że ten nieszczęśnik przeżył.

– Co masz na myśli?

– Chodzi mi o to, że nie powinnaś ruszać się z miejsca, inaczej trafisz na obławę. Jesteś bezpieczniejsza przy swoim sajońskim tatusiu niż tutaj.

– Przecież oni mają ten adres. Nie mogę po prostu siedzieć i czekać, aż mnie zatrzymają.

– Nie zatrzymają cię, skarbie. Wiem, co mówię, zostań w domu, odeśpij to wszystko, a przed południem wyślę Nicka z samochodem. Co ty na to?

– Nie podoba mi się to.

– Nie musi ci się to podobać. Po prostu się prześpij. Nie żebyś tego potrzebowała – dodał. – A tak przy okazji, mogłabyś coś dla mnie zrobić? Zahacz o ulicę Grub i weź dla mnie od Minty elegie Donne'a, dobrze? Nie mogę uwierzyć, że jego duch powrócił, to zupełnie…

Rzuciłam słuchawką.

Jax był draniem. Geniuszem, owszem, ale mimo to socjopatycznym, skąpym, nieczułym draniem, tak jak inni mim-lordowie. Tylko że gdzie indziej miałam pójść? Posiadając taki talent, byłabym narażona na niebezpieczeństwo. Jax był po prostu mniejszym złem.

Rozbawiła mnie ta myśl. Na jakim ja świecie żyłam, skoro Jaxon Hall był mniejszym złem?

Nie mogłam pójść spać. Musiałam się przygotować. W jednej z szuflad, ukryty pod stertą zapasowych ubrań, leżał pistolet kieszonkowy. Obok znajdowało się pierwsze wydanie jednej z broszur Jaxona, zatytułowane *O wartościach odmienności*. Wymieniał w niej wszystkie ważniejsze rodzaje jasnowidzów, jakie scharakteryzował na podstawie własnych badań i obserwacji. Na moim egzemplarzu było mnóstwo przypisów – nowych pomysłów oraz namiarów na jasnowidzów. Kiedy załadowałam pistolet, wyciągnęłam plecak spod łóżka. Oto mój awaryjny zestaw, który przechowywałam tu przez dwa lata, na wypadek gdybym musiała uciekać. Wepchnęłam broszurę do przedniej kieszeni. Nie mogłam pozwolić, by znaleźli ją w domu ojca.

Nie zdejmując ubrania, położyłam się na plecach z ręką na pistolecie. Gdzieś w oddali, w ciemności, zagrzmiało.

Musiałam zasnąć. Kiedy się ocknęłam, coś było nie tak.

Zaświaty były zbyt szerokie. W budynku, na klatce przebywali jasnowidze. I nie była to pani Heron, staruszka mieszkająca obok, która chodziła z balkonikiem i zawsze jeździła windą. To policja.

Przyszli po mnie.

W końcu.

Zerwałam się na równe nogi, narzuciłam kurtkę na koszulę i trzęsącymi dłońmi założyłam buty i rękawiczki. Właśnie to trenowałam z Nickiem: błyskawiczną ucieczkę. Mogłabym spróbować dobiec do stacji, choć zapewne okazałoby się to ponad moje siły. Gdyby mi się udało, musiałabym znaleźć i zatrzymać taksówkę, aby dotrzeć do Sekcji Czwartej. Nielegalne taksówki brały każdego za kilka funtów, nieważne, czy był to ścigany jasnowidz.

Zarzuciłam plecak na ramię, wcisnęłam pistolet w kieszeń kurtki i otworzyłam drzwi balkonowe. Wiatr zamknął je, kiedy spałam. Deszcz smagał moje ubrania. Przeszłam przez balkon, wspięłam się na kuchenny parapet, chwyciłam krawędź dachu i za jednym silnym podciągnięciem znalazłam się na górze. Zanim dotarli do mieszkania, zaczęłam biec.

Nagle drzwi apartamentu wyleciały z hukiem. Chwilę później rozległ się wystrzał z broni palnej. Musiałam biec dalej, nie mogłam zawrócić. Oni nigdy nie zabijali ślepców bez powodu, a zwłaszcza pracowników Sajonu. To najprawdopodobniej był zwykły środek uspokajający, aby uciszyć ojca na czas mojego zatrzymania. Będą potrzebowali czegoś o wiele mocniejszego, aby mnie powalić.

Okolica była cicha i spokojna. Wyjrzałam zza skraju dachu, aby sprawdzić, co się dzieje na dole. Ani śladu strażnika, pewno znów był na obchodzie. Na parkingu stał radiowóz, furgonetka z przyciemnianymi szybami i błyszczącymi białymi reflektorami. Gdyby przyjrzeć się dokładniej, na tylnych drzwiach można by zauważyć symbol Sajonu.

Przekroczyłam wąską lukę i wspięłam się na gzyms. Niebezpiecznie śliski. Moje buty i rękawiczki miały dobrą przyczepność, ale musiałam bardzo uważać. Plecami przylgnęłam do ściany i powoli przesuwałam się w kierunku drabiny ewakuacyjnej. Deszcz okleił mi twarz włosami. Wspięłam się piętro wyżej, na balkon z kutego żelaza. Siłą otworzyłam małe okno i przemknęłam przez puste mieszkanie, w dół przez trzy piętra schodów, w kierunku drzwi wyjściowych z budynku. Musiałam wydostać się na ulicę, a potem zniknąć w ciemnej uliczce.

Czerwone światła. Samochód NDK stał na wprost drzwi, zagradzając mi drogę ucieczki. Zawróciłam i trzasnęłam drzwiami, zamek bezpieczeństwa aktywował się automatycznie. Roztrzęsionymi dłońmi wyciągnęłam z szafki toporek, rozbiłam okno na parterze i wydostałam się na mały dziedziniec, raniąc ręce o szybę. Znów znalazłam się cała w deszczu, więc zaczęłam szybko wdrapywać się po rynnach i parapetach, aż dotarłam na dach.

Serce mi zamarło, kiedy ich zobaczyłam. Na zewnątrz budynku roiło się od mężczyzn w czerwonych koszulach i czarnych kurtkach. Oślepili mnie, kierując w moją stronę kilka ostrych strumieni światła. Mój oddech przyspieszył. Nigdy wcześniej nie widziałam takich mundurów – czy oni w ogóle byli z Sajonu?

– Zatrzymaj się.

Stojący na ich czele mężczyzna zaczął iść w moją stronę. Na dłoniach miał rękawiczki, a w jednej ręce broń. Cofnęłam się, wyczuwając wyraźną aurę. Przywódca tych żołnierzy był wyjątkowo potężnym medium. W świetle latarek dało się dostrzec jego wychudłą twarz, ostre kontury oczu i cienkie, szerokie usta.

– Nie uciekaj, Paige – krzyknął w moim kierunku. – Pokaż się nam.

Szybko zbadałam okolicę. Następny budynek to opuszczony biurowiec, odległość była dość spora, jakieś dwadzieścia stóp*, poniżej ruchliwa ulica. Nigdy nie skakałam tak daleko – ale chcąc uniknąć ataku medium i porzucenia mojego ciała, nie miałam wyjścia.

– Ani mi się śni – powiedziałam i znów zaczęłam biec.

Żołnierze podnieśli alarm. Zeskoczyłam na niższy ciąg dachu, a medium ruszyło w moim kierunku. Słyszałam uderzenia jego ciężkich butów o dach, tuż za mną. Był szkolony do takich pościgów – nie mogłam się zatrzymać, nawet na sekundę. Byłam szczupła i lekka, bez problemu przecisnęłabym się pomiędzy barierkami i pod ogrodzeniem, podobnie jak mój łowca. Wystrzeliłam przez ramię z pistoletu: uskoczył i nawet się nie zatrzymał. Jego śmiech uniósł się z wiatrem, więc nie potrafiłam ocenić, jak blisko się znajduje.

Schowałam pistolet do kieszeni kurtki. Nie było sensu strzelać, i tak bym go nie trafiła. Przygotowałam palce do złapania rynny. Miałam rozgrzane mięśnie, płuca rozprężało mi powietrze. Ostry ból w kostce ostrzegał mnie przed kontuzją, ale musiałam biec dalej. Walczyć albo uciekać. Uciekać albo zginąć.

Medium przeskoczyło gzyms, szybko i płynnie. W żyłach buzowała mi adrenalina, pędziłam jak szalona, a deszcz smagał mnie po oczach. Rozpędziłam się i przeskoczyłam elastyczne

* Sześć metrów (1 stopa angielska = 30,48 cm).

rury i przewody wentylacyjne. Gnałam, usiłując zwrócić mój szósty zmysł na medium. Jego umysł był silny, poruszał się tak samo szybko jak on. Nie potrafiłam go określić ani nawet go sobie wyobrazić. Nie potrafiłam zrobić nic, aby go powstrzymać.

Kiedy przyspieszyłam, adrenalina zniwelowała ból w kostce. Przede mną ukazała się piętnastometrowa przepaść. Wzdłuż niej była rynna, a poniżej wyjście ewakuacyjne. Gdybym się tam dostała, mogłabym zniknąć w krętych uliczkach Sekcji Piątej. Mogłabym uciec. Tak, dałabym radę. Głos Nicka w mojej głowie poganiał mnie: „Kolana do klatki piersiowej, oczy skupione na celu".

Teraz albo nigdy. Wybiłam się na palcach i skoczyłam nad przepaścią.

Moje ciało zderzyło się z ceglanym murem. Uderzenie rozcięło mi wargę, ale nie straciłam przytomności. Palcami wciąż trzymałam się rynny, stopami uderzałam o mur. Podciągnęłam się resztkami sił, czułam, jak rynna wbija mi się w dłoń. Z kieszeni kurtki wypadła mi moneta i poleciała w dół, na ciemną ulicę.

Moje zwycięstwo okazało się krótkotrwałe. Kiedy poparzonymi i obolałymi rękami podciągałam się na skraj dachu, nagle poczułam rozrywający ból w kręgosłupie. O mały włos nie spadłam, ale jedną ręką zdołałam chwycić się dachu. Z trudem łapiąc powietrze, spojrzałam przez ramię. W dolnej części mojego kręgosłupa tkwiła długa cienka strzałka.

Flux.

Mieli flux.

Narkotyk zaczął krążyć mi w żyłach. W ułamku sekundy całe moje ciało zostało zainfekowane. Pomyślałam o dwóch rzeczach: po pierwsze, że Jax mnie zabije, po drugie, że to nie ma już przecież znaczenia – i tak umrę. Puściłam się dachu.

Pustka.

3

W zamknięciu

Trwało to wieczność. Nie miałam pojęcia, kiedy się zaczęło, ani nie wiedziałam, kiedy się skończy. Pamiętałam ruch, gardłowy ryk. Przygnieciono mnie do twardej powierzchni. Wtedy poczułam igłę i wszechogarniający ból.

Rzeczywistość została wypaczona. Byłam blisko świecy, ale płomień rozrastał się do piekielnych rozmiarów. Uwięziono mnie w piekarniku. Pot kapał z mojej skóry jak wosk. Ja byłam ogniem. Paliłam się. Przypiekałam i smażyłam – i nagle robiło mi się zimno, rozpaczliwie pragnęłam ciepła, czułam, że umieram. Nie było niczego pomiędzy. Tylko nieograniczony, niekończący się ból.

AUP Fluxion 14 był wspólnym wynalazkiem medycznych i wojskowych wydziałów Sajonu. Powodował porażający efekt zwany fantasmagorią lub, jak zwykli go określać zgorzkniali jasnowidze, „zarazą mózgu": to oślepiająca seria halucynacji, spowodowana zniekształceniem sennego krajobrazu. Zwalczałam jedno widzenie za drugim, krzycząc, kiedy ból stawał się zbyt silny, aby znieść go w ciszy. Jeśli istnieje definicja piekła, to wtedy ją poznałam. To było piekło.

Włosy przykleiły mi się do mokrej od łez twarzy, kiedy wymuszałam wymioty, usiłując na próżno pozbyć się tej trucizny z ciała. Chciałam, żeby to wszystko się skończyło. Sen, utrata przytomności albo śmierć, coś musiało wyrwać mnie z tego koszmaru.

– No dobrze, skarbie. Nie chcemy, żebyś umarła. Jeszcze nie teraz. Już trzech dzisiaj straciliśmy. – Zimne palce dotknęły mojego czoła. Skuliłam się i odsunęłam. Skoro nie chcieli, żebym umarła, to dlaczego mi to robili?

Zwiędłe kwiaty przemknęły mi przed oczami. Pokój zaczął wirować, aż straciłam orientację, gdzie jest dół, a gdzie góra. Zacisnęłam zęby na poduszce, aby powstrzymać krzyk. Poczułam krew i już wiedziałam, że ugryzłam coś jeszcze – wargę, język albo policzek.

Nie dało się tak po prostu pozbyć się fluxu z organizmu. Bez względu na to, ile razy człowiek wymiotował czy oddawał mocz, trucizna wciąż krążyła w ciele. Płynęła we krwi i reprodukowała się w komórkach, dopóki nie podano antidotum. Próbowałam o nie błagać, ale nie mogłam wydobyć z siebie ani słowa. Ból rozdzierał mnie minuta po minucie, byłam pewna, że umrę.

Wtedy usłyszałam głos kogoś innego.

– Wystarczy. Potrzebujemy jej żywej. Przynieś antidotum albo dopilnuję, że dostaniesz dwa razy tyle co ona.

Antidotum! Więc mogłam jeszcze żyć. Usiłowałam zobaczyć coś przez falujące przesłony mych wizji, ale widziałam jedynie świecę.

To trwało zbyt długo. Gdzie jest moje antidotum? Przestało to już mieć znaczenie. Chciałam zasnąć, zapaść w letarg.

– Puśćcie mnie – powiedziałam. – Wypuśćcie mnie stąd.

Zimny brzeg szklanki brzęknął o moje zęby. Piłam spragniona głębokimi łykami. Spojrzałam do góry, usiłując zobaczyć twarz swojego wybawcy.

– Proszę – powiedziałam.

Dwoje oczu spojrzało na mnie, płonął w nich ogień.

I w końcu mój koszmar się skończył. Zapadłam w głęboki, ciemny sen.

Obudziłam się, leżąc nieruchomo.

Wreszcie mogłam się rozejrzeć. Leżałam na brzuchu, na twardym materacu. Piekło mnie w gardle. Ból był tak ostry, że musiałam oprzytomnieć, żeby znaleźć chociaż odrobinę wody. Od razu zauważyłam, że jestem naga.

Przekręciłam się na bok, opierając ciężar ciała na łokciu i biodrze. W kącikach ust czułam zaschnięte wymiociny. Kiedy tylko udało mi się zebrać myśli, sięgnęłam do zaświatów. Gdzieś w tym więzieniu byli inni jasnowidze.

Po chwili oczy przyzwyczaiły mi się się do mroku. Leżałam na łóżku w zimnych, wilgotnych prześcieradłach. Po mojej prawej stronie znajdowało się zakratowane okno bez szyb. Zarówno ściany, jak i podłoga były z kamienia. Przenikliwy przeciąg oziębiał całe moje ciało, w wydychanym powietrzu powstawały małe kłęby ciepłej pary. Naciągnęłam prześcieradła na zmarznięte ramiona. Kto, u licha, zabrał mi ubranie?

W rogu zobaczyłam uchylone drzwi, przez szparę dochodziło światło. Spróbowałam podnieść się z łóżka; ledwo trzymałam się na nogach. Kiedy już byłam pewna, że dam radę stać o własnych siłach, ruszyłam boso w kierunku światła. Za drzwiami znajdowała się prowizoryczna łazienka, oświetlona jedną świecą. W środku był stary klozet i zardzewiały kran, umieszczony wysoko na ścianie i mocno przechylony. Kiedy odkręciłam najbliższy zawór, wytrysnęła lodowata woda. Usiłowałam przekręcić kurek w drugą stronę, ale temperatura wody podniosła się tylko odrobinę. Powoli zanurzyłam najpierw jedną, potem drugą nogę, próbując wziąć prysznic. Nigdzie nie znalazłam ręczników, więc osuszyłam się prześcieradłami, trzymając jedno z nich zawinięte na sobie. Główne drzwi były zamknięte na klucz.

Ścierpła mi skóra. Nie miałam zielonego pojęcia, gdzie dokładnie się znajduję i dlaczego tu jestem, ani co zamierzają ze mną zrobić. Nikt nie wiedział, jaki los czekał zatrzymanych; żaden z nich nigdy nie powrócił.

Usiadłam na łóżku i wzięłam kilka głębokich wdechów. Byłam osłabiona fantasmagorią i nie potrzebowałam lustra, żeby wiedzieć, że wyglądam jak trup.

Cała się trzęsłam, nie tylko z powodu zimna. Byłam naga i sama w ciemnym pokoju z kratami i bez szans na ucieczkę. Musieli przetransportować mnie do Wieży. Zabrali mi plecak, a co ważniejsze, broszurę. Skuliłam się w rogu łóżka, usiłując oszczędzać ciepło, serce waliło mi jak szalone. W gardle poczułam uwierający supeł.

Co z moim ojcem? Czy coś mu zrobili? Był cenny, tak – był dla nich wartościowy – ale czy darowaliby mu to, że udzielał schronienia jasnowidzowi? To przecież zdrada. Pocieszałam się tylko myślą, że Sajon go potrzebował, tak, musieli go oszczędzić.

Na chwilę straciłam poczucie czasu. Chyba się zdrzemnęłam. Nagle drzwi się otworzyły i natychmiast się ocknęłam.

– Wstawaj – powiedział kobiecy głos.

Postać, która weszła do celi, trzymała zapaloną lampę naftową. Miała błyszczącą, ciemnoorzechową skórę, posturę budzącą respekt i była ode mnie znacznie wyższa. Jej kręcone, długie, czarne włosy opadały jej luźno na ramiona, miała na sobie dopasowaną, czarną suknię, której rękawy niemalże zakrywały dłonie w rękawiczkach. Trudno było określić jej wiek – równie dobrze mogła mieć dwadzieścia pięć, co czterdzieści lat. Przyglądałam się jej, kurczowo trzymając prześcieradło.

Trzy rzeczy zwróciły moją uwagę. Po pierwsze, miała żółte oczy. Nie był to typowy żółty kolor, te oczy były prawdziwie żółte, prawie żółtozielone, i błyszczały.

Po drugie, jej aura. Była jasnowidzem, ale nigdy wcześniej nie spotkałam kogoś takiego. Nie potrafiłam określić, dlaczego wydała mi się inna, ale wyraźnie to czułam.

Trzecia rzecz, ta, która najbardziej mnie przerażała, to jej senny krajobraz. Dokładnie taki jak ten, który poczułam w I-4 i którego nie byliśmy w stanie zidentyfikować. Należący do obcego. Instynktownie chciałam ją zaatakować, ale dobrze wiedziałam, że nie dam rady. Nie w obecnym stanie.

– Czy to jest Wieża? – zapytałam ochrypłym głosem.

Zignorowała pytanie. Przybliżyła mi lampę do twarzy, sprawdzając moje oczy. Zaczęłam się zastanawiać, czy to po prostu nadal zaraza mózgu.

– Połknij je – powiedziała.

Spojrzałam na dwie pigułki leżące na wyciągniętej dłoni.

– Nie – odpowiedziałam.

Uderzyła mnie w twarz. Poczułam krew. Chciałam jej oddać, walczyć, ale byłam tak słaba, że nie mogłam podnieść ręki. Cios rozciął mi wargę, więc z trudem połknęłam pigułki.

– Ubieraj się – rozkazała. – Jeżeli jeszcze raz mi się sprzeciwisz, dopilnuję, żebyś nigdy stąd nie wyszła. Na pewno nie żywa.

Rzuciła we mnie ubrania.

– Podnieś je.

Nie chciałam, żeby mnie znów uderzyła. Tym razem bym upadła. Z zaciśniętą szczęką zrobiłam, co kazała.

– Załóż je.

Spojrzałam na ubrania, krew kapała mi z rozciętej wargi. Jedna kropla upadła na białą tunikę, którą trzymałam w rękach. Miała długie rękawy i kwadratowy dekolt. Dołączono do niej czarną wstęgę, a także czarne spodnie, skarpety i buty, komplet prostej bielizny i czarną kamizelkę, na której wyszyto białą kotwicę. Symbol Sajonu. Ubrałam się powoli zesztywniałymi z zimna rękoma. Kiedy skończyłam, kobieta podeszła do drzwi.

– Pójdziesz za mną. Do nikogo się nie odzywaj.

Na zewnątrz panował jeszcze większy chłód, a przyniszczony dywan nie dawał żadnego ciepła. Kiedyś pewnie miał czerwony kolor, ale wyblakł i był poplamiony wymiocinami. Prowadziła mnie przez labirynt kamiennych korytarzy, obok małych zakratowanych okien i płonących świec. Ich światło było dla mnie zbyt wyraźne, zbyt ostre w porównaniu do chłodnych latarni Londynu.

Czy to może być zamek? Nie wiedziałam o żadnym zamku w promieniu tysiąca mil od Londynu, nie mieliśmy monarchy od czasów królowej Wiktorii. Jeśli nie Wieża, to może było to jedno ze starych więzień Kategorii D.

Spojrzałam na zewnątrz. Była noc, ale widziałam podwórko oświetlone kilkoma latarniami. Zastanawiałam się, jak długo znajdowałam się pod wpływem fluxu. Czy ta kobieta widziała, jak się męczyłam? Czy była pod rozkazami NDK, czy też to ona nimi dowodziła? A może pracowała dla Archonu, choć przecież nie zatrudniliby jasnowidza. Bo w to, że nim była, nie miałam podstaw wątpić.

Zatrzymała się przed drzwiami, zza których wypchnięto chłopca. Był wychudzony, miał szczurzą twarz i szopę jasnych włosów oraz wszystkie objawy zatrucia fluxem: szklane oczy, trupio bladą twarz i sine usta. Kobieta zmierzyła go wzrokiem.

– Imię?

– Carl – zachrypiał.

– Słucham?

– Carl. – Gołym okiem było widać, że przechodził katusze.

– A więc gratuluję przeżycia Fluxion 14, Carl. – Nie zabrzmiało to pochwalnie. – Mam nadzieję, że się wyspałeś.

Wymieniliśmy spojrzenia z Carlem. Wiedziałam, że wyglądam tak samo okropnie jak on.

Podążając korytarzami, zabraliśmy kilku innych pojmanych jasnowidzów. Ich aury były mocne i wyraźne. Spróbowałam określić, kim są. Wieszcz. Krótko ostrzyżona, ufarbowana na niebiesko kobieta – papilarniczka. Resztkarz. Dwie kolejne kobiety: jedna z ogoloną głową, wyrocznia, i szczupła brunetka z wąskimi ustami, najprawdopodobniej zaklinacz dusz. Wyglądała, jakby miała złamaną rękę. Żadne z nich nie mogło mieć więcej niż dwadzieścia lat ani mniej niż piętnaście. Wszyscy bladzi i umęczeni fluxem. Razem dziesięcioro. Strażniczka w końcu do nas przemówiła.

– Nazywam się Pleione Sualocin i będę waszym przewodnikiem podczas pierwszego dnia w Szeolu I. W dniu dzisiejszym wysłuchacie przemówienia. Istnieje tutaj kilka prostych zasad, których należy przestrzegać. Żadnemu z Refaitów nie wolno patrzeć prosto w oczy. Wasze spojrzenia mają być skierowane wyłącznie na podłogę, chyba że otrzymacie inne polecenie.

Papilarniczka podniosła rękę. Patrzyła na swoje stopy.

– Refaitów? – zapytała.

– Wkrótce wszystkiego się dowiecie. – Zawiesiła głos. – Jeszcze jedna zasada: nie macie prawa głosu, dopóki jeden z Refaitów wam go nie udzieli. Czy wszystko jest jasne?

– Niezupełnie – odezwał się resztkarz, nie patrząc na podłogę. – Gdzie my jesteśmy?

– Niebawem się dowiecie.

– Jakim prawem nas tu przetrzymujecie? Nie byłem nawet chałturnikiem. Nie złamałem prawa. Udowodnijcie mi, że mam aurę! Natychmiast wrócę do miasta i nie będziecie…

Zamilkł. Dwie ciemne krople krwi zaczęły się sączyć z jego oczu. Mruknął tylko, zanim padł na ziemię. Papilarniczka krzyknęła.

Pleione sprawdziła, w jakim stanie jest resztkarz. Kiedy z powrotem spojrzała na nas, jej oczy płonęły niebieskim ogniem. Odwróciłam wzrok.

– Jeszcze jakieś pytania?

Papilarlniczka przytkała dłonią usta.

Zgromadzono nas wszystkich w małym pokoju. Podłoga i ściany były mokre, panowała ciemność. Pleione zamknęła drzwi, po czym odeszła.

W pierwszej chwili nikt nie odezwał się ani słowem. Papilarniczka szlochała, wpadła niemal w histerię. Pozostali wciąż byli zbyt osłabieni, aby cokolwiek powiedzieć. Usiadłam z boku, w kącie. Pod rękawami moją skórę pokrywała gęsia skórka.

– Nadal jesteśmy w Wieży? – odezwał się augur. – Wygląda to na Wieżę.

– Zamknij się – rzucił ktoś. – Po prostu się zamknij.

Zaczął się modlić do Zeitgeista. Jakby to miało w czymś pomóc. Oparłam brodę o kolana. Nie chciałam się domyślać, co z nami zrobią. Nie miałam pojęcia, ile wytrzymam, jeśli poddadzą mnie waterboardingowi*; z tego, co mówił mój ojciec, wiedziałam, że podobno pozwalali oddychać tylko przez kilka sekund. Mówił, że to nie tortury, tylko terapia.

* Tortura polegająca na duszeniu przez polewanie wodą twarzy więźnia, który jest skrępowany i przywiązany do przechylonej ławki, tak że jego głowa znajduje się poniżej poziomu stóp. Osoba poddawana tej torturze ma wrażenie, że się dusi lub tonie.

Wieszcz usiadł obok mnie. Był łysy i barczysty. W mroku nie widziałam go dokładnie, ale dostrzegłam jego duże, ciemne oczy. Podał mi rękę.

– Julian.

Nie wydawał się przestraszony. Tylko cichy.

– Paige – odpowiedziałam. Lepiej nie używać pełnego nazwiska. Odchrząknęłam. – Z której jesteś kohorty?

– IV-6.

– Ja z I-4.

– To terytorium Białego Spoiwa. – Skinęłam. – Która część?

– Soho – odpowiedziałam. Gdybym powiedziała Tarcze, wiedziałby, że jestem jednym z najbliższych współpracowników Jaxona.

– Zazdroszczę ci. Zawsze chciałem mieszkać w centrum.

– Dlaczego?

– Syndykat jest tam silny. W mojej sekcji niewiele się dzieje – mówił cicho. – Dałaś im powód, że cię aresztowali?

– Zabiłam Podstrażnika. – Gardło wciąż mnie bolało. – A ty?

– Małe nieporozumienie ze Strażnikiem. Krótko mówiąc, Strażnika nie ma już wśród żywych.

– Ale przecież ty jesteś wieszczem. – Większość jasnowidzów traktowała wieszczy, rodzaj wróżbitów, z pogardą. Tak jak wszyscy wróżbici porozumiewali się oni z duchami za pomocą przedmiotów; w przypadku wieszcza nic tego nie odzwierciedlało. Jax nienawidził wróżbitów, uważał ich za bezwartościowych. Podobnie miał z augurami.

– Uważasz, że wieszcz nie jest zdolny do morderstwa? – Julian zdawał się czytać w moich myślach.

– Nie z pomocą duchów. Nie jesteś w stanie kontrolować wystarczająco dużej szpuli.

– Znasz dobrze swoich jasnowidzów. – Potarł ramiona dłońmi. – Masz rację. Zastrzeliłem go. I tak mnie aresztowano.

Nic nie odpowiedziałam. Lodowata woda kapała z sufitu na moje włosy i spływała mi po nosie. Większość pozostałych więźniów milczała. Jeden chłopiec kołysał się do przodu i do tyłu.

– Masz dziwną aurę. – Julian spojrzał na mnie. – Nie jestem w stanie określić, kim jesteś. Powiedziałbym, że wyrocznią, ale…

– Ale?

– Od dawna nie słyszałem o kobiecie wyroczni. A nie wyglądasz mi na sybillę.

– Jestem jeżowróżem.

– Więc co zrobiłaś? Dźgnęłaś kogoś śmiertelnie igłą?

– Coś w tym stylu.

Usłyszeliśmy huk dochodzący z zewnątrz i okropny krzyk. Wszyscy nagle zamilkli.

– To berserk – odezwał się przestraszony męski głos. – Chyba nie umieszczą z nami berserka?

– Nie ma czegoś takiego jak berserk – powiedziałam.

– Nie czytałaś *O wartościach*?

– Czytałam, to tylko hipoteza.

Nie wyglądał na uspokojonego. Ścierpłam na myśl o broszurce. Przecież mogła być wszędzie, każdy mógł być teraz w jej posiadaniu – pierwsze wydanie najbardziej buntowniczej broszury w cytadeli, z dodanymi notatkami i adresami kontaktowymi. Nie mogłabym mieć przy sobie czegoś takiego, nie znając osobiście autora.

– Znowu będą nas torturować. – Zaklinaczka dusz kołysała swoją złamaną rękę. – Czegoś od nas chcą. Nie wypuszczą nas stąd tak po prostu.

– Skąd?

– Z Wieży, idioto. A gdzie niby byliśmy wszyscy przez ostatnie dwa lata?

– Dwa? – Usłyszeliśmy na wpół histeryczny śmiech dobiegający z rogu pomieszczenia.

– A co powiesz na dziewięć? Dziewięć lat. – Znów ktoś się zaśmiał, zachichotał.

Dziewięć lat. Z tego, co wiedzieliśmy, zatrzymywani mieli wybór: dołączyć do NDK albo zostać skazanym na śmierć. Nie było potrzeby przetrzymywać ludzi.

– Dlaczego dziewięć? – zapytałam.

Nie doczekałam się odpowiedzi. Po chwili przemówił Julian:

– Ktoś jeszcze chce wiedzieć, dlaczego wciąż żyjemy?

– Zabili pozostałych – odezwał się ktoś inny. – Byłem tam kilka miesięcy. Inni jasnowidze w moim skrzydle poszli na stryczek. – Zapadła chwila ciszy. – Zostaliśmy do czegoś wybrani.

– SajSOBN – ktoś wyszeptał. – Będą robić na nas eksperymenty? Ich doktorzy potną nas na kawałki.

– To nie SajSOBN – odpowiedziałam.

Zapadła długa cisza, słychać było tylko płacz papilarniczki. Nie mogła powstrzymać łez. W końcu Carl zwrócił się do zaklinaczki dusz:

– Powiedziałaś, że oni muszą czegoś chcieć. Czego?

– Czegokolwiek – odpowiedziała. – Naszego wzroku.

– Nie mogą zabrać nam wzroku – odparłam.

– Daj spokój. Przecież ty nie jesteś widząca. Nie będą chcieli niepełnosprawnych jasnowidzów.

Z chęcią złamałabym jej drugą rękę, ale się powstrzymałam.

– Co ona zrobiła z resztkarzem? – Papilarniczka cała się trzęsła. – Jego oczy… Przecież ona nawet nie drgnęła!

– Byłem pewien, że nas zabiją. – Carl mówił, tak jakby nie rozumiał, dlaczego wszyscy tak się martwią. Jego głos był mniej ochrypły. – Zniosę wszystko oprócz stryczka, a wy?

– Wciąż możemy pójść na stryczek – odpowiedziałam.

Zamilkł.

Inny chłopiec, blady, jakby flux wypalił krew z jego żył, zaczął szybciej oddychać. Jego nos pokrywały piegi. Nie zauważyłam go wcześniej, nie miał aury.

– Co to za miejsce? – wymówił z trudem. – Kim… kim wy jesteście?

Julian spojrzał na niego.

– Jesteś ślepcem – powiedział. – Skąd się tu wziąłeś?

– Ślepcem?

– Prawdopodobnie przez pomyłkę. – Sprawiał wrażenie znudzonego. – Jego też zabiją. Masz pecha, dzieciaku.

Chłopiec wyglądał, jakby zaraz miał zemdleć. Zerwał się na równe nogi i zaczął szarpać za kraty.

– Mnie tu miało nie być. Chcę do domu! Nie jestem odmieńcem, naprawdę! – Prawie się rozpłakał. – Przepraszam, przepraszam za kamień!

Zakryłam mu ręką twarz.

– Przestań! – krzyknęłam. Kilku innych lżyło na niego. – Chcesz, żeby ciebie też załatwiła?

Cały się trząsł. Wyglądał na jakieś piętnaście lat, ale pewnie był młodszy. Usilnie przypominał mi o dawnych czasach – czasach, kiedy ja byłam równie przerażona i samotna.

– Jak masz na imię? – zapytałam delikatnie.

– Seb. S-Seb Pearce. – Skrzyżował ręce, chcąc wyglądać na mniejszego. – Czy wy, czy wy wszyscy jesteście odmieńcami?

– Jasne, i zrobimy z tobą straszne rzeczy, jeśli nie zamkniesz jadaczki – odezwał się drwiący głos. Seb się skulił.

– To nieprawda – powiedziałam. – Jestem Paige. To jest Julian.

Julian tylko skinął. Wyglądało to, jakby moim zadaniem było zagadywanie do ślepców.

– Skąd jesteś, Seb? – zapytałam.

– Z Trzeciej Kohorty.

– Pierścień – powiedział Julian. – Fajnie.

Seb odwrócił wzrok. Usta trzęsły mu się z zimna. Nie ma się co dziwić, że myślał, że pokroimy go na kawałki i skąpiemy się w jego krwi w okultystycznym szale. Pierścień, nazwa ulicy z Trzeciej Kohorty. To tam chodziłam do szkoły średniej.

– Powiedz nam, co się stało – poprosiłam.

Spojrzał na innych. Nie mogłam go winić za jego strach. Od dziecka mówiono mu, że jasnowidze to źródło całego zła na świecie, i oto znalazł się z nimi w więzieniu.

– Jeden z szóstoklasistów ukrył coś w mojej torbie – powiedział. Z pewnością miał na myśli kamień wróżebny, najbardziej powszechny noumen na czarnym rynku. – Nauczyciel zobaczył, jak w klasie chciałem to oddać. Myślał, że mam to od któregoś z chałturników. Wezwali do szkoły Strażników.

Typowe dziecko Sajonu. Skoro szkoła miała swoich własnych Strażników, musiał pochodzić z astronomicznie bogatej rodziny.

– Godzinami przekonywałem ich, że zostałem wrobiony. Wracałem do domu na skróty. – Seb przełknął ślinę. – Na rogu stało dwóch mężczyzn ubranych na czerwono. Chciałem ich minąć, ale mnie usłyszeli. Mieli maski. Nie wiem dlaczego, ale zacząłem uciekać. Bałem się. Usłyszałem strzał i... i wtedy musiałem zemdleć. A potem było mi niedobrze.

Zastanawiałam się, jakie efekty flux wywoływał u ślepców. Było oczywiste, że pojawią się fizyczne objawy – wymioty, pragnienie, niewytłumaczalny strach – ale nie fantasmagoria.

– To okropne – powiedziałam. – Jestem pewna, że zaszła straszna pomyłka. – Naprawdę byłam pewna. W żadnym wypadku tak dobrze wychowane dziecko ślepców nie powinno się tu znaleźć.

– Więc pozwolą mi wrócić do domu? – Seb zdawał się odzyskiwać nadzieję.

– Nie – odparł Julian.

Wytężyłam słuch. Kroki. Pleione wróciła. Otworzyła drzwi. Chwyciła najbliższego więźnia i postawiła go na nogach jedną ręką.

– Za mną. Pamiętać o zasadach.

Wyszliśmy z budynku przez podwójne drzwi. Za papilarniczką szła zaklinaczka dusz. Na skórze czuć było chłodne, nieprzyjemne powietrze. Zatrzymałam się, kiedy podeszliśmy do szubienicy – może to jednak była Wieża – ale Pleione przeszła obok. Nie miałam pojęcia, co zrobiła z resztkarzem ani co to był za krzyk, ale nie miałam zamiaru o to pytać. Głowa w dół, oczy otwarte. Tutaj również miałam przestrzegać mojej zasady.

Prowadziła nas przez opuszczone ulice, oświetlone latarniami i mokre po nocnej ulewie. Julian szedł obok mnie. W miarę jak szliśmy, budynki stawały się coraz większe – ale nie były to wieżowce. W niczym ich nie przypominały. Nie miały metalowej podbudowy, nigdzie nie zauważyłam śladów elektryczności. Stara architektura, jeszcze z czasów, gdy wyczucie estetyki było zupełnie odmienne od obecnego. Kamienne mury, drewniane drzwi, ołowiowe okna z bordowymi i fioletowymi szybami. Za ostatnim rogiem ukazał nam się widok, którego nigdy nie zapomnę.

Weszliśmy w dziwnie szeroką ulicę. W zasięgu wzroku nie było ani jednego samochodu: tylko długie rzędy rozpadających się mieszkań, pijacko kołyszących się na boki. Ściany zbudowane z dykty podpierały listwy pomarszczonego metalu. Po obu stronach tego małego miasta znajdowały się większe budynki. Miały masywne drewniane drzwi, wysokie okna i krenelaż jak w zamkach za czasów królowej Wiktorii. Tak bardzo przywodziły mi na myśl Wieżę, że musiałam odwrócić od nich wzrok.

Kilka stóp od najbliższej chaty grupa smukłych postaci stała na otwartej scenie. Dookoła nich umieszczono świece, rozświetlające ich zamaskowane twarze. Ktoś grał na skrzypcach. Była to muzyka jasnowidzów, tylko zaklinacz dusz mógł ją wykonywać. Patrzyła na nich spora publiczność. Każdy ze zgromadzonych miał na sobie czerwoną tunikę i czarną kamizelkę.

Nagle postacie, tak jakby na nas czekały, zaczęły tańczyć. Wszyscy występujący byli jasnowidzami; szczerze mówiąc, każdy tutaj był jasnowidzem – tancerze, widzowie, wszyscy. Nigdy w życiu nie widziałam tak wielu jasnowidzów w jednym miejscu, stojących spokojnie obok siebie. Wokół sceny musiały się znajdować setki obserwatorów.

Nie było to tajemne spotkanie w podziemnym tunelu. Nie był to brutalny syndykat Hektora. To było coś innego. Kiedy Seb złapał mnie za rękę, nie odtrąciłam go.

Przedstawienie trwało kilka minut. Nie wszyscy widzowie przyglądali się uważnie. Niektórzy rozmawiali, inni wyśmiewali to, co się działo na scenie. Byłam pewna, że ktoś krzyknął „tchórze". Kiedy taniec się skończył, dziewczyna w czarnym trykocie wystąpiła na wyższy pomost. Swoje czarne włosy spięła w kok, miała złotą maskę w kształcie skrzydeł. Stała przez chwilę nieruchomo, po czym skoczyła z pomostu i chwyciła dwie długie kotary zwisające z takielunku. Wymachując rękami i nogami, wspięła się po nich dwadzieścia stóp, a następnie zastygła w wymyślnej pozie. Publiczność nagrodziła jej występ słabymi oklaskami.

Mój mózg wciąż pozostawał pod wpływem narkotyku. Czyżby to był jakiś rodzaj obrządku jasnowidzów? Słyszałam o dziwniejszych rzeczach. Bacznie przyjrzałam się ulicy. Jedna rzecz nie ulegała wątpliwości: nie było to SajLo. W ogóle nie było tu ani śladu obecności Sajonu. Stare, ogromne budynki, publiczne przedstawienia, latarnie i brukowane ulice – jakby ktoś cofnął czas.

Nagle zrozumiałam, gdzie się znalazłam.

Każdy z nas słyszał o zaginionym mieście Oksford. Było w szkolnym programie nauczania Sajonu. Jesienią 1859 roku pożar zniszczył uniwersytet. To, co pozostało, sklasyfikowano jako Ograniczony Sektor Typu A. Nikt nie miał prawa tam wejść z obawy przed niezdefiniowanym skażeniem. Sajon po prostu usunął ten teren z map. Czytałam w zapiskach Jaxona, że pewien odważny dziennikarz z tabloidu „Naga Prawda" próbował wjechać tam w 2036, grożąc, że napisze artykuł, ale jego samochód został zepchnięty z drogi przez snajperów. Nikt go już później nie widział. Gazeta, dla której pracował, zniknęła równie szybko. Zbyt często na jej łamach próbowano ujawniać sekrety Sajonu.

Pleione odwróciła się do nas. Trudno było zobaczyć jej twarz w ciemnościach, ale jej oczy wciąż płonęły.

– To nieprzyzwoite tak się gapić – powiedziała. – Nie chcecie się chyba spóźnić na przemówienie.

Mimo to nie byliśmy w stanie oderwać wzroku od tancerzy. Podążaliśmy za nią, ale nie mogła powstrzymać nas od patrzenia na nich.

W końcu dotarliśmy do bram z kutego żelaza. Pilnowało ich dwóch mężczyzn, obydwaj byli podobni do naszego przewodnika: te same oczy, taka sama satynowa skóra, te same aury. Pleione przeszła obok nich. Seb zzieleniał ze strachu. Trzymałam go za rękę, kiedy wchodziliśmy do budynku. Nie powinien nic dla mnie znaczyć, ale zdawał się zbyt bezradny, bym mogła go po prostu zostawić. Papilarniczka płakała. Jedynie wyrocznia, pstrykając palcami, wyglądał na nieustraszonego. Gdy szliśmy, dołączyło do nas kilka innych grup nowo przybyłych, ubranych na biało. Większość z nich wyglądała na przerażonych, ale kilkoro zdawało się mieć doskonały nastrój. Członkowie mojej grupy zbliżyli się do siebie, kiedy dołączyliśmy do pozostałych.

Zgromadzono nas wszystkich w ogromnym, wysokim, klasycznie urządzonym pomieszczeniu. Oliwkowozielone półki, rozciągające się od podłogi aż po sufit, wypełnione były pięknymi, starymi książkami. Na jednej ścianie znajdowało się jedenaście witraży. Kamienna podłoga inkrustowana była ukośnym wzorem. Pojmani ustawili się w rzędach. Stałam pomiędzy Julianem i Sebem, czujna jak nigdy. Julian też był zdenerwowany. Przesuwał wzrok z jednego ubranego na biało jeńca na drugiego, uważnie im się przyglądając. Prawdziwa mieszanka, pełny przekrój jasnowidzów, od augurów i wróżbitów aż do mediów i sensorów.

Pleione oddaliła się od nas. Stanęła na postumencie, prawdopodobnie wraz ze swoimi ośmioma braćmi Refaitami. Mój szósty zmysł zadrżał.

Kiedy już wszyscy byli na swoich miejscach, nastała grobowa cisza. Naprzód wystąpiła kobieta. Zaczęła przemawiać.

4

Wykład o cieniu

Witamy w Szeolu I.

Kobieta miała około metra dziewięćdziesięciu, jej twarz była idealnie symetryczna: długi, prosty nos, wysokie kości policzkowe, głęboko osadzone oczy. Blask świecy oświetlał jej włosy i błyszczącą skórę. Była ubrana na czarno, tak jak pozostali, ale rękawy i boki sukni przepasała złotą wstęgą.

– Nazywam się Nashira Sargas. – Jej głos był chłodny i niski. – Jestem władczynią krwi rasy Refaitów.

Ktoś szepnął:

– To jakiś żart?

– Ciii – uciszył go ktoś inny.

– Przede wszystkim muszę przeprosić za wasz okropny początek pobytu tutaj, szczególnie tych, którzy przebywali w Wieży. Ogromna większość jasnowidzów ulega wrażeniu, że kiedy ich wzywamy, zostają skazani. Używamy Fluxion 14, aby się upewnić, że transmisja do Szeolu I jest prosta i bezpieczna. Po tym, jak poddano was działaniu środka uspokajającego, zostaliście umieszczeni w pociągu i zabrani do miejsca internowania, gdzie byliście pod obserwacją. Wasze ubrania i inne rzeczy zostały skonfiskowane.

Słuchając jej, obserwowałam ją dokładnie, sięgając do zaświatów. Jej aura była nietypowa, nigdy nie czułam podobnej. Żałowałam, że nie mogę jej zobaczyć. Wyglądało to tak, jakby wzięła kilka różnych rodzajów aur i uformowała je w jedno dziwne pole energetyczne.

Było w niej jeszcze coś innego. Zimne ostrze. Większość aur dawała delikatny, ciepły sygnał, jakbym przechodziła obok grzejnika, jej aura przyprawiała mnie o dreszcze.

– Rozumiem wasze zdziwienie na widok tego miasta. Zapewne znacie je jako Oksford. Jego istnienie zostało zatajone przez wasz rząd dwieście lat temu, zanim przyszliście na świat. Miało zostać poddane kwarantannie po wybuchu pożaru. To kłamstwo. Miasto zostało zamknięte, żebyśmy my, Refaici, mogli się tu osiedlić. Przybyliśmy tutaj dwieście lat temu, w 1859 roku. Wasz świat osiągnął stan, który nazywamy eteryczną granicą. – Przyjrzała się badawczo naszym twarzom. – Większość z was to jasnowidze. Jesteście świadomi tego, że wrażliwe dusze istnieją wokół nas i że są zbyt tchórzliwe lub uparte, by spotkać się ze śmiercią w sercu zaświatów. Możecie się z nimi porozumiewać, a one w zamian prowadzą was i chronią. Ale to powiązanie ma swoją cenę. Kiedy cielesny świat zostaje przeludniony dryfującymi duszami, dochodzi do rozszczepienia w zaświatach. Jeśli rozszczepienie staje się zbyt szerokie, eteryczna granica zostaje przerwana. Kiedy Ziemia zerwała swoją granicę, została wystawiona na wyższy wymiar zwany Międzyświatem, gdzie mieszkamy my. A teraz przybyliśmy tutaj. – Nashira obniżyła wzrok na nasz rząd. – Wy, ludzie, popełniliście wiele błędów. Zapełniliście waszą żyzną ziemię zwłokami, obciążyliście ją dryfującymi duszami. Teraz należy ona do Refaitów.

Spojrzałam na Juliana i zobaczyłam odbicie własnego przerażenia w jego oczach. Ta kobieta musiała być szalona.

Nastała cisza. Wszyscy w napięciu oczekiwali na dalszy przebieg wydarzeń.

– Moi ludzie, Refaici, są jasnowidzami. Nie ma wśród nas ślepców. Odkąd doszło do rozszczepienia naszych światów, zostaliśmy zmuszeni dzielić Międzyświaty z pasożytniczą rasą zwaną Emmitami. To bezmyślne, bestialskie stworzenia karmiące się ludzkim ciałem. Gdyby nie my, przedostaliby się tu zza granicy. Przyszliby po was.

Szalona. Ona naprawdę była szalona.

– Wszyscy zostaliście zatrzymani przez naszych ludzi. Nazywamy ich czerwonymi. – Nashira wskazała na znajdujący się na końcu biblioteki rząd kobiet i mężczyzn ubranych w szkarłatne mundury. Odkąd tu przybyliśmy, wzięliśmy pod swoje skrzydła wielu ludzkich jasnowidzów. W zamian za ochronę, którą wam zapewniamy, w ramach batalionu karnego szkolimy was do zwalczania Emmitów, aby uchronić „naturalną" populację od zagłady. To miasto działa jak radiolatarnia, trzymając te stworzenia z dala od reszty cielesnego świata. Kiedy przełamują jego mury, czerwoni mają za zadanie z nimi walczyć. Wtedy włączają się syreny. Zawsze istnieje poważne ryzyko okaleczenia.

„Istnieje także – pomyślałam – poważne ryzyko, że wszystko to dzieje się tylko w mojej głowie".

– Oferujemy wam taki los jako alternatywę dla tego, co proponowałby Sajon: śmierć przez powieszenie lub uduszenie nitrogenem. Albo, czego niektórzy z was już zdołali doświadczyć, długi, koszmarny wyrok w Wieży.

Jakaś dziewczyna z tylnego rzędu zaczęła płakać. Ludzie stojący obok natychmiast ją uciszyli.

– Naturalnie nie musimy współpracować. – Nashira kroczyła przed pierwszym rzędem. – Kiedy tu przybyliśmy, wasz świat był bezbronny. Tylko część z was to jasnowidze, a i tak posiadacie słabo przydatne umiejętności. Mogliśmy zostawić was na pastwę Emmitów. Mielibyśmy do tego prawo, zważywszy na to, co uczyniliście z tym światem.

Seb miażdżył mi dłoń. Słyszałam słabe dzwonienie w uszach.

To wszystko było niedorzeczne. Kiepski żart. Albo zaraza mózgu. Tak, to musiała być zaraza mózgu. Sajon chciał, żebyśmy myśleli, że zwariowaliśmy. Prawdopodobnie właśnie tak się stało.

– Jednakże okazaliśmy wam litość. Zrobiło się nam was żal. Podjęliśmy negocjacje z waszymi władcami, począwszy od tej małej wyspy. Przekazali nam to miasto, nazwaliśmy je Szeol I i co dziesięć lat wysyłają nam pewną liczbę jasnowidzów. Naszym pierwotnym źródłem było, i wciąż pozostaje, stołeczne miasto Londyn. To właśnie ono przez siedemdziesiąt lat pracowało nad rozwinięciem systemu bezpieczeństwa Sajonu. Sajon zwiększył szanse rozpoznania, przeniesienia i przeformowania jasnowidzów w nowe społeczeństwo, z dala od tak zwanych ślepców. W zamian za tę usługę przyrzekliśmy nie niszczyć waszego świata. Przeciwnie, planujemy przejąć nad nim kontrolę.

Nie byłam pewna, czy dobrze rozumiałam jej słowa, ale jedna rzecz wydawała mi się oczywista: jeżeli mówiła prawdę, Sajon był tylko rządem marionetkowym. Podwładnym. I faktycznie nas sprzedał.

Nie dziwiło mnie to.

Dziewczyna w tylnym rzędzie nie mogła już dłużej wytrzymać. Z dławiącym krzykiem zaczęła uciekać w stronę drzwi.

Pocisk natychmiast ją zatrzymał, nie miała żadnych szans.

Krzyki wybuchły z każdej strony. Podobnie jak krew. Paznokcie Seba wbiły mi się w dłoń. W zamieszaniu jeden z Refaitów wystąpił z szeregu.

– CISZA.

Wszyscy natychmiast zamilkli.

Krew wypłynęła spod włosów dziewczyny. Oczy miała otwarte. Wyraz jej twarzy pozostał niezmieniony: rozpacz i przerażenie.

Mordercą był człowiek ubrany na czerwono. Schował pistolet do kabury i splótł ręce za plecami. Jego dwie towarzyszki wzięły ciało za ręce i wywlekły na zewnątrz.

– Zawsze znajdzie się żółty – powiedziała jedna z nich, dostatecznie głośno, aby każdy słyszał.

Na marmurowej podłodze pozostała plama. Nashira patrzyła na nas, nie okazując najmniejszych emocji.

– Jeśli jeszcze ktoś z was chciałby uciec, proszę bardzo. Możecie być pewni, że pomieścicie się w grobie.

Nikt nawet nie drgnął.

Gdy nastała cisza, ostrożnie zerknęłam na postumenty. Jeden z Refaitów patrzył na mnie. Musiał przyglądać mi się już od jakiegoś czasu. Jego spojrzenie przewiercało mnie, tak jakby tylko czekał, kiedy na niego popatrzę czy odezwę się choćby jednym słowem. Miał ciemnozłotą miodową skórę, żółte oczy i brązowe, gęste włosy. Był najwyższy z sześciu mężczyzn. Ubrał się w wyszywaną czarną koszulę. Otaczała go dziwna, delikatna aura, przyciemniona przez inne aury w tym pomieszczeniu. Był jednocześnie najpiękniejszą i najstraszliwszą osobą, jaką kiedykolwiek widziałam.

Coś we mnie zadrżało. Odwróciłam wzrok i wbiłam go w podłogę. Zabiją mnie za to, że ośmieliłam się na niego spojrzeć?

Nashira nadal przemawiała, krocząc wzdłuż rzędów.

– Z biegiem lat jasnowidze stali się silniejsi. Nauczyliście się sztuki przetrwania. Sam fakt, że jesteście tutaj, unikając pojmania przez tak długi czas, jest świadectwem charakteryzującej was wszystkich umiejętności dostosowania się. Wasze talenty okazały się nieocenione w walce z Emmitami. Z tego właśnie powodu w ciągu dziesięciu lat zgromadziliśmy tak wielu z was, ilu tylko zdołaliśmy. Przebywacie w Wieży, gdzie oczekujecie na przeniesienie z Sajonu. To przeniesienie, inaczej mówiąc żniwo, następuje co dziesięć lat i nazywamy je Czasem Żniw. To są dwudzieste Żniwa. W późniejszym terminie otrzymacie numer identyfikacyjny. Każdy z jasnowidzów będzie podlegać jednemu z Refaitów. Będzie to jego opiekun. – Wskazała na swoich towarzyszy. – Wasz opiekun jest waszym mistrzem we wszystkim. On lub ona będzie sprawdzać wasze umiejętności i oszacuje waszą wartość. Jeśli ktokolwiek z was stchórzy, otrzyma żółtą tunikę, która jest symbolem tchórzostwa. Ci z was, którzy są ślepcami, czyli nie mają pojęcia, o czym mówię, zostaną przydzieleni do pracy w naszych mieszkaniach. Aby nam służyć.

Seb nawet nie drgnął.

– Jeżeli nie zdacie waszego pierwszego testu albo dwa razy otrzymacie żółtą tunikę, zostaniecie oddani pod opiekę Nadzorcy, który wyszkoli was na cyrkowców. Ci ostatni są tutaj od tego, aby nas zabawiać, nas i naszych pracowników.

Zastanawiałam się, co lepsze: wstąpić w ich szeregi czy zostać cyrkowcem. Moje usta zadrżały, a wolna ręka zacisnęła się w pięść. Byłam w stanie wyobrazić sobie wiele powodów, dla których porywano jasnowidzów, ale nie coś takiego.

To był handel ludźmi. Nie, handel jasnowidzami. Sajon oddał nas w niewolę.

Kilka osób teraz szlochało, inne stały nieruchomo. Nashira nie zwracała na nikogo uwagi. Nawet nie mrugnęła, kiedy zabito tamtą dziewczynę. Ta kobieta w ogóle nie okazywała żadnych emocji.

– Refaici nie przebaczają. Ci z was, którzy dostosują się do zasad, zostaną nagrodzeni. Ci, którzy tego nie zrobią, zostaną ukarani. Nikt z nas wam tego nie życzy, ale jeśli okażecie brak szacunku, będziecie cierpieć. Tak od teraz będzie wyglądało wasze życie.

Seb zemdlał. Razem z Julianem podparliśmy go o siebie, ale był zbyt ciężki.

Dziewięcioro Refaitów zstąpiło z postumentów. Opuściłam głowę.

– Ci Refaici zaoferowali się zostać waszymi opiekunami – powiedziała Nashira. – Zadecydują, kogo z was wezmą ze sobą.

Siedmioro z nich zaczęło chodzić pomiędzy rzędami. Ostatni – ten, na którego patrzyłam – został z Nashirą. Nie śmiałam spojrzeć na Juliana, tylko wyszeptałam:

– To nie może się dziać naprawdę.

– Spójrz na nich. – Ledwo poruszał ustami. Staliśmy blisko siebie, po obu stronach Seba, więc byłam w stanie usłyszeć, co mówił. – Oni nie są ludźmi. Pochodzą z innego świata.

– Chodzi ci o „Międzyświat”? – Zamilkłam, kiedy jeden z Refaitów nas mijał, po czym dodałam: – Jedynym drugim wymiarem są zaświaty. Nie ma nic więcej.

– Zaświaty współistnieją z naszą rzeczywistością, otaczają nas, nie wykraczają poza real. To jest coś głębszego.

– Sajon zwariował. – Poczułam, jak narasta we mnie potrzeba histerycznego śmiechu.

Julian nie odpowiedział. Po drugiej stronie pomieszczenia Refaitka wzięła Carla za ramię, mówiąc:

– XX-59-1. Należysz do mnie.

Carl przełknął ślinę, kiedy prowadziła go na postument, ale zachował swój odważny wyraz twarzy. Kiedy już został wzięty w depozyt, Refaitka powróciła do swojego towarzystwa, niczym uliczny złodziej szacujący swój wartościowy łup.

Zastanawiałam się, w jaki sposób dokonywali wyboru. Czy to dobrze, czy źle dla Carla, że został tak szybko wybrany?

Mijały minuty. Rzędy się przerzedzały. Zaklinaczka dusz otrzymała numer XX-59-2 i dołączyła do Carla. Wyrocznia podążył za Pleione, pozornie znudzony tą procedurą. Mężczyzna z okrutnym wyrazem twarzy ciągnął na swój postument papilarniczkę. Rozpłakała się, wciąż powtarzając „proszę", niestety bezskutecznie. Zabrano także Juliana – XX-59-26. Zerknął na mnie, skinął i podążył za swoim opiekunem w kierunku postumentów.

Kolejne dwanaście imion zamieniono na numery. Doszli do 38. Zostało nas ośmioro: sześciu ślepców, julker i ja.

Ktoś w końcu musiał mnie wybrać. Kilku Refaitów przyglądało mi się badawczo, zwracając uwagę na moje ciało i oczy, ale żaden z nich się na mnie nie zdecydował. Co stałoby się ze mną, gdybym nie została wybrana?

Mały chłopiec z warkoczykami został odprowadzony przez Pleione. Otrzymał numer 39. Z jasnowidzów zostałam tylko ja.

Refaici spojrzeli na Nashirę, ona z kolei skierowała swój wzrok na nas. Zimny dreszcz przeszył całe moje ciało.

Wtedy ten, który mnie obserwował, wystąpił z szeregu. Bez słowa przybliżył się do Nashiry i odchylił głowę w moim kierunku. Przeszyła mnie spojrzeniem. Podniosła dłoń i kiwnęła środkowym palcem. Podobnie jak Pleione i pozostali miała czarne rękawiczki.

Seb nie odzyskał przytomności. Próbowałam go opuścić na podłogę, ale trzymał się mnie kurczowo. Widząc moją kłopotliwą sytuację, jeden ze ślepców zdjął mi go z ramion.

Kiedy szłam po marmurowej posadzce, przyglądali mi się wszyscy zgromadzeni. Zatrzymałam się przed parą Refaitów.

Nashira z bliska była znacznie wyższa, a jej towarzysz zdawał się stać nade mną.

– Jak się nazywasz?

– Paige Mahoney.

– Skąd pochodzisz?

– Z Pierwszej Kohorty.

– Pytam, gdzie się urodziłaś.

Musieli czytać moje akta.

– W Irlandii – odpowiedziałam. Całą salę przeszył dreszcz.

– Sajon Belfast?

– Nie, niepodległa część Irlandii. – Ktoś z trudem łapał powietrze.

– Rozumiem. A więc wolny duch. – Jej oczy wyglądały, jakby świeciły. – Jesteśmy zaintrygowani twoją aurą. Powiedz mi, kim jesteś.

– Szyfrującym – powiedziałam.

Jej wzrok mnie zmroził.

– Mam dla ciebie dobrą wiadomość, Paige Mahoney. – Nashira położyła rękę na ramieniu swego towarzysza. – Zainteresowałaś mojego małżonka krwi, Arcturusa Mesarthima, Naczelnika. Postanowił zostać twoim opiekunem.

Refaici spojrzeli po sobie. Nic nie mówili, ale ich aury zdawały się szemrać.

– Arcturus rzadko interesuje się ludźmi. – Nashira mówiła cichym głosem, jakby powierzała mi ściśle strzeżony sekret. – Masz wielkie, wielkie szczęście.

Nie czułam się szczęśliwa. Mierziło mnie na ich widok.

Małżonek krwi schylił się do mojego poziomu. Bardzo nisko. Nie odwróciłam wzroku.

– XX-59-40. – Jego głos był miękki i głęboki. – Należysz do mnie.

A więc to on miał być moim mistrzem. Wiedząc, że nie powinnam tego robić, spojrzałam mu prosto w oczy. Chciałam dobrze się przyjrzeć twarzy wroga.

Na podłodze zostało już tylko sześciu ślepców. Nashira odezwała się do nich.

– Wasza szóstka poczeka tutaj na eskortę, która odprowadzi was do baraków. Pozostali pójdą ze swoimi opiekunami do swoich nowych mieszkań. Życzę wam powodzenia, i pamiętajcie, że sami tutaj dokonujecie wyborów. Mam tylko nadzieję, że będą one właściwe.

Po czym odwróciła się i odeszła. Dwóch czerwonych podążyło za nią. Zdrętwiała, zostałam ze swoim nowym opiekunem.

Arcturus ruszył w stronę drzwi. Skinął w moją stronę, lecz nawet nie drgnęłam. Zatrzymał się więc i czekał.

Wszyscy na mnie patrzyli. Kręciło mi się w głowie, czerwień i biel na przemian wirowały mi przed oczami. W końcu ruszyłam z miejsca.

Na iglicy pojawiły się pierwsze oznaki świtu. Jasnowidze podążali za swoimi opiekunami, po trzech, czterech w każdej grupie. Tylko ja byłam sama z opiekunem.

Arcturus podszedł do mnie. Zbyt blisko. Zesztywniałam.

– Powinnaś wiedzieć, że nie mam w zwyczaju brać lokatorów.

„Raczej więźniów", pomyślałam.

– Jeżeli zdasz testy, zamieszkasz ze mną na stałe. Jeśli nie, będę zmuszony cię eksmitować. Tutejsze ulice nie są bezpieczne.

Milczałam. Wiedziałam, że groziłoby mi niebezpieczeństwo. Choć prawdopodobnie nie większe niż w Londynie.

– Nie jesteś niemową – powiedział. – Odezwij się.

– Myślałam, że nie mam prawa odzywać się bez pozwolenia.

– Zezwalam ci.

– Nie mam nic do powiedzenia.

Arcturus spojrzał na mnie badawczym wzrokiem. Z jego oczu płynął martwy żar.

– Stacjonujemy w Magdalenie. – Odwrócił głowę. – Dasz radę iść o własnych siłach, dziewczyno?
– Tak – odpowiedziałam.
– To dobrze.

Wyszliśmy na ulicę, gdzie złowieszcze przedstawienie dobiegło już końca. Zauważyłam, jak akrobatka chowa swoje jedwabie do torby. Nasze spojrzenia spotkały się na krótką chwilę, po czym odwróciła wzrok. Miała delikatną aurę kartowróża i siniaki świadczące o tym, że była w niewoli.

Magdalena była wspaniałym budynkiem. Z innej epoki, z innego świata. Kaplica, dzwonnica, wysokie przeszklone okna, w których dało się dostrzec intensywny blask płonących pochodni. Kiedy przechodziliśmy przez małe drzwi, dzwon wybił piątą. Chłopiec w czerwonej tunice ukłonił się nam, gdy szliśmy przez krużganki. Podążałam za Arcturusem coraz głębiej w mrok. Wszedł po krętych schodach i zatrzymał się tuż przed masywnymi drzwiami, po czym otworzył je małym mosiężnym kluczem.

– Wejdź – powiedział. – To będzie od teraz twój nowy dom. Wieża Założyciela.

Rozglądnęłam się po moim więzieniu.

Za drzwiami znajdował się prostokątny, wytwornie urządzony pokój. Ściany były białe, bez zbędnych dekoracji, tylko na jednej z nich wisiał herb zwieńczony trzema kwiatami z biało-czarnym wzorem poniżej. Ukośna szachownica. Ciężkie czerwone zasłony zdobiły wychodzące na dziedziniec okna. Przed wspaniałym, opalanym drewnem kominkiem ustawiono się dwa fotele, a w rogu czerwony tapczan, na którym ułożono jedwabne poduszki. Obok, przy ścianie stał zegar wahadłowy. Z gramofonu stojącego na ciemnym drewnianym biurku dobiegała

Gloomy Sunday. Elegancki nocny stolik towarzyszył bogato zdobionemu łóżku z baldachimem. Pod moimi stopami znajdował się wzorzysty dywan.

Arcturus zamknął drzwi na klucz. Widziałam, jak go chowa.

– Niewiele wiem o ludziach. Możliwe, że będziesz musiała przypominać mi o swoich potrzebach. – Uderzył palcem o stół. – Tutaj znajdują się substancje medyczne. Co wieczór masz brać jedną pigułkę.

Wciąż milcząc, zbadałam jego senny krajobraz. Stary i dziwny. Zahartowany przez czas. Magiczna latarnia w zaświatach.

Ten obcy w I-4 zdecydowanie był jednym z nich.

Wyczułam, jak mnie sprawdza, bada moją aurę, starając się rozpracować, kogo wziął sobie na kark. Albo wręcz przeciwnie, jakiż to skarb właśnie odkrył. Ta myśl sprawiła, że ogarnął mnie kolejny przypływ nienawiści.

– Spójrz na mnie.

To był rozkaz. Uniosłam brodę, patrząc mu w oczy. Za nic w świecie nie mogłam pozwolić, by wyczuł, jaki wzbudza we mnie lęk.

– Nie potrafisz widzieć duchów – zauważył. – Tutaj nie będzie to działało na twoją korzyść. Chyba że masz jakiś inny dar. Być może silniejszy szósty zmysł.

Nie odpowiedziałam. Zawsze marzyłam, aby być chociaż półwidzącą, ale niestety pozostałam niewidząca. Nie byłam w stanie dostrzec światełek w zaświatach, mogłam je tylko czuć. Jaxon nigdy nie uważał tego za słabość.

– Masz jakieś pytania? – Jego bezlitosny wzrok mierzył moją twarz centymetr po centymetrze.

– Gdzie będę spała?

– Każę przygotować dla ciebie pokój. Na razie będziesz spać tutaj. – Wskazał na tapczan. – Coś jeszcze?

– Nie.

– Jutro mnie nie będzie. Podczas mojej nieobecności możesz się zaznajomić z miastem. O świcie masz być tu z powrotem, natychmiast kiedy usłyszysz syreny. Jeśli będziesz czegokolwiek dotykać, kraść lub wtrącać się w nieswoje sprawy, natychmiast się o tym dowiem.

– Tak, proszę pana.

Wymknęło mi się.

– Weź to. – Wyjął kapsułkę. – Kolejną weźmiesz jutro wieczorem, razem z innymi.

Nie wzięłam. Nie patrząc na mnie, Arcturus nalał wody z karafki. Podał mi szklankę i kapsułkę. Zwilżyłam usta.

– A jeśli jej nie wezmę?

Nastała długa cisza.

– To był rozkaz – powiedział. – Nie prośba.

Serce zaczęło mi szybciej bić. Przekręciłam ją w palcach. Miała oliwkowy kolor z szarym zabarwieniem. Połknęłam. Gorzka.

Wziął ode mnie szklankę.

– Jeszcze jedno. – Arcturus chwycił mnie za tył głowy wolną ręką. Zimny dreszcz przeszył mi ciało. – Masz zwracać się do mnie tylko oficjalnie: Naczelniku. Zrozumiałaś?

– Tak.

Odpowiedziałam z trudem. Spojrzał mi prosto w oczy, wpalając mi tę informację w mózg, zanim puścił dłoń.

– Szkolenie zaczniemy po moim powrocie. – Ruszył w kierunku drzwi. – Miłych snów.

Nie mogłam się powstrzymać. Zaśmiałam się, to był gorzki śmiech.

Odwrócił głowę do połowy. Widziałam pustkę w jego oczach. Wyszedł bez słowa. Przekręcił klucz po drugiej stronie drzwi.

5

Obojętna

Czerwone światło słońca błyskało przez okno, budząc mnie z głębokiego snu. W ustach miałam niemiły posmak. Przez chwilę myślałam, że jestem w swojej sypialni w I-5, z dala od Jaxa, z dala od pracy.

Wtedy sobie przypomniałam. Czas Żniw. Refaici. Strzał i trup.

Na pewno nie było to I-5.

Poduszki leżały na podłodze, prawdopodobnie zrzuciłam je, kiedy spałam. Usiadłam i rozejrzałam się dookoła, masując zesztywniały kark. Bolało mnie w krzyżu, a w głowie huczało. Jeden z moich „kaców", jak nazywał je Nick. Arcturusa nie było w mieszkaniu.

Z gramofonu wciąż dobiegała muzyka. Od razu rozpoznałam *Taniec śmierci* Saint-Saënsa. Wzdrygnęłam się: Jax puszczał sobie ten utwór, kiedy był szczególnie niezadowolony, zazwyczaj przy kieliszku rocznikowego wina. Słuchając tego, zawsze dostawałam dreszczy. Wyłączyłam gramofon, odsłoniłam zasłony i wyjrzałam na wschodnią część podwórza. Przy ogromnych dębowych drzwiach stał strażnik, jeden z Refaitów. Nowy mundur leżał na łóżku. Na poduszce znalazłam notatkę, napisaną czarnym, pochyłym pismem:

Zaczekaj na dzwon.

Myślami wróciłam do przemówienia. Nikt nic nie mówił o dzwonie. Zgięłam notatkę w dłoni i wrzuciłam do paleniska, gdzie leżały już inne skrawki papieru.

Przez kilka minut badawczo rozglądałam się po pokoju, sprawdzając każdy kąt. W oknach nie było krat, ale i nie dało się ich otworzyć. Nie znalazłam żadnych ukrytych spoin w ścianach ani uskoków w boazerii. Było tu jeszcze dwoje drzwi: jedne ukryte za grubymi, czerwonymi zasłonami – i zamknięte – drugie prowadzące do ogromnej łazienki. Nie znalazłam żadnego włącznika światła, więc wzięłam ze sobą kaganek. Wanna, podobnie jak podłoga biblioteki, była z czarnego marmuru, otoczona przeźroczystymi zasłonami. Pozłacane lustro zajmowało większą część ściany. Podeszłam do niego, ciekawa, czy zmiana mojego życia odzwierciedlała się na twarzy.

Otóż nie. Z wyjątkiem rozciętej wargi wyglądałam dokładnie tak samo jak wcześniej. Usiadłam w ciemności. Musiałam pomyśleć.

Refaici zawarli umowę w 1859 roku, dokładnie dwa wieki temu. Urzędował wtedy, o ile dobrze pamiętałam ze szkoły, lord Palmerston. Było to na długo przed końcem monarchii w 1901 roku, kiedy nowa Republika Anglii przejęła władzę i wydała wojnę wszelkim przejawom odmienności. Ta republika prowadziła kraj przez blisko trzy dekady indoktrynacji i propagandy, zanim przyjęła nazwę Sajon w 1929 roku. To wtedy został wybrany

Pierwszy Inkwizytor, a Londyn stał się pierwszą cytadelą Sajonu. Wszystko to sugerowałoby, że w jakiś sposób przybycie Refaitów z a p o c z ą t k o w a ł o Sajon. Wszystkie te głodne kawałki o odmienności powstały po to, aby sycić te kreatury, które przyszły znikąd.

Wzięłam głęboki oddech. Musiało się za tym kryć coś jeszcze. Musiało. Jakoś to wszystko zrozumiem. Moim priorytetem było wydostanie się stąd. Dopóki jednak nie będę mogła tego zrobić, poszukam odpowiedzi tutaj. Nie mogłabym tak po prostu odejść, nie teraz, kiedy wiem, dokąd zsyłali jasnowidzów. Nie mogłabym zapomnieć tego wszystkiego, co widziałam i słyszałam.

Najpierw chciałam odszukać Seba. Jego ślepota sprawiła, że stał się nieświadomy i przerażony, ale przecież był tylko dzieckiem. Nie zasłużył na to. Kiedy już go znajdę, myślałam, odszukam Juliana i pozostałych zatrzymanych z dwudziestych Żniw. Chciałam dowiedzieć się czegoś więcej o Emmitach, a dopóki nie wrócił mój opiekun, to właśnie inni więźniowie byli jedynym źródłem informacji.

Rozległ się dzwon na wieży, echem odbił się kolejny, głośniejszy kurant w oddali. „Zaczekaj na dzwon". To musiała być godzina policyjna.

Położyłam lampę na skraju wanny. Przemywając twarz wodą, zastanawiałam się, co mogłabym zrobić w obecnej sytuacji. Na razie najlepiej byłoby współpracować z Refaitami. Gdyby udało mi się przeżyć, spróbowałabym skontaktować się z Jaxem. Jax przyszedłby po mnie. Nigdy nie zapominał o swoich jasnowidzach. Przynajmniej nie o tych, których zatrudniał. Nieraz widziałam, jak zostawiał chałturników na pewną śmierć.

W komnacie robiło się coraz ciemniej. Otworzyłam środkową szufladę biurka. W środku znajdowały się blistry z pigułkami. Nie chciałam ich brać, ale obawiałam się, że Arcturus mógłby je policzyć, aby mnie sprawdzić. Najbezpieczniej byłoby je po prostu wyrzucić.

Wyjęłam po jednej z nich z każdego blistra. Czerwoną, białą i zieloną. Żadna nie była opisana.

To miasto przepełniały nieludzkie stworzenia i rzeczy, których wciąż nie rozumiałam. Być może te pigułki miały mnie przed czymś chronić: toksynami, napromieniowaniem – skażeniem, przed którym ostrzegał nas Sajon. Może to nie było kłamstwo. Może jednak powinnam je wziąć. W końcu i tak będę musiała, kiedy wróci Arcturus.

Ale teraz go tu nie było. Nie mógł mnie zobaczyć. Spłukałam wszystkie trzy pigułki w umywalce. Niech sam sobie je połyka i się nimi udusi.

Kiedy spróbowałam otworzyć drzwi, okazało się, że nie są już zamknięte na klucz. Zeszłam kamiennymi schodami z powrotem do krużganków. Rezydencja była ogromna. Przy drzwiach wyjściowych koścista dziewczyna z różowym nosem i brudnymi blond włosami zastępowała ubranego na czerwono chłopca. Spojrzała na mnie zza kontuaru, kiedy podeszłam bliżej.

– Cześć – powiedziała. – Musisz być tu nowa.

– Tak.

– A więc zaczęłaś swoją podróż od wspaniałego miejsca. Witamy w Magdalenie, najlepszej rezydencji w Szeolu I. Jestem XIX-49-33, nocny stróż. W czym mogę ci pomóc?

– Możesz mnie stąd wypuścić.

– Masz pozwolenie?

– Nie wiem. – Niewiele mnie to obchodziło.

– Okej, sprawdzę. – Jej uśmiech zmalał. – Twój numer?

– XX-59-40.

Dziewczyna sprawdziła w księdze głównej. Kiedy znalazła właściwą stronę, popatrzyła na mnie szerokimi oczyma.

– To ciebie przygarnął Naczelnik?

Cóż, można było to nazwać i w ten sposób.

– Nigdy wcześniej nie brał na lokatora człowieka – mówiła dalej. – Niewielu w Magdalenie tak robi. Większość to Refaici z kilkoma asystentami ludźmi. Masz wielkie szczęście, że dał ci zakwaterowanie.

– Już to słyszałam – powiedziałam. – Mogę zadać ci kilka pytań odnośnie do tego miejsca?

– Śmiało.

– Gdzie dostanę coś do jedzenia?

– Naczelnik zostawił wiadomość. – Wysypała mi na dłoń garść stępionych igieł, tanich pierścieni z cyny i naparstki. – Proszę bardzo. To noumeny. Cyrkowcy zawsze ich potrzebują. Możesz wymienić je na jedzenie na straganach, jest tam swego rodzaju dzika osada, ale to niezbyt dobry pomysł. Na twoim miejscu zaczekałabym, aż twój opiekun da ci jeść.

– Zrobi to?

– Być może.

Teraz miałam jasność.

– Gdzie jest ta osada? – zapytałam.

– Na ulicy Szerokiej. Po wyjściu z Magdaleny skręć w prawo, a potem w pierwszą w lewo. Znajdziesz. – Przekręciła stronę księgi na nową kartę. – Tylko pamiętaj, nie wolno ci przebywać w miejscach publicznych bez zezwolenia ani wchodzić do żadnego mieszkania. Na sobie masz mieć tylko mundur. A, i bezwzględnie m u s i s z wrócić tutaj przed świtem.

– Dlaczego?

– Refaici śpią w ciągu dnia. Domyślam się, że wiesz, że duchy łatwiej zobaczyć po zachodzie słońca.

– A to ułatwia trening.

– Otóż to.

Nie podobała mi się ta dziewczyna.

– Ty masz opiekuna?

– Tak, mam. Nie ma go teraz.

– A gdzie jest?

– Nie wiem. Ale z pewnością robi coś ważnego.

– Rozumiem. Dzięki.

– Nie ma za co. Dobrej nocy! I pamiętaj – dodała – nie przechodź na drugą stronę mostu.

Cóż, komuś tu zrobiono pranie mózgu. Uśmiechnęłam się i wzięłam przepustkę.

Na zewnątrz było zimno. Zaczęłam się zastanawiać nad swoją sytuacją. Naczelnik. Jego imię wymawiano szeptem niczym modlitwę, obietnicę. Czym on się różnił od innych? Co oznaczał termin „małżonek krwi"? Obiecałam sobie, że dowiem się tego później. Najpierw musiałam coś zjeść. Potem znaleźć Seba. Ja przynajmniej miałam gdzie spać po powrocie. On mógł nie mieć aż tyle szczęścia.

Opadła gęsta mgła. To miasto zdawało się w ogóle nie mieć elektryczności. Po mojej lewej stronie znajdował się kamienny most, obsadzony z obu stron latarniami. To pewnie właśnie tędy nie wolno mi iść. Szereg ubranych na czerwono strażników tarasował przejście pomiędzy miastem i światem zewnętrznym. Kiedy się zatrzymałam, wszyscy, cała dziesiątka, wycelowali we mnie z broni. Broń Sajonu. Stopnie wojskowe. Z ich wzrokiem wymierzonym w moje plecy ruszyłam odnaleźć osadę.

Ulica biegła wzdłuż terenu Magdaleny, oddzielona od rezydencji wysokim murem. Przeszłam przez trzy ciężkie drewniane drzwi, każde strzeżone przez strażnika w czerwonej tunice. Mur był zwieńczony żelaznymi kolcami. Spuściłam głowę i podążyłam za wskazówkami 33. Kolejna ulica, tak samo pusta jak poprzednia, bez cienia latarni. Gdy wynurzyłam się z ciemności, z niemal zamarzniętymi z zimna rękoma, znalazłam się w czymś, co mogło przypominać centrum miasta. Po lewej znajdowały się dwa ogromne budynki. Ten bliższy miał kolumny i zdobiony fronton, jak Wielkie Muzeum w Pierwszej Kohorcie. Przeszłam obok niego w kierunku Szerokiej. Światło podgrzewaczy błyszczało na każdym stopniu i gzymsie. Odgłosy ludzkiego życia rozbrzmiewały pośród nocy.

Wzdłuż ulicy biegły rozchwiane stragany i kramy z jedzeniem, oświetlane brudnymi lampionami, szkieletowe i mroczne. Po ich jednej stronie znajdowały się rzędy prymitywnych chat, budy i namioty wykonane z blachy falistej, sklejki i plastiku – slumsy w centrum miasta.

I syrena. Stary mechaniczny model z pojedynczym rozdziawionym rogiem. Nie taki jak przypominające ul elektryczne skupiska w placówkach NDK, zaprojektowane do użycia w nadzwyczajnej sytuacji. Miałam nadzieję, że nigdy nie usłyszę tego dźwięku dobywającego się z wirników. Ostatnie, czego potrzebowałam, to jakaś tropiąca mnie ludożercza maszyna.

Woń pieczonego mięsa wabiła mnie w kierunku ruder. Żołądek skręcał mi się z głodu. Podążając za zapachem, weszłam w ciemny, wąski tunel. Chaty wyglądały jak połączone ze sobą tunelami ze sklejki, połatane kawałkami metalu i sukna. Nie miały wielu okien, za to oświetlały je świece i lampy naftowe. Byłam tam jedyną osobą w białej tunice, ubrania wszystkich osób były brudne, kolory nie ożywiały bladych karnacji i pozbawionych życia, przekrwionych oczu. Żaden z tych ludzi nie wyglądał na zdrowego. Musieli to być cyrkowcy: ludzie, którzy oblali testy i zostali skazani na zapewnianie rozrywki Refaitom aż po kres życia, a może nawet i po śmierci. Większość z nich była wróżbitami i augurami. To najbardziej powszechny rodzaj jasnowidzów. Kilkoro spojrzało na mnie, ale nie zatrzymywali się. Wyglądało to tak, jakby nie chcieli patrzeć zbyt długo.

Zapach jedzenia dochodził z ogromnego kwadratowego pomieszczenia. W dachu z blachy falistej wycięto dziurę, która spełniała funkcję komina. Usiadłam w ciemnym rogu, starając się nie przyciągać niczyjej uwagi. Mięso serwowano w cienkich jak wafel plasterkach, jeszcze różowe i miękkie w środku. Cyrkowcy podawali sobie talerze z mięsem, warzywami i śmietaną ze srebrnych naczyń. Kłócili się o jedzenie, wpychając je sobie do ust i oblizując palce z gorących soków. Zanim zdążyłam się odezwać, jeden z nich wcisnął mi w ręce talerz. Był wychudzony, ubrany w coś, co przypominało szmaty. Na nosie miał porysowane okulary.

– Mayfield nadal rządzi?

– Mayfield? – Uniosłam brew.

– Tak, Abel Mayfield – wycedził sylabami. – Wciąż zasiada w Archonie? Wciąż jest Wielkim Inkwizytorem?

– Mayfield zmarł wieki temu.

– Więc kto rządzi teraz?

– Frank Weaver.

– Aha. Nie masz przypadkiem przy sobie egzemplarza „Potomka"?

– Wszystko skonfiskowali. – Rozglądnęłam się za jakimś wolnym miejscem. – Czy ty naprawdę myślałeś, że Mayfield wciąż jest Inkwizytorem? – Przecież nie da się nie znać nazwiska panującego. Scarlett Burnish wciąż powtarzała, że Weaver to alfa i omega Sajonu.

– Dobra, dobra, nie wymądrzaj się. A skąd niby miałem wiedzieć? Otrzymujemy aktualne wiadomości raz na dziesięć lat. – Złapał mnie za rękę, zaciągając w róg pomieszczenia. – Czy kiedykolwiek wznowili „Nagą Prawdę"?

– Nie. – Usiłowałam oswobodzić rękę, ale trzymał ją mocno.

– A Sinatra? Wciąż jest zakazany?

– Tak.

– Szkoda. A co z Fleapitem? Znaleźli go?

– Cyryl, ona dopiero co tu przybyła. Na pewno chciałaby coś zjeść.

Najwyraźniej ktoś dostrzegł moją niezbyt komfortową sytuację. Cyryl odwrócił głowę w kierunku mojego wybawcy, młodej kobiety. Miała skrzyżowane ręce i zadartą brodę.

– Cholerna z ciebie sknera, Rymore. Czyżbyś znowu dzisiaj wylosowała dziesięć mieczy?

– Jasne, myśląc o tobie.

Spojrzał spode łba, zabrał talerz i dał drapaka. Chciałam go złapać za koszulę, ale był szybszy. Dziewczyna potrząsnęła głową. Miała drobną, pociągłą twarz okoloną czarnymi, matowymi puklami. Czerwona szminka wyróżniała się na skórze niczym świeża rana.

– Byłaś wczoraj na przemówieniu, siostrzyczko. – Przez jej głos przebijał się warkot. – Musisz być bardzo głodna.

– Jadłam wczoraj rano – powiedziałam. Nie byłam pewna, czy mam się śmiać, kiedy ta drobna dziewczyna nazwała mnie siostrzyczką.

– To flux, wierz mi. Wyprał ci mózg. – Rozglądnęła się po pomieszczeniu. – Szybko. Chodź ze mną.

– Dokąd?

– Mam dziuplę. Możemy tam spokojnie porozmawiać.

Nie miałam ochoty podążać za nieznajomą, ale musiałam z kimś pogadać, więc poszłam.

Zdawała się znać tu wszystkich. Witała się z różnymi ludźmi, co chwilę na mnie zerkając. Jej ubrania były w nieco lepszym stanie niż strój innych cyrkowców: miała na sobie cienką koszulę z rozszerzanymi rękawami i przykrótkie spodnie. Musiało jej być bardzo zimno. Odsunęła poszarpaną zasłonę.

– Szybko – powiedziała. – Żeby nas nie widzieli.

Za zasłoną było ciemno, jedynie naftowy palnik dawał pobłysk światła. Usiadłam. Sterta poplamionych prześcieradeł i poduszka tworzyły prymitywne łóżko.

– Zawsze przyjmujesz zbłąkanych?

– Czasami. Wiem, jak to jest na początku. – Usiadła przy piecu. – Witaj w Rodzinie.

– Jestem częścią rodziny?

– Teraz tak, siostro. Nie jest to żadna sekta, nie myśl sobie. To rodzina stworzona dla ochrony. – Palcami zaczęła robić coś przy palniku. – Domyślam się, że należałaś do syndykatu.

– Możliwe.

– Ja nie. Centrala nie potrzebowała takich jak ja. – Ulotny uśmiech pojawił się na jej ustach. – Przybyłam tutaj podczas ostatnich Żniw.

– Czyli jak dawno temu?

– Dziesięć lat. Byłam wtedy trzynastolatką. – Wyciągnęła zgrubiałą dłoń w moim kierunku. Uścisnęłam ją, ale nie od razu. – Liss Rymore.

– Paige.

– XX-59-40?

– Tak.

Liss zauważyła moje zdziwienie.

– Przepraszam – powiedziała. Siła przyzwyczajenia. A może to już efekt prania mózgu.

Wzruszyłam ramionami.

– A ty jaki masz numer?

– XIX-49-1.

– Skąd znałaś mój?

Wlała trochę spirytusu metylowego do kuchenki.

– W tak małym mieście wiadomości szybko się rozchodzą. Z zewnątrz nic do nas nie dociera. Nie chcą, żebyśmy wiedzieli, co się dzieje w wolnym świecie. O ile Sajon można nazwać „wolnym". – Pojawił się niebieski płomień. – Teraz wszyscy o tobie mówią.

– Dlaczego?

– Nic nie wiesz? Arcturus Mesarthim nigdy wcześniej nie wziął człowieka do swojej rezydencji. W ogóle nigdy nie interesował się ludźmi. Przykro mi to mówić, ale to teraz temat numer jeden. No cóż, nie mamy dostępu do tabloidów.

– Wiesz może, dlaczego mnie wybrał?

– Przypuszczam, że Nashira chce mieć cię na oku. On jest jej małżonkiem krwi, jej narzeczonym. Trzymamy się od niego z daleka. Rzadko kiedy opuszcza swą wieżę. – Postawiła garnek na palniku. – Zrobię ci coś do jedzenia, zanim pogadamy. Wybacz. My, klauni, od wielu już lat nie jadamy przy stole.

– Klauni?

– Tak czerwoni nazywają cyrkowców. Nie darzą nas sympatią.

Podgrzała trochę bulionu i nalała go do miski. Zaproponowałam jej kilka pierścieni, ale potrzasnęła głową.

– Ja stawiam.

Spróbowałam tego bulionu. Był bez zapachu, przeźroczysty i smakował obrzydliwie, ale był ciepły. Liss obserwowała mnie, jak opróżniam miskę do czysta.

– Proszę. – Podała mi kawałek czerstwego chleba. – Cienka zupa, mówimy na nią breja, i czerstwy chleb. Przyzwyczaisz się. Większość opiekunów wciąż zapomina, że musimy normalnie jeść.

– Tam jest mięso. – Wskazałam na główne pomieszczenie.

– To z okazji dwudziestych Żniw. Zrobiłam wcześniej tę breję z mięsnego wywaru. – Nalała sobie do miski. – Polegamy na zgniłkach, dzięki nim nie głodujemy. To jedzenie pochodzi z ich kuchni – powiedziała, skinąwszy głową na kuchenkę i garnek. – Mają gotować tylko dla czerwonych, ale ukradkiem przekazują nam jedzenie, kiedy tylko mogą. Niestety odkąd złapano jedną dziewczynę, są mniej skorzy do pomocy.

– Co się stało?

– Pobili zgniłka. Jasnowidz, którego karmiła, został pozbawiony snu na cztery dni. Jak go wypuszczali, bredził.

Pozbawianie snu. Nowatorska kara. Umysły jasnowidzów funkcjonowały na dwóch poziomach: życia i śmierci. To było męczące. Pozbawienie jasnowidza snu doprowadziłoby go do obłędu.

– Kto dostarcza jedzenie do miasta?

– Nie mam pojęcia. Może pociąg, ale nie sądzę. Coś byśmy o tym wiedzieli. – Uniosła stopy bliżej kuchenki. – Jak myślisz, jak długo trwała zaraza mózgu?

– Całą wieczność?

– Pięć dni. Skazują debiutantów na pięć dni piekła, zanim podadzą antidotum.

– Po co?

– Żeby od razu zrozumieli, gdzie jest ich miejsce. Tutaj jesteś tylko numerem, dopóki nie zdobędziesz kolorów. – Liss też poczęstowała się miseczką bulionu. – A więc mieszkasz w Magdalenie?

– Tak.

– Prawdopodobnie słyszałaś to już wiele razy, ale możesz uważać się za szczęściarę. Magdalena to jedno z najbezpieczniejszych miejsc dla człowieka.

– Ile ich jest?

– Ludzi?

– Nie, rezydencji.

– A, jasne. Każda rezydencja to mała dzielnica. Siedem z nich przeznaczono dla ludzi: Balliol, Corpus, Exeter, Merton, Oriel, Queens i Trinity. Nashira mieszka w rezydencji Suzerena, tam, gdzie wysłuchaliście przemówienia. Na południe jest Dom i Zamek, czyli ośrodek dla internowanych, i wreszcie miejsce dla wyrzutków, Rookery. Ulica, na której teraz jesteśmy, nazywa się Szeroka. Biegnie równolegle do Alei Magdaleny.

– A co jest dalej?

– Wyludniona wieś. Nazywamy ją Ziemią Niczyją. Nafaszerowana pułapkami i minami.

– Czy kiedykolwiek ktoś próbował przez nią przejść?

– Tak.

Wyprostowała ramiona. Wzięłam kolejny łyk brei.

– Jak było w Wieży?

Spojrzałam na nią.

– Nie byłam tam.

– Spadłaś z księżyca czy jak? – Kiedy zmarszczyłam brwi, Liss potrząsnęła głową. – Przez dziesięć lat zbierają jasnowidzów na kolejne Żniwa. Niektórzy przebywają w Wieży przez dekadę, zanim ich tu przyślą.

– Chyba żartujesz. – To by tłumaczyło, co ten biedak robił tam przez dziewięć lat.

– Mówię poważnie. Niezłe z nich cwaniaki, jeśli chodzi o umiejętność okiełznania nas. Znają wszystkie nasze słabe punkty, wiedzą, jak nas złamać. Dziesięć lat w Wieży złamałoby każdego.

– Kim oni są?

– Nie mam pojęcia, na pewno nie ludźmi. Zanurzyła kawałek chleba w brei. – Zachowują się jak bogowie. Chcą być tak traktowani.

– A my jesteśmy ich wyznawcami.

– Nie tylko wyznawcami. Zawdzięczamy im życie. Nigdy nie pozwalają nam zapomnieć, że to oni chronią nas przed szerszeniami i że bycie niewolnikiem jest „dla naszego dobra". Powtarzają nam, że poza niewolnictwem czeka nas tylko śmierć. Albo prześladowania ze strony Inkwizytora.

– Szerszenie?

– Emmici. Tak ich nazywamy.

– Dlaczego?

– Zawsze tak na nich mówiliśmy. Wydaje mi się, że czerwoni to wymyślili. To właśnie oni muszą z nimi walczyć.

– Jak często?

– Zależy od pory roku. W zimie atakują częściej. Wysłuchuj syreny. Pojedynczy dźwięk zwołuje czerwonych. Jeżeli tonacja się zmienia, uciekaj do środka. To oznacza, że się zbliżają.

– Wciąż nie rozumiem, czym oni są. – Urwałam kawałek chleba. – Czy są podobni do Refaitów?

– Słyszałam różne historie. Czerwoni lubią nas straszyć. – Blask ognia z kuchenki odbijał jej się na twarzy. – Podobno Emmici przyjmują różne formy. Samo przebywanie w ich pobliżu może cię zabić. Niektórzy mówią, że potrafią wyrwać duszę z ciała. Inni nazywają ich gnijącymi olbrzymami, cokolwiek to znaczy. Jeszcze inni twierdzą, że to chodzące kości szukające skóry. Nie wiem, ile z tego jest prawdą, ale jestem pewna, że żywią się ludzkim mięsem. Są od niego uzależnieni. Nie zdziw się, jak zobaczysz tu kilku bez ręki lub nogi.

Powinnam zwymiotować, ale tylko mnie zmierziło. To po prostu brzmiało zbyt nieprawdopodobnie. Liss sięgnęła, by poprawić zasłonę, oddzielającą nas od ludzi na zewnątrz. Zauważyłam stertę kolorowych jedwabi.

– To ty jesteś akrobatką – powiedziałam.

– Podobało ci się?

– Bardzo.

– Tak zarabiam tu na życie. Na szczęście szybko to podłapałam, dawniej chałturzyłam w pobliżu teatrzyków. – Oblizała usta. – Widziałam cię wczoraj z Pleione. Wszyscy mówili o twojej aurze.

Nie odpowiedziałam. To było niebezpieczne rozmawiać o mojej aurze, zwłaszcza że dopiero co poznałam tę dziewczynę.

Liss przyglądała mi się badawczo.

– Jesteś widząca?

– Nie. – Prawda.

– Za co cię aresztowali?

– Zabiłam kogoś. Podstrażnika. – Prawda.

– W jaki sposób?

– Nożem – odpowiedziałam. – Pod wpływem emocji. – Fałsz.

Liss długo na mnie patrzyła. Była w pełni widząca, to charakteryzowało wróżbitów. Mogła widzieć moją czerwoną aurę tak wyraźnie jak moją twarz. Jeśli byłaby w temacie, wiedziałaby, do jakiej kategorii należę.

– Chyba coś kręcisz. – Przebierała palcami po podłodze. – Nigdy nie przelałaś krwi.

Była dobra jak na wróżbitę.

– Nie jesteś wyrocznią – powiedziała bardziej do siebie niż do mnie. – Widziałam już wyrocznie. Jesteś zbyt spokojna, żeby być narwańcem i z pewnością nie jesteś medium. Więc musisz być – w jej oczach pojawiło się olśnienie – śniącym wędrowcem. – Znów spojrzała na mnie. – Mam rację?

Odwróciłam wzrok. Liss usiadła na stopach.

– No to wszystko jasne.

– Co?

– Dlaczego Arcturus się tobą zainteresował. Nashira jeszcze nigdy nie znalazła wędrowca, a b a r d z o tego pragnie. Chce być pewna, że jesteś chroniona. Nikt cię nie tknie, skoro należysz do niego. Jeżeli jej zdaniem istnieje najmniejsza szansa, że jesteś wędrowcem, rozprawi się z tobą.

– W jaki sposób?

– Nie spodoba ci się.

Wątpiłam, że cokolwiek mogłoby mnie jeszcze zaskoczyć.

– Nashira posiada pewien dar – kontynuowała Liss. – Zauważyłaś tę dziwną aurę, która ją otacza? – Skinęłam. – Ma większe umiejętności. Wędruje różnymi ścieżkami w zaświaty.

– To niemożliwe. Wszyscy mamy ten sam dar.

– Wydaje ci się, że wszystko wiesz? Nie łudź się. Szeol rządzi się swoimi prawami. Pogódź się z tym, to będzie ci łatwiej. – Oparła brodę o kolana. – Nashira ma pięciu aniołów stróżów. Jakimś cudem udaje jej się zatrzymać ich przy sobie.

– Jest spoiwem?

– Tego nie wiemy. Kiedyś pewno była, ale jej aura została naruszona.

– Przez co?

– Przez anioły. – Kiedy zmarszczyłam brwi, Liss westchnęła. – To tylko teoria. Wydaje nam się, że ona potrafi posługiwać się darami, których anioły używały za życia.

– Tego nie może robić nawet spoiwo.

– Otóż to. – Zerknęła na mnie. – Jeśli chcesz mojej rady, nie wychylaj się. Nie zdradzaj, kim jesteś naprawdę. Jeśli ona się dowie, że jesteś wędrowcem, już po tobie.

Starałam się nie okazywać emocji. Trzy lata w syndykacie uodporniły mnie na niebezpieczne sytuacje, ale tu było inaczej. Będę musiała nauczyć się unikać nowego zagrożenia.

– Co mam zrobić, żeby się nie dowiedziała?

– Nie wiem, może być trudno. Będą cię sprawdzać, będą chcieli, żebyś pokazała, co potrafisz. To właśnie oznaczają te tuniki. Po pierwszym teście różowa, po drugim czerwona.

– Ale ty oblałaś testy.

– Na szczęście. Teraz podlegam Nadzorcy.

– Kto był twoim opiekunem?

– Gomeisa Sargas. – Liss znów spojrzała na kuchenkę.

– Kim on jest?

– Kolejnym władcą krwi. Zawsze jest dwoje, on i ona.

– Ale Arcturus jest…

– Tak, zaręczony z Nashirą. Ale nie jest z „krwi" – rzekła z lekkim obrzydzeniem. – Tylko rodzina Sargas może przejąć koronę. Władcy krwi nie mogą być kojarzeni w pary, to byłoby kazirodztwo. Arcturus pochodzi z innej rodziny.

– Więc jest małżonkiem księciem.

– Małżonkiem krwi. To znaczy to samo. Jeszcze trochę brei?

– Nie, dzięki. – Widziałam, jak zanurza miskę w balii z tłustą wodą. – W jaki sposób oblałaś testy?

– Pozostałam człowiekiem. – Uśmiechnęła się delikatnie. – Refaici nie są ludźmi. Bez względu na to, jak bardzo są do nas podobni, nie są tacy jak my. Nic *tutaj* nie mają. – Palcem wskazała na klatkę piersiową. – Jeśli chcą, żebyśmy z nimi współpracowali, muszą pozbawić nas duszy.

– Ale jak?

Zanim odpowiedziała, ktoś szybkim ruchem odciągnął zasłonę. Chudy Refaita stanął w drzwiach.

– Ty – warknął na Liss, która natychmiast obiema rękami złapała się za głowę. – Wstawaj. Ubieraj się, leniwy brudasie. Masz *gościa*? Za kogo ty się uważasz?

Liss wstała. Nagle osłabła, zrobiła się mała i krucha. Jej lewa ręka zaczęła się trząść.

– Wybacz mi, Suhail – odpowiedziała. – 40 jest tu nowa. Chciałam wytłumaczyć jej zasady Szeolu I.

– 40 powinna znać już wszystkie zasady.

– Nie gniewaj się.

Na dłoniach miał rękawice. Podniósł jedną rękę, jakby chciał ją uderzyć.

– Właź na jedwabie.

– Myślałam, że dzisiaj nie występuję. – Cofnęła się w róg chaty. – Rozmawiałeś z Nadzorcą?

Przyjrzałam mu się uważnie. Tak jak inni Refaici był wysoki i miał złotą skórę, ale nie posiadał tego pustego spojrzenia jak pozostali. Każda zmarszczka na jego twarzy kipiała nienawiścią.

– Nie muszę rozmawiać z Nadzorcą, mała marionetko. 15 jest niedysponowany. Czerwoni mają nadzieję, że ich ulubiony głupiec go zastąpi. – Zamilkł na chwilę. – Chyba że chcesz do niego dołączyć w ośrodku dla internowanych? Za dziesięć minut wchodzisz na scenę.

Liss się wzdrygnęła. Skuliła ramiona i odwróciła wzrok.

– Zrozumiałam – odpowiedziała.

Wychodząc, zerwał zasłonę. Pomogłam Liss ją podnieść. Trzęsła się, cała się trzęsła.

– Kto to był?

– Suhail Chertan. Nadzorca zawsze się denerwuje przez te całe przedstawienia, to on odpowiada przed Suhailem, jeśli coś nam nie wyjdzie. – Przetarła oczy rękawem. – 15 to ten, który został pozbawiony snu. Jordan. Jest drugim akrobatą.

Wzięłam od niej zasłonę. Miała zakrwawiony rękaw.

– Skaleczyłaś się?

– Nie, nic się nie stało. – Musiało się coś stać. – Wszystko w porządku. – Przetarła twarz, pod jej oczami zostały czerwone smugi. – On po prostu zabrał trochę mojej aury.

– Co zrobił?

– Nakarmił się mną.

Byłam pewna, że się przesłyszałam.

– *Nakarmił* się tobą – powtórzyłam.

Liss się uśmiechnęła.

– Nie wspomnieli o tym, że Refaici karmią się aurą? Jakoś zawsze im to umyka.

Jej twarz była w smugach krwi. Poczułam ucisk w żołądku.

– To niemożliwe. Aura nie podtrzymuje życia – powiedziałam. – Podtrzymuje jasnowidzenie. Nie…

– *Ich* utrzymuje przy życiu.

– Ale to oznaczałoby, że nie są tylko jasnowidzami. Musieliby być ucieleśnieniem zaświatów.

– Być może są. – Liss naciągnęła lichy koc na ramiona. – Po to właśnie my, klauni, tu jesteśmy. Robimy za maszyny wytwarzające aurę. Stanowimy strawę dla Refaitów. Ale wami, mundurkami, się nie karmią. To wasz przywilej. – Spojrzała na kuchenkę. – Chyba że oblejecie testy.

Zamilkłam na chwilę. Nie mogłam pojąć, jak Refaici mogą pożywiać się aurą. Przecież to było łącze z zaświatami, wyjątkowe dla każdego jasnowidza. Nie potrafiłam zrozumieć, jak może zapewnić im przetrwanie.

Te wszystkie nowe wiadomości rozjaśniły mi zasady funkcjonowania Szeolu. To dlatego brali jasnowidzów w swoje szeregi. To dlatego nie pozbywali się cyrkowców, jeżeli ci nie potrafili walczyć z Emmitami. Nie chcieli, żeby tylko dla nich występowali, bo niby po co? To były tylko idiotyczne wymówki, aby nie nudzili się, posiadając taką moc. Nie byliśmy jedynie ich niewolnikami; byliśmy ich źródłem pożywienia. Właśnie dlatego to my płaciliśmy za ludzki błąd, nie ślepcy.

I pomyśleć, że jeszcze kilka dni temu byłam w Londynie, żyłam sobie spokojnie w Siedmiu Tarczach, nie mając zielonego pojęcia o istnieniu tej kolonii.

– Ktoś musi ich powstrzymać – powiedziałam. – To jakieś szaleństwo.

– Oni są tutaj od dwustu lat. Nie wydaje ci się, że ktoś by ich już powstrzymał do tego czasu?

Odwróciłam się, serce waliło mi jak młot.

– Przepraszam. – Liss spojrzała na mnie. – Nie chciałam cię wystraszyć, ale ja jestem tu już od dziesięciu lat. Widziałam, jak ludzie walczyli, chcieli powrócić do swego dawnego życia, i wszyscy zginęli. W końcu każdy się poddaje.

– Ty jesteś wieszczem? – Wiedziałam, że nie jest, ale chciałam sprawdzić, czy skłamie.

– Mam sokoli wzrok. – Tak kiedyś określano kartowróży. Uliczny slang z poprzedniej dekady. – Już jak czytałam z kart po raz pierwszy, od razu wiedzieli.

– Co widziałaś?

Przez chwilę myślałam, że nie usłyszała. Ale poszła na drugą stronę chaty i uklękła obok małego drewnianego pudełka.

Wyjęła talię kart tarota, związaną czerwoną wstążką, i wręczyła mi jedną z nich. Głupca.

– Zawsze wiedziałam, że jestem skazana na sam spód talii – powiedziała. – Nie myliłam się.

– Możesz mi powróżyć?

– Innym razem. Musisz już iść. – Liss wyjęła kawałek żywicy z komody. – Odwiedź mnie wkrótce, siostro. Nie mogę cię chronić, ale jestem tu już tyle lat, że mogę pomóc ci uniknąć śmierci. – Uśmiechnęła się lekko. – Witamy w Szeolu I.

Liss udzieliła mi wskazówek, jak dojść do Domu Ślepców, dokąd Seb został zabrany przez Szarego Opiekuna – jednego z Refaitów, który sprawował nadzór nad kilkoma pracującymi ślepcami. Nazywał się Graffias Sheratan. Dała mi też trochę chleba i mięsa dla Seba. „Nie pozwól, żeby Graffias cię zobaczył", powiedziała.

Sporo się dowiedziałam w ciągu ostatnich czterdziestu minut. Najbardziej niepokojącą informacją było to, że Nashira się mną interesuje. Nie miałam ochoty zostać jej duchem niewolnikiem po wieczne czasy. Zawsze obawiałam się też przejścia w zaświaty, do miejsca, gdzie wszystko umiera. Nigdy nie mogłam znieść myśli, że być może pozostanę niespokojnym duchem, zaciskiem zapasowej amunicji dla rozrywki i handlu pomiędzy jasnowidzami. To jednak nie powstrzymywało mnie przed przywoływaniem szpuli duchów dla ochrony ani licytowaniem, w imieniu Jaxa, wściekłej Anne Naylor, która została zamordowana jeszcze jako młoda dziewczyna.

Ostrzeżenie Liss wytrąciło mnie z równowagi. „W końcu każdy się poddaje".

Nie miała racji.

Dom Ślepców znajdował się poza głównym skupiskiem rezydencji. Aby tam dotrzeć, musiałam przejść kilkoma opuszczonymi ulicami. Widziałam mapy miasta w starym egzemplarzu

„Nagiej Prawdy" – kolejna pamiątka, którą Jax przemycił od Didiona Waite'a – orientowałam się więc, gdzie znajduje się większość znanych miejsc. Kierowałam się na północ, wzdłuż głównej drogi. Przy budynkach stało na posterunku kilku czerwonych, ale nie zwrócili na mnie szczególnej uwagi. Musiał istnieć pewien rodzaj bariery powstrzymującej nas od ucieczki – to coś i miny na Ziemi Niczyjej. Byłam ciekawa, jak wielu jasnowidzów zginęło, usiłując przez nie przejść.

Znalazłam właściwy budynek w ciągu kilku minut. Nie wyróżniał się niczym szczególnym, ale miał surowy wygląd i małą żelazną lukarnę powyżej bramy. Pod napisem „DOM ŚLEPCÓW" można było dostrzec, że wcześniej było tam napisane coś innego. Poniżej znajdowała się łacińska fraza: „DOMUS STULTORUM". Nie chciałam wiedzieć, co to oznacza. Zajrzałam przez kraty – mój wzrok zatrzymał się na spojrzeniu strażnika, Refaity. Miał ciemne, kręcone włosy sięgające do ramion i nadąsany wyraz twarzy. To musiał być Graffias.

– Mam nadzieję, że masz konkretne powody, aby przebywać w pobliżu Domu Ślepców – powiedział głębokim głosem przepełnionym drwiną.

Wszystkie moje powody nagle mi umknęły. Bliskość tej kreatury zmroziła mnie do kości.

– Nie – odpowiedziałam – ale mam to.

Wyjęłam noumeny – pierścienie, naparstki i igły. Spojrzenie Graffiasa było przepełnione taką nienawiścią i obrzydzeniem, że prawie odarło mnie ze skóry. Wolałam już znaleźć się na ich bezdusznych ulicach.

– Nie biorę łapówek. Ani nie potrzebuję bezwartościowych ludzkich świecidełek, żeby łączyć się z zaświatami.

Schowałam bezwartościowe ludzkie świecidełka z powrotem do kieszeni. To był głupi pomysł. Jasne, że on nie używał tego dziadostwa. To waluta chałturników.

– Przepraszam – powiedziałam.

– Wracaj do swojej rezydencji, biała, albo przywołam twojego opiekuna, żeby zrobił z tobą porządek.

Przyciągnął szpulę duchów. Odwróciłam się i odeszłam od bramy, zeszłam mu z oczu, nie odwracając się. Już miałam w pośpiechu powrócić do Magdaleny, kiedy gdzieś znad mojej głowy dobiegł mnie cichy głos.

– Paige, zaczekaj!

Zobaczyłam rękę wysuniętą przez kraty okna na drugim piętrze. Poczułam ulgę. Seb.

– Wszystko w porządku?

– Nie – powiedział dławiącym głosem. – Proszę cię, Paige, proszę, wyciągnij mnie stąd. Muszę się stąd wydostać. Ja, ja przepraszam, że nazwałem cię odmieńcem, przepraszam…

Spojrzałam przez ramię. Nikt nie patrzył w moim kierunku. Wspięłam się po gzymsie, sięgnęłam do tuniki i podałam mu paczkę z jedzeniem.

– Wydostanę cię stąd. – Uścisnęłam jego lodowatą dłoń przez kraty. – Zrobię, co w mojej mocy, żeby cię stąd wyrwać, ale daj mi trochę czasu.

– Oni mnie zabiją. – Rozwinął pakunek trzęsącymi się palcami. – Do tego czasu będę trupem.

– Co ci zrobili?

– Kazali mi szorować podłogę, aż ręce zaczęły krwawić, wtedy musiałem sortować potłuczone szkło, szukając czystych kawałków ich ornamentów. – Zauważyłam jego ręce, całe pokaleczone. Głębokie, brudne rany. – Jutro mam zacząć pracę w rezydencji.

– Jaką pracę?

– Jeszcze nie wiem. Nie chcę wiedzieć. Czy oni myślą, że jestem jednym z was? – Miał zachrypły głos. – Czego oni ode mnie chcą?

– Nie wiem. – Prawe oko miał spuchnięte i przekrwione. – Co ci się stało?

– Jeden z nich mnie pobił. Nie zrobiłem nic złego, Paige, naprawdę. Powiedział, że jestem ludzkim śmieciem. Powiedział…

Zwiesił głowę, jego warga zaczęła się trząść. To był dopiero pierwszy dzień, a już zrobili z niego worek treningowy. Jakim cudem przeżyłby tu tydzień albo miesiąc? Albo dziesięć lat, tak jak Liss?

– Zjedz to. – Zacisnęłam jego ręce na pakunku z jedzeniem. – Spróbuj przyjść jutro do Magdaleny.

– To tam mieszkasz?

– Tak, prawdopodobnie nie będzie mojego opiekuna. Będziesz mógł się wykąpać, może coś zjeść. Dobrze?

Seb skinął. Zdawał się majaczyć; z pewnością miał wstrząs mózgu. Potrzebował szpitala, odpowiedniego lekarza. Ale tu nie było lekarzy. Nikt się nim nie przejmował.

Dzisiaj nie byłam w stanie już nic więcej dla niego zrobić. Delikatnie ścisnęłam jego ramię, a potem zeskoczyłam z okna na ziemię i ruszyłam w kierunku centrum miasta.

6

Wspólnota

Powróciłam do rezydencji przed świtem. Dzienny stróż, ubrany na czerwono, dał mi zapasowy klucz do komnaty Naczelnika.

– Zostaw na biurku – powiedział. – Nawet nie próbuj go zachować dla siebie.

Nic nie odpowiedziałam. Weszłam na ciemną klatkę schodową, minęłam dwóch strażników. Zmroziło mnie, kiedy zobaczyłam ich oczy, lśniące niczym naturalne reflektory. I to podobno była bezpieczna rezydencja. Nie potrafiłam wyobrazić sobie, jak wyglądały inne.

Dzwony na wieży wybijały godzinę, zwołując ludzi do swych więzień. Kiedy weszłam do komnaty, zamknęłam drzwi na klucz i zostawiłam go na biurku. Ani śladu Naczelnika. W szufladzie znalazłam pudełko zapałek i zapaliłam kilka świec. Leżały tam też trzy identyczne pary skórzanych rękawic oraz szeroki srebrny pierścień z czerwonym klejnotem.

Przy ścianie stała gablota wykonana z ciemnego palisandru. Kiedy otworzyłam przeszklone drzwiczki, mój szósty zmysł przeszył kłujący ból.

W środku znajdowała się kolekcja przyrządów. Niektóre z nich znałam z czarnego rynku, inne były noumenami. Większość jednak stanowiły bibeloty: deseczka do pisania dla medium, kreda, tabliczka służąca do kontaktu z duchami – bezużyteczny spirytystyczny sprzęt, rzeczy, które ślepcy nieodmiennie kojarzyli z jasnowidztwem. Inne, na przykład kryształowa kula, mogły być wykorzystane do wróżenia. Nie byłam wróżbitą, więc dla mnie były nieprzydatne. Podobnie jak Graffias nie potrzebowałam przedmiotów do kontaktów z zaświatami.

Potrzebowałam natomiast respiratora. Do momentu znalezienia aparatu tlenowego będę musiała zachować ostrożność w częstotliwości odłączania swego ducha od ciała. W taki właśnie sposób poszerzałam swoje postrzeganie zaświatów: potrafiłam wypchnąć z ciała mojego ducha, kierując go w najodleglejsze miejsca mych wspomnień. Gdyby jednak ten stan utrzymywał się zbyt długo, mój naturalny oddech po prostu by się zatrzymał.

Coś przykuło moją uwagę – małe prostokątne pudełeczko z pięknym drewnianym kwiatem wygrawerowanym na wieku. Osiem płatków. Odbezpieczyłam zapięcie i uniosłam wieko. W środku leżały cztery zalakowane fiolki, każda z nich zawierała kleisty płyn o ciemnoczerwonym, prawie czarnym zabarwieniu. Zamknęłam pudełeczko. Nie chciałam wiedzieć, co to jest.

Ból powoli ustępował. Nigdzie nie widziałam bielizny na zmianę. Nie mam pojęcia, dlaczego liczyłam na to, że ją znajdę. On nie dbał przecież, w czym i jak mam spać. Obchodziło go jedynie, czy jeszcze żyję.

Ściągnęłam buty i położyłam się na tapczanie. W pokoju było zimno jak cholera, ale nie ośmieliłabym się tknąć pościeli z jego łóżka. Oparłam policzek o aksamitny podgłówek.

Po fluxie byłam osłabiona i zmęczona. Kiedy już prawie zasypiałam, mój duch wędrował w zaświaty i wracał z powrotem. Mijałam wspomnienia, chwytałam przebłyski pamięci. Krew i ból miały wspólny mianownik. W tej rezydencji znajdowali się jeszcze inni Refaici, ale ich umysły były zupełnie nieprzeniknione. Ludzkie umysły są bardziej otwarte, systemy obronne bardziej kruche. Od tych umysłów emanowało nieprzyjazne, zabrudzone światło – oznaka niebezpieczeństwa. W końcu zasnęłam.

Obudziło mnie skrzypnięcie podłogi. Otworzyłam oczy i zobaczyłam Naczelnika wchodzącego przez drzwi. Oprócz dwóch pozostałych świec jego oczy stanowiły jedyne źródło światła. Przeszedł przez pokój w moim kierunku. Udawałam, że śpię. Wydawało mi się, że trwa to wieczność. W końcu wyszedł. Tym razem stawiał kroki z mniejszą ostrożnością, więc dało się zauważyć, że utyka. Zatrzasnął drzwi do łazienki po wewnętrznej stronie.

Co miało moc zranić taką kreaturę jak on?

Nie było go kilka minut. W tym czasie mogłam policzyć każde uderzenie swego serca. Kiedy zamek w drzwiach znów się przekręcił, schowałam głowę między ramiona. Naczelnik wyszedł, był nagi. Zamknęłam oczy.

Nawet nie drgnęłam, kiedy po drodze do łóżka z baldachimem strącił na ziemię szklaną kulę. Zaświaty zamigotały niczym fale na wodzie. Szarpnął zasłony z łóżka. Dopiero kiedy jego umysł się uspokoił, otworzyłam oczy i usiadłam. Nie ruszał się.

Boso zbliżyłam się do niego i nieznacznie rozchyliłam zasłony, aby go zobaczyć. Leżał przykryty prześcieradłami, jego skóra połyskiwała w półmroku, włosy oplatały mu twarz. Patrząc na niego, zauważyłam, jak przyćmione światło rozchodzi się po pościeli w pobliżu jego prawej ręki.

Przeszukałam jego wspomnienia. Coś było nie tak. Niewiele rozumiałam, ale czułam, że coś się zmieniło. Każdy senny krajobraz ma swego rodzaju niewidzialne światło: wewnętrzny blask, niewyczuwalny dla ślepców. Teraz jego życiowe światło gasło.

Leżał nieruchomo. Kiedy spojrzałam na prześcieradła, zauważyłam, że są poplamione delikatnie świecącym, żółtozielonym płynem o metalicznym zapachu. Miałam wrażenie, że coś ciągnie mój szósty zmysł, jakbym wdychała zaświaty. Rozdzieliłam zasłony.

Płyn sączył z ugryzienia po wewnętrznej stronie jego dłoni. Przełknęłam ślinę. Widziałam odcisk zębów, skórę rozerwaną we wściekłym szale. Z rany wypływały jasne krople. Krew.

To była jego krew.

Musiał powiedzieć innym Refaitom, że się gdzieś wybierał. Wiedzieliby, że robił coś niebezpiecznego. Nie mieliby dowodów potwierdzających moją winę, gdyby zmarł.

Wtedy przypomniałam sobie, co mówiła mi Liss. *Refaici nie są ludźmi. Bez względu na to, jak bardzo są do nas podobni, nie są tacy jak my.*

Nie przejęliby się brakiem dowodów. Sfabrykowaliby je. Mogliby twierdzić, co tylko by chcieli. Gdyby zmarł na tym łóżku, mogliby z łatwością uznać, że go udusiłam. Nashira miałaby powód, aby szybko się mnie pozbyć.

Może powinnam to zrobić. To była moja szansa na pozbycie się go. Już raz zabiłam. Mogłabym to powtórzyć.

Miałam trzy możliwości. Mogłam tu siedzieć i patrzeć, jak umiera, zabić go albo spróbować mu pomóc. Wolałabym patrzeć, ale miałam przeczucie, że lepiej byłoby go uratować. W Magdalenie czułam się w miarę bezpiecznie. W tej chwili przeprowadzka była ostatnią rzeczą, której potrzebowałam.

Na razie mnie nie skrzywdził, lecz mógł to zrobić. Aby mną zawładnąć, musiałby mnie złamać, torturować, użyć wszelkich koniecznych środków, aby wymusić na mnie posłuszeństwo. Zabijając go teraz, ocaliłabym siebie. Sięgnęłam po poduszkę. Mogłabym to zrobić, mogłabym go udusić. „Tak, zrób to, zabij go". Zgięłam palce, zaciskając je na miękkiej bawełnie. „Zabij go!"

Nie potrafiłam. Obudziłby się. Obudziłby się i skręcił mi kark. Nawet gdyby tego nie zrobił, nie byłabym w stanie uciec. Strażnicy na zewnątrz skazaliby mnie na stryczek za morderstwo.

Musiałam mu pomóc.

Coś mówiło mi, żeby nie dotykać pościeli. Obawiałam się tego płynu. Zdawał się radioaktywny i przypominał mi ostrzeżenia Sajonu o skażeniu. Podeszłam do szuflady i wyjęłam parę jego rękawic. Były duże, wykonane na dłonie Refaitów. Palcom w nich brakowało zręczności. Zdjęłam jedno z czystych prześcieradeł. Cienki, delikatny materiał, nie dawał żadnego ciepła. Porwałam je na kilka długich pasków i poszłam do łazienki zamoczyć w gorącej wodzie. To mogło nie zadziałać, ale mogło też wystarczyć na kilka godzin, dopóki się nie obudzi i nie poszuka ratunku u innego z Refaitów. Jeśli będzie miał tyle szczęścia.

Powróciwszy do komnaty, uzbroiłam się w cierpliwość. Naczelnik wyglądał na martwego. Biło od niego zimno. Jego skóra miała szary odcień. Wykręciłam prześcieradła i zaczęłam oczyszczać ranę. Na początku byłam ostrożna, ale nawet nie drgnął. Nie obudziłby się.

Wycisnęłam wodę na ranę, zaczęłam oczyszczać ją z krwi i brudu. W końcu się z tym uporałam. Widziałam, jak jego klatka piersiowa podnosi się i opada, w gardle słychać było przepływ powietrza. Użyłam kolejnego prześcieradła, aby owinąć ranę, i zabezpieczyłam tymczasowy opatrunek wstęgą z mojej tuniki. Wtedy podniosłam pościel i delikatnie przykryłam jego ramię. To, czy przeżyje, zależało teraz od niego.

Obudziłam się kilka godzin później.
Cisza wskazywała na to, że nikogo nie ma w pokoju. Łóżko zostało posłane, pościel wymieniona. Zasłony były związane haftowanymi wstęgami, odbijającymi światło księżyca na ścianach komnaty.

Naczelnika już nie było.

Za oknami panowała głucha cisza. Usiadłam przy kominku. Całe to zdarzenie nie mogło być przecież wytworem mojej wyobraźni, chyba że wciąż byłam pod wpływem fluxu – ale przecież wzięłam antidotum. Moja krew była czysta. Wszystko wskazywało na to, że Naczelnik, z niewiadomych przyczyn, znowu wyszedł.

Nowy mundur leżał na łóżku, obok niego kolejny liścik. To samo pismo:

Jutro.

A więc nie zmarł we śnie. A moje szkolenie zostało opóźnione o kolejny dzień.

Rękawice zniknęły, musiał je zabrać. Poszłam do łazienki i wyszorowałam ręce w gorącej wodzie. Przebrałam się w nowy mundur, wyjęłam trzy pigułki z blistra i spłukałam je w umywalce. Dzisiaj dowiem się więcej. Nie obchodziło mnie, czy Refaici byli tutaj od dwustu, czy od dwóch milionów lat: nie pozwolę im wykorzystywać mojego jasnowidzenia. Nie byłam ich żołnierzem, a ono nie było ich lunchem.

Nocny stróż wypuścił mnie z rezydencji. Poszłam w kierunku Rookery i kupiłam miseczkę owsianki. Smakowała tak samo okropnie, jak wyglądała – niczym cement – ale zmusiłam się, aby ją zjeść. Jakaś dziewczyna, cyrkowiec, ostrzegła mnie, że Suhail krąży w pobliżu, więc nie mogłam tak po prostu siedzieć i jeść. Zapytałam ją, czy zna Juliana, opisując go ze szczegółami. Kazała mi sprawdzić w centralnych rezydencjach i zanim powróciła do pracy przy kuchence, podała mi ich nazwy i lokalizacje.

Stanęłam w ciemnym rogu. Jedząc, obserwowałam ludzi przechodzących obok mnie. Wszyscy mieli ten sam martwy wyraz oczu. Jasne kolory ich ubrań były wręcz obraźliwe, jak graffiti na tablicy nagrobnej.

– Robi się niedobrze, no nie?

Podniosłam wzrok. To była zaklinaczka dusz, zatrzymana razem ze mną tamtej pierwszej nocy. Na ramieniu miała brudny bandaż. Usiadła obok.

– Tilda.

– Paige – odpowiedziałam.

– Wiem. Słyszałam, że wylądowałaś w Magdalenie. – W ręku trzymała skręta. Dym unosił się gęsto z jego końca, pachniał przyprawami i perfumami. Rozpoznałam aromat fioletowego astra. – Częstuj się.

– Nie, dzięki.

– Daj spokój, to jest świetne. Lepsze niż tinto.

Tinto – laudanum* – było ulubioną słabostką ślepców pragnących zmieniać swój stan umysłu. Nie każdy lubił Floxy. Czasami aresztowano ślepców, posądzając ich o odmienność, gdyby tylko ktoś z NDK odkrył, że odurzali się tinto. Było jednak bezużyteczne dla jasnowidzów; zbyt słabe, aby wpływać na senny krajobraz.

– Skąd to masz? – zapytałam. Nie wierzyłam, że Refaici zezwalali na używanie eterycznych narkotyków.

* Dawna nazwa nalewki z opium, zawierająca około 10 procent opium (co odpowiada 1 procentowi morfiny).

– Jest tu jeden handlarz, sprzedaje za donopa. Twierdzi, że jest tu od szesnastych Żniw.

– Czterdzieści lat?

– Od dwudziestego pierwszego roku życia. Rozmawiałam z nim wcześniej. Wydaje się w porządku. – Ponownie zaproponowała mi skręta. – Na pewno nie chcesz się zaciągnąć?

– Daruję sobie. – Zamilkłam na chwilę, obserwując ją, jak pali. Musiała dobrze znać uzależnionych od astra albo, jak sami siebie nazywali, astromanów; tylko oni mówili na funta donop. Mogłaby mi pomóc. – Dlaczego nie trenujesz?

– Mój opiekun gdzieś poszedł. A ty, dlaczego nie trenujesz?

– Z tego samego powodu. Kto jest twoim opiekunem?

– Terebell Sheratan. Wygląda na niezłą francę, ale jeszcze nie zmieszała mnie z błotem.

– Jasne. – Patrzyłam, jak pali. – Wiesz może, co jest w tych pigułkach, które nam dają?

Skinęła głową.

– Ta mała biała to typowy środek antykoncepcyjny. Dziwię się, że nie widziałaś ich wcześniej.

– Środek antykoncepcyjny? Po co?

– Żebyśmy się nie rozmnażali, naturalnie. I krwawili. To znaczy chyba nie chciałabyś urodzić dzieciaka w tym miejscu?

Miała rację.

– Czerwona?

– Suplement żelaza.

– A ta zielona?

– Co?

– Trzecia pigułka.

– Nie ma trzeciej pigułki.

– W kapsułce – ciągnęłam. – Oliwkowozielona. Gorzka w smaku.

Tilda potrząsnęła głową.

– Nie mam pojęcia, sorry. Jeśli mi przyniesiesz jedną, mogę na nią zerknąć.

Poczułam ucisk w żołądku.

– Przyniosę – odpowiedziałam. Już miała zaciągnąć się po raz kolejny, kiedy jej przerwałam: – Ty poszłaś z Carlem, prawda? Po przemówieniu.

– Nic mnie nie łączy z tym zdrajcą. – Uniosłam brwi. Tilda wydmuchała liliowy dym. – Nic nie słyszałaś? Przeszedł na ich stronę. Złapał papilarniczkę, Ivy, tę z niebieskimi włosami, jak przemycała jedzenie od zgniłka. Doniósł na nią do jej opiekuna. Gdybyś tylko widziała, co jej zrobili.

– Mów dalej.

– Pobili ją. Ogolili jej głowę. Nie chce o tym mówić. – Zauważyłam, jak delikatnie zatrzęsła jej się dłoń. – Jeśli musimy robić takie rzeczy, żeby przeżyć w tym miejscu, wyślij mnie w zaświaty. Odejdę w spokoju.

Zapadła cisza. Tilda wyrzuciła już skręta.

– Wiesz może, w której rezydencji jest Julian? – spytałam i po chwili dodałam: – 26.

– Ten łysy? W Trinity, tak mi się wydaje. Możesz zerknąć przez bramy od tyłu; tam trenują rekruci, na trawnikach. Tylko nie pozwól, żeby któryś z nich cię zobaczył.

Gdy odchodziłam, widziałam, jak zapala kolejnego jointa.

Aster to morderca. To prawdopodobnie najbardziej nadużywana roślina na ulicach. Uzależnienie szerzyło się w miejscach takich jak Wyspa Jakuba. Kwiaty miał białe, niebieskie, różowe i fioletowe, każdy z nich inaczej wpływał na senny krajobraz. Eliza była uzależniona od białego astra latami, wszystko mi o nim opowiedziała. W odróżnieniu od niebieskiego, który przywracał wspomnienia, biały wywoływał efekt zwany mydleniem oczu lub częściową utratą pamięci. Chwilami zapominała, jak ma na imię. Później przerzuciła się na fioletowy, twierdząc, że pomaga jej się skupić na sztuce. Kazała mi przysiąc, że nigdy nie tknę żadnego z eterycznych narkotyków, więc nie widziałam sensu łamać danej obietnicy.

Zmroziło mnie, kiedy się dowiedziałam, że miałam dodatkową pigułkę. Chyba że to Tilda wyjątkowo miała tylko dwie. Będę musiała spytać jeszcze kogoś innego.

Od strony ulicy Trinity była obsadzona strażnikami. Korzystając ze swojej ograniczonej znajomości miasta, okrążyłam więc rudery, aby się dowiedzieć, gdzie mogą się znajdować tyły rezydencji. Doszłam do zewnętrznej palisady, która zamykała ogromny teren. Tilda miała rację: znajdowała się tu grupa białych, którym dowodziła Refaitka. Julian był wśród nich. Używali kijów zakończonych zielonym światłem lampy, aby wypychać duchy w powietrze. W pierwszej chwili myślałam, że to noumeny: przedmioty, przez które przenikały zaświaty i z których wróżbici czerpali swoją moc. Nigdy wcześniej nie widziałam, aby używano przedmiotów do kontroli duchów.

Wsłuchałam się w swój szósty zmysł. Wspomnienia ludzi skupiły się razem w zaświatach, a Refaici działali jako podpora. Przyciągali je do siebie niczym latarnia insekty.

Refaitka wybrała Juliana. Zamachnęła się swoim kijem, posyłając wściekłego ducha wprost na chłopaka. Ten, oszołomiony, upadł na ziemię.

– Wstawaj, 26.

Julian nawet nie drgnął.

– Wstawaj.

Nie był w stanie. No jasne, że nie był w stanie – właśnie został uderzony w twarz przez wściekłego ducha. Żaden jasnowidz nie dałby rady w s t a ć po czymś takim.

Jego opiekunka kopnęła go mocno w bok głowy. Wszyscy biali znieruchomieli, jakby teraz nadeszła ich kolej. Spojrzała na nich zimnym wzrokiem, a potem zniknęła w rezydencji, ciągnąc za sobą kłęby czarnej sukni. Ludzie wymienili spojrzenia, po czym podążyli za nią. Żaden z nich nie został, aby pomóc Julianowi. Ten leżał na trawie, skulony w pozycji embrionalnej. Usiłowałam otworzyć bramy, ale były zamknięte na ciężki łańcuch.

– Julian! – zawołałam.

Zadrżał i podniósł głowę. Kiedy mnie zobaczył, z trudem się podniósł i podszedł do bram. Na jego twarzy połyskiwał pot. Latarnie zgasły za jego plecami.

– Ona naprawę mnie lubi – powiedział. Wykręcił usta, usiłując się uśmiechnąć. – Jestem jej ulubieńcem.

– Co to był za duch?

– Stary. – Przetarł suche oczy. – Przepraszam, wciąż mam widzenia.

– Co widzisz?

– Konie. Książki. Ogień.

Duch zostawił ślad swej śmierci. To niemiły aspekt walki z duchami.

– Kim była ta Refaitka? – zapytałam.

– Nazywa się Aludra Chertan. Nie mam pojęcia, dlaczego zgłosiła się na opiekuna. Nienawidzi nas.

– Oni wszyscy nas nienawidzą. – Spojrzałam na trawnik. Aludra nie powróciła. – Możesz wyjść na zewnątrz?

– Mogę spróbować. – Podniósł rękę do głowy z grymasem na twarzy. – Twój opiekun już się tobą nakarmił?

– Prawie w ogóle go nie widuję. – Coś podpowiadało mi, aby nie wspominać o tym, co się stało poprzedniej nocy.

– Wczoraj Aludra nakarmiła się Felixem. Nie mógł przestać się trząść, kiedy w końcu doszedł do siebie. Na dodatek kazała mu trenować.

– Jak się czuje?

– Jest przerażony. Nie wyczuwał zaświatów przez dwie godziny.

– To, co robią nam, jasnowidzom, jest szaleństwem. – Spojrzałam przez ramię, sprawdzając, czy nie ma w pobliżu strażników. – Nie pozwolę im się mną karmić.

– Możesz nie mieć wyboru. – Zdjął lampę z bramy. – Twój opiekun ma dobrą reputację. Mówisz, że rzadko go widujesz?

– Ciągle gdzieś wychodzi.

– Dlaczego?

– Nie mam pojęcia.

Julian długo na mnie patrzył. Z tej odległości dostrzegłam, że był w pełni widzący, jak Liss. Półwidzący mogli włączać i wyłączać swego ducha, ale Julian był zmuszony widzieć małe nitki energii nieustannie.

– Wyjdę na zewnątrz – powiedział. – Nie jadłem od wczoraj rana. Wieczora. A zresztą.

– Możesz dostać przepustkę?

– Mogę zapytać.

Obserwowałam, jak jego cień znika w rezydencji. Dotarło do mnie, że może nigdy stamtąd nie wyjść.

Czekałam na niego w pobliżu Rookery. Już miałam zrezygnować, kiedy zauważyłam przebłysk białej tuniki. Julian wynurzył się przez małe drzwi, z ręką na twarzy. Kiwnęłam na niego.

– Co się stało?

– To, co musiało. – Jego głos był przytłumiony. – Powiedziała, że mogę coś zjeść, ale nie będę mógł czuć zapachu. Ani smaku.

Odsłonił twarz. Zamarłam. Gęsta ciemna krew sączyła mu się po brodzie. Pod oczami zaczęły się tworzyć siniaki. Miał czerwony, opuchnięty nos, popękane naczynka krwionośne.

– Potrzebujesz lodu. – Wciągnęłam go za ścianę ze sklejki. – Chodź. Cyrkowcy na pewno będą mieli coś, żeby temu zaradzić.

– Nic mi nie jest. Chyba go nie złamała. – Dotknął środka nosa. – Musimy pogadać.

– Pogadamy przy jedzeniu.

Gdy szliśmy przez Rookery, szukałam śladu jakiejkolwiek broni. Mogło to być nawet coś prymitywnego: tępa szpilka, odłamek szkła lub metalu. Nic nie zauważyłam. Jeśli cyrkowcy naprawdę byli nieuzbrojeni, nie mieli możliwości obronić się przed Emmitami, gdyby ci wdarli się do miasta. Refaici i czerwoni byli ich jedyną ochroną.

W środku budy z jedzeniem zmusiłam Juliana, aby zjadł miseczkę brei i trochę czerstwego chleba. Wsunęłam wróżbicie moje pozostałe noumeny w zamian za kradzione opakowanie paracetamolu. Nie powiedziałby mi, komu go ukradł ani jak tego dokonał; kiedy tylko dostał igły, znikł w tłumie. Musiał być prawdziwym jeżowróżem. Przeszliśmy z Julianem do ciemnego zaułka.

– Weź to – powiedziałam. – Tylko żeby nikt nie widział.

Julian nic nie odpowiedział. Wyjął dwie kapsułki i popił je. W pustej budzie znalazłam trochę wody i kawałek materiału. Wytarł nim zasychającą już krew.

– Więc – powiedział trochę niewyraźnie – co wiemy o Emmitach?

– Ja nie dowiedziałam się niczego nowego.

– Zdobyłem kilka informacji o zasadach panujących w tym miejscu, jeśli cię to oczywiście interesuje.

– Jasne, że tak.

– Biali ćwiczą podstawy przez kilka dni. Głównie walkę z duchami, przywoływanie szpuli i tak dalej. Po tym przechodzisz pierwszy test. To wtedy musisz zweryfikować swój talent.

– Zweryfikować?

– Udowodnić im, że do czegoś się nadajesz. Wróżbici muszą coś przewidzieć. Media coś posiąść. Tego typu rzeczy.

– A dokładniej?

– Musisz zrobić to, co potwierdzi twoją lojalność wobec Refaitów. Rozmawiałem o tym z odźwiernym w Trinity. Nie chciał wiele powiedzieć, ale podobno jego wizja ściągnęła kogoś innego do Szeolu. Musisz pokazać im to, co chcą zobaczyć, nawet jeśli sprowadzi to na kogoś nieszczęście.

Ścisnęło mnie w gardle.

– A drugi test?

– Coś z Emmitami. Wydaje mi się, że jeśli przeżyjesz, zostajesz czerwonym.

Mój wzrok powędrował po ruderze, w której siedzieliśmy. Wśród cyrkowców znalazłam może jednego, góra dwóch żółtych.

– Spójrz – powiedział ściszonym głosem. – Ta w rogu. Popatrz na jej palce.

Podążyłam za jego wzrokiem. Młoda kobieta wyjadała resztki brei, rozmawiając z mężczyzną, który nie wyglądał na zdrowego. Trzy z jej palców stanowiły kikuty. Kiedy ponownie rozejrzałam się po pomieszczeniu, zauważyłam inne obrażenia: ktoś nie miał ręki, inny miał widoczne ślady po ugryzieniu, kilka blizn po pazurach na rękach i nogach.

– Zdaje się, że ludzkie ciało im smakuje – powiedziałam. Liss nie kłamała.

– Na to wygląda. – Julian zaproponował mi swój posiłek. – Chcesz może to skończyć?

– Nie, dzięki.

Przez chwilę siedzieliśmy w ciszy. Nie patrzyłam już na nich, ale nie mogłam przestać myśleć o obrażeniach, jakie odnieśli ci ludzie. Poobgryzano ich jak kości z kurczaka, po czym wyrzucono do śmieci. Byli zupełnie bezbronni w tych nieszczęsnych, zostawionych samym sobie slumsach.

Nie chciałam, żeby Refaici dowiedzieli się, kim jestem. Ale, żeby zdać pierwszy test, byłam zmuszona im to ujawnić.

Czy ja w ogóle chciałam zdać te ich testy? Zastanawiając się, przeczesałam palcami włosy. Aby się dowiedzieć, czego oczekuje ode mnie Naczelnik, będę musiała zaczekać do jego powrotu. Mój los był w jego rękach.

Po kilku minutach spostrzegłam znajomą twarz: Carl. Nastała cisza. Cyrkowcy ustąpili mu miejsca, posłusznie patrzyli w ziemię. Wyciągnęłam szyję, aby zobaczyć, o co chodzi: miał na sobie różową tunikę. Co on robił w Rookery?

– Tilda mówiła, że zdał swój pierwszy test – powiedziałam do Juliana. – Jak myślisz, co musiał zrobić? Wystarczyło, że wydał Ivy?

– On jest wróżbitą. Pewno kazali mu znaleźć jego martwą ciotkę w filiżance herbaty – odpowiedział.

– To działka augurów. A ty nie jesteś wróżbitą?

– Tak naprawdę nigdy nie powiedziałem ci, że nim jestem. – Na ustach pojawił mu się przelotny uśmiech. – Nie tylko ty posiadasz zwodniczą aurę.

To dało mi do myślenia. Wróżbici byli uznawani za najniższą klasę jasnowidzów; z pewnością najliczniejszą – mógł się poczuć urażony. Albo to ja nie byłam tak dobra w rozpoznawaniu jasnowidzów, jak twierdził Jax.

Jax. Ciekawe, co teraz robił. Czy w ogóle się o mnie martwił. No jasne, że się martwił – w końcu byłam jego wędrowcem, jego ulubienicą. Nie miałam pojęcia, w jaki sposób mógłby mnie znaleźć. Może Dani albo Nick coś wymyślą, w końcu wcześniej pracowali dla Sajonu. Musi przecież istnieć jakaś baza danych więźniów, ukryta gdzieś przez Archon.

– Próbują go przekupić. – Julian obserwował dwóch cyrkowców. Coś do niego mówili, pokazując mu noumeny. – Na pewno myślą, że przeszedł teraz na stronę Refaitów.

Faktycznie, tak to wyglądało. Po tym, jak ich odpędził, wycofali się.

– Julian – zaczęłam – ile dostajesz pigułek?

– Jedną.

– Jak wygląda?

– Czerwona, okrągła. To chyba żelazo. – Przełknął breję. – Dlaczego pytasz, ile ty dostajesz?

No jasne. Sajon wyprodukował zastrzyk antykoncepcyjny dla mężczyzn, ale przecież nie było sensu sterylizować obu płci. Na szczęście, dzięki Carlowi, nie musiałam odpowiadać.

– I wtedy spojrzałem w kamień – mówił do jednego z białych, w otoczeniu kilku klaunów – i postanowiłem wywróżyć jej to, czego pragnęła. Okazało się, że bardzo chce znaleźć Białe Spoiwo, i naturalnie od razu, jak tylko zobaczyłem jego twarz, wiedziałem dokładnie, gdzie on się znajduje. Najwyraźniej to mim-lord I-4.

Śmiertelny chłód przeszył mi całe ciało. To był Jaxon.

– Paige? – powiedział Julian.

– Wszystko w porządku. Zaraz wrócę.

W jednej chwili znalazłam się tuż przy Carlu. Oczy prawie wyszły mu na wierzch, kiedy złapałam go za tunikę i zaciągnęłam w zaułek.

– Co widziałeś? – zapytałam syczącym głosem. Carl popatrzył na mnie zdziwionym wzrokiem.

– Co?

– Co powiedziałeś jej o Białym Spoiwie, Carl?

– Jestem XX-59-1.

– Nic mnie to nie obchodzi. Mów, co widziałeś.

– Nie rozumiem, jaki masz w tym interes. – Zmierzył wzrokiem moją białą tunikę. – Nie poczyniłaś postępów tak szybko, jak wszyscy się spodziewali. Czyżbyś rozczarowała swego wyjątkowego opiekuna?

Stanęłam z nim oko w oko na odległość kilku centymetrów. Teraz jeszcze bardziej przypominał szczura.

– Ja nie żartuję, Carl – powiedziałam ściszonym głosem. – I nie lubię zdrajców. Powiedz, co widziałeś.

Światło najbliższej latarni zamigotało. Nikt tego nie zauważył – cyrkowcy zdążyli się zająć już innymi sprawami – nikt oprócz Carla. W jego oczach zauważyłam strach.

– Nie widziałem dokładnie, gdzie jest – odparł w końcu – ale widziałem zegar słoneczny.

– Wywróżyłeś go?

– Tak.

– Czego ona chce od Spoiwa? – Zacisnęłam rękę na jego tunice.

– Nie wiem. Zrobiłem tylko to, co kazała. – Wyrwał mi się. – Po co zadajesz mi te wszystkie pytania?

Krew zahuczała mi w uszach.

– Bez powodu. – Puściłam jego tunikę. – Przepraszam. Po prostu denerwuję się testami.

Carl zmiękł, słysząc pochlebstwo.

– Rozumiem cię. Jestem pewien, że już wkrótce awansujesz.

– Co będzie dalej?

– Jak już zyskasz różowy kolor? Dołączymy do batalionu! Nie mogę się doczekać, żeby dorwać te obrzydliwe szerszenie. Raz dwa będę czerwonym.

Był jak zaklęty. Już stał się ich żołnierzem, maszyną do zabijania. Wymusiłam lekki uśmiech i odeszłam.

Carl miał powód do dumy. Był dobrym wieszczem. Użył Nashiry, by przywołać daną rzecz i zobaczyć ją na lśniącej powierzchni dowolnego noumenu. To był dar wróżbitów i niektórych augurów – potrafili połączyć swój talent z pragnieniem innej osoby, poszukującego, aby przepowiedzieć im przyszłość. Kartowróże i papilarnicy robili tak cały czas. I bez względu na to, co mówił Jax, taka umiejętność zawsze mogła się przydać. Zaświaty były jak Sajonet: stanowiły sieć sennych krajobrazów i każdy z nich zawierał informacje osiągalne od ręki. Poszukujący stanowił swego rodzaju wyszukiwarkę, dawał możliwość patrzenia oczami dryfujących duchów.

Nashira okazała się dla Carla idealnym poszukującym. Nie tylko zobaczył Jaxa, ale także widział coś, co zdradzało jego lokalizację. Jeden z sześciu zegarów słonecznych na kolumnie.

Musiałam go ostrzec. Jak najszybciej. Nie wiedziałam, czego Nashira chce od Jaxa, ale nie mogłam jej pozwolić go tu sprowadzić.

Julian wyszedł za mną.

– Paige? – Złapał mnie za rękaw. – Co on ci powiedział?

– Nic.

– Zbladłaś.

– Nic mi nie jest. – Dopiero gdy dostrzegłam czerstwy chleb w jego dłoni, przypomniałam sobie o Sebie. – Będziesz to jadł?

– Nie. Chcesz?

– Nie dla siebie. Dla Seba.

– Gdzie go znalazłaś?

– W Domu Ślepców.

– No tak. A więc jasnowidzów zamykają w Londynie, a ślepców tutaj?

– Może dla nich to ma sens. – Schowałam chleb do kieszeni. – Do zobaczenia jutro. O zmierzchu?

– Tak. – Zamilkł. – O ile cię znajdę.

W Domu Ślepców nie paliło się ani jedno światło, nawet lampy na zewnątrz zostały zgaszone. Wolałam uniknąć rozmowy z Graffiasem, więc od razu wspięłam się po rynnie.

– Seb?

Pomieszczenie było zupełnie ciemne. Biła stamtąd wilgoć i chłodne powietrze. Seb nie odpowiadał.

Chwyciłam kraty i przykucnęłam na gzymsie.

– Seb – zasyczałam. – Jesteś tam?

Cisza. W tym pomieszczeniu nie było żadnych wspomnień. Nawet ślepcy mieli wspomnienia, aczkolwiek bezbarwne, bez emocjonalnych odcieni, bez duchowej działalności. Seb zniknął.

Może zabrali go do pracy w rezydencji, może tu wróci.

A może to pułapka.

Wyjęłam chleb z rękawa, wetknęłam między kraty i zeszłam po rynnie. Dopiero jak stanęłam na ziemi, poczułam się bezpiecznie.

Nie trwało to długo. Gdy tylko się odwróciłam, coś złapało moją rękę niczym w imadło. Wpatrywał się we mnie rozżarzonym, surowym spojrzeniem.

7

Przynęta

Stał nieruchomo. Miał na sobie czarną koszulę z wysokim kołnierzem obszytym złotą lamówką. Długi rękaw zakrywał mu ramię, które osobiście zabandażowałam. Patrzył na mnie bez wyrazu. Zwilżyłam usta, usiłując znaleźć jakąś wymówkę.

– Czyli – powiedział, przyciągając mnie do siebie – bandażujesz rany i karmisz ślepych niewolników. Ciekawe.

Z obrzydzeniem wyrwałam mu się. Pozwolił na to. Mogłabym z nim walczyć, gdybym nie była osaczona – właśnie zobaczyłam pozostałych Refaitów, dwóch mężczyzn i dwie kobiety. Senne krajobrazy całej czwórki były opancerzone. Kiedy przyjęłam pozycję obronną, zaśmiali się.

– Nie bądź głupia, 40.

– Chcemy tylko z tobą porozmawiać.

– Mówcie teraz – powiedziałam.

Mój głos zabrzmiał jakoś obco.

Naczelnik nie spuszczał ze mnie wzroku. W świetle pobliskiej latarni jego oczy jarzyły się nowym kolorem. Nie śmiał się jak pozostali.

Byłam niczym osaczone zwierzę, bez możliwości ucieczki. Usiłowanie wyrwania się z tej sytuacji nie byłoby głupie – byłoby samobójstwem.

– Pójdę z wami – powiedziałam.

Strażnik skinął.

– Terebell – powiedział – idź do władczyni krwi. Przekaż jej, że zatrzymaliśmy XX-59-40.

Zatrzymaliśmy? Zerknęłam na Refaitkę. To zapewne była opiekunka Tildy i Carla, Terebell Sheratan. Spojrzała na mnie nieruchomymi żółtymi oczyma. Miała ciemne i błyszczące włosy; oplatały jej twarz jak kaptur.

– Tak, małżonku krwi – odpowiedziała.

Poszła na przedzie eskorty. Spuściłam wzrok.

– Chodź – powiedział Naczelnik. – Władczyni krwi czeka.

Skierowaliśmy się do centrum miasta. Strażnicy szli za nami, zachowując stosowny dystans od Naczelnika. Jego oczy faktycznie nabrały innego koloru: zrobiły się pomarańczowe. Zauważył, że się mu przyglądam.

– Jeśli chcesz mnie o coś zapytać – powiedział – pozwalam ci.

– Dokąd idziemy?

– Na twój pierwszy test. Coś jeszcze?

– Co cię pogryzło?

Spojrzał przed siebie. Wtedy odpowiedział:

– Uchylam ci pozwolenie, którego ci udzieliłem.

Zawrzało we mnie. Co za drań. Spędziłam kilka godzin, oczyszczając jego rany. Mogłam go zabić. *Powinnam* go zabić.

Naczelnik dobrze znał miasto. Prowadził nas przez kilka różnych ulic, aż dotarliśmy do podwórza jednej z rezydencji, tej, w której wysłuchaliśmy przemówienia. Na tabliczce widniał napis: REZYDENCJA SUZERENA. Kiedy mijał strażników, ukłonili mu się, dotykając pięścią klatki piersiowej. Naczelnik nie odkłonił się żadnemu z nich.

Zamknięto za nami bramy. Dźwięk zamka wywołał u mnie niepokój. Nerwowo śledziłam wzrokiem każdą ścianę, zakątek, szczelinę, usiłując znaleźć jakikolwiek sposób ucieczki. Rośliny pięły się gęsto na budynkach; wonny wiciokrzew, bluszcz i wisteria sięgały do wysokości kilku stóp. Powyżej znajdowały się okna. Przeszliśmy dookoła piaszczystej ścieżki otaczającej owalną kępę trawy, na której stał pojedynczy słup latarni. Przez jej czerwone szybki przebijało się zapalone światło. Na końcu ścieżki były drzwi. Naczelnik zatrzymał się, nie patrząc na mnie.

– Nie wspominaj o ranach – powiedział ledwo słyszalnym głosem – albo pożałujesz, że ocaliłaś mi życie.

Skinął na swoją świtę. Dwóch Refaitów zajęło miejsca po obu stronach drzwi, inny, mężczyzna z kręconymi włosami, stanął obok mnie. Patrzył badawczo. Otoczona strażnikami zostałam wepchnięta do chłodnego wnętrza budynku.

Pomieszczenie było wąskie i wytworne, ściany wykonano z kamienia w kolorze kości słoniowej. Na lewej ścianie przebłyskiwały ciepłe kolory światła rozszczepionego przez barwne witraże, które zdawały się kąpać w blasku księżyca. Dostrzegłam pięć tablic pamiątkowych, ale nie miałam czasu zatrzymać się i przeczytać, co jest na nich napisane. Szliśmy ku połyskującemu światłem przejściu. Naczelnik wprowadził mnie po trzech czarnych marmurowych stopniach, upadł na kolano i skinął głową. Kiedy strażnik spojrzał na mnie, zrobiłam to samo.

– Arcturus.

Dłoń w rękawiczce uniosła jego brodę. Zerknęłam.

To była Nashira. Tego wieczoru miała na sobie sięgającą do ziemi czarną suknię, połyskującą w świetle świecy jak fale wody.

Przycisnęła usta do czoła Naczelnika, a on położył dłoń na jej brzuchu.

– Widzę, że przyprowadziłeś naszą małą cudotwórczynię – powiedziała Nashira, patrząc na mnie. – Dobry wieczór, XX-40.

Zmierzyła mnie wzrokiem z góry na dół, a ja odniosłam wrażenie, że usiłowała przeczytać moją aurę. Rzuciłam kilka przezornych barier. Naczelnik ani drgnął. Nie widziałam jego twarzy.

Za nimi stał cały szereg Refaitów, wszyscy w płaszczach i kapturach. Ich aury zdawały się wypełniać kaplicę, popychając moją. Byłam tam jedynym człowiekiem.

– Przypuszczam, że wiesz, dlaczego się tu znalazłaś – powiedziała Nashira.

Nie odezwałam się ani słowem. Wiedziałam, że będę miała problemy z powodu przemycania jedzenia dla Seba, ale równie dobrze mogłam mieć problemy z powodu mnóstwa innych rzeczy: zabandażowania rany Naczelnika, wypytywania, bycia człowiekiem. Najprawdopodobniej Carl doniósł o moim zainteresowaniu jego wizją.

A może oni po prostu wiedzieli, kim jestem.

– Znaleźliśmy ją przy Domu Ślepców – oświadczył jeden ze strażników. Sam kształt jego oczu nadawał mu niepokojący wygląd, podobne wrażenie zrobiła na mnie Pleione. – Węszyła po ciemku, jak szczur.

– Dziękuję ci, Alsafi. – Nashira popatrzyła na mnie z góry, ale nie pozwoliła mi wstać. – Rozumiem, że przemycałaś jedzenie dla jednego ze ślepców, 40. Dlaczego to zrobiłaś?

– Głodzicie go i bijecie jak zwierzę. On potrzebuje lekarza, powinien iść do szpitala.

Mój głos odbił się echem w ciemnej kaplicy. Refaici w kapturach milczeli.

– Przykro mi, że tak to odbierasz – powiedziała Nashira – ale w oczach Refaitów, oczach, które teraz przewodniczą waszemu krajowi, ludzie i zwierzęta istnieją na tym samym poziomie. Nie zapewniamy opieki medycznej zwierzętom.

Czułam, że wypełnia mnie gniew, ale ugryzłam się w język. Nie chciałam, żeby zabili Seba.

Nashira odwróciła się. Naczelnik wstał, ja także.

– Pewno pamiętasz z przemówienia, 40, że mamy w zwyczaju testować tych, których zbierzemy podczas Żniw. Widzisz, wysyłamy naszych czerwonych po ludzi z aurą, ale nie zawsze jesteśmy w stanie zidentyfikować, jakie umiejętności niesie ze sobą dana aura. Muszę przyznać, że w przeszłości popełniliśmy błędy, obiecujący przypadek mógł się okazać mniej ekscytujący niż zbłąkany kartowróż. Bez wątpienia ty zapewnisz nam o wiele więcej rozrywki. Twoja aura cię wyprzedza. – Skinęła na mnie. – Chodź, pokaż nam swój talent.

Naczelnik i Alsafi odsunęli się ode mnie. Stałam teraz z Nashirą twarzą w twarz.

Naprężyłam mięśnie. Chyba nie chcieli, żebym z nią walczyła? Przegrałabym, Nashira wraz ze swoimi aniołami zmasakrowałaby mój senny krajobraz. Czułam, jak ją otaczają, przygotowując się, by stanąć w jej obronie.

Wtedy przypomniałam sobie, co powiedziała mi Liss: Nashira chciała wędrowca. Musiałam szybko coś wymyślić. Może istniało coś, co mogłabym zrobić, coś, czego ona nie umiałaby powstrzymać, jakiś haczyk, który mogłabym użyć przeciwko niej.

Pomyślałam o pociągu. Bez wędrowca albo wyroczni Nashira nie miała możliwości wpływać na zaświaty. A jeżeli jakimś cudem nie posiadła ducha nieczytelnego, mogłabym wejść swoim duchem w jej umysł.

Mogłabym ją zabić.

Plan A wziął w łeb, kiedy powrócił Alsafi. Na rękach niósł wątłą postać z czarnym workiem na głowie. Posadził więźnia na krześle i skuł go kajdankami. Palce mi ścierpły. Czyżby to był ktoś z naszych? Znaleźli Tarcze? Mój gang?

Nie wyczuwałam aury. To musiał być ślepiec. Pomyślałam o swoim ojcu i zrobiło mi się niedobrze – ale ta postać była zbyt mała, zbyt drobna.

– Rozumiem, że się znacie – powiedziała Nashira.

Zerwali torbę z głowy więźnia. Zmroziło mi krew w żyłach.

Seb. Mieli go. Jego oczy napuchły do rozmiarów małej śliwki, włosy zwisały w zakrwawionych strugach dookoła twarzy, a jego popękane usta krwawiły. Pozostała część jego twarzy była oblepiona zaschniętą krwią. Oglądałam już wcześniej poważnie pobitych, kiedy ofiary Hektora żebrały pomocy od Nicka, ale jeszcze nigdy nie widziałam czegoś takiego. Nigdy ofiara nie była tak młoda.

Strażnik uderzył go w twarz, pozostawiając kolejnego siniaka. Seb był półprzytomny, ale dał radę na mnie spojrzeć.

– Paige.

Jego załamany głos sprawił, że przed oczyma miałam czerwoną plamę. Odwróciłam się w kierunku Nashiry.

– Co wy mu zrobiliście?

– My nic – odpowiedziała – ale ty z r o b i s z.

– Co?

– Przyszła pora, byś zawalczyła o swoją kolejną tunikę, XX-40.

– O czym ty, do cholery, mówisz?

Alsafi uderzył mnie w głowę tak mocno, że prawie zwalił mnie z nóg. Chwycił mnie za włosy i szarpnął w swoim kierunku.

– Nie będziesz używać wulgarnego języka w obecności władczyni krwi. Powstrzymaj swój język albo ci go wyrwę.

– Spokój, Alsafi. Pozwólmy jej się wściec. – Nashira podniosła dłoń. – W końcu wtedy, w pociągu, była wściekła.

Zadzwoniło mi w uszach. Przypomniały mi się dwie twarze. Dwa ciała na podłodze w wagonie. Jeden martwy, drugi obłąkany. Moje ofiary. Moje zabójstwo.

To był mój test. Aby zyskać nowy kolor, musiałam zabić ślepca.

Musiałam zabić Seba.

Nashira z pewnością domyśliła się, kim jestem. Wiedziała, że mój duch potrafi opuścić ciało. Że jestem w stanie dokonać szybkiego, bezkrwawego morderstwa. Chciała to zobaczyć. Chciała, żebym dla niej zatańczyła. Chciała się przekonać, czy warto ukraść mój talent.

– Nie – odpowiedziałam.

Nashira ani drgnęła.

– Nie? – Kiedy się nie odezwałam, mówiła dalej: – Nie masz prawa odmówić. Będziesz mi posłuszna albo będę zmuszona się ciebie pozbyć. Bez wątpienia Wielki Inkwizytor z przyjemnością wyprostuje twoją bezczelność.

– Zabij mnie więc – powiedziałam. – Na co czekasz?

Trzynastu sędziów nie odezwało się słowem. Nashira też milczała. Patrzyła tylko na mnie. We mnie. Usiłowała rozgryźć, czy blefuję.

Alsafi nie żartował. Chwycił mnie za nadgarstek i zaciągnął w kierunku krzesła. Kiedy kopałam i wyrywałam się, ścisnął mi szyję ramieniem.

– Zrób to – warknął mi do ucha – albo zmiażdżę ci żebra i utopię cię w twojej krwi. – Potrząsnął mną tak mocno, że wszystko zadrżało mi przed oczami. – Zabij chłopaka. Teraz.

– Nie – powiedziałam.

– Rozkazuję ci.

– Nie.

Alsafi ścisnął mnie jeszcze mocniej. Wbiłam paznokcie w jego rękaw. Przejechałam palcami w dół i przy jego pasku znalazłam nóż – do papieru, do rozcinania kopert, ale wystarczy. Jednym dźgnięciem sprawiłam, że mnie puścił. Zatoczyłam się na ławę, nie wypuszczając noża z ręki.

– Nie podchodź – ostrzegłam go.

Nashira zaczęła się śmiać. Sędziowie jej zawtórowali. Jakby na to nie patrzeć, dla nich byłam tylko kolejnym cyrkowcem. Marnym człowieczkiem z głową pełną konfetti i fajerwerków.

Ale Naczelnik się nie śmiał. Jego wzrok przeszywał moją twarz. Wbiłam nóż w skórę Alsafiego.

Nashira podeszła do mnie.

– Imponujące – zauważyła. – Lubię cię, XX-40. Masz coś w sobie.

Zadrżała mi ręka.

Alsafi spojrzał na ranę w swoim ramieniu. Świetlista ciecz zaczęła się sączyć z jego skóry. Spojrzałam na nóż, ta sama substancja pokrywała ostrze.

Seb płakał. Zacisnęłam nóż w dłoni, moje ręce były lepkie. Nie mogłam użyć noża do papieru przeciwko trzynastu Refaitom. Z trudem posługiwałam się bronią, nie mówiąc o precyzyjnym rzucaniu nożem.

Poza pięcioma aniołami wokół Nashiry nie było więcej duchów, które można by przywołać. Musiałabym się znacznie zbliżyć do Seba, aby go uwolnić. A następnie wymyślić, jak nas stąd wydostać żywych.

– Arcturus, Aludra, rozbroić ją – powiedziała Nashira. – Bez użycia duchów.

Jeden z sędziów zdjął kaptur.

– Z przyjemnością.

Zmierzyłam ją wzrokiem. Była opiekunem Juliana. Miała chytre spojrzenie, gładkie włosy i kocie oczy. Naczelnik został za nią. Sprawdziłam ich aury.

Aludra była dziką bestią. Mogła sprawiać wrażenie cywilizowanej, ale czułam, że powstrzymywała się od szaleństwa. Gotowała się do walki, podekscytowana słabością Seba, pożądała mojej aury. Chciała blasku, i to teraz. Naczelnik był bardziej tajemniczy, chłodniejszy, jego zamiary były niejasne – ale to sprawiało, że był bardziej niebezpieczny. Skoro nie udało mi się przeczytać jego aury, nie mogłam przewidzieć, do czego jest zdolny.

Nagle o czymś pomyślałam. Wcześniej krew Naczelnika zbliżyła mnie do zaświatów, może stanie się tak i tym razem. Wdychałam ją, trzymając ostrze blisko twarzy. Chłodna woń przeniosła moje zmysły na najwyższe obroty. Zaświaty otuliły mnie jak zimna woda, czułam, że się w nich zatapiam. Jednym ruchem nadgarstka rzuciłam nóż w twarz Aludry, mierząc między oczy. Ledwo uskoczyła. Moja celność znacznie się polepszyła.

Aludra dopadła ciężki lichtarz i rzuciła we mnie podkręconym ruchem.

– Chodź, dziecino – powiedziała. – Zatańcz ze mną.

Uchyliłam się. Z roztrzaskaną czaszką nie pomogłabym Sebowi.

Ruszyła w moim kierunku. Zamierzała mnie powalić i nakarmić się tym, co by ze mnie pozostało. Gdybym była pozbawiona wyższych zmysłów, pewno by się jej udało. Schyliłam się, aby jej uniknąć, i zamiast mnie lichtarz zwalił głowę jednemu z posągów. Natychmiast wstałam, przeskoczyłam ołtarz i popędziłam przez kaplicę obok zakapturzonych Refaitów w kościelnych ławkach.

Aludra odzyskała swoją broń. Cisnęła nią przez kaplicę, a ja usłyszałam świst powietrza. Seb krzyknął moje imię, kiedy lichtarz poszybował nad jego głową.

Zmierzałam ku otwartym drzwiom, ale moja ucieczka została udaremniona. Jeden ze strażników zatrzasnął wrota od zewnątrz i zamknął je na klucz. Nie miałam czasu, by zwolnić, i wbiegłam wprost na drzwi. Uderzenie wyrwało mi oddech z płuc. Straciłam równowagę. Głową uderzyłam o twardy marmur. Ułamek sekundy później lichtarz zderzył się z drzwiami. Ledwo udało mi się uskoczyć, nim walnął o podłogę, dokładnie tam, gdzie znajdowały się moje nogi. Hałas zadźwięczał w kaplicy niczym brzęk dzwonu.

Czułam tępy ból z tyłu głowy, ale nie było czasu na odpoczynek. Aludra znów mnie dopadła. Ścisnęła mnie za szyję, jej kciuki w skórzanych rękawicach wbijały mi się w gardło. Zaczęłam się dławić. Moje oczy wypełniły się krwią, która zupełnie mnie oślepiła. Zabierała mi aurę, *moją* aurę. Jej wzrok rozbłysnął gorącą czerwienią.

– Aludra, dosyć.

Zdawała się nie słyszeć. Poczułam metaliczny smak.

Nóż leżał obok mnie. Powoli przesunęłam palce w jego kierunku, ale Aludra przycisnęła mi nadgarstek do ziemi.

– Moja kolej.

Miałam tylko jedną możliwość. Kiedy przyłożyła mi nóż do policzka, wepchnęłam swego ducha w zaświaty.

Teraz widziałam nowymi oczami, z nowej perspektywy. Widziałam wszystko. Zaświaty były cichym pustkowiem, usianym gwiezdnymi globusami. Każdy globus to senny krajobraz. Aludra była fizycznie blisko mnie, tak więc jej „globus" nie tkwił zbyt daleko. Samobójstwem wydała mi się próba wejścia w jej umysł – silny i bardzo stary – ale żądza blasku osłabiła jej systemy obronne. Teraz albo nigdy. Wtargnęłam do jej umysłu.

Nie spodziewała się tego, a ja byłam szybka. Dotarłam do jej strefy południowej, zanim się zorientowała, co się stało. Kiedy to zrozumiała, wyrzuciła mnie z siłą pocisku. W jednym momencie na powrót znalazłam się w swoim ciele. Patrząc na sufit kaplicy. Aludra wstała, trzymając się za głowę.

– Zabierzcie ją, zabierzcie! – wrzeszczała. – Ona wędruje! – Podniosłam się błyskawicznie, z trudem łapiąc powietrze, ale zatoczyłam się na Naczelnika, który złapał mnie za ramiona. Zacisnął palce w rękawiczkach na mojej skórze. Nie chciał mnie skrzywdzić, tylko przytrzymać, powstrzymać, ale mój duch był jak pułapka na muchy: reagował na niebezpieczeństwo. Niemalże wbrew swej woli znów spróbowałam zaatakować.

Tym razem nie mogłam nawet dotrzeć w zaświaty. Nie mogłam się ruszyć.

Naczelnik. To on. Teraz to on wysysał ze mnie energię, jak pijawka. Mogłam tylko rozpaczliwie patrzeć, jak ciągnie mnie do siebie niczym kwiat do słońca.

Nagle przestał. Jakby połączenie pomiędzy nami zostało przerwane. Jego oczy były jasnoczerwone, jak krew.

Wbiłam w nie spojrzenie. Cofnął się i spojrzał na Nashirę.

Nastała cisza. Zakapturzeni Refaici wstali i zaczęli klaskać. Ogłuszona usiadłam na podłodze.

Nashira uklękła obok mnie i położyła mi dłoń na głowie.

– Pięknie, mój mały wędrowcu.

Poczułam krew. Wiedziała.

Wstała i odwróciła się w kierunku Seba, który oglądał to wszystko przepełniony strachem i bólem. Spojrzał na nią jednym okiem, ledwo mogąc je otworzyć. Podeszła do tyłu krzesła.

– Dziękujemy za twoje usługi. Jesteśmy wdzięczni. – Położyła ręce po obu stronach jego głowy. – Żegnamy.

– Nie, proszę, nie rób tego, p r o s z ę! Nie chcę umierać. Paige…!

Szarpnęła jego głowę w jedną stronę. Oczy mu się rozszerzyły, z ust wydobył się bulgot.

Właśnie go zabiła.

– Nie! – wyrwało mi się z gardła. Nie mogłam w to uwierzyć. Nie mogłam spuścić z niej wzroku. – Ty, ty właśnie…

– Za późno. – Nashira puściła jego głowę, która opadła. – Mogłaś to zrobić, 40. Bezboleśnie. Gdybyś tylko wykonała to, o co prosiłam.

Zaśmiała się. Ona się śmiała. Podbiegłam do niej, paląca krew krążyła mi w żyłach. Naczelnik i Alsafi chwycili mnie za ręce, odciągając do tyłu. Kopałam, okładałam ich i walczyłam, dopóki nie opadłam z sił.

– Ty suko – krzyknęłam. – Ty suko, wredna suko! On nawet nie był jasnowidzem.

– To prawda. Nie był. – Nashira obeszła krzesło dookoła. – Ale dusze ślepców są najlepszymi sługami, nieprawdaż?

Alsafi chciał zwichnąć mi bark. Wbiłam się paznokciami w ramię Naczelnika, to zranione, to, które wcześniej opatrzyłam. Zdrętwiał. Miałam to gdzieś.

– Zabiję was – powiedziałam do nich wszystkich. Z trudem mogłam oddychać, ale powtarzałam: – Zabiję was. Przyrzekam, zabiję.

– Nie musisz przyrzekać, 40. Pozwól nam zrobić to za ciebie.

Alsafi rzucił mnie na podłogę. Walnęłam czaszką o twardy marmur i zamigotało mi przed oczami. Usiłowałam się ruszyć, ale coś mnie powstrzymywało. Kolano na moich plecach. Przeciągnęli moje palce po marmurowej podłodze. Wtedy poczułam oślepiający ból w ramieniu, najbardziej potworny ból, jaki kiedykolwiek czułam. Gorący, zbyt gorący. Zapach pieczonego mięsa. Mogłam tylko krzyczeć.

– Przyrzekamy twoje dozgonne posłuszeństwo Refaitom. – Nashira wciąż na mnie patrzyła. – Pieczętujemy to znakiem ognia. XX-59-40, jesteś na zawsze przeznaczona Naczelnikowi. Zrzekniesz się swojego prawdziwego imienia aż do śmierci. Twoje życie należy do nas.

Czułam ogień w skórze. Nie byłam w stanie myśleć o niczym innym niż ból. To był koniec. Zabili Seba i teraz zabijają mnie. W świetle zobaczyłam błysk igły.

8

Moje imię

Ogromna ilość fluxu zatruwała krew.

Krążyłam po własnym sennym krajobrazie. Flux zdeformował go, obdarł z kształtów i kolorów. Słyszałam bicie swego serca, powietrze wdychane przez nos wypalało mi gardło.

„Oni mnie zabijają", myślałam, walcząc ze swoim umysłem i przyglądając się, jak trzeszczy niczym drewno w palenisku. Nashira wiedziała, kim jestem. Otruła mnie i teraz umieram. Nie trwałoby to długo, przecież senny krajobraz nie może istnieć w martwym ciele. Nagle myśl rozwikłała się i uciekła, zostawiając mnie wędrującą ciemnymi częściami umysłu.

Wtedy ją znalazłam. Moją słoneczną strefę, miejsce, w którym mieszkało piękno, bezpieczeństwo i ciepło. Pobiegłam ku niej, ale tak, jakbym poruszała się po mokrym piasku. Ciemne chmury przywarły do mnie, ciągnąc mnie w cień. Walczyłam z fluxem, kopiąc i rzucając się, chcąc się uwolnić z jego uścisku, aż upadłam jak ziarno w blasku słońca na pole pełne kwiatów.

Każdy na świecie nosił ten piękny obraz w swoim umyśle. W snach nawet ślepcy widzieli swoją słoneczną strefę – choć niewyraźnie. Jasnowidze mogli wejść do własnych umysłów, mieszkać tam aż do śmierci głodowej. Moja słoneczna strefa to pole czerwonych maków, falujące i zmieniające się w zależności od mojego nastroju. Docierały do mnie przebłyski świata, czułam obroty ziemi i ssanie w żołądku. Ale we wnętrzu umysłu był tylko spokój, mogłam obserwować, jak sieje spustoszenie dookoła mnie. Leżałam pośród kwiatów i czekałam na koniec.

Ponownie znalazłam się w Magdalenie. Z gramofonu dobiegała muzyka. Kolejny z ulubionych zakazanych kawałków Jaxa, *Did You Ever See a Dream Walking?* Leżałam na tapczanie, ułożona na brzuchu, naga od pasa w górę. Włosy miałam związane.

Dotknęłam twarzy. Skóra. Zimna, lepka skóra. Żyłam. Fakt, byłam obolała – ale żywa. Nie zabili mnie.

Nie dałam rady leżeć bez ruchu. Próbowałam usiąść, ale ciężar głowy nie pozwolił mi podnieść się wyżej niż o kilka milimetrów. Mordercze ciepło paliło mi tył prawego ramienia. Czułam tępe pulsowanie w pachwinie, to tam dostałam zastrzyk. Tyle że tym razem rana była głębsza.

Flux to jedyny narkotyk, który działał lepiej w tętnicy niż w żyle. Udo miałam gorące i opuchnięte, moja klatka piersiowa falowała. Paliłam się. Którykolwiek z Refaitów to zrobił, był nie tylko niezgrabny, ale także bardzo okrutny. Miałam mgliste wspomnienie Suhaila patrzącego na mnie chytrze na chwilę przed tym, jak ogarnęła mnie ciemność.

Może próbowali mnie zabić. Może właśnie umierałam.

Przekręciłam głowę. W palenisku palił się ogień.

Ktoś był w pokoju: mój opiekun.

Siedział w fotelu, gapiąc się w płomienie. Patrzyłam na niego z nienawiścią. Wciąż czułam na sobie jego ręce, powstrzymujące mnie przed uratowaniem Seba. Czy odczuwał jakąkolwiek winę za tę bezsensowną śmierć? Czy obchodził go los bezradnych niewolników w Domu Ślepców? Zastanawiałam się, czy jemu w ogóle na czymkolwiek zależy. Nawet jego relacje z Nashirą zdawały się mechaniczne. Czy cokolwiek ruszało tę kreaturę?

Musiał wyczuć mój wzrok, ponieważ wstał. Leżałam bez ruchu, bojąc się nawet drgnąć. Zbyt wiele części ciała mnie bolało. Naczelnik ukląkł przy tapczanie. Wzdrygnęłam się, kiedy podniósł rękę. Położył zewnętrzną część palców na moim palącym policzku. Jego oczy powróciły do neutralnego zielonozłotego koloru.

Moje obolałe gardło wypełniał ogień.

– Jego duch – wydusiłam z siebie. Z trudem mogłam mówić. – Odszedł?

– Nie.

Usiłowałam ukryć swoje cierpienie. Jeżeli nikt nie wyrecytował trenu, Seb był zmuszony trwać pomiędzy dwoma światami. Wciąż się bał, był osamotniony, a co najgorsze, wciąż był więźniem.

– Dlaczego mnie nie zabiła? – Słowa ocierały mi gardło. – Dlaczego po prostu z tym nie skończyła?

Naczelnik zignorował moje pytanie. Obejrzał mi ramię, po czym wziął z szafki nocnej kieliszek wypełniony ciemnym płynem. Obserwowałam go. Zbliżył naczynie do mych ust, jedną ręką przytrzymując tył mojej głowy. Stawiałam opór. Wymruczał coś.

– To złagodzi opuchliznę na twojej nodze – powiedział. – Wypij to.

Szarpnęłam głową. Naczelnik zabrał kieliszek.

– Nie chcesz wyzdrowieć?

Musiałam przeżyć przypadkiem. Nie mieli przecież powodu trzymać mnie przy życiu.

– Zostałaś oznaczona – powiedział. – Musisz pozwolić mi leczyć ranę przez kilka dni, w przeciwnym wypadku dojdzie do zakażenia.

Zasłaniając piersi prześcieradłem, odwróciłam się, starając się spojrzeć na swoje ramię.

– Oznaczona czym? – Palce mi zadrżały, gdy wyczułąm napiętą skórę. XX-59-40. Nie, nie! – Ty, ty draniu, ty chory draniu, zabiję cię. Tylko poczekaj, jak uśniesz…

Gardło piekło mnie z bólu. Zamilkłam, nabrzmiewając złością. Naczelnik spojrzał mi w twarz, jakby usiłował czytać w obcym języku.

Nie był głupi. Dlaczego tak na mnie patrzył? Oznaczyli mnie jak jakieś zwierzę. Gorzej niż zwierzę. Zostałam numerem.

Ciszę zakłócało tylko moje dyszenie. Naczelnik położył rękę w rękawiczce na moim kolanie. Wyszarpałam nogę z jego uścisku, czując świdrujący ból aż po same palce u stóp.

– Nie dotykaj mnie.

– Znak z czasem przestanie boleć – powiedział – ale twoja tętnica udowa to osobna kwestia.

Zdjął prześcieradła z mojej nogi. Kiedy zobaczyłam nagie udo, znów miałam ochotę zwymiotować. Opuchlizna podwoiła jego rozmiar, całe, aż po kolano, pokryte było siniakami. W okolicy krocza skóra była czarna i przekrwiona. Naczelnik ledwo dotknął mojej nogi, delikatnie. Zwymiotowałam.

– Rana sama się nie zagoi. Żadna rana spowodowana fluxem nie zniknie bez podania drugiego, silniejszego antidotum.

Pomyślałam, że jeśli choć trochę mocniej przyciśnie tę nogę, to umrę.

– Niech cię piekło pochłonie. – Ledwo łapałam oddech.

– Nie ma piekła. Są tylko zaświaty.

Zacisnęłam zęby. Trzęsłam się, usiłując się przy nim nie rozpłakać.

Naczelnik wziął rękę z mojej nogi i odszedł.

Nie wiem, jak długo tam leżałam, słaba i majacząca. Jedyne, o czym myślałam, to jak wielką musiało mu to sprawiać przyjemność, bo przecież nasze naturalne role wróciły na swoje miejsce. Tym razem to on miał nade mną władzę, mógł widzieć moje cierpienie i pot. Co więcej, tym razem to on miał lekarstwo.

Nastał świt. Słyszałam tykanie zegara. Naczelnik siedział w fotelu i dokładał do ognia. Nie miałam pojęcia, na co czeka. Jeżeli chciał, żebym zmieniła zdanie odnośnie do lekarstwa, to sobie długo tam posiedzi. Może kazano mu mnie obserwować, dopilnować, żebym się nie dobiła. Na pewno bym próbowała. Ból był potworny. Noga mi zesztywniała i targały nią drgawki. Spuchnięta skóra prężyła się i połyskiwała niczym mający pęknąć pęcherz.

Mijały godziny, Naczelnik przemieszczał się z miejsca na miejsce: krążył od okna do fotela, poszedł do łazienki, potem podszedł do biurka i znowu do fotela. Jakby mnie tam nie było. Wyszedł z pokoju i wrócił ze świeżym chlebem, ale nic od niego nie wzięłam. Chciałam, żeby myślał, że podjęłam strajk głodowy. Chciałam odzyskać swoją moc. Chciałam, żeby czuł się tak podle jak ja.

Ból w udzie nie chciał zelżeć; mało tego, bolało mnie jeszcze bardziej. Uciskałam poczerniałą skórę, coraz mocniej, aż przed oczami ukazały mi się gwiazdy. Miałam nadzieję, że stracę przytomność, zyskałabym tym chociaż kilka godzin ulgi, ale zamiast tego znowu zwymiotowałam. Naczelnik patrzył, jak zwracam żółć do miski. Jego wzrok był pusty. Czekał, aż się poddam, aż będę go błagać o pomoc.

Spojrzałam do miski zamglonymi oczyma. Zaczęłam zwracać krew, gęste skrzepy. Opadłam na poduszki.

Musiałam stracić przytomność. Gdy się obudziłam, zapadał zmrok. Julian na pewno zastanawiał się, co się ze mną dzieje, oczywiście przy założeniu, że dał radę opuścić rezydencję. Prawdopodobnie nie. Mogłam się skupić na tych rzeczach, ponieważ ból w niewytłumaczalny sposób zniknął.

Strach mnie sparaliżował. Usiłowałam poruszyć palcami u nogi, przekręcić kostkę, ale nic się nie działo.

Naczelnik usiadł przy mnie.

– Powinienem był wspomnieć – powiedział – że nieleczona infekcja może doprowadzić do utraty nogi. Lub życia.

Z chęcią splunęłabym na niego, ale wymioty wysuszyły mi gardło. Potrząsnęłam głową. Zaczęłam tracić wzrok.

– Nie bądź głupia. – Chwycił moją głowę i spojrzał mi w oczy. – Potrzebujesz nóg.

Miał mnie w garści. I miał rację: nie mogłam stracić nogi. Potrzebowałam jej do ucieczki. Tym razem więc, kiedy ujął tył mej głowy, otworzyłam usta i wypiłam zawartość kieliszka. Miała dziwny smak, ziemi i metalu. Naczelnik skinął głową.

– Dobrze.

Zdobyłam się na pełne pogardy spojrzenie, ale ku mojemu zdziwieniu poczułam mrowienie w nodze. Wypiłam obrzydliwy płyn aż do dna i otarłam usta.

Naczelnik ponownie uniósł prześcieradła. Udo wracało do normalnych rozmiarów.

– Wyrównaliśmy rachunki – wyszeptałam. Paliło mnie w gardle. – To koniec. Ja wyleczyłam ciebie, ty wyleczyłeś mnie.

– Ty mnie nigdy nie wyleczyłaś.

Zacięłam się.

– Co?

– Nigdy nie byłem ranny.

– Nie pamiętasz?

– To się nigdy nie wydarzyło.

Nie mogłam uwierzyć, że cała ta sytuacja mogła być tylko wytworem mojej wyobraźni. Wciąż miał długi rękaw, więc nie mogłam mu niczego udowodnić, ale to wydarzyło się naprawdę. Jego zaprzeczenia niczego nie zmienią.

– W takim razie musiałam popełnić błąd – powiedziałam.

Naczelnik wciąż na mnie patrzył. Obserwował mnie z zainteresowaniem. Przeszywał zimnym, beznamiętnym spojrzeniem.

– Tak – powiedział. – Popełniłaś błąd.

To było moje ostrzeżenie.

Usłyszałam bicie dzwonu dobiegające z wieży. Naczelnik wyjrzał przez okno.

– Możesz iść. Nie jesteś w stanie zacząć dzisiaj treningu, ale powinnaś znaleźć coś do jedzenia. – Wskazał urnę na gzymsie kominka. – Tam jest więcej noumenów. Weź, ile potrzebujesz.

– Nie mam żadnych ubrań.

– Zdobyłaś nowy mundur. – Podniósł różową tunikę. – Gratulacje, Paige. Awansowałaś.

Wtedy po raz pierwszy nazwał mnie po imieniu.

9

Różnorodność

Muszę się stąd wydostać. To była moja pierwsza myśl, kiedy poczułam nieprzyjemne zimno po opuszczeniu rezydencji. Szeol wyglądał tak samo jak wcześniej, jakby Seb nigdy nie istniał – a jednak wszystko było już inne. Zamiast białej miałam na sobie tunikę w kolorze bladoróżowym. Na mojej nowej kamizelce widniała kotwica w takim samym mdławym odcieniu. Zostałam oznaczona.

Nie mogłam podejść do drugiego testu. Po prostu nie mogłam. Jeżeli w pierwszym zabili dziecko, co każą mi zrobić w drugim? Ile krwi zostanie przelane, zanim zostanę czerwoną? Musiałam stąd uciec, znaleźć jakieś wyjście, nawet jeśli oznaczałoby to przejście przez pole minowe. Wszystko było lepsze niż ten koszmar.

Kiedy szłam przez Rookery, moja prawa noga była jeszcze słaba i ciężka; w brzuchu czułam nieznane zimno. Za każdym razem, kiedy któryś z cyrkowców na mnie spojrzał, jego wyraz twarzy się zmieniał. Pojawiała się pustka. Spuszczał głowę. Moja tunika była ostrzeżeniem: konfident, zdrajca. Trzymaj się z daleka, jestem mordercą.

Nie byłam mordercą, to Nashira zabiła Seba, nie ja. Ale cyrkowcy o tym nie wiedzieli. Musieli gardzić każdym, kto nie nosił białej tuniki. Powinnam była zostać na noc w Magdalenie, lecz wtedy musiałabym przebywać z Naczelnikiem, a nie mogłam znieść ani jednej chwili dłużej w jego towarzystwie. Szłam, kulejąc, klaustrofobicznie wąskimi uliczkami. Musiałam znaleźć Liss. Ona potrafiłaby mi pomóc wydostać się z tego koszmaru. Musiał istnieć przecież jakiś sposób.

– Paige?

Zatrzymałam się, noga mi zadrżała. Chodzenie było dla mnie ogromnym wysiłkiem. Liss wyjrzała zza zasłony. Zobaczyła moją różową tunikę i zdrętwiała.

– Liss – zaczęłam.

– Zdałaś.

Jej twarz spochmurniała.

– Tak – powiedziałam – ale…

– Kogo przez ciebie aresztowali?

– Nikogo. – Kiedy tak patrzyła z niedowierzaniem, uświadomiłam sobie, że muszę jej powiedzieć. – Chcieli, żebym zabiła Seba. Ślepca. – Spuściłam wzrok. – I teraz on nie żyje.

Wzdrygnęła się.

– No tak – powiedziała. – No to do zobaczenia.

– Liss – usiłowałam ją zatrzymać. – Posłuchaj, proszę. Ty nie…

Zasłoniła prowizoryczne drzwi, odcinając się ode mnie. Wyczerpana osunęłam się po ścianie. Nie byłam już jedną z nich.

Seb. Powtarzałam w myślach to imię, usiłując wyciągnąć jego ducha z tego miejsca, w którym go ukryli, ale w zaświatach była tylko pustka. Ani odrobiny żalu. Nawet gdy wymówiłam nazwisko, nic. Musiałam nie znać jego pełnego imienia. Ten chłopiec tak bardzo na mnie liczył, był pewien, że go uratuję, a w chwili śmierci pozostał mi obcy.

Czułam, jakby zasłona patrzyła na mnie piorunującym wzrokiem. Liss musiała myśleć o mnie jak o najgorszej szumowinie. Zamknęłam oczy, usiłując zignorować tępy ból w udzie. Może udałoby mi się znaleźć innego różowego, z którym wymieniłabym informacje, ale nie chciałam tego. Nie mogłam im ufać. Większość z nich to byli mordercy. Większość z nich wrobiła kogoś innego. Jeśli chciałam porozmawiać z kimś, kto nie był zdrajcą, musiałam udowodnić Liss, że może mi zaufać. Z trudem, zlana potem, podniosłam się i ruszyłam w kierunku rudery z jedzeniem. Mogłam znaleźć tam Juliana. Pewno też nie będzie chciał ze mną rozmawiać, ale może dałby mi szansę.

Zwróciłam uwagę na światło. Piecyk. Kilkoro cyrkowców paliło w małej grupce, kołysząc się, wdychali powietrze. Znów aster. Tilda opierała głowę na poduszce, a jej biała tunika była brudna i wygnieciona jak zużyta chusteczka. Sprawdziłam w kieszonce, czy mam przy sobie pigułkę. Ostrożnie klęknęłam przy niej.

– Tilda?

Spojrzała na mnie przekrwionymi oczyma.

– Co jest?

– Przyniosłam pigułkę.

– Zaczekaj, to wciąż działa. Daj mi minutę, skarbie. Może dwie. Albo lepiej pięć. – Przekręciła się na brzuch, zwijając się cichym śmiechem. – Senny krajobraz stał się fioletowy. Czy ty jesteś prawdziwa?

Poczekałam, aż aster przestanie działać. Tilda spędziła przynajmniej minutę, śmiejąc się, zaczerwieniona aż po odrosty. Wyczuwałam dzikość w jej aurze, sposób, w jaki drgała i przemieszczała się pod wpływem narkotyku. Inni jasnowidze nie wykazywali ani odrobiny chęci wytrzeźwienia. Trzęsącymi się rękami Tilda przetarła twarz i skinęła.

– Dobra, już po wszystkim. Pokaż tę pigułkę.

Wręczyłam jej tabletkę. Obejrzała ją z każdej strony. Potarła palcem, sprawdzając jej fakturę. Przedzieliła na pół. Rozkruszyła jedną połowę palcami. Powąchała pozostałość, spróbowała.

– Twoja opiekunka znów gdzieś wyszła? – spytałam.

– Ona często wychodzi. – Wręczyła mi to, co zostało z pigułki. – Ziołowa, ale nie wiem, jakie to zioło.

– Znasz może kogoś, kto mógłby to sprawdzić?

– Jest tu lombard. Facet, który sprzedał mi astra, powinien wiedzieć coś więcej. Hasło to *specchio*.

– Spotkam się z nim. – Wstałam. – Nie będę ci już przeszkadzać.

– Dzięki. Do zobaczenia.

Upadła z powrotem na poduszki. Zastanawiałam się, co zrobiłby Suhail, gdyby ich zastał w takim stanie.

Znalezienie lombardu zajęło mi trochę czasu. W większości pomieszczeń, do których dało się zajrzeć, idąc ulicami Rookery, przesiadywały dwu- lub trzyosobowe grupy. Mieszkańcy tej dzielnicy spędzali dnie w swoich ciasnych ruderach, zgromadzeni wokół piecyka. Spali na prześcieradłach w fetorze wilgoci i uryny i jedli to, co znaleźli. Jeżeli nic nie znaleźli, głodowali. Trzymali się razem z dwóch powodów: po pierwsze, nie mieli gdzie iść, a po drugie, w mieście panował przejmujący chłód. Nie było żadnych urządzeń sanitarnych ani środków medycznych, z wyjątkiem tego, co udało im się ukraść. W tym miejscu czekała ich tylko śmierć.

Lombard ukryto za kilkoma grubymi zasłonami. Trzeba było wiedzieć, gdzie go szukać; mnie udało się tam dotrzeć dopiero po zasięgnięciu informacji u jednego z klaunów. Na początku nie chciał mi nic powiedzieć, mówił tylko coś o szantażu i wysokiej cenie, ale w końcu wskazał właściwą drogę.

Sklepu pilnował chłopiec, julker, którego widziałam na przemówieniu. Siedział na poduszce i rzucał kostką. Po jego białej tunice nie było już nawet śladu. Z pewnością oblał test. Do czego Refaici mogli potrzebować julkera?

– Cześć – powiedziałam.

– Cześć – odezwał się czystym słodkim głosem. Głosem julkera.

– Mogę porozmawiać z właścicielem lombardu?

– Hasło?

– *Specchio.*

Chłopak wstał. Prawe oko miał sklejone, najpewniej na skutek zakażenia. Uchylił zasłonę, więc weszłam do środka.

Londyńskie lombardy były zazwyczaj bardzo małymi, nielicencjonowanymi miejscami w nieciekawych częściach Centralnej Kohorty. Wiele z nich znajdowało się także w Chapel, powyżej II-6. Ten nie był inny. Właściciel założył go w swego rodzaju namiocie, wykonanym z kotar podobnych do tych używanych przez Liss podczas jej występów. Połowa przestrzeni, oświetlona pojedynczym piecykiem naftowym, została przekształcona na królestwo luster. Właściciel lombardu siedział na sponiewieranym skórzanym fotelu, gapiąc się w cętkowane szkło. Był siwym mężczyzną z nadwagą. Lustra zdradzały jego specjalizację: zwierciadlarstwo. Miał zamglone oczy, oczy wróża, które widziały zbyt wiele. Kiedy weszłam, podniósł monokl do jednego oka i spojrzał na moje odbicie.

– Widziałem cię już wcześniej. W moich lustrach czy w sklepie?

– Dwudzieste Żniwa – odpowiedziałam.

– Rozumiem. Do kogo należysz?

– Arcturus Mesarthim.

Robiło mi się niedobrze, gdy słyszałam to imię i gdy musiałam je wymówić.

– No, no. – Poklepał się po brzuchu. – A więc to ty jesteś jego lokatorem.

– Jak się nazywasz?

– XVI-19-16.

– Jakie jest twoje prawdziwe imię?

– Już nie pamiętam, ale cyrkowcy mówią na mnie Dostawca. Wolisz się posługiwać prawdziwymi imionami?

– Zdecydowanie.

Schyliłam się, aby obejrzeć jego towary. Większość z nich stanowiły noumeny: potłuczone podręczne lusterka, szklane butelki, wazy i kubki, perły, torby ze zwierzęcymi kośćmi, karty i kamienie wróżebne. A także rośliny: aster, głóg, szałwia, tymianek i inne zioła zdatne do palenia. Było tam także więcej praktycznych przedmiotów, niezbędnych do przetrwania. Uważnie przejrzałam całą stertę: prześcieradła, poduszki, zapałki, pęseta, spirytus, aspiryna i oxyterracyna*, puszki Sterno**, kroplówka z kwasem fusydowym***, bandaże i środki odkażające. Podniosłam kasetkę do przechowywania hubki i krzesiwa.

– Skąd masz to wszystko?

– Zdobyłem trochę tu, trochę tam.

– Przypuszczam, że Refaici o tym nie wiedzą. – Uśmiechnął się delikatnie. – A więc w jaki sposób działa twój nielegalny sklep?

– Powiedzmy, że jesteś kościejem. Noumeny zostały skonfiskowane, musisz gdzieś je zdobyć. – Wskazał na torbę podpisaną „ZWYKŁY SZCZUR". – Dałbym ci zadanie do wykonania. Mógłbym poprosić cię, abyś przyniosła więcej zapasów albo przekazała komuś wiadomość. Im bardziej potrzebowałabyś

* Naturalny antybiotyk o działaniu przeciwzapalnym i przeciwuczuleniowym.

** Paliwo w puszce, pod postacią alkoholu o konsystencji galarety, przeznaczone głównie do podgrzewania posiłków.

*** Organiczny związek chemiczny, naturalny antybiotyk o działaniu hamującym syntezę białka bakterii.

drogocennych przedmiotów, tym zadanie byłoby niebezpieczniejsze. Jeżeli byś mu podołała, dałbym ci kości na przechowanie. Za niewielką pożyczkę musiałabyś przynieść mi pewną liczbę noumenów, które oddałbym ci po tym, jak ty oddałabyś pożyczone rzeczy. Prosty, ale sprawdzony sposób.

Nie wyglądało to na typowy lombard, gdzie pożyczano pieniądze w zamian za przekazanie czegoś w zastaw.

– Co chciałbyś za informację?

– To zależy, jakiej informacji szukasz.

Położyłam przed nim pozostałą połówkę pigułki.

– Co to jest?

Przyjrzał się jej. Upuścił swój monokl i grubymi, trzęsącymi się palcami wziął tabletkę do ręki.

– Za to – powiedział – dam ci wszystko z tego sklepu, co tylko zechcesz. Za darmo.

Zmarszczyłam brwi.

– Chcesz ją zatrzymać?

– O tak. Jest niezwykle drogocenna. – Położył połówkę pigułki na wewnętrznej stronie dłoni. – Skąd ją wzięłaś?

– Informacja kosztuje, panie Dostawco.

– Jeżeli przyniesiesz mi ich więcej, nie będę brał od ciebie żadnych opłat. Bierz, co tylko chcesz. Jedna rzecz za pigułkę.

– Powiedz mi, co to jest, albo nici z umowy.

– Dwie rzeczy.

– Nie.

– Informacja jest niebezpieczna. Nie można ustalić za nią ceny. – Przybliżył pigułkę do lampy naftowej. – Mogę ci powiedzieć, że ta kapsułka jest ziołowa i nieszkodliwa. Wystarczy?

Dwie rzeczy w zamian za pigułki. Te przedmioty mogłyby ocalić niejedno życie w Rookery.

– Trzy – powiedziałam – i umowa stoi.

– Wspaniale. Sprytna z ciebie bizneswoman. – Wyprostował palce. – Kim jeszcze jesteś?

– Jeżowróżem.

To było moje standardowe kłamstwo, pewnego rodzaju test umiejętności. Chciałam wiedzieć, czy ludzie mi uwierzą. Dostawca zachichotał.

– Nie jesteś wróżbitą. Gdybym był widzącym, moim zdaniem znalazłabyś się po drugiej stronie diagramu. Masz gorącą aurę, niczym żar. – Zastukał palcami o lustro. – Bardzo możliwe, że tego roku znów będziemy mieli dobre zbiory.

Zaniepokoiłam się.

– Co takiego?

– Nic, nic. Mówię sam do siebie. To najlepszy sposób, żeby po czterdziestu latach zachować zdrowy rozsądek. – Na jego ustach pojawił się delikatny uśmieszek. – Powiedz mi, co myślisz o Naczelniku?

Odłożyłam kasetkę na stół.

– Wydaje mi się, że to oczywiste – powiedziałam.

– Wcale nie. Zdania są podzielone. – Dostawca przetarł kciukiem soczewkę monokla. – Małżonek krwi jest przez wielu uważany za najbardziej atrakcyjnego z Refaitów.

– Może ty tak uważasz. Moim zdaniem jest odrażający. – Przyglądał mi się. – Zabieram swoje rzeczy.

Z powrotem usiadł na fotelu. Wzięłam puszkę Sterno, kilka aspiryn i kwas fusydowy.

– Interesy z tobą to przyjemność – powiedział – panno…

– Mahoney. Paige Mahoney. – Odwróciłam się. – Jeśli wolisz posługiwać się prawdziwymi imionami.

Skierowałam się ku wyjściu. Czułam na sobie jego wzrok.

Jego pytania brzmiały jak przesłuchanie. Byłam pewna, że nie powiedziałam nic złego. Tylko to, co naprawdę myślę o Naczelniku. Nie miałam pojęcia, dlaczego Dostawca zakładał, że uważałam inaczej.

Wychodząc, rzuciłam poliglocie kwas fusydowy. Popatrzył na mnie do góry i przechylił głowę.

– To na twoje oko – powiedziałam.

Mrugnął. Nie zatrzymałam się.

Kiedy dotarłam na miejsce, zapukałam o zewnętrzną ścianę rudery.

– Liss? – Cisza. Zapukałam ponownie. – Liss, to ja, Paige.

Uchyliła zasłonę, trzymając niewielki lampion.

– Zostaw mnie w spokoju – powiedziała zgorzkniałym głosem. – Proszę. Nie rozmawiam z różowymi ani czerwonymi. Przykro mi, ale nie. Znajdź sobie kogoś wśród swoich, dobrze?

– Nie zabiłam Seba. – Zaproponowałam jej puszkę Sterno i aspirynę. – Spójrz, mam to od Dostawcy. Możemy chwilkę porozmawiać?

Spojrzała na przedmioty, po czym popatrzyła na mnie. Zmarszczyła czoło i zacisnęła usta.

– To lepiej wejdź do środka – powiedziała.

Nie płakałam, kiedy opowiadałam jej o teście. Nie mogłam. Jax nienawidził łez. („Jesteś bezwzględnym ulicznym draniem, skarbie. I masz się właśnie tak zachowywać, no już, dziewczynko"). Nawet tutaj, poza jego zasięgiem, czułam, że obserwuje każdy mój ruch. Mimo wszystko na myśl o skręconym karku Seba robiło mi się niedobrze. Nie mogłam zapomnieć przerażenia w jego oczach, tego, jak krzyczał moje imię. Kiedy już wszystko jej opowiedziałam, siedziałam w milczeniu. Zdrętwiałą nogę wyprostowałam i ułożyłam przed sobą.

Liss wręczyła mi parującą szklankę.

– Wypij to. Musisz zachować siły, jeśli chcesz uniknąć Nashiry. – Usiadła. – Teraz wie, kim jesteś.

Wzięłam łyk. Poczułam smak mięty.

Piekły mnie oczy, a gardło wciąż bolało, ale nie zamierzałam rozpłakać się za Sebem. Okazałabym brak szacunku siedzącej obok mnie Liss. Jej twarz była opuchnięta, na szyi miała siniaki po palcach i zwichnięte ramię – a jednak, mimo wszystko, przedkładała moje dobro ponad własne.

– Jesteś teraz częścią Rodziny, siostro – powiedziała i przyłożyła na moje znamię ciepły kompres. Świeże poparzenie goiło się, ale powiedziała, że blizna zostanie na pewno. O to właśnie im chodziło. Żebym każdego dnia pamiętała, do kogo należę.

Julian spał pod wyblakłym prześcieradłem. Aludra poszła spotkać się ze swoją rodziną. Zanim usnął, podałam mu aspirynę. Jego nos wyglądał już trochę lepiej. Przyszedł do Liss, szukając mnie, po tym jak nie pojawiłam się o zmierzchu, i już tu został. Ruderę połatano na wszelkie sposoby, ale wciąż było tu zimno jak w lodówce. Mimo to Liss zaprosiła mnie do siebie na całą noc, a ja nie miałam nic przeciwko. Musiałam uciec z Magdaleny.

Starym otwieraczem do konserw otworzyła puszkę Sterno.

– Dzięki, że to zdobyłaś. Nie widziałam tych puszek już jakiś czas. – Wyjęła zapałkę i zapaliła galaretowaty alkohol. Pojawił się czysty niebieski płomień. – Dostałaś to od Dostawcy?

– Nie za darmo.

– Co mu dałaś?

– Jedną z moich pigułek.

Liss uniosła brew.

– A po co mu ona?

– Dostaję pigułkę, której nie dostaje nikt inny. Nie mam pojęcia, co to jest.

– Skoro możesz nimi przekupić Dostawcę, to znaczy, że warto je zatrzymać. Jego zadania są ryzykowne. Każe ludziom przedostawać się do rezydencji i kraść dla niego. Zazwyczaj zostają złapani.

Skrzywiła się i dotknęła swojego ramienia. Wzięłam od niej puszkę Sterno i położyłam między nami.

– Gomeisa ci to zrobił – powiedziałam.

– Po jakimś czasie karty go nudzą. Nie zawsze podoba mu się to, co mu pokazują. – Położyła się na plecach, układając poduszkę pod szyją. – Nic się nie stało. Rzadko go widuję. Wydaje mi się, że przez większość czasu jest poza miastem.

– Byłaś jego jedynym człowiekiem?

– Uhm. To dlatego mnie nienawidzi. Byłam w dokładnie takiej samej sytuacji jak ty: podległa Refaicie, który nigdy wcześniej nie wybrał człowieka. Myślał, że mam możliwości, że będę jednym z najlepszych kosiarzy w Szeolu.

– Kosiarzy?

– Mówimy tak na czerwonych. Myślał, że zdobędę ten kolor. Rozczarowałam go.

– W jaki sposób?

– Kazał mi wyczytać przyszłość z kart jednemu z klaunów. Mieli go za zdrajcę i przypuszczali, że chciał uciec. Wiedziałam, że to prawda. Wróżba pogrążyłaby go. Odmówiłam.

– Ja nie chciałam tego zrobić. I tak wiedziała, kim jestem. – Potarłam skroń. – A teraz Seb też nie żyje.

– Ślepcy ciągle tutaj giną. Byłby trupem bez względu na to, czego byś nie zrobiła. – Usiadła. – Daj spokój. Zjedzmy coś.

Sięgnęła do drewnianej skrzynki. Zerknęłam, chcąc dojrzeć, co jest w środku: paczka granulowanej kawy, puszka fasoli, cztery jajka.

– Jak to zdobyłaś?

– Znalazłam.

– Gdzie?

– Jeden z niewidomych ukrył to w pobliżu swojej rezydencji. Pozostałości z zapasów po Żniwach. – Liss wyjęła żelazny garnek i napełniła go wodą z butelki. – Proszę bardzo. Zjemy jak królowe. – Wsunęła garnek na puszkę Sterno. – Julian, trzymasz się jakoś?

Nasza rozmowa musiała go obudzić. Odkrył się i usiadł ze skrzyżowanymi nogami.

– Lepiej. – Przycisnął nos palcami. – Dzięki za lekarstwo, Paige.

Skinęłam.

– Kiedy masz swój test?

– Nie mam pojęcia. Aludra miała nas uczyć sublimacji, ale przez większość czasu tylko się na nas wyżywa.

– Sublimacji?

– Przemieniania zwykłych przedmiotów w noumeny. Te kije, których używaliśmy tamtej nocy, kiedy przyszłaś mnie odwiedzić, zostały przemienione. Teraz każdy może ich użyć, nie tylko wróżbici.

– Jak działają?

– Mają pewną kontrolę nad najbliższymi duchami, ale nie można ich użyć do wglądu w zaświaty.

– A więc nie są to prawdziwe noumeny.

– Mimo to są niebezpieczne – powiedziała Liss. – Mogą z nich korzystać zgniłki. Ostatnią rzeczą, jakiej nam trzeba, to eteryczna broń, którą może wykorzystać Sajon.

Julian pokręcił głową.

– Władze Sajonu nigdy nie wykorzystają noumenów. Jasnowidzenie ich odraża.

– Ale nie Refaitów.

– Wątpię, żeby lubili Refaitów – powiedziałam. – Oni są jasnowidzami. Sajon nie ma wyjścia, musi być im posłuszny, skoro zagrażają mu Emmici.

Woda się zagotowała. Liss nalała wrzątku do trzech papierowych kubków i wymieszała z kawą. Od wielu dni, albo nawet tygodni, nie czułam zapachu kawy. Ile ja tu już byłam?

– Proszę. – Wręczyła nam po kubku. – Gdzie Aludra cię trzyma, Julianie?

– W pomieszczeniu bez świateł. Wydaje mi się, że kiedyś to była piwnica do przechowywania wina. Śpimy na podłodze. Felix ma klaustrofobię, Ella tęskni za rodziną. Przez pół dnia płaczą, więc nie mogę spać.

– Wynieś się stamtąd. Warunki tutaj są surowe, ale nie tak jak u opiekuna. Karmią się nami tylko wtedy, kiedy pojawimy się w niewłaściwym miejscu o niewłaściwej porze. – Liss upiła kawy. – Niektórzy nie są w stanie tego znieść. Miałam przyjaciółkę, która została tutaj ze mną, ale ubłagała swojego opiekuna o jeszcze jedną szansę. Teraz jest kosiarzem.

Piliśmy w milczeniu. Liss zagotowała jajka i zjedliśmy je prosto ze skorupek.

– Tak sobie myślałem – zaczął Julian – czy Refaici mogliby wrócić tam, skąd przybyli?

Liss się wzdrygnęła.

– Chyba tak.

– Nie rozumiem, dlaczego wciąż tu są. To znaczy nie byli tu od zawsze. Czym karmili swoją aurę, zanim nas znaleźli?

– To może mieć jakiś związek z szerszeniami – powiedziałam. – Nashira mówiła, zdaje się, że to pasożytnicza rasa?

Julian skinął.

– Myślicie, że szerszenie coś im odebrały?

– Ich zdrowy umysł?

Parsknął śmiechem.

– Jasne. Może oni wcześniej byli nawet mili, dopóki szerszenie wszystkiego z nich nie wyssały.

Liss się nie śmiała.

– To mogła być eteryczna granica – powiedziałam. – Nashira wspomniała, że oni się pojawili, kiedy pękła.

– Myślę, że nigdy się tego nie dowiemy. – Liss wydawała się zdenerwowana. – Nikt z nich nie zdradzi, jak było naprawdę.

– Dlaczego nie? Skoro oni są tak potężni, a my tak słabi, po co cokolwiek ukrywać?

– Wiedza to potęga – powiedział Julian. – Oni ją posiadają. My nie.

– Mylisz się, bracie. Wiedza jest niebezpieczna. – Liss podparła podbródek na kolanach. Miała na myśli to samo co Dostawca. – Jeżeli coś wiesz, nie możesz się tego pozbyć. Zostaje to z tobą. Na zawsze.

Wymieniliśmy z Julianem spojrzenia. Liss była tu od dawna; może powinniśmy jej posłuchać. A może wręcz przeciwnie, może jej rada doprowadziłaby nas do zguby.

– Liss – powiedziałam – czy ty kiedykolwiek myślałaś o walce z nimi?

– Każdego dnia.

– Ale tego nie robisz.

– Myślę o wyłupieniu Suhailowi oczu gołymi rękami. – Powiedziała to przez zaciśnięte zęby. – Wyobrażam sobie, jak po stokroć strzelam do Nashiry, w każdą część jej ciała. Nożem przebijam przełyk Gomeisy, ale wiem, że oni pierwsi by mnie zabili, więc tego nie robię.

– Myśląc w ten sposób, będziesz tu tkwiła już zawsze – powiedział delikatnym głosem Julian. – Tego chcesz?

– Jasne, że tego nie chcę. Chcę wrócić do domu. Cokolwiek to oznacza. – Liss odwróciła wzrok. – Wiem, co sobie o mnie myślicie. Myślicie, że jestem tchórzem.

– Liss – zaczęłam – nie chcieliśmy…

– Tak, chcieliście. Nie mam wam tego za złe. Pozwólcie jednak, że wam coś opowiem, skoro tak bardzo pragniecie wiedzy.

W 2039 roku, podczas osiemnastych Żniw, doszło do rebelii. Cała ludzka populacja Szeolu powstała przeciwko Refaitom. – Ból w jej oczach postarzył ją o kilkadziesiąt lat. – Wszyscy zginęli, ślepcy, jasnowidze, cała masa ludzi. Bez czerwonych, którzy mogliby z nimi walczyć, Emmici wdarli się do miasta i wszystkich zabili. A Refaici po prostu stali i patrzyli.

Spojrzałam na Juliana. Nie odrywał wzroku od Liss.

– Mówili, że ludzie sobie na to zasłużyli. Za nieposłuszeństwo. To pierwsza rzecz, którą nam powiedzieli, kiedy tu przybyliśmy. – Przesunęła palcami po swoich kartach. – Wiem, że obydwoje chcecie walczyć, ale nie chciałabym widzieć, jak umieracie. Nie w taki sposób.

Jej słowa mnie zamurowały. Julian potarł głowę, patrząc na piecyk.

Nie powróciliśmy już do tematu rebelii. Zjedliśmy fasolę, opróżniając puszki do czysta. Liss trzymała talię kart na kolanach. Po kilku minutach odezwał się Julian:

– Gdzie wcześniej mieszkałaś, Liss?

– Cradlehall. W pobliżu Inverness.

– Jak Sajon tam działa?

– Tak samo jak wszędzie. Większe miasta są podporządkowane temu samemu systemowi, ale z mniejszymi siłami bezpieczeństwa niż Londyn. Podlegają ustawodawstwu inkwizycyjnemu, jak cytadele.

– Dlaczego wyjechałaś na południe? – zapytałam. – W górach jasnowidze z pewnością byli bezpieczniejsi.

– A po co inni wyjeżdżali do SajLo? Za pracą. Za pieniędzmi. Musieliśmy jeść, tak samo jak ślepcy. – Liss naciągnęła prześcieradło na ramiona. – Moi rodzice bali się mieszkać w centrum Inverness. Jasnowidze nie trzymają się tam razem, nie tak jak w syndykacie. Tato uważał, że powinniśmy spróbować szczęścia w cytadeli. Wydaliśmy wszystkie oszczędności, aby dostać się do Londynu. Podchodziliśmy do mim-lordów, ale żaden z nich nie potrzebował wróżbity. Kiedy skończyły nam się pieniądze, musieliśmy chałturzyć.

– I wtedy cię złapano?

– Tato był zbyt chory, żeby wychodzić na zewnątrz. Męczył się na ulicy. Zajęłam jego miejsce. Pewna kobieta podeszła do mnie i poprosiła o wróżbę. – Musnęła kciukiem karty. – Miałam dziewięć lat. Nie zdawałam sobie sprawy, że była z NDK.

Julian potrząsnął głową.

– Jak długo byłaś w wieży?

– Cztery lata. Kilka razy poddali mnie waterboardingowi, chcieli, żebym powiedziała, gdzie są moi rodzice. Powiedziałam im, że nie wiem.

To na pewno nie polepszyło jej sytuacji.

– A ty, gdzie mieszkałeś, Julian?

– Morden. IV-6.

– To chyba najmniejsza sekcja?

– Tak, dlatego syndykat w ogóle się nią nie zajmuje. Miałem swoją małą grupę, ale nie wróżyliśmy za pieniądze. Robiliśmy tylko różne seanse.

Poczułam ostre ukłucie straty. Chciałam wrócić do mojej grupy.

Juliana wkrótce ogarnęło zmęczenie. Sterno powoli się dopalało, Liss obserwowała je do samego końca. Udawałam, że śpię, ale wciąż myślałam o osiemnastych Żniwach. Tak wielu ludzi musiało wtedy zginąć. Ich rodziny o niczym nie wiedziały. Nie było procesów, żadnego odwołania. Ta niesprawiedliwość przyprawiała mnie o mdłości. Nic dziwnego, że Liss nie chciała walczyć.

Nagle usłyszałam dźwięk syreny.

Julian zerwał się na równe nogi. Hałas nakręcał się i skrzypiał niczym nabrzmiewający ryk, aż w końcu przerodził się we wrzask. Moje ciało zareagowało natychmiast: poczułam mrowienie w nogach, serce waliło mi jak młot.

Z zewnątrz dobiegały odgłosy kroków. Julian odsłonił zasłonę z prowizorycznych drzwi. Czerwoni przebiegali obok nas, jeden trzymał w ręku potężną pochodnię. Sparaliżowana strachem Liss patrzyła nieruchomo.

– Mają noże – powiedział Julian.

Liss przemknęła w kąt rudery. Wzięła swoją talię kart i kucając, przyciągnęła kolana pod brodę i spuściła głowę.

– Musicie już iść – powiedziała. – Natychmiast.

– Chodź z nami – zaproponowałam. – Zakradniesz się do jednej z rezydencji. Nie jesteś bezpieczna w…

– Chcecie oberwać od Aludry? Albo Naczelnika? Spojrzała na nas gniewnie. – Radzę sobie od dziesięciu lat. – Wynocha stąd.

Spojrzeliśmy sobie z Julianem w oczy. Już byliśmy spóźnieni. Nie miałam pojęcia, czego się spodziewać po Naczelniku, ale oboje wiedzieliśmy, jak porywcza jest Aludra Chertan. Tym razem mogła go nawet zabić. Wyskoczyliśmy z rudery i popędziliśmy co sił w nogach.

10

Wiadomość

Kiedy wróciłam do rezydencji, syreny wciąż wyły. XX-49-33 otworzyła mi drzwi dopiero po tym, jak zastukałam któryś raz z kolei, wykrzykując swój numer i starając się przebić przez otaczający mnie hałas. Kiedy się upewniła, że jestem człowiekiem, wciągnęła mnie do środka i zatrzasnęła za mną drzwi, przysięgając, że nigdy więcej mnie nie wpuści, skoro nie potrafię przestrzegać prostych zasad. Widziałam, jak w zdenerwowaniu przeciąga rygiel trzęsącymi się dłońmi.

Dotarłam do krużganków, syreny już ucichły. Tym razem Emmici nie wdarli się do miasta. Poprawiłam włosy, usiłując uspokoić oddech. Po chwili niechętnie spojrzałam na kręte kamienne schody. Musiałam to zrobić. Odczekałam jeszcze chwilę, żeby ochłonąć, i weszłam na wieżę, jego wieżę. Skóra ścierpła mi na samą myśl, że muszę spać z nim w tym samym pokoju; dzielić z nim jego przestrzeń, jego ciepło, jego powietrze.

W drzwiach był klucz. Przekręciłam go i po cichu weszłam na kamienną płytę.

Niestety usłyszał. W chwili, kiedy przekraczałam próg, wstał. Oczy mu rozbłysły.

– Gdzie byłaś?

Usiłowałam zachować spokój.

– Na zewnątrz.

– Miałaś wrócić, kiedy usłyszysz dźwięk syren.

– Myślałam, że miałeś na myśli Magdalenę, a nie ten konkretny pokój. Powinieneś wyrażać się jaśniej.

W moim głosie słychać było bezczelność. Jego oczy pociemniały, a usta wykrzywiły w bezkompromisowym grymasie.

– Masz odzywać się do mnie z należytym szacunkiem – powiedział – albo więcej nie opuścisz tego pokoju.

– Nie zasłużyłeś na mój szacunek – zmierzyłam go wzrokiem. Popatrzył na mnie. Stałam nieruchomo, nie spuszczając z niego wzroku. Przeszedł obok mnie i zatrzasnął drzwi. Nawet nie drgnęłam.

– Kiedy usłyszysz syreny – rzekł – zostaw wszystko i wracaj do tego pokoju. Jasne?

Spojrzałam na niego. Schylił głowę, patrząc mi prosto w oczy.

– Zrozumiałaś? Czy mam coś powtórzyć?

– Zrozumiałam.

Byłam pewna, że mnie uderzy. Nikt, n i k t nie miał prawa odzywać się do Refaity w taki sposób. On jednak tylko się wyprostował.

– Jutro zaczniemy szkolenie – powiedział. – Masz być gotowa, kiedy zadzwoni nocny dzwon.

– Jakie szkolenie?

– Do zdobycia kolejnego munduru.

– Nie chcę go – powiedziałam.

– W takim razie będziesz musiała zostać cyrkowcem. Do końca życia czerwoni będą cię wyśmiewać i pluć na ciebie. – Przejrzał mnie. – Chcesz być błaznem? Głupcem?

– Nie.

Ścisnęło mnie w gardle. Nienawidziłam go, ale miałam powody, żeby się go bać. Przypomniałam sobie jego bezlitosną twarz w ciemnej kaplicy, kiedy stał nade mną i karmił się moją aurą. Aura była jasnowidzowi niezbędna do przetrwania, jak krew albo woda. Bez niej popadłabym w duchowy szok i umarłabym lub zwariowała, błąkając się bez kontaktu z zaświatami.

Podszedł do ściany i odsłonił zasłony, wskazując na znajdujące się za nimi niewielkie uchylone drzwi.

– Ślepcy uprzątnęli dla ciebie górne piętro. Dopóki nie powiem inaczej, masz tam przebywać cały czas. – Zamilkł na chwilę. – Powinnaś także wiedzieć, że nie wolno nam się dotykać, z wyjątkiem szkolenia. Nawet w rękawiczkach.

– Więc gdybyś ponownie wrócił tu zraniony – powiedziałam – mam pozwolić ci umrzeć?

– Tak.

K ł a m c a. Bez zastanowienia odparłam:

– To rozkaz, który z przyjemnością wypełnię.

Naczelnik tylko na mnie spojrzał. Zaczęło mnie złościć to, jak lekceważył mój brak szacunku. Jego cierpliwość musiała się gdzieś kończyć. Jedyne, co zrobił, to sięgnął do szuflady i wyjął moje pigułki.

– Weź je.

Wiedziałam, że nie ma sensu się kłócić. Zrobiłam, co kazał.

– Wypij to. – Wręczył mi szklankę. – Idź do swojej kwatery. Musisz być na jutro wypoczęta.

Prawą rękę zacisnęłam w pięść. Miałam dosyć jego rozkazów. Powinnam pozwolić mu się wykrwawić. Po jasną cholerę bandażowałam mu ranę? Co ze mnie za przestępca opatrujący wrogów?

Jax nieźle by się uśmiał, gdyby mnie zobaczył. „Pszczółko – powiedziałby – jesteś mięczakiem". Może i byłam. Ale do czasu.

Kiedy mijałam Naczelnika, starałam się unikać kontaktu wzrokowego. Zauważyłam, że na mnie patrzy, zanim wyszłam na ciemny korytarz. Zamknął za mną drzwi na klucz.

Krętymi schodami udałam się na wyższe piętro wieży. Spojrzałam na swoje nowe mieszkanie: duży, pusty pokój. Przypominał mi ośrodek dla internowanych, z wilgotną podłogą i zakratowanymi oknami. Na parapecie paliła się lampa naftowa, nadając pomieszczeniu delikatny półmrok. Oprócz niej było jeszcze łóżko z poręczami i nierównym materacem. Pościel wydawała się zgrzebna w porównaniu z ponętnym aksamitnym nakryciem łóżka z baldachimem w pokoju Naczelnika. Ogólnie cały ten pokój był ucieleśnieniem ludzkiej niższości – ale dla mnie wszystko było lepsze niż przebywanie z nim w jednym pomieszczeniu.

Sprawdziłam każdy kąt i szczelinę, podobnie jak na niższym piętrze. Żadnego wyjścia, tylko łazienka. W środku ubikacja, umywalka i kilka środków czystości.

Pomyślałam o Julianie siedzącym w ciemnej piwnicy i o Liss trzęsącej się z zimna w swojej ruderze. Ona nie miała łóżka. Nic nie miała. Nie było tu może przyjemnie, ale o wiele cieplej i czyściej niż w Rookery. I bezpieczniej. Przed Emmitami chroniły mnie kamienne ściany. Liss miała tylko poszarpane zasłony.

Nie znalazłam nigdzie piżamy czy czegoś w tym rodzaju, więc rozebrałam się prawie do naga. Nie było lustra, ale widziałam, że tracę na wadze. Stres, zatrucie fluxem i brak pożywnego jedzenia dawały się we znaki. Przygasiłam lampę i wślizgnęłam się pod pościel. Wcześniej nie czułam się zmęczona, ale zaczęłam przysypiać. I myśleć. Myśleć o przeszłości, o tych wszystkich dziwnych chwilach, które doprowadziły mnie w to miejsce. Wróciłam myślami do dnia, w którym poznałam Nicka. To Nick skontaktował mnie z Jaxonem. Nick, człowiek, który uratował mi życie.

Kiedy miałam dziewięć lat, krótko po tym, jak przybyłam do Anglii, opuściliśmy z ojcem Londyn i ruszyliśmy na południe w tak zwanych „interesach". Musiał wpisać nas na listę oczekujących, abyśmy mogli wyjechać z cytadeli. Po miesiącach czekania w końcu pozwolono nam odwiedzić dawną przyjaciółkę ojca, Giselle. Mieszkała na wzgórzu obsianym kukurydzą, w różowym domu z dachem wystającym przed okna. Okolica przypominała mi Irlandię: bezkresne, piękne krajobrazy, dzika i nieposkromiona przyroda, wszystko to, co Sajon zniszczył. O wschodzie słońca, kiedy ojciec nie widział, wspinałam się na dach i kucałam przy wysokim ceglanym kominie. Patrzyłam na wzgórza, na drzewa piętrzące się aż pod niebo i rozmyślałam o kuzynie Finnie i innych znajomych z Irlandii. Za dziadkami tęskniłam tak bardzo, że aż bolało. Nigdy nie potrafiłam zrozumieć, dlaczego z nami nie przyjechali.

Pragnęłam zobaczyć wodę. Morze, cudowne morze, lśniącą drogę, która prowadziła do wolnych krajów. To za morzem Irlandia czekała, aż powrócę do domu – z powrotem do popielatych łąk, do drzew podzielonych rebeliancką piosenką. Ojciec obiecał, że je zobaczę, ale był zbyt zajęty Giselle. Zawsze rozmawiali do późna w nocy.

Byłam zbyt mała, aby zrozumieć, jaka ta wioska była naprawdę. Jasnowidzom groziło niebezpieczeństwo w cytadeli, ale nie mogli uciec do tej idylli na wsi. Z dala od Archonu ślepcy w małych miasteczkach byli nerwowi. Podejrzenia o odmienność zawładnęły tymi zżytymi społecznościami, mieszkańcy przyzwyczaili się obserwować jeden drugiego, wypatrywać kryształowej kuli lub kamienia wróżebnego, gotowi zadzwonić do najbliższej placówki Sajonu albo po prostu samemu wymierzyć sprawiedliwość. Prawdziwy jasnowidz nie wytrzymałby tam ani dnia.

A nawet jeśli, to nie było tam pracy. Potrzebowano rąk do pracy w polu, ale nie aż tylu –większość prac rolniczych wykonywały maszyny. Tylko w cytadeli jasnowidze byli w stanie zarobić przyzwoite pieniądze.

Nie lubiłam odchodzić daleko od domu bez ojca. Ludzie zbyt wiele mówili, interesowali się, a Giselle była dokładnie taka jak oni. Poza tym była poważną, szczupłą kobietą i miała surowy wyraz twarzy, na każdym palcu pierścionek, a na jej ramionach i szyi sznury żył napinały się niczym węzły. Nie lubiłam jej. Pewnego dnia zauważyłam z dachu przystań: pole maków, czerwony basen pod żelaznym niebem.

Każdego dnia, kiedy ojciec myślał, że bawię się na górze, szłam na to pole i całymi godzinami czytałam na swoim nośniku danych, spoglądając na kołyszące się dookoła główki maków. To tam miałam swoje pierwsze prawdziwe spotkanie ze światem duchów. Z zaświatami. Wtedy nie miałam jeszcze pojęcia, że jestem jasnowidzem. Dla dziewięcioletniego dziecka odmienność była jedynie bajką, straszydłem o nieokreślonych cechach. Nie rozumiałam jeszcze tego miejsca. Wiedziałam tylko to, co powiedział mi Finn: że źli ludzie za morzem nie lubią takich dziewczynek jak ja. Przestałam być bezpieczna.

Tamtego dnia dowiedziałam się, co miał na myśli. Kiedy weszłam na pole, wyczułam wściekłą obecność jakiejś kobiety. Nie widziałam jej, lecz c z u ł a m, w makach i w wietrze, w ziemi i powietrzu. Wyciągnęłam rękę w nadziei, że dowiem się, co to jest.

I wtedy znalazłam się na ziemi. Krwawiłam. To było moje pierwsze spotkanie z poltergeistem, złym duchem, który potrafił się przedostać do świata cielesnego.

Wkrótce przybył mój wybawca. Młody mężczyzna, wysoki i rosły, z blondwłosami i dziecięcą twarzą. Zapytał mnie o imię. Wydukałam je. Kiedy zobaczył moją poszarpaną rękę, zawinął mnie w swój płaszcz i zabrał do samochodu. Na jego koszulce zauważyłam napis Pomoc Sajonu. Kiedy wyjął igłę, ogarnął mnie strach.

– Mam na imię Nick – powiedział. – Jesteś bezpieczna, Paige.

Poczułam ukłucie. Zabolało, ale się nie rozpłakałam. Powoli pociemniało mi przed oczami.

Śniłam w ciemności. Śniłam o makach szarpiących się z kurzem. Nigdy wcześniej nie widziałam kolorów w czasie snu, a teraz jedyne, co byłam w stanie dostrzec, to czerwone kwiaty i wieczorne słońce. Dawały mi schronienie, rozsiewając swoje płatki i okrywając nimi moje gorączkujące ciało. Obudziłam się w łóżku, przykryta białymi prześcieradłami. Moja ręka była zabandażowana. Ból znikł.

Blondyn był tuż obok mnie. Pamiętam jego uśmiech; ledwo zauważalny – ale go odwzajemniłam. Wyglądał jak książę.

– Witaj, Paige – powiedział.

Zapytałam, gdzie jestem.

– W szpitalu. Jestem twoim lekarzem.

– Jesteś za młody na lekarza – powiedziałam. Albo za mało straszny. – Ile masz lat?

– Osiemnaście. Jeszcze się uczę.

– Chyba nie zszyłeś mi ręki w jakiś zabawny wzór?

Zaśmiał się.

– No cóż, starałem się. Powiesz mi, co o tym myślisz.

Dowiedziałam się, że zawiadomił mojego ojca i że tato już do mnie jedzie. Powiedziałam mu, że mi niedobrze. Odparł, że to normalne, ale muszę odpoczywać, żeby przeszło. Nie mogłam jeszcze jeść, a jednak obiecał, że przyniesie mi coś dobrego na obiad. Siedział przy mnie do końca dnia, wychodząc tylko po kanapki i butelkę soku jabłkowego ze szpitalnej stołówki. Ojciec zabronił mi rozmawiać z nieznajomymi, ale ja nie bałam się tego miłego, małomównego chłopca.

Doktor Nicklas Nygård, przeniesiony z Sajonu Sztokholm, tamtej nocy utrzymał mnie przy życiu – przeprowadził mnie przez szok zostania pełnym jasnowidzem. Gdyby nie on, mogłabym tego nie znieść.

Kilka dni później ojciec odwiózł mnie do domu. Znał Nicka z konferencji medycznej. Nick odbywał praktykę w mieście, później miał objąć stałą posadę w SajSOBN. Nigdy nie powiedział mi, co robił wtedy na polu maków. Kiedy ojciec czekał na mnie w samochodzie, ukląkł przede mną i wziął mnie za ręce. Pamiętam, jak myślałam o tym, że jest przystojny, i jak jego brwi tworzyły idealny łuk nad cudownymi, chłodnymi, zielonymi oczami.

– Paige – powiedział bardzo cicho – posłuchaj mnie. To bardzo ważne. Powiedziałem twojemu ojcu, że zaatakował cię pies.

– Ale to była jakaś pani.

– Tak, ale ta pani była niewidzialna, *sötnos**. Niektórzy dorośli nie wiedzą o niewidzialnych rzeczach.

– Ale ty wiesz – powiedziałam, przekonana o jego mądrości.

– To prawda. Ale nie chcę, żeby inni dorośli się ze mnie śmiali, więc im nie mówię. – Dotknął mojego policzka. – Nigdy nikomu o tym nie mów, Paige. To będzie nasz sekret. Obiecujesz?

Skinęłam głową. Obiecałabym mu wszystko. Ocalił mi życie. Obserwowałam go przez okno, kiedy ojciec odwoził mnie do cytadeli. Podniósł rękę i mi pomachał. Patrzyłam na niego, dopóki nie zniknął za zakrętem.

Wciąż miałam blizny po tym ataku – utworzyły zgrubienie po wewnętrznej stronie mojej lewej dłoni. Duch zostawił też inne rany, aż po łokieć – ale blizny pozostały tylko na dłoni.

Wywiązałam się z obietnicy. Przez siedem lat nikomu nic nie powiedziałam. Trzymałam swój sekret blisko serca, jak rozkwitający nocą kwiat, myśląc o nim tylko wtedy, kiedy byłam

* (Szwedzki) Skarbie, kochanie, najdroższa.

sama. Nick znał prawdę. Wiedział o wszystkim. Cały ten czas zastanawiałam się, gdzie się podziewa i czy kiedykolwiek myśli o tej małej irlandzkiej dziewczynce, którą wyniósł z pola maków. I po długich siedmiu latach otrzymałam nagrodę: znowu mnie znalazł. Gdyby tylko mógł znaleźć mnie teraz.

Na niższym piętrze nie było nic słychać. Mijały godziny, nasłuchiwałam kroków lub odbijającej się echem melodii gramofonu. Jedyne, co słyszałam, to niczym nieprzerwana cisza.

Przez resztę dnia spałam. Miałam jeszcze gorączkę, pozostałość po ostatnim podaniu fluxu. Często się budziłam, a przed oczami migały mi przebłyski minionych wydarzeń. Czy kiedykolwiek nosiłam inne ubrania niż ta tunika, niż te buty? Czy znałam świat, w którym nie było duchów i żywych trupów? Świat bez Emmitów, bez Refaitów?

Obudziło mnie pukanie do drzwi. Ledwo zdążyłam okryć się prześcieradłem, zanim Naczelnik wszedł do pokoju.

– Niedługo zadzwoni dzwon. – Położył nowy mundur na skraju łóżka. – Ubieraj się.

W ciszy popatrzyłam na niego. Jego wzrok zatrzymał się na mnie przez chwilę, zanim wyszedł, zamykając za sobą drzwi. Nie miałam na co czekać. Wstałam, związałam włosy i umyłam się w lodowatej wodzie. Założyłam mundur i zapięłam kamizelkę aż po szyję. Noga zdawała się wyleczona.

Kiedy weszłam do komnaty, Naczelnik czytał powieść. *Frankensteina*. Sajon zabraniał literatury fantastycznej tego rodzaju i wszystkiego, co wiązało się z potworami lub duchami. Wszystkiego, co było odmienne. Tak bardzo chciałabym mieć ją w swoich rękach. Widziałam ją na półkach Jaxona, ale nigdy nie miałam czasu, aby ją przeczytać. Naczelnik odłożył książkę i wstał.

– Jesteś gotowa?

– Tak – odpowiedziałam.

– Dobrze. – Zamilkł na chwilę, po czym zapytał: – Powiedz mi, Paige, jak wygląda twój senny krajobraz?

Zaskoczyła mnie bezpośredniość tego pytania. Wśród jasnowidzów takie pytania uznawane były za niegrzeczne.

– Pole czerwonych kwiatów.

– Jakich kwiatów?

– Maków.

Nic nie odpowiedział. Sięgnął po rękawice, założył je i wyprowadził mnie z pokoju. Dzienny dzwon nie wybił jeszcze godziny, ale stróż wypuścił nas bez pytania. Nikt nie pytał Arcturusa Mesarthima.

Światło słoneczne. Już jakiś czas go nie widziałam. Słońce właśnie zachodziło, znikając za skrajami budynków. Szeol pokrywała słabnąca mgła. Myślałam, że będziemy trenować w środku, ale Naczelnik prowadził mnie na północ, mijając Dom Ślepców, w obcy teren.

Budynki w najdalszych krańcach miasta były opuszczone. Rozsypywały się, okna powybijano; niektóre ściany i dachy wyglądały na spalone. Może faktycznie kiedyś wybuchł tu pożar. Przeszliśmy uliczką gęsto usianą domami. To było miasto duchów. Nie dostrzegłam tu żadnych żywych ludzi. W pobliżu wyczuwałam duchy, zgorzkniałe dusze, które chciały powrócić do swych utraconych domów. Niektóre z nich były słabymi poltergeistami. Zachowywałam czujność, ale Naczelnik zdawał się ich nie bać. Żaden z nich nie podszedł do niego.

Opuściliśmy teren zabudowań. Wydychane przeze mnie powietrze formowało się w chmurki z pary. Przed nami rozciągała się niekończąca się łąka. Trawa była wydeptana, a na ziemi lśnił szron. Dziwne zjawisko jak na wczesną wiosnę. Dookoła wzniesiono ogrodzenie, wysokie na przynajmniej trzydzieści stóp, zakończone spiralami kolczastego drutu. Za ogrodzeniem były drzewa pokryte delikatnym szronem. Piętrzyły się na skrajach łąki, odgradzając mnie od tego, co znajdowało się za nimi. Na zardzewiałej tabliczce widniał napis „PORT MEADOW. WSTĘP TYLKO W CELACH SZKOLENIOWYCH. DOZWOLONE UŻYCIE ŚMIERTELNYCH MOCY". Przed bramą stała śmiertelna moc we własnej osobie: Refaita.

Złote włosy miał spięte w kucyk. Obok niego stała mała brudna postać z ogoloną głową: Ivy, papilarniczka. Miała na sobie żółtą tunikę, symbol tchórzostwa. Rozerwane przy szyi ubranie odsłaniało kościste ramię. Zauważyłam jej znamię: XX-59-24. Naczelnik ruszył do przodu, ja tuż za nim. Widząc nas, opiekun Ivy ukłonił się.

– Oto królewska nałożnica – powiedział. – Co sprowadza cię do Port Meadow?

W pierwszej chwili myślałam, że mówi do mnie – nigdy wcześniej nie słyszałam, żeby Refaici odzywali się do siebie z takim obrzydzeniem. Zauważyłam jednak, że to mojemu opiekunowi posłał gniewne spojrzenie.

– Przyszedłem trenować swojego człowieka. – Naczelnik patrzył na łąkę. – Otwieraj bramę, Thuban.

– Cierpliwości, nałożnico. Jest uzbrojona?

Chodziło mu o mnie. Człowieka.

– Nie – odrzekł Naczelnik. – Nie jest uzbrojona.

– Numer?

– XX-59-40.

– Wiek?

Zerknął na mnie.

– Dziewiętnaście – odpowiedziałam.

– Jest widząca?

– Te pytania są nieistotne, Thuban. Nie bawi mnie bycie traktowanym jak dziecko, szczególnie *przez* dziecko.

Thuban tylko na niego spojrzał. Miał około trzydziestu lat i na moje oko z pewnością nie był dzieckiem. Żaden z nich nie okazywał ani krztyny złości. Słowa mówiły wszystko.

– Masz trzy godziny, zanim Pleione przyprowadzi swoje stado. – Popchnął bramę, otwierając ją. – Jeżeli 40 spróbuje uciec, zostanie z miejsca rozstrzelana.

– A jeżeli ty ponownie okażesz brak szacunku starszemu, zostaniesz z miejsca odosobniony.

– Władczyni krwi na to nie pozwoli.

– Nie musi o tym wiedzieć. Nietrudno będzie to ukryć. Nie boję się waszego nazwiska. – Spojrzał na niego z góry. – To ja jestem małżonkiem krwi i to ja sprawuję władzę, która przystoi memu stanowisku. Czy wyraziłem się jasno?

Thuban uniósł głowę, by na niego popatrzeć, oczy zapaliły mu się na niebiesko.

– Tak – wyszeptał – m a ł ż o n k u krwi.

Naczelnik przeszedł obok niego. Nie miałam pojęcia, jak rozumieć tę rozmowę, ale z satysfakcją przysłuchiwałam się, jak tamten został zmieszany z błotem. Kiedy minęliśmy bramę, Thuban uderzył Ivy w głowę. Pod siłą uderzenia odwróciła się. Nie płakała, ale miała opuchniętą i wyblakłą twarz, znacznie schudła. Jej ramiona pokrywały krew i brud. Trzymano ją w jej własnych odchodach. Przypomniałam sobie, że Seb patrzył na mnie w taki sam sposób, jakby cała nadzieja na świecie rozpadła się w proch.

Dla Seba, dla Ivy i dla wszystkich innych postaram się, aby ten trening miał sens.

Port Meadow zajmował rozległy teren. Naczelnik stawiał duże kroki, zbyt długie, abym mogła dotrzymać mu kroku. Maszerowałam za nim, próbując oszacować rozmiary łąki. W słabnącym świetle z trudem dostrzegałam otaczające ją z każdej strony stare ogrodzenie, dzielące wydeptaną ziemię na kilka większych obszarów. Wykonane było z cienkiego drutu i pokryte soplami lodu. Przy ogrodzeniu były rozstawione posterunki; na niektórych znajdowały się ciężkie podpórki i na każdej z nich wisiała latarnia. Strażnica stała po zachodniej stronie, w środku znajdował się człowiek albo Refaita.

Przeszliśmy obok płytkiego basenu. Jego zamarznięta powierzchnia była gładka jak lustro, idealna do wróżenia ze szklanej kuli. Ponadto wszystko tutaj było idealne do walki z duchami. Teren był solidny, powietrze czyste i świeże, a co najważniejsze, wokół roiło się od duchów. Czułam je wszędzie, były dookoła mnie. Zastanawiałam się, jaki rodzaj ogrodzenia otaczał tę łąkę. Czyżby opracowali sposób na uwięzienie duchów?

Nie. Duchy mogły czasem przełamywać real, ale nie podlegały fizycznym ograniczeniom. Tylko spoiwa miały moc je uwięzić. Ich kategoria – piąta – potrafiła zaginać granice pomiędzy realem i zaświatami.

– Ogrodzenie nie jest naładowane elektrycznością – Naczelnik zauważył, na co patrzę – tylko energią eteryczną.

– Jak to możliwe?

– Baterie eteryczne. Połączenie kompetencji Refaitów i ludzi, wprowadzone w 2045. Wasi naukowcy pracują nad technologią hybrydową od początku dwudziestego wieku. Po prostu zastępujemy chemiczną energię w baterii pojmanym poltergeistem, duchem, który potrafi się komunikować ze światem cielesnym. Tworzy to pole odpychania.

– Ale poltergeisty potrafią się oswobodzić – powiedziałam. – W jaki sposób je łapiecie?

– Używamy chętnego poltergeista, naturalnie.

Idąc za nim, wpatrywałam się w jego plecy. Słowa „chętny" i „poltergeist" stanowiły takie przeciwieństwo jak wojna i pokój.

– Nasze wskazówki doprowadziły także do wynalezienia Fluxion 14 oraz Technologii Wykrywania Radiestetycznego

– powiedział. – To ostatnie wciąż jest w fazie eksperymentalnej. Jak wynika z ostatnich raportów, podobno Sajon zmierza do udoskonalenia tej technologii.

Zacisnęłam pięść. Jasne, że to Refaici byli odpowiedzialni za TWR. Dani zawsze się zastanawiała, jakim cudem Sajon do tego doszedł.

Po chwili Naczelnik się zatrzymał. Podeszliśmy do betonowego owalu szerokiego na trzy metry. W pobliżu rozbłysły lampy.

– Zaczynajmy – powiedział.

Czekałam.

Bez ostrzeżenia wycelował pięść w moją twarz. Uskoczyłam. Kiedy chciał zadać kolejny cios, zablokowałam pięść ręką.

– Jeszcze raz.

Tym razem był szybszy, chciał zmusić mnie do obrony, atakując z każdej strony. Otworzyłam ręce i blokowałam każde uderzenie.

– Nauczyłaś się walczyć na ulicach.

– Być może – odpowiedziałam.

– Jeszcze raz, spróbuj mnie powstrzymać.

Tym razem złapał mnie za szyję, kładąc obie dłonie na moim dekolcie. Złodziej uliczny już raz mnie tak zaatakował. Przekręciłam się w lewą stronę i pchnęłam prawą rękę w tym samym kierunku, odcinając jego dłoń od swojego gardła. Czułam jego siłę, ale mnie puścił. Łokciem uderzyłam go w policzek – takim ruchem powaliłam złodzieja prosto na ziemię. Pozwalał mi wygrać.

– Wspaniale. – Naczelnik zrobił krok do tyłu. – Nieliczni ludzie przychodzą tutaj przygotowani, aby wstąpić do batalionu karnego. Wyprzedzasz ich, ale z Emmitami nie pójdzie ci tak łatwo. Twoim najważniejszym atutem jest umiejętność oddziaływania na zaświaty.

Dostrzegłam srebrny błysk. W dłoni trzymał nóż. Napięłam mięśnie.

– Z tego, co zauważyłem, twój dar jest aktywowany przez niebezpieczeństwo. – Zbliżył ostrze do mojej klatki piersiowej. – Zademonstruj.

Serce mi łomotało.

– Nie wiem jak.

– Czyżby?

Jednym ruchem przyłożył mi ostrze do gardła. Poczułam przypływ adrenaliny. Naczelnik pochylił się nade mną.

– To ostrze było używane do upuszczania ludzkiej krwi – powiedział miękkim głosem. – Krwi takiej jak twojego przyjaciela Sebastiana.

Zadrżałam.

– Domaga się jej więcej. – Zsunął ostrze po mojej szyi. – Nigdy wcześniej nie zaznało smaku krwi śniącego.

– Nie boję się ciebie. – Drżenie mego głosu zdradzało kłamstwo. – Nie dotykaj mnie.

Nie posłuchał. Przesunął ostrze do mojego gardła, następnie do brody, aż w końcu dotknął nim moich ust. Szarpnęłam pięść do góry, odpychając jego rękę. Upuścił nóż, chwycił mnie jedną ręką za nadgarstki i przycisnął je do betonu. Dysponował niesamowitą siłą: nie byłam w stanie drgnąć.

– Zastanawiam się – nożem uniósł moją brodę – gdybym poderżnął ci gardło, jak długo byś umierała?

– Nie zrobiłbyś tego – powiedziałam, wyzywając go.

– Ależ zrobiłbym.

Próbowałam kopnąć go kolanem w krocze, ale złapał mnie za udo, odpychając moją nogę. Wciąż była słaba, więc nie było to trudne. Chciał mnie osłabić. Kiedy uwolniłam rękę, wykręcił mi ramię za plecy. Nie na tyle mocno, by zrobić mi krzywdę, ale wystarczająco mocno, żeby mnie unieruchomić.

– W taki sposób zawsze przegrasz – wyszeptał mi do ucha. – Użyj swoich umiejętności.

Czyżby ta kreatura nie miała w sobie żadnego słabego punktu? Pomyślałam o wszystkich wrażliwych miejscach ludzkiego ciała: oczach, nerkach, splocie słonecznym, nosie, kroczu – żadne z nich nie było w moim zasięgu. Będę musiała mu się wyrwać i biec. Cofnęłam się między jego uda i jednym ruchem przekoziołkowałam wprost na równe nogi. W jednej chwili rzuciłam się do ucieczki przez łąkę. Jeżeli mu zależy, niech sobie mnie złapie.

Nie było gdzie biec. Naczelnik mnie doganiał. Wspominając treningi z Nickiem, zmieniłam kierunek. Biegłam dalej, w ciemność, z dala od strażnicy. W takim ogrodzeniu musiała być przecież jakaś dziura, miejsce, w którym mogłabym się przecisnąć pomiędzy drutami. Wtedy musiałabym zmierzyć się z Thubanem. Ale miałam swojego ducha. Dałabym radę. Dałabym radę.

Dla kogoś o orlim wzroku mogłabym być krótkowidzem. Zgubiłam się w ciągu minuty. Z dala od betonowego owalu i lamp brnęłam przez bezkresną łąkę. Naczelnik, gdzieś z tyłu, polował na mnie. Pobiegłam w kierunku latarni. Mój szósty zmysł zadrgał, kiedy zbliżyłam się do ogrodzenia. Nie odbiegłam nawet dwóch metrów, gdy pojawiły się mdłości, a nogi zrobiły mi się zwiotczałe i ciężkie.

Ale musiałam spróbować. Chwyciłam zamarznięty drut.

Nie jestem w stanie w pełni opisać uczucia, które zawładnęło moim ciałem. Przed oczami zrobiło mi się czarno, potem biało, a potem czerwono. Całe moje ciało pokryła gęsia skórka. Setki wspomnień przemknęły mi przed oczami, w tym krzyk na polu maków, a także nowe wspomnienia – wspomnienia poltergeista. To była ofiara morderstwa. Ogłuszający huk wstrząsnął każdą moją kością, zaczęły mną szarpać wszechogarniające torsje. Upadłam na ziemię.

Musiałam tak leżeć przez chwilę, torturowana obrazami krwi i kremowego dywanu. Ta osoba została zabita strzałem z broni palnej. Jego czaszka pękła, rozbryzgując krew i odłamki kości. Dzwoniło mi w uszach. Kiedy oprzytomniałam, miałam zaburzenia koordynacji ruchowej. Przeczołgałam się po ziemi, zostawiając za sobą krwawe wizje. Srebrno-białe poparzenie pokiereszowało mi dłoń. Znak poltergeista.

Coś świsnęło mi koło ucha. Spojrzałam do góry i zobaczyłam kolejną strażnicę i strażnika stojącego w środku.

Strzałka z fluxem.

Ponownie wystrzelił w moim kierunku. Z trudem wstałam, ruszyłam na wschód i zaczęłam biec, ale wkrótce natknęłam się na kolejną strażnicę i tym razem musiałam skręcić na południe. Dopiero kiedy zobaczyłam owal, uświadomiłam sobie, że zbliżam się do Naczelnika.

Kolejna strzałka trafiła mnie w ramię. Poczułam natychmiastowy i potworny ból. Sięgnęłam i ją wyrwałam. Z rany wypłynęła krew, a moim ciałem owładnęła fala potwornych torsji. Udało mi się powstrzymać narkotyk – infekował ciało po jakichś pięciu sekundach – ale wiadomość była jasna: wracaj w kierunku owalu albo cię zastrzelimy. Naczelnik na mnie czekał.

– Witamy z powrotem.

Otarłam pot z czoła.

– A więc nie wolno mi biec.

– Nie. Chyba że chcesz, abym wręczył ci żółtą tunikę, którą dajemy tylko tchórzom.

Pobiegłam na niego, oślepiona złością, i uderzyłam ramieniem w brzuch. Biorąc pod uwagę jego rozmiary, nic mu się nie stało. Złapał mnie tylko za tunikę i odrzucił. Wylądowałam na ziemi na tym samym ramieniu.

– Nie możesz walczyć ze mną gołymi rękoma. – Przechadzał się po skraju owalu. – Nie możesz też uciec Emmicie. Jesteś śniącym wędrowcem, dziewczyno. Masz władzę decydowania o życiu i śmierci. Podpal mój senny krajobraz. Doprowadź mnie do szału!

Poczułam, jak odrywa się jakaś część mnie. Mój duch przemierzył przestrzeń pomiędzy nami. Wcięłam się w zewnętrzną obręcz jego umysłu niczym nóż w napięty jedwab. Przełamałam się przez najciemniejsze części jego sennego krajobrazu, siłując się z niemożliwie potężnymi ograniczeniami, kierując w odległe skrawki światła, które były jego strefą słoneczną. Ale okazało się to nie takie łatwe jak wtedy, w pociągu. Centrum jego sennego krajobrazu znajdowało się zbyt daleko, a mój duch był wypychany na zewnątrz. Niczym przesadnie naciągnięta taśma elastyczna powróciłam pospiesznie do własnego umysłu. Ciężar mojego własnego ducha zwalił mnie z nóg. Stuknęłam głową o beton.

Najpierw zobaczyłam lampy. Podniosłam się na łokciach, skronie drżały mi z bólu. Naczelnik wciąż stał. Nie powaliłam go na kolana tak jak Aludry, ale naruszyłam jego percepcję. Przetarł twarz i potrząsnął głową.

– Dobrze – powiedział. – Bardzo dobrze.

Wstałam. Nogi mi się trzęsły.

– Próbujesz mnie rozwścieczyć – powiedziałam. – Po co?

– To zdaje się działać. – Wycelował we mnie nożem. – Jeszcze raz.

Spojrzałam na niego do góry, usiłując złapać oddech.

– Jeszcze raz?

– Stać cię na więcej. Ledwo dotknęłaś moich systemów obronnych. Chciałbym, abyś przez nie przeniknęła.

– Nie dam rady drugi raz. – Zrobiło mi się czarno przed oczami. – To nie działa w ten sposób.

– Dlaczego nie?

– Bo tracę oddech.

– Nigdy nie pływałaś?

– Co?

– Przeciętny człowiek potrafi wstrzymać oddech na przynajmniej trzydzieści sekund bez trwałego uszczerbku. To wystarczająco, byś mogła zaatakować inny umysł i powrócić do swojego ciała.

Nigdy o tym nie myślałam w taki sposób. Nick zawsze pilnował, abym używała respiratora, kiedy wchodziłam w zaświaty.

– Pomyśl o swoim duchu jak o mięśniu odrywającym się od swego naturalnego położenia – powiedział Naczelnik. – Im więcej go używasz, tym silniejszy i szybszy się stanie, a twoje ciało poradzi sobie z jego reakcją. Będziesz w stanie szybko przeskoczyć pomiędzy jednym a drugim sennym krajobrazem, zanim twoje ciało uderzy o ziemię.

– Ty nic nie wiesz.

– Ani ty. Podejrzewam, że ten incydent w pociągu to był pierwszy raz, kiedy weszłaś w cudzy senny krajobraz. – Nie zabrał noża. – Wejdź w mój. Wyzywam cię.

Przyjrzałam się badawczo jego twarzy. Zapraszał mnie do swojego umysłu, chciał, żebym okaleczyła jego zdrowe zmysły.

– Nic cię to nie obchodzi. Tylko mnie szkolisz – powiedziałam. Zaczęliśmy się wzajemnie otaczać. – Nashira kazała ci mnie wybrać. Wiem, czego ona chce.

– Nie. To ja cię wybrałem. Jestem odpowiedzialny za twoje szkolenie. I ostatnie, czego chcę – podszedł do mnie – to żebyś skompromitowała mnie swoją niekompetencją. – Jego wzrok był twardy jak kamień. – Zaatakuj mnie ponownie. I tym razem zrób to tak jak trzeba.

– Nie. – Zmuszę go do odsłonięcia kart. Niech się skompromituje. Niech się mnie wstydzi, tak jak mój ojciec. – Nie zamierzam się zabić tylko po to, żebyś ty dostał pochwałę od Nashiry.

– Chcesz mnie skrzywdzić – powiedział łagodniejszym głosem. – Nienawidzisz mnie. Czujesz do mnie odrazę. – Podniósł nóż. – Zniszcz mnie.

W pierwszym momencie nic nie zrobiłam. Wtedy przypomniałam sobie godziny, które spędziłam, oczyszczając jego ranę, i to, jak mnie potraktował. Przypomniałam sobie, jak stał obok i patrzył na śmierć Seba. Z powrotem rzuciłam w niego swoim duchem.

W czasie, który spędziliśmy na łące, ledwo naruszyłam jego senny krajobraz. Nawet gdyby opuścił większość swoich systemów obronnych, nie dostałabym się dalej niż do strefy hadal, po prostu jego umysł był zbyt silny. Naczelnik cały czas mnie prowokował. Mówił, że jestem słaba, żałosna, że jestem hańbą dla wszystkich jasnowidzów. Że nie ma się co dziwić, że ludzie nadają się tylko do niewolnictwa. Pytał, czy chcę żyć w klatce, jak zwierzę. Z przyjemnością by mnie tam zamknął. Na początku jego prowokacja zadziałała, ale z biegiem czasu jego obelgi przestały robić na mnie wrażenie. Ostatecznie stały się frustrujące, zbyt słabe, aby pobudzić mego ducha.

Wtedy rzucił ostrzem. Nie celował we mnie, ale widok lecącego noża wystarczył, bym uwolniła ducha. Za każdym razem, kiedy to robiłam, moje ciało upadało. Kiedy noga zsunęła mi się z owalu, strzałka z fluxem już leciała w moim kierunku. Szybko nauczyłam się rozpoznawać jej dźwięk i uskakiwać, unikając zranienia.

Pięć lub sześć razy wyskoczyłam z ciała. Za każdym razem czułam, że głowa mi pęka. W końcu miałam dość. Zaczęłam widzieć podwójnie, ból migrenowy pęczniał powyżej lewego oka. Zgięłam się w pasie, łapiąc powietrze. „Nie pokazuj strachu. Nie pokazuj strachu". Moje kolana osłabły.

Naczelnik ukląkł przede mną i złapał mnie wpół. Chciałam go odepchnąć, ale ręce mi zwiotczały.

– Przestań – powiedział. – Przestań się opierać.

Wziął mnie na ręce. Nigdy nie doświadczyłam tak diabelnie szybkich skoków. Nie byłam pewna, czy mój mózg to wytrzyma. Czułam dygotanie z tyłu oczu. Nie mogłam patrzeć na latarnie.

– Poradziłaś sobie. – Naczelnik spojrzał na mnie z góry. – Ale potrafisz o wiele więcej.

Nie byłam w stanie mu odpowiedzieć.

– Paige?

– Nic mi nie jest – wybełkotałam.

Chyba zrozumiał. Niosąc mnie na rękach, ruszył w kierunku bramy.

Po jakimś czasie postawił mnie na ziemi. W ciszy szliśmy do wyjścia, Thubana nie było na stanowisku. Przy ogrodzeniu siedziała Ivy, trzymała twarz w obu dłoniach, ramiona jej się trzęsły. Kiedy podeszliśmy do bramy, wstała i odsłoniła rygiel. Naczelnik spojrzał na nią, kiedy ją mijaliśmy.

– Dziękuję, Ivy.

Spojrzała na niego do góry. W jej oczach były łzy. Kiedy ostatni raz zwrócono się do niej, używając jej prawdziwego imienia?

Kiedy szliśmy przez miasto duchów, Naczelnik milczał. Byłam na wpół przytomna. Nick kazałby mi odpoczywać w łóżku przez kilka godzin i porządnie by mnie zbeształ.

Dopiero kiedy minęliśmy Dom Ślepców, Naczelnik przemówił:

– Często próbujesz wyczuwać zaświaty?

– Nie twoja sprawa – odpowiedziałam.

– W twoich oczach kryje się krew. Krew i lód. – Stanął przede mną twarzą w twarz. – To dziwne, że tak się rozpalają w złości.

Nasze spojrzenia się spotkały.

– Twoje oczy też się zmieniają.

– Jak myślisz, dlaczego?

– Nie wiem. Nic o tobie nie wiem.

– To prawda. – Naczelnik zmierzył mnie wzrokiem. – Pokaż mi swoją dłoń.

Nie od razu, ale pokazałam mu prawą rękę. Oparzenie przyjęło brzydki, perłowy wygląd. Wyjął małą fiolkę z płynem, otworzył palcem w rękawicy i wylał jej zawartość na znamię. Rozpuściło się na moich oczach, znikając bez śladu.

Wyrwałam rękę.

– Jak ty to zrobiłeś?

– To się nazywa amarant. – Schował fiolkę i spojrzał na mnie. – Powiedz mi, Paige, czy ty się boisz zaświatów?

– Nie – odpowiedziałam. Poczułam mrowienie w dłoni.

– Dlaczego nie?

Kłamałam. Bałam się zaświatów. Jeśli wypchnęłam swój szósty zmysł zbyt daleko, ryzykowałam śmiercią albo co najmniej uszkodzeniem mózgu. Jax powtarzał mi od początku, od kiedy zaczęłam dla niego pracować, że długość mojego życia skróci się o mniej więcej trzydzieści lat, może bardziej. Wszystko zależało od szczęścia.

– Ponieważ zaświaty są idealne – odpowiedziałam. – Nie ma tam wojny. Nie ma śmierci, bo wszystko tam i tak jest już martwe. I nie ma żadnych dźwięków. Tylko cisza. I bezpieczeństwo.

– Nic nie jest bezpieczne w zaświatach. I nawet zaświaty nie są wolne od wojny i śmierci.

Bacznie mu się przyglądałam, kiedy patrzył na czarne niebo. Jego oddech nie tworzył chmurek, tak jak mój. Ale przez chwilę – przez ułamek sekundy – w jego twarzy było coś ludzkiego. Jakaś zaduma, prawie żal. Wtedy odwrócił twarz w moją stronę i to zniknęło.

Coś było nie tak w Rookery. Grupa czerwonych kucała na bruku, otoczona przez milczących klaunów. Rozmawiali ściszonymi głosami, mówili szybko. Spojrzałam na Naczelnika, ciekawa, czy go to zainteresuje. Nawet gdyby, nie okazałby tego. Podszedł do grupki, a na jego widok większość klaunów wycofała się do swoich ruder.

– O co chodzi?

Jeden z czerwonych spojrzał do góry, zobaczył, czyj to głos, i odwrócił wzrok. Jego tunika pokryta była zaschniętym błotem.

– Byliśmy w lesie – powiedział zachrypłym głosem. – Zgubiliśmy się. Emmici…

Naczelnik wskazał ręką jego przedramię.

Czerwoni zgromadzili się dookoła chłopca, na oko szesnastoletniego. Nie miał ręki i nie tylko jego tunika była czerwona. Zacisnęłam usta. Rękę dosłownie wyrwano mu z ramienia, jakby wpadła w jakąś maszynę. Naczelnik przyglądał się bez cienia emocji.

– Mówisz, że się zgubiliście – powiedział. – Który opiekun był z wami?

– Spadkobierca krwi.

Naczelnik skierował swój wzrok na ulicę.

– Powinienem się domyślić.

Wbiłam wzrok w jego plecy. A on po prostu stał. Czerwony się trząsł, jego twarz błyszczała od potu. Umrze, jeżeli ktoś nie zabandażuje mu kikuta albo przynajmniej nie okryje go kocem.

– Zabierzcie go do Oriel. – Naczelnik odwrócił się od grupy. – Terebell się nim zajmie. Pozostali, wracać do swoich rezydencji. Ślepcy opatrzą wam rany.

Patrzyłam na jego zawzięty wyraz twarzy, szukając odrobiny ciepła. Nie znalazłam. Nic go to nie obchodziło. Nie wiem, dlaczego wciąż na niego patrzyłam.

Czerwoni podnieśli przyjaciela i zataczając się, ruszyli w kierunku ścieżki, zostawiając za sobą ślady: plamy krwi.

– On powinien iść do szpitala. – Musiałam to powiedzieć. – Nie masz pojęcia, jak…

– Zajmą się nim.

Zamilkł, jego wzrok spoważniał. Najwyraźniej dał mi do zrozumienia, żebym nie przeciągała struny.

Zaczęłam się zastanawiać, na ile tak naprawdę mogłam sobie pozwolić. Naczelnik nigdy mnie nie zbił. Pozwalał mi spać. Kiedy byliśmy sami, używał mojego prawdziwego imienia. Pozwolił mi nawet zaatakować swój umysł, pozwolił się narazić na mojego ducha – ducha, który mógłby go zniszczyć. Nie rozumiałam, dlaczego zaryzykował. Nawet Nick był nieufny wobec mojego daru. („Nazwijmy to zdrowym szacunkiem, *sötnos*").

Kiedy zmierzaliśmy w kierunku rezydencji, rozpuściłam włosy. I niemalże ponownie wyskoczyłam z ciała, kiedy poczułam, jak czyjeś ręce ciągną mnie za wilgotne loki.

– Ach, XX-40. Miło cię znowu widzieć. – W tym głosie, zbyt wysokim, by mógł należeć do mężczyzny, brzmiała nutka rozbawienia. – Muszę ci pogratulować, Naczelniku. W tunice wygląda jeszcze bardziej olśniewająco.

Odwróciłam się, aby spojrzeć, kto za mną stoi. Wiele mnie kosztowało, żeby nie odskoczyć. To było medium, mężczyzna, który ścigał mnie po dachach w I-5. Dzisiaj nie miał przy sobie broni z fluxem. Ubrany był w dziwny mundur w kolorach Sajonu. Nawet twarz miał pod kolor: czerwone usta, czarne brwi, twarz pokryta tlenkiem cynku. Na oko dobiegał czterdziestki. W dłoni trzymał ciężki skórzany bat; byłam pewna, że zauważyłam na nim krew. To musiał być Nadzorca, ten, któremu podlegali klauni. Za nim zobaczyłam wyrocznię. Pamiętałam go z pierwszej nocy tutaj. Patrzył na mnie niepokojącymi oczyma: jedno z nich było ciemne, o przeszywającym spojrzeniu, drugie wyraźnie piwne. Miał na sobie tunikę w takim samym kolorze jak ja.

Naczelnik popatrzył na nich z góry.

– Czego chcesz, Nadzorco?

– Wybacz, że przeszkadzam. Chciałem jedynie ponownie zobaczyć śniącą. Obserwowałem jej postępy z wielkim zainteresowaniem.

– Ona nie jest cyrkowcem. Jej postępy nie są do oglądania.

– W rzeczy samej. Ale jakże miło na nią patrzeć. – Uśmiechnął się do mnie przelotnie. – Pozwól, że osobiście powitam cię w Szeolu I. Jestem Beltrane, Nadzorca. Mam nadzieję, że po mojej strzałce z fluxem nie została ci blizna.

Zareagowałam. Nic nie mogłam poradzić.

– Jeśli skrzywdziłeś mojego ojca...

– Nie pozwoliłem ci się odzywać, XX-40.

Naczelnik zmierzył go wzrokiem. Nadzorca zaśmiał się i poklepał mnie po policzku. Odsunęłam się.

– No już. Twój ojciec ma się dobrze. – Wykonał znak na piersi. – Daję słowo.

Powinnam poczuć ulgę, ale jedyne, co czułam, to złość z powodu jego tupetu.

Naczelnik spojrzał na młodszego mężczyznę.

– Kto to jest?

– XX-59-12. – Nadzorca położył rękę na jego ramieniu. – Jest bardzo oddanym sługą Pleione. Zrobił ostatnio wyjątkowe postępy.

– Rozumiem. – Naczelnik przyjrzał mu się, oceniając jego aurę. – Jesteś wyrocznią, chłopcze?

– Tak, Naczelniku. – 12 ukłonił się.

– Władczyni krwi musi być zadowolona z twojego postępu. Nie mieliśmy wyroczni od szesnastych Żniw.

– Mam nadzieję wkrótce znaleźć się w gronie jej najbliższych oddanych, Naczelniku. – Jego akcent pozwalał sądzić, że pochodzi z północy.

– To prawda, 12. Moim zdaniem bardzo dobrze poradzisz sobie w walce z Emmitami. 12 niebawem podejdzie do drugiego testu – powiedział Nadzorca. – Wracamy właśnie do Merton, aby dołączyć do reszty batalionu. Pleione i Alsafi ich poprowadzą.

– Czy Sualocinowie wiedzą o obrażeniach czerwonego? – zapytał Naczelnik.

– Tak. Polują na Emmitę, który go pogryzł.

Na ułamek sekundy w wyrazie twarzy Naczelnika coś się zmieniło.

– Powodzenia w walce, 12 – powiedział.

12 ponownie się ukłonił.

– Aha, jeszcze jedno – dodał Nadzorca. – Chciałbym wystosować zaproszenie do śniącego wędrowca. Jeżeli pozwolisz.

Naczelnik spojrzał na niego. Nadzorca przyjął jego milczenie jako zgodę.

– Organizujemy wyjątkową uroczystość, aby uczcić tegoroczne Żniwa, XX-40. D w u d z i e s t e Żniwa. – Ręką wskazał na Rookery. – Nasi najlepsi cyrkowcy. Uczta dla zmysłów. Święto muzyki i tańca w wykonaniu naszych wszystkich dziewcząt i chłopców.

– Masz na myśli Dwusetnicę – powiedział Naczelnik.

Wtedy usłyszałam to słowo po raz pierwszy.

– Dokładnie. – Uśmiechnął się. – Ceremonię, podczas której zostanie podpisany Wielki Akt Terytorialny.

Nie brzmiało to dobrze. Zanim usłyszałam więcej, zostałam oślepiona wizją.

Jako wyrocznia Nick potrafił wysyłać bezdźwięczne obrazy przez zaświaty. Nazywał je *khrēsmoni*; to słowo pochodzące z języka greckiego. Nigdy nie umiałam go wymówić, więc nazwałam te sygnały po prostu „migawkami". 12 miał ten sam talent. Zobaczyłam zegar, na którym obydwie wskazówki pokazują godzinę dwunastą, następnie cztery kolumny i schody. Po chwili mrugnęłam i obrazy zniknęły. Otwierając oczy, zauważyłam, że na mnie patrzy.

To wszystko stało się w ułamku sekundy.

– Wiem, czego dotyczy Akt – usłyszałam głos Naczelnika. – Przejdź do sedna sprawy, Nadzorco, 40 jest wyczerpana.

Nadzorca nie zwrócił uwagi na ton jego głosu. Musiał być przyzwyczajony do tego, że nim gardzono. Uśmiechnął się natomiast delikatnie.

– Chciałbym zaprosić 40, żeby wystąpiła z nami w dzień Dwusetnicy. Byłem pod wrażeniem jej siły i zręczności tej nocy, której ją pojmałem. Chciałbym, żeby została moim głównym cyrkowcem, razem z XIX-49-1 i XIX-49-8.

Już miałam odmówić, w sposób za który mogłabym oberwać, ale Naczelnik mnie uprzedził.

– Jako jej opiekun – powiedział – zabraniam.

Popatrzyłam na niego, unosząc głowę.

– Ona nie jest cyrkowcem i dopóki nie obleje testu przed Dwusetnicą, pozostaje pod moją opieką. – Naczelnik spojrzał Nadzorcy prosto w oczy. – 40 jest śniącym wędrowcem. Twoim zadaniem było sprowadzenie jej do tej osady. Nie pozwolę jej paradować przed wysłannikami Sajonu, jakby była zwykłym wieszczem. To zadanie dla was, ludzi. Nie dla mnie.

Nadzorca już się nie uśmiechał.

– Bardzo dobrze. – Ukłonił się, nie patrząc na mnie. – Idziemy, 12. Twoje wyzwanie czeka.

12 zerknął na mnie, pytająco unosząc brew. Skinęłam. Odwrócił się i zamaszystym krokiem podążył za Nadzorcą w stronę Rookery. Nie wydawał się obawiać tego, co go czeka.

Poczułam na twarzy palący wzrok Naczelnika.

– Znasz wyrocznię?

– Nie.

– Nie spuszczał z ciebie wzroku.

– Wybacz mi, *panie* – powiedziałam – czy nie mam prawa rozmawiać z innymi ludźmi?

Wciąż na mnie patrzył. Zastanawiałam się, czy Refaici rozumieją sarkazm.

– Tak – powiedział. – Masz prawo.

Minął mnie bez słowa.

11

O płaczu

Źle spałam. Głowa mi pękała, ból pulsował w lewej skroni. Leżałam na łóżku i obserwowałam dogasającą świecę.

Naczelnik nie odesłał mnie od razu do pokoju. Zaproponował trochę jedzenia i wodę, którą przyjęłam, bo byłam odwodniona. Wtedy usiadł przy kominku, gapiąc się na płomienie. Po jakichś dziesięciu minutach zapytałam, czy mogę udać się na odpoczynek do swojego pokoju, a on odburknął coś, co miało oznaczać zgodę.

Na górze panował chłód. Okna były jak z papieru, na dodatek nieszczelne. Owinięta cienką pościelą trzęsłam się z zimna. Po chwili zdrzemnęłam się. Słowa Naczelnika, że w moich oczach kryje się śmierć i lód, drżały mi w uszach. Obrazy XX-12 przemykały mi przed oczami co kilka minut, odciskając piętno na moim sennym krajobrazie. Widziałam już wcześniej prorocze wizje; kiedyś Nick pokazał mi migawki mnie samej, jak spadam z dachu i skręcam kostkę, co następnego tygodnia stało się faktem. Nigdy więcej nie kwestionowałam już jego prognozy pogody.

XX-12 przywołał mnie na spotkanie o północy. Nie miałam powodów, żeby tam nie iść.

Kiedy się obudziłam, zegar wybił jedenastą. Przed zejściem do komnaty Naczelnika umyłam się i ubrałam. W środku panowała cisza. Zasłony były odsłonięte i do środka wpadało światło księżyca. Pierwszy raz od kilku dni znalazłam na biurku wiadomość od niego.

Dowiedz się wszystkiego o Emmitach.

Poczułam na skórze zimny dreszcz. Skoro miałam zbierać informacje o Emmitach, oznaczało to, że prędzej czy później będę musiała stawić im czoła. Oznaczało to także, że mogę się spotkać z 12. W pewien sposób wypełnię jego rozkazy. 12 przeszedł właśnie swój drugi test. Zastanawiałam się, co do tej pory widział w nocy. W końcu uzyskam konkretne fakty o Emmitach, oczywiście pod warunkiem, że 12 nie został zjedzony.

O północy zamknęłam za sobą drzwi i zeszłam po schodach. Pora wykonać zadanie domowe.

Minęłam stróża. Nie odezwała się. Kiedy poprosiłam o noumeny, podała mi, ale z zadartym nosem. Wciąż była na mnie zła za incydent z syreną.

Na zewnątrz było chłodno i siąpiło. Poszłam do Rookery i za kilka igieł oraz pierścieni kupiłam śniadanie – breję w papierowym kubku. Zmusiłam się do jednego lub dwóch łyków i ruszyłam w kierunku ogromnego kamiennego budynku, na który klauni mówili Hawksmoor. Miał dziedziniec, wewnątrz którego mieściła się biblioteka.

12 czekał za kolumną, ubrany w czerwoną tunikę. Na policzku miał ciętą ranę. Kiedy zauważył mój kubek, uniósł brew.

– Ty to jesz?

Wzięłam łyk.

– Dlaczego pytasz? A ty co jesz?

– To, co da mi mój opiekun.

– Nie wszyscy jesteśmy kosiarzami. A tak na marginesie, gratulacje.

Wyciągnął rękę, uścisnęłam ją.

– David.

– Paige.

Jego ciemne oko zatrzymało się na mojej twarzy. To drugie patrzyło gdzie indziej.

– Skoro nie masz nic lepszego do roboty, pomyślałem, że zabiorę cię na spacer.

– Jak psa?

Zaśmiał się, nie poruszając ustami.

– Tędy – powiedział. – Gdyby ktokolwiek pytał, to prowadzę cię na przesłuchanie w związku z ostatnim wydarzeniem.

Szliśmy razem wzdłuż wąskiej ulicy, w kierunku rezydencji Suzerena. David był o kilka centymetrów wyższy ode mnie, miał długie ramiona i szeroki tułów. Nie głodował jak klauni.

– To trochę ryzykowne – powiedziałam.

– Co?

– Rozmowa ze mną. Jesteś teraz czerwonym.

Uśmiechnął się.

– Nie spodziewałem się, że z tobą pójdzie tak łatwo. Wpadasz już w ich pułapkę, mam rację?

– Co masz na myśli?

– Segregację, 40. Widzisz, jestem czerwonym, a ty uważasz, że nie powinienem z tobą rozmawiać. Twój opiekun ci tak powiedział?

– Nie. Tak po prostu jest.

– Tu cię mam. O to właśnie chodzi w tym miejscu: robią nam pranie mózgu. Sprawiają, że czujemy się gorsi. Jak myślisz, dlaczego latami trzymają ludzi w Wieży?

Kiedy nie odpowiedziałam, potrząsnął głową.

– Pomyśl, 40. Waterboarding, odosobnienie, głodzenie. Po czymś takim nawet to miejsce wydaje się namiastką nieba.

Miał rację.

– Szkoda, że nie słyszałaś, co mówi Nadzorca. On uważa, że Refaici powinni nam przewodniczyć, że powinni zostać naszą nową monarchią.

– Dlaczego tak sądzi?

– Bo zrobili mu pranie mózgu.

– Od jak dawna tu jest?

– Dopiero od dziewiętnastych Żniw, z tego, co wiem, ale jest im wierny jak pies. Usiłuje wykorzenić dobrych jasnowidzów z syndykatu.

– Więc jest zdobywcą.

– Niezbyt dobrym. Nashira chce nowego. Kogoś, kto potrafi wyczuwać zaświaty na wyższym poziomie.

Już chciałam zadać kolejne pytanie, ale zamknęłam usta i nagle się zatrzymałam. Przez cienką szarą mgłę dostrzegłam okrągły budynek z olbrzymią kopułą. Stał w opuszczonym miejscu, naprzeciwko rezydencji Suzerena, ogromny i nieforemny. Przez okna przebijało przygaszone żółte światło.

– Co to jest? – Spojrzałam do góry.

– Klauni mówią na to Pokój. Próbowałem się dowiedzieć, co tam jest, ale nikt nie chce o tym mówić. Ludzie nie mają tam wstępu.

Poszliśmy dalej, nie patrząc już więcej na budynek. Pobiegłam za Davidem, żeby go dogonić.

– Powiedziałeś, że on usiłuje wydostać jasnowidzów z syndykatu – zaczęłam. – Dlaczego?

– Nie zadawaj zbyt wielu pytań, 40.

– Myślałam, że to było celem naszego spotkania.

– Być może. A może po prostu chciałem na ciebie popatrzeć. Tu się zatrzymamy.

Doszliśmy do starego kościoła. Kiedyś musiał być wspaniały, ale teraz się rozpadał. W oknach nie było szyb, z wieży został szkielet, a drewniane listwy odgradzały południowy ganek. Uniosłam brew.

– To na pewno dobry pomysł?

– Robiłem to już wcześniej. Poza tym – uskoczył pod listwą – z tego, co mówił Nadzorca, jesteś przyzwyczajona do niebezpiecznych miejsc.

Spojrzał przez moje ramię.

– Szybko. Szary Opiekun.

Prześliznęłam się pomiędzy belkami. W samą porę: Graffias przeszedł koło wejścia, prowadząc trzech niedożywionych ślepców. Ruszyłam przez kościół za Davidem. Spora część sufitu zapadła się, drewniane belki i beton zmiażdżyły ławki, a na podłodze walały się kawałki szkła.

– Co się tu stało?

David nie odpowiedział.

– Sto dwadzieścia cztery schody na górę, dasz radę?

Znikł, zanim zdążyłam odpowiedzieć. Podążyłam za nim.

Byłam przyzwyczajona do wspinania się – wchodziłam na budynki w Pierwszej Kohorcie. Większość schodów była nienaruszona i szybko dotarliśmy na szczyt. Wiatr smagał mi włosy, odsłaniając twarz. Zapach ognia wypełniał powietrze. David oparł ręce na balustradzie.

– Lubię to miejsce. – Wyjął z rękawa białego skręta i zapalił go zapałką. – Wyższy poziom.

Staliśmy na balkonie, tuż pod kruszejącymi listwami. Brakowało części balustrady – kolejny znak świadczący o tym, że to miejsce nie należy do bezpiecznych. Spojrzałam na gwiazdy.

– Zdałeś swój drugi test – powiedziałam. – Jeśli chcesz porozmawiać, to opowiedz mi o Emmitach.

Wydychał powietrze z zamkniętymi oczami. Palce miał poplamione.

– Co dokładnie chcesz wiedzieć?

– Czym oni są?

– Nie mam pojęcia.

– Musiałeś widzieć przynajmniej jednego z nich.

– Nie widziałem wiele. W lesie było ciemno. Wyglądał jak człowiek, miał głowę, ręce i nogi, ale poruszał się jak zwierzę. Śmierdział jak szambo. I brzmiał jak szambo.

– Jak można brzmieć jak szambo?

– Jak owady, 40. Bzzzz.

Szerszeń.

– A co z aurą? – naciskałam. – Miał aurę?

– Nie widziałem. Sprawiał, że zaświaty się zapadają – powiedział – jakby dookoła jego sennego krajobrazu powstała czarna dziura.

Chyba nie chciałabym spotkać tego czegoś. Spojrzałam w dół na miasto.

– Zabiłeś to?

– Próbowałem. – Kiedy zobaczył moją twarz, strzepnął popiół ze skręta. – Rozstawili nas w gromadach, wszyscy różowi. Dwie grupy. Dwóch czerwonych poszło z nami, 30 i 25. Każdemu z nas dali nóż i kazali namierzyć szerszenie wszelkimi możliwymi sposobami. 30 wyraźnie powiedział, że noże są tylko po to, żebyśmy się lepiej poczuli. Najlepszym sposobem na namierzenie szerszeni było użycie zaświatów. Jeden z różowych był rabdomantą, więc przygotowaliśmy dużo gałązek. 30 dał nam butelkę krwi z jakiegoś człowieka, któremu odgryziono rękę, w ten sposób użyliśmy go jako poszukującego. Posmarowaliśmy gałązki krwią i rabdomanta zaczął nimi rzucać. Wskazywały na zachód. Rzucaliśmy więcej i zmienialiśmy kierunki. Oczywiście szerszeń też się przemieszczał, więc nigdzie nie doszliśmy. 21 zaproponował, żebyśmy go sprowadzili. Zapaliliśmy ognisko i zrobiliśmy seans, przywołując duchy z lasu.

– Dużo ich tam jest?

– Tak. Jeśli wierzyć czerwonym, wszyscy ci idioci, którzy próbowali uciec przez pole minowe.

Próbowałam powstrzymać ogarniający mnie dreszcz.

– Siedzieliśmy tak przez kilka minut, duchy zniknęły. Usłyszeliśmy hałas. Muchy zaczęły wychodzić z lasu, pełzały mi po ramionach. Wtedy to coś pojawiło się znikąd, ogromne, obrzmiałe c o ś. W ciągu dwóch sekund ma już w gębie włosy 19, prawie zdziera z niej skórę. Ta zaczyna krzyczeć, robi się zamieszanie. Wyrywa jej trochę włosów i rusza za 1.

– Za Carlem?

– Nie znam ich imion. Ten kwiczy jak prosię i usiłuje to coś zadźgać nożem. Na próżno. – Popatrzył na wypaloną końcówkę skręta. – Ogień gaśnie, ale wciąż to widzę. Spróbowałem stworzyć obraz. Pomyślałem o białym świetle i usiłowałem wkleić je w senny krajobraz szerszenia, aby go oślepić. Wtedy czuję, jakby po mojej głowie przejechał samochód i jakby zaświaty zalał czarny olej. Wszystko ciemne i martwe. Wszystkie duchy w tym obszarze próbują stamtąd uciekać, 20 i 14 razem z nimi. 30 krzyczy, że są żółtymi, ale ci są zbyt przerażeni, żeby wrócić. 10 rzuca nożem i trafia w 5, a ten pada na ziemię. W sekundzie szerszeń jest na nim. Ogień całkiem wygasa. Egipskie ciemności. 5 zaczyna wołać pomocy. Nic teraz nie widać. Sięgam do zaświatów, aby zlokalizować to coś. Zjada 5, który już nie żyje. Chwytam to coś za szyję i próbuję to z niego ściągnąć. Mokra trupia skóra odchodzi, zostaje mi w dłoniach. Rusza w moim kierunku. W ciemności widzę białe oczy, gapią się na mnie. Następne, co pamiętam, to że lecę w powietrzu, krwawiąc jak martwa świnia.

Odsłonił tunikę przy szyi i odwiązał bandaż. Pod nim znajdowały się cztery głębokie wyżłobienia. Skóra dookoła była blada i szara.

– Wygląda to jak rany po poltergeiście – powiedziałam.

– Lepiej nie wiedzieć. – Zawinął bandaż z powrotem. – Nie mogę się ruszyć. To coś na mnie naciera, mażąc mnie krwią. 10 próbuje pomóc 5, ale wstaje. Ma przy sobie anioła stróża, jedynego ducha, który nie dał drapaka. Rzuca nim w szerszenia. W tym samym czasie wysyłam kolejną wizję w jego senny krajobraz. Wrzeszczy. Naprawdę wrzeszczy. Zaczyna od nas odpełzać, okropnie wrzeszcząc i ciągnąc za sobą kawałek 5. Wtedy 21 podpala gałąź. Ciska nią za szerszeniem. Czuję smród palonego ciała. Wtedy zemdlałem. Obudziłem się w Oriel, cały w bandażach.

– I wszyscy dostaliście czerwone tuniki.

– Oprócz 20 i 14. Oni dostali żółte. Musieli także pozbierać to, co zostało z 5.

Przez chwilę staliśmy, milcząc. Wciąż myślałam o 5, zjedzonym żywcem w lesie. Nie znałam jego prawdziwego imienia, ale miałam nadzieję, że ktoś odmówił tren. Co za makabryczna śmierć.

Spojrzałam przed siebie. W oddali dostrzegłam światło, z tej odległości wyglądało jak troszkę większy płomień świecy.

– Co to jest?

– Ognisko.

– Po co?

– Palą zwłoki szerszenia. Albo człowieka, w zależności od tego, kto wygrał. – Wyrzucił skręta. – Wydaje mi się, że używają kości do jakiegoś proroctwa.

Przed oczami przeleciał mi popiół. Palcem złapałam jego płatek. Augurzy kontaktowali się z zaświatami poprzez znaki otaczającego nas świata: ciało, przyrodę, żywioły. Według Jaxona należą do jednej z niższych kategorii jasnowidzów.

– Może ogień ich przyciąga – powiedziałam. – Mówili, że to miasto działa jak radiolatarnia.

– To eteryczne światło, 40. Masa jasnowidzów, duchów i Refaitów w jednym miejscu. Pomyśl, jak działają zaświaty.

– Skąd, do cholery, tyle o tym wiesz? – Popatrzyłam na niego. – Nie jesteś z syndykatu. A więc kim jesteś?

– Szyfrującym. Tak jak ty.

Zamilkłam, zgrzytając zębami.

– Masz więcej pytań – powiedział po chwili milczenia. – Jesteś pewna, że chcesz je zadać?

– Nie zaczynaj.

– Nie zaczynaj czego?

– Mówić mi, co chcę wiedzieć. Chcę odpowiedzi – rzuciłam pospiesznie. – Chcę wiedzieć wszystko o tym miejscu, w którym mam zostać do końca życia. Nie rozumiesz tego?

Patrzyliśmy na Pokój. Z obawy, że balustrada może się rozkruszyć pod siłą mojego dotyku, próbowałam nie opierać się zbyt mocno.

– Więc – zapytałam – mogę zadać te pytania?

– To nie zabawa, 40. Nie jestem tu po to, by odpowiadać na twoje pytania. Przyprowadziłem cię tutaj, żeby sprawdzić, czy aby na pewno jesteś śniącym wędrowcem.

– We własnej osobie.

– Nie zawsze. Czasem wyskakujesz z tej osoby. – Zmierzył mnie wzrokiem. – Znaleźli cię w Centralnej Kohorcie. W prywatnym pomieszczeniu syndykatu. Musiałaś być nieostrożna.

– Nie nieostrożna. Miałam pecha. – Zmusiłam go do odwrócenia wzroku. – Dlaczego interesują się syndykatem?

– Syndykat zatrzymuje dla siebie wszystkich dobrych jasnowidzów. Ukrywa spoiwa, śniących wędrowców i wyrocznie, wszystkie wyższe kategorie, te, które Nashira pragnie mieć w kolonii. Dlatego interesują się syndykatem, 40. Dlatego zamierzają podpisać nowy Akt.

– Czego on dotyczy?

– Nashira usiłuje zdobyć najlepszych jasnowidzów. Gangi zapewniają im ochronę. Dopóki nie wpadną na pomysł, jak pozbyć się mim-lordów w Londynie, pozostaje im rozszerzać działalność, żeby zyskać tych najlepszych. Akt daje gwarancję, że Sajon II powstanie w ciągu dwóch lat, z główną cytadelą Sajonu w Paryżu. – Dotknął swoich ran na piersiach. – Nikt ich nie powstrzyma, zwłaszcza że Emmici pragną naszej krwi.

Owionął mnie dziwny chłód.

Dla Nashiry syndykat stanowił zagrożenie. To nic nowego. Zdążyłam poznać mim-lordów jako bandę pomawiających się nawzajem, samolubnych egoistów – przynajmniej tak zachowywali się ci ważniejsi. Eteryczne Stowarzyszenie nie zbierało się od wielu lat; na swoich terenach mim-lordowie mogli robić, co chcieli. Hektor był zbyt zajęty dziwkami i hazardem, żeby zaprowadzić porządek. A mimo to w Szeolu krwawa władczyni Refaitów obawiała się tej rozpustnej hołoty.

– Zostałeś teraz jednym z jej lojalnych wyznawców. – Zerknęłam na jego czerwoną tunikę. – Zamierzasz im pomóc?

– Nie jestem lojalny, 40. Chcę tylko, żeby tak myśleli. – Spojrzał na mnie. – Widziałaś kiedykolwiek krew Refaity?

Nie wiedziałam, co odpowiedzieć.

– Ich krew nazywa się ektoplazma. Największa obsesja Dostawcy. Refaici są jak ucieleśnienie zaświatów. Ich krew to zaświaty w płynie. Widzisz ektoplazmę: widzisz zaświaty. Pijesz ją: stajesz się zaświatami. Tak jak oni.

– Czy to nie oznaczałoby, że ślepcy mogą widzieć zaświaty? Musieliby jedynie dotknąć ektoplazmy.

– Zgadza się. Teoretycznie dla zgniłków ekto zadziałałaby jak pewnego rodzaju substytut aury, oczywiście krótkoterminowo. Efekty uboczne trwają około piętnastu minut. Niemniej gdybyśmy przeprowadzili badania i dopracowali szczegóły, założyłbym się, że w ciągu kilku lat bylibyśmy w stanie sprzedawać pigułkę dającą „natychmiastowe jasnowidztwo". – Patrzył na miasto. – Pewnego dnia do tego dojdzie, 40. To my będziemy eksperymentować na tych draniach, nie na odwrót.

Refaici muszą być głupcami, skoro zrobili z niego czerwonego. To jasne, że ich nienawidził.

– Jeszcze jedno pytanie – powiedział David.

– W porządku. – Pomyślałam o Liss. – Co wiesz o osiemnastych Żniwach?

– Byłem ciekaw, czy o to zapytasz. – Odsunął na bok kolejną listwę, odsłaniając rozbite okno. – Chodź, pokażę ci.

Poszłam za nim.

Kręciły się tu duchy. Żałowałam, że nie mogę zobaczyć ile; zdawało mi się, że ośmioro lub dziewięcioro. Powietrze było spleśniałe, zabarwione mdłym zapachem więdnących kwiatów. W rogu mieściła się kapliczka. Grubo pocięty owalny kawałek metalu otoczony prostymi darami: resztki nadpalonych świec, połamane patyczki kadzidełek, zwiędła gałązka tymianku, tabliczki z imionami. Na środku znajdował się mały bukiecik jaskrów i lilii. To lilie wydzielały ten zapach. David wyjął z kieszeni latarkę.

– Spójrz na ruiny nadziei.

Przyjrzałam się uważniej. W metalu wyżłobiono napis.

POLEGŁYM
28 LISTOPADA 2039

– 2039 – powiedziałam. – Osiemnaste Żniwa.

Rok przed moimi narodzinami.

– Tego dnia, w Święto Listopadowe, doszło do rebelii. – David oświetlał kapliczkę latarką. – Grupa Refaitów powstała przeciwko rodzinie Sargas. Mieli po swojej stronie większość ludzi.

Próbowali zabić Nashirę, wydostać stąd ludzi i odesłać ich do Londynu.

– Którzy Refaici?

– Nikt tego nie wie.

– Co się stało?

– Jeden z ludzi ich zdradził. XVIII-39-7. Jedno słabe ogniwo przedsięwzięcia i wszystko runęło. Nashira kazała torturować winnych Refaitów. Straszyła ich. Ludzie zostali zmasakrowani przez Emmitów. Plotka głosi, że tylko dwoje z nich ocalało, poza Dostawcą: zdrajca i dziecko.

– Dziecko?

– Dostawca wszystko mi opowiedział. Oszczędzili go, bo nie miał odwagi wziąć udziału w rebelii. Błagał ich na kolanach, żeby go oszczędzili. Powiedział mi, że było tam dziecko, które przybyło tu tamtego roku, miało cztery, może pięć lat. XVIII-39-0.

– Po jasną cholerę sprowadzali tu dziecko? – Poczułam ukłucie zimna w żołądku. – Dzieci nie są w stanie walczyć z Emmitami.

– Nie mam pojęcia. Według Dostawcy chcieli sprawdzić, czy przeżyłaby tutaj.

– Jasne, że nie przeżyłaby. Czterolatka nie byłaby w stanie przeżyć w tych slumsach.

– Otóż to.

Zaczęło mnie wiercić w brzuchu.

– Zmarła.

– Dostawca zarzeka się, że nie znaleźli jej ciała. Musiał uprzątnąć zwłoki – powiedział David – w zamian za darowanie życia. Twierdzi, że nigdy nie znalazł małej dziewczynki, ale tutaj napisane jest coś innego.

Zaświecił latarką na jeden z darów. Brudny pluszowy miś z oczami z guzików. Przy jego szyi wisiała karteczka. Przybliżyłam ją do światła.

XVIII-39-0

Żadne życie nie jest stracone.

Zapadła cisza, przełamana odległym biciem dzwonu. Odłożyłam misia pomiędzy kwiaty.

– Kto zrobił to wszystko? – zapytałam z trudem. – Kto zrobił tę kapliczkę?

– Klauni. I okaleczeni. Tajemniczy Refaici, którzy powstali przeciwko Nashirze.

– Oni wciąż żyją?

– Tego nikt nie wie. Ale założę się, że nie. Niby dlaczego Nashira miałaby im pozwolić chodzić po mieście, wiedząc, że są zdrajcami?

Palce mi zadrżały, schowałam je w rękawach.

– Widziałam już wystarczająco dużo – powiedziałam.

David odprowadził mnie do Magdaleny. Zostało jeszcze kilka godzin do świtu, ale nie chciałam się już z nikim widzieć. Nie tej nocy.

Kiedy ukazała nam się wieża, odwróciłam się do Davida.

– Nie wiem, dlaczego mi to wszystko powiedziałeś – stwierdziłam – ale dziękuję.

– Za co?

– Za to, że pokazałeś mi tę kapliczkę.

– Nie ma za co. – Jego twarz ogarnął cień. – Odpowiem na jeszcze jedno twoje pytanie. Pod warunkiem, że będę w stanie odpowiedzieć na nie w mniej niż minutę.

Myślałam. Wciąż miałam tak wiele pytań, ale to jedno dręczyło mnie od kilku dni.

– Skąd nazwa Czas Żniw?

Uśmiechnął się.

– Może nie wiesz, ale Żniwa nazywane są też dobrymi zbiorami. Wciąż mówią tak na ulicach: Dobre Żniwa, Zbiory

Obfitości. Rozumieją to jako odbieranie nagrody, to podstawowy warunek ich negocjacji z Sajonem. Ludzie oczywiście postrzegają to inaczej. Dla nich są symbolem nieszczęścia. Oznaczają głód. Śmierć. Dlatego nazywają nas kosiarzami. Ponieważ pomagamy prowadzić ludzi na śmierć.

Całe ciało miałam zimne. Jeszcze wcześniej część mnie chciała tam zostać. Teraz pragnęłam już iść.

– Skąd *wiesz* to wszystko? – zapytałam. – Na pewno nie od Refaitów.

– Koniec pytań, przykro mi. I tak już za dużo powiedziałem.

– Mogłeś kłamać.

– Nie kłamałem.

– Mogłabym powiedzieć o tobie Refaitom. – Nie dawałam mu się. – Mogłabym powiedzieć im, co wiesz.

– Wtedy musiałabyś im powiedzieć, że ty też to wiesz. – Uśmiechnął się do mnie i wiedziałam, że ma mnie w garści. – Jesteś mi winna przysługę za informacje. Chyba że chcesz mi zapłacić już teraz.

– W jaki sposób?

Zrozumiałam, kiedy dotknął mojej twarzy. Oparł się o moje biodro. Naprężyłam mięśnie.

– Nie tak – powiedziałam.

– Daj spokój. – Przesuwał rękę w dół i do góry po mojej talii, przybliżył twarz. – Wzięłaś pigułkę?

– Co? Chcesz zapłaty? – Odepchnęłam go dość mocno. – Idź do diabła, czerwony.

Nie spuszczał ze mnie wzroku.

– Zrób mi przysługę – powiedział. – Znalazłem to w Merton. Sprawdź, czy coś z tego zrozumiesz. Jesteś bystrzejsza, niż myślałem. – Wcisnął mi coś do ręki. Kopertę. – Słodkich snów, 40.

Odszedł. Stałam tam przez chwilę, zesztywniała i zmarznięta, a potem oparłam się o mur. Nie powinnam była iść tam z nim. Wiedziałam, że nie chodzi się z obcymi po ciemnych ulicach. Gdzie się podział mój instynkt?

Zbyt wielu rzeczy dowiedziałam się tej nocy. Liss nie wspominała, że Refaici byli częściowo odpowiedzialni za bunt z czasu osiemnastych Żniw. Może tego nie wiedziała.

Okaleczeni. Powinnam ich poszukać, tych, którzy nam pomogli. A być może powinnam spuścić głowę i zacząć przyzwyczajać się do mojego nowego życia. To było bezpieczne. Proste.

Tęskniłam za Nickiem. Za Jaxem. Chciałam odzyskać swoje dawne życie. Tak, byłam przestępcą, ale żyłam wśród przyjaciół. To był mój wybór. Moje stanowisko faworyty dawało mi ochronę przed ludźmi takimi jak David. Nikt nie ośmielił się tknąć mnie na moim terenie.

Ale to nie był mój teren. Tutaj nie miałam żadnej władzy. Po raz pierwszy zapragnęłam ochrony, którą miałam zapewnioną za murami Magdaleny. Pragnęłam ochrony, którą dawała mi obecność Naczelnika, nawet jeśli jej nie znosiłam. Schowałam papier do kieszeni i ruszyłam w kierunku drzwi.

Kiedy wróciłam do Wieży Założyciela, myślałam, że komnata będzie pusta. Znalazłam tam jednak krew.

Krew Refaity.

12

Gorączka

W pokoju panował bałagan. Potłuczone szkło, zniszczone instrumenty, zasłona rozerwana do połowy i świecące się, żółtozielone plamy na podłodze, wsiąkające w włókna dywanu. Przekroczyłam kawałki szkła. Świeca na biurku była zgaszona, tak samo jak lampy naftowe. Panował śmiertelny chłód. Wszędzie wyczuwałam zaświaty. Byłam czujna, przygotowana do ciśnięcia duchem w potencjalnego napastnika.

Zasłony dookoła łóżka były zaciągnięte. Za nimi znajdował się czyjś senny krajobraz. Innego Refaity.

Podeszłam do łóżka. Kiedy znalazłam się w pobliżu zasłon, starałam się pomyśleć racjonalnie o tym, co miałam zamiar zrobić. Wiedziałam, że za nimi zastanę Naczelnika, ale nie miałam pojęcia, w jakim jest stanie. Mógł być zraniony, śpiący, martwy. Nie byłam pewna, czy chcę to wiedzieć.

Zachowałam zimną krew. Napięłam palce i chwyciłam ciężki materiał. Odsunęłam zasłony.

Leżał na łóżku, bezwładny niczym trup. Przyklęknęłam na pościeli i potrząsnęłam nim.

– Naczelniku?

Cisza.

Usiadłam na łóżku. Wyraźnie zabronił mi go dotykać, miałam mu nie pomagać w takiej sytuacji, ale tym razem jego rany wyglądały o wiele, wiele gorzej. Koszula była przemoczona. Próbowałam go przekręcić, ale był zbyt ciężki. Sprawdzałam jego oddech, kiedy szybkim ruchem ręki złapał mnie za nadgarstek.

– Ty – powiedział surowo. – Co ty tu robisz?

– Ja…

– Kto widział, jak tu wchodziłaś?

Nawet nie drgnęłam.

– Nocny stróż.

– Ktoś jeszcze?

– Nie.

Naczelnik oparł się na łokciu. Wciąż miał założoną rękawicę. Dotknął swego ramienia.

– Skoro już tu jesteś – stwierdził – możesz równie dobrze tu zostać i patrzeć, jak umieram. Spodoba ci się.

Cały się trząsł. Chciałam rzucić jakąś złośliwą uwagą, ale powiedziałam coś całkiem innego:

– Co ci się stało?

Nie odpowiedział. Powoli wyciągnęłam rękę w stronę jego koszuli. Zacisnął dłoń na moim nadgarstku.

– Musisz zapewnić ranom dostęp powietrza – powiedziałam.

– Zdaję sobie z tego sprawę.

– Więc to zrób.

– Nie mów mi, co mam robić. Możliwe, że umieram, ale nie podlegam twoim rozkazom. To ty powinnaś mnie słuchać.

– Więc co rozkazujesz?

– Pozwól mi umrzeć w spokoju.

W jego głosie zabrakło zdecydowania. Odepchnęłam jego rękę z ramienia, odsłaniając kawałek nadgryzionego ciała.

Szerszeń.

Jego oczy rozbłysły, jakby doszło w nich do reakcji jakiejś ulotnej substancji chemicznej. Przez chwilę myślałam, że mnie zabije. Duch naprężył się w moim umyśle, wyrywając się do ataku.

Wtedy poluzował palce na moim nadgarstku. Uważnie przyjrzałam się jego twarzy.

– Przynieś mi wodę – powiedział ledwo słyszalnym głosem. – I sól. Poszukaj w gablocie.

Nie pozostało mi nic innego, jak tylko go posłuchać. Na plecach czułam jego wzrok. Przekręciłam klucz i uchyliłam drzwi gabloty. Wyjęłam drewnianą solniczkę, złotą miskę i karafkę z wodą, a także stertę płóciennych kawałków materiału. Naczelnik rozerwał górną część koszuli. Jego klatka piersiowa była śliska od potu.

– W szufladzie jest para rękawic – powiedział, skinąwszy głową na biurko. – Załóż je.

– Po co?

– Zrób to.

Zacisnęłam szczęki, ale wykonałam polecenie.

Obok rękawic w szufladzie leżało ostrze z czarną rączką w osłonie. Patrzyłam na nie przez chwilę. Odwróciłam się do niego tyłem i założyłam rękawice. Nie zostawiłabym nawet odcisków palców. Kciukiem wysunęłam ostrze z osłony.

– Nie radziłbym.

Dźwięk jego głosu powstrzymał mnie.

– Nożem mnie nie zabijesz – powiedział miękkim głosem. – Gdybyś zanurzyła to ostrze w moim sercu, nie przestałoby bić.

Cisza wywoływała napięcie.

– Nie wierzę ci – powiedziałam. – Mogłabym cię wypatroszyć. Jesteś zbyt słaby, żeby uciec.

– Jeżeli chcesz zaryzykować, proszę bardzo. Ale zapytaj samą siebie: dlaczego pozwalamy czerwonym nosić broń? Gdyby wasza broń mogła nas zabić, dlaczego bylibyśmy tak nieostrożni, żeby uzbrajać więźniów? – Utkwił wzrok w moich plecach. – Wielu próbowało. Zginęli.

Zimne ciarki przeszły mnie po tylnej części ręki. Odłożyłam nóż do szuflady.

– Nie widzę powodu, dla którego miałabym ci pomóc – stwierdziłam. – Nie podziękowałeś mi jeszcze za ostatni raz.

– Puszczę w niepamięć to, że próbowałaś mnie zabić.

Tykanie zegara zgrało się z moim pulsem. W końcu spojrzałam przez ramię. Patrzył na mnie, światło w jego oczach słabło.

Przeszłam przez pokój, powoli, i położyłam przedmioty wyjęte z gabloty na nocnym stoliku.

– Co ci to zrobiło? – zapytałam.

– Wiesz co. – Zaciskając szczękę, oparł się plecami o zagłówek. – Odrobiłaś zadanie domowe.

– Emmita.

– Tak.

Jego potwierdzenie zmroziło mi krew. Wzięłam miskę i w ciszy wymieszałam sól z wodą. Naczelnik mnie obserwował. Kiedy zamoczyłam i wykręciłam kwadratowy kawałek płótna, pochyliłam się nad jego prawym ramieniem. Widok i zapach rany odrzucił moją głowę do tyłu.

– To jest martwicze – powiedział.

Rana pociemniała, przyjęła odcień gnijącej, ropiejącej szarości. Skórę miał rozpaloną jak węgiel. Prawdopodobnie jego temperatura była dwukrotnie wyższa niż u zdrowego człowieka; przez rękawice czułam ten żar. Ciało wokół ugryzienia zaczynało martwieć. Potrzebowałam środków przeciwgorączkowych. Nie miałam chininy, którą Nick zazwyczaj zbijał nam temperaturę. Łatwo było ją wynieść z barów z tlenem – używali jej do fluorescencji – ale wątpiłam, czy ją tu znajdę. Przy odrobinie szczęścia sól powinna wystarczyć.

Wycisnęłam trochę wody na ranę. Mięśnie w jego ręce stwardniały, ścięgna wyszły na wierzch.

– Przepraszam – powiedziałam i zaraz tego pożałowałam. On nie przepraszał, kiedy obserwował, jak mnie znaczyli, ani kiedy zabijali Seba. Za nic nie przepraszał.

– Mów do mnie – powiedział.

Spojrzałam na niego.

– Co?

– Cierpię. Odrobina próżnej rozrywki byłaby pomocna.

– Jakby interesowało cię to, co mam do powiedzenia – wyrwało mi się.

– Interesuje mnie – powiedział. Był cholernie spokojny, biorąc pod uwagę jego stan. – Chciałbym się dowiedzieć czegoś więcej o osobie, z którą dzielę mieszkanie. Wiem, że jesteś morderczynią – zesztywniałam – ale na pewno to nie wszystko, co można o tobie powiedzieć. Jeśli jest inaczej, to wybierając cię, podjąłem niewłaściwą decyzję.

– Nigdy nie prosiłam cię, żebyś mnie wybrał.

– A jednak to uczyniłem.

Przepłukiwałam jego ranę, przyciskając trochę zbyt mocno. Nie widziałam powodów, żeby obchodzić się z nim delikatnie.

– Urodziłam się w Irlandii – zaczęłam – w miasteczku Clonmel. Moja matka była Angielką. Uciekła z Sajonu.

Delikatnie skinął głową. Kontynuowałam:

– Mieszkałam z ojcem i dziadkami w Golden Vale, w południowej dzielnicy gospodarstw mlecznych. Pięknie tam było. Nie jak w cytadelach Sajonu. – Wycisnęłam płótno i ponownie je namoczyłam. – Ale wtedy Abel Mayfield zrobił się zachłanny. Zapragnął Dublina. Zaczęły się Rozruchy Molly. Masakra Mayfielda.

– Mayfield – powiedział Naczelnik, patrząc na okno. – Tak, pamiętam go. Nieprzyjemny gość.

– Spotkałeś go?

– Spotkałem wszystkich przywódców Sajonu od 1859 roku.

– Ale to znaczyłoby, że masz przynajmniej dwieście lat.

– Zgadza się.

Próbowałam się nie zachwiać, opatrując go.

– Myśleliśmy, że jesteśmy bezpieczni – powiedziałam – ale w końcu rozruchy dotarły na południe. Musieliśmy wyjechać.

– Co się stało z twoją matką? – Naczelnik spojrzał mi w oczy. – Została?

– Zmarła. Odklejenie łożyska. – Usiadłam. – Gdzie jest kolejne ugryzienie?

Odsłonił koszulę. Rana rozerwała mu klatkę. Trudno powiedzieć, czy zrobiły to zęby, pazury, czy może jeszcze coś innego. Kiedy wycisnęłam wodę na rozerwaną skórę, jego mięśnie się skurczyły.

– Mów dalej – nakazał.

A więc nie byłam nudnym człowiekiem.

– Przeprowadziliśmy się do Anglii, kiedy miałam osiem lat – powiedziałam.

– Z własnego wyboru?

– Nie. Tamtego roku mój ojciec został zwerbowany przez SajSOBN. – Założyłam, że jego milczenie oznacza, iż nie zna tego skrótu. – Sajon: Specjalna Organizacja Badań i Nauki.

– Znam ją. Dlaczego został powołany?

– Był patologiem sądowym. Pracował dla Gardaí. Sajon kazał mu znaleźć naukowe wytłumaczenie, w jaki sposób ludzie zostają jasnowidzami i dlaczego duchy trwają po śmierci. – Mój głos brzmiał zgorzkniale, nawet dla mnie. – On myśli, że to choroba. Myśli, że można ją wyleczyć.

– Więc nie może się dowiedzieć, że jesteś jasnowidzem.

– Jest ślepcem. To niemożliwe.

Nie skomentował.

– Masz swój dar od urodzenia?

– Niezupełnie. Potrafiłam wyczuwać aury i duchy, odkąd byłam bardzo mała. Jako dziecko zostałam zaatakowana przez poltergeista. – Usiadłam, aby przetrzeć brew.

– Dużo ci jeszcze zostało?

– Nie jestem pewna. Sól zapewnia ochronę, ale nie na długo.

Wydawał się znudzony moim działaniem.

– Kiedy rozwinęłaś umiejętność przemieszczania swego ducha?

Mówienie mnie uspokajało. Postanowiłam być szczera, chociażby dlatego, że prawdopodobnie posiadał wszystkie informacje na mój temat. Nashira wiedziała, że pochodzę z Irlandii; musieli mieć wszelką dokumentację. Mógł mnie sprawdzać, żeby przekonać się, czy go okłamię.

– Po tym, jak poltergeist mnie dotknął, zaczęłam mieć ten sam sen, przynajmniej myślałam, że to sen. – Wylałam wodę na jego ramię. – Śniłam o polu pełnym kwiatów. Im dalej przez nie biegłam, tym robiło się ciemniejsze. Za każdym razem szłam trochę dalej, aż pewnego dnia znalazłam się na jego skraju i skoczyłam, wtedy poczułam, że spadam. – Zaczęłam oczyszczać ranę. – Wpadałam w zaświaty, wychodząc ze swego ciała. Obudziłam się w karetce. Ojciec powiedział, że lunatykowałam w salonie i przestałam oddychać. Powiedzieli, że musiałam zapaść w śpiączkę.

– Ale przeżyłaś.

– Tak. I nie doznałam uszkodzenia mózgu. Niedotlenienie mózgu jest wpisane w ryzyko mojego… stanu – powiedziałam.

Nie lubiłam mu o sobie mówić, ale wydawało mi się, że lepiej, żeby wiedział. Gdyby wypchnął mnie w zaświaty na zbyt długo bez respiratora, mój mózg doznałby nieodwracalnych zmian. – Miałam szczęście.

Naczelnik obserwował, jak oczyszczam mu ranę na ramieniu.

– W takim razie rozumiem, że nie wchodzisz w zaświaty zbyt często ze względu na własne bezpieczeństwo – powiedział – ale jesteś z nimi zaznajomiona.

– To instynkt. – Odwróciłam wzrok. – Gorączka nie ustąpi bez podania leku.

W pewnym sensie kłamałam. Mój dar był instynktowny, ale nie zamierzałam mu powiedzieć, że zostałam wychowana i wyszkolona przez mim-lorda, który podłączał mi respirator.

– Ten poltergeist – zaczął. – Zostawił blizny?

Zdjęłam jedną rękawicę i wyciągnęłam lewą rękę. Spojrzał na znamiona. Pozwoliłam mu. Nietypowym było dla rozwijającego się jasnowidza zostać tak gwałtownie wystawionym na zaświaty.

– Wydaje mi się, że było już we mnie jakieś pęknięcie, coś, co pozwoliło zaświatom we mnie wejść – powiedziałam. – Poltergeist po prostu… mnie rozerwał.

– Tak to postrzegasz? – zapytał. – Że zaświaty cię atakują?

– A jak ty to postrzegasz?

– Nieważne, co myślę. Ale wielu jasnowidzów widzi siebie atakujących zaświaty, nie na odwrót. Postrzegają to jako przeszkadzanie umarłym. – Nie czekał, aż mu odpowiem. – Widziałem to już wcześniej. Dzieci są wrażliwe na nagłe zmiany w swoim jasnowidztwie. Jeżeli są wystawione na zaświaty, zanim ich aura rozwinie się prawidłowo, może się stać niestabilna.

Zabrałam rękę.

– Ja nie jestem niestabilna.

– Ale twój dar jest.

Nie mogłam się z nim kłócić. Zabiłam już ludzi moim duchem. Jeżeli to nie było niestabilne, to nie wiem, co mogłoby być.

– W moje rany wdała się pewnego rodzaju martwica – powiedział Naczelnik. – To rzecz, która dotyczy tylko Refaitów. Ludzkie ciało byłoby w stanie ją zwalczyć. – Czekałam, aż przejdzie do sedna. – Martwica Refaitów może zostać pokonana przez ludzką krew. Pod warunkiem, że ludzki krwiobieg nie jest upośledzony, człowiek może przeżyć ugryzienie. – Wskazał na mój nadgarstek. – Jakieś pół litra krwi ocaliłoby mi życie.

Ścisnęło mnie w gardle.

– Chcesz pić moją krew?

– Tak.

– Czym ty jesteś, wampirem?

– Nigdy bym nie pomyślał, że mieszkaniec Sajonu czytał o wampirach.

Zesztywniałam. Cholera. Tylko zajmujący wysokie stanowiska członkowie syndykatu mieli dostęp do literatury, która dotyczyła wampirów i innych stworzeń nadprzyrodzonych. W tym przypadku chodziło o kultową pozycję literatury groszowej, thriller *Wampiry z Vauxhall* autorstwa anonimowego medium z ulicy Grub. Wydawał różnego rodzaju historyjki, aby nadrobić braki interesującej literatury Sajonu, wykorzystując podania ludowe ze świata zewnętrznego – opublikował baśnie takie jak *Herbatka z wróżbitą* i *Fiasko Fay*, wydał także kilka przyzwoitych chałtur o jasnowidzach, na przykład *Tajemnice Wyspy Jakuba*. Teraz żałowałam, że kiedykolwiek je czytałam.

Naczelnik najwyraźniej przyjął moje milczenie jako objaw niepokoju.

– Nie jestem wampirem ani niczym innym, o czym czytałaś – powiedział. – Nie karmię się ciałem ani krwią. Nie proszę cię o to dla przyjemności. Ale umieram i akurat twoja krew, biorąc pod uwagę rodzaj moich ran, może mnie uzdrowić.

– Nie wyglądasz i nie brzmisz jak umierający.

– Ale umieram. Uwierz mi.

Nie chciałam wiedzieć, w jaki sposób odkryli, że ludzka krew jest w stanie zwalczyć ich zakażenie. Nie wiedziałam nawet, czy to prawda.

– Dlaczego mam ci wierzyć? – zapytałam.

– Ponieważ ocaliłem cię przed upokorzeniem występu w trupie głupców Nadzorcy. Chociażby dlatego.

– Dlaczego jeszcze?

– Będę ci winien przysługę.

– Jakąkolwiek?

– Każdą oprócz wolności.

Nie zdążyłam wypowiedzieć tego słowa. Przewidział, o co poproszę. Powinnam była wiedzieć, że prośba o wolność to za dużo – ale jego przysługa mogła być bezcenna.

Podniosłam z podłogi kawałek rozbitej fiolki i przecięłam nią nadgarstek wzdłuż. Kiedy podniosłam rękę, jego oczy zrobiły się węższe.

– Weź – powiedziałam. – Zanim zmienię zdanie.

Przez dłuższą chwilę przyglądał mi się badawczo. A potem wziął mój nadgarstek i przycisnął do ust.

Dotknął językiem otwartej rany. Delikatnie uciskał wargami, aby wyssać krew. Jego gardło poruszało się, kiedy pił. Robił to w równym tempie. Nie było nagłej żądzy krwi ani szału. Traktował to jako medyczną procedurę: leczniczą, bezstronną, nic ponadto.

W końcu puścił mój nadgarstek, a ja usiadłam na łóżku. Zbyt szybko. Pomógł mi oprzeć się o poduszki.

– Powoli.

Poszedł do łazienki, widać było, że już odzyskał siły. Wrócił ze szklanką zimnej wody. Wsunął rękę pod moje plecy i pomógł mi usiąść, przytrzymując mnie w swym zgięciu łokcia. Wypiłam. Była słodka.

– Nashira o tym wie? – zapytałam.

Jego twarz pociemniała.

– Może pytać cię o moje nieobecności. I moje rany.

– A więc nie wie.

Nie odpowiedział.

Oparł mnie o duże aksamitne poduszki, asekurując mi głowę. Mdłości powoli mijały, ale z nadgarstka wciąż sączyła się krew. Kiedy to zobaczył, sięgnął do nocnego stolika i wyjął z szuflady zwinięty w rulon bandaż. Mój bandaż. Rozpoznałam taśmę, którą go związałam. Musiał wyjąć go z mojego plecaka. Zmroziło mnie na myśl, że miał go w rękach. Przypomniałam sobie o zaginionej broszurze. Czy ją miał? Czy przeczytał?

Wziął mój nadgarstek i zabezpieczył przecięcie sterylnym bandażem. Jego ogromne ręce w rękawicach były delikatne, odniosłam wrażenie, że w ten sposób okazuje mi wdzięczność. Kiedy krew przestała przesiąkać przez bandaż, zabezpieczył go szpilką i położył moją rękę na klatce piersiowej. Patrzyłam na jego twarz.

– Zdaje się, że jesteśmy w patowej sytuacji – powiedział. – Ty masz talent do znajdywania mnie w nieszczególnych momentach. Chyba powinnaś czerpać przyjemność z oglądania mnie w chwilach słabości, a jednak oddajesz mi swoją krew, oczyszczasz moje rany. Co tobą kieruje?

– Mogę potrzebować przysługi. Poza tym nie lubię patrzeć na śmierć. Nie jestem taka jak ty.

– Zbyt pochopnie mnie oceniasz.

– Patrzyłeś, jak go zabija. – Może będę żałowała tych słów, ale miałam to gdzieś. – P a t r z y ł e ś. Na pewno wiedziałeś, co zamierza zrobić.

Naczelnik nie reagował. Odwróciłam się do niego tyłem.

– Być może jestem grobem pobielanym – zaczął.

– Czym?

– Hipokrytą. Lubię to wyrażenie – powiedział. – Może uważasz, że jestem zły, ale dotrzymuję słowa. A ty?

– Do czego zmierzasz?

– To, co się tutaj wydarzyło, nie może opuścić ścian tego pomieszczenia. Chciałbym wiedzieć, czy dochowasz tajemnicy.

– A powinnam?

– Mówienie o tym w niczym ci nie pomoże.

– Pozbyłabym się ciebie.

Odniosłam wrażenie, że oczy mu się zmieniły.

– To prawda, pozbyłabyś się mnie – powiedział – ale twoje życie nie byłoby lepsze. Jeżeli nie wyrzuciliby cię na ulicę, mogliby dać ci innego opiekuna, a nie wszyscy z nich są tak liberalni jak ja. Zgodnie z prawem powinienem cię stłuc na śmierć za niektóre rzeczy, które powiedziałaś do mnie w ciągu ostatnich kilku dni. Ale doceniam twoją wartość. Inni nie.

Już miałam zamiar rzucić jakąś ripostę, ale słowa zamarły mi na ustach. Miał rację, nie chciałam innego opiekuna; nie jeżeli wszyscy byli jak Thuban.

– A więc chcesz, żebym dochowała tajemnicy. – Potarłam dłonią nadgarstek. – A w zamian?

– Postaram się zapewnić ci bezpieczeństwo. Możesz umrzeć tu na nieskończenie wiele sposobów, a nie starasz się ich unikać.

– I tak muszę w końcu umrzeć. Wiem, czego Nashira ode mnie chce. Nie możesz mnie przed nią ochronić.

– Możliwe, że ostatecznie nie będę w stanie, ale zakładam, że chciałabyś przeżyć testy.

– Co masz na myśli?

– Możesz pokazać jej swoją siłę. Nie jesteś żółta. Możesz nauczyć się walczyć.

– Nie chcę walczyć.

– Ależ chcesz. To jest wpisane w twoją naturę.

Zegar w rogu wybił godzinę.

Posiadanie sojusznika w Refaicie nie wydało mi się niczym dobrym, aczkolwiek znacznie zwiększyłoby moje szanse przetrwania. Mógłby mi pomóc zdobyć zapasy, pomóc mi przeżyć. Może wystarczająco długo, żebym była w stanie stąd uciec.

– W porządku – powiedziałam. – Zachowam to dla siebie. Ale ty i tak jesteś mi winny przysługę. – Podniosłam nadgarstek. – Za krew.

Zaraz po tym, jak to powiedziałam, drzwi nagle się otworzyły. Do pokoju weszła Refaitka – Pleione Sualocin. Najpierw popatrzyła na bałagan, potem na mnie, a w końcu na Naczelnika. Bez słowa rzuciła mu probówkę. Złapał ją jedną ręką. Spojrzałam na nią.

Krew. Ludzka krew. Oznakowana małym szarym trójkątem. I numer: AXIV. Ślepiec 14.

Seb.

Spojrzałam na Naczelnika. Przechylił głowę, jakby to był nasz wspólny sekret. Ogarnęła mnie dojmująca odraza. Wstałam, osłabiona jeszcze po utracie krwi, i zataczając się, poszłam na górę do swego więzienia.

13

Portret własny

Poznałam Nicka, kiedy miałam dziewięć lat. Spotkałam go ponownie, będąc szesnastolatką.

Był rok 2056, trwał semestr letni i w Szkole Wartościowych Dam, III-5, my – klasa jedenasta* – wkroczyłyśmy w najważniejszy okres w naszym życiu. Mogłyśmy zostać w szkole kolejne dwa lata, w czasie których przygotowywałybyśmy się do nauki na uniwersytecie, albo mogłyśmy opuścić szkołę i znaleźć pracę. Usiłując nawrócić niezdecydowanych, dyrektorka zorganizowała cykl wykładów prowadzonych przez inspirujących mówców: agentów DDK, medialnych gawędziarzy – nawet polityka z Archonu, ministra migracji. Ten dzień poświęcony był naukom medycznym. Wszystkie dwieście uczennic zgromadzono w auli. Miałyśmy na sobie czarne mundurki,

* Przeważnie ostatni rok w szkole średniej w Anglii.

czerwone kokardy i białe bluzki. Na mównicę wstąpiła panna Briskin, nauczycielka chemii.

– Dzień dobry, dziewczęta – powiedziała. – Dobrze was widzieć. Wybierając swoją ścieżkę kariery, wiele z was wyraziło zainteresowanie badaniami naukowymi – nie ja – a więc powinien to być jeden z naszych najbardziej dających do myślenia wykładów. – Pojawiły się niewielkie brawa. – Nasz mówca zrobił już wyjątkowo ekscytującą karierę. – Nie byłam co do tego przekonana. – Przeniósł się z Uniwersytetu Sajonu Sztokholm w roku 2046, ukończył studia w Londynie i teraz pracuje dla SajSOBN, największego zakładu badań w Centralnej Kohorcie. Jesteśmy prawdziwie zaszczyceni jego dzisiejszą obecnością. – Z przodu pojawił się dreszcz podniecenia. – Proszę, przywitajcie oklaskami naszego mówcę, przed wami doktor Nicklas Nygård.

Poderwałam głowę. To był on.

Nick.

Nie zmienił się ani trochę. Był dokładnie taki, jak go zapamiętałam: wysoki, o delikatnych rysach twarzy, przystojny. Wciąż młody, pomimo że jego oczy odzwierciedlały ciężar obfitującego w stres dorosłego życia. Ubrany był w czarny garnitur i czerwony krawat, tak jak większość urzędników Sajonu. Włosy miał przygładzone brylantyną, na modę szwedzką. Kiedy się uśmiechnął, starsze uczennice wyprostowały się na swoich krzesłach.

– Dzień dobry, dziewczęta.

– Dzień dobry, doktorze Nygård.

– Dziękuję, że mogę dzisiaj u was gościć. – Przekładał kartki tymi samymi rękoma, które zszyły moje zranione ramię, kiedy miałam dziewięć lat. Popatrzył na mnie i się uśmiechnął. Moje serce zadrgało. – Mam nadzieję, że ta pogadanka będzie pouczająca, ale nie obrażę się, jeżeli zaśniecie.

Śmiech. Większość urzędników nie była tak skora do żartów. Nie mogłam oderwać od niego oczu. Przez siedem lat zastanawiałam się, gdzie się podziewa, a on przyszedł do mojej szkoły. Obraz zachowany w pamięci. Mówił o swoich badaniach nad przyczynami odmienności, a także o tym, czego doświadczył jako student w dwóch różnych cytadelach Sajonu. Żartował i zachęcał widownię do czynnego udziału, co chwilę zadając pytania i z ożywieniem na nie odpowiadając. Rozśmieszył nawet nauczycielkę. Kiedy zadzwonił dzwonek, wyszłam z sali jako pierwsza i ruszyłam w kierunku korytarza na końcu pomieszczenia.

Musiałam go znaleźć. Przez siedem lat usiłowałam zrozumieć, co się stało na polu maków. Nie było tam żadnego psa. Nick był jedyną osobą, która mogła mi powiedzieć, co zostawiło te paskudne blizny na mej ręce. Jedynym człowiekiem, który znał rozwiązanie.

Szłam korytarzem, szturchając gadające dziewczyny z ósmej klasy*. Zobaczyłam go. Stał przed pokojem nauczycielskim i rozmawiał z nauczycielką. Kiedy mnie zobaczył, jego oczy pojaśniały.

– Witaj – powiedział.

– Doktor Nygård.— Z trudem mogłam cokolwiek powiedzieć. – Pana mowa była bardzo inspirująca.

– Dziękuję. – Znów się uśmiechnął, a jego spojrzenie mnie przeszyło. Wiedział. Pamiętał. – Jak ci na imię?

Tak, wiedział. Po dłoniach przeszły mi ciarki.

– To jest Paige Mahoney – powiedziała nauczycielka, akcentując moje nazwisko. Moje irlandzkie nazwisko. Zmierzyła mnie wzrokiem, zwracając uwagę na niedbale zawiązaną kokardę i rozpiętą marynarkę. – Powinnaś wracać do klasy, Paige. Panna Anville jest rozczarowana twoimi ciągłymi spóźnieniami.

Poczułam ciepło rumieńców na policzkach.

* Zazwyczaj drugi rok szkoły średniej w Anglii.

– Jestem pewien, że panna Anville da Paige jeszcze kilka minut. – Nick obdarzył nauczycielkę szerokim uśmiechem. – Chciałbym z nią chwilkę porozmawiać.

– To bardzo miłe z pana strony, doktorze Nygård, ale Paige spędza ostatnio większość czasu u higienistki. Powinna teraz uczęszczać na wszystkie zajęcia panny Anville. – Odwróciła się do niego, ściszając głos. – Irlandka. Takie jak ona często nie potrafią zrozumieć, jak ważna jest ciężka praca.

Zmrużyłam oczy. Ciśnienie rozpierało mi czaszkę, jakby miała eksplodować. Z nosa nauczycielki spłynęła strużka krwi.

– Pani krwawi – powiedziałam.

– Co? – Kiedy popatrzyła w dół, krew kapała jej na koszulę. – O, nie, co ja narobiłam. – Zakryła nos. – Nie gap się tak, Paige. Podaj mi chusteczkę.

Pulsowało mi w głowie. Szara pajęczyna spowiła mi oczy, ograniczając wizję. Nick wręczył jej paczkę chusteczek, lecz patrzył na mnie. – Może powinna pani usiąść. – Położył jej rękę na plecach. – Zaraz do pani wrócę.

Gdy tylko nauczycielka odeszła, Nick zwrócił się do mnie ściszonym głosem.

– Czy ludziom w twojej obecności często leci krew z nosa?

Po chwili skinęłam głową.

– Zauważyli to?

– Nikt mnie jeszcze nie nazwał odmieńcem. – Chciałam mu popatrzyć w oczy. – Ty wiesz, dlaczego tak się dzieje?

Spojrzał przez ramię.

– Być może – powiedział.

– Powiedz mi. Proszę.

– Doktorze Nygård. – Panna Briskin wychyliła głowę zza drzwi pokoju nauczycielskiego. – Członkowie zarządu chcieliby z panem porozmawiać.

– Już idę. – Zaraz jak zniknęła, Nick szepnął mi do ucha. – Wrócę za kilka dni. Nie zapisuj się na uniwersytet, Paige. Jeszcze nie. Zaufaj mi.

Uścisnął mi dłoń. Po czym zniknął równie szybko, jak się pojawił. Zostałam tak, trzymając książki przy bijącym sercu, z rozpalonymi policzkami i mokrymi dłońmi. Nie było dnia, żebym o nim nie myślała, a teraz powrócił. Spróbowałam się uspokoić i poszłam do klasy, wciąż mając trudności z prawidłowym widzeniem i myśleniem. Pamiętał moje imię. Wiedział, że byłam tą małą dziewczynką, którą uratował.

Myślałam, że nie wróci. Nie mogłam być przecież dla niego aż tak ważna, teraz, kiedy zrobił karierę w świecie. A jednak dwa dni później czekał na mnie przed szkolną bramą. Tego ranka wydarzyło się coś dziwnego: marzyłam o srebrnym samochodzie. Ten obraz pojawił się w czasie lekcji francuskiego, przyprawiając mnie o mdłości, a teraz identyczny samochód stał na zewnątrz, w środku był Nick w okularach przeciwsłonecznych. Jak we śnie podeszłam do okna, oddalając się od innych dziewcząt. Wychylił się z siedzenia kierowcy.

– Paige?

– Myślałam, że już nie wrócisz – powiedziałam.

– Z powodu krwawienia z nosa?

– Tak.

– Właśnie dlatego tutaj jestem. – Zsunął okulary na czubek nosa, tak że mogłam zobaczyć jego zmęczone oczy. – Jeśli chcesz, żebym powiedział ci coś więcej, musimy się udać gdzieś indziej. Pojedziesz ze mną?

Spojrzałam przez ramię. Żadna z dziewczyn nie zwracała na mnie uwagi.

– Dobrze – powiedziałam.

– Dziękuję ci.

Nick zabrał mnie ze szkoły. Jechał w kierunku Centralnej Kohorty i co chwilę na mnie zerkał. Siedziałam cicho. Kiedy złapałam swoje odbicie w bocznym lusterku, zauważyłam, że się rumienię. Tak bardzo chciałam z nim porozmawiać, ale nie byłam w stanie wydobyć z siebie żadnego sensownego zdania. Po kilku minutach odezwał się:

– Czy kiedykolwiek powiedziałaś ojcu, co się stało na polu maków?

– Nie.

– Dlaczego?

– Ponieważ kazałeś mi o tym nie mówić.

– Dobrze. To dopiero początek. – Zacisnął ręce na kierownicy. – Powiem ci dużo rzeczy, których nie zrozumiesz, Paige. Nie jesteś już taka jak przed tamtym dniem i musisz wiedzieć dlaczego.

Patrzyłam przed siebie na drogę. Nie musiał mi mówić. Wiedziałam, że byłam inna jeszcze przed polem maków; nawet jako dziecko byłam wrażliwa na innych ludzi. Czasem czułam drżenie, kiedy mnie mijali, jakbym palcami dotknęła przewodu pod napięciem. Ale tamtego dnia wszystko się zmieniło. Teraz nie tylko wyczuwałam ludzi – potrafiłam ich skrzywdzić. Mogłam wywołać krwawienie z nosa, sprawić, że rozboli ich głowa, zamazać im wizje przed oczami. Zasypiałam w klasie i budziłam się zlana potem. W szkole to pielęgniarka znała mnie lepiej niż ktokolwiek inny.

Coś wychodziło ze mnie, usiłując wydostać się na zewnątrz. Wiedziałam, że w końcu świat to dostrzeże.

– Mogę pomóc ci to kontrolować – powiedział. – Mogę zapewnić ci bezpieczeństwo.

Już raz to zrobił.

– Mogę ci wciąż ufać? – Obserwowałam jego twarz, twarz, której nigdy nie zapomniałam.

Nick spojrzał na mnie.

– Zawsze – odpowiedział.

Poszliśmy do kafejki na ulicy Silk i kupiliśmy kawę. Piłam ją wtedy po raz pierwszy i pamiętam, że pomyślałam, że smakuje jak błoto. Przez chwilę rozmawialiśmy o moim życiu. Opowiedziałam mu o szkole i o pracy ojca, ale nie po to tam przyszliśmy i oboje o tym wiedzieliśmy.

– Paige – powiedział – słyszałaś o odmienności. Nie chcę cię straszyć, ale masz jej objawy.

Ścisnęło mnie w gardle. W końcu pracował dla Sajonu.

– Nie martw się. – Położył dłoń na mojej dłoni. Poczułam przypływ ciepła. – Nie zamierzam na ciebie donieść. Chcę ci pomóc.

– W jaki sposób?

– Chciałbym, żebyś poszła ze mną i porozmawiała z moim przyjacielem.

– Kim on jest?

– Kimś, komu mogę zaufać. Kimś, kto bardzo się tobą interesuje.

– Czy on jest…?

– Tak. Tak samo jak ja. – Uścisnął mi dłoń. – Miałaś sen, widziałaś mój samochód. – Patrzyłam na niego zakłopotana. – To mój talent, Paige. Potrafię wysyłać obrazy. Potrafię sprawiać, że ludzie widzą różne rzeczy.

– Ja… – zaschło mi w ustach – spotkam się z nim.

Zostawiłam ojcu wiadomość, że wrócę później. Nick zawiózł mnie do małej francuskiej restauracji w Vauxhall. Czekał tam na nas wysoki, bardzo szczupły mężczyzna, prawdopodobnie koło czterdziestki. Moją uwagę zwróciło jego żywe spojrzenie, naznaczone swego rodzaju poruszającą inteligencją. Miał bardzo jasną skórę i gęste, ciemne włosy, jego usta były blade i jakby nadąsane. Na jego kościach policzkowych można by ostrzyć ołówki. Nosił złoty krawat i czarną wyszywaną kamizelkę z kieszonką na zegarek.

– Ty pewno jesteś Paige – powiedział głębokim, lekko rozbawionym głosem. – Jaxon Hall.

Podał mi kościstą dłoń. Uścisnęłam ją.

– Witaj – powiedziałam.

Jego uścisk był zimny i stanowczy. Usiadłam. Nick obok mnie.

Kiedy przyszedł kelner, Jaxon Hall nie zamówił jedzenia, tylko szklaneczkę mekki, wina bezalkoholowego. Droga rzecz. Miał dobry gust.

– Mam dla ciebie propozycję, panno Mahoney. – Jaxon Hall potrząsnął szklaneczką z mekką. – Wczoraj przyszedł do mnie doktor Nygård. Poinformował mnie, że potrafisz wywoływać u innych ludzi pewne... nieprawidłowości medyczne. Czy to prawda?

Zerknęłam na Nicka.

– Śmiało. – Uśmiechnął się. – On nie jest z Sajonu.

– Nie obrażaj mnie. – Jaxon wziął łyk mekki. – Trzymam się dalej od Archonu niż noworodek od śmierci. Nie żeby te dwa stany były aż tak odległe, ale wiesz, o co mi chodzi.

Nie byłam pewna, czy wiem. Z pewnością nie zachowywał się jak urzędnik Sajonu.

– Masz na myśli krwawienia z nosa – powiedziałam.

– Tak, krwawienia z nosa. Fascynujące. – Stukał palcami o stół. – Coś jeszcze?

– Bóle głowy. Czasem migreny.

– I jak ty się czujesz, kiedy to się dzieje?

– Zmęczona. Jest mi niedobrze.

– Rozumiem. – Wzrokiem błądził po mojej twarzy. Jego spojrzenie było zimne i analityczne, zdawał się patrzeć poza mnie. – Ile masz lat?

– Szesnaście – powiedziałam.

– Już chyba pora opuścić szkołę. Chyba że – dodał – masz zamiar iść na studia.

– Niezupełnie.

– Wspaniale. Młodym ludziom trudno jest znaleźć pracę w cytadeli. – Wciąż bębnił palcami o stół. – Chciałbym zaproponować ci pracę na całe życie.

Zmarszczyłam brwi.

– Jaką pracę?

– Dobrze płatną. Taką, która da ci ochronę. – Jaxon popatrzył na mnie badawczym wzrokiem. – Czy masz pojęcie, co to znaczy jasnowidzenie?

Jasnowidzenie. Zakazane słowo. Rozejrzałam się po restauracji, ale nikt nie patrzył w naszą stronę. Ani, najwyraźniej, nie słuchał.

– Odmienność – powiedziałam.

Uśmiechnął się delikatnie.

– Tak nazywa to Archon. Ale czy wiesz, co to słowo znaczy? Z francuskiego.

– Wyraźne widzenie. Rodzaj pozazmysłowego postrzegania. Poznanie rzeczy, które są ukryte.

– A gdzie ukryte?

Zawahałam się.

– W tym, co podświadome?

– Czasem tak. Albo czasem – zdmuchnął świece na środku stołu – w zaświatach.

Popatrzyłam na dym. Przyciągał mnie. Dreszcz przeszył moje ciało. Co to są zaświaty?

– Nieskończoność. Stamtąd przychodzimy, żyjemy w ich obrębie, a kiedy umieramy, wracamy w nie. Ale nie wszyscy z nas są chętni rozstać się ze światem cielesnym.

– Jax – powiedział Nick ściszonym głosem – to miało być wprowadzenie, a nie cykl wykładów. Ona ma dopiero szesnaście lat.

– Chcę wiedzieć – naciskałam.

– Paige...

– Proszę. – Musiałam wiedzieć.

Jego wyraz twarzy złagodniał. Oparł się o krzesło, popijając wodę.

– Twój wybór.

Jaxon zmrużył oczy i kontynuował:

– Zaświaty to wyższa płaszczyzna egzystencji – powiedział. – Istnieje obok płaszczyzny cielesnej. Jasnowidze, ludzie tacy jak my, mają umiejętność zbliżania się do zaświatów.

Siedziałam w restauracji z dwoma odmieńcami.

– W jaki sposób? – zapytałam.

– O, istnieje niezliczona liczba sposobów. Poświęciłem piętnaście lat, dzieląc je na kategorie.

– Ale co to znaczy „zbliżać się do zaświatów"? – Pytanie o jasnowidzenie wywoływało u mnie grzeszny dreszczyk emocji.

– To znaczy, że możesz się porozumiewać z duchami – wyjaśnił Nick. – Martwymi. Różni jasnowidze potrafią robić to na różne sposoby.

– Więc zaświaty są jak życie pozagrobowe?

– Czyściec – powiedział Jaxon.

– Życie pozagrobowe – odparł Nick.

– Pan wybaczy, doktorze Nygård, próbuję być delikatny. – Jaxon wziął łyk mekki. – Niestety śmierć nie jest delikatna. Chciałbym się dowiedzieć, czym jasnowidzenie jest naprawdę, w odróżnieniu od smutnie wypaczonego punktu widzenia Sajonu. To jest cud, nie perwersja. Musisz to zrozumieć, moja droga, inaczej oni wywęszą twój blask.

Obydwaj zamilkli, kiedy kelner przyniósł moją sałatkę. Ponownie spojrzałam na Jaxa.

– Powiedz mi więcej.

Jaxon się uśmiechnął.

– Zaświaty są „źródłem", o którym Sajon od czasu do czasu ośmiela się mówić – powiedział. – Królestwo niespokojnych martwych ludzi. Źródło, którego podczas seansu miał dosięgnąć Krwawy Król, co sprawiło, że popełnił pięć przerażających morderstw i sprowadził na świat epidemię jasnowidzenia. Kompletna bzdura. Zaświaty to po prostu duchowa płaszczyzna, a jasnowidze to ci, którzy posiadają umiejętność dostępu do niej. Nie było żadnej epidemii. Istniejemy od zawsze. Niektórzy z nas są dobrzy, inni źli, jeżeli zło w ogóle istnieje, ale czym byśmy nie byli, na pewno nie jesteśmy chorobą.

– A więc Sajon skłamał.

– Tak. Przyzwyczaj się do tego. – Jaxon zapalił cygaro. – Edward może i był Kubą Rozpruwaczem, ale wątpię w to, że w ogóle był jasnowidzem. Był zbyt niezdarny.

– Nie mamy pojęcia, dlaczego przypisali to wszystko jasnowidzeniu – powiedział Nick. – To tajemnica, którą rozumie tylko Archon.

– W jaki sposób to działa?

Czułam kłucie na skórze, robiło mi się gorąco. Mogłam być odmieńcem. Mogłam być jedną z nich.

– Nie wszystkie duchy odchodzą spokojnie w serce zaświatów, gdzie myślimy, że czeka nas ostateczna śmierć – odparł Jaxon. Można by powiedzieć, że się tym rozkoszował. – A więc trwają, podróżując pomiędzy płaszczyzną cielesną i duchową. Kiedy są w tym stanie, nazywamy je tułaczami. Wciąż mają osobowość i z większością z nich można się skontaktować. Mają tylko pewien stopień wolności i zazwyczaj z radością pomagają jasnowidzom.

– Mówisz o prawdziwych martwych ludziach? – spytałam. – Możesz po prostu pociągać nimi za sznurki i zatańczą dla ciebie?

– Dokładnie tak.

– Dlaczego mieliby tego chcieć?

– Bo to oznacza, że mogą pozostać przy tych, których kochają. – Pociągnął nosem, jakby nie rozumiał mego zdziwienia. – Albo przy tych, których chcą straszyć. Poświęcają swoją wolną wolę w zamian za pewnego rodzaju nieśmiertelność.

Wzięłam kęs sałatki i zaczęłam przeżuwać. Jakbym miała w ustach pęk mokrej bawełny.

– Oczywiście nie zaczynają działać jako duchy. – Jaxon poklepał mnie po dłoni. – Mamy żywe ciało. Możemy chodzić po świecie cielesnym. Ale mamy też indywidualny dostęp do zaświatów. Nazywamy to sennym krajobrazem, scenerią ludzkiego umysłu.

– Czekaj, czekaj. Wciąż powtarzasz „my" – powiedziałam. – Jacy my dokładnie? Jasnowidze?

– Tak. To tętniące życiem społeczeństwo. – Nick uśmiechnął się do mnie. – Ale bardzo tajne.

– Możesz rozpoznać jasnowidzów po ich aurze. W taki sposób Nick rozpoznał ciebie – powiedział Jaxon. Moje rosnące zainteresowanie zdawało się go ożywić. – Widzisz, każdy ma senny krajobraz. Iluzję bezpieczeństwa, rodzaj *locus amoenus**. Rozumiesz mnie? – Nie byłam pewna. – Senne krajobrazy jasnowidzów są kolorowe. A pozostałych czarno-białe. Tacy jak my widzą swoje senne krajobrazy, kiedy śnią. Ślepcy, analogicznie, śnią bezbarwnie. Jasnowidze…

– …śnią w kolorze?

– Jasnowidze nie ś n i ą, moja droga, tak jak ślepcy. Ta próżna przyjemność należy tylko do nich. Ale kolor sennego krajobrazu jasnowidza błyszczy przez jej lub jego cielesną formę, wytwarzając aurę. Ludzie będący tym samym rodzajem jasnowidza mają bardzo podobne aury. Nauczysz się ich kategorii.

– Czy mogę zobaczyć aurę?

Wymienili spojrzenia. Nick wyjął szkła kontaktowe. Dreszcz przeszedł mnie po plecach.

*(Łaciński) Miejsce przyjemne, przyjazne człowiekowi.

– Popatrz mi w oczy, Paige.

Nie musiał dwa razy powtarzać. Pamiętałam te oczy tak wyraźnie, jakby to było wczoraj. Wspaniałe zielono-szare, delikatne linie promieniujące przez tęczówkę. Nie zauważyłam jednak małego defektu w kształcie dziurki od klucza w jego prawej źrenicy.

– Niektórzy jasnowidze mają pewien rodzaj trzeciego oka. – Oparł się o krzesło. – Mogą widzieć aury; mogą także widzieć tułaczy. Możesz być półwidząca, tak jak ja, tylko z jedną szparą, albo w pełni widząca, tak jak Jax.

Jaxon szerzej otwarł oczy. Miał taki defekt w obydwu.

– Ja tego nie mam – przyznałam. – A więc jestem jasnowidzem, ale nie mam trzeciego oka?

– Niewidzenie jest całkiem popularne wśród wyższych kategorii. Twój dar nie wymaga, żebyś widziała duchy. – Jax spojrzał na mnie z zadowoleniem. – Możesz wyczuwać aury i tułaczy, ale nie postrzegasz ich wzrokiem.

– To nie jest wada. – Nick pogłaskał mnie po głowie. – Twój szósty zmysł będzie lepiej dostrojony bez pomocy wizualnej.

Pomimo tego, że w restauracji było ciepło, zimno przeszyło całe moje ciało. Spojrzałam pomiędzy nich, pomiędzy ich różne twarze.

– Jaki rodzajem jasnowidza ja jestem?

– Tego właśnie chcemy się dowiedzieć. W ciągu lat sklasyfikowałem siedem kategorii jasnowidzów. Wierzę, że ty, moja droga, należysz do najwyższej kategorii, co sprawia, że jesteś jednym z najrzadziej spotykanych jasnowidzów we współczesnym świecie. O ile się nie mylę. – Z drogiej skórzanej teczki wyjął skoroszyt. – Chciałbym podpisać z tobą umowę o pracę. – Spojrzał mi prosto w oczy. – Mógłbym napisać nieskończoną liczbę cyfr na tym czeku, Paige. Co mam zrobić, żebyś się zgodziła?

Serce waliło mi tuż za żebrami.

– Na początek postaw mi drinka.

Jaxon oparł się o krzesło.

– Nick – powiedział – zamów tej młodej damie szklaneczkę mekki. Zostaje z nami.

14

Wschód słońca

Przez kilka następnych nocy ja i Naczelnik nie rozmawialiśmy ani nie trenowaliśmy. Każdej nocy wychodziłam zaraz po wybiciu dzwonu, nie patrząc nawet w jego stronę. Obserwował mnie, ale nie zatrzymywał. Żałowałam, że tego nie robił, mogłabym wtedy wyrzucić z siebie całą złość.

Pewnej nocy próbowałam odwiedzić Liss. Na zewnątrz padało, a ja pragnęłam ciepła bijącego z jej piecyka. Ale nie potrafiłam. Nie po tym, co wydarzyło się między mną a Naczelnikiem. Nie mogłabym spojrzeć jej w oczy, po tym jak kolejny raz pomogłam wrogowi.

Wkrótce znalazłam swój nowy azyl, miejsce tylko dla siebie: bramę na schodach Hawksmoor. Kiedyś musiała to być wspaniała budowla, ale teraz jej dostojność legła w gruzach: zimna i ciężka, osypująca się po bokach, jakby czekała na coś, co nigdy może już nie powrócić. To miejsce stało się moją kryjówką, szłam tam każdej nocy. Czasami, jeżeli czerwoni nie trzymali straży, zakradałam się do opuszczonej biblioteki, zabierałam stertę książek i wracałam z powrotem do swojej kryjówki. Mieli tam mnóstwo nielegalnych powieści i zaczęłam się zastanawiać, czy przypadkiem to nie tu zsyłał je Sajon. Jax sprzedałby duszę, żeby położyć na nich łapę. Oczywiście gdyby miał duszę na sprzedaż.

Minęły już cztery noce od upuszczenia krwi. Wciąż nie mogłam zrozumieć, dlaczego mu pomogłam. W co on ze mną pogrywał. Na myśl o krążącej w nim mojej krwi robiło mi się niedobrze. Nie mogłam znieść myśli o tym, co zrobiłam.

Okno było uchylone. Usłyszałabym ich, gdyby po mnie przyszli. Nie pozwoliłabym im się zakraść, tak jak wtedy w I-5. Znalazłam książkę zatytułowaną *Przechadzka klawisza*, ukrytą pomiędzy innymi woluminami. Lało jak z cebra, więc postanowiłam zostać w bibliotece. Położyłam się na brzuchu pod biurkiem i zapaliłam małą lampę naftową.

Na zewnątrz, na Szerokiej, było cicho. Większość klaunów poszła ćwiczyć przed obchodami Dwusetnicy. Krążyły pogłoski, że miał się na niej pojawić sam Wielki Inkwizytor. Musiał być pod wrażeniem tego, jak wygląda teraz nasze nowe życie, bo inaczej mógłby się nie zgodzić na kontynuowanie specjalnego porozumienia. Nie żeby miał jakiś wybór. Mimo wszystko musieliśmy pokazać, że jesteśmy przydatni, chociażby nawet dla rozrywki. Że zasługujemy na odrobinę więcej niż podanie NitKindu.

Wyjęłam kopertę, którą dał mi David. W środku znajdował się fragment tekstu z notatnika, podarty i zażółcony. Przeczytałam go kilka razy. Wyglądał, jakby spadła na niego świeca: rogi były stwardniałe od wosku, a środek wypalony. W rogu strony zobaczyłam zamazany szkic, coś, co kiedyś musiało być twarzą, ale teraz było wyblakłe i zniekształcone. Potrafiłam przeczytać tylko niektóre słowa.

Refaici to (...) stworzenia. W (...) nazywanym (...) w obszarze (...) granic (...) w stanie (...) bezmiar czasu, ale (...) nową formę, która (...) głód, niekontrolowany i (...) otaczającą energię domniemanych (...) czerwony kwiat, (...) jedyna metoda (...) pochodzenie (...) i tylko oni mogą (...)

Wciąż próbowałam jakoś powiązać te słowa ze sobą, znaleźć swego rodzaju wzór. Nie było trudno połączyć fragmenty o głodzie i energii, ale nie miałam pojęcia, co mógłby oznaczać „czerwony kwiat".

W kopercie było coś jeszcze – wyblakły dagerotyp. W rogu widniała data: 1842. Długo mu się przyglądałam, ale nie dostrzegłam nic poza białymi plamami na czarnym papierze. Wsunęłam kopertę z powrotem do tuniki i skubnęłam trochę czerstwego chleba. Kiedy ogarnęło mnie zmęczenie, zdmuchnęłam lampę naftową i skuliłam się w pozycji embrionalnej.

Mój umysł był plątaniną różnych wydarzeń. Naczelnik i jego rany. Pleione, która przyniosła mu krew Sebastiana. David oraz jego zainteresowanie moimi sprawami. No i oczywiście wszystkowidząca Nashira.

Usiłowałam myśleć tylko o Naczelniku. Wciąż czułam smak żółci na myśl o krwi Seba, zabutelkowanej i podpisanej, gotowej do spożycia. Miałam nadzieję, że pobrali ją, kiedy jeszcze żył, a nie już po śmierci. Pleione. To ona przyniosła Naczelnikowi krew, musiała wiedzieć, że grozi mu martwica. Musiała to zaaranżować, zanim byłoby zbyt późno. Gdyby się spóźniła, w zamian wypiłby moją krew. Cokolwiek robił, ufał jej.

Naczelnik miał tajemnicę. Ja również. Ukrywałam swoją łączność z podziemiem, tym, które Nashira bez wątpienia chciała wyeliminować. Mogłabym milczeć, pod warunkiem że on zrobi to samo.

Dotknęłam zabandażowanej ręki. Rana wciąż nie chciała się goić, a znamię było paskudne. Jeśli zostanie blizna, nigdy nie zapomnę wstydu, który mnie ogarniał, gdy je wypalali. A także strachu, który czułam, kiedy po raz pierwszy zetknęłam się ze światem duchów. Strachu przed tym, kim byłam. Kim mogłabym być.

Musiałam się zdrzemnąć. Tępy ból w policzku sprowadził mnie na ziemię.

– Paige!

Liss mną potrząsała. Miałam zaspane i spuchnięte oczy.

– Paige, co ty tu, do cholery, *robisz*? Minął już świt. Kosiarze cię szukają.

Spojrzałam do góry półprzytomna.

– Dlaczego?

– Ponieważ Naczelnik *kazał* im cię szukać. Miałaś być w Magdalenie godzinę temu.

Miała rację: niebo zaczęło przyjmować złoty kolor. Liss pomogła mi wstać.

– Masz szczęście, że cię tu nie znaleźli. To miejsce jest zakazane.

– Jak mnie znalazłaś?

– Sama kiedyś tu przychodziłam. – Chwyciła mnie za ramiona, spojrzała prosto w oczy. – Musisz błagać Naczelnika o wybaczenie. Jeśli będziesz błagać, może cię nie ukaże.

Prawie się zaśmiałam.

– Błagać?

– To jedyny sposób.

– Nie będę go o nic błagać.

– Pobije cię.

– I tak go nie będę błagać. Muszą mnie do niego zabrać. – Wyjrzałam przez okno. – Będziesz miała kłopoty, jeśli znajdą mnie w twojej dziupli?

– Lepiej, żeby znaleźli cię tam niż tutaj. – Chwyciła mnie za nadgarstek. – Chodź. Wkrótce się tu zjawią.

Kopnęłam lampę i książkę pod półkę, ukrywając dowody mojej obecności. Zbiegłyśmy po ciemnych kamiennych schodach. Powietrze było rześkie jak po deszczu.

Liss kazała mi stać, dopóki droga nie będzie wolna. Przemknęłyśmy przez podwórko, pod mokrym przejściem, i pobiegłyśmy w kierunku Szerokiej. Ponad budynkami świeciło słońce. Liss odsłoniła dwie luźne deski ze sklejki i dałyśmy nura w kierunku Rookery. Prowadziła mnie obok grupek cyrkowców – zbierali swój dobytek rozrzucony w przejściu, po tym, jak przeszukano ich budy. Jeden chłopiec opierał się o ścianę, z oczu leciała mu krew. Na nasz widok ludzie szeptali.

Dałam nura do dziupli. Julian czekał tam z miseczką brei na kolanie. Spojrzał do góry, kiedy weszłyśmy.

– Witaj.

Usiadłam.

– Cieszysz się, że mnie widzisz?

– No jasne – uśmiechnął się. – Właśnie mi przypomniałaś, że muszę znaleźć budzik.

– A ty nie powinieneś być w środku?

– Właśnie miałem iść, ale teraz, jak już tu jesteś, nie chcę, żeby mnie cokolwiek ominęło.

– Ej wy! – Liss spojrzała na nas surowo. – Oni traktują godzinę policyjną bardzo poważnie. Obydwoje dostaniecie porządny ochrzan.

Przeczesałam palcami wilgotne włosy.

– Kiedy tu będą?

– Wkrótce. Niebawem ponownie przeszukają pomieszczenia. – Usiadła. – Dlaczego po prostu nie pójdziecie?

Każdy mięsień jej ciała był napięty.

– Już dobrze, Liss. Wezmę to na siebie.

– Kosiarze potrafią być brutalni. Nie będą cię słuchać. I mówię ci, że Naczelnik cię zbije, jeśli…

– Mam go gdzieś. – Liss złapała się za głowę. Popatrzyłam na Juliana. Nie miał już na sobie munduru nowicjusza, tylko różową tunikę. – Co musiałeś zrobić?

– Nashira spytała, kim jestem – powiedział. – Odparłem, że papilarnikiem, ale było jasne, że niczego nie wyczytam z jej dłoni. Kazała wprowadzić do pokoju ślepca, dziewczynę, i przywiązać ją do krzesła. Przypomniałem sobie Seba i zapytałem, czy pozwoli mi użyć wody do wróżenia.

– Jesteś hydromantą?

– Nie, ale nie chcę, żeby wiedziała, kim jestem. To była pierwsza myśl, która przyszła mi do głowy. – Potarł ręką czoło. – Napełniła wodą złotą misę i kazała mi poszukać osoby o nazwisku Antoinette Carter.

Zmarszczyłam brwi. Na początku lat czterdziestych Antoinette Carter była sławna w Irlandii. Pamiętałam ją jako szczupłą kobietę w średnim wieku, równie kruchą i delikatną, jak enigmatyczną. Prowadziła program telewizyjny *Prawdy Toni*, który nadawali w czwartkowe wieczory. Dotykała ludzkich dłoni i twierdziła, że widzi ich przyszłość, mówiła głębokim, spokojnym głosem. Program został zdjęty z anteny po Najeździe w 2046, kiedy Sajon zajął Irlandię, i Carter musiała się ukrywać. Wciąż wydawała nielegalną broszurę, *Skąpy Jack*, piętnującą okrucieństwa Sajonu.

Z nieznanych nam powodów Jaxon poprosił ulicznego artystę Leona – eksperta w wysyłaniu wiadomości poza Sajon – aby nawiązał z nią kontakt. Nigdy się nie dowiedziałam, co z tego wyszło. Leon był dobrym fałszerzem, ale obejście systemów bezpieczeństwa Sajonu musiało mu zająć dużo czasu.

– Ona jest zbiegiem – powiedziałam. – Kiedyś mieszkała w Irlandii.

– Cóż, nie ma jej teraz w Irlandii.

– Co zobaczyłeś? – Nie podobał mi się jego wyraz twarzy. – Co jej powiedziałeś?

– Nie będziesz zadowolona. – Kiedy zobaczył moją minę, wziął głęboki oddech. – Powiedziałem, że zobaczyłem zegary słoneczne. Przypomniałem sobie, że Carl je wywróżył, i pomyślałem, że będę wiarygodny, jeżeli powtórzę to, co powiedział.

Odwróciłam wzrok. Nashira szukała Jaxona. Wcześniej czy później dowiedziałaby się o Tarczach.

– Przepraszam. Mogłem jej podpaść. – Julian potarł dłonią czoło. – Dlaczego te zegary słoneczne są takie ważne?

– Nie mogę ci powiedzieć, przykro mi. Ale cokolwiek się wydarzy – zerknęłam na wejście do rudery – Nashira nigdy nie może ponownie usłyszeć o tych zegarach. To sprowadziłoby kłopoty na moich przyjaciół.

Liss naciągnęła koc na ramiona.

– Paige – powiedziała – myślę, że twoi przyjaciele próbują się z tobą skontaktować.

– Co masz na myśli?

– Gomeisa zabrał mnie na chwilę do Zamku. – Jej wyraz twarzy spoważniał. – Byłam w swojej celi, sortowałam talię kart, aby wykonać czytanie, kiedy coś przyciągnęło mnie do Wisielca. Podniosłam kartę, była odwrócona. Zobaczyłam zaświaty. Twarz mężczyzny. Przypominał mi śnieg.

Nick. Wróżbici zawsze mówili tak o Nicku, kiedy go widzieli – że był jak śnieg.

– Co ci wysłał?

– Obraz telefonu. Myślę, że próbuje się dowiedzieć, gdzie jesteś.

Telefon. No jasne – on nie wiedział, gdzie jestem. Gang nie miał pojęcia, że zostałam zabrana przez Sajon, chociaż do tej pory musieli już wyczuć pismo nosem. Nick chciał, żebym do niego zadzwoniła, powiedziała mu, że wszystko ze mną w porządku.

Znalezienie właściwej ścieżki w zaświatach musiało zająć mu wiele dni. Gdyby znowu spróbował, podczas seansu byłby w stanie przesłać mi wiadomość. Nie wiedziałam, dlaczego przesłał ją Liss. Znał moją aurę, powinien ją znaleźć o wiele łatwiej. Może to przez pigułki albo jakieś zakłócenia ze strony Refaitów – ale to nieważne. Próbował mnie znaleźć. Na pewno się nie podda.

Głos Juliana wyrwał mnie z zamyślenia:

– Ty naprawdę znasz innych skoczków, Paige? – Kiedy spojrzałam na niego, wzdrygnął się. – Myślałem, że siódma kategoria należy do najrzadziej spotykanych.

Skoczki. Ciężkie słowo. Kategoria jasnowidzów, jak wróżbici i augurzy. To kategoria, do której należałam: jasnowidzów, którzy potrafili wpływać na zaświaty lub w nie wchodzić. Jax rozpoczął wielki podział jasnowidzów w latach trzydziestych, kiedy był mniej więcej w moim wieku. Zaczęło się od *O wartościach odmienności*, które jak plaga rozniosło się po podziemiu. Zidentyfikował siedem kategorii jasnowidzów: wróżbitów, augurów, media, sensorów, narwańców, stróżów i skoczków. Ostatnie trzy były według niego znacznie wyższe rangą niż pozostałe. To był nowatorski sposób patrzenia na jasnowidzenie, które nigdy wcześniej nie zostało sklasyfikowane, jednak niższe kategorie nie zareagowały na to dobrze. Rozpoczęły się krwawe wojny gangów, które trwały dwa lata. Wydawcy Jaxa ostatecznie wycofali broszurę, ale niechęć pozostała.

– Tak – powiedziałam. – Tylko jednego. Jest wyrocznią.

– Musisz być całkiem wysoko w syndykacie.

– Całkiem wysoko.

Liss nałożyła mi brei do miseczki. Jeśli miała swoją opinię na temat broszury, nie ujawniała tego.

– Julian, czy mogę zostać na chwilę sama z Paige?

– Jasne – odpowiedział. – Będę na zewnątrz wypatrywał czerwonych.

Wyszedł z rudery. Liss popatrzyła na piecyk.

– Co się stało? – zapytałam. Szczelniej owinęła się kocem.

– Paige – powiedziała – boję się o ciebie.

– Dlaczego?

– Po prostu mam złe przeczucie odnośnie do święta, wiesz, Dwusetnicy. Może nie jestem wyrocznią, ale mam widzenia. – Wyjęła swoją talię. – Czy pozwolisz mi, żebym przeczytała ci z kart? Mam potrzebę czytania pewnym ludziom.

Zawahałam się. Używałam kart tylko w grze w tarocchi.

– Jeśli chcesz.

– Dzięki. – Położyła talię pomiędzy nami. – Czy ktoś już ci kiedyś wróżył? Wróżbita lub augur?

– Nie.

Proponowano mi to wielokrotnie, ale nigdy nie byłam przekonana, czy zaglądanie w przyszłość to dobry pomysł. Nick czasami naprowadzał mnie, ale zazwyczaj nie pozwalałam mu wchodzić w szczegóły.

– Okej. Podaj mi rękę.

Wyciągnęłam prawą dłoń, a Liss ją chwyciła. Zanurzyła palce w talii, a na jej twarzy pojawiło się intensywne skupienie. Wyjęła siedem kart i ułożyła je na podłodze koszulkami do góry.

– Używam rozłożenia elipsowatego. Czytam twoją aurę, wybieram siedem kart i je interpretuję. Nie wszyscy, którzy mają sokoli wzrok, zinterpretują ci daną kartę jednakowo, więc się nie wkurzaj, kiedy usłyszysz coś, co ci się nie spodoba. – Puściła moją rękę. – Pierwsza karta wskaże twoją przeszłość. Zobaczę fragment twoich wspomnień.

– Ty widzisz wspomnienia?

Uśmiechnęła się niezauważalnie. To było coś, z czego była dumna.

– Czytający z kart mogą używać przedmiotów, ale nie pasujemy do żadnej kategorii. Nawet *O wartościach* to potwierdza. Myślę, że to dobrze.

Odwróciła pierwszą kartę.

– Pięć kielichów – powiedziała. Zamknęła oczy. – Straciłaś coś, kiedy byłaś bardzo mała. Mężczyznę z kasztanowymi włosami. To jego kielichy są przewrócone.

– Mój ojciec – powiedziałam.

– Tak. Stoisz za nim, mówisz do niego. Nie odpowiada. Patrzy na zdjęcie. – Nie otwierając oczu, podniosła następną kartę, koszulką do góry. – To teraźniejszość – powiedziała. – Król, odwrócona. – Ściągnęła wargi. – On cię kontroluje. Nawet teraz nie możesz od niego uciec.

– Naczelnik?

– Raczej nie. Aczkolwiek posiada władzę. Jego oczekiwania wobec ciebie są zbyt wysokie. Boisz się go.

Jaxon.

– Teraz będzie przyszłość. – Liss odwróciła kartę. Szybko westchnęła. – Diabeł. Ta karta reprezentuje siłę bezradności, ograniczenia, strachu, a ty się temu poddałaś. Diabeł przedstawia cień, ale nie mogę dostrzec jego twarzy. Jakąkolwiek moc będzie miała nad tobą ta osoba, ty będziesz w stanie przed nią uciec. Sprawią, że zaczniesz myśleć, że jesteś z nimi związana na zawsze, ale to nieprawda. Będzie ci się tylko tak wydawało.

– Masz na myśli partnera? – Poczułam zimno w piersiach. – Chłopaka? Czy to jest Naczelnik?

– Możliwe. Nie wiem. – Na jej twarzy pojawił się wymuszony uśmiech. – Nie martw się. Kolejna karta powie ci, co robić, kiedy przyjdzie czas.

Popatrzyłam na czwartą kartę.

– Kochankowie?

– Tak. – Jej głos popadł w monotonię. – Niewiele widzę. Napięcie pomiędzy duchem i ciałem. Zbyt wielkie. – Jej palce zakradły się po kolejną kartę. – Wpływy zewnętrzne.

Nie wiedziałam, czy będę mogła znieść jeszcze więcej. Jak do tej pory tylko jedna rzecz okazała się pozytywna, ale nawet jeśli, to będzie to bolesne. Z pewnością nie oczekiwałam Kochanków.

– Śmierć, odwrócona. Śmierć jest typową kartą jasnowidzów. Zazwyczaj występuje w pozycji przeszłej lub obecnej. Ale tutaj, odwrócona… nie jestem pewna. – Oczy zabłyszczały jej pod powiekami. – Tak daleko w przód moje widzenie robi się niewyraźne. Wszystko jest niewyraźne. Wiem, że świat dookoła ciebie się zmienia, a ty robisz wszystko, co w twojej mocy, aby się temu oprzeć. Śmierć będzie działać na różne sposoby. Opóźniając zmianę, przedłużysz swoje własne cierpienie. – Znów sięgnęła do talii. – Szósta karta. Twoje nadzieje i obawy. – Podniosła ją i musnęła kciukiem. – Osiem mieczy.

Karta przedstawiała kobietę otoczoną kręgiem odwróconych mieczy, z opaską na oczach. Skóra Liss błyszczała od potu.

– Widzę cię. Boisz się. – Zadrżał jej głos. – Widzę twoją twarz. Nie możesz się ruszyć. Musisz zostać w jednym miejscu, uwięziona, albo poczuć ból mieczy.

To musiało być najbardziej negatywne ułożenie, jakie kiedykolwiek widziała. Nie mogłam się doczekać następnej karty.

– I teraz ostateczny wynik. Zakończenie.

Zamknęłam oczy. Zaświaty się zatrzęsły.

Nie zobaczyłam już tej karty. Troje ludzi wpadło do rudery, płosząc Liss. Kosiarze mnie znaleźli.

– Proszę, proszę. Wygląda na to, ze wywęszyliśmy zbiega. I jej wspólnika. – Jeden z nich chwycił Liss za nadgarstek, szarpnięciem podnosząc ją na nogi. – Czytasz karty swojemu gościowi?

– Ja tylko...

– Ty *tylko* używałaś zaświatów. W celach prywatnych. – Dokuczliwy głos należał do kobiety. – Masz prawo czytać tylko swojemu opiekunowi, 1.

Wstałam.

– Myślę, że to po mnie przyszliście.

Wszyscy trzej spojrzeli na mnie. Dziewczyna wyglądała na niewiele starszą ode mnie, miała długie, potargane włosy i wysokie czoło. Dwaj młodzi mężczyźni wyglądali tak podobnie, że mogli być tylko braćmi.

– To prawda. To po *ciebie* przyszliśmy. – Wyższy z chłopców odepchnął Liss. – Pójdziesz spokojnie, 40?

– Zależy dokąd zamierzacie mnie zabrać – powiedziałam.

– Do Magdaleny, dziewucho. Minął już świt.

– Pójdę.

– Będziemy cię eskortować. To rozkazy. – Dziewczyna rzuciła mi naprawdę okropne spojrzenie. – Złamałaś zasady.

– Powstrzymacie mnie?

Liss potrząsnęła głową, ale nie zwróciłam na nią uwagi. Zmusiłam dziewczynę do odwrócenia wzroku. Zacisnęła zęby.

– Bierz ją, 16.

16 był niższy niż ten drugi, ale mocniej zbudowany. Złapał mnie za nadgarstek. W ułamku sekundy przekręciłam rękę w prawo, wyślizgując mu się, i prostym ciosem walnęłam go w zagłębienie w gardle, popychając go na brata.

– Powiedziałam, że pójdę.

16 złapał się za gardło, a ten drugi rzucił się na mnie. Uchyliłam się przed ciosem, machnęłam nogą do góry i kopnęłam go w odsłonięty brzuch. Mój but zanurzył się w jego miękkim

tłuszczu, pozbawiając go tchu. Dziewczyna mnie zaskoczyła: chwyciła mnie za włosy i pociągnęła. Uderzyłam głową w metalową ścianę. 16 parsknął śmiechem, kiedy jego brat powalił mnie na ziemię.

– Wydaje mi się, że powinnaś się nauczyć odrobiny szacunku – powiedział. Dłonią zatkał mi usta, dysząc. – Twój opiekun nie będzie miał nic przeciwko, jeśli udzielę ci szybkiej lekcji. Nawet go tutaj teraz nie ma.

Wolną ręką chciał złapać mnie za piersi. Liczył na łatwą ofiarę, bezsilną dziewczynę. Nie faworytę. Walnęłam czołem prosto w jego nos. Zaklął. Dziewczyna chwyciła mnie za ramiona, lecz ugryzłam ją w nadgarstek. Wrzasnęła.

– Ty mała zdziro!

– Zostaw ją, Kathryn! – Liss pociągnęła ją za tunikę, odciągając od mnie. – Co się z tobą stało? Kraz zrobił z ciebie potwora?

– Dorosłam. Nie chcę być taka jak ty, żyć we własnym smrodzie. – Splunęła na Liss. – Jesteś żałosna. Jesteś żałosną szumowiną.

Mój napastnik stał zalany krwią, ale nie zamierzał się poddawać. Jego krew kapała mi na twarz. Szarpnął mnie za tunikę, rozrywając ją na szwach, przycisnął mnie klatką piersiową, a mój duch był bliski wyjścia. Zwalczałam pragnienie zaatakowania go, tak mocno, aż w oczach pojawiły mi się łzy.

Wtedy zjawił się Julian. Miał przekrwione oczy, świeżą ranę na policzku. Musieli go pobić, żeby wejść do rudery. Ręką złapał chłopca za szyję.

– To was rajcuje? – Pierwszy raz widziałam go tak wściekłego. – Potraficie brać je tylko siłą?

– Jesteś trupem, 26 – wydusił napastnik. – Zaczekaj, aż twój opiekun się o tym dowie.

– Powiedz jej. Proszę bardzo.

Naciągnęłam tunikę trzęsącymi się dłońmi. Czerwony podniósł ręce w obronnym geście, lecz Julian jednym brutalnym ciosem rąbnął go w szczękę. Krew rozbryznęła się na jego tunikę, zostawiając ciemne plamy. Kawałek zęba wypadł mu z ust.

Kathryn naskoczyła na Liss i zewnętrzną stroną ręki uderzyła ją w policzek. Liss krzyknęła i ten krzyk mnie zaskoczył. To był krzyk Seba, wszystko wróciło – ale tym razem nie było za późno. Podniosłam się z podłogi, chcąc zablokować Kathryn, ale 16 złapał mnie wpół i powalił na ziemię. Był medium, ale nie używał duchów. Chciał krwi.

– Suhail – ryknął.

Zamieszanie przyciągnęło uwagę grupki klaunów. Między nim stał jeden biały. Rozpoznałam go: chłopiec z warkoczykami, poliglota.

– Zawołaj Suhaila, mały gamoniu – wrzasnęła Kathryn. Trzymała Liss za włosy. – Idź po niego, już!

Chłopiec ani drgnął. Miał duże ciemne oczy i długie rzęsy. Widać było, że żadne z nich nie zostało już zainfekowane. Potrząsnęłam głową w jego kierunku.

– Nie – powiedział.

– Zdrajca! – wrzasnął 16.

Na dźwięk tego słowa niektórzy cyrkowcy uciekli. Kiedy odepchnęłam 16, moją skórę zalał pot. Kątem oka zobaczyłam płomień.

Piecyk. Patrzyłam, jak płomienie trawiły deski.

Liss usiłowała wyrwać się z uchwytu Kathryn. Popchnęła 16 i Julian odciągnął go od nas.

Ruderę wypełnił dym. Liss zaczęła zbierać swoje karty, pospiesznie zagarniała je do siebie. Kathryn pchnęła jej głowę w dół, unieruchamiając ją. Wydała z siebie przytłumiony krzyk.

– Hej, patrz. – Uniosła mi przed oczy jedną z kart. – Ta chyba jest dla ciebie, XX-40.

Karta pokazywała mężczyznę leżącego na brzuchu, przebitego dziesięcioma mieczami. Liss usiłowała jej ją odebrać.

– Nie. To nie był...

– Zamknij jadaczkę! – Kathryn przycisnęła ją do ziemi. Wyrywałam się 16, ale złapał mnie za szyję. – Bezużyteczna zakłamana suko. Wydaje ci się, że masz ciężkie życie? Wydaje ci się trudne tańczyć dla nich, podczas gdy my jesteśmy tam żywcem zjadani przez szerszeni?

– Kathryn, nie musisz wracać...

– Zamknij się! – Kathryn uderzyła jej głową o ziemię. Wściekłość nie pozwalała jej przejąć się pożarem. – Każdej nocy jestem w lasach i patrzę, jak ludzie pozwalają rozrywać sobie ciało tylko po to, żeby powstrzymać Emmitów przed wtargnięciem tutaj i rozoraniem wam waszych bezwartościowych gardeł. Jedyne, co potraficie, to siedzieć na tyłkach i bawić się kartami i wstążkami. Nigdy więcej nie będę taka jak wy, słyszysz? Refaici dostrzegli we mnie coś WIĘCEJ!

Julian wyciągnął 16 na zewnątrz. Chciałam chwycić karty, ale Kathryn była szybsza.

– Dobry pomysł, 40 – powiedziała, prawie paląc się ze złości. – Dajmy tej żółtej szumowinie lekcję.

Wrzuciła całą talię w płomienie.

Efekt był natychmiastowy. Liss wydała z siebie przeraźliwy, wykręcający kiszki krzyk. Nigdy nie słyszałam, żeby człowiek tak krzyczał. Włosy stanęły mi dęba. Karty spaliły się jak suche liście. Chciała chwycić choć jedną, lecz złapałam ją za nadgarstek.

– Już za późno, Liss!

Ale mnie nie słuchała. Zanurzyła palce w ogniu, krzycząc wciąż:

– Nie, nie!

Rozlanej nafty nie było wiele, więc pożar szybko zgasł. Liss została na kolanach, z poparzonymi dłońmi, patrząc na zwęglone resztki swojej talii. Jej twarz poszarzała, usta zrobiły się sine.

Szlochała, kołysząc się w przód i w tył. Przytuliłam ją do siebie, patrząc tępo w ogień. Jej małe ciało falowało.

Bez swoich kart Liss nie będzie mogła już łączyć się z zaświatami. Będzie musiała być silna, żeby przeżyć taki szok.

Kathryn chwyciła mnie za ramię.

– Nie doszłoby do tego, gdybyś poszła z nami. – Przetarła ręką krew z nosa. – Wstawaj.

Popatrzyłam na Kathryn i wypchnęłam najdalsze skrawki mego ducha w jej umysł. Wzdrygnęła się.

– Nie ruszaj się – powiedziałam.

Dym palił mi oczy, ale nie odwróciłam wzroku. Kathryn chciała się zaśmiać, ale z nosa zaczęła jej lecieć krew.

– Jesteś świrem. Kim jesteś, jakimś narwańcem?

– Narwańcy nie mogą wpływać na zaświaty.

Przestała się śmiać.

Z zewnątrz dobiegł stłumiony krzyk. Suhail wdarł się do rudery, mijając przerażonych cyrkowców. Zobaczył wszystko: dym, Liss, zdewastowane pomieszczenie. Kathryn upadła na jedno kolano i ukłoniła mu się.

Stałam nieruchomo. Suhail wyciągnął rękę, złapał mnie za włosy i szarpnął moją głową. Spojrzał mi w twarz.

– Ty – powiedział – umrzesz dzisiaj.

Jego oczy zrobiły się czerwone.

Wtedy wiedziałam, że nie żartuje.

15

Upadek muru

Stróż patrzył na Suhaila, gdy ten mijał go, ciągnąc mnie za nadgarstek. W gardle mi zaschło, po policzkach spływały strugi krwi. Wciągnął mnie na schody i zastukał w drzwi Naczelnika.

– Arcturus!

Usłyszałam stłumiony dźwięk. Liss powiedziała, że Naczelnik zabije mnie, jeśli zjawię się po świcie. Co zrobiłby mi za stawianie oporu przy aresztowaniu?

Drzwi się otworzyły. Pojawił się Naczelnik, ogromna sylwetka na tle przyćmionego światła komnaty. Jego oczy były dwoma punkcikami światła. Byłam sparaliżowana. Wyssanie mojej aury spowodowało pewnego rodzaju blokadę. Nie czułam zaświatów. Pustka. Gdyby próbował mnie teraz zabić, nie mogłabym nic zrobić, żeby go powstrzymać.

– Znaleźliśmy ją. – Suhail popchnął mnie do przodu. – Ukrywała się w Rookery. To buntownicze chuchro usiłowało wzniecić pożar.

Naczelnik popatrzył najpierw na niego, potem na mnie. Wszystko było jasne: oczy Suhaila, strugi krwi na moich policzkach.

– Nakarmiłeś się nią – powiedział.

– Mam prawo karmić się ludźmi.

– Nie nią. Przesadziłeś. Władczyni krwi nie będzie zadowolona z twojego braku umiaru.

Nie widziałam twarzy Suhaila, ale wyobraziłam sobie jego szyderczy uśmiech.

Nastała cisza, zaczęłam kaszleć: to był suchy, męczący kaszel. Cała się trzęsłam. Naczelnik spojrzał na rozdarcie w mojej tunice.

– Kto to zrobił?

Milczałam. Naczelnik schylił głowę do mojego poziomu.

– Kto to zrobił? – Jego głos sprawił, że przeszył mnie zimny dreszcz. – Czerwony?

Skinęłam delikatnym ruchem głowy. Naczelnik popatrzył na Suhaila.

– Pozwalasz czerwonym gwałcić innych ludzi do woli, na twoich oczach?

– Nie obchodzą mnie ich metody.

– Nie chcemy, żeby się rozmnażali, Suhail. Nie mamy ani czasu, ani sposobów, żeby się tym zajmować.

– Pigułki je sterylizują. Poza tym niech Nadzorca zajmuje się cudzołóstwem.

– Zrobisz, jak rozkażę.

– Bez wątpienia. – Suhail popatrzył na mnie tymi przerażającymi czerwonymi oczyma. – Wracając do naszych spraw. Proś swego pana o przebaczenie, 40.

– Nie – powiedziałam.

Uderzył mnie. Zachwiałam się i złapałam ściany. Mroczki pojawiły mi się przed oczami.

– Proś swego pana o przebaczenie, XX-59-40.

– Będziesz musiał uderzyć mnie znacznie mocniej.

Zamachnął się. Ale zanim uderzył, Naczelnik zablokował mu rękę.

– Rozprawię się z nią na osobności – powiedział. – Karanie jej nie należy do twoich obowiązków. Obudź Nadzorcę i zróbcie porządek z tym zgiełkiem. Nie pozwolę zakłócić dnia tym, co się stało.

Patrzyli na siebie. Suhail odburknął coś, obrócił się i wyszedł. Naczelnik patrzył za nim. Po chwili wziął mnie za ramię i zaprowadził do swojej komnaty.

W środku było tak samo jak zawsze: zasłony zaciągnięte, ogień w palenisku, z gramofonu dobiegał *Mr. Sandman*. Łóżko wyglądało tak ciepło. Chciałam się położyć, ale musiałam ustać jakoś na własnych nogach. Naczelnik zamknął drzwi na klucz i usiadł w swoim fotelu. Czekałam, ledwo stojąc, na cios.

– Podejdź tu.

Nie miałam wyjścia. Naczelnik popatrzył na mnie, unosząc głowę; znajdował się tak blisko – nawet siedząc, był prawie mojego wzrostu. Oczy miał ciemne i wyraźne, żółtozielone.

– Czy ty pragniesz śmierci, Paige?

Nie odpowiedziałam.

– Nie dbam o to, co o mnie myślisz, ale w tym mieście musisz przestrzegać pewnych reguł. Jedną nich jest godzina policyjna.

Wciąż milczałam. Nie dam mu tej satysfakcji, nie przestraszy mnie.

– Ten czerwony – powiedział. – Jak on wyglądał?

– Ciemny blondyn. Około dwudziestu lat – powiedziałam szorstkim głosem. – Był jeszcze drugi, bardzo do niego podobny, 16. I dziewczyna, Kathryn.

Mówiąc to, poczułam zimne spazmy w brzuchu. Czułam się jak przestępca, donosząc Refaicie. Wtedy przypomniałam sobie twarz Liss, jej rozpacz, i już nie miałam wątpliwości.

– Znam ich. – Naczelnik popatrzył na ogień. – Ci dwaj są braćmi, media. XX-49-16 i 17. Przybyli tutaj, kiedy byli znacznie młodsi od ciebie. – Klasnął w dłonie. – Dopilnuję, żeby nigdy więcej cię nie skrzywdzili.

Powinnam mu podziękować, ale nie zrobiłam tego.

– Usiądź – powiedział. – Twoja aura się zregeneruje.

Zapadłam w fotel naprzeciwko niego. Zaczynały mnie boleć żebra, nie czułam nóg. Naczelnik mnie obserwował.

– Jesteś spragniona?

– Nie – powiedziałam.

– Głodna?

– Nie.

– Musisz być głodna. Kaszka, którą robią cyrkowcy, wyrządza więcej szkody niż dobrego.

– Nie jestem głodna.

Kłamałam. Breja była może odrobinę gęstsza niż woda, a mój brzuch tęsknił za czymś naprawdę gęstym i ciepłym.

– Szkoda. – Naczelnik wskazał na nocny stolik. – Kazałem coś dla ciebie przygotować.

Zauważyłam to od razu, jak weszłam. Myślałam, ze ten talerz jest dla niego, ale wtedy przypomniałam sobie, czym on się żywił. Oczywiście, że ten posiłek nie był dla niego.

Nie ruszyłam się jednak, zrobił to Naczelnik. Położył talerz na moich kolanach, razem z ciężkimi srebrnymi sztućcami. Popatrzyłam na jedzenie. Widok sprawił, ze zakręciło mi się w głowie i poczułam ból w gardle. Jajka gotowane na miękko, otworzone, czekające, żeby wycisnąć z nich gorące złote żółtko. Szklane naczynie perłowej kaszy jęczmiennej wymieszanej z orzeszkami pinii i tłustą czarną fasolą, błyszczącą jak onyks.

Obrana gruszka, zatopiona w koniaku. Kiść czerwonych winogron. Chleb pełnoziarnisty z masłem.

– Weź to.

Zacisnęłam pięści.

– Musisz jeść, Paige.

Tak bardzo chciałam mu się przeciwstawić, rzucić w niego tym talerzem, ale moja głowa była słaba, a usta tak spragnione, że jedyne, czego pragnęłam, to zjeść to cholerne jedzenie. Wzięłam łyżkę i skosztowałam kaszy. Fasola była ciepła, orzechy w karmelu słodziutkie. Ulga ogarnęła moje ciało, a ból w brzuchu zaczął ustępować.

Naczelnik powrócił na swoje miejsce. W ciszy obserwował, jak jem. Czułam na sobie jego ciężki wzrok, przeszywający i palący. Kiedy skończyłam, odłożyłam talerz na podłogę. Łyk koniaku spłynął mi po języku.

– Dziękuję – powiedziałam.

Nie chciałam tego mówić, ale musiałam coś powiedzieć. Palcami stukał o brzeg fotela.

– Chciałbym jutrzejszej nocy kontynuować twój trening – powiedział. – Czy masz coś przeciwko?

– Nie mam wyboru.

– A jeśli byś miała?

– Nie mam – powiedziałam – więc to nie ma znaczenia.

– Mówię hipotetycznie. Gdybyś miała wybór, gdybyś miała wpływ na swój własny los, wolałabyś kontynuować trening ze mną czy raczej przystąpiłabyś od razu do testu?

Już miałam rzucić jakąś nieprzyjemną odpowiedź, jednak ugryzłam się w język.

– Nie wiem – powiedziałam.

Naczelnik dołożył do ognia.

– Musisz być rozdarta. Twoje zasady mówią „nie", ale twój instynkt przetrwania „tak".

– Umiem już walczyć. Jestem silniejsza, niż wyglądam.

– Tak, to prawda. Twoja ucieczka przed Nadzorcą była świadectwem sporej siły. I oczywiście twój talent jest ogromną zaletą, nawet Refaici nie spodziewają się, że inny duch zaatakuje ich senny krajobraz. Posiadasz po swojej stronie element zaskoczenia. – W jego oczach tańczył pożar. – Ale wpierw musisz pokonać swoje ograniczenia. Z jakiegoś powodu bardzo trudno jest ci opuścić swoje ciało. Każdy twój ruch jest kontrolowany. Mięśnie są wciąż zablokowane, gotowe do ucieczki, jakbyś dookoła wyczuwała niebezpieczeństwo. Patrzę na to z ciężkim sercem, to gorsze niż obserwowanie polowania na jelenia. Jeleń może przynajmniej uciec do swego stada. – Pochylił się do przodu. – Gdzie jest twoje stado, Paige Mahoney?

Nie miałam pojęcia, jak mu odpowiedzieć. Rozumiałam, co ma na myśli, ale moje stado, moja sfora, to Jax i reszta gangu. I nie mogłam pisnąć nawet słówkiem o ich istnieniu.

– Nie potrzebuję go – powiedziałam. – Jestem samotnym wilkiem.

Nie był głupi.

– A kto uczył cię wspinać się po budynkach? Kto nauczył cię strzelać? Kto pomógł ci zaglądać głębiej w zaświaty, przemieszczać się duchem?

– Sama się nauczyłam.

– Kłamiesz.

Sięgnął pod fotel. Poczułam ucisk w klatce piersiowej. Mój awaryjny plecak. Jeden z pasków wisiał na nitce.

– Mogłaś umrzeć tej nocy, kiedy uciekałaś przed Nadzorcą. Nie stało się tak tylko dlatego, że kiedy straciłaś przytomność, ten plecak zahaczył się o sznur z bielizną, udaremniając twój upadek. Kiedy o tym usłyszałem, osobiście się tobą zainteresowałem.

Otworzył plecak. Zacisnęłam szczęki. W środku były *moje* rzeczy, nie jego.

– Chinina – wymieniał, przeglądając zawartość. – Adrenalina, deksamfetamina*, kofeina. Podstawowe środki medyczne. Środki nasenne. Nawet broń palna. – Wyjął mój pistolet. – Byłaś bardzo dobrze zaopatrzona tamtej nocy, Paige. Jak nikt inny.

Przeszył mnie dreszcz za żebrami. Ani śladu broszury. Albo ją gdzieś schował, albo dostała się w ręce kogoś innego.

– W twoim dowodzie osobistym jest napisane, że pracujesz jako ossista, kelnerka w barze z tlenem. Z tego, co wiem od Nadzorcy, w cytadeli Sajonu wynagrodzenie za tego typu pracę jest niskie. To pozwala mi wierzyć, że nie zakupiłaś tych zapasów sama. – Zamilkł na chwilę. – A więc kto to zrobił?

– Nie twój cholerny interes.

– Ukradłaś je swojemu ojcu?

– Nic więcej ci nie powiem. Moje życie przed przybyciem tutaj nie należy do ciebie.

Naczelnik chwilę zastanawiał się nad moimi słowami, po czym na mnie spojrzał.

– Masz rację – powiedział – ale teraz twoje życie jest moje.

Wbiłam paznokcie w fotel.

– Jeżeli masz wolę przetrwania, jutro wznowimy twój trening. Ale będzie także drugi aspekt twojego instruktażu. – Skinął na mój fotel. – Każdej nocy spędzisz przynajmniej godzinę, siedząc tutaj i rozmawiając ze mną.

– Po moim trupie – wymknęło mi się.

– Ależ proszę bardzo. Rozumiem, że jeżeli będziesz palić za dużo fioletowego astra, zostaniesz uwięziona w swoim sennym krajobrazie i twoje ciało wyschnie z braku wody. – Skinął na drzwi. – Idź, twój wybór. Umieraj. Nie patrz więcej w moim kierunku. Nie mam powodów, by przedłużać twoje cierpienie.

* Organiczny związek chemiczny, lek o działaniu stymulującym ośrodkowy układ nerwowy. Zwiększa psychiczną i fizyczną wytrzymałość, znosi zmęczenie, pomaga w koncentracji.

– Władczyni krwi nie będzie zła?

– Może być.

– Obchodzi cię to?

– Nashira jest moją narzeczoną, nie moim opiekunem. Nie ma wpływu na to, jak traktuję swoich podwładnych.

– A jak zamierzasz traktować mnie?

– Jak ucznia. Nie niewolnika.

Odwróciłam głowę, zaciskając szczęki. Nie chciałam być jego uczniem. Nie chciałam stać się taka jak on – odwrócić się od swoich, stosować jego reguły.

Ponownie zaczęłam wyczuwać zaświaty. Delikatne szczypanie zmysłów.

– Jeżeli będziesz traktował mnie jak ucznia – powiedziałam – ja chcę traktować cię jak mentora, nie jak właściciela.

– Uczciwy układ. Ale mentorowi należy okazywać szacunek. Tego od ciebie oczekuję. A także że każdej nocy spędzisz godzinę w moim towarzystwie.

– Dlaczego?

– Posiadasz umiejętność wędrowania pomiędzy zaświatami i światem cielesnym, kiedy tylko chcesz. Ale jeżeli nie nauczysz się zachowywać spokoju, nawet w obecności wrogów, będzie ci to sprawiało trudności. A w tym mieście nie pożyjesz zbyt długo.

– A ty tego nie chcesz.

– Nie. Uznałbym to za okropną stratę wyjątkowej jednostki. Masz ogromny potencjał, ale potrzebujesz mentora.

Jego słowa zakręciły mi się w brzuchu. Tyle że miałam mentora. Jaxona Halla.

– Chciałabym się z tym przespać – powiedziałam.

– Oczywiście. – Wstał i znowu uświadomiłam sobie, jaki jest wysoki. Nie sięgałam mu nawet do ramion. – Zapamiętaj, że masz wybór. Ale radzę ci, jako mentor, pomyśleć o tym, kto ci go dał. – Machnięciem nadgarstka rzucił mi ciężki plecak. – Czy chcieliby twojej bezsensownej śmierci, czy raczej woleliby widzieć cię, jak walczysz.

Grad tłukł o dach wieży. Potarłam dłonie przy lampie naftowej, moje usta i palce zdrętwiały mi z zimna.

Musiałam rozważyć propozycję Naczelnika. Nie chciałam z nim pracować, ale musiałam się nauczyć, jak przetrwać w tym miejscu – przynajmniej do czasu, aż znajdę sposób, by wrócić do Londynu. Do Nicka, do Jaxa. Do unikania Strażników, do mim-zbrodni. Do wyłudzania duchów od Didiona Waite'a, dokuczania Hektorowi i jego zgrai. Tego chciałam. Jeżeli nauczę się czegoś więcej o swoim talencie, to może pomóc mi wydostać się z tego miejsca.

Jaxon zawsze mówił, że bycie wędrowcem to coś więcej niż tylko spotęgowany szósty zmysł. Miałam potencjał, by wędrować gdziekolwiek, nawet po śniących krajobrazach innych ludzi. Udowodniłam to, atakując tych dwóch Podstrażników. Naczelnik mógł pokazać mi nawet więcej – ale nie chciałam go jako nauczyciela. On i ja byliśmy naturalnymi wrogami; nie było sensu udawać, że jest inaczej. A jednak tak wiele we mnie zauważył – sposób, w jaki się zachowuję, moje napięcie i czujność.

Jax wciąż powtarzał, żebym się rozluźniła, pozwoliła się ponieść. Ale to nie znaczyło, że mogę zaufać komuś, kto trzyma mnie pod kluczem w tym ciemnym i zimnym pokoju.

W słabym świetle lampy opróżniłam plecak. Wciąż była tam większość moich rzeczy: strzykawki, sprzęt, nawet pistolet. Bez amunicji oczywiście, strzykawki też były puste. Mój telefon został skonfiskowany. Brakowało tylko jednej rzeczy: *O wartościach odmienności.*

Zimny dreszcz przeszył mi mięśnie. Jeżeli dał ją Nashirze, do tej pory wezwałaby mnie już na przesłuchanie. Refaici musieli natknąć się na broszurę wcześniej, ale nigdy nie widzieli mojego egzemplarza.

Położyłam się na materacu, uważając na siniaki, i naciągnęłam prześcieradła aż po szyję. Zepsute sprężyny wbijały mi się w ramiona. W krótkim czasie dostałam trzy razy w głowę. Czułam się bardzo zmęczona. Wyjrzałam przez kraty na świat, mając nadzieję, że stamtąd nadejdzie odpowiedź, ale oczywiście nic się nie stało. Zapadał nieuchronny zmierzch.

Nocny dzwon rozbrzmiał po zachodzie słońca. Już do niego przywykłam, był jak budzik. Zanim się ubrałam, podjęłam decyzję: spróbuję znowu z nim trenować, jeżeli będę w stanie to przetrwać. Jakoś zniosę godzinę rozmowy, dam radę. Wypełnię ją kłamstwami.

Naczelnik czekał na mnie przy drzwiach. Zmierzył mnie wzrokiem.

– Podjęłaś decyzję?

Zachowałam dystans.

– Tak – powiedziałam. – Będę z tobą trenować. Jeśli uznamy, że nie jesteś moim właścicielem.

– Jesteś mądrzejsza, niż myślałem. – Wręczył mi czarną kurtkę z różowymi opaskami na rękawach. – Włóż to. Będziesz tego potrzebować do następnego testu.

Założyłam ją i zapięłam. Podszewka była gruba i ciepła.

Naczelnik wyciągnął rękę. W jego dłoni znajdowały się trzy pigułki. Nie wzięłam ich.

– Po co mi ta zielona?

– Nie powinno cię to obchodzić.

– Chcę wiedzieć, po co ona jest. Nikt inny jej nie dostaje.

– Ponieważ jesteś inna niż reszta. – Nie cofnął ręki. – Wiem, że nie brałaś pigułek. Nie mam skrupułów co do przymusowego karmienia.

– Chciałabym to widzieć.

Przyjrzał mi się badawczo. Przeszły mnie ciarki.

– Nie chcę, żeby do tego doszło – powiedział.

Czułam, że będę musiała ustąpić. Instynkt kryminalisty. To było jak z Didionem i Anne Naylor – kolejny dzień na czarnym rynku. W niektórych sprawach Naczelnik ustępował, w tej nie. Obiecałam sobie, że jutrzejszą zieloną pigułkę zabiorę do Dostawcy.

Popiłam pigułki szklanką wody. Naczelnik wziął moją brodę w swoją dłoń w rękawicy.

– Dobrze zrobiłaś.

Wyrwałam mu się. Patrzył na mnie przez chwilę, następnie otworzył drzwi. Zeszłam za nim po krętych schodach, do krużganków. Podwórza strzegły groteskowe, kamienne postacie, teraz pokryte warstwą szronu. Skrzyżowałam ręce, aby zachować ciepło. Naczelnik wyprowadził mnie z rezydencji – ale nie na ulicę. Szliśmy na drugą stronę Magdaleny, przez bramę z kutego żelaza i przez kładkę, która biegła nad zielonkawą rzeką. Ostry błysk księżyca odbijał się na jej powierzchni. Grad ustał, pozostawiając ziemię pokrytą lodem.

Kiedy szliśmy zanieczyszczoną ścieżką, Naczelnik podwinął rękaw swojej koszuli. Rana po pierwszym ugryzieniu była widoczna. Zaczynała się zabliźniać, ale nie zaleczyła się jeszcze w pełni.

– Czy one są jadowite? – spytałam. – Szerszenie?

– Emmici przenoszą infekcję zwaną półzarazą, która powoduje szaleństwo i nieuchronną śmierć. Jedzą każdy rodzaj mięsa, świeże i zgniłe.

Patrzyłam, jak rana goi się na moich oczach.

– Jak ty to robisz? – rozpierała mnie ciekawość. – Ona się goi.

– Używam twojej aury.

Zesztywniałam.

– Co?

– Musiałaś się do tej pory zorientować, że Refaici karmią się aurą. Łatwiej mi jest się nią karmić, kiedy mój gość nie jest tego świadom.

– Właśnie się mną nakarmiłeś?

– Tak. – Przyjrzał mi się badawczo. – Jesteś zła?

– Ona nie jest twoja. – Odsunęłam się od niego, przepełniona odrazą. – Zabrałeś mi już wolność. Nie masz prawa do mojej aury.

– Nie zabrałem jej aż tyle, żeby uszkodzić twój dar. Karmię się ludźmi w małych dawkach, dając im czas na regenerację. Inni nie są tak uprzejmi. I zapamiętaj moje słowa – opuścił rękaw – nie chciałabyś, żebym zaraził się półzarazą w twojej obecności.

Spojrzałam mu w twarz. Stał nieruchomo, pozwalając mi się mu przyglądać.

– Twoje oczy. – Spojrzałam w nie zauroczona, ale natychmiast poczułam odrazę. – To dlatego się zmieniają.

Nie zaprzeczył. Jego oczy przestały być żółte, teraz pociemniały i delikatnie błyszczały na czerwono. Kolor mojej aury.

– Nie mam nic do ciebie – powiedział – ale musi tak być.

– Dlaczego? Bo ty tak powiedziałeś?

Nie odpowiedział, w milczeniu ruszył dalej. Podążyłam za nim. Robiło mi się niedobrze na myśl, że mógł się mną karmić.

Po kilku minutach marszu Naczelnik się zatrzymał. Spowijała nas delikatna niebieskawa mgła. Postawiłam kołnierz.

– Czujesz to? – spytał. – Zimno. Zastanawiałaś się kiedyś, dlaczego tutaj wczesną wiosną pojawia się mróz?

– Jesteśmy w Anglii, tu w ogóle jest zimno.

– Nie aż tak. Poczuj to. – Wziął moją rękę i zdjął rękawiczkę. Moje palce zapłonęły w nieprzyjemnym zimnie. – W pobliżu znajduje się zimny punkt.

Wyjęłam rękawiczkę z jego dłoni.

– Zimny punkt?

– Tak. Powstaje, kiedy duch przebywa w jednym miejscu przez dłuższy czas, tworząc otwarcie pomiędzy zaświatami i światem cielesnym. Zauważyłaś kiedykolwiek, jak robi się zimno, kiedy duchy są w pobliżu?

– Chyba tak. – Duchy faktycznie mnie wychładzały, ale nigdy się nad tym głębiej nie zastanawiałam.

– Duchy nie powinny przebywać pomiędzy światami. Sięgają po ciepłą energię, aby przetrwać. Szeol jest otoczony zimnymi punktami, tutaj aktywność eteryczna jest wyższa niż w cytadeli. To dlatego bardziej przyciągamy Emmitów, niż populacja ślepców w Londynie. – Naczelnik wskazał obszar ziemi przed nami. – W jaki sposób twoim zdaniem możemy znaleźć epicentrum zimnego punktu?

– Większość jasnowidzów widzi duchy – powiedziałam. – Mają trzecie oko.

– Ale ty nie.

– Nie.

– Niewidzący też mają swoje sposoby. Słyszałaś o rabdomancji?

– Słyszałam, że to bezużyteczne – odparłam. Jax powtarzał mi to wiele razy. – Rabdomanci twierdzą, że potrafią znaleźć drogę powrotną z każdego miejsca. Uważają, że umieją sprawić, że noumeny spadają, kiedy się zgubią, i że duchy wskażą im właściwą drogę. To nie działa.

– Może to prawda, ale to nie jest „bezużyteczne". Żaden rodzaj jasnowidztwa nie jest bezużyteczny.

Poczułam ciepło na policzkach. Tak naprawdę nie wierzyłam w to, że rabdomanci byli bezużyteczni, ale Jax zawsze mi tak mówił. Nie mogłam pracować dla Jaxona Halla, nie podzielając jego opinii w takich sprawach.

– W takim razie dlaczego jest użyteczna? – zapytałam. Naczelnik popatrzył na mnie. – Miałeś mnie uczyć. Słucham.

– Chcesz się uczyć, bardzo dobrze – rzekł i zaczął wyjaśniać: – Większość rabdomantów uważa, że kiedy ich noumen spada, to wskazuje im drogę do domu, do zakopanego skarbu, do czegokolwiek, co pragną znaleźć. W końcu doprowadza ich to do szału. Ponieważ to, co pokazuje noumen, to nie złoto, tylko epicentrum najbliższego zimnego punktu. Czasami rabdomanci przemierzają wiele mil i nie znajdują tego, czego szukają. Aczkolwiek trafiają na coś innego: tajemnicze drzwi. Nie wiedzą jednak, jak je otworzyć.

Zatrzymał się. Cała się trzęsłam. Powietrze było rzadkie i zimne, oddychałam coraz głębiej, ciężej.

– Żywym trudno jest wytrzymać w pobliżu zimnego punktu – powiedział. – Trzymaj.

Wręczył mi zakorkowaną srebrną manierkę. Spojrzałam.

– To tylko woda, Paige.

Wypiłam. Pragnienie nie pozwoliło mi odmówić. Wziął ode mnie naczynie i schował. Woda rozjaśniła mi umysł.

Podłoże, obok którego staliśmy, było zamarznięte jak w środku zimy. Zacisnęłam szczęki, usiłując powstrzymać szczękanie zębów. Duch odpowiedzialny za zimny punkt unosił się w pobliżu. Kiedy się do nas nie zbliżał, Naczelnik przykucnął na skraju lodu, wyjął nóż i przystawił go do swojej ręki. Cofnęłam się.

– Co ty robisz?

– Otwieram drzwi.

Przeciął swój nadgarstek. Trzy krople ektoplazmy spadły na lód. Zimny punkt pękł w połowie i powietrze zbielało. Wokół mnie zgromadziły się cienie. Głosy. „Śniąca, śniąca". Zatkałam uszy, ale wciąż je słyszałam. „Śniąca, nie idź tam. Zawracaj". Podniosłam wzrok i znowu otoczyła mnie ciemność.

– Paige?

– Co się stało? – Moja głowa była lekka i obolała.

– Otworzyłem zimny punkt.

– Krwią?

– Tak.

Jego nadgarstek przestał krwawić. Czerwień w dalszym ciągu utrzymywała się w jego oczach – moja aura wciąż leczyła jego rany.

– A więc potrafisz „otwierać" zimny punkt? – upewniłam się.

– Ja tak, ty nie.

– Ponieważ zimne punkty prowadzą w zaświaty. – Zamilkłam na chwilę. – Potrafisz ich użyć, żeby dotrzeć do Międzyświata?

– Owszem. Tak się tu dostaliśmy. Wyobraź sobie dwie zasłony pomiędzy zaświatami i waszym światem, światem żywych. Pomiędzy tymi dwiema zasłonami znajduje się Międzyświat, stan pomiędzy życiem i śmiercią. Kiedy rabdomanci znajdują zimny punkt, odkrywają sposób, jak poruszać się pomiędzy zasłonami. Odnajdują drogę do mojego domu, do królestwa Refaitów.

– Czy ludzie mogą tam wejść?

– Spróbuj.

Spojrzałam na niego, zadzierając głowę. Kiedy skinął na zimny punkt, postawiłam nogę na lodzie. Nic się nie wydarzyło.

– Żadna cielesna istota nie jest w stanie przeżyć za zasłoną – powiedział Naczelnik. – Twoje ciało nie może przejść przez tę bramę.

– A rabdomanci?

– To też żywi ludzie.

– Po co je w takim razie teraz otworzyłeś?

Słońce całkiem zniknęło z horyzontu.

– Ponieważ to właściwa pora, abyś zmierzyła się z Międzyświatem. Nie wejdziesz tam. Ale go zobaczysz.

Krople potu wystąpiły mi na czoło. Zeszłam z lodu. Zaczęłam wszędzie wyczuwać duchy.

– Noc to pora duchów. – Naczelnik spojrzał na księżyc. – Zasłony są teraz najcieńsze. Pomyśl o zimnych punktach jak o pęknięciach w materiale.

Obserwowałam zimny punkt. Było w nim coś, co poruszało mym duchem.

– Paige. Dzisiejszej nocy masz do wykonania dwa zadania – powiedział, patrząc na mnie. – Obydwa wystawią twój zdrowy rozsądek na próbę. Uwierzysz mi, jeśli powiem, że to ci pomoże?

– Raczej nie – przyznałam – ale przekonajmy się.

16

Przedsięwzięcie

Naczelnik nie powiedział mi, dokąd idziemy. Prowadził mnie ścieżką ku otwartym terenom w obrębie Magdaleny. Wszędzie czułam duchy, w powietrzu i w wodzie, duchy zmarłych, którzy kiedyś tędy chodzili. Nie słyszałam ich, ale jako że zimny punkt otwarty był w promieniu mili, mogłam czuć je, jakby były żywymi istotami.

Pomimo mojej niechęci trzymałam się blisko Naczelnika. Miałam pewność, że gdyby którykolwiek z tych duchów był wrogo nastawiony, Naczelnik dałby radę odpędzić go o wiele skuteczniej niż ja.

W miarę jak szliśmy, robiło się coraz ciemniej, lampiony Magdaleny zostały daleko za nami. Przecięliśmy mokrą łąkę, minęliśmy trawniki zarośnięte zielskiem na wysokość kolan. Naczelnik milczał.

– Dokąd idziemy? – zapytałam. – Moje buty i skarpetki zdążyły już przemoknąć.

Nie odpowiedział.

– Mówiłeś, że jestem twoją uczennicą, nie niewolnicą – przypomniałam. – Chcę wiedzieć, dokąd idziemy.

– W teren.

– Po co?

Znów nic nie odpowiedział.

Noc robiła się coraz zimniejsza, nienaturalnie zimna. Wydawało mi się, że minęło kilka godzin, wreszcie Naczelnik zatrzymał się i wyciągnął rękę.

– Tam.

W pierwszej chwili nic nie zauważyłam. Kiedy jednak mój wzrok się dostosował do słabego blasku księżyca, dostrzegłam zarys zwierzęcia. Miało cztery nogi i piękną jedwabistą sierść. Jego smukła szyja była śnieżnobiała, pysk wąski i długi, miało czarne oczy i mały czarny nos. Zastanawiałam się, które z nas wygląda na bardziej zdziwione.

Jeleń. Nie widziałam jelenia, odkąd opuściłam Irlandię, od kiedy dziadkowie zabrali mnie do Galtees. Ogarnęła mnie fala dziecięcego podniecenia.

– Piękny – powiedziałam.

Naczelnik podszedł do niego. Był przywiązany do słupka.

– Ma na imię Nuala.

– To irlandzkie imię.

– Tak, skrót od Fionnuala. To znaczy „białe ramiona", albo „jasne ramiona".

Przyjrzałam się jej. Po obu stronach szyi miała dwie duże białe plamy.

– Kto ją tak nazwał?

W Sajonie ryzykowne było nadawanie irlandzkich imion zwierzętom czy ludziom – można było zostać posądzonym o sympatyzowanie z uczestnikami Rozruchów Molly.

– Ja.

Zdjął obrożę z jej szyi. Nuala szturchnęła go nosem. Czekałam, aż zacznie uciekać, ale ona po prostu stała, gapiąc się na Naczelnika. Mówił do niej w dziwnym języku, głaszcząc ją po szyi, a ona zdawała się naprawdę słuchać. Była zafascynowana.

– Chciałabyś ją nakarmić? – Wyjął czerwone jabłko z rękawa. – Bardzo je lubi.

Rzucił mi owoc. Nuala skierowała na mnie wzrok, poruszając nosem.

– Delikatnie – powiedział Naczelnik. – Łatwo ją przestraszyć, kiedy w pobliżu znajduje się otwarty zimny punkt.

Nie chciałam jej przestraszyć – ale skoro nie bała się Naczelnika, to dlaczego miałaby się bać mnie? Wyciągnęłam jabłko w jej kierunku. Powąchała je. Naczelnik coś jeszcze do niej powiedział i ta porwała owoc.

– Wybacz jej, jest bardzo głodna. – Pogładził ją po szyi i dał jej jeszcze jedno jabłko. – Rzadko mam możliwość widywania jej.

– Przecież mieszka w Magdalenie.

– Tak, ale muszę być ostrożny. Nie wolno trzymać zwierząt w obrębie miasta.

– Więc dlaczego ją trzymasz?

– Dla towarzystwa. No i dla ciebie.

– Dla mnie? – powtórzyłam.

– Czekała na ciebie. – Usiadł na płaskiej skale, pozwalając Nuali odejść w kierunku drzew. – Jesteś śniącym wędrowcem. Co to dla ciebie oznacza?

Nie przyprowadził mnie tutaj, żeby karmić sarenkę.

– Potrafię wyczuwać zaświaty – powiedziałam.

– Powiedz coś więcej.

– Potrafię wyczuwać na odległość senne krajobrazy innych ludzi. I eteryczną aktywność w ogóle.

– Dokładnie. To twój rodzący się talent, u podstawy którego leży zwiększona wrażliwość na zaświaty. Świadomość, której większość jasnowidzów nie posiada. Pochodzi ona z twojego srebrnego sznura, który jest elastyczny. Pozwala ci przemieścić ducha z centrum sennego krajobrazu, aby poszerzyć twoje postrzeganie świata. Coś takiego doprowadziłoby większość jasnowidzów do szału. Ale kiedy ćwiczyliśmy na łące, zachęciłem cię, żebyś wtargnęła do mojego sennego krajobrazu. Żebyś go zaatakowała. – Oczy zatliły mu się w mroku. – Masz potencjał, potrafisz zrobić więcej, niż tylko wyczuwać zaświaty. Potrafisz na nie wpływać. Możesz wpływać na innych.

Nie odpowiedziałam.

– Być może, kiedy byłaś młodsza, potrafiłaś krzywdzić ludzi ze swojego otoczenia. Być może potrafiłaś wywierać nacisk na ich senny krajobraz. Być może doświadczali krwawień z nosa, zniekształcenia wizji…

– Tak.

On już to wiedział. Nie było sensu zaprzeczać.

– Coś zmieniło się w pociągu – kontynuował. – Twoje życie było zagrożone. Bałaś się zatrzymania. I po raz pierwszy w życiu ta siła w tobie ujawniła się.

– W jaki sposób się o tym dowiedziałeś?

– Przyszedł raport o tym, że Podstrażnik został zabity bezkrwawo, bez użycia broni, bez ani jednego śladu na ciele. Nashira natychmiast wiedziała, że to robota śniącego wędrowca.

– Równie dobrze mógł być to poltergeist.

– Poltergeisty zawsze pozostawiają jakiś ślad. Powinnaś o tym wiedzieć.

Blizny na mojej ręce zdały się zmniejszyć.

– Nashira chciała cię żywą – powiedział Naczelnik. – NDK jest niezdarna, dokonuje brutalnych aresztowań, tak jak wielu z naszych czerwonych. Średnio połowa z tych aresztowań kończy się śmiercią. Z tobą nie mogło się tak stać. Nie mógł ci spaść z głowy włos. Dlatego Nashira wysłała Nadzorcę, swojego specjalistę w zdobywaniu jasnowidzów.

– Dlaczego?

– Ponieważ chce poznać twój sekret.

– Nie ma żadnego sekretu. Po prostu taka jestem.

– Nashira też chce taka być. Pragnie rzadko spotykanych darów, łącznie z twoim.

– W takim razie dlaczego go nie zabierze? Mogła mnie zabić, kiedy zamordowała Seba. Na co czeka?

– Chce zobaczyć pełny zakres twoich możliwości. Ale nie będzie czekać wiecznie.

– Nie będę dla ciebie występować – powiedziałam. – Nie jestem jeszcze twoim klaunem.

– Nie prosiłem cię, żebyś dla mnie występowała. Nie ma takiej potrzeby. Zobaczyłem twoje umiejętności w kaplicy. Wrzuciłaś swego ducha w umysł Aludry. Widziałem to na łące, kiedy włamałaś się do mojego umysłu. Powiedz mi – pochylił się w moim kierunku, w ciemności jego oczy płonęły czerwienią – czy mogłabyś p o s i ą ś ć któreś z nas?

Zapadła cisza, przełamywana tylko piskliwym skrzeczeniem sowy. Popatrzyłam do góry, na księżyc wyłaniający się zza chmur. Przez ułamek sekundy wróciłam myślami do biura Jaxa, kiedy po raz pierwszy poruszaliśmy temat posiadania.

– Moja droga dziewczyno – zaczął – jesteś gwiazdą. Ba, osobistością. Absolutnie i bez wątpienia. Pieczęcią gotową rozkwitnąć, ale teraz chciałbym dać ci nowe zadanie. Zadanie, które cię sprawdzi, ale także w y p e ł n i. – Powiedział mi, bym weszła swoim umysłem w jego umysł, żeby przekonać się, czy byłabym w stanie kontrolować jego ciało. Ten pomysł mną wstrząsnął. Podjęłam mało entuzjastyczną próbę, ale kompleksowość jego umysłu była dla mnie zbyt trudna do ogarnięcia. – A więc

– rzekł, paląc, cygaro – wartało spróbować, moja śliczna. Idź już. Mamy masę roboty.

Może i mogłabym to zrobić. Może, gdybym naprawdę chciała, mogłabym przejąć jego ciało i zgasić mu to cholerne cygaro. Ale ta umiejętność mnie przerażała. Kontrolowanie kogoś było wielką odpowiedzialnością, jak dla mnie zbyt poważną. Nawet gdyby obiecał mi podwyżkę. Mogłam spokojnie wędrować po innych umysłach Londynu, ale nigdy nie przejęłabym nad nimi kontroli. Za nic w świecie.

– Paige?

Wynurzyłam się ze swych wspomnień.

– Nie – powiedziałam. – Nie mogłam posiąść Aludry. Ani ciebie.

– Dlaczego nie?

– Nie potrafię posiadać ludzi. A zdecydowanie nie Refaitów.

– A chciałabyś?

– Nie. Nie możesz mnie do tego zmusić.

– Nie zamierzam cię zmuszać. Ja tylko przedstawiam ci możliwość tak zwanego „poszerzenia horyzontów".

– Zadając innym ból.

– Jeżeli posiadanie jest prawidłowo przeprowadzone, nie powinno powodować bólu. Nie oczekuję, żebyś posiadła człowieka. Na pewno nie dziś w nocy.

– W takim razie czego chcesz?

Spojrzał przez pole. Popatrzyłam tam gdzie on. Łania szurała swym kopytem o jakieś kwiaty, obserwując, jak podskakują im główki.

– Nuala – powiedziałam.

– Tak.

Obserwowałam, jak łania zgina głowę i pociąga nosem przy skrawku ziemi. Nigdy nie brałam pod uwagę posiadania zwierząt.

Zwierzęce umysły bardzo się różniły od ludzkich – były mniej złożone, mniej świadome – ale przez to mogły być też twardsze. Mogłam nie być w stanie wejść swoim ludzkim duchem do jej ciała. Czy myślałabym jak człowiek, gdybym miała senny krajobraz zwierzęcia? A poza tym: czy ją by to bolało? Walczyłaby z moim przenikaniem czy wpuściłaby mnie bez problemu?

– Nie jestem pewna – powiedziałam. – Ona jest zbyt duża. Mogę nie podołać jej kontrolowaniu.

– Znajdę coś mniejszego.

– Co ty właściwie chcesz tym osiągnąć? – Nie odpowiedział, więc ciągnęłam: – Jesteś dość nachalny jak na kogoś, kto twierdzi, że daje mi szansę.

– Chcę, żebyś skorzystała z tej szansy. Nie zaprzeczam.

– Dlaczego?

– Ponieważ chcę, żebyś przeżyła.

Przez chwilę patrzyłam mu w oczy, chcąc zrozumieć, o co mu chodzi. Nie potrafiłam. W twarzach Refaitów było coś, co uniemożliwiało rozpoznawanie ich emocji.

– Dobrze – powiedziałam. – Mniejsze zwierzę. Insekt, gryzoń, może ptak. Coś, co ma ograniczoną wrażliwość.

– W porządku.

Już miał się odwrócić, ale zatrzymał się. Spojrzał w moim kierunku i wyjął coś z kieszeni: wisiorek na cienkim łańcuszku.

– Załóż to – powiedział.

– Dlaczego?

Już go nie było. Zniknął. Usiadłam na skraju małego głazu, próbując opanować zniecierpliwienie. Jax byłby zadowolony, ale nie miałam pewności, czy Nick by to popierał.

Popatrzyłam na wisiorek. Miał długość prawie taką jak mój kciuk i był w kształcie skrzydeł. Kiedy przetarłam go palcem, poczułam lekkie drganie w zaświatach. Musiał być poddany sublimacji. Założyłam łańcuszek na szyję.

Nuala powróciła po chwili, najwyraźniej znudziwszy się trawą. Siedziałam na głazie, trzymając ręce schowane głęboko w kieszeni kurtki. Teraz było wyjątkowo zimno, z wydychanego powietrza tworzyły się chmurki.

– Cześć – powiedziałam. Nuala obwąchała moje włosy, jakby chciała się dowiedzieć, co to jest, zgięła nogi i przytuliła się do mnie. Położyła mi głowę na kolanach i fuknęła jakby z zadowoleniem. Zdjęłam rękawiczki i pogłaskałam ją po uszach. Jej sierść pachniała piżmem. Czułam bicie jej serca, silne i miarowe. Nigdy jeszcze nie byłam tak blisko dzikiego zwierzęcia. Próbowałam sobie wyobrazić, jakie to uczucie być taką małą łanią: stać na czterech nogach, żyć dziko w lesie.

Ale ja nie byłam dzika. Od prawie dziesięciu lat mieszkałam w cytadeli Sajonu. Cała dzikość we mnie przygasła. Pewno dlatego przyłączyłam się do Jaxa. Aby przylgnąć do czegoś, co pozostało z dawnej Paige.

Po chwili postanowiłam spróbować. Zamknęłam oczy i pozwoliłam ulecieć duchowi. Senny krajobraz Nuali był łatwy do przeniknięcia, delikatny jak bąbel. Ludzie latami budowali warstwy ograniczające, ale zwierzęta nie posiadały całego tego emocjonalnego pancerza. Teoretycznie mogłam ją kontrolować. Delikatnie trąciłam jej senny krajobraz.

Parsknęła zaniepokojona. Pogłaskałam ją po uszach, uspokajając ją.

– Przepraszam – powiedziałam – już więcej tego nie zrobię. – Po chwili położyła z powrotem głowę na moich kolanach, lekko się trzęsąc. Nie wiedziała, że to ja byłam sprawcą jej niepokoju. Palcami pogładziłam ją po brodzie, delikatnie drapiąc.

Kiedy Naczelnik powrócił, zapadałam w sen. Obudził mnie klepnięciem w policzek. Nuala spojrzała na niego, ale on uspokoił ją jednym słowem i wkrótce powróciła do swej drzemki.

– Chodź – rzekł. – Znalazłem nowe ciało.

Usiadł na głazie. Uderzyło mnie to, jak wygląda w świetle księżyca: miał perfekcyjną sylwetkę, wyraźne rysy twarzy, jego skóra błyszczała.

– Co to jest? – zapytałam.

– Sama zobacz.

Złączył koniuszki palców dłoni, tworząc klatkę. Popatrzyłam na delikatne stworzenie: motyl albo ćma, w ciemności trudno było mi rozpoznać.

– Był spokojny, kiedy go znalazłem – powiedział. – Jest jeszcze ospały. Pomyślałem, że tak będzie łatwiej.

A więc motyl. Jego skrzydła drgały w dłoniach Naczelnika.

– Zimne punkty sprawiają, że zwierzęta robią się płochliwe – powiedział cichym głosem. – Wyczuwają otwarte łącze z Międzyświatem.

– Dlaczego je otworzyłeś?

– Zobaczysz. – Podniósł wzrok i popatrzył mi w oczy. – Jesteś chętna podjąć próbę posiadania?

– Spróbuję – odparłam.

Jego oczy zapłonęły jak dwa węgielki.

– Prawdopodobnie już to wiesz – powiedziałam – ale moje ciało upadnie, kiedy je opuszczę. Byłabym ci wdzięczna, gdybyś mnie złapał.

Musiałam to z siebie wydusić. Nienawidziłam prosić go o cokolwiek, nawet tak drobnego i oczywistego.

– Oczywiście – odrzekł.

Pierwsza zerwałam kontakt wzrokowy.

Wzięłam głęboki oddech i uwolniłam ducha. Moje zmysły z miejsca się zamazały i mogłam zobaczyć swój senny krajobraz. Już byłam w stanie wyczuć zaświaty. Wyczuwałam je mocniej, kiedy szłam w kierunku skraju pola maków, tam, gdzie było ciemno. Zaświaty tam były, czekały na mnie.

Skoczyłam.

Widziałam swój srebrny sznur, rozciągający się od sennego krajobrazu i zapewniający mi możliwość powrotu. Senny krajobraz Naczelnika znajdował się blisko i motyl był przy nim tylko kropką, ziarenkiem piasku obok marmurowej ściany. Wślizgnęłam się w jego umysł. Nie odczułam żadnego odruchu targnięcia, żadnej paniki.

Znalazłam się w świecie snów. W świecie koloru, rozpromienionym czerwono-żółtym światłem. Motyl spędzał dnie, karmiąc się pyłkiem, jego wspomnienia wypełniały kolory kwiatów. Z każdej strony dobiegały boskie zapachy, lawendy, trawy i róż. Wędrowałam przez zroszony senny krajobraz, w kierunku najjaśniejszego punktu. Pyłki kwitnących drzew wirowały, wpadając mi we włosy. Nigdy nie czułam się tak wolna. Nie czułam żadnego oporu, nawet najmniejszego wzdrygnięcia mechanizmów obronnych. To było tak bezbolesne, tak łatwe i piękne, jakbym zerwała ciężkie kajdany. To przede wszystkim było n a t u r a l n e. Właśnie tego pragnął mój duch, wędrówki po innych krainach. Nie mógł być zamknięty w jednym ciele przez cały czas. Potrzebował wolności.

Kiedy zbliżyłam się do strefy słonecznej, wypatrzyłam ją: delikatną różową smugę ducha. Naprężyłam usta i dmuchnęłam, rozproszyła się w dalsze ciemności.

Teraz pora na prawdziwy test. Jeśli wykonam to poprawnie – i o ile Jax miał rację, kiedy mi to wyjaśniał – wchodząc w strefę słoneczną, zyskam możliwość przejęcia kontroli nad nowym ciałem.

Wstąpiłam w krąg i jasne światło zalało cały senny krajobraz: złote światło, wirujące przede mną, wypełniające moje oczy, przenikające skórę i krew. Oślepiło mnie. Świat stał się roztrzaskanym diamentem, świetlnym znakiem lśniących kolorów.

Na chwilę ogarnęła mnie pustka. Moje ciało zniknęło i nie czułam już nic. Wtedy się obudziłam.

Spanikowałam. Gdzie są moje ręce, nogi? Dlaczego nic nie widzę? Chwila, widzę, tylko że... wszystko jest skąpane w jaskrawym fiolecie, a zieleń trawy razi mnie w oczy. Skurcz złapał moje delikatne kończyny. To było jak zaraza mózgu, ale o wiele gorsza. Byłam zgnieciona, dusiłam się, krzycząc bez ust ani głosu. I co to jest po moich obydwu stronach? Próbowałam się ruszyć, ale przeszedł mnie dreszcz, jakby to były moje ostatnie podrygi.

Zanim się zorientowałam, wyrzuciłam siebie z motyla i wróciłam do własnego ciała. Cała się trzęsłam, brakowało mi powietrza. Osunęłam się po skale i spadłam na ziemię na ręce i nogi.

– Paige?

Było mi niedobrze. Ohydny, kwasowy smak wypełniał mi usta, ale nie zwymiotowałam.

– Ni... nigdy więcej tego nie zrobię – powiedziałam.

– Co się stało?

– Nic. To było... to było tak łatwe, a... ale wtedy... – Rozsunęłam kurtkę, z trudem łapiąc powietrze. – Nie mogę.

Naczelnik milczał. Obserwował, jak wycieram pot z czoła, usiłując wyrównać oddech.

– Zrobiłaś to – powiedział. – Pomimo tego, że było to bolesne, zrobiłaś to. Jego skrzydełka się poruszyły.

– Czułam się, jakbym umierała.

– Ale to zrobiłaś.

Oparłam się o skałę.

– Jak długo to trwało?

– Może pół minuty.

Lepiej niż oczekiwałam, ale i tak czułam się beznadziejnie. Jaxon zrywałby boki ze śmiechu.

– Przykro mi, że cię rozczarowałam – powiedziałam. – Może nie jestem tak dobra jak inni śniący.

Jego twarz spoważniała.

– Owszem – powiedział – jesteś. Ale dopóki w to nie uwierzysz, nie rozwiniesz swych możliwości.

Otworzył rękę i motyl odleciał w ciemność. Żywy. Nie zabiłam go.

– Jesteś zły – rzekłam.

– Nie.

– Więc dlaczego tak patrzysz?

– Jak? – Jego oczy zrobiły się zimne.

– Nieważne.

Podniósł pęczek suchego drzewa, który był oparty o głaz. Obserwowałam, jak ociera o siebie dwa kamienie, by rozpalić małe ognisko. Odwróciłam się. Niech sam to zrobi. Nie zamierzam mu w niczym pomagać.

– Odpoczniemy tutaj przez kilka godzin. – Nie patrzył na mnie. – Musisz się wyspać przed kolejną częścią testu.

– Czy to oznacza, że zaliczyłam tę połowę?

– Oczywiście, że tak. Posiadłaś motyla. To wszystko, o co cię prosiłem. – Patrzył na płomienie. – Nic ponadto.

Otworzył plecak i wyjął prosty śpiwór.

– Proszę – powiedział. – Mam coś do zrobienia. Będziesz tu bezpieczna.

– Wracasz do miasta?

– Tak.

Nie miałam wyboru, musiałam go posłuchać, mimo że nie podobał mi się pomysł spania tutaj. Było tu zbyt dużo duchów – teraz znacznie więcej niż wcześniej, no i robiło się jeszcze zimniej. Zdjęłam mokre buty i skarpetki, położyłam je przy ognisku, żeby wyschły, i zasunęłam się w śpiworze. Nie było mi ciepło, nawet w kurtce i kamizelce, ale lepsze to niż nic.

Naczelnik stukał palcami o kolano, patrząc w ciemność. Jego oczy były jak dwa rozpalone węgle, wyczulone na niebezpieczeństwo. Odwróciłam się i popatrzyłam na księżyc. Ten świat był taki ciemny. Taki ciemny i zimny.

17

Testament

Pospiesz się, Pip. No chodź.

Mój kuzyn Finn ciągnął mnie za ramię. Miałam sześć lat. Znajdowaliśmy się w zatłoczonym sercu Dublina, otoczeni krzyczącymi ludźmi.

– Finn, zwolnij – poprosiłam, ale mnie nie posłuchał. To był pierwszy raz, kiedy kuzyn mnie nie posłuchał.

Tego dnia mieliśmy iść do kina: był rześki lutowy poranek w roku 2046, kiedy zimowe słońce zalało Liffey złotem. Ciocia Sandra, u której byłam na feriach zimowych, kazała Finnowi się mną opiekować – sama chodziła do pracy, a on nie miał zajęć. Chciałam zobaczyć film i zjeść lunch w barze Temple, ale Finn powiedział, że musimy zrobić coś innego: zobaczyć pomnik Molly Malone*. Twierdził, że to zbyt ważne, by to pominąć. To był wyjątkowy dzień.

* Figura naturalnych rozmiarów u wlotu do jednego z najbardziej popularnych deptaków Dublina Grafton Street, wzniesiona ku czci pięknej sprzedawczyni ryb, która zmarła młodo z powodu febry.

– Tworzymy historię, Pip – powiedział, ściskając moją małą rączkę schowaną w rękawiczce.

Zmarszczyłam nos. Przecież historia była w szkole. Kochałam Finna – był wysoki, zabawny i mądry, i przynosił mi cukierki, kiedy miał drobne – ale widziałam już Molly setki razy. Znałam też na pamięć piosenkę o niej.

Kiedy podeszliśmy pod pomnik, wszyscy ją śpiewali. Patrzyłam do góry na ludzi z twarzami pomalowanymi na czerwono i byłam na wpół podekscytowana, na wpół przerażona. Finn dołączył do chóru, więc zrobiłam to samo, mimo że nie rozumiałam, co właściwie się dzieje. Może to była jakaś uliczna impreza?

Finn trzymał mnie za rękę, rozmawiając z kolegą z Trinity College. Wszyscy byli ubrani na zielono i wymachiwali ogromnymi transparentami. Potrafiłam czytać na tyle dobrze, że rozumiałam większość słów, poza jednym: SAJON. To słowo było na wszystkich płachtach materiału. Wysoko nade mną powiewały napisy po irlandzku i angielsku: WYNOCHA, MAYFIELD!, ÉIRE GO BRÁCH!*, DUBLIN MÓWI NIE! Pociągnęłam Finna za rękaw.

– Finn, co się dzieje?

– Nic, Paige, bądź przez chwilę cicho. SAJON, PRECZ! SAJON, WYNOCHA! SAJON, PRECZ Z DUBLINA!

Znajdowaliśmy się tuż przy pomniku, potrącani przez tłum. Zawsze lubiłam Molly. Miała taką miłą twarz. Ale dzisiaj wyglądała inaczej – ktoś naciągnął jej torbę na głowę i zawiązał linę wokół jej szyi. W moich oczach pojawiły się łzy.

– Finn, nie podoba mi się tutaj.

– SAJON, PRECZ! SAJON, WYNOCHA! SAJON, PRECZ Z DUBLINA!

– Chcę iść do domu.

* (Irlandzki.) Niech żyje Irlandia!

Dziewczyna Finna popatrzyła na mnie z niezadowoleniem. Kay. Zawsze ją lubiłam. Miała piękne ciemnokasztanowe włosy, które błyszczały jak miedź i kręciły się jak sprężyny, jej ramiona były blade i pokryte piegami. Finn podarował jej pierścień Claddagh*, który nosiła sercem skierowanym do ciała. Była cała ubrana na czarno, jej policzki były pomalowane na zielono, biało i pomarańczowo.

– Finn, może zrobić się niebezpiecznie – powiedziała. – Nie powinieneś zabrać jej do domu?

Kiedy nie odpowiadał, szturchnęła go.

– Finn!

– Co?

– Zabierz Paige do domu! Cleary ma bomby w samochodzie, na litość boską…

– Nie ma mowy, nigdzie się stąd nie ruszam. Jeśli te dranie się tu wedrą, nigdy się ich nie pozbędziemy.

– Ona ma sześć lat. Nie powinna tego widzieć. – Kay złapała mnie za rękę. – Skoro ty nie chcesz, ja ją wezmę. Matka spaliłaby się za ciebie ze wstydu.

– Nie. Chcę, żeby ona to widziała.

Ukląkł obok mnie i zdjął czapkę. Miał potargane włosy. Wyglądał jak mój ojciec, ale jego twarz była ciepła i przyjazna, a oczy niebieskie jak letnie niebo. Położył ręce na moich ramionach.

– Paige Evo – powiedział bardzo poważnym głosem – czy wiesz, co się tu dzieje?

Potrząsnęłam głową.

– Źli ludzie przychodzą do nas zza morza. Chcą nas zamknąć w mieście i nigdy nie wypuścić, chcą zamienić to miejsce w miasto-więzienie, tak jak zrobili ze swoim. Nie będziemy mogli więcej śpiewać naszych piosenek ani odwiedzać ludzi poza Irlandią. I nie lubią ludzi takich jak ty, Pip.

* Pierścień noszony w Irlandii od XVIII wieku, symbolizujący przyjaźń lub małżeństwo.

Popatrzyłam mu w oczy i zrozumiałam, co ma na myśli. Finn od zawsze wiedział, że widzę pewne rzeczy. Wiedziałam, gdzie mieszkają wszystkie duchy Dublina. Czy to z tego powodu byłam zła?

– Ale dlaczego Molly ma na głowie torbę, Finn? – powiedziałam.

– Ponieważ źli ludzie robią tak, gdy nie lubią innych ludzi. Zakładają na ich głowy torby i sznury na ich szyje.

– Dlaczego?

– Żeby ich zabić. Nawet małe dziewczynki, takie jak ty.

Teraz zaczęłam się cała trząść. Bolały mnie oczy. W gardle rosła mi gula, ale się nie rozpłakałam. Byłam dzielna. Byłam dzielna jak Finn.

– Finn – powiedziała Kay. – Widzę ich!

– SAJON, PRECZ! SAJON, WYNOCHA!

Serce waliło mi jak młot. Finn otarł mi łzy i założył mi swoją czapkę.

– SAJON, PRECZ Z DUBLINA!

– Nadchodzą, Paige, a my musimy ich powstrzymać. – Złapał mnie za ramiona. – Pomożesz mi ich powstrzymać?

Skinęłam głową.

– Finn, o Boże, Finn, mają czołgi!

I wtedy mój świat eksplodował. Źli ludzie podnieśli broń i otwarli ogień.

Obudziłam się z dźwiękiem strzałów w uszach.

Skórę miałam śliską i zimną, ale w środku, we mnie, wrzało. To wspomnienie paliło całe moje ciało. Wciąż widziałam Finna, jego twarz przepełnioną nienawiścią – Finna, który zwykł mówić na mnie Pip.

Rozkopałam śpiwór. Trzynaście lat później wciąż słyszałam strzały, wciąż widziałam Kay, jej otwarte oczy, w uścisku śmierci.

Krew na jej koszuli. Jeden strzał w serce. To sprawiło, że Finn pobiegł w kierunku żołnierzy, zostawiając mnie z tyłu, skuloną przy taczce Molly. Krzyczałam za nim i krzyczałam, ale nie wrócił.

Już nigdy więcej go nie zobaczyłam.

Niewiele pamiętałam z tego, co wydarzyło się później. Wiem, że ktoś zabrał mnie do domu. Wiem, że szlochałam za Finnem, aż rozbolało mnie gardło. Wiem też, że ojciec nie pozwolił cioci Sandrze się ze mną spotkać aż do nabożeństwa żałobnego. W końcu przestałam płakać. Łzy nie przywracały ludzi do życia. Otarłam koszulą pot z twarzy. Nadal musiałam znajdować się na terenie Magdaleny. Przekręciłam się, było mi tak zimno, że nie czułam nóg i zwinęłam się w kłębek.

Ogień musiał wygasnąć. Padało, ale nie byłam mokra. Podniosłam rękę – moje palce dotknęły jakiegoś grubego płótna, które stanowiło tymczasowe schronienie. Naciągnęłam kaptur i wychyliłam się na zewnątrz.

– Naczelniku?

Nie było go już. Ani jelenia. Ani ogniska.

Trzęsłam się z zimna, ale teraz poczułam się jeszcze gorzej. Gdzie on poszedł? Z pewnością nie mógł być nadal w Szeolu. Nawet go nie opuściliśmy. Magdalena i jej tereny były częścią rezydencji. Od zimnego punktu oddaliliśmy się najwyżej o milę.

Wiatr się nasilał. Schowałam się w mojej kryjówce. Nie miał powodu zostawiać mnie samej, absolutnie żadnych powodów. Może po prostu zbyt krótko spałam. Włożyłam skarpety i buty, dwa razy sprawdziłam śpiwór. Ku mojemu zaskoczeniu znalazłam nowe zapasy: parę rękawic, strzykawkę z adrenaliną i niewielką srebrną latarkę wsuniętą w podszewkę, razem z szarą kopertą. Było na niej napisane moje imię. Rozpoznałam jego pismo, rozerwałam ją.

Witaj w Ziemi Niczyjej. Twoje zadanie jest proste: masz powrócić do Szeolu tak szybko, jak to tylko możliwe. Nie masz pożywienia, nie masz wody ani mapy. Wykorzystaj swój talent. Zaufaj instynktom.

I zrób coś dla mnie: przeżyj tę noc. Jestem pewien, że nie chciałabyś wzywać pomocy.

Powodzenia.

Popatrzyłam jeszcze na to przez chwilę, po czym podarłam tę wiadomość na kawałki.

Udowodnię mu. Udowodnię mu natychmiast. Próbował mnie przestraszyć, nie pozwolę mu na to. Przeżyj tę noc? Co to miało oznaczać? Musi myśleć, że jestem całkiem słaba, jeśli problemem był dla mnie deszcz i wiatr. Skoro radziłam sobie z trudnymi realiami SajLo, poradzę sobie z ciemnym lasem. Co do zapasów jedzenia, po co mi one? Nie porzucił mnie przecież na pustyni, prawda?

Kiedy wyjrzałam z namiotu, znalazłam pudełko oznaczone symbolem SajonPSWA, wojskowej agencji rządowej: dwie linie w prawym rogu, jak szubienica, z trzema krótszymi liniami w poprzek pionowego znaku. W środku pudełka znalazłam kolejną wiadomość.

Bądź ostrożna, używając strzałek. Jeśli się złamią, kwas znajdujący się w środku spowoduje zatrzymanie akcji serca. Racę odpal tylko w nagłym wypadku. Przywoła oddział czerwonych.

Nie idź na południe.

Włączyłam latarkę, żeby zobaczyć, co jest w środku: pistolet z długą lufą, pistolet z racą, stara zapalniczka Zippo, nóż myśliwski i trzy srebrne strzałki pod ciśnieniem. Na ściankach znajdowały się symbole toksyczności i korozji, a także napis „KWAS FLUOROWODOROWY".

Pistolet na środki uspokajające i garść strzałek. Dlaczego nie dał mi po prostu mojej broni? Tak czy owak musiałam od czegoś zacząć, jeżeli nie chciałam zostać całą noc na tej polanie. Zwinęłam śpiwór, wciskając go do małego worka, ale schronienia nie ruszałam – mogło służyć jako punkt odniesienia, pozwalający się upewnić, że nie biegam w kółko.

Coś otaczało mój obóz – pierścień z cienkich białych kryształków. Uklękłam i zanurzyłam w nich palce, a następnie dotknęłam czubkiem języka.

Sól.

Obóz został obsypany dookoła solą.

Zesztywniałam. Wśród jasnowidzów krążyły pogłoski, że sól odstrasza duchy – nazywali to halomancją – ale nie była to prawda. Z pewnością sól nie powstrzymywała poltergeistów. Próbował mnie nastraszyć, rozsypując sól?

Z założonym kapturem i kurtką zapiętą pod samą brodę, spakowałam swoje ograniczone zapasy. Strzałki i pistolet włożyłam do worka, umieszczając je na śpiworze, pistolet z racą wsunęłam za pasek, nóż do buta, a strzykawki do kurtki. Założyłam rękawice.

Nie mogłam się doczekać, aż wrócę i stanę z nim twarzą w twarz. Wyobrażałam go sobie teraz, patrzącego na zegarek, liczącego minuty do mojego powrotu przy tym swoim milutkim, cieplutkim kominku.

Udowodnię mu. Nie pozwolę o sobie zapomnieć. Nazywałam się Blada Śniąca i on zaraz się przekona dlaczego. Zrozumie, dlaczego Jax mnie wybrał: ponieważ wbrew wszystkiemu przeżyłam.

Zamknęłam oczy, próbując dosięgnąć eterycznej aktywności, ale nic nie czułam, żadnych sennych krajobrazów. Byłam sama. Kiedy otworzyłam oczy, zwróciłam uwagę na niebo. Miałam szczęście, że obudziłam się właśnie teraz: gwiazdy miały za moment zniknąć za chmurami, a bez słońca nie miałam żadnego innego sposobu nawigacji. Nie znalazłam Syriusza, więc poszukałam Pasu Oriona. Wiedziałam z pasjonujących wykładów Nicka o astronomii, że gdziekolwiek był Pas, północ znajdowała się mniej więcej w przeciwnym kierunku. Umiałam także w odniesieniu do niego określić położenie Szeolu. Zlokalizowałam trzy gwiazdy i ruszyłam powoli na swoją ścieżkę. Przede mną rozciągał się las, gęsty i ciemny.

Serce mi łomotało. Nigdy nie obawiałam się ciemności, ale aby wyczuć zagrożenie, musiałam, nie mając źródła światła, polegać na swoim szóstym zmyśle. Pewno o to mu chodziło. Chciał mnie sprawdzić.

Spojrzałam przez ramię. Po drugiej stronie polany las był równie ciemny, ścieżka prowadziła na południe. Zamierzałam opuścić to piekło.

Wiatr targał liście, oziębiając moją mokrą skórę. Teraz albo nigdy. Zanim skończyłabym się zastanawiać nad tym, co może się tam czaić, nie miałabym już odwagi się ruszyć. Zacisnęłam szczęki i ruszyłam w kierunku lasu.

Było ciemno, nie widziałam zupełnie nic. Deszcz zmiękczył ziemię, zostawiając ją rozmokłą i wilgotną. Stawiałam bezszelestne kroki, idąc wśród dębów, szybko, czasem nawet biegnąc, rękami torując sobie drogę pomiędzy gałęziami. W wąskim świetle latarki widziałam tylko niewyraźną mgłę, która spowijała pnie drzew i unosiła ponad ziemią niczym cienki koc, przesłaniając mi buty. Nie miałam żadnego innego źródła światła i modliłam się, żeby latarka się nie wyczerpała. Była oznaczona symbolem Sajonu, prawdopodobnie stanowiła część sprzętu pożyczonego od NDK. Poczułam małą ulgę: rzeczy produkowane przez Sajon rzadko się psuły.

Dotarło do mnie, że muszę się znajdować poza granicami Szeolu. To miejsce nie zostało nazwane Ziemią Niczyją bez przyczyny: ono do nikogo nie należało. Może było własnością Sajonu, a może nie. Nie miałam pojęcia, dokąd ta ścieżka mnie zaprowadzi, ale wiedziałam, że Oksford znajdował się na północ od Londynu. Zmierzałam we właściwym kierunku. Kurtka i spodnie były wystarczająco ciemne, aby uchronić mnie przed ewentualnym zdemaskowaniem, a mój szósty zmysł pozostawał wyjątkowo dobrze dostrojony – mogłabym przejść obok refaickiego strażnika albo wdrapać się na ogrodzenie i z równą łatwością się pod nim prześliznąć. A gdyby ktokolwiek mnie zaatakował, użyć swojego daru. Wyczułabym czyjąś obecność odpowiednio wcześniej.

Wtedy przypomniałam sobie, co o tym miejscu powiedziała mi Liss, kiedy tu przybyłam: „Opuszczona wieś. Nazywamy ją Ziemią Niczyją". To mogłoby mnie zachęcić, gdyby nie to, co usłyszałam od niej później, kiedy zapytałam, czy ktokolwiek próbował uciec tą południową trasą. „Tak", to wszystko, co powiedziała. Samo „tak". Jasne potwierdzenie, że na tej drodze istnieje niebezpieczeństwo. Inni jasnowidze tędy szli i zginęli. Może też byli poddawani takim testom. Czy test miał po prostu odpędzić pokusę ucieczki? Na myśl o tym zlałam się potem. Były tu miny lądowe, miny pułapki. Wyobraziłam sobie kamery na drzewach, obserwujące każdy mój ruch, czekające, aż wejdę na minę. Na myśl o tym zwolniłam.

Nie, to wykluczone – musiałam iść dalej. Przecież mogłam się stąd wydostać. Oni chcieli, żebym tak myślała, zachowawczo. Prawie zawróciłam, ale moja determinacja pchała mnie do przodu. Wbrew własnej woli wyobraziłam sobie Naczelnika, Davida i Nadzorcę przy kominku, stukających się kieliszkami i patrzących, jak wbiegam na minę. „A więc, panowie, za śniącego wędrowca – powiedziałby Nadzorca. – Największą idiotkę, jaką kiedykolwiek sprowadziliśmy do Szeolu I".

A co umieściliby na moim nagrobku? Napisaliby „PAIGE MAHONEY" czy po prostu „XX-59-40"? Zakładając oczywiście, że byłoby co ze mnie zbierać.

Zatrzymałam się i oparłam o drzewo. To było chore. Dlaczego wyobrażałam sobie te rzeczy? Naczelnik nie znosił Nadzorcy. Zamknęłam oczy i wyobraziłam sobie inną grupę: Jaxona, Nicka i Elizę. Byli w cytadeli, czekali na mnie. Szukali mnie. Gdybym tylko mogła wydostać się z lasu, znalazłabym do nich drogę.

Po chwili otworzyłam oczy. Coś leżało na ziemi.

Kości. Ludzkie kości. Szkielet w postrzępionej białej tunice. Nogi urwane od kolan w dół. Cofnęłam się, potykając się o własne stopy. Coś chrupnęło pod nimi. Czaszka.

Obok szkieletu leżała torba, ręka wciąż była zaciśnięta na pasku. Złamałam suchą kość, by ją uwolnić. Po resztkach mięsa pełzały muchy: ogromne czarne muchy, opuchnięte martwą tkanką. Odleciały, kiedy wyrwałam torbę nieżyjącemu właścicielowi. Latarką oświeciłam jej zawartość: kawałek spleśniałego chleba, pustą butelkę.

Moja skóra zrobiła się zimna i wilgotna. Poświeciłam na prawo. Obok widniała dziura, do połowy wypełniona deszczówką. Po ziemi walały się fragmenty kości i min.

Tu naprawdę było pole minowe.

Przywarłam do pnia dębu. Nie byłam w stanie przejść przez pole minowe w ciemności. Wychyliłam sie zza drzewa, omijając szkielet. Wszystko dobrze, Paige. Nogi mi się trzęsły, odwróciłam się na północ i podążyłam z powrotem tą samą ścieżką. Nie odeszłam daleko od polany. Dam radę. Po kilku krokach potknęłam się o korzeń i upadłam. Zesztywniałam, serce mi zadrgało, ale nie nastąpił żaden wybuch.

Opierając się na łokciach, sięgnęłam do kurtki, wyjęłam zapalniczkę i odbezpieczyłam ją kciukiem. Pojawił się wyraźny płomień. Ścieżka w zaświaty. Nie jestem augurem – ogień nie jest moim sprzymierzeńcem – ale mogłam go użyć, aby przeprowadzić mały seans.

– Potrzebuję przewodnika – wyszeptałam. – Jeśli ktoś tam jest, niech podejdzie do płomienia.

Przez dłuższą chwilę trwała cisza. Płomień migotał i palił się nierówno. Nagle mój szósty zmysł został pobudzony i młody duch wyłonił się spośród drzew. Wstałam.

– Muszę wrócić do swojego obozu. – Wyciągnęłam zapalniczkę w jego kierunku. – Poprowadzisz mnie?

Nie słyszałam jego głosu, ale zaczął podążać w kierunku, z którego przyszłam. Wyczułam, że był to duch martwego białego. Zaczęłam za nim biec. Nie miał powodu, żeby mnie źle pokierować.

Wkrótce ujrzałam krąg soli. Deszcz zdmuchnął płomień, ale duch pozostał przy mnie. Potrzebowałam chwili, żeby zebrać myśli. Trudno było mi ustąpić, ale nie miałam wyboru, musiałam iść na północ. Moje rzeczy były na swoim miejscu, więc ponownie wyruszyłam w kierunku lasu, w jednej ręce trzymając latarkę, a w drugiej zapalniczkę. Duch podążał tuż za mną.

Po mniej więcej godzinnym marszu, z duchem na karku, zatrzymałam się, by sprawdzić, czy wciąż mam za plecami Pas Oriona. Ustaliłam kierunek, po czym ponownie zanurzyłam się w ciemność. Szczypało mnie w uszach i nosie, a mój szósty zmysł powodował drżenie na całej skórze. Ledwo czułam palce u nóg. Zatrzymałam się i złapałam za kolana, biorąc kilka głębokich wdechów, żeby się uspokoić. Oddychając, coś poczułam. Rozpoznałam ten zapach: śmierć.

Niewiele widziałam przy świetle latarki. Smród rozkładającego się ciała przybierał na sile. Szłam jeszcze przez kilka minut, zanim znalazłam jego źródło. Kolejne ciało.

To musiał być lis. Kępy kasztanowego futra, zmierzwione i posklejane zaschniętą krwią, oczodoły wypełnione larwami. Ukryłam nos i usta w rękawie. Smród był ohydny.

Cokolwiek tego dokonało, było wraz ze mną w tym lesie.

„Idź, Paige. Idź". Światło latarki przygasało. Właśnie miałam ruszyć, kiedy usłyszałam trzask.

Czy ja to sobie wyobraziłam? Nie, no jasne, że nie. Dobrze słyszałam. Krew pulsowała mi w uszach. Oparłam się plecami o drzewo, usiłując nie oddychać tak głośno.

Strażnik. Czerwony na nocnym obchodzie. Ale te ciężkie kroki... zbyt ciężkie jak na człowieka. Wyłączyłam latarkę i wsunęłam ją do kieszeni. Nie było sensu trzymać jej na wierzchu: włączona zdradzała moją obecność.

Cisza drażniła mi uszy. Nic nie widziałam, ale usłyszałam kolejny krok, tym razem bliżej. Dobiegł mnie dźwięk rozszarpywania padliny. To coś znalazło lisa.

Albo po niego wróciło.

Dłońmi objęłam zapalniczkę. Moje serce wariowało, nie byłam pewna czy przyspieszyło, wydając pojedynczy szmer, czy po prostu przestało bić. Duch za mną zadrżał.

Mijały minuty. Czekałam. W końcu musiałam się ruszyć, ale wiedziałam, że coś jest w pobliżu.

Trzy gardłowe mlaśnięcia.

Napięłam każdy mięsień swojego ciała. Oddychałam nosem, trzymając zaciśnięte usta. Nie wiedziałam, co to za dźwięk, ale nie było szans, żeby należał do człowieka. Słyszałam też rozmaite odgłosy wydawane przez Refaitów, ale nigdy nie był to tak dziwny, trzewny dźwięk.

Nagły podmuch zgasił zapalniczkę. Mój duch przewodnik uciekł.

Zimny strach sparaliżował mi palce. Wtedy przypomniałam sobie o pistolecie schowanym razem ze śpiworem. Głupotą byłoby strzelać do mojego prześladowcy, ale mogłam go zdekoncentrować i tym samym dać sobie czas na ucieczkę. Pomyślałam o wdrapaniu się na drzewo, ale zrezygnowałam z tego pomysłu – drzewa nie były moją mocną stroną. Powinnam poszukać lepszej kryjówki, aczkolwiek wejście na coś wysokiego zdawało się rozsądnym pomysłem. Gdybym znalazła się gdzieś wyżej, mogłabym poświecić latarką na tę kreaturę i w końcu zobaczyć, co to jest. Zabezpieczyłam zapalniczkę i schowałam ją do plecaka.

Kiedy miałam już w ręku pistolet, zaczęłam wyjmować strzałkę. Każdy mój ruch, każdy wydech, każdy szelest kurtki wydawał mi się hałaśliwy. W końcu poczułam w palcach zimny, gładki cylinder strzałki. Wiedziałam, jak załadować zwykłą broń, ale przygotowanie tej, w ciemności i lepkimi dłońmi, gdy musiałam zachowywać się jak najciszej, zajęło mi kilka minut. Kiedy była gotowa, podniosłam rękę, wymierzyłam i wystrzeliłam.

W momencie, gdy strzałka dotarła do celu, zaskwierczało jak gorący tłuszcz na patelni. To coś pobiegło w stronę źródła dźwięku. A za nim jego własny dźwięk. Bzyczenie. Owady.

To nie było zwierzę.

Ogarnęły mnie mdłości. Tyle się nasłuchałam o Emmitach, ale dotąd nie wyobrażałam sobie spotkania z jednym z nich. Nawet po tym, co usłyszałam na przemówieniu, nawet po tym, jak czerwony stracił rękę, już zaczęłam wątpić w ich istnienie. Do teraz.

Jedyne, co mogłam zrobić, to próbować jakoś ustać na nogach. Ręce mi się trzęsły, a usta drżały. Nie mogłam oddychać ani myśleć. Słyszałam własny puls, czułam własny strach. Czy ślinił się już nade mną, czy musiałabym podejść jeszcze bliżej, zanim mnie zauważy?

Załadowałam kolejną strzałkę. Szerszeń obwąchał miejsce, w które strzeliłam. Zamknęłam oczy i sięgnęłam w zaświaty.

Coś było nie tak. Bardzo nie tak. Wszystkie miejscowe duchy uciekły, jakby się bały, ale dlaczego duchy miałyby się bać stworzenia ze świata fizycznego? Przecież nie mogły ponownie umrzeć. Cokolwiek to spowodowało, nie można było nikogo przywołać.

Uświadomiłam sobie, że nie słyszę już szerszenia. Ręce miałam śliskie od potu, z trudem trzymałam pistolet. Mogłam zginąć w każdej chwili. Stać się trupem.

To wszystko musiała być jakaś zasadzka. Nashira nigdy nie chciała, żebym zdała testy. Chciała mojej śmierci.

„Nie dzisiaj – pomyślałam. – Nie dzisiaj, Nashira".

Wybiegłam zza drzewa. Buty mocno uderzały o ziemię, serce miotało się w klatce piersiowej. Gdzie to było? Zobaczyło mnie już?

Coś uderzyło mnie pomiędzy łopatki. Straciłam na chwilę równowagę, zawieszona w ciemności. Wtedy padłam na ziemię. Nadgarstek mi się wygiął i trzasnął. Ryknęłam z bólu.

Zgubiłam pistolet. Nie było szans go teraz znaleźć. Słyszałam to coś, było blisko mnie, było n a m n i e. Zdrową ręką sięgnęłam do buta i wyjęłam nóż myśliwski.

Zapomniałam o swoim duchu. Dźgnęłam w miękką papkę, po nadgarstku spłynęło mi coś mokrego. Bzzz. Kolejne pchnięcie, dwa pchnięcia. Bzzz, bzzz. Coś chodziło mi po twarzy, małe okrągłe owady. Mrugałam, żeby nie pozwolić im dostać się do oczu, wypluwałam. Na szyi poczułam pazury, a na policzku cuchnący oddech. Pchnięcie, znów pchnięcie. Bzzz. Szczęk zębów przy uchu. Dźgnęłam to coś nożem i pociągnęłam w dół. Ostrze rozerwało mięsień i chrząstkę.

Zniknęło. Byłam wolna. Ręce miałam pokryte aż po nadgarstki gęstym, cuchnącym płynem. Żółć napłynęła mi do gardła, paląc gardło i nos.

Latarka leżała jakieś trzy metry dalej. Podczołgałam się do niej, trzymając złamany nadgarstek przy piersi. Już raz go złamałam: rwał jak cholera. Posuwałam się do przodu, opierając się na jednej ręce, trzymając nóż w zębach, przemoczona kwaśnym potem. Smród zwłok wykręcał mi brzuch, wysyłając bolesne skurcze aż do gardła.

Złapałam latarkę i machnęłam nią za siebie. Zobaczyłam ciemne kształty pomiędzy drzewami. Kolejne kroki. Więcej szerszeni? Nie.

Głowa mi pękała, wzrok mi się zamazał. „Nie chcę umierać". Zawładnięcie motylem osłabiło mnie o wiele bardziej, niż przewidywałam. „Uciekaj". Sięgnęłam do kurtki, wyjęłam strzykawkę. Moja ostatnia szansa. Użycia flary nie brałam nawet pod uwagę. Nie wystrzelę. Nie dam się pokonać.

Pomoc Sajonu, Samowstrzykująca się Adrenalina. O wiele silniejsze niż rozrzedzony koktajl narkotyków, którego Jax używał, żeby mnie pobudzić. Wbiłam igłę przez spodnie, prosto w udo.

Ostry ból. Przeklęłam, ale nie wyjęłam igły. Sprężynowy wstrząs adrenaliny przeszył moje ciało. Adrenaliny produkowanej przez Sajon używano, by pobudzić cały organizm, nie tylko pomóc mu funkcjonować, ale żeby go wzmocnić i wyeliminować ból; stróże miejscy wciąż tego używali. Teraz moje mięśnie stały się gibkie, nogi silniejsze. Podniosłam się z ziemi i rzuciłam do ucieczki. Adrenalina nie miała wpływu na mój szósty zmysł, ale łatwiej było mi się skoncentrować na zaświatach.

Senny krajobraz szerszenia był olbrzymi i ciemny – czarna dziura w zaświatach. Gdybym chciała się w tam włamać, nie zaszłabym daleko. Mimo to spróbowałam, nie do końca porzucając swoje ciało.

Ogarnęła mnie czerń. Mój własny senny krajobraz pociemniał, a krańce wizji połączyły się ze sobą. Musiałam się tego pozbyć – szybki skok powinien pomóc. Mój duch całkiem uleciał z ciała, przełamując krańce jego sennego krajobrazu. Kreatura wydała okropny krzyk, zatrzymała się. W tym samym czasie oślepiający ból wrzucił mnie z powrotem w moje ciało i upadłam na ziemię. Wstałam, z trudem łapiąc oddech.

Ścieżka w lesie prowadziła na otwartą polanę. Widziałam iglice Domu. Miasto. Miasto.

Adrenalina krążyła w mych żyłach, gnała po mięśniach, popieszając mnie i napędzając do działania. Nadgarstek zwisał bezwładnie, kiedy biegłam jak skruszony grzesznik do swego więzienia. Wolałam być więźniem niż umarlakiem.

Emmita ryknął. Jego krzyk odbił się echem w każdej komórce mojego ciała. Przeskoczyłam przez ogrodzenie z łańcuchów i biegłam dalej.

Na szczycie Domu znajdowała się wieża wartownicza, w środku na pewno był czerwony z bronią. Mogliby zatrzymać szerszenia, zabić go. Pot przemoczył mi ubrania. Już niedaleko. Nie czułam teraz bólu, ale wiedziałam, że mam zerwany mięsień. Minęłam zardzewiały znak z napisem „UŻYCIE ŚMIERTELNEJ SIŁY DOZWOLONE". Dobrze. Nigdy wcześniej nie potrzebowałam jej bardziej. Widziałam już wieżę wartowniczą. Już miałam krzyknąć pomocy, wystrzelić racę, kiedy coś mnie zniewoliło.

Sieć. Otoczyła mnie: gęsta sieć kabli. Co sił w płucach wrzeszczałam: „Nie, nie, zabijcie go!" i szarpałam się jak przynęta na haczyku. Dlaczego mnie złapali? Nie byłam wrogiem! „Oczywiście, że jesteś wrogiem", usłyszałam głos w swojej głowie, ale więcej go nie słuchałam. Musiałam wydostać się jakoś z tej sieci. Szerszeń się zbliżał. Wiedziałam, że rozszarpie mnie tak jak tamtego lisa.

Usłyszałam głos, mówiący:

– Paige, uspokój się, już dobrze, jesteś bezpieczna – ale nie ufałam jego właścicielowi. Bałam się tego głosu. Uwolniłam się z sieci i znów spróbowałam biec. Wtedy ktoś mnie złapał i rzucił mnie do tyłu. – Paige, skoncentruj się! Użyj swojego lęku, użyj go! – Ale nie mogłam się skoncentrować. Zdziczałam ze strachu. Serce biło mi zbyt szybko, nie byłam w stanie nadążyć.

Obraz przed oczami mi zanikał. W ustach mi zaschło. Czy ja jeszcze stałam na nogach? – Paige, z prawej! Atakuj!

Spojrzałam w prawo. Nie widziałam, co to było, ale na pewno nie był to człowiek. Mój strach sięgnął szczytu. Uleciałam w zaświaty. W pustkę. I potem w coś jeszcze.

Ostatnie, co zobaczyłam, to moje ciało leżące na ziemi. Ale nie własnymi oczyma. Oczyma jelenia.

18

Dzień dobry

Pewnych rzeczy w życiu nigdy się nie zapomina. Tego, co zakopane głęboko, zagnieżdżone w strefie hadal. Spałam jak zabita, czekając, aż mój mózg poradzi sobie z szokiem, jakiego doznałam w lesie.

Prawdziwy sen był moim wybawieniem, cichą przerwą pomiędzy pobudką a wędrówką. Jax i pozostali nigdy nie rozumieli, dlaczego tak kocham spać. Kiedy chciałam odpocząć po czasie spędzonym w zaświatach, Nadine zawsze się śmiała. „Jesteś nienormalna, Mahoney – mawiała. – Przechrapałaś ostatnie kilka godzin i jeszcze chcesz spać? Nie ma szans. Nie za kasę, którą ci płacą".

Nadine Arnett, uosobienie współczucia. Była jedynym członkiem gangu, za którym nie tęskniłam.

Kiedy doszłam do siebie, zapadła już noc. Mój nadgarstek był ściśnięty w metalową ramę. Nad sobą zobaczyłam aksamitny baldachim.

Byłam w łóżku Naczelnika. Ale właściwie dlaczego?

Myśli kłębiły mi się w głowie. Nie mogłam sobie przypomnieć, co się stało, zanim tu wylądowałam. Czułam się tak jak wtedy, kiedy Jaxon pozwolił mi spróbować prawdziwego wina. Zerknęłam na rękę – rama unieruchamiała mój nadgarstek. Chciałam wstać, wyjść z tego łóżka, ale było mi zbyt ciepło i nie dałam rady się się poruszyć. „Środek uspokajający", pomyślałam. Było dobrze. Wszystko było dobrze.

Kiedy ponownie otworzyłam oczy, byłam już bardziej czujna. Usłyszałam znajomy głos. Naczelnik powrócił – i miał towarzystwo. Zbliżyłam się do zasłon i uchyliłam je.

W palenisku płonął ogień. Naczelnik stał do mnie plecami, rozmawiał w obcym języku. Słowa miały niskie brzmienie, rozbrzmiewały w korytarzu jak muzyka. Dostrzegłam Terebell Sheratan. W jednej dłoni trzymała kielich. Zaczęła iść w kierunku łóżka – w moim kierunku. Naczelnik potrząsnął głową.

Co to jest za język?

Wsłuchałam się w najbliższe duchy, te, które kiedyś tu mieszkały. Niemalże tańczyły w rytm rozmowy Naczelnika z Terebell. Dokładnie to samo działo się, kiedy Nadine grała na pianinie albo kiedy jakiś julker śpiewał balladę na ulicach. Julkerzy, poligloci, mówiąc poprawnie, potrafili się komunikować w języku znanym tylko duchom, ale Naczelnik i Terebell nie byli julkerami. Żadne z nich nie miało aury poligloty.

Zbliżyli się głowami i coś sprawdzali. Kiedy przyjrzałam się dokładniej, zamarłam.

Mój telefon.

Terebell obracała go w dłoni, kciukiem dotykając przycisków. Bateria już dawno się wyczerpała.

Skoro mieli mój telefon i plecak, musieli mieć też i ulotkę. Próbowali sprawdzić, czyje numery mam zapisane? Musieli podejrzewać, ze znałam autora ulotki. Jeśli znaleźli numer Jaxona, mogliby namierzyć go w Siedmiu Tarczach – wtedy wizja Carla miałaby sens.

Musiałam odzyskać ten telefon.

Terebell włożyła go do kieszeni koszuli. Naczelnik coś do niej powiedział. Dotknęła swoim czołem jego czoła, a następnie opuściła pokój, zamykając za sobą ciężkie drzwi. Naczelnik pozostał chwilę na swoim miejscu, patrząc przez okno, po czym skierował swoją uwagę na łóżko. Na mnie.

Odsłonił zasłony i usiadł na skraju pościeli.

– Jak się czujesz? – zapytał.

– Pieprz się.

Jego oczy zapłonęły.

– Widzę, że lepiej.

– Dlaczego Terebell ma mój telefon?

– Żeby Nashira go nie znalazła. Jej czerwoni byliby w stanie wydobyć kontakty do twoich przyjaciół w syndykacie.

– Nie mam przyjaciół w syndykacie.

– Spróbuj mnie nie okłamywać, Paige.

– Nie kłamię.

– Kolejne kłamstwo.

– Niby ty jesteś zawsze taki prawdomówny. – Zmusiłam go do odwrócenia wzroku. – Zostawiłeś mnie z tym czymś, zostawiłeś mnie samą, w ciemnościach, z szerszeniem.

– Wiedziałaś, że ta chwila nadejdzie. Wiedziałaś, że będziesz musiała stawić czoła Emmicie. Wybacz, ale cię ostrzegałem.

– W jaki sposób, do cholery, mnie ostrzegałeś?

– Zimne punkty, Paige. Oni przemieszczają się właśnie w taki sposób.

– A więc napuściłeś na mnie jednego z nich?

– Nie groziło ci żadne niebezpieczeństwo. Wiem, że byłaś przerażona, ale musiałem cię zmusić, abyś zawładnęła jeleniem.

Patrzył mi prosto w oczy. Zaschło mi w ustach.

– Zrobiłeś to wszystko tylko po to, żebym posiadła Nualę. – Oblizałam wargi. – Wszystko ustawiłeś, kiedy otworzyłeś zimny punkt. – Skinął. – Wypuściłeś szerszenia. – Nie zaprzeczył. – Przestraszyłeś mnie tak, że…

– Tak. – Nie wstydził się tego. – Podejrzewałem, że twój dar aktywowany jest silnymi emocjami: złością, obrzydzeniem, smutkiem i strachem. Strach jest twoim najlepszym wyzwalaczem. Doprowadzając cię do granic przerażenia, spowodowałem, że posiadłaś Nualę, myśląc, że to był szerszeń, który śledził cię w lesie. Ale nigdy nie zagroziłbym twojemu życiu.

– To mogło mnie zabić.

– Zachowałem pewne środki ostrożności. Powtarzam: nigdy nie znalazłaś się w bezpośrednim zagrożeniu życia.

– Gówno prawda. Jeżeli myślisz, że krąg soli jest środkiem ostrożności, musiałeś upaść na łeb. – Zaczęłam mówić ulicznym slangiem, ale miałam to gdzieś. – Musiało ci się bardzo podobać, gdy patrzyłeś, jak tańczę…

– Nie, Paige. Próbuję ci pomóc.

– Niech cię piekło pochłonie.

– Ja już istnieję na poziomie piekła.

– Istniej na tym, który jest jak najdalej od mojego.

– Nie. Zawarliśmy umowę, a ja nie łamię obietnic. – Patrzył mi w oczy. – Oczekuję cię za dziesięć minut. Jesteś mi winna godzinę przyjemnej rozmowy.

Mogłam na niego splunąć, ale ustalił granice. Wyszłam z pokoju i poszłam na drugie piętro.

Nie powiem mu nic więcej o sobie. I tak wiedział już zbyt dużo o moim życiu prywatnym – i w żadnym wypadku nie mógł odkryć moich powiązań z Jaxem. Nashira już szukała gangu. Gdyby się dowiedziała, że byłam jednym z jego najbliższych współpracowników, prawdopodobnie kazałaby mi go osobiście aresztować. Będę po prostu udawać, że jestem pod wpływem traumy spowodowanej spotkaniem z szerszeniem, będę udawać, że z trudem mówię. Znów to słyszałam, oddech przecinający jego gardło. Zamknęłam oczy. Wspomnienie ustąpiło.

Moje ubranie było brudne, cuchnęło potem i śmiercią. Poszłam do łazienki i zdjęłam je. Świeży różowy mundur już na mnie czekał. Wyszorowałam skórę mydłem i gorącą wodą. Chciałam usunąć nawet najmniejsze wspomnienie tego smrodu.

Kiedy spojrzałam w lustro, uświadomiłam sobie, że wciąż mam na sobie wisiorek. Zdjęłam go. Przyniósł mi kupę szczęścia.

Kiedy wróciłam do komnaty, Naczelnik siedział w swoim ulubionym fotelu. Wskazał miejsce naprzeciwko.

– Proszę.

Usiadłam. Fotel wydawał się ogromny.

– Podałeś mi środek uspokajający?

– Zostałaś poddana pewnego rodzaju aresztowaniu. – Obserwował mnie. – Próbowałaś posiąść Emmitę?

– Chciałam zobaczyć jego senny krajobraz.

– Rozumiem. – Sięgnął po swój kielich. – Napijesz się czegoś?

Kusiło mnie poprosić o coś zakazanego – może odrobinę prawdziwego wina – ale nie miałam siły na niego naciskać.

– Kawy – zdecydowałam.

Pociągnął za szkarłatny pęk ozdobnych frędzli. Był połączony ze staromodnym sznurem dzwonka.

– Ktoś wkrótce ją przyniesie – powiedział.

– Ślepiec?

– Tak.

– Więc traktujesz ich jako swoich kamerdynerów?

– Niewolników, Paige. Nazywajmy rzeczy po imieniu.

– Ale ich krew ma dla was wartość.

Uniósł kielich do ust. Usiadłam ze skrzyżowanymi rękoma, czekając, aż zacznie rozmowę.

Gramofon znów był włączony. Rozpoznałam tę piosenkę – *I Don't Stand a Ghost of a Chance (With You)* w wersji Sinatry. Znalazła się na zakazanej liście Sajonu tylko dlatego, że w tytule było słowo „duch", mimo że tekst nie miał nic wspólnego z duchami. Ależ ja tęskniłam za Ol' Blue Eyes.

– Wszystkie zakazane nagrania trafiają do ciebie? – zapytałam, usiłując nie okazywać emocji.

– Nie, trafiają do Domu. Od czasu do czasu idę tam i biorę jedną lub dwie płyty, żeby posłuchać ich na gramofonie.

– Podoba ci się nasza muzyka?

– Nie cała. Głównie ta z dwudziestego wieku. Uważam, że wasz język jest interesujący, ale współczesne utwory są beznadziejne.

– Powiedz to cenzorowi. Gdyby nie wy, w ogóle by go nie było.

Podniósł swój kielich.

– Nic dodać, nic ująć.

– Co to jest? – Musiałam zapytać.

– Ekstrakt kwiatu amarantu pomieszany z czerwonym winem.

– Co to takiego ten amarant?

– Ta odmiana nie rośnie na Ziemi. Goi większość ran zadanych przez duchy. Gdybyś wzięła amarant po swoim spotkaniu z poltergeistem, mogłyby nie powstać tak głębokie blizny. Uleczyłby także uszkodzenie mózgu, gdybyś zbyt często używała swojego ducha bez respiratora.

Proszę, proszę, lekarstwo na mój mózg. Jaxon nie dałby mi chwili spokoju, gdyby to wyniuchał.

– Dlaczego go pijesz?

– Stare rany. Amarant łagodzi ból.

Nastała krótka cisza. Moja kolej.

– To należy do ciebie. – Wyjęłam wisiorek.

– Zatrzymaj go.

– Nie chcę.

– Nalegam. Zapewne nie odstraszy Emmity, ale może ocalić cię przed poltergeistem.

Położyłam go na oparciu fotela. Naczelnik zerknął na niego, potem na mnie.

Ktoś lekko zapukał do drzwi. Wszedł chłopak, pewnie w moim wieku, może ciut starszy. Miał na sobie szarą tunikę, a jego oczy były przekrwione. Pomimo tego był piękny, jak z obrazka. Miał złote włosy przycięte wokół szlachetnej twarzy, usta i policzki różowe jak płatki róży. Jego oczy, poza zaczerwienieniem, miały przejrzysty niebieski kolor. Wydawało mi się, że jestem w stanie wyczuć otaczające go słabe ślady aury.

– Poproszę kawę, Michael – powiedział Naczelnik. – Słodzisz, Paige?

– Nie, dziękuję – powiedziałam. – Michael ukłonił się i wyszedł. – A więc jest on twoim osobistym niewolnikiem, tak?

– Michael to podarunek od władczyni krwi.

– Jakie to romantyczne.

– Nieszczególnie. – Spojrzał na okna. – Niewiele można zrobić, kiedy Nashira czegoś zapragnie. Albo kogoś.

– Wyobrażam sobie.

– Naprawdę?

– Wiem, że ma pięć aniołów.

– Tak, zgadza się. Ale są zarówno jej siłą, jak i słabością. – Upił łyk. – Władczyni krwi doznaje cierpienia pod wpływem tych tak zwanych aniołów.

– Jestem pewna, że aniołom jest z tego powodu bardzo przykro.

– Gardzą nią.

– Żartujesz.

– Poważnie. – Był wyraźnie rozbawiony moim lekceważącym podejściem. – Rozmawiamy dopiero od dziesięciu minut, Paige. Postaraj się nie wyczerpać całego swego sarkazmu na jednym wydechu.

Miałam ochotę go zabić. A kiedy była okazja, nie potrafiłam.

Chłopiec wrócił z dzbankiem kawy. Położył tacę na stole, wraz z obfitym talerzem pieczonych kasztanów opprószonych cynamonem. Ich słodki zapach sprawiał, że ślina napłynęła mi do ust. W pobliżu mostu Blackfriars był dostawca, który sprzedawał je w zimie. Te wyglądały na jeszcze smaczniejsze, miały popękane brązowe skorupki i aksamitne wnętrze. Na tacy leżały także owoce: cząstki gruszki, błyszczące wisienki i uśmiechające się kawałki czerwonego jabłka.

Michael wykonał jakiś znak, ale Naczelnik potrząsnął głową.

– Dziękuję, Michael, to wszystko.

Ponownie się ukłonił i wyszedł. Miałam ochotę na niego nakrzyczeć. Był taki... posłuszny.

– Mówiąc „tak zwane" anioły – powiedziałam, próbując się opanować – co dokładnie miałeś na myśli?

Naczelnik zrobił przerwę.

– Jedz – powiedział. – Proszę.

Wyłuskałam kasztana ze skórki. Był jeszcze gorący, dopiero wyjęty z piekarnika. Smakował bosko.

– Zakładam, że wiesz, czym jest anioł: duszą, która powraca na tę płaszczyznę, aby chronić osobę, dla której umarł, aby ją ocalić – rzekł. – Wiemy o aniołach i archaniołach i rozumiem, że jasnowidze na ulicach również mają o nich pojęcie. – Skinęłam. – Nashira potrafi władać trzecim poziomem aniołów.

– Uhm.

– Potrafi łapać pewne duchy.

– Więc jest spoiwem.

– Więcej niż tylko spoiwem, Paige. Jeżeli postanowi zabić jasnowidza, może nie tylko złapać jego ducha, ale także go użyć. Dopóki duch jest z nią związany, jego obecność ma wpływ na jej aurę. Jego działalność pozwala jej posiadać kilka darów jednocześnie.

Kawa wylała mi się na kolana.

– Musi sama je zabić?

– Tak. Jej ofiary nazywamy „upadłymi aniołami". – Obserwował mnie. – Na zawsze pozostają ze swoim mordercą.

Wstałam.

– Jesteś zły. – Filiżanka brzęknęła o podłogę. – Jak możesz ode mnie oczekiwać, że będę z tobą rozmawiać, traktować cię jak człowieka, podczas gdy twoja narzeczona jest w stanie robić coś takiego? Jak możesz patrzeć jej w twarz?

– Czy powiedziałem, że kiedykolwiek osobiście przywołałem upadłego anioła?

– Ale zabijałeś ludzi.

– Ty również.

– Nie o to chodzi.

Jego wyraz twarzy się zmienił. Spoważniał.

– Nie wiem, co mogę zrobić dla tego świata – powiedział – ale nie pozwolę, żeby stała ci się krzywda.

– Nie potrzebuję twojej ochrony. Pozbądź się mnie. Wciśnij mnie komuś innemu. Nie chcę już być twoją uczennicą. Chcę zmiany opiekuna. Chce być z Thubanem, wyślij mnie do Thubana.

– Nie chcesz opiekuna z rodziny Sargas, Paige.

– Nie mów mi, czego chcę. Chcę…

– Chcesz znowu poczuć się bezpieczna. – Wstał, pomiędzy nami znajdował się stolik do kawy. – Chcesz, żebym traktował cię tak jak Thuban i inni, ponieważ wtedy czułabyś, że masz pełne prawo nienawidzić Refaitów. Ale ponieważ ja nie wyrządzam ci krzywdy i próbuję cię zrozumieć, ty uciekasz. Oczywiście wiem dlaczego. Nie rozumiesz moich motywów. Wciąż zadajesz sobie pytanie, dlaczego chcę ci pomóc, i nie wyciągasz żadnych wniosków. Ale to nie znaczy, że ich nie ma, Paige. Znaczy to tylko tyle, że jeszcze ich nie odkryłaś.

Z powrotem usiadłam w fotelu. Gorąca kawa przemoczyła mi spodnie. Kiedy to zobaczył, powiedział:

– Znajdę ci coś innego.

Podszedł do szafy na ubrania. Moje oczy kipiały złością. Prawie słyszałam Jaxa, jak mnie beszta: „Naprawdę jesteś głupiutka. Spójrz na siebie, beczysz? Podnieś głowę, moja śliczna! Czego oczekujesz – współczucia? Litości? Nie zaznasz jej ani od niego, ani ode mnie. Ten świat to rzeźnia, moja faworyto. Teraz przygotuj się do walki. Zrób z nim porządek".

Naczelnik pokazał mi długą, czarną tunikę.

– Mam nadzieję, że będzie pasować. – Wręczył mi ją. – Wydaje się za duża, ale będzie ci w niej ciepło.

Skinęłam głową. Odwrócił się. Założyłam tunikę przez głowę. Miał rację: sięgała mi po kolana.

– Już – syknęłam.

– Usiądziesz?

– A mam jakiś wybór?

– Daję ci wybór.

– Nie wiem, co chcesz, żebym powiedziała.

– Najlepiej byłoby, gdybyś mi powiedziała, kto w przeszłości był dla ciebie tak okrutny, że wydaje ci się, że nie możesz nikomu zaufać. – Naczelnik powrócił na swoje miejsce. – Ale wiem, że mi tego nie powiesz. Chcesz chronić tych swoich przyjaciół.

– Nie wiem, o czym mówisz.

– Jasne.

Pękłam.

– Okej, mam przyjaciół jasnowidzów. Ale czy nie każdy jasnowidz ma przyjaciół wśród jasnowidzów?

– Nie. Z biegiem lat syndykat Londynu wzmocnił się. Ci, których łapiemy, są głównie outsiderami – mieszkają sami albo na ulicach, ponieważ nie są w stanie kontrolować swoich mocy. Albo zostali wyrzuceni przez rodziny. To dlatego tak wielu z nich chętnie nam służy: zaznali poniżenia ze strony przedstawicieli własnego gatunku. A Refaici, pomimo że traktują ich jak osoby drugiej kategorii, dają im możliwość wchodzenia w zaświaty. Szeregujemy ich w grupy, pozwalamy im na nowo należeć do struktury społecznej. – Wskazał na drzwi. – Michael był poliglotą. Zdaje się, że twoi ludzie powiedzieliby „julkerem". Jego rodzice tak bardzo bali się jego stylu wyrażania, że próbowali poddać go egzorcyzmom. Jego senny krajobraz się zapadł. Po tym z trudem mówił.

Oniemiałam. Słyszałam o zapadnięciu się sennego krajobrazu; przydarzyło się to jednemu chłopakowi z gangu, Zekemu, który w ten sposób stał się nieczytelnym. Senny krajobraz zarastał pancerzem warstwa po warstwie, zapobiegając duchowym atakom.

– Czerwoni wybrali go dwa lata temu. Mieszkał dziko na ulicach Southwark, nie miał pieniędzy i jedzenia. Umieścili go w Wieży, podejrzewając o odmienność, ale sprowadziłem go tutaj przedterminowo. Mimo że jest traktowany tak jak ślepiec, wciąż ma aurę. Nauczyłem go od nowa mówić. Mam nadzieję, że pewnego dnia znajdzie zaświaty i że znowu będzie śpiewał tak jak dawniej. Głosami umarłych.

– Chwila – powiedziałam. – Ty go nauczyłeś?

– Tak.

– Dlaczego?

Cisza wypełniła każdą szczelinę pokoju. Naczelnik sięgnął po swój kielich.

– Kim ty jesteś? – zapytałam. Zerknął na mnie. – Jesteś małżonkiem krwi władczyni Sargas. Pociągasz za sznurki rządu od 1859 roku. Popierasz handel jasnowidzami, pozwalasz, aby ten system się rozwijał. Pomagasz im rozprzestrzeniać kłamstwa, nienawiść i strach. Dlaczego pomagasz ludziom?

– Tego nie mogę ci powiedzieć. Tak jak ty nie powiesz mi, kim są twoi przyjaciele, ja nie zdradzę ci swoich ukrytych motywów.

– Powiedziałbyś mi, gdybyś się dowiedział, kim są moi przyjaciele?

– Być może.

– Powiedziałeś Michaelowi?

– Trochę. Michael jest wobec mnie bardzo lojalny, ale nie mogę ufać mu w pełni, biorąc pod uwagę jego kruchy stan umysłowy.

– O mnie myślisz w taki sam sposób?

– Za mało o tobie wiem, żeby ci zaufać, Paige. Ale to nie oznacza, że ty nie możesz *zyskać* mojego zaufania. Szczerze mówiąc – ponownie usiadł w swoim fotelu – dzisiaj nadarzy się ku temu okazja.

– Co masz na myśli?

– Zobaczysz.

– Niech zgadnę. Zabiłeś wróżbitę, ukradłeś jego moce i teraz wydaje ci się, że możesz poznać moją przyszłość.

– Nie jestem złodziejem talentów. Ale bardzo dobrze znam Nashirę, wystarczająco dobrze, żeby przewidzieć jej kolejny ruch. Wiem, kiedy lubi uderzyć.

Rozległo się uderzenie zegara. Naczelnik zerknął w jego kierunku.

– A więc minęła godzina – rzekł. – Jesteś wolna. Może powinnaś odwiedzić swoją przyjaciółkę, tę, co wróży z kart.

– Liss jest w duchowym szoku – powiedziałam.

Spojrzał na mnie do góry.

– Czerwona wrzuciła jej karty do ognia. – Poczułam ucisk w gardle. – Od tamtej pory jej nie widziałam.

„Poproś go o pomoc – przeszło mi przez myśl. – Zapytaj go, czy może znaleźć dla niej karty. Zrobi to. Pomógł Michaelowi".

– Szkoda – powiedział. – Jest utalentowanym cyrkowcem.

– Pomożesz jej? – wydusiłam z siebie.

– Nie mam kart. Musi mieć swoje łącze z zaświatami. – Spojrzał mi w oczy. – Amarant też będzie niezbędny.

Stałam w miejscu, patrząc, jak sięga po małe pudełko na stoliku. Wyglądało jak staromodna tabakiera, zrobiona z masy perłowej, kawałków srebra i złota. Na środku pokrywy znajdował się kwiat z ośmioma płatkami, taki jak ten na jego opakowaniu z fiolkami. Otworzył je jednym ruchem i wyciągnął malutki flakonik olejku zabarwionego na niebiesko.

– To ekstrakt astra – powiedziałam.

– Bardzo dobrze.

– Po co ci to?

– Używam małych dawek gwieździstego kwiatu, aby pomóc Michaelowi. To pomaga mu odnaleźć senny krajobraz.

– Gwieździstego kwiatu?

– Tak Refaici mówią na aster. To dosłowne tłumaczenie z naszego języka, „glossolalia" lub „gloss".

– Julkerzy posługują się tym językiem?

– Tak. To starożytny język zaświatów. Michael nie może już go używać, ale go rozumie. Tak jak zaklinacze dusz.

A więc julkerzy mogą podsłuchiwać Refaitów. Interesujące.

– Zamierzasz podać mu aster… teraz?

– Nie. Po prostu chciałem przejrzeć swoją kolekcję zarekwirowanych narkotyków – powiedział. Nie miałam pojęcia, czy żartuje, czy nie. Prawdopodobnie nie. – Niektóre z nich, takie jak zawilec wieńcowy, mogą być użyte, żeby nas skrzywdzić. – Wyjął pojedynczy kwiat z pudełka. – Pewne trucizny powinny być trzymane z dala od ludzkich rąk. – Popatrzył mi prosto w oczy. – Nie chcielibyśmy, aby użyto ich, powiedzmy, do infiltracji Domu. To naraziłoby nasze tajne zapasy na niebezpieczeństwo.

Przypomniałam sobie kartkę od Davida. „Czerwony kwiat. Jedyna metoda".

Jedyna metoda zabicia Refaitów?
– Nie – powiedziałam. – Nie chcielibyśmy tego.

W Rookery było spokojnie. Nie widziałam Liss, odkąd Suhail odprowadził mnie do Magdaleny; nie miałam możliwości zajrzenia do niej, żeby sprawdzić, czy przeżyła utratę swojej talii kart.

Była przytomna, ale nieobecna. Miała blade usta, jej wzrok błądził bez celu. Tonęła w męczarniach duchowego szoku.

Julian i cyrkowiec w okularach, którego poznałam pierwszego dnia – Cyryl – postanowili się nią zaopiekować. Karmili ją, czesali jej włosy, leczyli jej poparzone ręce i mówili do niej. A ona po prostu leżała, zesztywniała i zimna, szepcząc coś o zaświatach. Teraz, gdy nie mogła się z nimi połączyć, jej naturalnym pragnieniem było porzucić swoje ciało. My musieliśmy stłumić to pragnienie. Zatrzymać ją z nami.

Wymieniłam dwie pigułki za puszkę Sterno, zapałki i puszkę fasoli w lombardzie Dostawcy. Nie miał kart. Wszystkie zostały skonfiskowane przez czerwoną: Kathryn dopilnowała, żeby Liss cierpiała. Miała szczęście, że Naczelnik nie pozwolił mi wyrównać z nią rachunków.

Kiedy wróciłam do rudery, Julian spojrzał na mnie oczyma czerwonymi ze zmęczenia. Nie miał już na sobie różowej tuniki, tylko poszarpaną koszulę i szmaciane spodnie.

– Paige, nie było cię tu jakiś czas.

– Musiałam coś zrobić. Później ci wyjaśnię. – Uklękłam obok Liss. – Je cokolwiek?

– Wczoraj zmusiłem ją do zjedzenia odrobiny brei, ale wszystko zwymiotowała.

– A co z poparzeniami?

– Kiepsko. Potrzebujemy maści.

– Spróbujemy znowu ją nakarmić. – Pogłaskałam jej wilgotne loki, uszczypnęłam w policzek.

– Liss?

Miała otwarte oczy, ale nie reagowała. Zapaliłam Sterno. Cyryl stukał palcami o kolano.

– Daj spokój, Rymore – powiedział do niej, poirytowany. – Nie możesz tak długo nie pojawiać się na jedwabiach.

– Przydałoby się odrobinę współczucia – powiedział Julian.

– Nie pora na współczucie. Suhail wkrótce zacznie jej szukać. Ma ze mną występować.

– O niczym jeszcze nie wiedzą?

– Nell ją zastępuje. W kostiumach i maskach wyglądają podobnie, są tego samego wzrostu i mają taki sam kolor włosów, ale Nell nie jest taka dobra. Spada. – Cyryl popatrzył na Liss. – Rymore nigdy nie spada.

Julian postawił fasolkę na ogniu. Znalazłam łyżkę i ramieniem objęłam Liss. Potrząsnęła głową.

– Nie.

– Musisz coś zjeść, Liss. – Julian złapał jej zimny nadgarstek, ale nie zareagowała.

Kiedy fasolka był ciepła, Julian odchylił głowę Liss do tyłu. Karmiłam ją łyżeczką, ale z trudem połykała. Fasolka spływała jej po brodzie. Cyryl złapał puszkę i palcami wydrapał to, co pozostało. Usiadłam na piętach, patrząc, jak Liss opada na posłanie.

– Nie może tak dalej być.

– Ale nic nie możemy zrobić. – Julian zacisnął pięść. – Nawet jeśli znajdziemy talię, nie ma gwarancji, że to zadziała. Jakbyśmy dali jej nową kończynę. Może ją odrzucić.

– Musimy spróbować. – Popatrzyłam na Cyryla. – Są tu jacyś inni kartowróże?

– Martwi.

– Nawet jeśli się myli, nie możemy zabrać czyjejś talii – powiedział Julian bardzo cichym głosem. – To gorsze niż morderstwo.

– Więc ukradniemy Refaitom – stwierdziłam. Przestępczość była moją mocną stroną. – Zamierzam włamać się do Domu. Muszą tam mieć zapasy.

– Zginiesz – powiedział Cyryl bez zająknięcia.

– Przeżyłam szerszenia. Nic mi nie będzie.

Julian popatrzył na mnie do góry.

– Widziałaś go?

– Mieszkają w lesie. Naczelnik zostawił mnie z jednym z nich.

– Czy to oznacza, że zdałaś test? – Na jego twarzy pokazała się podejrzliwość. – Jesteś czerwoną?

– Nie wiem. Myślałam, że tak, ale – wskazałam na swoją tunikę – to nie wygląda na czerwony.

– Pocieszyłaś mnie. – Zamilkł. – Jaki jest szerszeń?

– Szybki. Agresywny. Niewiele widziałam. – Popatrzyłam na jego nowe ubrania. – Ty go nie widziałeś?

Uśmiechnął się delikatnie.

– Aludra wywaliła mnie za to, że pojawiłem się po godzinie policyjnej. Obawiam się, że zostałem klaunem.

Cyryl się trząsł.

– Ich ugryzienie jest śmiertelne – wyszeptał. – Nie powinnaś tam wracać.

– Mogę nie mieć wyboru – powiedziałam. Cyryl oparł głowę o ramiona. – Julian, podaj prześcieradło.

Owinęłam je dookoła Liss. Nie przestała się trząść. Potarłam jej lodowate ramiona, próbując je rozgrzać. Jej palce były pokryte pęcherzami.

– Paige – zagadnął Julian – mówiłaś poważnie o włamaniu się do Domu?

– Naczelnik powiedział, że mają tam zapasy. Tajne magazyny, rzeczy, których nie powinniśmy widzieć. Może jest tam maść na oparzenia.

– Nie pomyślałaś o tym, że może być chroniony? Albo że Naczelnik kłamie?

– Zaryzykuję.

Westchnął.

– Wątpię, żebym był w stanie cię zatrzymać. A co, kiedy już się tam dostaniesz?

– Ukradnę, co się da, wezmę wszystko, czego będę mogła użyć do obrony, i wyjdę. Jeśli ktokolwiek chce się do mnie przyłączyć, zapraszam. Cokolwiek się stanie, nie zamierzam gnić tutaj do końca życia.

– Nie rób tego – powiedział Cyryl. – Zginiesz, tak jak ci poprzedni. Szerszenie ich zjadły. I ciebie też zjedzą.

– Proszę, Cyryl, wystarczy. – Julian wciąż na mnie patrzył. – Pójdziesz do Domu, Paige. Postaram się zebrać oddział ludzi.

– Oddział?

– Daj spokój. – Ogień błysnął mu w oczach. – Chyba nie zamierzasz stąd odejść bez walki?

Uniosłam brwi.

– Walki?

– Chyba nie wrócisz do Londynu, udając, że to wszystko nigdy się nie wydarzyło? Sajon robi to od dwustu lat, Paige. To się nie skończy. Co ich powstrzyma przed zawleczeniem cię tu z powrotem, kiedy tylko dotrzesz do SajLo?

Miał rację.

– Co proponujesz?

– Zbiorową ucieczkę. Wszyscy stąd zwiejemy. Zostawimy ich bez jasnowidzów, nie będą mieli się czym karmić.

– Tu jest ponad dwustu ludzi. Nie możemy tak po prostu wyjść. Poza tym w lesie są miny lądowe. – Podciągnęłam kolana pod brodę. – Wiesz, co się stało podczas osiemnastych Żniw. Nie chcę mieć tylu osób na sumieniu.

– Nie będziesz. Ludzie chcą stąd uciec. Tylko nie mają na tyle odwagi, jeszcze nie. Jeżeli uda nam się wywołać wielkie zamieszanie, moglibyśmy przeprowadzić ich przez las. – Położył mi rękę na ramieniu. – Jesteś z syndykatu. Z Irlandii. Czy nie uważasz, że nadeszła pora, by pokazać Refaitom, że nie mają nad nami władzy? Że nie mogą się nami tak po prostu karmić? – Kiedy nie odpowiadałam, ścisnął moje ramię. – Pokażmy im, że nawet po dwustu latach wciąż mają się czego bać.

Nie widziałam już teraz jego twarzy. Widziałam Finna, który tamtego dnia w Dublinie kazał mi walczyć.

– Może masz rację – powiedziałam.

– Wiem, że mam. – Na jego twarzy pojawił się smętny uśmiech. – Jak myślisz, ilu potrzebujemy?

– Zacznij od ludzi, którzy mają poważne powody, żeby nienawidzić Refaitów. Klauni. Żółci. Ślepcy. Ella, Felix i Ivy. Wtedy popracuj nad białymi.

– Co mam im mówić?

– Na razie nic. Zadaj tylko kilka pytań. Dowiedz się, czy kiedykolwiek spróbują uciec.

Julian popatrzył na Cyryla.

– Nie. – Cyryl potrząsnął głową. Zza potłuczonych okularów jego oczy błyszczały strachem. – Ja nie. Nie ma mowy, bracie. Oni nas zabiją. Są nieśmiertelni.

– Nieprawda. – Patrzyłam, jak Sterno się wypala. – Można ich zranić. Naczelnik mi powiedział.

– Mógł cię okłamać. – Julian zaakcentował to słowo. – Mówimy o narzeczonym Nashiry, jej małżonku krwi, jej prawej ręce. Dlaczego mu wierzysz?

– Ponieważ wydaje mi się, że on brał już udział w rebelii. Myślę, że on jest jednym z okaleczonych.

– Kim?

– Jednym z grupy Refaitów, którzy wszczęli bunt w czasie osiemnastych Żniw. Byli torturowani. Okaleczeni.

– Gdzie o tym słyszałaś?

– Od kosiarza. XX-12.

– Wierzysz kosiarzowi?

– Nie, ale pokazał mi kapliczkę, którą zrobili dla ofiar.

– I wydaje ci się, że Naczelnik jest jednym z tych „okaleczonych" – powiedział. Skinęłam. – Widziałaś blizny, że tak zapytam?

– Nie, ale wydaje mi się, że je ukrywa.

– Wydaje ci się, Paige. To za mało.

Zanim odpowiedziałam, ktoś wdarł się do rudery. Zamarłam. Nadzorca.

– Proszę, proszę. – Jego malowane brwi podskakiwały. – Zdaje się, że mamy wśród nas szalbierza. Kto był na jedwabiach, skoro XIX-1 cały czas jest tutaj?

Wstałam. Julian też.

– Ona jest w duchowym szoku – powiedziałam. Popatrzyłam mu prosto w oczy. – Nie jest w stanie występować w tym stanie.

Nadzorca uklęknął obok Liss, dotknął jej czoła. Wyrwała mu się.

– Moja droga. – Palcami przesunął po jej włosach. – To straszne. Straszne wieści. Nie mogę stracić 1, mojej wyjątkowej 1.

Liss zaczęła wrzeszczeć, dostała ataku konwulsji.

– Wynoś się – dyszała, krzycząc. – Wynoś się! – Julian złapał Nadzorcę za ramię i mocno go odepchnął.

– Nie dotykaj jej.

Stałam obok niego. Cyryl kiwał się na piętach. W pierwszej chwili Nadzorca wyglądał na osłupiałego, nawet przerażonego, potem zaczął się śmiać. Wstał, klaszcząc z zadowoleniem. Dłonią w rękawiczce sięgnął do kurtki.

– Czyżby to był zaczątek buntu, dzieciaki? Okazuje się, że mam dwa wygłodniałe wilki w stadzie.

Machnięciem nadgarstka wyjął swój batog – narzędzie do zaganiania bydła.

– Nie pozwolę wam demoralizować 1. Ani nikogo z mojego stada. – Trzasnął batem w moim kierunku. – Może nie jesteś jeszcze cyrkowcem, 40, ale nim zostaniesz. Wracaj do swojego opiekuna.

– Nie.

– Nie ruszymy się stąd. – Na twarzy Juliana pojawił się świeży przypływ determinacji. – Nie zostawimy Liss.

Nadzorca go zaatakował. Julian się zachwiał. Krew popłynęła z jego świeżej rany na policzku.

– Należysz teraz do mnie, chłopcze, i lepiej o tym pamiętaj. – Rozstawiłam nogi na szerokość ramion. Nadzorca błysnął szerokim uśmiechem w moim kierunku. – Nie ma takiej potrzeby, 40. Zaopiekuję się 1.

– Nie zmusisz nas do wyjścia. Należę do Arcturusa. – Nie poddawałam się. – Dopilnuję, żebyś mu się wytłumaczył, dlaczego mnie uderzyłeś.

– Nie mam zamiaru cię uderzyć, wędrowcu. Mam zamiar zagonić cię do stada.

Ponownie trzasnął batem w moją stronę. Julian zamachnął się na niego. To była powtórka walki z czerwonymi. Tym razem będzie inaczej. Tym razem to my wygramy.

Ogarnął mnie przypływ szaleństwa. Napadłam na Nadzorcę. Pięścią walnęłam go w szczękę, tak że jego głowa odskoczyła. Julian kopał go po nogach. Nadzorca poluzował uścisk, więc próbowałam chwycić batog, ale go przytrzymał. Pokazał zęby w szyderczym grymasie. Julian ścisnął go ręką za szyję. Odebrałam mu bicz, podniosłam rękę, aby uderzyć – ale ktoś mi go wyrwał. Dostałam butem w brzuch i wylądowałam na ścianie.

Suhail. Powinnam była wiedzieć. Gdziekolwiek Nadzorca się nie pojawił, jego przełożony był tuż za nim. Tak jak na ulicach: mięśniak i szef.

– Tak myślałem, że cię tu znajdę, chuderlaku. – Złapał mnie za włosy. – Znowu sprawiamy problemy?

Splunęłam na niego. Uderzył mnie tak mocno, że zobaczyłam gwiazdy.

– Nie dbam o to, kto jest twoim opiekunem, mały kundlu. Nałożnica mnie nie przeraża. Nie poderżnę ci teraz gardła tylko dlatego, że władczyni krwi cię wzywa.

– Założę się, że z chęcią usłyszy, że nazywasz go nałożnicą, Suhail – wykrzyczałam. – Mam jej powiedzieć?

– Mów jej, co chcesz. Słowo człowieka jest mniej warte niż nieskładne ślinienie się psa.

Pociągnął mnie za ramię. Wyrywałam się i krzyczałam, ale nie chciałam ryzykować użycia ducha. Nadzorca uderzył Juliana w głowę, powalając go na ziemię. Tuż przed utratą przytomności widziałam Juliana i Liss na łasce kogoś, z kim nie byłam już w stanie walczyć.

19

Kwiat

Rezydencja Suzerena zdawała się o wiele zimniejsza i ciemniejsza niż podczas przemówienia. Byłam sam na sam z Suhailem i prawdopodobnie zostanę sam na sam z Nashirą. Małe skurcze przemknęły mi po nogach.

Suhail nie zabrał mnie do sali, w której odbywało się przemówienie, ani do kaplicy. Ciągnął mnie korytarzami, po czym wepchnął do wysokiego pomieszczenia z zaokrąglonymi u góry oknami. Pokój oświetlał żelazny żyrandol ustrojony świecami oraz potężny kominek. Jego światło pobłyskiwało na suficie, rzucając cienie na rzeźbione gipsowe sklepienie.

Na środku znajdował się długi stół. Na jego szczycie na wyściełanym krześle siedziała Nashira Sargas. Miała na sobie czarną, posągową suknię z wysokim kołnierzem.

– Dobry wieczór, 40.

Nie odezwałam się. Uniosła rękę.

– Możesz odejść, Suhail.

– Tak, władczyni krwi. – Suhail popchnął mnie w jej stronę. – Do następnego razu – wycedził mi do ucha – kundelku.

Wycofał się przez drzwi. Zostałam w mrocznym pokoju sam na sam z kobietą, która chciała mnie zabić.

– Usiądź – powiedziała.

Pomyślałam o zajęciu miejsca na najdalszym końcu stołu – kilka metrów od niej – ale ona wskazała miejsce tuż obok, po swojej lewej, najdalej od kominka. Podeszłam i usiadłam na krześle. Ból tętnił mi w głowie przy każdym ruchu – Suhail ani trochę nie powstrzymał się przed zadaniem mi ostatniego uderzenia pięścią. Nashira nie odrywała ode mnie wzroku. Jej oczy były zielone jak absynt. Zastanawiałam się, kim się dzisiaj karmiła.

– Krwawisz.

Obok sztućców leżała serweta ściśnięta ciężkim pierścieniem. Musnęłam nią swoją opuchniętą wargę, pozostawiając plamy krwi na płótnie w kolorze kości słoniowej. Zwinęłam ją, ukrywając zabrudzenie, i położyłam na kolanach.

– Przypuszczam, że musisz być przerażona – powiedziała.

– Nie.

Powinnam być. Byłam. Ta kobieta kontrolowała wszystko. Jej imię szeptano po kątach, z jej rozkazu ginęli ludzie, a jej upadłe anioły dryfowały w pobliżu, nie oddalając się od jej aury.

Cisza narastała. Nie wiedziałam, czy mam na nią patrzeć, czy nie. Zauważyłam coś kątem oka – szklaną pokrywę w kształcie dzwonu. Stała dokładnie pośrodku stołu. Pod szkłem znajdował się więdnący kwiat, miał brązowe i pomarszczone płatki, stał podparty na cienkim druciku. Niezależnie od tego, jaki to był kwiat, nie można go było teraz rozpoznać. Nie miałam pojęcia, dlaczego ktoś chciałby trzymać zwiędły kwiat pośrodku stołu jadalnego, ale w końcu to była Nashira. Otaczała się mnóstwem martwych rzeczy.

Zauważyła moje zainteresowanie.

– Niektóre rzeczy lepiej wyglądają martwe – powiedziała. – Zgadzasz się ze mną?

Nie mogłam odwrócić wzroku od tego kwiatka. I nie byłam pewna, ale wydawało mi się, że mój szósty zmysł zadrgał.

– Tak – odrzekłam.

Nashira spojrzała do góry. Powyżej okien znajdował się cały szereg gipsowych twarzy, przynajmniej po pięćdziesiąt na każdej z dłuższych ścian. Najbliższa z nich przyciągnęła moją uwagę, przyjrzałam się jej dokładniej. To była delikatna kobieca twarz z łagodnym uśmiechem. Wyglądała spokojnie, jakby spała.

Nagle ogarnęło mnie obrzydzenie. To była L'Inconnue de la Seine, słynna francuska maska śmierci. Jax miał jej kopię w naszej kryjówce. Twierdził, że ta kobieta była piękna, że pod koniec dziewiętnastego wieku stała się obsesją artystów. Eliza kazała mu ją zakryć, co było mu nie w smak. Mówiła, że na widok tej maski przechodzą ją ciarki.

Powoli rozejrzałam się po pokoju. Każda z tych twarzy – ludzkich – była maską śmierci. To chyba jakiś żart. Nashira nie tylko kolekcjonowała duchy jasnowidzów, ale także ich twarze.

Seb. A jeśli Seb też tam był? Usiłowałam spuścić wzrok, ale zrobiło mi się niedobrze.

– Nie wyglądasz najlepiej – powiedziała Nashira.

– Nic mi nie jest.

– Cieszę się. Nie chciałabym, żebyś zachorowała teraz, w kluczowym momencie swego pobytu w Szeolu I. – Palcem w rękawiczce dotknęła noża na stole, wciąż patrząc na mnie. – Moi czerwoni dołączą do nas za kilka minut, ale wpierw chciałam porozmawiać z tobą sama. Tak szczerze, „od serca".

Zafascynowało mnie to, że była przekonana, że posiada serce.

– Małżonek krwi informował mnie na bieżąco o twoich postępach. Twierdzi, że robił, co w jego mocy, aby wydobyć twój talent – powiedziała – ale nie zdołałaś w pełni posiąść cudzego sennego krajobrazu, nawet zwierzęcia. Czy to prawda?

Nie wiedziała.

– Tak, to prawda.

– Szkoda. Stawiłaś czoła jednemu z Emmitów i przeżyłaś, a nawet go zraniłaś. Z tego powodu Arcturus uważa, że powinnaś zostać czerwoną.

Nie wiedziałam, co powiedzieć. Z jakiegoś powodu Naczelnik nie powiedział jej o motylu. Ani o jeleniu. To oznaczało, że nie chciał, by wiedziała o moich umiejętnościach – ale chciał, żebym została czerwoną. W co tym razem pogrywał?

– Jesteś taka milcząca – zauważyła. Jej oczy były zimne jak lodowiec. – Nie byłaś tak nieśmiała podczas przemówienia.

– Powiedziano mi, że mogę mówić tylko za pozwoleniem.

– Udzielam ci go.

Miałam ochotę uświadomić ją, gdzie sobie może wsadzić swoje pozwolenie. Byłam bezczelna wobec Naczelnika, nie powinnam mieć skrupułów wobec niej – ale rękę wciąż trzymała na nożu, a jej wzrok nie pozostawiał wątpliwości. W końcu, wysilając się, aby zabrzmiało to jak najbardziej pokornie, powiedziałam:

– Starałam się, jak mogłam, podczas testów.

– Bez wątpienia. Ale nie popadajmy w samozachwyt. – Rozparła się na swoim krześle. – Mam do ciebie kilka pytań przed twoją ucztą inauguracyjną.

– Inauguracyjną?

– Tak. Moje gratulacje, 40. Jesteś teraz czerwoną. Musisz zostać przedstawiona swoim nowym współpracownikom, każdy z nich jest wobec mnie lojalny. Nawet bardziej niż wobec swych opiekunów.

Krew pulsowała mi w uszach. Czerwona. Kosiarz. Dotarłam na najwyższy szczebel Szeolu, znalazłam się w najbliższym otoczeniu Nashiry Sargas.

– Chciałabym porozmawiać o Arcturusie. – Nashira popatrzyła w ogień. – Dzielisz z nim kwatery.

– Mam swój własny pokój. Na piętrze.

– Czy on kiedykolwiek prosi cię, żebyś z niego wyszła?

– Tylko na trening.

– Nic poza tym? Może na małą pogawędkę?

– Nie interesuje go rozmowa ze mną – powiedziałam. – Cóż interesującego mogłabym powiedzieć małżonkowi krwi?

– Słuszna uwaga.

Ugryzłam się w język. Nie miała pojęcia, jak bardzo go interesowałam i ile nauczył mnie tuż pod jej nosem.

– Rozumiem, że zapoznałaś się z jego kwaterami. Czy w Wieży Założyciela jest może coś, co cię zaniepokoiło? Coś niezwykłego?

– Ma jakieś wyciągi roślinne, których nie znam.

– Kwiaty?

Kiedy skinęłam, wzięła coś ze stołu. Broszkę, zaśniedziałą z biegiem lat, w kształcie kwiatka, takiego jak na jego tabakierze.

– Czy kiedykolwiek widziałaś ten symbol w Wieży Założyciela?

– Nie.

– Zdajesz się bardzo pewna.

– Jestem pewna, nigdy go nie widziałam.

Spojrzała na mnie, prosto w moje oczy. Usiłowałam nie spuszczać wzroku.

Usłyszałam dobiegający z oddali dźwięk zamykających się drzwi. Do pokoju wszedł cały szereg czerwonych, eskortowanych przez nieznanego mi Refaitę.

– Witajcie, przyjaciele. – Zaprosiła ich gestem. – Proszę, siadajcie.

Refaita przycisnął pięść do klatki piersiowej i wyszedł z pokoju. Przyjrzałam się twarzom przybyłych – dwudziestu kosiarzy, każdy z nich dobrze odżywiony i czysty jak łza. Ustawieni grupami. Weterani dziewiętnastych Żniw na przedzie. Kathryn, 16 i 17. Z tyłu Carl, ubrany w czerwoną tunikę, z ulizanymi włosami i przedziałkiem. Patrzył na mnie swoimi szerokimi, pełnymi wyrzutu oczyma. Pewno nigdy wcześniej nie widział różowego przy stole władczyni krwi.

Wszyscy zajęli miejsca. Carl musiał usiąść na jedynym wolnym krześle, naprzeciwko mnie, David usadowił się parę krzeseł dalej. Na głowie miał świeżą ranę, zabezpieczoną kilkoma szwami. Popatrzył z podniesionymi brwiami na maski śmierci.

– Cieszę się, że mogliście dzisiaj wszyscy tu przybyć. Dzięki waszym niestrudzonym wysiłkom w tym tygodniu nie doszło do żadnych większych ataków Emmitów. – Nashira patrzyła po kolei na każdego z przybyłych. – Aczkolwiek nie wolno nam zapominać o nieustannym zagrożeniu ze strony tych brutalnych stworzeń. Nie ma na nie sposobu, a z powodu przerwania granicy nie jesteśmy w stanie uwięzić ich w Międzyświatach. Tylko wy możecie je powstrzymać.

Wszyscy skinęli głowami. Wszyscy w to wierzyli. No, może nie David. Z delikatnym uśmiechem przyglądał się jednej z masek.

Mój wzrok skrzyżował się ze spojrzeniem Kathryn. Na jej twarzy widniał duży siniak. 16 i 17 nie patrzyli w moją stronę. To dobrze. Gdyby na mnie spojrzeli, mogłabym nie dać rady się powstrzymać od poderżnięcia im gardeł. Liss wciąż tam była, umierająca i cierpiąca z powodu ich bestialstwa.

– 22 – Nashira zwróciła się do czerwonego po swojej prawej – jak 11? Rozumiem, że wciąż jest w Oriel?

Młody mężczyzna odchrząknął.

– Już czuje się lepiej, władczyni krwi. Nie ma śladu infekcji.

– Jego odwaga nie została niezauważona.

– Będzie zaszczycony, słysząc to, władczyni krwi.

„Tak, władczyni krwi, nie, władczyni krwi". Refaici uwielbiali łechtać swoje ego. Nashira ponownie klasnęła w dłonie – przez niewielkie drzwi weszło czterech ślepców. Każdy z nich niósł półmisek, a wraz z ich przybyciem pomieszczenie wypełnił intensywny zapach ziół. Wśród nich był Michael, ale nie spojrzał mi w oczy. Szybko rozłożyli wspaniałą wyżerkę na stole, dookoła szklanej pokrywy. Jeden z nich nalał schłodzone białe wino do naszych kieliszków. Czułam gulę w gardle. Na tacach było mnóstwo jedzenia – kunsztownie pokrojony kurczak, kruchy i soczysty, z chrupiącą złotą skórką; mus szałwiowo-cebulowy; gęsty, słodko pachnący sos pieczeniowy; sos żurawinowy; warzywa gotowane na parze i pieczone ziemniaki oraz grube kiełbaski owinięte w bekon – uczta na miarę Inkwizytora. Kiedy Nashira skinęła, kosiarze zaczęli jeść. Pospiesznie, ale z umiarem.

Poczułam ból w brzuchu. Ale pomyślałam o klaunach, żywiących się w swoich budach smalcem i czerstwym chlebem. Tu było tyle jedzenia, a tam nie było co włożyć do ust. Nashira zauważyła moje zmieszanie.

– Jedz.

To był rozkaz. Nałożyłam na talerz kilka plasterków kurczaka i trochę warzyw. Carl połykał wino, jakby to była woda.

– Uważaj, 1 – powiedziała do niego jedna z dziewczyn. – Chyba nie chcesz się znowu pochorować.

Pozostali zaczęli się śmiać. Carl uśmiechnął się szeroko.

– Dajcie spokój, to był tylko ten jeden raz. Byłem jeszcze różowy.

– Jasne, dobra, dajcie mu spokój. Zasłużył na wino. – 22 po przyjacielsku walnął go pięścią w ramię. – Jest jeszcze żółtodziobem. Poza tym wszyscy ciężko przeżyliśmy nasze pierwsze spotkanie z szerszeniem.

Pojawiły się pomruki potwierdzenia.

– Ja zemdlałam – przyznała ta sama dziewczyna. Co za bezinteresowny pokaz solidarności. – To znaczy kiedy zobaczyłam go po raz pierwszy.

Carl się uśmiechnął.

– Ale świetnie sobie radzisz z duchami, 6.

– Dzięki.

W milczeniu obserwowałam całą tę demonstrację koleżeństwa. Mdliło mnie na ich widok, ale oni nie udawali. Carl nie tylko lubił być czerwonym – on był częścią tego dziwnego, nowego świata. Czułam swego rodzaju empatię. Podobnie było ze mną, kiedy zaczęłam pracować dla Jaxona. Może Carl nigdy nie odnalazł swojego miejsca w syndykacie.

Nashira im się przyglądała. Musiała czerpać przyjemność z tej cotygodniowej maskarady. Głupi, poddani indoktrynacji ludzie, rozbawieni śmiertelną zabawą, do której ich zmusiła – wszyscy pod jej czujnym okiem, karmiący się jej jedzeniem. Jak potężna musiała się czuć. Jak bardzo z siebie zadowolona.

– Nadal jesteś różowa – powiedział ktoś wysokim cienkim głosem. Walczyłaś z szerszeniem?

Podniosłam głowę. Wszyscy na mnie patrzyli.

– Wczoraj w nocy – odparłam.

– Nie widziałem cię wcześniej. – 22 uniósł gęste brwi. – W czyim batalionie walczysz?

– Nie należę do żadnego batalionu. – Bawiło mnie to.

– Musisz do któregoś należeć – powiedział ktoś inny. – Jesteś różowa. Kto jeszcze mieszka z tobą w rezydencji? Kto jest twoim opiekunem?

– Mój opiekun ma tylko jednego człowieka. – Puściłam szybki uśmiech w stronę 22. – Może go gdzieś widziałeś. To małżonek krwi.

Nastała cisza, która zdawała się trwać godzinami. Upiłam łyk wina i na języku poczułam ostry smak alkoholu.

– To dobrze, że małżonek krwi wybrał tak zacnego człowieka jak 40 – powiedziała Nashira, po czym się roześmiała. Jej śmiech był niepokojący jak odgłos dzwonu wybijającego fałszywą nutę. – Potrafiła walczyć z szerszeniem samodzielnie, bez opiekuna.

Znowu cisza. Byłam pewna, że żaden z nich nie był nigdy w lesie bez eskorty Refaity, a co dopiero walczył z szerszeniem w pojedynkę. 30 skorzystała z okazji, żeby zapytać dokładnie o to, o czym myślałam:

– To znaczy, że on nie walczy z szerszeniami, władczyni krwi?

– Małżonek krwi ma zakaz angażowania się w walkę z Emmitami. Jest moim przyszłym mężem, to byłoby niestosowne, gdyby wykonywał pracę należącą do czerwonych.

– Oczywiście, władczyni krwi.

Nashira patrzyła na mnie, czułam to. Dalej spokojnie jadłam ziemniaki.

A jednak Naczelnik walczył z Emmitami. Sama oczyszczałam jego rany. Sprzeciwił się Nashirze, a ona nie miała o tym zielonego pojęcia, a nawet jeśli, były to tylko podejrzenia.

Przez kilka minut słychać było tylko brzęk sztućców. Jadłam warzywa z sosem, cały czas myśląc o tajemniczych spotkaniach Naczelnika z Emmitami. Nigdy nie musiał ryzykować życiem, a jednak postanowił wyjść i z nimi walczyć. Musiał mieć jakiś powód.

Czerwoni rozmawiali ściszonymi głosami. Pytali się nawzajem o rezydencje, rozwodząc się nad pięknem starych budynków. Czasem z lekceważeniem wspominali o klaunach („To prawdziwi tchórze, nawet ci mili"). Kathryn bawiła się swoim jedzeniem, wzdrygając się, kiedy ktoś wspomniał o Rookery. 30 wciąż był różowy na twarzy, podczas gdy Carl przeżuwał z nadmierną siłą, popijając drugim już kieliszkiem wina. Dopiero gdy wszystkie talerze były czyste, powrócili ślepcy, aby uprzątnąć stół i zostawić trzy tace z deserami. Nashira poczekała, aż czerwoni się obsłużą, po czym ponownie zabrała głos.

– Teraz, moi przyjaciele, kiedy zjedliście i napiliście się, pozwólmy sobie na odrobinę rozrywki.

Carl otarł serwetą syrop z ust. Do pokoju weszła grupa klaunów. Była wśród nich zaklinaczka dusz. Kiedy Nashira skinęła, ta oparła swoje skrzypce na ramieniu i zagrała delikatną, wesołą melodię. Pozostali zaczęli przedstawiać pełne gracji akrobacje.

– Przejdźmy zatem do interesów – powiedziała Nashira, nie patrząc nawet na przedstawienie. – Jeżeli ktokolwiek z was rozmawiał kiedyś z Nadzorcą, zapewne wie, czym zarabia on na swoje utrzymanie. Jest moim zdobywcą podczas Czasu Żniw. Przez ostatnie kilka dziesięcioleci podejmowałam próby pozyskania cennych jasnowidzów z przestępczego syndykatu Sajonu Londynu. Bez wątpienia większość z was jest tego świadoma, a niektórzy z tu obecnych mogli nawet być jego częścią.

30 i 18 podnieśli się z krzeseł. Nie kojarzyłam żadnego z nich, ale moja praca była ograniczona do I-4 i czasami do I-1 oraz I-5. Były jeszcze trzydzieści trzy sekcje, z których mogli pochodzić. Carl siedział z otwartymi ustami.

Nikt nie patrzył na cyrkowców. Dopracowali swoją sztukę do perfekcji, a nikogo to nie obchodziło.

– Szeol I poszukuje j a k o ś c i, a nie tylko ilości. – Nashira nie zwróciła uwagi na spuszczone spojrzenia połowy z obecnych. – Przez kilka ostatnich dziesięcioleci zauważyłam powolny spadek w różnorodności wśród jasnowidzów, których łapiemy. Wszystkie wasze umiejętności są szanowane i cenione przez Refaitów, ale istnieje wiele talentów, których wciąż potrzebujemy, aby wzbogacić tę kolonię. Wszyscy musimy uczyć się od siebie nawzajem. Nie wystarczy przyjmować tylko wróżących z kart i wróżących z ręki. XX-59-40 jest tym rodzajem jasnowidza, którego poszukujemy. Jest naszym pierwszym śniącym wędrowcem. Potrzebujemy również berserków, spoiw i przywołujących, a także jedną lub dwie wyrocznie: każdy rodzaj jasnowidza może wnieść świeże spojrzenie w nasze szeregi.

Kathryn popatrzyła na mnie swoimi podbitymi oczyma. Teraz z pewnością wiedziała, że nie byłam narwańcem.

– Myślę, że moglibyśmy się wiele nauczyć od 40 – powiedział David, podnosząc swój kieliszek. – Ja jestem chętny.

– Wspaniałe podejście, 12. Naprawdę zamierzamy dużo się od ciebie dowiedzieć, 40 – powiedziała Nashira, kierując na mnie swój wzrok. – Dlatego wysyłam cię jutro na zewnętrzne zadanie.

Weterani wymienili spojrzenia. Carl zrobił się czerwony jak ciasto truskawkowe.

– Wysyłam także ciebie, XX-59-1, i ciebie, 12 – kontynuowała. Teraz Carl wyglądał na niesłychanie szczęśliwego i podekscytowanego. David uśmiechnął się do swojego kieliszka. – Pojedziecie razem z jednym ze starszych z dziewiętnastych Żniw, który będzie miał oko na wasze działanie. 30, rozumiem, że mogę na ciebie liczyć.

30 skinął.

– Będę zaszczycony, władczyni krwi.

– Dobrze.

Carl siedział na skraju krzesła.

– Czego będzie dotyczyło to zadanie, władczyni krwi?

– Mamy do rozwiązania pewną delikatną sytuację. 1 i 12 już wiedzą, że prosiłam większość białych o wywróżenie miejsca pobytu grupy o nazwie Siedem Pieczęci. Są częścią przestępczego syndykatu jasnowidzów.

Nie śmiałam nawet podnieść głowy.

– Siedem Pieczęci są znani z posiadania w swoich szeregach kilku rzadkich typów jasnowidzów, łącznie z wyrocznią i spoiwem. W zasadzie tak zwane Białe Spoiwo jest kluczowym graczem w tej grupie. Z ostatnich wróżb wydedukowaliśmy, że spotykają się pojutrze w Londynie, w miejscu zwanym Trafalgar Square, w obrębie Pierwszej Kohorty, i że to spotkanie odbędzie się o pierwszej w nocy.

Zgromadzili niezwykle dużo szczegółów. Ale skoro mieli tak wielu wróżących jasnowidzów, skupiających całą swoją energię na jednej sekcji zaświatów, nie powinnam być zaskoczona. Powstał efekt podobny do seansu.

– Czy ktokolwiek z was wie coś o Siedmiu Pieczęciach? Kiedy nikt nie odpowiedział, Nashira spojrzała na mnie. – 40, ty musiałaś być zaangażowana w działalność syndykatu. Gdybyś nie była, nie pozostałabyś tak długo w Londynie w ukryciu. – Jej oczy spoważniały. – Powiedz mi, co wiesz.

Odchrząknęłam.

– Gangi bardzo się ukrywają – zaczęłam. – Krążą plotki, że…

– Plotki – powtórzyła.

– Pogłoski – poprawiłam się. – Wieści.

– Wyjaśnij.

– Wszyscy znamy tylko ich pseudonimy.

– A jak one brzmią?

– Białe Spoiwo, Czerwona Zjawa, Czarny Diament, Blada Śniąca, Udręczona Muza, Zniewolony Narwaniec oraz Cichy Dzwon.

– Znałam większość z tych imion. Poza Bladą Śniącą. – Świetnie. – To oznacza, że istnieje drugi śniący wędrowiec. Czyż to nie zbieg okoliczności? – Stukała palcami o blat stołu. – Wiesz, gdzie mają swoją siedzibę?

Nie mogłam zaprzeczyć. Widziała mój dowód osobisty.

– Tak – powiedziałam. – W I-4. Pracuję tam.

– Czy to nie jest nietypowe, aby dwóch śniących wędrowców mieszkało tak blisko siebie? Z pewnością ciebie też by zatrudnili.

– Nie wiedzieli o mnie. Nie ujawniałam się – powiedziałam. – Śniąca jest faworytą w I-4, protegowaną Spoiwa. Kazałaby mnie zabić, gdyby pomyślała, że ma rywalkę. Dominujące gangi nie lubią współzawodnictwa.

Bawiła się mną, byłam tego pewna. Nie była głupia, musiała sobie to wszystko pokojarzyć: broszurę, Bladą Śniącą, Siedem Pieczęci działających w I-4. Doskonale wiedziała, kim jestem.

– Jeżeli Blada Śniąca rzeczywiście jest śniącym wędrowcem, to Białe Spoiwo może równie dobrze ukrywać niektórych z najbardziej pożądanych jasnowidzów w cytadeli – powiedziała. – To szczególna okazja: mamy możliwość dodać do naszej korony tak cenne klejnoty. Twoje powodzenie podczas tej misji jest zasadnicze, 40. Jeżeli ktokolwiek rozpozna śniącego wędrowca z Siedmiu Pieczęci, to znaczy, że mamy kolejnego śniącego wędrowca.

– Tak, władczyni krwi – rzekłam ze ściśniętym gardłem. – Ale dlaczego Siedem Pieczęci spotyka się o takiej porze?

– Tak jak powiedziałam, 40, to delikatna sytuacja. Wygląda na to, że garstka jasnowidzów w Irlandii usiłuje nawiązać kontakt z syndykatem z Londynu. Ich przywódcą jest irlandzki zbieg, Antoinette Carter. Siedem Pieczęci mają się z nią spotkać.

A więc Jax jakoś ją tu ściągnął. Zastanawiałam się, w jaki sposób Antoinette dotarła do cytadeli – przedostanie się przez Morze Irlandzkie było prawie niemożliwe. Jasnowidze próbowali już wcześniej wyjechać z kraju, głównie do Ameryki, ale udało się tylko nielicznym. Nie można przecież przepłynąć oceanu pontonem. Nawet gdyby komukolwiek się to udało, Sajon zadbałby, byśmy się o tym nie dowiedzieli.

– Niezmiernie ważne jest, aby analogiczny syndykat przestępczy nie powstał w Dublinie. Dlatego nie możemy dopuścić do tego spotkania. Waszym zadaniem jest złapanie Antoinette Carter. Wierzę, że ona również może być rzadkim rodzajem jasnowidza, i zamierzam się dowiedzieć, jakie dokładnie posiada moce. Kolejnym zadaniem jest pojmanie Siedmiu Pieczęci. Białe Spoiwo stanowi główny cel.

Jaxon. Mój mim-lord.

– Będzie wami dowodził małżonek krwi i jego kuzynka. Oczekuję pomyślnych rezultatów. Pociągnę was wszystkich do odpowiedzialności, jeżeli pozwolicie wrócić Carter do Irlandii. – Popatrzyła na każde z nas po kolei: 30, Davida, Carla i mnie. – Czy to jasne?

– Tak, władczyni krwi – powiedzieli 30 i Carl. David zakręcił winem w kieliszku.

Ja milczałam.

– Twoje życie tutaj niebawem się zmieni, 40. Będziesz mogła w pełni wykorzystać swój talent, oczywiście w słusznym celu, także podczas tego zadania. Oczekuję, że okażesz wdzięczność za te długie godziny, które Naczelnik poświęcił na twoje szkolenie. – Nashira skierowała wzrok z kominka wprost na mnie. – Masz wspaniały potencjał. Jeżeli nie podejmiesz próby rozwinięcia go, zapewniam, że nigdy więcej nie zobaczysz bezpiecznych murów Magdaleny. Będziesz gniła na zewnątrz, razem z resztą głupców.

W jej spojrzeniu nie było emocji, wyłącznie głód. Nashira Sargas zaczynała tracić cierpliwość.

20

Maleńki świat

Piąty i szósty członek naszej grupy zostali znalezieni na początku 2057, rok po moim dołączeniu.

Kiedy przyjechali, panowała szczególnie mordercza fala upałów. Przybyli razem jako część grupy turystów na coroczną letnią konferencję na uniwersytecie, która zawsze cieszyła się ogromnym powodzeniem. Chętni młodzi turyści przybywali licznie z krajów niebędących pod nadzorem Sajonu, aby powrócić do siebie jako zagorzali zwolennicy polityki głoszącej, że jasnowidzenie jest złem. Programy tego typu znalazły już wsparcie w niektórych częściach Ameryki, gdzie opinie na temat Sajonu od dziesięcioleci pozostawały podzielone. Mający dobre intencje kurier wyśledził dwie aury i popędził prosto do swojego mim-lorda, aby się dowiedzieć, że ci nowi nie są stałymi mieszkańcami I-4. Nie mieli pojęcia o istnieniu syndykatu. Mogli nawet nie wiedzieć, że są jasnowidzami.

Kurier doniósł, że jedna z nich – młoda kobieta – niemalże na pewno była zaklinaczem dusz. Jax pozostał niewzruszony. Zaklinacze dusz, powiedział do mnie, to odmiana sensorów – mają dostęp do zaświatów, zapachów, dźwięków i rytmów duchów. Potrafią słyszeć ich dźwięki i drgania, a nawet wykorzystać je do gry na instrumentach.

– Ładny dar, ale w żaden sposób nie przełomowy. – Sensorzy byli tylko trochę rzadziej spotykani niż media. Czwarta kategoria jasnowidzenia. Mimo to w cytadeli było ich niewielu, a Jaxon uwielbiał osobliwości.

Zainteresował go natomiast jej towarzysz. Kurier twierdził, że miał niezwykłą aurę, coś pomiędzy pomarańczowym a czerwonym. Aura narwańca.

Jaxon latami przetrząsał ulice, szukając narwańca, ale dopiero teraz natrafił na sensowny przypadek. Nie mógł uwierzyć w swoje szczęście. Miał wizję, swego rodzaju projekt. Jaxon Hall nie chciał zwykłego gangu – pragnął mieć szkatułkę pełną bezcennej biżuterii, *crème de la crème* społeczeństwa jasnowidzów. Chciał, żeby Eteryczne Stowarzyszenie ze wszystkich mim-lordów najbardziej zazdrościło jemu.

– Przekonam ich, żeby tu zostali – powiedział, wskazując na mnie swoją laską. – Zobaczysz, moja faworyto.

– Oni mają własne życie w swoim kraju, Jax. Swoje rodziny. – Nie byłam przekonana do jego pomysłu. – Czy nie uważasz, że będą potrzebowali trochę czasu, by to przemyśleć?

– Nie mogę na to pozwolić, moja droga. Jeżeli wyjadą, już nigdy ich nie odzyskam. Oni muszą tu zostać.

– Chyba tylko w twoich snach.

– Ja nie śnię. Ale założymy się? – Wyciągnął rękę. – Jeśli przegrasz, wykonasz dla mnie dwa zadania bez wynagrodzenia. I wyczyścisz moje zabytkowe lustro.

– A jeśli wygram?

– Zapłacę ci podwójnie za te same zlecenia. No i nie będziesz musiała czyścić mojego zabytkowego lustra.

Uścisnęliśmy dłonie.

Jaxon miał dar przekonywania. Dokładnie wiedziałam, co powiedziałby o nim mój ojciec: „To człowiek, który pocałował kamień z Blarney*". Było w nim coś, co sprawiało, że chciałeś, aby był zadowolony, chciałeś zobaczyć ten dziki błysk w jego oku. Wiedział, że przekona ich do pozostania. Po tym jak zlokalizował hotel, w którym się zatrzymali, i opłacił chałturnika, aby zdobył ich nazwiska, wysłał im zaproszenie na „wyjątkowe wydarzenie" w stylowej kawiarni w Covent Garden. Sama dostarczyłam je recepcjoniście w kopercie zaadresowanej do Panny Nadine L. Arnett i Pana Ezekiela Sáenza.

Odesłali nam więcej informacji o sobie. Przyrodnie rodzeństwo. Mieszkańcy Bostonu, wspaniałej stolicy Massachusetts. W dniu spotkania Jaxon wysyłał nam maile: „Cudowne. Ależ to jest cudowne", „Ona niemalże na pewno jest szepczącą. Bardzo elokwentna. I równie fascynująco niegrzeczna", „Jej brat mnie intryguje. Jeszcze nie jestem w stanie ocenić jego aury. Złości mnie to".

Nick, Eliza i ja czekaliśmy kolejną godzinę na pojawienie się złotych słów. Wreszcie nadeszła wiadomość: „Zostają. Paige, moje lustro czeka".

To był ostatni raz, kiedy założyłam się z Jaxonem.

Minęły dwa dni. Podczas gdy Eliza szykowała dla nowo przybyłych miejsce w naszej kryjówce, Nick i ja poszliśmy po nich na Gower Street. Pomysł był taki, że oni po prostu znikną, jakby ktoś ich uprowadził i zabił. Zostawilibyśmy ślady: zakrwawione

* Kamień Elokwencji (ang. Blarney Stone, Stone of Eloquence) – wapienny blok o wymiarach 30×120 cm, wmurowany w mury obronne zamku w Blarney (w irlandzkim hrabstwie Cork). Legenda głosi, że ten, kto go pocałuje, uzyska dar elokwencji i przekonywania.

ubrania, ze dwa włosy. Sajonowi by się to spodobało. Mogliby się tym posłużyć jako reklamą eterycznej przestępczości – ale, co najważniejsze, nie szukaliby zaginionego rodzeństwa.

– Naprawdę wierzysz w to, że Jax ich przekonał? – zapytałam.

– Przecież go znasz. Przekonałby cię do skoczenia ze skały, gdybyś posłuchała go wystarczająco długo.

– Ale oni przecież muszą mieć swoje rodziny, Nadine studiuje.

– Może sobie tam nie radzą, *sötnos*. W Sajonie jasnowidze mogą przynajmniej dowiedzieć się, kim są. Tam muszą pewno myśleć, że są stuknięci. – Założył okulary przeciwsłoneczne. – Patrząc na to z tej strony, Sajon jest błogosławieństwem.

W pewnym sensie miał rację. Poza Sajonem nie istniała żadna oficjalna polityka odnośnie jasnowidzów; nie byli prawnie uznawani, nie mieli statusu mniejszości – istnieli tylko w książkach. Mimo wszystko wydawało się to lepsze niż nieustanna konieczność ukrywania się i ryzyko zostania zamordowanym – a tak właśnie wyglądało nasze życie. Nie rozumiałam do końca, dlaczego jednak zostali.

Czekali przed uniwersytetem. Nick podniósł rękę w geście powitania.

– Cześć. Zeke? – Chłopak skinął głową. – Jestem Nick.

– Paige – powiedziałam.

Oczy Zekego, osadzone w szczupłej, niespokojnej twarzy, miały kolor czarnej herbaty. Musiał mieć jakieś dwadzieścia lat, był szczupły jak na swój wzrost, miał delikatne nadgarstki i opaloną skórę.

– Jesteście od Jaxona Halla, tak? – spytał z obcym akcentem. Wolną ręką otarł pot z czoła, co pozwoliło dostrzec pionową bliznę.

– Tak, ale nie wymawiaj ponownie tego nazwiska. DDK może być wszędzie. – Nick się uśmiechnął. – A ty pewnie jesteś Nadine?

Patrzył na zaklinaczkę dusz. Miała oczy takie jak brat i swego rodzaju niepokój wymalowany na twarzy, ale na tym podobieństwo się kończyło. Jej włosy były ufarbowane na czerwono, obcięte jak od linijki. Cytadele Sajonu miały tendencję do używania mody i slangu dekady, w której powstały; wszyscy w Saj-Lo nosili neutralne ubrania w stylu wiktoriańskim – ale żółta koszulka Nadine, jej jeansy i obcasy zdawały się wręcz krzyczeć: „turysta" i „obcy".

– O ile dobrze pamiętam – powiedziała.

Nick przyglądał się Zekemu. Też usiłowałam sklasyfikować jego aurę. Widząc to, Nadine przysunęła się bliżej brata.

– Co?

– Nic. Przepraszam – powiedział Nick. Zerknął poza ich głowy na uniwersytet, a potem na każde z nich. – Musimy się pospieszyć. Domyślam się, że obydwoje dobrze to przemyśleliście, ponieważ kiedy już opuścicie ten budynek, nie będzie powrotu.

Zeke spojrzał na siostrę. Ona wbiła wzrok w swoje buty i skrzyżowała ramiona.

– Jesteśmy pewni – rzekł. – Dokonaliśmy wyboru.

– W takim razie chodźmy.

Na końcu ulicy całą czwórką władowaliśmy się do nielegalnej taksówki. Nadine przeszukała torbę i wyjęła słuchawki. Bez słowa założyła je i zamknęła oczy. Usta się jej trzęsły.

– Proszę na Monmouth Street – powiedział Nick.

Samochód ruszył. Na szczęście dla nas nielegalne taksówki nie miały licencji – zarabiały mnóstwo kasy, wożąc klientelę złożoną z jasnowidzów.

Jax mieszkał przy Monmouth Street w trzypiętrowym mieszkanku nad małym butikiem. Często zostawałam tam na noc, mówiąc ojcu, że śpię u przyjaciół. Nie do końca było to kłamstwo. W ciągu kilku miesięcy poznałam społeczeństwo jasnowidzów: strukturę gangów, nazwiska ich przywódców, normy postępowania oraz wrogie zachowania pomiędzy sekcjami. Teraz Jaxon testował mój talent, uczył mnie, jak być jedną z nich.

Kilka tygodni po tym, jak zaczęłam nową pracę, byłam w stanie świadomie opuścić swoje ciało. Za pierwszym razem momentalnie przestałam oddychać, a Jax i Eliza spanikowali, myśląc, że mnie zabili. Nick, lekarz, obudził mnie, wbijając strzykawkę z adrenaliną prosto w serce, i pomimo że klatka piersiowa bolała mnie po tym tygodniami, byłam dumna z siebie jak cholera. Całą naszą czwórką poszliśmy wtedy do Chateline's, aby to uczcić, a przed następną próbą Jax zamówił respirator.

Pasowałam do tych ludzi. Rozumieli mój dziwny świat, który sama dopiero zaczynałam odkrywać. Stworzyliśmy w Siedmiu Tarczach własne, kolorowe, wyjęte spod prawa królestwo. Lecz oto pośród nas pojawił się obcy. A nawet dwoje obcych, jeżeli Nadine okazałaby się interesująca.

Wczuwałam się w ich senne krajobrazy. W Nadine nie było nic niezwykłego, ale Zeke – no cóż, on był interesujący. Ciemna, ciężka postać w zaświatach.

– A więc, Zeke – spytał Nick – skąd pochodzisz?

Nowy spojrzał na niego.

– Urodziłem się w Meksyku – rzekł – ale teraz mieszkam z Nadine.

Nie powiedział nic więcej. Zerknęłam przez ramię.

– Byłeś już wcześniej w cytadeli Sajonu?

– Nie, nie byłem pewien, czy to dobry pomysł.

– A jednak przyjechałeś.

– Chcieliśmy się po prostu na chwilę wyrwać. Kolega Nadine zaproponował nam miejsce na konferencji. Byłem ciekaw Sajonu. – Popatrzył na swoje dłonie. – Cieszę się, że postanowiliśmy tu przyjechać. Przez całe życie czuliśmy się inni, ale cóż, pan Hall wyjaśnił nam dlaczego.

Nick zdawał się zaintrygowany.

– Jak wygląda w Stanach oficjalne stanowisko wobec jasnowidzenia?

– Nazywają je PZP – percepcja pozazmysłowa. Jedyne, co mówią, to że zgodnie z prawem Sajonu to uznana choroba i że CDC prowadzi nad nią badania. Nie chcą zająć żadnego stanowiska. Nie wydaje mi się, żeby kiedykolwiek to zrobili.

Chciałam zapytać o ich rodziny, ale coś mi mówiło, żeby teraz tego nie robić.

– Jaxon jest bardzo zadowolony, że z nami zostajecie. – Nick się uśmiechnął. – Mam nadzieję, że się wam tu spodoba.

– Przyzwyczaicie się – powiedziałam. – Kiedy tu przyjechałam, nie znosiłam tego miejsca. Kiedy Jaxon mnie zatrudnił, było już lepiej. Syndykat się wami zaopiekuje.

Zeke podniósł głowę.

– Nie jesteś Angielką?

– Irlandką.

– Słyszałem, że niewielu Irlandczykom udało się uciec po Rozruchach Molly.

– Mnie się udało.

– To była ogromna tragedia. Irlandzka muzyka jest piękna – dodał. – Znasz może piosenkę rebeliantów?

– Tę o Molly?

– Nie, tę drugą. Tę, którą śpiewali na końcu rebelii, kiedy opłakiwali zabitych.

– Masz na myśli *An Ember Morning*.

– Tak, dokładnie. – Zamilkł na chwilę, po czym poprosił: – Zaśpiewasz kawałek?

Zaśmialiśmy się równocześnie, Nick i ja. Zeke zaczerwienił się aż po koniuszki uszu.

– Przepraszam, to było głupie – stwierdził. – Po prostu chciałbym usłyszeć ją dobrze zaśpiewaną. Jeśli to nie kłopot… Kiedyś lubiłem słuchać Nadine, ale cóż, ona już nie gra.

Spojrzeliśmy na siebie z Nickiem. Zaklinacz dusz, który nie gra. Jaxon nie będzie zadowolony.

– Paige – powiedział delikatnie. Uświadomiłam sobie, że Zeke wciąż na mnie patrzy, czekając na odpowiedź.

Nie wiedziałam, czy potrafię. Irlandzka muzyka była w Sajonie zakazana, a w szczególności muzyka irlandzkich rebeliantów. Będąc dzieckiem, miałam silny irlandzki akcent, ale kiedy się przeprowadziliśmy, pozbyłam się go z obawy przed prześladowaniem. Nawet jako ośmiolatka byłam wyczulona na dziwne spojrzenia ludzi, kiedy wymówiłam coś w sposób odbiegający od ich upodobań. Godzinami stałam przed lustrem, naśladując prezenterów wiadomości, dopóki nie rozwinęłam silnego akcentu prywatnej szkoły angielskiej. Mimo to nie cieszyłam się popularnością – latami nazywano mnie „Molly Mahoney" – ale w końcu niewielka grupa dziewcząt mnie zaakceptowała, prawdopodobnie dlatego, że ojciec sponsorował szkolne kółko taneczne.

Może byłam to winna pamięci Finna. Wyjrzałam przez okno i zaczęłam śpiewać.

Ten poranek płonął, moja kochana,
Gdy obudził nas październikowy świt,
Ogień łąkę trawił, jasną i słodką,
O, duchu doliny, przyjdź!
Stoję w popiołach, tam gdzie ty się błąkasz,
Gdzie Irlandia czeka wciąż na powrót twój.

Widziałem, skarbie, ten płomień na niebie
Gdy jesienny, gorzki ranek ku nam szedł.
Dym posiadł zachłannie łąkę miodową.
Południco, słuchaj mnie!
Czekam na ciebie przy zranionym drzewie,
Nad morzem serce Irlandii broczy krwią.

Było więcej zwrotek, ale nagle przerwałam. Przypomniałam sobie, jak babcia śpiewała tę pieśń dla Finna podczas nabożeństwa żałobnego, które potajemnie odbyło się w Vale. Przyszło nas tylko sześcioro. Nie było ciał, które moglibyśmy pochować. To właśnie wtedy ojciec poinformował nas, że został powołany. Wkrótce zostawił dziadków pod okupacją wojsk Sajonu z południa. Zeke miał poważną minę.

Zanim dotarliśmy na Monmouth Street w taksówce zrobiło się tak gorąco, że nie było czym oddychać. Wcisnęłam kilka banknotów kierowcy, lecz oddał mi jeden z nich.

– Za śliczną piosenkę – powiedział. – Wszystkiego dobrego, skarbie.

– Dzięki.

Ale zostawiłam go na siedzeniu. Nie wezmę pieniędzy za wspomnienie.

Pomogłam Nickowi wyjąć walizki. Nadine wysiadła, zdjęła słuchawki i beznamiętnie spojrzała na budynek. Zwróciłam uwagę na jej torbę, od projektanta z Nowego Jorku. Na pewno się sprzeda. Amerykańskie rzeczy szły w Covent Garden jak świeże bułeczki. Myślałam, że będzie mieć przy sobie futerał na instrument, ale nie miała. Może nie była zaklinaczem dusz. Istniały przecież przynajmniej trzy inne rodzaje sensorów.

Otworzyłam swoimi kluczami czerwone drzwi, na których widniała złota tabliczka z napisem „AGENCJA LENORMANDA". Dla świata zewnętrznego byliśmy szanowaną agencją sztuki. Nasza prawdziwa działalność pozostawiała jednak wiele do życzenia, jeśli chodzi o obowiązujące prawo.

Jax stał na szczycie schodów, wyglądał imponująco: jedwabna kamizelka, postawiony biały kołnierzyk, błyszczący zegarek kieszonkowy i zapalone cygaro. W ręku trzymał małą filiżankę kawy. Dziwiłam się, jak kawa i cygaro mogą do siebie pasować.

– Zeke, Nadine, dzień dobry. Miło was znowu widzieć.

Zeke uścisnął mu dłoń.

– Nawzajem, panie Hall.

– Witamy w Siedmiu Tarczach. Jestem, jak już zapewne wiecie, mim-lordem tego terytorium. A wy właśnie staliście się członkami mojej elitarnej koterii. – Jax patrzył na twarz Zekego, ale wiem, że koncentrował się na czytaniu jego aury. – Przypuszczam, że opuściliście Gower Street ukradkiem.

– Nikt nas nie widział. – Zeke się naprężył. – Czy to jest duch?

Jax zerknął za niego.

– Tak, to Pieter Claesz, holenderski malarz motywu *vanitas*. Jedna z naszych najbardziej płodnych muz. Zmarł w 1660 roku. Pieter, podejdź do nas, poznaj naszych nowych przyjaciół.

– Niech Zeke czyni honory, ja jestem zmęczona. – Nadine nie patrzyła na ducha, który i tak nie posłuchał Jaxa. Nie była widząca. – Chcę mieć własny pokój. Potrzebuję przestrzeni – powiedziała, hardo spoglądając na mim-lorda. – Żeby było jasne.

Czekałam na reakcję Jaxa. Jego twarz zazwyczaj nie zdradzała emocji, ale teraz jego nozdrza się rozszerzyły. Nie był to dobry znak.

– Dostaniesz to, co dla ciebie przygotowaliśmy – powiedział.

Nadine się zjeżyła. Wyczuwając wiszący w powietrzu konflikt, Nick objął ją ramieniem.

– Oczywiście będziesz miała własny pokój – powiedział, rzucając mi znużone spojrzenie nad jej głową. – Położymy Zekego na kanapie. Eliza już wszystko przygotowuje. Może się czegoś napijesz?

– Poproszę. – Podniosła brwi, nie odrywając oczu od Jaxa. – Widzę, że niektórzy Europejczycy wiedzą, jak traktować kobietę.

Jaxon wyglądał, jakby właśnie go spoliczkowała. Nick odprowadził ją w kierunku kuchenki.

– Nie jestem – powiedział przez zaciśnięte zęby – Europejczykiem.

Musiałam się zaśmiać.

– Dopilnuję, żeby nikt ci nie przeszkadzał.

– Dziękuję, Paige. – Wyprostował się. – Chodź do mojego biura, Zeke. Porozmawiamy.

Zeke wyszedł po schodach, wciąż gapiąc się na Pietera, który unosił się naprzeciwko swojego najnowszego obrazu. Zanim się odezwałam, Jaxon złapał mnie za ramię.

– Jego senny krajobraz – zagaił. – Jak go odczuwasz?

– Ciemny – powiedziałam – i…

– Wyśmienicie. Wystarczy.

Prawie wbiegł na górę, z cygarem przyklejonym do kącika ust. Zostałam z trzema walizkami, w towarzystwie martwego poety, i mimo że bardzo go lubiłam, nie należał on do zbytnio wygadanych osób.

Zerknęłam na zegar. Wpół do dwunastej. Eliza wróci za kilka minut. Zrobiłam sobie świeżej kawy i poszłam do salonu, gdzie na zaszczytnym miejscu wisiało płótno Johna Williama Waterhouse'a: ciemnowłosa kobieta w długiej sukni, patrząca w kryształową kulę. Jax zapłacił handlarzowi mnóstwo kasy za trzy zakazane obrazy Waterhouse'a. Był tam też portret Edwarda VII udekorowany jego insygniami. Otworzyłam okno i usiadłam, żeby poczytać nową broszurę, nad którą pracował Jaxon, *O knowaniach wędrownych martwych*. Jak do tej pory dowiedziałam się o czterech rodzajach duchów. Były to: anioł stróż, upiór, muza i psychopomp, przewodnik dusz. Musiałam jeszcze przeczytać o poltergeistach.

Eliza przyszła o dwunastej, jak zwykle w towarzystwie duchów. Wręczyła mi pudełko z kluskami z Lisle Street.

– Cześć. Wygląda na to, że znowu nie przekonałaś Pietera do namalowania *Skrzypiec* i *Szklanej Kuli*?

Eliza Renton, trans medium, była cztery lata starsza ode mnie i specjalizowała się w mim-sztuce. Urodziła się niedaleko Bow Bells, pracowała w podziemnym teatrze w Cut do dziewiętnastego roku życia, kiedy to odpowiedziała na ogłoszenie w broszurze Jaxa. Od tamtej pory była jego głównym źródłem dochodów. Miała jasnooliwkową karnację, jasnozielone oczy i włosy przypominające złote sprężynki. Nigdy nie brakowało wokół niej adoratorów – kochały ją nawet duchy – ale Jax miał zasadę „bez zobowiązań", a ona się jej trzymała.

– Jeszcze nie. Myślę, że ma artystyczną blokadę. – Odłożyłam broszurę. – Poznałaś już nowych członków?

– Tylko Nadine. Usłyszałam od niej zaledwie „cześć". – Klapnęła obok mnie. – Jesteśmy pewni, że ona jest szepczącą?

Otworzyłam pudełko z gorącymi kluskami.

– Nie widziałam żadnych instrumentów, ale możliwe. Poznałaś Zekego?

– Zerknęłam tylko do biura. Jego aura zdaje się ciemnopomarańczowa.

– A więc jest narwańcem?

– Nie wygląda na narwańca. Nie sądzę, żeby był w stanie przestraszyć ducha. – Bawiła się krewetkowymi krakersami, układając je na kolanie. – Cóż, jeśli Pieter dalej będzie tak uparty, najwyraźniej mam okienko. Chcesz znowu spróbować odlecieć?

– Nie, dopóki Jax nie dostarczy respiratora.

– Jasne. Myślę, że wentylator będzie we wtorek. Poczekamy. – Podała mi szkicownik i ołówek. – Chciałam cię o coś poprosić. Czy mogłabyś narysować swój senny krajobraz?

Wzięłam od niej przybory.

– Narysować?

– Tak. Nie kwiatki ani nic takiego, tylko spojrzenie z perspektywy. Próbujemy rozpracować zarys ludzkiego sennego krajobrazu, ale to trudne, bo żadne z nas nie może wyjść poza strefę słoneczną. Wydaje nam się, że istnieją przynajmniej trzy strefy, ale potrzebujemy, żebyś rozdzieliła je na obrazku, tak żebyśmy się przekonali, czy nasze założenia się sprawdzą. Możesz to zrobić?

Poczucie przynależności wypełniało mnie po brzegi. Udowadniałam im, że naprawdę mnie potrzebują.

– Jasne – powiedziałam.

Eliza włączyła telewizor, a ja zabrałam się do pracy. Narysowałam centralny punkt otoczony trzema pierścieniami.

Z odbiornika dobiegał podkład muzyczny programu *Oko Sajonu*. Scarlett Burnish czytała południowe wiadomości. Eliza, z buzią pełną krakersów, wskazała na ekran.

– Nie wydaje ci się, że ona tak naprawdę jest starsza niż Weaver, ale przeszła tyle operacji plastycznych, że fizycznie nie jest w stanie mieć zmarszczek?

– Nie uśmiechałaby się tak często, gdyby tak było. – Rysowałam dalej. Teraz miałam coś, co wyglądało jak bulaj z pięcioma strefami.

– Więc ustaliliśmy, że to – wskazałam palcem na środek okręgu – jest strefa słoneczna.

– Zgadza się. Strefa słoneczna to miejsce, gdzie duchy muszą pozostać, by zachować zdrowy rozsądek. Srebrny sznur działa jak sieć bezpieczeństwa. Powstrzymuje większość jasnowidzów przed opuszczeniem tej strefy.

– Ale nie mnie.

– Otóż to. Na tym polega twoje osobiste dziwactwo. Powiedzmy, że większość z nas posiada sznurek pomiędzy naszym ciałem i duchem, długości mniej więcej dwóch i pół centymetra – powiedziała, odmierzając odległość pacami. – Ty posiadasz półtora kilometra. Możesz wchodzić w zewnętrzny pierścień swojego sennego krajobrazu, co oznacza, że umiesz wyczuwać zaświaty znacznie dłużej niż my. Możesz także wyczuwać senne krajobrazy innych ludzi. My wyczuwamy tylko duchy i aury, i to z niedalekiej odległości. Nie mogę teraz wyczuć Jaxona i innych.

Ja mogłam.

– Ale są jakieś granice.

– Dlatego musimy być ostrożni. Nie znamy jeszcze twoich ograniczeń. Musimy je sprawdzić.

Skinęłam. Jaxon wykładał mi teorię śniących wędrowców wielokrotnie, ale Eliza była o wiele lepszym nauczycielem.

– A co stałoby się, gdybyś spróbowała opuścić swoją strefę słoneczną? Teoretycznie.

– Cóż, wydaje nam się, że druga strefa znajduje się tam, gdzie mieszczą się „koszmary" ślepców. Sznur pozwala ci czasem wyjść tak daleko, jeśli jesteś zestresowana lub zdenerwowana. Gdybyś wyszła poza strefę zmierzchu, zaczęłabyś wariować.

Uniosłam brew.

– Ja naprawdę jestem dziwakiem, no nie?

– Nie, nie Paige. Nie waż się nawet tak myśleć. Żadne z nas nie jest dziwakiem. Jesteś cudem. Skoczkiem. – Wzięła mój szkicownik. – Jaxon zerknie na to, kiedy będzie miał chwilę. Spodoba mu się. Nocujesz dzisiaj u ojca? Chyba miałaś odwiedzać go w piątki?

– Muszę popracować. Didion myśli, że znalazł Williama Terrissa.

– O szlag. Nie mów nic więcej. Hej, wiesz, co opowiadają o syndykacie? Że jak już raz w to wejdziesz, to nie ma odwrotu. Nadal ci to odpowiada?

– Jak nigdy dotąd.

Eliza się uśmiechnęła. To był dziwny uśmiech, pełen tęsknoty.

– Okej – powiedziała. – Będę na górze, muszę uspokoić Pietera. – Wyszła z pokoju, pobrzękując bransoletkami. Zaczęłam cieniować okręgi, coraz bardziej je zaciemniając.

Po kilku godzinach, kiedy wciąż jeszcze pracowałam, Jax zszedł z drugiego piętra. Słońce zaczęło zachodzić. Miałam zamiar wkrótce wyjść i spotkać się z Didionem, ale chciałam przerzucić swój szkic na komputer. Jax wyglądał na rozgorączkowanego.

– Jax?

– Nieczytelny – powiedział, łapiąc oddech. – O, moja śliczna, śliczna Paige. Nasz drogi pan Sáenz jest n i e c z y t e l n y m.

21

Spalony statek

Nigdy nie zapomnę twarzy Naczelnika, kiedy zobaczył mnie w czerwonej tunice. Wtedy po raz pierwszy w jego oczach ujrzałam strach.

Trwało to tylko ułamek sekundy. Ale widziałam to: ślad niepewności, delikatniejszy niż płomień świecy. Obserwował mnie, jak idę do swojego pokoju.

– Paige.

Zatrzymałam się.

– Jak twoja uczta inauguracyjna?

– Pouczająca. – Dotknęłam czerwonej kotwicy na kamizelce. – Miałeś rację. Pytała o ciebie.

Nastała krótka, pełna napięcia cisza. Każdy mięsień jego twarzy zesztywniał.

– A ty jej odpowiadałaś. – Jego głos był zimny, zimniejszy niż kiedykolwiek wcześniej. – Co powiedziałaś? Muszę to wiedzieć.

Nie błagałby mnie. Naczelnik był dumny. Zacisnął szczękę, jego usta nawet nie drgnęły. Zastanawiałam się, co mu teraz chodzi po głowie. Kogo ostrzec, gdzie uciekać? Jaki kolejny ruch wykonać?

Jak długo mogłam go tak dręczyć?

– Powiedziała coś, co mnie zainteresowało. – Usiadłam na tapczanie. – Powiedziała, że małżonek krwi ma zakaz angażowania się w walkę z Emmitami.

– To prawda. Ma surowy zakaz. – Stukał pacami o oparcie krzesła. – Powiedziałaś jej o ranach?

– Nic jej nie powiedziałam.

Jego wyraz twarzy się zmienił. Po chwili nalał do kieliszka amarant z karafki.

– W takim razie zawdzięczam ci życie – rzekł.

– Pijesz dużo amarantu – zauważyłam. – To na blizny?

Przebiegł wzrokiem po pokoju.

– Blizny? – powtórzył.

– Tak, blizny.

– Mam swoje powody.

– Jakie powody?

– Zdrowotne. Mówiłem ci. Stare rany. – Odłożył kieliszek na stół. – Postanowiłaś nie mówić Nashirze o moim nieposłuszeństwie. Intryguje mnie dlaczego.

– Zdradzanie ludzi nie jest w moim stylu. – Zauważyłam jego wybieg. Blizny i stare rany to to samo.

– Rozumiem. – Popatrzył na puste palenisko. – A więc nic nie powiedziałaś Nashirze, ale otrzymałaś czerwoną tunikę.

– Na twoje zalecenie.

– To prawda, ale nie wiedziałem, czy się zgodzi. Podejrzewam, że ma swoje ukryte powody.

– Mam jutro wykonać zewnętrzne zadanie.

– Cytadela – domyślił się. – To zaskakujące.

– Dlaczego?

– Biorąc pod uwagę cały jej wysiłek, który włożyła w to, aby wydostać cię z cytadeli, to dość dziwne, że teraz wysyła cię tam z powrotem.

– Chce, żebym wywabiła jeden z londyńskich gangów, Siedem Pieczęci. Twierdzi, że jest wśród nich śniący wędrowiec, że rozpoznam jednego ze swoich. – Czekałam, ale nie zareagował. Podejrzewał mnie? – Wyruszamy jutro w nocy z trzema czerwonymi i jeszcze jednym Refaitą.

– Kim?

– Twoją kuzynką.

– A tak – połączył ze sobą koniuszki palców. – Situla Mesarthim jest najbardziej zaufanym najemnikiem Nashiry. Obydwoje musimy na nią uważać.

– Więc zamierzasz znowu traktować mnie jak swego niewolnika.

– To konieczna, ale chwilowa sytuacja. Situla nie jest moim przyjacielem. Jej zadaniem będzie pilnować mnie.

– Dlaczego?

– Dawne przewinienia. – Popatrzył na mnie. – Lepiej, żebyś nic o tym nie wiedziała. Jedyne, co powinnaś wiedzieć, to że nie zabijam, jeżeli nie jest to absolutnie konieczne.

„Dawne przewinienia". „Stare rany". To musiało oznaczać tylko jedno, i obydwoje o tym wiedzieliśmy – ale to wciąż nie dawało mi gwarancji, że mogę mu teraz zaufać. Nawet jeżeli był jednym z okaleczonych.

– Muszę się położyć – powiedziałam. – Spotykamy się przy jej rezydencji jutro o świcie.

Skinął głową, nie patrząc na mnie. Podniosłam swoje buty i poszłam do pokoju, zostawiając Naczelnika z jego lekarstwem.

Przez większość dnia zamiast spać myślałam o każdej możliwej wersji wydarzeń, kiedy dotrzemy do Londynu. Plan, według poobiedniej odprawy 30, zakładał, że mamy czekać, dopóki Carter nie dotrze do Kolumny Nelsona, gdzie ma się spotkać z przedstawicielem Siedmiu Pieczęci. Wówczas mieliśmy ich otoczyć i uderzyć z całej siły. Wydawało jej się, że tak po prostu tam przyjdziemy, zastrzelimy Carter, pojmiemy więźniów i spokojnie wrócimy do Szeolu I jeszcze przed dziennym dzwonem.

Dobrze wiedziałam, co się święci. Znałam Jaxa, potrafił chronić swoje inwestycje. Nigdy nie wysłałby tylko jednego przedstawiciela na spotkanie z Antoinette – będzie tam cały gang. Stróże obserwowali ulice nocą i znali podstawowe zasady walki duchów. Z taką liczbą jasnowidzów wszystko to mogło się skończyć niezłą uliczną jatką. Walką, w której przyjmę kolory jednej strony, ale kibicować będę tej drugiej.

Niespokojna przekręcałam się z boku na bok. To była moja szansa na ucieczkę albo przynajmniej na nawiązanie z nimi kontaktu. Musiałam jakoś dotrzeć do Nicka, o ile wcześniej mnie nie zabije. Albo nie oślepi swoimi wizjami. To była moja szansa, szansa jedna na milion.

Nie zmrużyłam oka do świtu. Poszłam do łazienki, umyłam twarz i związałam włosy. Urosły o kilka centymetrów i sięgały teraz do ramion. Deszcz uderzał o okna. Założyłam mundur, czerwoną tunikę zdrajcy, i zeszłam do komnaty. Na zegarze dochodziła siódma. Usiadłam przy kominku. Kiedy wybiła pełna godzina, Naczelnik pojawił się w drzwiach, kompletnie przemoczony.

– Już pora.

Skinęłam głową. Wyszliśmy, Naczelnik zamknął drzwi i ruszyliśmy kamiennymi schodami.

– Nie miałem okazji ci podziękować – powiedział, kiedy przeszliśmy przez krużganki. – Za twoje milczenie.

– Jeszcze mi nie dziękuj.

Na ulicach panowała cisza. Topniejący grad kruszał pod moimi butami. Kiedy dotarliśmy do rezydencji, dwóch Refaitów zaprowadziło nas do biblioteki, gdzie czekała Nashira. Razem z Naczelnikiem ponownie odegrali swoje rytualne powitanie: jego ręka na jej brzuchu, jej usta na jego czole. Tym razem jednak coś zauważyłam. Sztywność jego ruchów, to, że w ogóle nie patrzył jej w oczy, to, jak przebiegła palcami po jego włosach, nie patrząc na niego. Przypominało mi to obraz sługi i jego kochanki.

– Cieszę się, że obydwoje dzisiaj do nas dołączyliście. – Jakbyśmy mieli inny wybór. – 40, to jest Situla Mesarthim.

Situla była prawie tak wysoka jak Naczelnik. Widać było rodzinne podobieństwo: takie same popielato-brązowe włosy, identyczna miodowa skóra, te same wyraźne rysy twarzy i głęboko osadzone oczy. Skinęła głową w kierunku Naczelnika, który wciąż klęczał.

– Kuzynie. – Naczelnik przechylił głowę. Situla popatrzyła ma mnie. – XX-59-40, będziesz mnie tego wieczoru traktować jak swojego drugiego opiekuna. Mam nadzieję, że to jasne.

Skinęłam. Naczelnik stał, patrząc na narzeczoną.

– Gdzie są inni ludzie?

– Przygotowują się. – Odwróciła się od niego. – Powinieneś zrobić to samo, mój drogi.

Nad jego sennym krajobrazem jej aura zebrała się w chmurę, niczym kotłująca się burza. Odwrócił się i poszedł w kierunku ciężkich szkarłatnych zasłon. Należąca do ślepców dziewczyna pospieszyła za nim, niosąc zestaw ubrań.

– Zostaniesz przydzielona do 1. – Nashira zwróciła do mnie. – Wasza dwójka pojedzie z Arcturusem. Situla zabierze 30 i 12.

David wyłonił się zza zasłon ubrany w czarne spodnie, buty i lekką kamizelkę kuloodporną. Osłupiałam. Wyglądał dokładnie tak samo jak Nadzorca tej nocy, kiedy do mnie strzelał.

– Dobry wieczór, 40 – powiedział.

Nic nie odpowiedziałam. David się uśmiechnął i potrząsnął głową, jakbym była rozkosznym dzieckiem. Ślepiec podszedł do mnie.

– Twoje ubrania.

– Dziękuję.

Nie patrząc na Davida, wzięłam swój zestaw i poszłam w kierunku zasłon. Za nimi znajdował się namiot, rodzaj przebieralni. Zdjęłam mundur i przywdziałam nowy: najpierw czerwoną koszulę z długimi rękawami, potem kamizelkę kuloodporną – oznaczoną czerwoną kotwicą, podobnie jak kamizelka – oraz czarną kurtkę z czerwoną opaską na rękawie. Następnie rękawiczki i spodnie, wykonane z elastycznego czarnego materiału, i wytrzymałe skórzane buty. W tym ubraniu mogłabym biec, wspinać się, walczyć. W kurtce była strzykawka z adrenaliną – i pistolet z fluxem. Przeznaczony do polowania na jasnowidzów.

Kiedy już byłam gotowa, powróciłam do pozostałej trójki ludzi. Carl uśmiechnął się do mnie.

– Witaj, 40.

– Cześć, Carl – przywitałam się.

– Jak twoja nowa tunika?

– Pasuje, jeśli to masz na myśli.

– Nie, mam na myśli, jak się czujesz, będąc czerwoną?

Cała trójka gapiła się teraz na mnie.

– Super – powiedziałam po chwili.

Carl skinął.

– Może nie mylili się, dając ci tak wiele przywilejów.

– A może się mylili – powiedziała 30, wyciągając gęste włosy zza kołnierzyka. Była ode mnie wyższa, szeroka w biodrach i ramionach. – Przekonamy się na ulicach.

Spojrzałam na nią raz jeszcze. Sądząc po jej aurze, prawdopodobnie jest wróżbitą – ale mniej powszechnym, może graczem. Takich jak ona było jednak sporo. Tacy jak ona idą po trupach do celu.

– Tak – powiedziałam. – Przekonamy się.

Pociągnęła nosem.

Powrót Naczelnika wywarł piorunujący efekt na postawę 30. Prawie podskoczyła, lekko dygnęła i bąknęła:

– Małżonek krwi.

Carl się ukłonił. Ja po prostu stałam z założonymi rękoma. Naczelnik zerknął na swój fanklub, ale nie potwierdził żadnego z tych wyrazów uznania. Spojrzał natomiast, przez całą długość pokoju, na mnie. 30 wyglądała na rozgoryczoną. Biedulka.

Nowe ubrania zmieniły mojego opiekuna. W miejsce staromodnych refaickich insygniów miał na sobie strój zamożnego mieszkańca Sajonu, którego żaden cwany złodziej nie ośmieliłby się tknąć.

– Zostaniecie zabrani do Pierwszej Kohorty w dwóch wozach – powiedziała Nashira. – Ruch uliczny będzie dla was oczyszczony. Macie powrócić tu z powrotem przed dziennym dzwonem.

Cała nasz czwórka skinęła. Naczelnik założył płaszcz i skierował się do drzwi.

– XX-40, XX-1 – zawołał.

Carl wyglądał, jakby nadeszło już Święto Listopadowe. Wybiegł za Naczelnikiem, wsuwając swój pistolet z fluxem do kieszeni kurtki. Miałam właśnie za nim ruszyć, kiedy Nashira złapała mnie dłonią w rękawiczce. Stanęłam nieruchomo, opierając się chęci wyrwania się jej.

– Wiem, kim jesteś – powiedziała tuż przy mojej twarzy. – Wiem, skąd pochodzisz. Jeżeli nie sprowadzisz śniącego wędrowca, upewnię się w swoich podejrzeniach, że to ty jesteś Bladą Śniącą. Będzie to miało konsekwencje dla nas wszystkich. – Z lodowatym spojrzeniem odwróciła się i odeszła w kierunku drzwi. – Bezpiecznej podróży, XX-59-40.

Na moście czekały dwa samochody z przyciemnianymi szybami. Założyli nam wszystkim opaski na oczy, zanim zamknęli nas w środku. Siedziałam w ciemności obok Carla, słuchając warkotu silnika. Musieli się cholernie bać, że poznamy trasę wyjazdową z kolonii.

Wysłano grupę Strażników, by eskortowali nas przez granicę, ale procedura wypuszczania ludzi z Szeolu była skomplikowana. To miasto funkcjonowało jako kolonia karna i było tyle zamieszania, co przy wypuszczaniu więźniów na zwolnienie warunkowe. Wszczepiono nam chipy namierzające pod skórę na jednej z podstacji Sajonu, na wypadek gdybyśmy chcieli uciec, a nasze odciski palców i aury zostały sprawdzone. Pobrali także próbkę mojej krwi, zostawiając mi smużkę siniaka w zgięciu łokcia. W końcu przekroczyliśmy ostatnią granicę i znaleźliśmy się w SajLo.

– Możecie zdjąć opaski – powiedział Naczelnik.

Zerwałam ją w pośpiechu.

Moja cytadela, nareszcie. Patrzyłam przez okno, niebieskie światła biły mnie po oczach. Samochód toczył się przez Białe Miasto w II-3, obok galerii handlowej. Nigdy nie przypuszczałam, że tak bardzo będzie mi brakować tych brudnych niebieskoszarych ulic. Tęskniłam za licytowaniem się o duchy, graniem w tarocchi, wspinaniem się wraz z Nickiem po budynkach, by obserwować zachód słońca. Chciałam wysiąść z tego samochodu i rzucić się wprost w zatrute serce Londynu.

Carl był bardzo podekscytowany. Wcześniej poruszał miarowo kolanem i bawił się pistoletem z fluxem, ale usnął na autostradzie. Powiedział mi, że 30 nazywała się kiedyś Amelia i że jej opiekunką była Elnath Sarin. Domyślałam się, że była graczem, zajmowała się kośćmi do gry. Zajęło mi chwilę, zanim przypomniałam sobie dokładne określenie: kamycznik. Zaniedbałam się. Jax kiedyś codziennie przepytywał mnie z siedmiu kategorii jasnowidzenia.

Ponownie spojrzałam na Carla. Powinien umyć włosy. Sądząc po jego podkrążonych oczach, był równie zmęczony jak ja – ale nie miał siniaków, musiał więc zapewnić sobie bezpieczeństwo kolejnymi zdradami. Jakby wyczuł, że na niego patrzę, i otworzył oczy.

– Nie próbuj uciekać.

Wyszeptał to. Kiedy nie odpowiedziałam, przysunął się w moim kierunku.

– Nie pozwolą ci na to. On nie pozwoli. – Zerknął na Naczelnika przez szklaną szybę. – Szeol jest dla nas bezpieczny. Dlaczego chciałabyś odejść?

– Bo to nie jest nasze miejsce.

– To jest nasze jedyne miejsce. Tam możemy być jasnowidzami. Nie musimy się ukrywać.

– Jesteś idiotą, Carl. Przecież wiesz, że to jest więzienie.

– A cytadela nim nie jest?

– Nie, nie jest.

Popatrzył na swoją broń. Wyjrzałam przez okno.

Jakąś częścią mnie wiedziałam, co ma na myśli. Oczywiście, że cytadela była więzieniem – Sajon trzymał nas w zamknięciu jak zwierzęta – ale my nie staliśmy bezczynnie, patrząc, jak biją innych ludzi albo pozwalają im umierać na ulicy.

Oparłam głowę o szybę. To nie była prawda. Hektor tak robił. Jaxon tak robił. A także każdy mim-lord i mim-królowa w cytadeli. Nagradzali tylko tych, którzy byli im do czegoś potrzebni. Resztę wyrzucali jak śmieci.

Ale gang stał się moją rodziną. Nie musiałam kłaniać się przed nikim w cytadeli. Byłam faworytą I-4. Liczyłam się.

Wkrótce dotarliśmy do Merylebone. Widząc, jak Naczelnik obserwuje nieznane terytorium cytadeli, zastanawiałam się, czy kiedykolwiek był już w Londynie. Musiał, skoro znał poprzednich Inkwizytorów. Przeszedł mnie dreszcz na myśl, że Refaici byli na ulicach w tym samym czasie co ja. Byli w Archonie. Nawet w I-4.

Kierowca był cichym, krzepkim mężczyzną w okrągłych okularach i garniturze, z czerwoną jedwabną poszetką w butonierce i krawatem. W lewym uchu miał słuchawkę, która od czasu do czasu wydawała dźwięk. To było chorobliwie fascynujące, jak oni to wszystko zorganizowali. Wszystkie bazy Sajonu pozostawały ukryte: nikt nie mógł się dowiedzieć o istnieniu Szeolu. To było miasto szczelnie zamknięte na klucz.

Naczelnik nakazał kierowcy, aby zatrzymał się na rogu ulicy. Mężczyzna skinął i wysiadł. Kiedy wrócił, miał ze sobą dużą papierową torbę. Naczelnik podał mi ją przez szparę.

– Obudź go. – Skinął na Carla, który znowu spał.

W torbie znajdowały się dwa gorące pojemniki z Brekkabox, popularnej knajpki z jedzeniem na wynos. Szarpnęłam Carla.

– Pobudka, wstawaj.

Zerwał się. Otworzyłam swoje pudełko, w którym był zawinięty zestaw śniadaniowy, serwetka i naczynie z owsianką. Zauważyłam spojrzenie Naczelnika w tylnym lusterku, a on lekko kiwnął głową, potwierdzając. Odwróciłam wzrok.

Samochód wjechał w Sekcję Czwartą. Moją sekcję. Skóra głowy piekła mnie od potu. Ojciec mieszkał jakieś dwadzieścia minut stąd, a my zbliżaliśmy się do Siedmiu Tarcz – za blisko. Miałam cichą nadzieję, że otrzymam coś od Nicka, ale w zaświatach panowała kompletna cisza. Mijało mnie kilkaset różnych sennych krajobrazów, odwracając moją uwagę od realu. Kiedy skupiłam się na kilku najbliższych, nie wyczułam nic niezwykłego, ani jednej świeżej fali emocji. Ci ludzie nie mieli pojęcia o istnieniu Refaitów ani kolonii karnej. Nie obchodziło ich, co się działo z odmieńcami, dopóki nie mieli ich w zasięgu wzroku.

Samochód zatrzymał się na ulicy Strand, gdzie czekał na nas Strażnik. Wszyscy, którzy byli na służbie, wyglądali podobnie:

wysocy, barczyści, zazwyczaj media. Wysiadając, próbowałam nie patrzeć mu w oczy. Puste pudełka zostawiłam pod siedzeniem.

Naczelnik, ogromny i przerażający, nie okazywał żadnego niepokoju.

– Dobry wieczór, Strażniku.

– Panie Naczelniku. – Strażnik dotknął swego czoła trzema palcami: jednym pośrodku, a pozostałymi dwoma powyżej oczu. Następnie podniósł rękę w geście pozdrowienia. Był to oficjalny znak potwierdzający jego jasnowidzenie, jego trzecie oko. – Czy mogę potwierdzić, że pod pańską kuratelą znajduje się Carl Dempsey-Brown oraz Paige Mahoney?

– Potwierdzam.

– Ich numery identyfikacyjne?

– XX-59 oraz 40.

Strażnik sporządził notatkę. Zastanawiałam się, co spowodowało, że odwrócił się od swoich. Być może za sprawą jakiegoś okrutnego mim-lorda.

– Wy dwoje powinniście pamiętać, że jesteście pozbawieni wolności. Znaleźliście się teraz tutaj, aby pomagać Refaitom. Kiedy wykonacie zadanie, zostaniecie odesłani z powrotem do Szeolu I. Jeżeli któreś z was podejmie próbę zdradzenia lokalizacji Szeolu I, zostaniecie rozstrzelani. Jeżeli któreś z was podejmie próbę nawiązania kontaktu z osobami postronnymi albo z którymkolwiek członkiem syndykatu, zostaniecie rozstrzelani. Jeżeli któreś z was podejmie próbę zranienia waszego opiekuna albo Strażnika, zostaniecie rozstrzelani. Czy wyraziłem się wystarczająco jasno?

Cóż, dał nam cholernie jasno do zrozumienia, że czegokolwiek byśmy nie zrobili, zostaniemy rozstrzelani,

– Zrozumieliśmy – powiedziałam.

Ale najwyraźniej procedura jeszcze nie dobiegła końca. Wyjął zza paska srebrną tubkę i parę lateksowych rękawiczek oraz jakąś igłę.

– Ty pierwsza. – Złapał mnie za nadgarstek. – Otwieraj gębę.

– Co?

– Otwieraj. Gębę.

Chciałam spojrzeć na Naczelnika, ale sądząc po jego milczeniu, nie sprzeciwiał się tej procedurze. Zanim zdążyłam wykonać polecenie, Strażnik siłą otworzył mi usta. Próbowałam go ugryźć. Przyłożył mi do ust plastikowe ostrze, pokrywając je czymś zimnym i gorzkim.

– Zamknij.

Nie miałam wyboru, zamknęłam usta. Kiedy spróbowałam je ponownie otworzyć, nie mogłam. Wryło mnie. Niech to szlag!

– Kropelka kleju skórnego. – Strażnik pociągnął przed siebie Carla. – Przestaje działać po dwóch, trzech godzinach. Nie będziemy ryzykować, zważywszy że wy w syndykacie wszyscy się znacie.

– Ale ja nie jestem… – zaczął Carl.

– Zamknij się.

I w końcu Carl musiał się zamknąć.

– XX-49-30 nie zostaje zaklejona. Słuchajcie jej rozkazów – powiedział Strażnik. – W innym wypadku macie trzymać się planu.

Przycisnęłam język do ust, ale ani drgnęły. Ten Strażnik musiał czerpać przyjemność z władzy nad byłymi członkami syndykatu.

Zakleiwszy nam usta, zasalutował Naczelnikowi i powrócił do surowego, szarego budynku, z którego wcześniej się wyłonił. Była na nim tabliczka z napisem: „CYTADELA SAJON LONDYN – STANOWISKO DOWODZENIA NDK – PIERWSZA KOHORTA, SEKCJA CZWARTA", oraz mapa terenu objętego tym posterunkiem. Rozpoznałam miejsce, gdzie znajdowało się centrum handlowe w Covent Garden, kocioł, pod którym kipiał czarny rynek. Gdybym tylko mogła się tam dostać. Może jeszcze mogłam.

Carl przełknął ślinę. Mimo że już setki razy widzieliśmy te plakietki, ich widok wciąż był zniechęcający. Popatrzyłam na Naczelnika.

– Situla i jej ludzie podejdą do placu od zachodniej strony – powiedział. Jesteście gotowi?

Nie wiem, jak niby mieliśmy mu odpowiedzieć. Carl skinął głową. Naczelnik sięgnął do swojej kurtki i wyjął dwie maski.

– Proszę – powiedział, wręczając po jednej każdemu z nas. – Zamaskują waszą tożsamość.

Nie były to zwykłe maski. Miały puste, jednolite rysy twarzy, z małymi otworami na oczy i szczelinami na przepływ powietrza poniżej nosa. Kiedy założyłam swoją, przylgnęła mi do skóry. Nikt z mieszkańców Sajonu nie odważyłby się spojrzeć na mnie drugi raz, ale także pozostawałam nierozpoznawalna dla członków gangu, a ze sklejonymi ustami nie byłabym w stanie zawołać o pomoc.

Jakie to wszystko było p r z e m y ś l a n e.

Nim Naczelnik założył swoją maskę, patrzył na mnie przez chwilę. Z jego otworów na oczy płynęło dziwne i przerażające światło. Po raz pierwszy cieszyłam się, że walczę po jego stronie.

Ruszyliśmy w kierunku Kolumny Nelsona. Podobnie jak Tarcze, Pomnik i większość innych monumentów świeciły się na czerwono lub zielono w zależności od stanu bezpieczeństwa. Obecnie kolor był zielony, podobnie jak w przypadku fontann. Grupa Strażników znajdowała się na patrolu, ustawiona na regularnych odcinkach wzdłuż Strand, prawdopodobnie z rozkazem udzielenia nam wsparcia w razie konieczności. Spoglądali na nas, kiedy ich mijaliśmy, ale żaden nawet nie drgnął. Wszyscy byli wyposażeni w karabinki M4. NDK nie zdradzała swojej prawdziwej przyczyny obecności na ulicach, ale każdy wiedział, że byli czymś więcej niż policją. Nie podszedłbyś do nocnego Strażnika z jakimś problemem tak jak do dziennego. Mogłeś zwrócić się do niego tylko w jakichś strasznych okolicznościach, i to wyłącznie nie będąc jasnowidzem. Nawet ślepcy nie lubili się do nich zbliżać. W końcu pozostawali odmieńcami.

Carl cały czas napinał palce w kieszeniach. Jak mogłabym przez to przejść, nie zabijając nikogo z mojego gangu? Musiał istnieć jakiś sposób pokazania im, kim naprawdę jestem. Musiałam ich ostrzec, w przeciwnym wypadku wylądowaliby razem ze mną w kolonii karnej. Nie mogłam pozwolić Nashirze ich dopaść.

Trafalgar Square sztucznie oświetlano, ale było wystarczająco ciemno, abyśmy pozostali niezauważeni. Situla, Amelia i David zbliżali się z drugiej strony. Wszyscy troje zniknęli za jednym z czterech posągów lwa, które strzegły Kolumny Nelsona. Naczelnik schylił się do mojego poziomu.

– Carter wkrótce przybędzie – powiedział ściszonym głosem. – Musimy poczekać, aż nawiąże kontakt z Pieczęcią. Pod żadnym pozorem nie pozwólcie się złapać. – Carl skinął głową. – Kiedy teren będzie już czysty, NDK odprowadzi nas z powrotem do wozu. Zaprzestaniecie i odstąpicie od swoich działań, jeżeli Pieczęcie opuszczą granice Pierwszej Kohorty.

Zaczynałam się pocić. Siedem Pieczęci miało siedzibę w obrębie Pierwszej Kohorty. Gdyby członkowie gangu próbowali powrócić do bazy, zostaliby śledzeni.

Za dwie minuty miała wybić pełna godzina. Naczelnik wysłał Carla, by usiadł na stopniach kolumny – jako wróżbita był najmniej zauważalny. Kiedy znalazł się na pozycji, Naczelnik poprowadził mnie obok fontanny do jednego z cokołów. Było ich siedem, po jednym dla pomnika każdego z założycieli Sajonu: Palmerstona, Salisbury'ego, Asquitha, MacDonalda,

Zettlera, Mayfielda, Weavera. Siódmy pomnik zawsze niósł ze sobą podobieństwo do aktualnie panującego Inkwizytora, wraz z jego dewizą.

Naczelnik zatrzymał się za posągiem. Badawczo przyglądał się mojej zamaskowanej twarzy.

– Wybacz mi – powiedział. – Nie wiedziałem, że was uciszą.

Nie pokazałam po sobie, że go usłyszałam. Musiałam się skoncentrować na oddychaniu przez nos.

– Nie patrz jeszcze. Carter czeka przy podstawie kolumny, zgodnie z planem.

Nie chciałam tego robić. Chciałam wydostać stąd Antoinette. Wedrzeć się w jej senny krajobraz, kazać jej uciekać.

Wtedy ich wyczułam.

To byli oni, z całą pewnością. Nadchodzili z różnych kierunków. Jax musiał zmobilizować cały gang, wszystkie pozostałe Pieczęcie. Rozpozna moją aurę natychmiast, czy będzie zakładał, że to po prostu inny śniący wędrowiec – nikła szansa – w tej okolicy?

– Wyczuwam medium – powiedział Naczelnik. – I zaklinacza dusz.

Eliza i Nadine. Wyjrzałam zza podstawy Kolumny Nelsona. A tak, Antoinette też tam była.

Miała na sobie czarny płaszcz i czarny kapelusz z szerokim rondem, spod którego wystawały pasma siwiejących rudych włosów. Niewielka część twarzy, którą widziałam, była pokryta bruzdami, podczas programu telewizyjnego maskowała je zapewne charakteryzacja. W palcach trzymała cygarniczkę z czymś, co wyglądało jak fioletowy aster. Miała tupet. Nikt nie palił eterycznych narkotyków w miejscach publicznych.

Pomysł walki z Toni Carter wykańczał mnie nerwowo. Podczas swoich programów często miała gwałtowne napady przed wygłoszeniem przepowiedni, coś co sprawiało, ze wskaźniki oglądalności leciały do góry. Mogłam sobie tylko wyobrażać, jak walczyła. Nick twierdził, że była wyrocznią; wyrocznie nigdy nie traciły kontroli w taki sposób.

Nadine zjawiła się pierwsza. Miała na sobie luźno zapięty blezer z ozdobnym paskiem. Z pewnością ukrywała pod nim cały arsenał broni. Wszyscy inni nadchodzili kolejno, nie dając po sobie poznać, że się znają. Jedynie aury łączyły ich ze sobą. Kiedy zauważyłam Nicka, myślałam, że zacznę płakać, śmiać się, śpiewać. Był całkowicie przebrany. Musiał, biorąc pod uwagę jego olśniewającą karierę w Sajonie. Na włosach miał ciemną perukę i kapelusz oraz przyciemniane okulary. Półtora metra za nim Jax stukał swoją laską. Naczelnik milczał. Jego oczy pociemniały, kiedy jeden z jego celów zbliżył się do Antoinette. Eliza szła na przedzie. Tuż za nią Dani, również w przebraniu, z surowym wyrazem twarzy.

Na jej miejscu nawiązałabym wstępny kontakt z Antoinette jednym z moich „szturchnięć", aby się upewnić, czy teren jest czysty, ale Eliza nie miała takiej mocy. Zaświaty wirowały w niej, nie na odwrót. Podniosła cztery palce prawej ręki, trzy lewej i przebiegła nimi po włosach, jakby sprawdzała upięcie. Antoinette zrozumiała. Podeszła do Elizy i wyciągnęła rękę.

Situla uderzyła pierwsza. W okamgnieniu znalazła się na Antoinette i zaczęła ją dusić. Naczelnik ruszył w kierunku Zekego, a Carl posłał pobliskiego ducha w kierunku Elizy. To musiał być Nelson, najpotężniejszy duch na placu: przycisnął Elizę do jednego z lwów, zgniatając jej klatkę piersiową i wykrzykując stłamszonym głosem: „Nie mam władzy nad wiatrem ani pogodą, tym bardziej nad sobą w chwili śmierci!". Amelia ruszyła następna, natrafiając na rozwścieczonego Nicka, który chciał odwetu za cierpienie Elizy. David zaatakował Jaxa; albo przynajmniej usiłował zaatakować – Dani uderzyła go pięścią, po czym z ust chlusnął mu strumień krwi. W ciągu niecałych dziesięciu sekund byłam jedyną, która nie podjęła jeszcze z nikim walki.

Mnie to odpowiadało. Ale nie Jaxonowi.

Zauważył mnie natychmiast, kolejnego zamaskowanego wroga. Utworzył szpulę z sześciu duchów i cisnął nią w moim kierunku. Musiałam coś zrobić, i to szybko, duchy Trafalgar Square mogły stanowić poważne zagrożenie. Posłałam w jego stronę strzałkę z fluxem, lecz chybiłam, przeleciała mu tuż nad głową. Jax robił uniki, wysyłając szpulę, która rozpraszała się na wszystkie strony. „Poddaj się – pomyślałam. – Nie zmuszaj mnie do ataku".

Ale Jaxon nigdy się nie poddawał. Był wściekły. Popsuliśmy mu szyki. Rzucił się na mnie ze swoją laską. Próbowałam kopnąć go w brzuch, aby go odepchnąć, ale zrobiłam to zbyt słabo. Złapał mnie za kostkę i jednym pociągnięciem powalił mnie na ziemię. Ból. „Ruszaj się. Ruszaj!"

Nie byłam w stanie. Jax kopnął mnie w bok butem ze stalową nasadką, kolanem przygniótł moją klatkę piersiową. Zamazanym wzrokiem dostrzegłam, jak wykonuje zamach i wtedy coś twardego uderzyło mnie w odsłoniętą część twarzy. Kastet. Jeszcze raz, tym razem w żebra. Coś trzasnęło i zabolało. Znowu. Zamachnęłam się ręką, aby zablokować czwarty cios. Jego oczy błyszczały, pałały żądzą krwi. Jax zamierzał mnie zabić.

Nie miałam wyboru. Przygwożdżona do ziemi, użyłam swojego ducha.

Tego się nie spodziewał. Nie koncentrował się na mojej aurze. Uderzenie w senny krajobraz powaliło go na ziemię. Usłyszałam brzęk jego laski. Udało mi się wstać. Moja twarz pulsowała, żebra parzyły, a z moim prawym okiem coś było nie tak. Oparłam się o kolana, wciągając powietrze nosem. Nie spodziewałam się, że Jax potrafi być aż tak brutalny.

Usłyszałam wrzask. W pobliżu jednej z fontann Nadine zrezygnowała z walki duchami i przygwoździła Amelię do ziemi. Wyjęłam strzykawkę z kurtki, odbezpieczyłam ją zakrwawionymi palcami i wbiłam igłę prosto w nadgarstek. Po kilku sekundach ból zelżał. Wciąż miałam problemy ze wzrokiem, ale aż tak bardzo mi to nie przeszkadzało. Nadal dobrze widziałam na lewe oko.

Zauważyłam na klatce czerwony punkt celownika. W budynkach na pewno byli snajperzy.

Musiał istnieć jakiś sposób ucieczki.

Z odnowioną siłą pobiegłam w kierunku fontanny, gdzie Amelia bezskutecznie zadawała ciosy. Kibicowałam Nadine, ale nie mogłam pozwolić na kolejną ludzką śmierć. Złapałam ją wpół, wrzucając wprost do fontanny. Woda przybrała czerwony kolor, wraz ze zmianą świateł bezpieczeństwa. Nadine wynurzyła się tuż po mnie. Zęby miała zaciśnięte, a mięśnie na szyi napięte. Cofnęłam się.

– Zdejmij maskę, suko – krzyknęła do mnie.

Wymierzyłam w nią bronią z fluxem.

Zaczęła krążyć wokół mnie. Rozpięła płaszcz i wyjęła nóż. Zawsze wolała używać broni niż duchów.

W całym ciele, aż po koniuszki palców, czułam bicie swego serca.

Nadine rzadko pudłowała, posługując się nożem, a moja kamizelka zapewniała tylko częściową ochronę: gdyby dźgnęła mnie powyżej tułowia, byłabym trupem. I wtedy pojawił się David. W chwili, kiedy Nadine zamierzała rzucić ostrzem, powalił ją strzałką z fluxem, strzelając między ramiona. Oczy jej się rozszerzyły, zatoczyła się i zachwiała, po czym runęła na skraj fontanny. David wyciągnął ją z wody i złapał obiema rękami za głowę. Nie kazano nam zabijać, ale zdawał się o tym zapomnieć. Jak ważny mógł być szepczący?

Nie miałam czasu na myślenie: rzuciłam swym duchem. Zeke nigdy by mi nie wybaczył, gdybym pozwoliła zginąć jego siostrze. Pora na szybki skok.

Przesadziłam. Na sekundę znalazłam się w jego głowie i zdjęłam jego ręce z Nadine. W ciągu następnej sekundy powróciłam do swojego ciała, biegnąc w jego kierunku. Uderzyłam w niego z całej siły i obydwoje wylądowaliśmy na ziemi.

Zrobiło mi się ciemno przed oczami. Właśnie posiadłam Davida. Tylko na ułamek sekundy, ale poruszyłam jego ręką.

W końcu posiadłam człowieka. David złapał się rękami za głowę. Nie byłam delikatna. Wstałam i mrugając, usiłowałam pozbyć się sprzed oczu tumanów białych gwiazd. Zarówno Antoinette, jak i Situla zniknęły.

Zostawiając Nadine z Davidem, odbiegłam od fontanny, ubrania miałam przemoczone. Wspięłam się na lwa i zbadałam teren. Obydwie grupy rozproszyły się po całym placu. Zeke nie walczył i mądrze opuścił statek – krwawe duchy żeglarzy – kiedy zobaczył zbliżającego się do niego Naczelnika. Teraz naciągnął kominiarkę i zaczął wymieniać ciosy z Amelią. Nieco dalej Naczelnik zajął się Nickiem, który unieruchomił Carla szpulą. Patrząc na nich, myślałam, że umrę. Mój opiekun i mój najlepszy przyjaciel. Zeskoczyłam na ziemię, sparaliżowana strachem. Musiałam pomóc Nickowi – Naczelnik by go zabił…

Wtedy pojawiła się rozsierdzona Eliza. Duchy uderzały we mnie z każdej strony – zawsze osłaniały media. W mój senny krajobraz wdarło się trzech francuskich żołnierzy. Potknęłam się oślepiona ich wspomnieniami: piętrzące się fale, dźwięk muszkietów, ogień szalejący na pokładzie Victory – krzyki, zamieszanie – wtedy Eliza pchnęła mnie i upadłam. Użyłam wszystkich mentalnych systemów obronnych, usiłując wypchnąć zaborców.

Na chwilę zostałam obezwładniona. Eliza usiłowała przydusić mnie kolanami.

– Zostańcie tam, chłopcy!

Mój senny krajobraz zalewały kolejne wizje. Przedzierały się przez nią kule armatnie, tuż przede mną waliło się płonące drewno. Eliza próbowała zdjąć moją maskę.

Nie! Nie mogła mnie zobaczyć! NDK by ją zastrzeliła. Ogromnym wysiłkiem wyrzuciłam duchy i kopnęłam ją do tyłu, uderzając ją butem w szczękę. Ryknęła z bólu. Wstrząsnęło mną poczucie winy. Odwróciłam się z wymierzonym pistoletem z fluxem i natknęłam się na laskę Jaxa.

– Proszę, proszę. Wędrowiec w mundurze – powiedział miękkim głosem. – Gdzie oni cię znaleźli? Gdzie się ukrywałaś? – Pochylił się w moim kierunku, wpatrując się w wycięte w masce otwory na oczy. – Niemożliwe, żebyś była moją Paige. – Laską odepchnął moją dłoń. Napięłam mięśnie. – A więc kim jesteś?

Zanim mogłam cokolwiek zrobić, Jax został powalony przez potężną szpulę, większą niż mógłby stworzyć jakikolwiek człowiek. Naczelnik. Wstałam, sięgając po broń, ale Jax zamachnął się ślepo swoją laską. Instynktownie odrzuciłam głowę do tyłu. Zbyt wolno. Ucho mnie zapiekło: ostre, wyraźne ciepło. Ostrze. Mocniej ścisnęłam broń, ale drugie uderzenie Jaxa wyrwało mi ją z ręki. Ostrze laski przeszyło mi ramię, przecinając kurtkę i wbijając się w ciało. Z mojego gardła wyrwał się stłumiony krzyk. Ból rozsadzał mi rękę.

– Chodź, wędrowcu, użyj swego ducha! – Jaxon, śmiejąc się, wymierzył we mnie ostrze. – Wykorzystaj ból, zapomnij o ranach.

Amelia rzuciła w niego kolejną szpulą. Ja pomogłam jej, teraz ona pomagała mnie. Nick strzelił, a Amelia przykucnęła za lwem. Zeke leżał nieruchomo na ziemi. „Nie umieraj – pomyślałam. – Nie daj im się".

Błysk rudych włosów. Antoinette wróciła. Zwiało jej kapelusz, lecz nie było w tym nic dziwnego: przebywała w swego rodzaju transie. Miała dzikość w oczach, szeroko rozszerzone nozdrza, a jej duch gorzał i przedrzeźniał niebieskie światła ulic cytadeli, zaprojektowane, by uspokajać rozgorączkowane umysły. Rozegrała się szybka walka: Situla próbowała dobyć noża, ale została zaatakowana szpulą rzuconą przez Antoinette. Chciała się odegrać, używając pobliskiego ducha, ale Carter zrobiła unik.

Wtedy, bez ostrzeżenia, wystartowała. Naczelnik zauważył, jak ucieka, przedzierając się przez spanikowany tłum.

– Zatrzymać ją! – krzyknął.

Krzyknął do mnie. Popędziłam za Antoinette. To była moja szansa na ucieczkę.

Strażnik przepuścił mnie, kiedy zobaczył mój mundur, ale rzucił się na jednego ze ślepców, kobietę. Jakiś mężczyzna złapał mnie za kurtkę – zaklinacz dusz – ale biegłam zbyt szybko, więc mnie puścił. Mój umysł był promieniem czystego światła. Antionette zmierzała dokładnie w kierunku Westminster Archon. Musiała chyba zwariować, ale nie obchodziły mnie jej motywy: dawała mi bezcenną szansę. Naprzeciwko Archonu znajdowała się stacja metra. Zawsze było na niej pełno Podstrażników, a także pasażerów. Gdybym zdjęła maskę i kurtkę, mogłabym prześlizgnąć się przez barierki i zniknąć w tłumie. Mogłabym schronić się za zewnętrznymi filarami przed NDK i żeby dotrzeć do Green Park, musiałabym przejechać tylko jedną stację. Stąd mogłabym się dostać do Tarcz. Gdybym nie dała rady, ruszyłabym w kierunku Tamizy. Przepłynęłabym. Zrobiłabym wszystko, aby tylko uciec.

Mogłam to zrobić. M o g ł a m.

Gnałam jak szalona. Ból w ręce mnie obezwładniał, ale nie wolno mi było się zatrzymać. Trans, w którym znalazła się Antoinette zdawał się podkręcać jej prędkość. Żadna ludzka istota nie byłaby w stanie tak biec, chyba że pozostawałaby pod ochroną duchów. Kluczyłam pośród tłumu ludzi i samochodów, lecz usiłowałam nie tracić z zasięgu ich aur.

Przed Antoinette zahamowała taksówka. Razem z Situlą ominęły ją, wbiegając wprost w grupę przechodniów. Obrałam najprostszą trasę: przed siebie, wbiegłam na samochód, śmignęłam przez dach i ześlizgnęłam się po drugiej stronie. Antoinette minęła wszystkich w okamgnieniu. Situla pędziła tuż za nią. Ludzie krzyczeli. Jeden z nich zginął. Nie mogłam się zatrzymać. Gdybym na chwilę odpuściła, zgubiłabym Antoinette i Situlę. W końcu, kiedy już myślałam, że moje płuca eksplodują, dotarłyśmy do końca Whitehall.

To było centrum cytadeli, według mapy: Pierwsza Kohorta, Sekcja Pierwsza. Jasnowidze unikali tego miejsca jak zarazy. Popatrzyłam do góry na Westminster Archon, z moich palców kapała krew. Tarcza zegara płonęła na czerwono, a w tym świetle wskazówki i cyfry wydawały się czarne. To tutaj tańczyły laleczki Franka Weavera. Gdyby tylko moja obecna sytuacja była mniej dramatyczna, z przyjemnością zostawiłabym mu jakieś piękne graffiti na murze.

Pobiegłam w kierunku Starch. Situla była tuż przede mną. Kiedy dotarła do mostu, Antoinette nagle się do niej odwróciła. Jej skóra zdawała się rozciągnięta na kościach niczym cienka warstwa farby, usta miała zacięte i kredowobiałe.

– Jesteś otoczona, wyrocznio – Situla ruszyła w jej kierunku. – Poddaj się.

– Nie nazywaj mnie wyrocznią, ty kreaturo. – Antoinette podniosła rękę. – Zaraz się przekonasz, kim jestem.

Powietrze się zmroziło.

Situla pozostała niewzruszona: nie miała się czego obawiać ze strony zwykłego człowieka. Rzuciła się na Antoinette, lecz zanim cokolwiek zrobiła, została uniesiona do góry i odrzucona do tyłu; prawie spadła z mostu. Znieruchomiałam. Duch.

Przełamujący. Sięgnęłam do zaświatów, próbując go zidentyfikować. To był ktoś na kształt anioła stróża, bardzo stary i potężny.

Archanioł. Anioł, który pozostawał z jedną rodziną przez wiele pokoleń, nawet po śmierci osoby, którą uratował. Archanioły niezwykle trudno było odegnać za pomocą egzorcyzmów. Tren nie pomógłby im na długo.

Situla odzyskała równowagę.

– Nie ruszaj się. – Zaczęła się do niej zbliżać. – Przekonajmy się, czym jesteś.

Sięgnęła po najbliższego ducha – potem kolejnego i następnego, aż uzbierała drżącą szpulę. Antoinette wyciągnęła rękę, ale wówczas Situla zaczęła się nią karmić. Jej twarz zaczęła się wykrzywiać, oczy przybrały barwę chińskiej czerwieni. Przez chwilę myślałam, że Antoinette upadnie. W kąciku jej lewego oka pojawił się koralik krwi. Zamachnęła się na Situlę, a jej archanioł rzucił się na nią. Szpula skłębiła się do odparcia ataku. Kiedy zaświaty pękły, zaczęłam biec.

Większość Strażników była widząca – zderzenie duchów odwróciłoby ich uwagę. Nie zauważyliby mnie. Nie mogliby. Musiałam wrócić do Tarcz. Popędziłam w kierunku Stacji I-1A, pod moimi butami most drżał energią. Nie zatrzymywałam się. Widziałam już znak powyżej stacji, po drugiej stronie ulicy. Zrzuciłam kurtkę i kamizelkę kuloodporną. To zwiększyłoby moją prędkość i gdybym tylko pozbyła się tej przeklętej maski, nie wyglądałabym jak kosiarz, tylko zwykła dziewczyna w czerwonej koszuli. Przyjrzałam się budynkom, szukając punktów oparcia. Gdyby nie udało mi się dostać do stacji, musiałabym się wspinać, żeby się stąd wydostać. Gdyby tylko udało mi się dotrzeć na dachy, byłabym bezpieczna.

Wtedy uświadomiłam sobie coś jeszcze.

Ból.

Nie zatrzymywałam się, ale nagle bieg okazał się znacznie bardziej wyczerpujący. Nie mogło to być jakieś poważne zranienie, przecież archanioł się do mnie nie zbliżył. Interesował się Situlą, swoim zagrożeniem. Musiałam naderwać mięsień.

Wtedy za moimi żebrami zaczęło się rozprzestrzeniać duszne ciepło. Kiedy popatrzyłam w dół, moja czerwona koszula zaczęła przyjmować inny odcień czerwieni, a powyżej mojego biodra znajdowała się mała okrągła dziura.

Postrzelili mnie. Postrzelili mnie, tak jak irlandzkich studentów.

Musiałam uciekać. Przechyliłam się do przodu, pędząc w stronę ulicy, gdzie samochody wciąż zmierzały w kierunku Nadbrzeża. „Dalej, Paige, dalej. Biegnij". Nick mnie naprawi. Muszę tylko dotrzeć do Tarcz. Widziałam już stację. Kolejny strzał, ale tym razem spudłowali. Musiałam zniknąć z ich pola zasięgu. Zmuszałam się do biegu, ale ból narastał i nie mogłam utrzymać ciężaru na prawej stronie. Mój zataczający się bieg przemienił się w utykanie. Wyrosły przede mną filary stacji. Gdybym tylko mogła do nich dotrzeć, zatamowałabym krew i po prostu zniknęła.

Biegłam za jadącym autobusem, używając go jako osłony, i dotarłam do pierwszego filaru po drugiej stronie ulicy. Cała siła opuściła moje ciało. Usiłowałam się ruszyć, ale ostry ból rozgorzał powyżej biodra. Nogi miałam jak z waty.

Śmierć nadeszła zbyt szybko. Jakby czekała latami. Świat cielesny pokrył się mgłą, błysnęły światła. Odgłosy walki wciąż były tuż obok, ale w zaświatach, nie na ulicy.

Nadszedł koniec śniącego wędrowca.

Nie miałam wiele czasu, mogli ponownie mnie postrzelić. Dowlekłam się za jeden z filarów, z dala od głównego wejścia do stacji, gdzie dojeżdżający do pracy usiłowali się zorientować, skąd dobiega hałas. Skuliłam się przy murze. Krew pulsowała z małej rany. Ucisnęłam ją trzęsącymi się rękoma. Zacisnęłam usta.

Nie dostanę się do Tarcz. Nawet gdybym wsiadła do pociągu, zostałabym aresztowana. Nie przeoczyliby przecież krwi na moich rękach.

Przynajmniej nie umarłam w Szeolu, to byłoby nie do zniesienia. Tutaj przynajmniej Nashira nie mogła mnie dorwać.

Ktoś zjawił się przy mnie, złapał mnie za rękę. Wyczułam go. Kamfora.

Nick.

Nie rozpoznał mnie. Nie był w stanie. Odchylił moją brodę, przystawiając mi do szyi nóż.

– Ty cholerny zdrajco.

Nick. Rana paliła. Mój rękaw przemoczony był krwią.

– Zobaczmy twoją twarz – powiedział Nick. Jego głos był teraz cichszy, przepełniony żalem. – Czymkolwiek jesteś, jesteś jasnowidzem. Skoczkiem. Może sobie o tym przypomnisz, kiedy zobaczysz ostatnie światło.

Zerwał maskę z mojej twarzy. Kiedy mnie zobaczył, coś w nim pękło.

– Paige – wydukał. – Paige, o nie, *förlåt mig**. – Ucisnął moje żebra, usiłując zatamować krew. – Przepraszam, tak bardzo przepraszam, myślałem… Jaxon chciał… – No jasne. Jaxon chciał śniącego wędrowca. To Nick mnie postrzelił, nie Sajon. – Co oni ci zrobili? – Głos mu drżał. Pękało mi serce, gdy patrzyłam na jego cierpienie. – Nic ci nie będzie, obiecuję. Paige, popatrz ma mnie. Popatrz na mnie!

Z trudem mogłam patrzeć na cokolwiek. Moje powieki zrobiły się ciężkie. Podniosłam palce, łapiąc go za koszulę. Oparł moją głowę o swoją klatkę piersiową.

– Już dobrze, kochanie. Gdzie oni cię zabrali?

* (Szwedzki) Wybacz mi.

Potrząsnęłam głową. Pogłaskał mnie po mokrych od potu włosach. To było tak kojące. Chciałam z nim zostać. Nie chciałam, żeby z powrotem mnie tam zabrali.

– Paige, nie waż się zamykać oczu. Powiedz mi, gdzie te dranie cię zabrały.

Znowu potrząsnęłam głową. Nie miałam jak mu powiedzieć, pozbawiona głosu.

– Chodź, *sötnos*. Musisz mi powiedzieć, gdzie to jest. Tak żebym mógł znów cię znaleźć, tak jak wtedy. Pamiętasz?

Musiałam mu powiedzieć. On musiał wiedzieć. Nie mogłam umrzeć, nie mówiąc mu, gdzie to jest. Musiałam ocalić innych, innych jasnowidzów w zagubionym mieście. Ale teraz zobaczyłam sylwetkę, zarys człowieka. Nie człowieka.

Refaity.

Palce miałam całe we krwi. Sięgnęłam muru i zapisałam trzy pierwsze litery. Nick na nie spojrzał.

– Oksford – powiedział. – Zabrali cię do Oksfordu?

Opuściłam rękę. Bezimienna postać zbliżała się w ciemności. Nick ją zobaczył.

– Nie. – Napiął mięśnie. – Zabieram cię do domu – powiedział i zaczął mnie podnosić. – Nie pozwolę im znowu cię tam zabrać.

Wyjął pistolet. Złapałam go za szyję. Chciałam, żeby spróbował uciec, żeby ocalił mnie od kolejnego pola maków – ale zginąłby, gdybym mu pozwoliła, zginęlibyśmy obydwoje. Ten cień podążyłby za nami aż do Tarcz. Szarpałam go za koszulę, potrząsając głową, ale nie rozumiał. Cień pojawił się na naszej drodze. Nick zacisnął dłoń na rękojeści pistoletu, aż zbielały mu palce, nacisnął spust. Raz, drugi raz. Zza moich zapieczętowanych ust wydarł się krzyk. „Nick, uciekaj!" Nie mógł usłyszeć, nie mógł wiedzieć. Pistolet wypadł mu z ręki, a po jego twarzy zaczęła cieknąć krew. Ogromna ręka w rękawicy złapała go za gardło. Ostatkiem sił usiłowałam ją odepchnąć.

– Ona idzie za mną. – To był Naczelnik, wyglądał demonicznie. – Uciekaj, wyrocznio.

Mój kontakt z życiem zamierał. Usłyszałam przy uchu bicie jego serca, poczułam jego ręce na swoich plecach. Światło zgasło. Nadeszła śmierć.

22

Potrójny głupiec

Czas stał się dla mnie serią momentów przeplatanych pustymi plamami. Raz pojawiały się światła, raz głosy. Miałam poczucie, że przez chwilę znajdowałam się w samochodzie, czułam kołyszący, jednostajny ruch.

Uświadomiłam sobie, że ktoś rozcina mi koszulę. Chciałam odepchnąć te nachalne ręce, ale moje ciało się buntowało. Zostałam odurzona. Kolejne, co pamiętam, to że zostałam umieszczona w łóżku Naczelnika, odchylona na lewą stronę. Moje włosy były mokre. Miałam wrażenie, że połamana jest każda część mojego ciała.

– Paige?

Czyjś głos dobiegał jakby spod wody. Wydałam z siebie słaby dźwięk: pół szloch, pół klekot. Paliło mnie w klatce piersiowej. I w ręce. Nick. Wyciągnęłam dłonie na oślep.

– Michael, szybko. – Ktoś mnie złapał. – Trzymaj się, Paige.

Musiałam znowu zemdleć. Kiedy się obudziłam, czułam się ciężka, mętna i bezkształtna jak kołdra. Większa część mojej prawej ręki zdrętwiała. Każdy oddech zadawał mi ból, ale mogłam już otworzyć usta. Widziałam, jak moja klatka piersiowa się unosi i opada.

Oparłam się na łokciu, przeciągając się na lewą stronę, i językiem sprawdziłam zęby. Wszystkie były na swoim miejscu.

Naczelnik siedział w swoim fotelu, patrząc na gramofon. Chciałam go rozwalić. Te głosy nie miały prawa mieć tak dobrego humoru. Kiedy Naczelnik mnie zobaczył, wstał.

– Paige.

Na jego widok poczułam lęk. Oparłam się o wezgłowie, przypominając sobie jego straszliwe oczy w ciemności.

– Zabiłeś go? Otarłam pot z górnej wargi. – Czy ty, czy ty zabiłeś wyrocznię?

– Nie, wciąż żyje.

Powoli, patrząc na moją twarz, pomógł mi usiąść. Pociągnęłam za sobą wpiętą w rękę kroplówkę.

– Mam problemy ze wzrokiem – powiedziałam zachrypłym głosem, ale przynajmniej byłam wreszcie w stanie mówić.

– Masz *periorbital haematoma.*

– Co?

– Podbite oko.

Dotknęłam delikatnej skóry powyżej policzka. Jax poważnie mnie sponiewierał. Cała prawa część mojej twarzy była opuchnięta.

– A więc – powiedziałam – wróciliśmy.

– Ty próbowałaś uciec.

– Jasne, że próbowałam uciec. – Nie mogłam opanować rozgoryczenia w głosie. – Wydaje ci się, że mam ochotę tu umrzeć i po wieczne czasy nawiedzać Nashirę? – Patrzył na mnie w milczeniu. Gula pęczniała mi w gardle. – Dlaczego nie pozwoliłeś mi wrócić do domu?

Delikatne zielone przebarwienie zaczęło ustępować z jego oczu. Musiał się nakarmić Elizą.

– Mam swoje powody – powiedział.

– Tylko tak mówisz.

Przez dłuższą chwilę milczał. Kiedy już się odezwał, wcale nie zamierzał wyjaśniać, dlaczego przywlókł mnie z powrotem do tego szamba.

– Masz całkiem niezłą kolekcję obrażeń. – Oparł mnie o poduszki. – Jaxon Hall jest o wiele bardziej bezwzględny, niż przypuszczaliśmy.

– Czyli?

– Oprócz podbitego oka masz dwa złamane żebra, rozciętą wargę, poszarpane ucho, stłuczenia, ranę szarpaną prawej ręki i zaliczyłaś jeszcze ranę postrzałową w tułów. To niewiarygodne, że udało ci się dobiec do mostu z takim zestawem obrażeń.

– Adrenalina. – Popatrzyłam w jego twarz. – Oberwałeś?

– To tylko draśnięcie.

– A więc muszę się chyba przyzwyczaić do tego, że jestem workiem treningowym.

– Stawiłaś czoła grupie wyjątkowo potężnych jasnowidzów i przeżyłaś, Paige. Nie masz się czego wstydzić.

A jednak się wstydziłam. Zostałam pokonana przez Elizę, postrzelona przez Nicka i zbita na kwaśne jabłko przez Jaxa. Nie popisałam się. Naczelnik podał mi kieliszek wody. Napiłam się. Niechętnie.

– Nashira wie, że próbowałam uciec?

– O, tak.

– Co zamierza ze mną zrobić?

– Uchyliła ci czerwoną tunikę. – Odłożył kieliszek na nocny stolik. – Teraz jesteś żółta.

Kolor tchórza. Zaśmiałam się cierpko, ale żebra mnie zabolały.

– Mam gdzieś, w jaką tunikę mnie ubierze. I tak chce mnie zabić, bez względu na to, czy jestem czerwona, czy nie. – Poczułam, że ramiona mi się trzęsą. – Zabierz mnie do niej. Niech się to wszystko już skończy.

– Jesteś zmęczona i masz wiele obrażeń, Paige. Kiedy wydobrzejesz, na pewno spojrzysz na to z innej strony.

– Kiedy to nastąpi?

– Jeśli będziesz tego chciała, do jutra będziesz w stanie wstać z łóżka.

Zmarszczyłam brwi, ale tylko na sekundę, bo każdy mięsień na mojej twarzy odmawiał posłuszeństwa.

– Jutro?

– Zanim opuściliśmy Londyn, kazałem kierowcy zabrać skrimorfinę i środki przeciwzapalne z ośrodka SajSOBN. W ciągu dwóch dni będziesz zupełnie zdrowa.

Skrimorfina. To była niebotycznie droga rzecz.

– Widziałeś mojego ojca w SajSOBN?

– Nie wchodziłem do ośrodka. O naszym istnieniu wie zaledwie kilku polityków Archonu.

Popatrzył na moją kroplówkę. Palcami, jak zwykle w skórzanych rękawicach, poprawił wkłucie przyklejone lepcem.

– Dlaczego nosisz te rękawice? – Zapłonęła we mnie iskierka złości. – Czyżby ludzie byli dla ciebie zbyt brudni, aby dotykać ich gołymi rękoma?

– To jej zarządzenie.

Poczułam ciepło na policzkach pokrytych siniakami. Bez względu na to, jak bardzo go nie znosiłam, musiał przecież spędzić kilka godzin, żeby mnie połatać.

– Co z pozostałymi?

– 1 i 12 wyszli z tego bez szwanku. Situli musieliśmy podać środki uspokajające, ale już doszła do siebie. – Zamilkł na chwilę. – 30 nie żyje.

– Nie żyje? Jak do tego doszło?

– Utopiona. Znaleźliśmy ją w fontannie.

Nowiny mnie zmroziły i potrzebowałam chwili, żeby się z nimi oswoić. Nie darzyłam Amelii sympatią, ale nie zasłużyła na śmierć. Zastanawiałam się, który z członków gangu to zrobił.

– A co z Carter?

– Uciekła. Samochód zgarnął ją na moście, zanim zdążyliśmy ją schwytać.

Przynajmniej Carter uciekła. Jakąkolwiek moc posiada, nie chciałam, żeby Nashira ją dorwała.

– A Pieczęcie?

– Uciekli. Nigdy wcześniej nie widziałem Nashiry tak wściekłej.

Ogarnęła mnie niezmierna ulga. Nic im się nie stało. Gang bardzo dobrze znał I-4, wszystkie tajemne zakamarki i kryjówki; zniknięcie nie stanowiło dla nich problemu, nawet ze zranioną Nadine i Zekem. Każdy jasnowidz w tej sekcji odpowiadał przed Jaxem. Na pewno zostali odwiezieni przez kurierów. Znów popatrzyłam na Naczelnika.

– Uratowałeś mnie.

Spojrzał na mnie.

– Tak.

– Jeśli tknąłeś palcem wyrocznię...

– Nie skrzywdziłem go. Pozwoliłem mu odejść.

– Dlaczego?

– Bo wiedziałem, że to twój przyjaciel. – Usiadł na skraju łóżka. – Wiem, Paige. Wiem, że tęsknisz za Pieczęciami. Tylko głupiec by się nie domyślił.

Spojrzałam mu w oczy.

– Powiesz Nashirze?

Patrzył na mnie, nic nie mówiąc. To były najdłuższe sekundy w moim życiu.

– Nie – rzekł – ale ona nie jest naiwna. Już od dawna podejrzewa, kim jesteś. I tak się dowie.

Żołądek skręcał mi się z nerwów. Naczelnik wstał i podszedł do kominka.

– Powstała pewna komplikacja. – Gapił się na płomienie. – Ty i ja ocaliliśmy się nawzajem od pierwszej śmierci. Mamy wobec siebie zobowiązanie, jesteśmy złączeni życiowym długiem. Ten dług niesie ze sobą pewne konsekwencje.

Życiowy dług? Myślami wracałam w przeszłość, walcząc z pozostałościami otumanienia morfiną.

– Kiedy ocaliłam twoje życie?

– Zrobiłaś to trzykrotnie. Oczyściłaś moje rany, kiedy pierwszej nocy potrzebowałem pomocy. Ofiarowałaś mi swoją krew, zapobiegając tym mojemu zakażeniu półzarazą. A kiedy Nashira wezwała cię do swojego stołu, ochroniłaś mnie. Gdybyś powiedziała prawdę, wydałaby na mnie wyrok. Popełniłem wiele zbrodni cielesnych, za które karą jest śmierć.

Nie wiedziałam, czym są zbrodnie cielesne, i nie pytałam.

– A ty ocaliłeś moje, właśnie teraz.

– Wielokrotnie ratowałem twoje życie.

– Kiedy?

– Wolałbym tego nie wyjawiać. Ale zaufaj mi: zawdzięczasz mi życie więcej niż trzykrotnie. To oznacza, że ty i ja nie jesteśmy już tylko opiekunem i uczniem ani panem i niewolnikiem.

Całe moje ciało zaczęło się trząść.

– Co?

Oparł rękę na kominku, patrząc w płomienie.

– Zaświaty wywarły piętno na nas obojgu. Rozpoznały naszą tendencję do chronienia się nawzajem i teraz zostaliśmy zobowiązani, by już na zawsze się ochraniać. Jesteśmy związani złotym sznurem.

Chciałam wyśmiać jego poważny ton, ale odniosłam wrażenie, że nie żartuje. Refaici nie żartowali.

– Złoty sznur.

– Tak.

– Czy ma on coś wspólnego ze srebrnym sznurem?

– Naturalnie. Umknęło mi to. Wydaje mi się, że są ze sobą powiązane, tak, ale srebrny sznur jest bardziej osobisty, wyjątkowy dla każdego. Złoty sznur powstaje pomiędzy dwoma duchami.

– Co to, do cholery, jest?

– Sam niewiele o tym wiem. – Wlał ciemną zawartość fiolki do swojego kieliszka. – Z tego, co rozumiem, złoty sznur to pewien rodzaj szóstego zmysłu, który tworzy się, kiedy dwa duchy ocalą się nawzajem przynajmniej trzy razy od pierwszej śmierci. – Podniósł kieliszek i upił łyk. – Ty i ja zawsze będziemy o sobie wiedzieć. Gdziekolwiek na świecie będziesz, ja zawsze będę w stanie cię odnaleźć. Przez zaświaty. – Zamilkł na chwilę. – Zawsze.

Dopiero po kilku sekundach dotarło do mnie, co powiedział.

– Nie – powiedziałam. – Nie, to, to niemożliwe. – Spokojnie popijał swój amarant. Podniosłam głos: – Udowodnij. Udowodnij, że ten złoty sznur istnieje.

– Skoro nalegasz. – Postawił kieliszek na kominku. – Przez chwilę wyobraźmy sobie, że z powrotem znaleźliśmy się w Londynie. Jest noc i stoimy na moście. Ale tym razem to ja zostałem postrzelony. Zawołam cię i poproszę o pomoc.

Czekałam.

– To tylko… – zaczęłam, ale nagle coś poczułam. Delikatny szum w kościach, jakby nieznaczne drgania. Dostałam gęsiej skórki na całym ciele. Dwa słowa wytworzyły się w moim umyśle: „most", „pomoc".

– Most, pomoc – powtórzyłam cicho. – Nie.

Tego było zbyt wiele. Odwróciłam wzrok i spojrzałam na ogień. Teraz miał swój własny duchowy sznur dzwonka, żeby mnie wezwać. Po minucie szok przerodził się w złość. Chciałam roztrzaskać wszystkie jego fiolki, walnąć go w twarz – zrobić cokolwiek, byleby nie dzielić z nim więzi. Skoro potrafił wyśledzić mnie w zaświatach, już nigdy nie będę w stanie się go pozbyć.

Sama byłam sobie winna. To była kara za to, że go ocaliłam.

– Nie wiem, jaki jeszcze może to mieć na nas wpływ – powiedział. – Możesz być w stanie czerpać ze mnie moc.

– Nie chcę twojej mocy. Pozbądź się tego. Zerwij go.

– Potrzeba czegoś więcej niż tylko słów, aby zerwać więzi wytworzone przez zaświaty.

– Wiesz, jak mnie tym wezwać. – Mój głos zadrżał. – Musisz wiedzieć też, jak się tego pozbyć.

– Ten sznur jest zagadką, Paige. Nie mam pojęcia.

– Zrobiłeś to celowo. – Odsunęłam się od niego, przepełniona obrzydzeniem. – Ocaliłeś mi życie, żeby stworzyć ten sznur, tak?

– W jaki możliwy sposób mógłbym stworzyć coś takiego, nie mając pojęcia, czy kiedykolwiek w zamian ty ocalisz mnie? Nienawidzisz Refaitów. Dlaczego miałabyś chronić jednego z nich?

Dobre pytanie.

– Nie możesz winić mnie za moją paranoję – powiedziałam.

Osunęłam się, opierając głowę w rękach. Znowu do mnie podszedł i usiadł obok. Wiedział, że nie powinien mnie dotykać.

– Paige – powiedział – nie boisz się mnie. Rozumiem, że mnie nienawidzisz, ale się mnie nie boisz. A mimo wszystko boisz się sznura.

– Jesteś Refaitą.

– A ty mnie za to osądzasz. Za to, że jestem zaręczony z Nashirą.

– Ona jest krwiożercza i zła. A ty ją wybrałeś.

– Czyżby?

– W takim razie zgodziłeś się.

– Członkowie rodziny Sargas sami wybierają sobie partnera. Pozostali z nas nie mają takiego przywileju. – Jego głos przypominał teraz delikatne warczenie. – Skoro musisz to wiedzieć, ja nią gardzę. Każdy jej oddech jest dla mnie odrażający.

Popatrzyłam na niego badawczo, przyglądając się jego twarzy. Jego czoło pociemniało, jakby czegoś żałował. Zauważył mój wzrok i nie popatrzył mi w oczy.

– Rozumiem – powiedziałam.

– Nie rozumiesz. Nigdy tego nie rozumiałaś.

Odwrócił ode mnie twarz. Czekałam. Siedział nieruchomo, w milczeniu, więc przerwałam ciszę.

– Chciałabym.

– Nie wiem, czy mogę ci zaufać. – Światło ustępowało z jego oczu. – Wierzę, że jesteś godna zaufania. Jesteś ewidentnie lojalna wobec ludzi, na których najbardziej ci zależy. Byłoby żałosnym dzielenie złotego sznura z kimś, komu nie mogę zaufać i kto nie ufa mnie.

A więc chciał mi zaufać. I prosił, abym zaufała jemu. Wymiana. Rozejm. Mogłabym teraz poprosić go o wszystko, cokolwiek tylko chciałam, a on by to zrobił.

– Wpuść mnie do swojego sennego krajobrazu – zażądałam.

Nie wyglądał na zaskoczonego, co przemawiało na jego korzyść.

– Pragniesz zobaczyć mój senny krajobraz.

– Nie tylko zobaczyć. Wejść w niego. Jeśli będę wiedzieć, co jest w twoim umyśle, może będę w stanie ci zaufać. Zrozumieć cię. – Poza tym chciałam zobaczyć senny krajobraz Refaity. Za tym pancerzem musi znajdować się coś wartego poznania.

– To wymagałoby takiego samego zaufania z mojej strony. Musiałbym ci uwierzyć, że nie uszkodzisz mojego zdrowego rozsądku.

– Otóż to.

Zdawał się nad tym myśleć.

– W porządku – powiedział.

– Serio?

– Jeśli czujesz się na siłach, tak. – Popatrzył na mnie. – Czy morfina ma jakiś wpływ na twój dar?

– Nie. – Podniosłam się, żeby usiąść. – Mogę cię skrzywdzić.

– Poradzę sobie.

– Zabijałam ludzi, wdzierając się w ich senne krajobrazy.

– Wiem.

– Więc skąd wiesz, że cię nie zabiję?

– Nie wiem, muszę zaryzykować.

Starałam się nie okazywać emocji. To była moja szansa, aby go złamać, rozetrzeć jego senny krajobraz niczym muchę o ścianę.

A jednak byłam ciekawa, bardziej niż ciekawa. Nigdy tak naprawdę nie widziałam innych sennych krajobrazów – tylko przebłyski, w przelocie przez zaświaty. I ten mieniący się barwami ogród w motylu – pragnęłam to przeżyć jeszcze raz. Chciałam się w nim zanurzyć. A oto Naczelnik zapraszał mnie do swego umysłu.

Byłoby fascynujące zobaczyć senny krajobraz, który kształtował się przez tysiące lat. Po jego nagłym wyznaniu odnośnie Nashiry chciałam się dowiedzieć czegoś więcej o jego przeszłości. Chciałam wiedzieć, jak Arcturus Mesarthim wygląda od środka.

– Dobrze – powiedziałam.

Usiadł obok mnie. Jego aura trąciła moją, drażniąc mój szósty zmysł.

Popatrzyłam mu w oczy. Żółte. Z tak bliska zauważyłam, że nie ma szpary w tęczówkach. Z pewnością nie mógł być niewidzącym.

– Jak długo możesz tam zostać?

To pytanie mnie zaskoczyło.

– Niedługo – powiedziałam. – Chyba że masz pod ręką automatyczne AMBU. – Zmrużył oczy. – Taka maska tlenowa. Zapewnia mi tlen, kiedy moje ciało przestaje oddychać.

– Rozumiem. I jeśli masz to urządzenie, możesz „dryfować" przez dłuższy czas?

– Teoretycznie. Nigdy tego nie próbowałam w sennym krajobrazie. Wyłącznie w zaświatach.

– Dlaczego oni kazali ci to robić?

Dla nas obojga jasne było, kim byli ci *oni*. Instynkt podpowiadał mi milczenie, ale on przecież wiedział, że pracowałam dla Jaxona Halla.

– Ponieważ w taki właśnie sposób działa syndykat – powiedziałam. – Mim-lordowie oczekują zapłaty za ochronę.

Jego aura się zmieniała.

– Rozumiem. – Opuszczał dla mnie swoje mechanizmy obronne, otwierał bramę. – Jestem gotów.

Oparłam się o poduszki. Wtedy zamknęłam oczy, wzięłam głęboki oddech i zagłębiłam się w mój senny krajobraz.

Pole maków było zamazane. Wszystko się roztapiało, zmiękczone morfiną krążącą w mojej krwi. Przeszłam przez kwiaty, w kierunku zaświatów. Kiedy dotarłam do ostatecznej granicy, wyciągnęłam ręce, obserwując, jak znika iluzja mojego ciała. Przebywając w sennym krajobrazie, przypominasz samego siebie tylko wtedy, jeśli twój umysł postrzega cię w taki sposób. Z chwilą, kiedy wyszłam, przyjęłam formę ducha, płynną i bezkształtną. Bezimienny migot.

Widziałam już wcześniej senny krajobraz Naczelnika z zewnątrz, ale wciąż przeszywał mnie dreszczem. Wyglądał jak czarny marmur, ledwo uchwytny w głuchej ciemności zaświatów. Kiedy się do niego zbliżyłam, drobna fala przemknęła po jego powierzchni. Obniżał wszystkie te warstwy pancerza, które nawarstwiały się przez setki lat. Prześliznęłam się przez ściany do wnętrza strefy hadal. Docierałam już do tego punktu podczas naszych sesji treningowych, ale tylko nagłymi zrywami. Teraz mogłam przejść poza nią. Przesunęłam się ku słabnącej ciemności, zmierzając do centrum jego umysłu.

Popiół przemykał mi przed twarzą. Kiedy podążałam przez nieznane terytorium, moja udawana skóra zaczęła pełzać. W umyśle Naczelnika panowała totalna cisza. Zazwyczaj zewnętrzne pierścienie byłyby pełne miraży, omamów ludzkich obaw i żalu, ale tu nie było nic. Tylko pusta cisza.

Naczelnik czekał na mnie w swojej strefie słonecznej, jeśli można było ją tak nazwać – lepiej pasowałoby: księżycowej. Całe jego ciało pokrywały blizny, a jego skóra pozbawiona była koloru. Właśnie tak sam siebie postrzegał. Byłam ciekawa, jak ja musiałam wyglądać. Przebywałam teraz w jego sennym krajobrazie, panowały tu jego zasady. Widziałam, że moje ręce są takie same, aczkolwiek miały lekką poświatę. Moja nowa śniąca forma. Ale czy widział moją prawdziwą twarz? Mogłam wyglądać różnie: uległa, obłąkana, naiwna, okrutna... Nie miałam pojęcia, co o mnie myśli, i nigdy się tego nie dowiem. W jego sennym krajobrazie nie było luster. Nigdy nie zobaczę Paige, którą stworzył.

Weszłam na jałowy skrawek piasku. Nie wiedziałam, czego oczekiwałam, ale na pewno nie tego. Naczelnik przechylił głowę.

– Witaj w moim sennym krajobrazie. Wybacz ten brak wystroju – powiedział, idąc bez celu. – Rzadko miewam gości.

– Tu nic nie ma. – Mój oddech utworzył zimną parę. – Nic a nic.

Nie przesadzałam.

– Nasz senny krajobraz znajduje się tam, gdzie czujemy się najbezpieczniej – powiedział Naczelnik. – Może ja czuję się najbezpieczniej, kiedy nie myślę o nicości.

– Ale w ciemnych częściach też jest pustka.

Nie odpowiedział. Zanurzyłam się we mgle odrobinę głębiej.

– Nic tutaj nie zobaczę. To każe mi sądzić, że w tobie nic nie ma. Żadnych myśli, żadnego sumienia. Żadnego strachu. – Odwróciłam się twarzą do niego. – Czy u wszystkich Refaitów senny krajobraz jest pusty?

– Ja nie jestem śniącym wędrowcem, Paige. Mogę się tylko domyślać, jak wyglądają inne senne krajobrazy.

– Czym jesteś?

– Sprawiam, że ludzie śnią swoje wspomnienia. Potrafię je łączyć, tworzyć złudzenia. Widzę zaświaty poprzez senny krajobraz i poprzez zioło snów.

Nie mogłam oderwać od niego wzroku.

– Jesteś handlarzem snów.

Jax zawsze powtarzał, że oni muszą istnieć. Handlarze snów. Sklasyfikował ich kilka lat temu, długo po wydaniu *O wartościach*, ale nigdy nie znalazł ani jednego, żeby potwierdzić swoje założenie, że jest to rodzaj jasnowidza, który potrafi przemierzać senny krajobraz, wybierać wspomnienia i łączyć je w to, co ślepcy nazywają snami.

– Sprawiałeś, że śniłam. – Wzięłam głęboki oddech. – Przemierzałam swoje wspomnienia, odkąd tu przybyłam. To, jak zostałam śniącym wędrowcem, jak Jaxon mnie znalazł. To byłeś ty. Ty sprawiłeś, że to śniłam. Dlatego wszystko wiedziałeś, prawda?

Nasze spojrzenia się spotkały.

– To ta trzecia pigułka – powiedział. – Zawierała zioło zwane szałwią, które sprawiało, że śniłaś swoje wspomnienia. To zioło pomaga mi sięgać do zaświatów. Mój noumen krążący w twojej krwi. Po kilku pigułkach miałem swobodny dostęp do twoich wspomnień.

– Narkotyzowałeś mnie – z trudem wydobywałam z siebie słowa – żeby dostać się do mojego umysłu.

– Tak. Tak samo jak ty podglądałaś senne krajobrazy dla Jaxona Halla.

– To co innego. Nie siedziałam sobie spokojnie przy kominku i nie oglądałam wspomnień, tak jak ogląda się jakiś film. – Powoli się wycofałam. – Te wspomnienia są moje. Osobiste. Patrzyłeś nawet… musiałeś wszystko widzieć! Nawet to, co czułam do… do…

– Nicka. Kochałaś go.

– Zamknij się. Zamknij cholerną jadaczkę.

Zamknął się.

Moja śniąca forma zaczęła się rozpadać. Zanim zdołałam sama stamtąd wyjść, zostałam wyrzucona z jego sennego krajobrazu niczym liść targnięty silnym podmuchem wiatru. Kiedy obudziłam się we własnym ciele, odepchnęłam go rękami.

– Odejdź ode mnie.

Głowa mi pękała. Nie mogłam znieść jego widoku, jego obecności. Kiedy próbowałam wstać, szarpnęłam kroplówkę.

– Przepraszam – powiedział.

W moim ciele rozgorzał błysk wściekłości. Dałam mu odrobinę zaufania, mniej niż odrobinę, a on zabrał mi wszystko. Zabrał mi siedem lat wspomnień. Zabrał Finna. Zabrał Nicka.

Stał tak przez chwilę, milcząc. Być może myślał, że powiem coś jeszcze. Chciałam ryknąć na niego ochrypłym głosem, ale nie dałam rady. Chciałam, żeby sobie poszedł. Kiedy się nie ruszyłam, zasunął ciężkie zasłony dookoła łóżka, zamykając mnie w małej ciemnej klatce.

23

Antykwariusz

Nie spałam przez wiele godzin. Słyszałam go przy biurku, słyszałam, jak coś pisze, odgrodzony ode mnie tylko zasłonami.

Paliło mnie w oczach i nosie, a moje gardło było zaciśnięte jak pięść. Po raz pierwszy od wielu lat chciałam, żeby wszystko zniknęło, żeby wszystko znów było normalne, tak jak wtedy, kiedy byłam mała, zanim zostałam rozerwana przez zaświaty.

Spojrzałam na baldachim. Bez względu na to, jak bardzo tego czasami pragnęłam, nic nie mogło być n o r m a l n e. Nigdy nie było. „Normalne" i „naturalne" to dwa największe kłamstwa, jakie kiedykolwiek stworzyliśmy. My, ludzie, z naszymi małymi umysłami. A może okazałoby się, że normalność po prostu do mnie nie pasuje?

Dopiero kiedy włączył gramofon, zaczęłam robić się senna. Nie przebywałam długo w jego sennym krajobrazie, ale zrobiłam to bez respiratora. Zdrzemnęłam się. Trzeszczące głosy zlały się ze sobą.

Musiałam spać dobrą chwilę. Kiedy się obudziłam, kroplówka zniknęła. W jej miejscu pojawił się mały plaster.

Dzienny dzwon wybił równą godzinę. Szeol spał w ciągu dnia, ale ja nie miałam zamiaru odpoczywać. Jedyne, co mogłam zrobić, to wstać i stawić mu czoła.

Nienawidziłam go tak bardzo, że aż bolało. Chciałam roztrzaskać lustro, poczuć, jak szkło roztrzaskuje się pod moimi kostkami. Nigdy nie powinnam była zażywać tych pigułek.

Może ja robiłam to samo. Bo przecież też szpiegowałam ludzi, ale nie zaglądałam w ich przeszłość. Widziałam tylko to, jak sobie siebie wyobrażali, nie to, kim byli naprawdę. Widziałam przebłyski ludzi: skrawki i krawędzie, nikły poblask ich ulotnych sennych krajobrazów. Nie tak jak on. Teraz wiedział o mnie wszystko, znał każdy szczegół mnie samej, który usiłowałam ukryć. Cały czas wiedział, że byłam jedną z Siedmiu Pieczęci. Wiedział to już od pierwszej nocy.

Ale nie powiedział Nashirze. Tak jak zataił przed nią motyla i jelenia, tak samo zataił moją prawdziwą osobowość. Mogła się domyślać, że byłam częścią syndykatu, ale nie dowiedziała się tego od niego.

Rozsunęłam zasłony. Złote promienie słoneczne wlewały się do wieży, kładąc się na książkach i instrumentach. Przy oknie Michael nakrywał na niewielkim stoliku do śniadania. Popatrzył na mnie i uśmiechnął się.

– Cześć, Michael.

Skinął.

– Gdzie jest Naczelnik?

Wskazał na drzwi.

– Zapomniałeś języka w gębie?

Wzruszył ramionami. Przesunął w moim kierunku stertę naleśników.

– Nie jestem głodna – powiedziałam. – Nie chcę jego śniadania. – Michael westchnął, włożył mi do ręki widelec i dźgnął nim naleśniki.

– Okej, ale jak zwymiotuję, to będzie twoja wina.

Skrzywił się. Posypałam naleśniki brązowym cukrem, tylko po to, żeby dał mi już spokój.

Przyglądał mi się, kiedy krzątał się po pokoju, sprzątając pościel i zsuwając zasłony. Naleśniki obudziły we mnie potworny głód. Skończyło się na tym, ze zjadłam całą stertę, razem z dwoma rogalikami z dżemem truskawkowym, miseczką płatków kukurydzianych, czterema gorącymi grzankami z masłem, talerzem jajecznicy i czerwonym chrupiącym jabłkiem. Wypiłam też trzy filiżanki kawy oraz pół litra zimnego soku pomarańczowego. Dopiero kiedy nie byłam w stanie pochłonąć już nic więcej, Michael wręczył mi szczelnie zapieczętowaną szarą kopertę.

– Zaufaj mu.

Po raz pierwszy usłyszałam jego głos. Niemalże szept.

– Ty mu ufasz?

Skinął głową, uprzątnął stół i wyszedł. Mimo że był dzień, nie zamknął drzwi na klucz. Zerwałam woskową pieczęć z koperty i otworzyłam kartkę grubego papieru. Była wykończona złotymi zawijasami. Zaczęłam czytać:

Paige,

Przepraszam, że cię zdenerwowałem. Nawet jeśli żywisz do mnie urazę, wiedz, że pragnąłem cię tylko zrozumieć. Nie możesz winić mnie za to, że nie chcesz, abym cię rozumiał.

A więc była to jego forma przeprosin. Czytałam dalej:

Jest jeszcze dzień. Idź do Domu. Znajdziesz tam rzeczy, których ja nie mogę dostać. Działaj szybko. Jeśli zostaniesz zatrzymana, powiedz wartownikom, że zbierasz dla mnie świeżą porcję astra.

Nie osądzaj zbyt pochopnie, mała śniąca.

Zmięłam list i wrzuciłam go do paleniska. Pisząc to, Naczelnik obnosił się ze swoim nowo powstałym zaufaniem wobec mnie. Mogłabym z łatwością zabrać to do Nashiry, z pewnością rozpoznałaby jego pismo. Ale nie chciałam pomagać jej w jakikolwiek sposób. Nienawidziłam Naczelnika za to, że mnie tu zatrzymał, ale musiałam się dostać do Domu.

Wyszłam na piętro i przebrałam się w mój nowy mundur: żółtą tunikę z żółtą kotwicą na kamizelce. Jasny, słoneczny żółty, widoczny na kilometr. 40 tchórz. 40 się poddała. Na swój sposób podobało mi się to. Udowadniało, że sprzeciwiłam się rozkazom Nashiry. Nigdy nie chciałam być czerwoną.

Rozmyślając, wróciłam do jego komnaty. Nadal nie wiedziałam, czy chcę zorganizować zbiorową ucieczkę, ale naprawdę pragnęłam uciec. Potrzebowałabym pewnych zapasów. Jedzenia, wody. Broni. Czy on nie mówił przypadkiem, że czerwony kwiat może go skrzywdzić?

Tabakiera leżała na stole, wieczko było otwarte. W środku znajdowały się próbki kilku roślin: gałązki drzewa laurowego i klonu, liście dębu, jagody jemioły, niebieski i biały aster oraz paczuszka suchych liści podpisanych „SALVIA DIVINORIUM"*. Jego noumen. Poniżej, wciśnięta w róg, opieczętowana fiolka delikatnego niebiesko-czarnego proszku. Na etykiecie było napisane: „ANEMONE CORONARIA"**. Odbezpieczyłam ko-

* Szałwia wieszcza.

** Zawilec wieńcowy.

rek, wypuszczając ostry zapach. Pyłek czerwonego kwiatu. Te słodziutkie małe granulki mogły zapewnić mi bezpieczeństwo. Zamknęłam fiolkę i schowałam ją w kamizelce.

W ciągu dnia wartownicy na pewno stali na straży, ale mogłabym prześliznąć się obok nich. Miałam swoje sposoby. I bez względu na to, jak Nashira Sargas mnie oceniała, nie byłam żółta. Byłam Bladą Śniącą.

Nadszedł czas, by jej to udowodnić.

Powiedziałam, że mam zbierać astry dla swojego opiekuna i żeby załatwił to z nim, jeśli to jakiś problem. Dzienny stróż nie miał na to najmniejszej ochoty: prawie wyrzucił mnie na ulicę, kiedy przeczytał w księdze, kim jest mój opiekun. Nie zwrócił nawet uwagi na mój plecak. Nikt nie chciał wkurzać Arcturusa Mesarthima.

Miasto wyglądało dziwnie w świetle dnia. Czułam, że Szeroka będzie pusta – nie było słychać żadnych typowych dźwięków ani zapachów – ale musiałam jeszcze coś zrobić przed dotarciem do Domu. Przeszłam przez Rookery. Woda ściekała każdą szparą i szczeliną, następstwo ostatniej burzy. Znalazłam właściwą ruderę, odsłoniłam poszarpaną zasłonę. Julian spał, obejmując Liss i zapewniając jej ciepło. Jej aura się wypalała, niczym świeca na końcu knota. Przykucnęłam przy nich i opróżniłam plecak. Wsunęłam pakunek ze śniadaniem w zgięcie wolnej ręki Juliana, aby żaden z przechodzących wartowników nie mógł go zauważyć, i przykryłam ich oboje czystymi białymi kocami. W skrzyni zostawiłam pudełko zapałek.

Widząc ich nędzę, nabrałam przekonania co do słuszności moich zamiarów. Potrzebowali o wiele więcej, niż zdobyłam w Wieży Założyciela. Potrzebowali tego, co było w Domu.

Duchowy szok był powolnym procesem. Trzeba było przez niego przejść, walcząc ze sobą centymetr po centymetrze. Tylko silni byli w stanie go przeżyć. Z wyjątkiem kilku chwilowych przebłysków Liss nie odzyskała przytomności, odkąd jej karty zostały zniszczone. Jeżeli wkrótce by nie wydobrzała, straciłaby swoją aurę i popadła w ślepotę. Jej jedyną nadzieją było ponowne połączenie się z talią kart, lecz nawet wtedy nie było gwarancji, że nawiązałaby z nimi kontakt. Przetrząsnęłabym cały Dom, żeby je dla niej znaleźć.

Na ulicy nie było widać strażników, ale wiedziałam że stoją na czatach. Aby zapewnić sobie bezpieczeństwo, wspięłam się na jeden z budynków i poruszałam się po gzymsach i szczytach pilastrów. Ostrożnie stawiałam każdy krok, ale przemieszczałam się powoli: moja prawa ręka wciąż była sztywna jak u manekina, a reszta ciała rwała niemiłosiernie.

Widziałam Dom z odległości półtora kilometra, z mgły wyłaniały się jego dwie iglice. Kiedy znalazłam się już wystarczająco blisko, zeskoczyłam w uliczkę; odległość do następnej ściany była zbyt wielka do przeskoczenia. Za tym murem znajdowała się rezydencja, do której mieli wstęp tylko Refaici.

Długo patrzyłam na ten mur. Naczelnik był zbyt mocno w to zamieszany, żeby teraz mnie zdradzić. Z nieznanych mi powodów pomagał mi – i ze względu na Liss musiałam tę pomoc przyjąć. Poza tym gdybym wpadła w tarapaty, zawsze mogłam wysłać mu wiadomość za pomocą złotego sznura. Jeśli oczywiście rozgryzę, jak się to robi. Jeśli będę w stanie to znieść. Wspięłam się po murze, przerzuciłam nogę i wylądowałam pośród przerośniętych traw.

Podobnie jak wiele innych rezydencji, także ta została wybudowana wokół kilku czworokątnych dziedzińców. Kiedy przeszłam pierwszy z nich, sporządziłam w głowie listę rzeczy, których potrzebowałam, aby przejść przez Ziemię Niczyją. Broń była najważniejsza, biorąc pod uwagę, co czaiło się między drzewami, ale środki medyczne też by się przydały. Gdybym wpadła na minę, potrzebowałabym opaski uciskowej. I środka odkażającego. To była okropna myśl, ale musiałam ją wziąć pod uwagę. Adrenalina była cenna: mogłabym jej użyć nie tylko aby zyskać energię czy uśmierzyć ból, ale także do podtrzymania funkcji życiowych, gdybym musiała opuścić ciało. Przydałoby się też więcej pyłku *Anemone coronaria* i wszystkie inne substancje, jakie tylko będę w stanie znaleźć: flux, aster, sól – może nawet ektoplazma.

Przeszłam przez kilka budynków, ale żaden z nich nie nadawał się do przeszukania. Zbyt wiele pomieszczeń. Dopiero kiedy odeszłam od głównego dziedzińca, na sam skraj rezydencji, zobaczyłam coś godnego uwagi: budynek z dużymi oknami i sporą liczbą punktów zaczepienia. Przeszłam przez bramę i popatrzyłam na niego od drugiej strony. Fasadę spowijał czerwony bluszcz. Okrążyłam go, próbując znaleźć otwarte okno. Bezskutecznie. Będę musiała się włamać. Zaraz – było jedno – małe uchylone okienko na pierwszym piętrze. Zeszłam na niższy murek i stamtąd po rynnie. Okno nie chciało się otworzyć, ale pociągnęłam mocniej i się udało. Znalazłam się w malutkim zakurzonym pomieszczeniu, prawdopodobnie schowku na miotły. Uchyliłam drzwi.

Znalazłam się w kamiennym korytarzu. Pustym. Jak do tej pory wszystko szło gładko. Kiedy sprawdziłam, czy za drzwiami nie ma nikogo, zamarłam. Mój szósty zmysł zadrżał: dwie aury. Ktoś był za drzwiami zaraz po mojej prawej stronie. Zamarłam.

– ...nie wiem! Proszę...

Usłyszałam przytłumiony głos. Przycisnęłam ucho do drzwi.

– Władczyni krwi nie usłyszy twojego błagania. – Męski głos. – Wiemy, że widziałaś ich razem.

– Widziałam ich tylko raz, jeden raz na łące! Tylko trenowali. Nic innego nie widziałam, przysięgam! – Wysoki głos przepełniony przerażeniem. Rozpoznałam go: należał do Ivy, papilarniczki. Niemalże dławiła się wypowiadanymi słowami. – Proszę, już nie, nie. Nie zniosę tego…

Okropny krzyk.

– Ból się skończy, jeśli powiesz nam prawdę. – Ivy szlochała. – No, 24. Musisz mieć coś dla mnie. Trochę informacji. Dotknął ją?

– On, on wyniósł ją z łą… łąki. Była zmęczona. Ale miał założone rękawice…

– Jesteś pewna?

Jej oddech przyspieszył.

– Ja… ja nie pamiętam. Przepraszam. Proszę, już nie…

Kroki.

– Nie, nie!

Jej żałosny płacz wykręcał mi wnętrzności. Chciałam wykurzyć ducha jej oprawcy, ale ryzyko, że zostanę złapana, było zbyt wielkie. Gdybym nie dostała tych zapasów, nie mogłabym nikogo uratować. Zacisnęłam szczęki, nasłuchując i trzęsąc się z wściekłości. Co on jej robił?

Ivy krzyczała bez końca. Kiedy przestała, zaczęłam mieć torsje.

– Już tyle, proszę. – Dławiła się łzami. – To prawda! – Jej dręczyciel milczał. – Ale, ale karmi ją. Wiem, że ją karmi, i ona, ona zawsze jest czysta. I ludzie mówią, że ona potrafi posiąść jasnowidzów, a on na pewno, na pewno utrzymuje to w tajemnicy przed w… władczynią krwi. W przeciwnym wypadku byłaby już m… martwa.

Cisza była nieznośna. Po chwili nastąpił miękki, ciężki i głuchy odgłos uderzenia, kroki i zamknięcie drzwi.

Przez dłuższy czas nie mogłam się ruszyć. W końcu otworzyłam ciężkie drzwi. W środku znajdowało się jedno drewniane krzesło. Na siedzeniu były plamy krwi, na podłodze również.

Moja skóra zrobiła się śliska i zimna. Rękawem starłam pot znad górnej wargi. Przez chwilę kucałam przy ścianie z głową w dłoniach. Ivy mówiła o mnie.

Nie mogłam teraz o tym myśleć. Jej oprawca wciąż mógł być w tym budynku. Powoli wstałam i przeszłam do następnego pomieszczenia. Klucz był w drzwiach. Zajrzałam do środka. Na ścianach wisiało mnóstwo broni: miecze, noże myśliwskie, kusza, proca ze stalową amunicją To tutaj musieli trzymać broń, którą rozdawali czerwonym. Chwyciłam nóż. Przy jego rękojeści lśniła kotwica – produkcja Sajonu. Weaver wysyłał tutaj broń, podczas gdy jego ministrowie siedzieli w Archonie, z dala od eterycznej radiolatarni.

Julian miał rację – nie mogłam tak po prostu stąd uciec. Chciałam żeby Frank Weaver poczuł strach. Chciałam, żeby poczuł strach taki jak każdy jasnowidz więzień, którego kiedykolwiek tu przetransportował.

Zamknęłam drzwi i przekręciłam klucz. Kiedy popatrzyłam do góry, zobaczyłam ogromną pożółkłą mapę. „KOLONIA KARNA SZEOL I. OFICJALNE TERYTORIUM SUZERENA". Przyjrzałam się jej dokładnie. Szeol był wybudowany dookoła największych głównych rezydencji, zabudowania, biegnąc w kierunku łąki i drzew, stopniowo się przerzedzały. Były tam wszystkie znane mi miejsca: Magdalena, Dom Ślepców, rezydencja Suzerena, Hawksmoor – i Port Meadow. Zdjęłam mapę ze ściany i przestudiowałam ją. Litery obok niej były zniekształcone, ale udało mi się je odczytać.

Pociąg. Zacisnęłam dłonie. Pociąg. Nawet przez myśl mi to nie przeszło. Przecież wszyscy zostaliśmy tutaj w ten sposób przewiezieni – dlaczego nie mielibyśmy tak samo wrócić?

Mój mózg został przesterowany. Jak, jak mogłam o tym nie pomyśleć? Nie musiałam przechodzić przez Ziemię Niczyją. Aby dotrzeć do cytadeli, nie musiałam iść kilku kilometrów ani omijać Emmitów. Jedyne, co musiałam zrobić, to znaleźć pociąg. Mogłabym zabrać ze sobą ludzi – Liss, Juliana, wszystkich. Przeciętny sajoński pociąg mógł pomieścić prawie czterysta osób, a ze stojącymi nawet więcej. Mogłabym wydostać każdego więźnia z tego miasta i miałabym jeszcze miejsce.

I tak potrzebowalibyśmy broni. Nawet gdybyśmy wszyscy wykradli się na łąkę w ciągu dnia, przemieszczając się małymi grupkami, Refaici podążyliby za nami. Poza tym wejście mogło być chronione. Sięgnęłam po nóż w pochwie i schowałam go do plecaka. Znalazłam też broń. Pistolet, model podobny do mojego, mógłby się przydać: był mały, łatwy do ukrycia i wiedziałam, jak się nim posługiwać. Odsunęłam jakąś nieczytelną dokumentację z metalowego pojemnika. Nick próbował zastrzelić Naczelnika w cytadeli, bezskutecznie. Kule wystarczyłyby na lojalnych czerwonych, ale potrzebowalibyśmy czegoś więcej, żeby powalić Refaitów. Sięgałam po pudełko z nabojami, kiedy dobiegł mnie odgłos kroków.

Nie zastanawiając się, czmychnęłam za półki. W samą porę: klucz w drzwiach przekręcił się i do środka weszło dwóch Refaitów.

Powinnam się była tego spodziewać. Moje wyjście zostało zablokowane. Gdybym skradła się do okna, musiałabym się ujawnić, a wszyscy znali moją twarz. Popatrzyłam spomiędzy półek.

Thuban.

Powiedział coś w języku gloss. Pochyliłam się bliżej ku mojej luce, aby rozpoznać jego towarzysza. Właśnie wtedy w moje pole widzenia weszła Terebell Sheratan.

Żadne z nas ani drgnęło. Nie czułam bicia własnego serca. Czekałam, aż zawoła Thubana albo rzuci się na mnie z nożem. Miałam ochotę sięgnąć po pyłek ukryty w kamizelce, ale odpuściłam. Nawet gdybym powaliła Terebell, Thuban by mnie wypatroszył.

Ale Terebell mnie zaskoczyła. Zamiast wyjawić moją obecność, skierowała swój wzrok na broń.

– Broń ślepców jest intrygująca – powiedziała. – Nie ma się co dziwić, że tak często niszczą się nawzajem.

– To teraz mówimy w języku dzikusów?

– Gomeisa kazał nam zachować płynność w angielskim. Odrobina praktyki nam nie zaszkodzi.

Thuban zerwał łuk ze ściany.

– Jeśli chcesz kalać nim nasze języki, proszę bardzo. Możemy oddać hołd czasom, kiedy miałaś nade mną władzę. Ale to było dawno temu.

Dłonią w rękawiczce przebiegł po tokarce.

– Śniąca powinna była zabić Jaxona Halla, kiedy miała taką szansę. Byłoby to o wiele przyjemniejsze niż śmierć, która czeka go teraz.

Ścisnęło mnie w gardle.

– Wątpię, żeby został zabity – powiedziała Terebell. – Poza tym Nashirę znacznie bardziej interesuje Carter.

– Będzie musiała powstrzymać Situlę.

– Bez wątpienia. – Palcami przetarła ostrze. – Przypomnij mi: co było w tym pokoju przed uzbrojeniem?

– Biorąc pod uwagę twoje bluźniercze zainteresowanie światem upadłych, pomyślałbym, że doskonale wiesz, gdzie przetrzymywano wszystkie zapasy.

– Słowo „bluźniercze" wydaje mi się trochę melodramatyczne.

– Mnie nie. – Podniósł garść shurikenów*. – Pytasz, co było tu wcześniej? Środki medyczne. Ekstrakty roślinne. Szałwia. Aster. Inne śmierdzące liście.

– Gdzie zostały przeniesione?

– Czyżbyś w ciągu ostatnich kilku minut wszystko zapomniała, szubrawcu? Jesteś równie głupia jak nałożnica władczyni krwi.

* Broń miotana używana przez wojowników ninja. Shurikeny składały się z 3 do 10 noży. Ze względu na kształt wyróżnia się 20 różnych rodzajów shurikenów.

Jedno trzeba było jej przyznać: była albo uodporniona na jego stosunek do niej, albo doskonale potrafiła maskować emocje. Jeśli miała jakiekolwiek emocje.

– Wybacz mi moją ciekawość – powiedziała.

– Moja rodzina nie przebacza. Blizny na twoich plecach powinny przypominać ci o tym każdego dnia. – Jego oczy pełne były aury Ivy. – Powiem ci, dlaczego chcesz to wiedzieć. Chcesz ukraść amarant, nieprawdaż, Sheratan?

Blizny.

Twarz Terebell spoważniała.

– Gdzie przeniesiono zapasy?

– Nie podoba mi się twoje zainteresowanie. Jest nachalne. Czyżbyś znowu coś knuła z nałożnicą?

– To było prawie dwadzieścia lat temu, Thuban. Dość długo, biorąc pod uwagę ludzkie standardy, przyznasz mi chyba rację?

– Nie obchodzą mnie ludzkie standardy.

– To, że żywisz do mnie urazę, to jedno, ale nie wydaje mi się, żeby władczyni krwi pozytywnie oceniała twój stosunek wobec jej narzeczonego. Czy też twój niejasny opis jego roli.

Jej głos spoważniał. Thuban zdjął nóż ze ściany i zamachnął się na nią. Zatrzymał go kilka centymetrów od jej szyi. Nawet nie drgnęła.

– Jeszcze jedno słowo – powiedział szeptem – i go przywołam. Tym razem nie będzie tak powściągliwy.

Terebell zamilkła na chwilę. Wydawało mi się, że coś zobaczyłam w jej oczach: ból, może strach. Musieli rozmawiać o kimś z rodziny Sargas. Pewno chodziło o Gomeisę.

– Tak. Wydaje mi się, że przypomniałam sobie, gdzie są zapasy – powiedziała niskim głosem. – Jak mogłabym zapomnieć o Wieży Toma.

Thuban ryknął śmiechem. Wchłonęłam tę informację tak jak krew wchłania flux.

– Nikt nie mógłby zapomnieć – wyszeptał jej do ucha. – Podobnie jak dźwięku dzwonu. Czy dalej dzwoni w twoich wspomnieniach, Sheratan? Pamiętasz, jak domagałaś się litości?

Zaczęła mnie boleć noga, ale nie śmiałam ani drgnąć. Thuban nieumyślnie mi pomagał. Wieża Toma musiała być tą, która stała powyżej wejścia – dzwonnica.

– Nie domagałam się litości – powiedziała Terebell – tylko sprawiedliwości.

Z gardła wydarło mu się ostre warknięcie.

– Głupia. – Podniósł rękę aby ją uderzyć, lecz znieruchomiał. Pociągnął nosem.

– Czuję aurę. – Znowu pociągnął. – Przeszukaj pokój, Sheratan. Czuję tu człowieka.

– Ja nic nie czuję. – Terebell ani drgnęła. – Pokój był zamknięty, kiedy tu przyszliśmy.

– Istnieją inne sposoby, żeby tu wejść.

– Teraz to ty mówisz jak paranoik.

Ale Thuban nie wydawał się przekonany. Zmierzał w moim kierunku, z szeroko rozszerzonymi nozdrzami i odsłoniętymi zębami. Dotarła do mnie potworna myśl: musiał być węszącym, potrafił wyczuć duchowe działanie. Gdyby mnie wywęszył, byłoby po mnie.

Wyciągał palce w kierunku pudełka, za którym byłam schowana. Gdzieś w oddali, w innym pokoju coś wybuchło.

W ułamku sekundy Thuban ruszył w kierunku korytarza. Terebell tuż za nim, ale odwróciła się do mnie przy drzwiach.

– Uciekaj – powiedziała. – Dostań się do Wieży Toma.

Zniknęła.

Nie zastanawiając się ani chwili, założyłam plecak i wskoczyłam na parapet. Omal nie spadłam, zsuwając się po bluszczu, zadrapując sobie ręce i ramiona.

Krew pulsowała mi w żyłach. Każdy cień wyglądał jak Thuban. Kiedy biegłam przez krużganki w kierunku głównego dziedzińca, usiłowałam poskładać coś sensownego w mojej głowie. Terebell mi pomagała. Ukryła mnie. Wyglądało to nawet, jakby ktoś specjalnie dla mnie wywołał zamieszanie. Wiedziała, że przyjdę, wiedziała po co, a po tym, jak mnie zobaczyła, zaczęła mówić po angielsku. Była jedną z nich. Jedna z okaleczonych. Musiałam dowiedzieć się czegoś więcej o ich historii, żeby zrozumieć, o co w tym wszystkim chodzi, ale najpierw czekało mnie włamanie do Wieży Toma, by zabrać zapasy i wrócić do Naczelnika.

Wybuch sprowadził grupę kosiarzy biegnących w kierunku wejścia z dala od dzwonnicy. Zatrzymałam się w ciemnej bramie. W samą porę – zaczęli wbiegać na krużganki, dokładnie tam, skąd właśnie uciekłam.

– 28, 14, zabezpieczyć Meadow – zawołał jeden z nich. – 6, idziesz ze mną. Pozostali, przeszukać dziedzińce. Zawołajcie Kraza i Mirzam.

Nie miałam wiele czasu. Wstałam i popędziłam w kierunku głównego dziedzińca.

Dom był obszerny, połączony serią zamkniętych i otwartych przejść. „Szczur w labiryncie". Nie odważyłam się zatrzymać. Poprawiłam plecak. Musiał istnieć jakiś sposób, żeby dostać się do Wieży Toma. Czy przy głównym wejściu były drzwi? Musiałam się pospieszyć: Kraz i Mirzam to imiona Refaitów, a ostatnie, czego teraz potrzebowałam, to czterech Refaitów, z czego przynajmniej trzech wrogo do mnie nastawionych. Wątpiłam, by Naczelnik miał więcej takich przyjaciół jak Terebell.

Zatrzymałam się na skraju dziedzińca. Był obszerny, z ozdobną sadzawką w samym centrum. W środku sadzawki znajdował się posąg. Nie miałam wyjścia, musiałam tam dobiec. Prędkość zamiast przyczajenia się.

Rzuciłam się przez trawnik. Rwało mnie w żebrach. Kiedy dotarłam do sadzawki, przebiegłam przez płytką wodę i skuliłam się za fontanną. Przykucnęłam tak nisko, że woda sięgała mi po pas. Kiedy spojrzałam do góry, odskoczyłam. Patrzyła na mnie Nashira. Wyryta w skale.

Dziedziniec był pusty. Wyczuwałam aurę, ale była zbyt daleko, żeby stanowić zagrożenie. Wyskoczyłam z fontanny i pognałam w kierunku dzwonnicy. Natychmiast zauważyłam sklepione przejście. Pobiegłam po schodach, modląc się, żeby nie pojawił się żaden Refaita – przejście było tak wąskie, że nie miałabym szans. Kiedy dotarłam na szczyt, oniemiałam.

To była prawdziwa kopalnia skarbów. Szklane słoiki błyszczały na setkach półek, pokryte cętkami światła słonecznego. Przypominały mi twarde cukierki z dzieciństwa: jasne, szkliste kolory, połyskujące jak gwiazdy. Były tam mieniące się barwami płyny i egzotyczne rośliny zatopione w cieczach – wszystko oszałamiająco piękne i nieskończenie obce. Pomieszczenie wypełniały zapachy: niektóre ostre, niektóre niemiłe, inne słodkie i aromatyczne. Przeszukałam półki za środkami medycznymi. Większość butelek oznaczona była symbolem Sajonu, podpisane po angielsku, ale na niektórych znajdowały się dziwne glify. Były tam także noumeny, prawdopodobnie skonfiskowane. Zauważyłam kamień wróżebny oraz różne inne przedmioty służące do wróżenia – w tym jedno opakowanie kart. Będą dla Liss. Przejrzałam je szybko, sprawdzając ilustracje. To była talia Thoth – inny wzór niż ten, który Liss miała wcześniej – ale mimo to nadawały się do wróżenia.

Wcisnęłam je do plecaka. Wzięłam też maść na oparzenia, naftę i środek odkażający. Były tam jeszcze inne drzwi, prawdopodobnie prowadzące do dzwonu, ale nie otwierałam ich. To chyba wszystko: plecak i tak był już zbyt ciężki. Założyłam go na ramiona i odwróciłam się w kierunku drabiny – tylko po to, aby natknąć się na Refaitę.

Wszystkie moje funkcje życiowe jakby się wyłączyły. Dwoje żółtych oczu gapiło się na mnie spod kaptura.

– Proszę, proszę – powiedział. – Zdrajca w wieży.

Ruszył w moim kierunku. W ułamku sekundy upuściłam plecak i wspięłam się na najbliższą półkę.

– Ty musisz być śniącym wędrowcem. Jestem Kraz Sargas, spadkobierca krwi Refaitów. – Ukłonił się szyderczo. Faktycznie przypominał Nashirę: gęste miedziane włosy, opadające powieki. – Czy to Arcturus cię tu przysłał?

Nie odezwałam się ani słowem.

– A więc pozwala, aby jego danina dla władczyni krwi chodziła sobie, gdzie jej się podoba. Władczyni nie będzie zadowolona. – Wyciągnął rękę w rękawicy w moim kierunku. – Chodź, śniący wędrowcu. Odprowadzę cię do Magdaleny.

– I będziemy udawać, że to się nigdy nie wydarzyło? – Zostałam na swoim miejscu. – Zabierzesz mnie do Nashiry.

Jego cierpliwość się skończyła.

– Nie zmuszaj mnie do ostateczności, żółta.

– Nashira potrzebuje mnie żywej.

– Ja nie jestem Nashirą.

No to wpadłam. Jak mnie nie zabije, to zaciągnie mnie prosto do rezydencji Suzerena. Zauważyłam słoik z białym astrem. Mogłabym wymazać jego pamięć.

Za późno. Jednym ruchem ręki zwalił całą zawartość półki na ziemię, roztrzaskały się wszystkie butelki i fiolki. Przeturlałam się po podłodze, aby nie oberwać, ale rozcięłam policzek na szklanym odłamku. Krzyknęłam. Żebra paliły jak diabli.

Nie mogłam się podnieść. Moje obrażenia mnie spowalniały. Nie było tu żadnych duchów , niczego, czym mogłabym go odstraszyć. Kraz podniósł mnie za kamizelkę i walnął mną o ścianę. Prawie straciłam przytomność. Żebra paliły nieludzkim bólem. Złapał mnie za włosy, odciągnął głowę do tyłu i zaczął wdychać – głęboko, jakby chciał wchłonąć nie tylko powietrze. Uświadomiłam sobie, co się dzieje, kiedy krew zalała mi oczy. Zaczęłam go kopać, drapać i szarpać, z trudem łapiąc zaświaty. Już mi się wymykały.

Kraz był głodny jak wilk. Zamierzał wciągnąć cały mój blask.

W odróżnieniu od prawej, lewą rękę miałam wolną. Pod wpływem adrenaliny zrobiłam to, czego zawsze uczył mnie ojciec: palcem dźgnęłam Kraza prosto w oko. Kiedy puścił moje włosy, wyjęłam z kieszeni fiolkę. Czerwony kwiat.

Kraz zacisnął rękę na moim gardle, szczerząc zęby. Gdybym spróbowała zaatakować jego umysł, moje ciało zostałoby bezpowrotnie uszkodzone. Nie miałam wyboru. Roztrzaskałam mu fiolkę na twarzy.

Smród był ohydny, zgniły i słodki. Kraz ryknął nieludzko. Jego podrażnione pyłkiem oczy pociemniały i zaczęły z nich spadać mętne krople, a jego twarz nagle zrobiła się potwornie brzydka, szara i centkowana.

– Nie – powiedział. – Nie, ty, nie…

Wtedy zaczął mówić coś w gloss. Mój wzrok się zamazał. Co to było? Reakcja alergiczna? Żółć podeszła mi do gardła. Po omacku znalazłam plecak, wyjęłam pistolet i uniosłam go do jego głowy. Kraz upadł na kolana.

Zabij go.

Ręce miałam śliskie. Nawet po tym, co zrobiłam Podstrażnikowi w pociągu, po tej zbrodni, przez którą się tu znalazłam, nie miałam pojęcia, czy potrafię to zrobić. Czy potrafię odebrać kolejne życie. Ale wtedy Kraz odciągnął ręce od swojej twarzy i wiedziałam już, że nie mam innego wyjścia. Nawet nie drgnęłam.

Pociągnęłam za spust.

24

Sen

Nie pamiętam dobrze drogi powrotnej. Biegłam przez dachy, obok starego kościoła i w dół drogą w kierunku Magdaleny. Kiedy dotarłam do rezydencji, ktoś wyciągnął rękę i porwał mnie do środka.

Naczelnik. Czekał na mnie. Bez słowa wciągnął mnie przez drzwi. Ruszyliśmy w kierunku wschodniego podwórza. W puste przejścia. Przez krużganki, do góry po schodach. Nie odważyłam się czegokolwiek powiedzieć. Gdy tylko znaleźliśmy się w wieży, upadłam na podłogę przy kominku. Z moich palców na dywanik osypywał się czarny pyłek. Wyglądał jak sadza.

Nie zatrzymując się, Naczelnik zamknął drzwi na klucz, wyłączył gramofon i zaciągnął zasłony po obydwu stronach komnaty. Przez kilka minut spoglądał na ulicę przez szparę we wschodnim oknie. Zdjęłam plecak. Paski wbiły mi się w ramiona.

– Zabiłam go.

Zerknął na mnie.

– Kogo?

– Kraza. Zastrzeliłam go. – Cała się trzęsłam. – Zabiłam jednego z rodziny Sargas, teraz ona mnie zabije. Ty mnie zabijesz...

– Nie.

– Dlaczego nie?

– Rodzina Sargas nie ma dla mnie żadnego znaczenia. – Znów popatrzył na okno. – Jesteś pewna, że nie żyje?

– Strzeliłam mu prosto w twarz.

– Kule nie mogą nas zabić. Musiałaś użyć pyłku.

– Tak. – Próbowałam uspokoić oddech. – Tak zrobiłam.

Milczał przez dłuższą chwilę. Siedziałam tak w dowodzie swego czynu, nie mogąc złapać tchu.

– Jeżeli Sargas został zabity przez człowieka – przemówił w końcu – ostatnia rzecz, jakiej chciałaby Nashira, to żeby inni się o tym dowiedzieli. Nasza nieśmiertelność nie może zostać zakwestionowana.

– Tak naprawdę nie jesteście nieśmiertelni?

– Nie jesteśmy niezniszczalni. Przykucnął przy mnie, popatrzył mi w oczy. – Widział cię ktoś?

– Nie. Czekaj, tak, Terebell.

– Terebell zachowa to dla siebie. Jeżeli nikt poza nią, nie mamy się czego obawiać.

– Thuban też tam był. I jakiś wybuch. – Popatrzyłam na niego. – Wiesz coś o tym?

– Wyczułem, że grozi ci niebezpieczeństwo. Kazałem komuś pilnować Domu. Zrobili zamieszanie. Jedyne, czego dowie się Nashira, to że ktoś zostawił świecę zbyt blisko ulatniającego się gazu.

Te wiadomości nie pocieszyły mnie. Odebrałam już trzy życia, nie licząc tych, których nie zdołałam uratować.

– Krwawisz.

Zerknęłam w lustro w łazience, widoczne przez otwarte drzwi. Mój policzek przecinała długa rana, na tyle głęboka, że jedną część twarzy miałam we krwi.

– Tak – powiedziałam.

– Skrzywdził cię?

– To tylko szkło. – Dotknęłam rany. – Dowiesz się, co się stało?

Skinął, wciąż patrząc na mój policzek. W jego oczach było coś, co zwróciło moją uwagę: ciemność, napięcie. Myślał o czymś innym. Nie patrzył mi w oczy; ta rana go sparaliżowała.

– Zostanie blizna, jeśli sie tym nie zajmę. – Palcami w rękawicy przytrzymał mi szczękę. – Przyniosę coś, aby ją oczyścić.

– I dowiesz się czegoś o Krazie?

– Tak.

Nasze spojrzenia spotkały się na ułamek sekundy. Uniosłam brew, i już miałam go o coś zapytać, w końcu jednak tego nie zrobiłam.

– Wrócę najszybciej, jak to tylko możliwe. – Wstał. – Lepiej, żebyś się umyła. Tam masz ubrania.

Wskazał na szafę. Zerknęłam na swój mundur. Kamizelka cała pokryta była pyłkiem: pogrążający dowód mojego przestępstwa.

– Dobrze – powiedziałam.

– I nie zabrudź tej rany.

Zanim zdążyłam odpowiedzieć, już go nie było.

Wstałam i podeszłam do lustra. Skaleczenie wściekle odznaczało się na skórze. Czy to mój widok go poruszył, nawet po tym, co zrobił mi Jax? Czy patrząc na moją twarz, myślał o swoich bliznach – tych na plecach, tych, które ukrywał?

Z moich włosów unosił się obrzydliwy zapach. Pyłek. Zamknęłam drzwi do łazienki, zdjęłam ubrania i przygotowałam gorącą kąpiel. Nogi mi się trzęsły. Miałam otarte kolano.

Zanurzyłam się w gorącej wodzie i umyłam włosy. Stare siniaki wciąż rwały, a na nich już powstawały nowe. Przez kilka minut rozkoszowałam się ciepłem przenikającym przez napięte mięśnie, następnie wzięłam świeży kawałek mydła i zmyłam z siebie pot, krew i pyłek. Moja ziemista, posiniaczona skóra nie wyglądała wiele lepiej. Dopiero kiedy się osuszyłam, poczułam się odrobinę spokojniej.

Czy powinnam powiedzieć mu o pociągu? Może usiłować mnie zatrzymać – przecież przywiózł mnie tu z powrotem, choć mógł puścić wolno. Z drugiej strony musiałam się dowiedzieć, czy pociąg jest strzeżony i w którym miejscu znajduje się wejście. Nie przypominałam sobie nic z treningu – żadnego włazu ani drzwi. Musiały być ukryte.

Kiedy wróciłam do komnaty, założyłam nowy żółty mundur. Pyłek został już zmieciony z dywanu. Usiadłam na tapczanie. Jednym strzałem między oczy załatwiłam Kraza Sargasa, spadkobiercę krwi Refaitów. Do tej chwili myślałam, że są zbyt silni, aby ich zabić. To musiał być ten pyłek – kula tylko go dobiła. Zanim uciekłam z wieży, zwłoki gniły mi na oczach. Unicestwiło go kilka ziarenek pyłku.

Drzwi się otworzyły, a ja zerwałam się z miejsca. Naczelnik wrócił. Usiłowałam wyczytać odpowiedź z jego twarzy.

Podszedł i usiadł obok mnie. Wziął wacik, zanurzył go w słoiku z bursztynowym płynem i przyłożył mi do rany na policzku. Obserwowałam go w ciszy, czekając na jego wyrok.

– Kraz nie żyje – powiedział bez cienia emocji. Poczułam ostre ukłucie w policzku. – Był prawowitym spadkobiercą władzy krwi. Gdyby się dowiedzieli, zostałabyś publicznie torturowana. Wiedzą o brakujących zapasach, ale nikt cię nie widział. Pamięć dziennego stróża została usunięta.

– Czy ktoś mnie podejrzewa?

– Możliwe, że prywatnie, ale nie mają dowodów. Na szczęście nie użyłaś ducha, aby go zabić, bo wtedy twoja tożsamość byłaby oczywista.

Zaczęłam się mocniej trząść. Cała ja, zabijam kogoś tak ważnego, nie wiedząc nawet, kim jest. Gdyby Nashira się o tym dowiedziała, skończyłabym jako maska śmierci. Spojrzałam na Naczelnika.

– Co pyłek zrobił z Krazem? Jego oczy, jego twarz…

– Nie jesteśmy tym, na kogo wyglądamy, Paige. – Popatrzył mi prosto w oczy. – Ile czasu minęło pomiędzy użyciem pyłku i strzałem?

Strzał. Nie morderstwo. Powiedział strzał, jakby był świadkiem.

– Jakieś dziesięć sekund.

– Co widziałaś w ciągu tych dziesięciu sekund?

Próbowałam się skupić. W pomieszczeniu były gęste opary i uderzyłam się w głowę.

– To było tak, jakby jego twarz gniła. I oczy zrobiły mu się białe. Jakby straciły cały kolor. Martwe oczy.

– No właśnie.

Nie rozumiałam, co miał na myśli. Martwe oczy.

Ogień w kominku trzaskał, ogrzewając pomieszczenie. Było nawet zbyt ciepło. Naczelnik uniósł moją brodę do światła.

– Nashira to zobaczy – powiedziałam. – Domyśli się.

– Możemy to wyleczyć.

– Jak?

Nie odpowiedział. Za każdym razem, kiedy pytałam „jak" albo „dlaczego", zdawał się znudzony rozmową. Podszedł do biurka i wyjął metalowy walec, wystarczająco mały, aby mógł się zmieścić w kieszeni. Z boku widniał czerwony napis: „Pomoc Sajonu". Rozpakował trzy sterylne przylepne szwy. Nawet nie drgnęłam, kiedy je zakładał.

– Boli?

– Nie.

Odsunęłam jego dłoń i dotknęłam szwów.

– W Domu widziałam mapę – zaczęłam. – Wiem, że w Port Meadow jest pociąg. Muszę się dowiedzieć, gdzie znajduje się wejście do tunelu.

– A dlaczego chcesz to wiedzieć?

– Bo chcę stąd uciec. Zanim Nashira mnie zabije.

– Rozumiem. – Naczelnik usiadł w swoim fotelu. – I zakładasz, że pozwolę ci odejść.

– Tak, właśnie tak zakładam. – Wyjęłam jego tabakierę. – A ty możesz spokojnie założyć, że to nie wpadnie w ręce Nashiry.

Symbol błysnął w świetle. Naczelnik zaczął stukać palcami w fotel. Nie próbował ze mną pertraktować, tylko na mnie patrzył; jego oczy delikatnie płonęły.

– Nie możesz uciec pociągiem.

– Zabronisz mi?

– Źle mnie zrozumiałaś. Pociąg może być uruchamiany tylko przez Westminster Archon. Jest zaprogramowany do przyjazdu i odjazdu tylko w konkretnych datach. Nie można ich zmienić.

– Musi przywozić jedzenie.

– Pociąg używany jest wyłącznie do transportu ludzi. Jedzenie jest dostarczane przez kurierów.

– A więc nie przyjedzie aż do – zamknęłam oczy – następnych Żniw. – W 2069. Moje marzenie o łatwej ucieczce legło w gruzach. Czyli jednak będę musiała przejść przez pole minowe.

– Nalegam, abyś nie próbowała iść pieszo – powiedział, jakby czytał w moich myślach. – Emmici traktują lasy jako swój teren łowiecki. Nawet z twoim talentem nie pożyjesz długo. Nie z całą ich sforą.

– Nie mogę czekać. Ścisnęłam oparcie fotela, aż palce mi zbielały. Muszę uciekać. Wiesz, że ona chce mnie zabić.

– Oczywiście, że tego chce. Teraz, kiedy twój dar dojrzał, pragnie go. Wkrótce uderzy.

Zesztywniałam.

– Dojrzał?

– Posiadłaś 12 w cytadeli. Widziałem cię. Czekała, aż w pełni rozwiniesz swoje możliwości.

– Powiedziałeś jej?

– Dowie się, ale nie ode mnie. To, o czym rozmawiamy w tym pokoju, nie wyjdzie poza jego ściany.

– Dlaczego?

– To pierwszy krok do wzajemnego zaufania.

– Przeglądałeś moje wspomnienia. Dlaczego miałabym ci ufać?

– Pokazałem ci swój senny krajobraz.

– To prawda – powiedziałam. – Twój zimny, pusty senny krajobraz. Jesteś tylko pustą skorupą.

Nagle wstał, podszedł do półki z książkami i wyjął opasłą księgę. Moje mięśnie napięły się jak pręt. Zanim wypowiedziałam kolejne słowo, wyjął z niej cienką broszurkę i rzucił na stół. Nie mogłam od niej oderwać oczu. *O wartościach odmienności.* Moja kopia, opisana znakami syndykatu. Miał ją przez cały ten czas.

– Mój senny krajobraz może być pozbawiony starego życia, ale ja nie patrzę na ludzi takimi kategoriami jak autor tej broszury. Nie ma tutaj handlarzy snów. Ani Refaitów. Ja nie postrzegam tego w taki sposób. – Spojrzał mi prosto w oczy. – Mieszkam z tobą już od kilku miesięcy. Poznałem twoją przeszłość, fakt, że wbrew twej woli. Nie zamierzałem atakować twojej prywatności, ale pragnąłem zobaczyć, jaka jesteś naprawdę. Pragnąłem cię poznać. Nie chciałem traktować cię tylko jak człowieka, kogoś gorszego, niegodnego.

Nie spodziewałam się tego.

– Dlaczego nie? – powiedziałam, nie odrywając od niego wzroku. – Niby dlaczego miałoby ci zależeć?

– To już moja sprawa.

Podniosłam *O wartościach* i przycisnęłam do piersi, niczym dziecko ukochaną zabawkę. Miałam wrażenie, jakbym uratowała Jaxonowi życie. Naczelnik mnie obserwował.

– Naprawdę zależy ci na swoim mim-lordzie – powiedział. – Chcesz wrócić do tamtego życia. Do syndykatu.

– Chodzi o coś więcej niż tylko tę broszurę.

– Wyobrażam sobie.

Usiadł obok mnie na tapczanie. Przez kilka minut panowała cisza. Człowiek i Refaita, tak różni jak noc i dzień – uwięzieni pod własną szklaną pokrywą, jak ten zwiędły kwiat. Podniósł tabakierę i wyjął małą fiolkę amarantu.

– Czujesz się samotna. – Wlał jej zawartość do kielicha. – Czuję ją. Twoją samotność.

– Jestem samotna.

– Tęsknisz za Nickiem.

– Jest moim najlepszym przyjacielem. To oczywiste, że za nim tęsknię.

– Był kimś więcej. Twoje wspomnienia o nim są wyjątkowo szczegółowe, pełne koloru, pełne życia. Uwielbiałaś go.

– Byłam młoda. – Spuściłam z tonu. Wydawał się zdeterminowany, by uderzać w mój najdelikatniejszy punkt.

– Wciąż jesteś młoda. – Nie odpuszczał. – Nie widziałem wszystkich twoich wspomnień. Czegoś mi brakuje.

– Nie ma sensu się nad tym rozwodzić.

– Nie masz racji.

– Każdy ma złe wspomnienia. Dlaczego interesują cię moje?

– Wspomnienie to moja linia życia. Moja ścieżka w zaświaty, podobnie jak u ciebie senny krajobraz. – Dotknął mego czoła. –

Chciałaś mnie poznać przez mój senny krajobraz. W zamian ja chcę poznać twoje wspomnienia.

Jego dotyk mnie zmroził. Odsunęłam się. Patrzył na mnie przez dłuższą chwilę, badając moją reakcję, po czym wstał i pociągnął za sznur dzwonka.

– Co robisz? – zapytałam.

– Musisz jeść.

Podszedł do gramofonu i wyjrzał na ulicę.

Michael był niczym winda transportująca dania z kuchni. Wysłuchał poleceń Naczelnika. Po dziesięciu minutach wrócił z tacą, którą położył mi na kolanach. Było na niej wystarczająco jedzenia, abym mogła odzyskać siły: filiżanka herbaty z mlekiem, dzbaneczek cukru, zupa pomidorowa i ciepły chleb.

– Dziękuję – powiedziałam.

Obdarzył mnie szybkim uśmiechem i wykonał serię skomplikowanych znaków w kierunku Naczelnika, który skinął. Michael ukłonił się i wyszedł. Naczelnik popatrzył na mnie, czekając, czy będę jadła bez przymusu. Wzięłam łyk herbaty. Przypomniałam sobie, jak babcia dawała mi herbatę, zawsze kiedy byłam chora – była wiernym orędownikiem tego napoju. Wzięłam kilka kęsów chleba. Czy mnie teraz czytał, czy czytał moje wspomnienia? Potrafił wyczuć, które wspomnienie mnie uspokajało? Usiłowałam się na nim skoncentrować, użyć złotego sznura, ale nic nie czułam.

Kiedy skończyłam, wziął ode mnie tacę i odłożył ją na stoliku do kawy, po czym podszedł i usiadł obok mnie. Odchrząknęłam.

– Co powiedział Michael?

– Nashira wezwała do swojej rezydencji pozostałych członków rodziny. Dobry z niego szpieg – dodał lekko rozbawionym tonem. – Dostarcza mi sporo informacji. Jego domniemana ślepota nie wzbudza u niej żadnych podejrzeń.

A więc Michael chętnie węszy. Będę o tym pamiętać.

– Opowiada im właśnie o Krazie.

Ujęłam skronie w dłoń.

– Nie chciałam go zabić. Ja tylko…

– On by cię zabił. Kraz żywił ogromną nienawiść do ludzi. Planował, z chwilą naszego ujawnienia, zwabić ludzkie dzieci do kolonii kontrolnych. Miał zamiłowanie do ich małych, ślicznych kości. Wiesz, był graczem.

Zemdliło mnie. Gracze używali różnego rodzaju przedmiotów, które duchy ustawiały w obrazy albo popychały w konkretnym kierunku: igieł, kości do gry, kluczy. Tak zwani kościeje ze względu na szacunek do zmarłych preferowali bardzo stare szkielety. Jeżeli Kraz wykorzystywał kości dzieci, bardzo dobrze się stało, że go zabiłam.

– Jestem ci wdzięczny za to, co zrobiłaś – rzekł Naczelnik. – Był straszliwą zakałą na tym świecie.

Nie odpowiedziałam.

– Czujesz się winna – zaczął.

– Boję się.

– Czego?

– Tego, do czego jestem zdolna. Ja wciąż… – Potrząsnęłam głową. Czułam się wyczerpana. – Ja wciąż zabijam. Nie chcę być bronią.

– Twój talent jest nieprzewidywalny, ale utrzymuje cię przy życiu. Działa jak tarcza.

– To nie tarcza. To pistolet. Żyję na bombie. – Spojrzałam na wzory na dywanie. – Ja krzywdzę ludzi. To mój talent.

– Nie umyślnie. Nie zawsze wiesz, do czego jesteś zdolna.

Zaśmiałam się gorzko.

– Ależ wiedziałam, do czego byłam zdolna. Nie miałam pojęcia jak, ale wiedziałam, kto sprawia, że ludzie krwawią. Wiem, kto fundował im bóle głowy. Kiedykolwiek inni patrzyli na mnie z pogardą, kiedykolwiek wspominali o Rozruchach Molly, zawsze byli krzywdzeni. Wszystko przez to, że dawałam im mentalne pchnięcie. Na swój sposób to lubiłam – przyznałam. – Nawet kiedy miałam dziesięć lat, już to lubiłam. Lubiłam się odgrywać. To była moja mała tajemnica. – Nie spuszczał ze mnie wzroku. – Nie jestem jak sensorzy czy media, nie używam duchów dla towarzystwa czy samoobrony. Jestem jedną z nich, rozumiesz? Mogę umrzeć, kiedy chcę, mogę się stać duchem, jeśli przyjdzie mi na to ochota. To sprawia, że ludzie się mnie boją. To sprawia, że ja się ich boję.

– Różnisz się od innych, to fakt. Ale to nie oznacza, że powinnaś się ich bać.

– Wręcz przeciwnie. To mój duch jest niebezpieczny.

– Nie boisz się niebezpieczeństwa, Paige. Myślę, że ty nim żyjesz. Zgodziłaś się pracować dla Jaxona, wiedząc, że to znacznie skróci twoje życie. I znając ryzyko związane z zatrzymaniem.

– Potrzebowałam pieniędzy.

– Twój ojciec pracuje dla Sajonu, nie potrzebowałaś pieniędzy. Wątpię, żebyś kiedykolwiek ich tknęła. Niebezpieczeństwo zbliża cię do zaświatów – zauważył. – Właśnie dlatego korzystasz z każdej możliwej szansy, aby go doświadczyć.

– To nie tak. Nie jestem jakimś adrenalinowym ćpunem. Chciałam przebywać wśród innych jasnowidzów. – W moim głosie pojawiła się złość. – Nie wyobrażałam sobie, że będę żyć jak zwykła sajońska dziewczynka. Chciałam być częścią czegoś. Chciałam istnieć. Potrafisz to zrozumieć?

– To nie były jedyne powody. – Jego wzrok spoważniał. – Kochałaś go. Wszędzie byś za nim poszła.

– Nie chcę o tym rozmawiać.

– Dlaczego nie?

– Bo to jest moje. Osobiste. Czy wy, handlarze snów, macie jakiekolwiek poczucie prywatności?

– Utrzymywałaś to w tajemnicy przez zbyt długi czas. – Nie dotknął mnie, ale jego spojrzenie było intymne. – Nie mogę wziąć od ciebie wspomnienia na jawie. Ale z chwilą, kiedy uśniesz, przeczytam obrazy z twojego umysłu, a ty będziesz je śnić tak jak wcześniej. To dar handlarza. Tworzenie wspólnego snu.

– Założę się, że nigdy cię to nie nudzi. – Mój głos przepełniony był pogardą. – Oglądanie ludzkich brudów.

Zignorował mój przytyk.

– Oczywiście możesz nauczyć się mnie nie wpuszczać, ale musiałabyś poznać mojego ducha prawie tak dobrze jak znasz swojego. A ducha tak starego jak mój nie jest łatwo poznać. – Zamilkł na chwilę. – Możesz też oszczędzić sobie kłopotu i pozwolić mi zajrzeć do środka.

– Co będę z tego miała?

– To wspomnienie tworzy barierę. Wyczułem to w tobie, jest ukryte na dnie sennego krajobrazu. – Wciąż patrzył mi w oczy. – Pokonaj je, a uwolnisz się od niego. Twój duch się od niego uwolni.

Wzięłam głęboki oddech. Jego propozycja nie powinna mnie kusić. Musiałabym tylko zasnąć?

– Tak. Mogę ci w tym pomóc. – Wyjął z tabakiery garść suchych brązowych liści. – To było w pigułkach. Jeśli przygotuję napar, wypijesz go?

Wzruszyłam ramionami.

– Spróbuję.

– Bardzo dobrze – powiedział.

Wyszedł z komnaty. Domyśliłam się, że na dole musiała być kuchnia, gdzie pracował Michael.

Oparłam głowę o poduszki. Powolne, zimne drżenie rozchodziło się po mojej klatce piersiowej, wypełniając przestrzeń za żebrami. Nienawidziłam Naczelnika całą sobą, nienawidziłam go za to, jaki był, i za to, że próbował mnie zrozumieć.

Żyłam nienawiścią do niego. Teraz miałam mu pokazać swoje najbardziej osobiste wspomnienie. Wydawało mi się, że wiem, czego dotyczy, ale nie byłam pewna. Będę musiała je wyśnić.

Zanim Naczelnik powrócił, poczułam przypływ prowokującej pewności. Wzięłam od niego szklaną filiżankę, po brzegi wypełnioną pomarańczowym płynem przypominającym rozpuszczony miód. Na powierzchni unosiły się trzy listki.

– Jest gorzkie – ostrzegł mnie – ale pozwoli mi wyraźniej zobaczyć twoje wspomnienia.

– Co widziałeś wcześniej?

– Fragmenty. Okresy ciszy. To zależy od tego, jak się czułaś w danym momencie, jak silnie to czułaś. Jak bardzo ta część wspomnienia nadal cię dręczy.

Popatrzyłam na herbatę.

– Nie wydaje mi się więc, żeby to było potrzebne.

– Będzie ci łatwiej.

Pewnie miał rację. Sama myśl o konfrontacji z takim wspomnieniem sprawiła, że trzęsły mi się ręce. Czułam się tak, jakbym znowu miała przeżyć swoje życie. Podniosłam filiżankę do ust.

– Zaczekaj.

Wstrzymałam się.

– Paige, nie musisz pokazywać mi tego wspomnienia. Ale dla twojego dobra mam nadzieję, że to zrobisz. Mam też nadzieję, że potrafisz. Ale możesz odmówić. Uszanuję twoją prywatność.

– Nie będę tak okrutna – powiedziałam. – Nie ma nic gorszego niż historia bez zakończenia. – Zanim odpowiedział, wypiłam napar.

Naczelnik skłamał: nie był tylko gorzki – stanowił najobrzydliwszą rzecz, jakiej kiedykolwiek spróbowałam, jak kęs metalowych odłamków. Natychmiast obiecałam sobie, że prędzej wypiję wybielacz, niż kiedykolwiek znów tknę herbatę z szałwii. Zakrztusiłam się. Naczelnik ujął w dłonie moją twarz.

– Zatrzymaj to, Paige. Zatrzymaj.

Próbowałam. Zwróciłam trochę do filiżanki, ale większość połknęłam.

– Co teraz? – zakaszlałam.

– Zaczekaj.

Nie musiałam czekać długo. Skuliłam się, drżąc na całym ciele, kiedy ogarnęły mnie fale mdłości. Ten smak był wszechobecny. Myślałam, że nigdy nie przestanę go czuć.

I wtedy zgasły światła. Opadłam na poduszki i zasnęłam.

25

Rozwiązanie

Staliśmy w okręgu, jak podczas seansu. Sześcioro z siedmiu Pieczęci.

Nadine miała ochotę kogoś zabić, widziałam to w jej twarzy. Pośrodku znajdował się Zeke Sáenz, przywiązany aksamitnymi wstążkami do krzesła, siostra trzymała w rękach jego głowę. Godzinami atakowaliśmy jego umysł, bez względu na to, jak bardzo się szarpał i jęczał, Jax nie ustępował. Gdybyśmy mogli nauczyć się jego daru, byłoby to zaletą dla gangu: umiejętność oparcia się zewnętrznym wpływom zarówno duchów, jak i innych jasnowidzów. Jax siedział więc w swoim fotelu, paląc cygaro, i czekał, aż któreś z nas go złamie.

Długo pracował nad Zekem. Reszta z nas poszła w odstawkę, zajmowaliśmy się swoją działalnością przestępczą. Nawet na podstawie wnikliwych badań nie przewidział, że podczas ataków nasz nieczytelny będzie aż tak cierpiał. Jego senny krajobraz był odporny i ciemny, niedostępny dla duchów. Wysyłaliśmy w niego szpulę za szpulą, lecz bezskutecznie, jego umysł odbijał je rykoszetem, niczym strumienie wody uderzające o marmur. Zeke otrzymał nowe imię – Czarny Diament.

– Dawaj, dawaj, ty nędzny łajdaku – warczał Jax. Uderzył pięścią w stół. – Chcę słyszeć, jak krzyczy trzy razy głośniej!

Cały dzień włączał *Taniec śmierci* i pił wino: nie był to dobry znak. Eliza, zaczerwieniona z wysiłku spowodowanego kontrolowaniem tak wielu duchów, spojrzała na niego surowym wzrokiem.

– Wstałeś lewą nogą, Jaxon?

– Jeszcze raz.

– On cierpi – powiedziała Nadine. W jej oczach kipiała złość. – Popatrz na niego! Nie daje rady!

– To ja cierpię, Nadine. Jestem udręczony waszą krnąbrnością. – Był śmiertelnie poważny. – Nie zmuszajcie mnie, żebym wstał, dzieci. Zróbcie to jeszcze raz.

Nastała krótka cisza. Nadine chwyciła brata za ramiona, włosy opadały jej na twarz. Teraz były ciemnobrązowe i krótsze. Nie przyciągały uwagi, ale nienawidziła ich. Nienawidziła całej cytadeli. A przede wszystkim nienawidziła nas.

Nikt się nie ruszał. Eliza przywołała jednego ze swoich duchów pomocników – J.D., siedemnastowieczną muzę. Kiedy wyskoczył z jej sennego krajobrazu w zaświaty, światła zamigotały.

– Spróbuję, J.D. – Ściągnęła brwi. – Jeżeli stary duch nie zadziała, to chyba nic innego już nie pomoże.

– Może poltergeist – powiedział Jax zupełnie poważnie.

– Nie użyjemy na nim poltergeista!

Dalej spokojnie palił swoje cygaro.

– Szkoda.

Nick zaciągnął żaluzje. Był zbulwersowany tym, co robimy, ale nie mógł tego przerwać.

Zeke nie potrafił już znieść napięcia. Patrzył na ducha rozgorączkowanymi oczyma.

– Co oni robią, Dee?

– Nie wiem. – Nadine spojrzała zimnym wzrokiem na Jaxa. – On musi odpocząć. Wpuść w niego ducha to ja…

– To ty co? – Wypuścił z ust kółeczko dymu. – Zagrasz mi wściekłą melodię? Proszę bardzo. Uwielbiam muzykę płynącą prosto z duszy.

Zmarszczyła brodę, ale oparła się pokusie. Wiedziała, jaka spotka ją kara za nieposłuszeństwo wobec Jaxona. Nie miała dokąd pójść, nie miała dokąd zabrać brata.

Zeke cały się trząsł. Sprawiał wrażenie, jakby to on był młodszym z dwójki rodzeństwa.

Eliza zerknęła na Nadine, potem na Jaxona. Na jej cichą komendę muza ruszyła naprzód. Nie widziałam tego, lecz czułam – sądząc po umęczonym krzyku Zekego, on także czuł. Głowa mu opadła do tyłu, a mięśnie na szyi naprężyły się. Nadine zacisnęła usta, obejmując go obiema rękami.

– Przykro mi. – Oparła brodę o jego głowę. – Tak bardzo mi przykro.

Stary i zdeterminowany J.D. był bardzo zawzięty. Powiedziano mu, że Zeke chce skrzywdzić Elizę, więc nie zamierzał do tego dopuścić. Twarz Zekego błyszczała od potu i łez. Prawie się dusił.

– Proszę – powiedział. – Już dosyć…

– Jaxon, przestań – straciłam panowanie nad sobą. – Nie widzisz, że ma już dość?

Gwałtownie podniósł brwi.

– Stawiasz mi się, Paige?

– Nie. – Moja odwaga zmalała.

– W syndykacie macie zarabiać na swoje utrzymanie. Jestem waszym mim-lordem. Waszym obrońcą. Waszym pracodawcą. Tym, który nie pozwala wam głodować jak ci nieszczęśni chałturnicy! – Podrzucił zwitek pieniędzy i na dywan opadły setki twarzy Weavera. Gapił się na nas z każdego banknotu. – Ezekiel będzie miał „dość", dopiero kiedy ja tak powiem, kiedy postanowię dać mu wolne na resztę dnia. Czy waszym zdaniem Hektor by przestał? Czy Jimmy albo Abbess po prostu by przestali?

– Nie pracujemy dla nich. – Eliza wyglądała na zszokowaną. Skinęła na ducha. – Wracaj, J.D. Jestem bezpieczna.

Duch się oddalił. Zeke objął głowę trzęsącymi się rękoma.

– Nic mi nie jest – rzekł z trudem. – Już dobrze. Potrzebuję, potrzebuję tylko minuty.

– Nie jest dobrze. – Nadine odwróciła się do Jaxona, który zapalał właśnie kolejne cygaro. – Żerujesz na nas. Wiedziałeś o operacji i twierdziłeś, że mu pomożesz. Powiedziałeś, że go naprawisz. Obiecałeś, go naprawić!

– Powiedziałem, że spróbuję. – Jaxon pozostał niewzruszony. – Że przeprowadzę eksperyment.

– Jesteś kłamcą. Jesteś taki sam jak…

– Skoro jest tu tak strasznie, to idź sobie, droga dziewczynko. Drzwi są zawsze otwarte. – Mówił teraz spokojniej. – Drzwi na zimne, ciemne ulice. – Wypuścił w jej kierunku szarą smugę dymu. – Ciekawe, jak długo zajmie NDK, żeby cię… zdemaskować.

Nadine trzęsła się ze złości.

– Idę do Chat's. – Porwała swoją koronkową marynarkę. – Sama.

Wzięła słuchawki i torebkę, po czym pospiesznie wyszła, trzaskając drzwiami.

– Dee – zaczął Zeke, ale nie zatrzymała się. Słyszałam, jak kopnęła coś, schodząc ze schodów. Pieter przeniknął przez ścianę, wściekły, że ktoś mu przeszkadza, i dąsając się, stanął w rogu.

– Myślę, że już pora skończyć, kapitanie – rzekła Eliza stanowczo. – Robimy to już od wielu godzin.

– Zaczekaj. – Jax wskazał na mnie palcem. – Nie wypróbowaliśmy jeszcze naszej tajnej broni. – Kiedy zmarszczyłam brwi, przechylił głowę. – Daj spokój, Paige. Nie wygłupiaj się. Włam się dla mnie do jego sennego krajobrazu.

– Rozmawialiśmy już o tym. – Zaczynała mnie boleć głowa. – Ja nie robię włamań.

– Nie *robisz* ich. Rozumiem. Nie wiedziałem, że masz przydział czynności. A! Czekaj, pamiętam, nie dałem ci go. – Zgasił cygaro. – Jesteśmy jasnowidzami. Odmieńcami. Myślałaś, że jak twój tatuś będziemy siedzieli w swoich małych biurach w Barbican od dziewiątej do siedemnastej, popijając *herbatkę* z naszych małych styropianowych kubeczków? – Nagle wyglądał na zniesmaczonego, jakby nie mógł znieść ślepców. – Niektórzy z nas nie chcą styropianu, Paige. Niektórzy z nas chcą srebra, atłasu i *duchów*.

Patrzyłam na niego w milczeniu. Upił spory łyk wina, ze spojrzeniem wlepionym w okno. Eliza potrząsnęła głową.

– Dobra, to się zaczyna robić śmieszne. Może powinniśmy po prostu...

– Kto ci płaci?

Westchnęła.

– Ty, Jaxon.

– Zgadza się. Ja płacę, wy wykonujecie polecenia. A teraz bądź tak dobra i idź na górę po Danicę. Chcę, żeby zobaczyła czary.

Eliza wyszła z pokoju z zaciśniętymi ustami. Zeke spojrzał na mnie wzrokiem przepełnionym zmęczeniem i rozpaczą. Zmusiłam się, żeby ponownie zabrać głos.

– Jax, ja naprawdę nie czuję się teraz na siłach. Myślę, że wszyscy powinniśmy odpocząć.

– Będziesz jutro miała kilka wolnych godzin, pszczółko. – Wydawał się roztargniony.

– Nie potrafię włamywać się do sennego krajobrazu, przecież wiesz.

– Postaraj się. Spróbuj. – Dolał sobie wina. – Latami na to czekałem. Śniący wędrowiec kontra nieczytelny. Ostateczne eteryczne spotkanie. Nigdy nie mógłbym sobie wyobrazić bardziej niebezpiecznego i brawurowego zbiegu okoliczności.

– Czy ty jeszcze mówisz po angielsku?

– Nie – powiedział Nick. – Wszyscy na niego popatrzyli. – On mówi jak szaleniec.

Po krótkiej chwili ciszy Jaxon uniósł swój kieliszek.

– Wyśmienita diagnoza, doktorze. Zdrowie.

Wypił. Nick odwrócił wzrok.

Właśnie w tym momencie Eliza powróciła z czystą strzykawką adrenaliny. Była z nią Danica Panić, ostatni członek naszego septetu. Dorastała w cytadeli Sajon Belgrad, ale przeniosła się do Londynu, żeby pracować jako inżynier. Nick ją wyszukał, wytropił jej aurę na jednym z przyjęć dla rekrutów. Była dumna z tego, że nikt z nas nie potrafił wymówić jej imienia. Ani nazwiska. Była twarda jak skała, miała pofalowane rudawe włosy związane w luźny kok, a jej ramiona nosiły ślady blizn i poparzeń. Jej jedyną słabością były kamizelki.

– Danica, moja droga. – Jaxon zaprosił ją gestem. – Chodź, spójrz na to, dobrze?

– Na co? – powiedziała.

– Na moją broń.

Wymieniłyśmy z Dani spojrzenia. Była z nami dopiero od tygodnia, ale zdążyła już poznać Jaxa.

– Wygląda to jak seans – zauważyła.

– Nie dzisiaj. – Machnął ręką. – Zaczynaj.

Musiałam się ugryźć w język, żeby nie powiedzieć mu, gdzie sobie może to wsadzić. Zawsze podlizywał się nowo przybyłym. Dani miała jasną, nadmiernie ruchliwą aurę, której nie był w stanie zidentyfikować – ale jak zwykle był przekonany, że stanowi cenny nabytek.

Usiadłam. Nick przetarł gazikiem moje ramię i wbił igłę.

– Zrób to – powiedział Jax. – Przeczytaj nieczytelnego.

Odczekałam chwilę, aż mieszanka narkotyków się wchłonie, zamknęłam oczy i wczułam się w zaświaty. Zeke się przygotował. Nie mogłam go zaatakować – jedynie musnąć jego senny krajobraz, poczuć słaby niuans jego powierzchni – ale jego umysł był tak wrażliwy, że nawet trącenie łokciem mogłoby go skrzywdzić. Będę musiała być ostrożna.

Mój duch się uniósł. Zauważyłam wszystkie pięć sennych krajobrazów, dzwoniących i rozedrganych jak kuranty na wietrze. Krajobraz Zekego był inny. Dzwonił ciemniejszą, molową nutą. Usiłowałam pochwycić jego mignięcie: wspomnienie, strach – ale zastałam pustkę. Zazwyczaj widziałam migotanie obrazów, jak stary zniekształcony film, tym razem widziałam tylko ciemność. Jego wspomnienia były zapieczętowane.

Gwałtownie opuściłam zaświaty, kiedy czyjaś ręka złapała mnie za ramię. Zeke trząsł się, dłońmi zatykał uszy.

– Wystarczy. – Nick stał za mną, ściągając mnie na ziemię. – Już wystarczy. Nie będzie tego robiła, Jaxon. Nie obchodzi mnie, ile mi zapłacisz, to są plugawe pieniądze. – Otworzył okno. – Chodź, Paige. Masz przerwę.

Byłam zmęczona jak diabli, ale nigdy nie odmówiłabym Nickowi. Kiedy podeszłam do okna, Jaxon zgromił mnie spojrzeniem. Do jutra mu przejdzie, jak tylko wypije resztę wina. Wzięłam zamach i złapałam za rynnę; wzrok miałam zamazany.

Nick do mnie dołączył i z chwilą, kiedy stanął na dachu, natychmiast zaczął biec – dziś wyjątkowo szybko. Na szczęście w moich żyłach wciąż krążyła adrenalina, inaczej w życiu bym go nie dogoniła.

Często to robiliśmy – nasze małe przebieżki po mieście. Teoretycznie Londyn stanowił ucieleśnienie wszystkiego, czego nienawidziłam: był ogromny, szary i surowy, padało przez dziewięć dni na dziesięć, ryczał, pompował i łomotał jak ludzkie serce. Ale po dwóch latach treningów z Nickiem, po tym, jak nauczyłam się znajdować drogę po dachach, cytadela stała się moim schronieniem. Mogłam przelecieć nad ruchem ulicznym i nad głowami NDK. Potrafiłam pędzić jak krew przez sieć ulic i alejek. Byłam po brzegi wypełniona energią, tryskająca życiem. Tutaj, i nigdzie indziej, byłam wolna.

Nick zeskoczył na ulicę. Biegliśmy, aż dotarliśmy na róg Leicester Square. Nie zatrzymując się nawet na chwilę, Nick zaczął wspinać się na najbliższy budynek, zaraz obok kasyna Hippodrome. Było tam mnóstwo poręczy, parapetów i gzymsów, ale wątpiłam, czy dam radę dotrzymać mu kroku. Nawet adrenalina nie przełamałaby mojego zmęczenia.

– Co ty robisz, Nick?

– Muszę oczyścić swój umysł. – W jego głosie pobrzmiewało znużenie.

– W kasynie?

– Nad nim. – Wyciągnął rękę. – Chodź, *sötnos*. Wyglądasz, jakbyś miała usnąć.

– Cóż, nie wiedziałam, że zafunduję dzisiaj mojemu duchowi i mięśniom takie lanie. – Pozwoliłam mu wciągnąć się na pierwszy parapet. Zauważyła mnie dziewczyna z papierosem. – Jak wysoko się wspinamy?

– Na szczyt. O ile dasz radę – dodał.

– A co, jeśli nie dam rady?

– Dobra, wskakuj. – Pociągnął mnie za ramiona. – A jaka jest złota zasada?

– Nie patrz w dół.

– Zgadza się – powiedział, naśladując Jaxa. Zaśmiałam się.

Dotarliśmy na szczyt bez żadnego problemu. Nick wspinał się po budynkach, odkąd potrafił raczkować; znajdywał punkty zaczepienia, tam gdzie zdawało się ich nie być. Wkrótce znów znaleźliśmy się na dachach, ulice były daleko w dole. Pod stopami poczułam sztuczną trawę. Po lewej była mała fontanna, bez wody, a po prawej grządka zeschniętych kwiatów.

– Co to za miejsce?

– Ogród na dachu. Odkryłem go kilka tygodni temu. Nie widziałem, żeby ktokolwiek z niego korzystał, więc pomyślałem, że zrobię z niego swoją nową kryjówkę. – Oparł się o balustradę. – Wybacz, że tak cię porwałem, *sötnos*. Tarcze potrafią być klaustrofobiczne.

– Trochę.

Nie rozmawialiśmy o tym, co się przed chwilą stało. Nick robił się sfrustrowany taktyką Jaxa. Rzucił mi zbożowy batonik. Patrzyliśmy na ciemny różowy widnokrąg, prawie jakbyśmy wyczekiwali przypłynięcia statku.

– Paige – zaczął – byłaś kiedykolwiek zakochana?

Zatrzęsła mi się ręka. Kęs wydał się zbyt trudny do połknięcia: ścisnęło mnie w gardle.

– Wydaje mi się, że tak. – Przeszły mnie ciarki. Oparłam się o balustradę. – To znaczy chyba tak. Dlaczego pytasz?

– Bo chciałbym cię zapytać, jakie to uczucie. Chciałbym spróbować się dowiedzieć, czy jestem zakochany.

Skinęłam, usiłując stworzyć wrażenie, że jestem spokojna. Tak naprawdę coś powolnego i niepokojącego działo się z moim ciałem: widziałam małe czarne punkciki, głowa zrobiła mi się lekka jak piórko, ręce lepkie, a serce waliło jak szalone.

– Powiedz mi – poprosiłam.

Patrzył na zachód słońca.

– Kiedy jesteś w kimś zakochana, to czujesz się wobec niego opiekuńcza?

To było dziwne z dwóch powodów. Po pierwsze, ponieważ byłam zakochana w Nicku. Wiedziałam to już od dawna, mimo że nic z tym nigdy nie zrobiłam. Po drugie, Nick miał dwadzieścia siedem lat, a ja osiemnaście. To tak jakbyśmy zamienili się rolami.

– Tak. – Popatrzyłam w dół. – Przynajmniej tak mi się wydaje. Czułam, *czuję* się wobec niego opiekuńcza.

– Czy chcesz go po prostu… dotknąć?

– Cały czas – przyznałam, trochę nieśmiało. – Albo, bardziej… chcę, żeby *on* dotknął *mnie*. Przynajmniej…

– Objął cię.

Skinęłam, nie patrząc na niego.

– Czuję, że rozumiem tę osobę i chcę, żeby była szczęśliwa. Ale nie wiem, *jak* ją uszczęśliwić. Szczerze mówiąc, wiem, że kochając ją, bardzo ją unieszczęśliwię. – Zmarszczył brew. – Nie jestem pewien, czy ryzykować powiedzenie jej, bo wiem, ile nieszczęścia to przyniesie. Albo *wydaje* mi się, że wiem. Czy to jest ważne, Paige? Żeby być szczęśliwym?

– Jak mógłbyś myśleć, że to nie jest ważne?

– Bo nie wiem, czy szczerość jest lepsza niż szczęście. Czy poświęcamy szczerość, żeby być szczęśliwymi?

– Czasami. Ale lepiej jest być szczerym. Tak mi się wydaje. W przeciwnym wypadku żyjesz w kłamstwie. – Ważyłam swoje słowa, nakierowując go, aby mi powiedział, usiłując zignorować druzgocący hałas w mojej głowie.

– Bo musisz jej zaufać.

– Tak.

Moje oczy płonęły. Usiłowałam oddychać powoli, ale w głowie świtała mi straszliwa prawda: Nick nie mówił o mnie.

Oczywiście nigdy tak naprawdę nie powiedział niczego, co sugerowałoby, że czuł to samo co ja. Ani słowa. Ale co z tymi wszystkimi dotykami, całymi godzinami uwagi, którą mi poświęcał – całym czasem, kiedy biegaliśmy razem? Co z ostatnimi dwoma latami mojego życia, kiedy spędzałam niemal każdy dzień i noc w jego towarzystwie?

Nick patrzył na niebo.

– Hej, spójrz – powiedział.

– Co?

Wskazał na gwiazdę.

– Arcturus. Nigdy nie widziałem, żeby świeciła tak jasno.

Miała pomarańczowe zabarwienie, była ogromna i wspaniała. Czułam się tak mała, jakby mnie nie było.

– Więc – zaczęłam, usiłując brzmieć normalnie – kto to jest? W kim wydaje ci się, że jesteś zakochany?

Nick oparł głowę o ręce.

– Zeke.

W pierwszym momencie myślałam, że się przesłyszałam.

– Zeke. – Odwróciłam głowę, żeby na niego spojrzeć. – Zeke Sáenz?

Nick skinął.

– Myślisz, że nie ma żadnych szans? – zapytał miękko. – Na to, że on mógłby mnie pokochać?

Moja twarz traciła czucie.

– Nic mi nigdy nie powiedziałeś – zaczęłam. Zaczęło mnie ściskać w okolicy serca. – Nie wiedziałam…

– Nie mogłaś wiedzieć. – Przetarł twarz. – Nie mogę nic na to poradzić, Paige. Wiem, że mógłbym po prostu znaleźć kogoś innego, ale nie potrafię nawet zacząć szukać. Nie wiedziałbym, gdzie zacząć. Myślę, że on jest najpiękniejszą osobą na świecie. Na początku myślałem, że to moja wyobraźnia, ale on jest z nami już od roku. – Zamknął oczy. – Nie potrafię temu zaprzeczyć. Naprawdę mi na nim zależy.

Nie na mnie. Stałam tam po prostu w ciszy, mając wrażenie, że ktoś wpompowuje mi w tętnice substancję paraliżującą. To nie mnie kochał.

– Myślę, że mógłbym mu pomóc. – W jego głosie słychać było prawdziwą pasję. – Mógłbym pomóc mu zmierzyć się z przeszłością. Mógłbym pomóc mu przypomnieć sobie wszystko. Kiedyś był zaklinaczem dusz, mógłbym pomóc mu znowu usłyszeć głosy.

Chciałabym słyszeć głosy. Chciałabym słyszeć duchy, żebym mogła słuchać ich, a nie tego. Musiałam się skoncentrować, żeby się nie rozpłakać. Bez względu na to, co się dzisiaj stało, nie mogę, nie będę płakać. Niech mnie szlag, jeśli się rozpłaczę. Nick miał pełne prawo kochać kogoś innego, dlaczego nie? Nigdy nie pisnęłam mu ani słowem na temat tego, co czułam. Powinnam mu życzyć wszystkiego najlepszego. Ale jakaś mała, tajemnicza część mnie zawsze miała nadzieję, że może on czuje to samo – że może czeka na właściwy moment, aby mi powiedzieć. Taki jak ten.

– Widziałaś coś w jego sennym krajobrazie? – Nick patrzył na mnie, czekał na odpowiedź. – Widziałaś cokolwiek?

– Tylko ciemność.

– Może ja mógłbym spróbować. Może mógłbym wysłać mu obraz. – Uśmiechnął się delikatnie. – Albo po prostu porozmawiać z nim jak z normalną osobą.

– Wysłuchałby cię – stwierdziłam. – Gdybyś mu powiedział. Skąd wiesz, że on nie czuje tego samego?

– Myślę, że ma dość problemów. Poza tym znasz zasady. Żadnych zobowiązań. Jaxona krew by zalała, gdyby się dowiedział.

– Do diabła z Jaxonem. To nie *fair*, że tak się z tym męczysz.

– Wytrzymałem rok, *sötnos*. Wytrzymam dłużej.

Miałam ściśnięte gardło. Miał oczywiście rację. Jaxon nie pozwalał nam się poświęcać, nie lubił związków. Nawet gdyby Nick mnie kochał, nie moglibyśmy być razem. Ale teraz stanęłam oko w oko z prawdą. Moje marzenie się roztrzaskało – z trudem mogłam oddychać. Ten mężczyzna nie był mój. Nigdy nie był mój. I nieważne, jak bardzo go kochałam, nigdy nie będzie mój.

– Dlaczego mi nigdy nie powiedziałeś? – Chwyciłam balustradę. – To znaczy ja wiem, że to nie moja sprawa, ale…

– Nie chciałem cię martwić. Miałaś swoje problemy. Wiedziałem, że Jax się tobą zainteresuje, ale zafundował ci piekło. Wciąż traktuje cię jak nową zabawkę. Przykro mi, że cię w to wszystko wplątałem.

– Nie. Nie, nie myśl w ten sposób. – Odwróciłam się do niego i ścisnęłam go za rękę, zbyt mocno. – Uratowałeś mnie, Nick. Wcześniej czy później postradałabym zmysły. Musiałam się dowiedzieć, inaczej zawsze żyłabym jak outsider. Sprawiłeś, że poczułam się częścią czegoś, a właściwie częścią wielu rzeczy. Nigdy nie będę w stanie ci się za to odpłacić.

Na jego twarzy pojawiło się zaskoczenie.

– Wyglądasz, jakbyś miała się rozpłakać.

– Wcale nie. – Puściłam jego rękę. – Słuchaj, muszę już iść. Jestem z kimś umówiona.

Nie byłam.

– Paige, zaczekaj. Nie odchodź. – Złapał mnie za nadgarstek i przyciągnął do siebie. – Zdenerwowałem cię, prawda? O co chodzi?

– Nie jestem zdenerwowana.

– Jesteś. Proszę, poczekaj chwilę.

– Naprawdę muszę już iść, Nick.

– Nigdy nie musiałaś iść, kiedy cię potrzebowałem.

– Przykro mi. – Zasunęłam blezer. – Jeśli chcesz mojej rady, to powinieneś wrócić do bazy i powiedzieć Zekemu, co do niego czujesz. Jeśli została w nim chociaż odrobina zdrowego rozsądku, powie ci to samo. Popatrzyłam na niego, uśmiechając się smutno. – Ja na jego miejscu bym tak zrobiła.

Wtedy to zobaczyłam. Wpierw zakłopotanie i niedowierzanie, w końcu niepokój.

Wiedział.

– Paige... – zaczął.

– Już późno. – Zrobiłam zamach przez barierkę, ręce mi się trzęsły. – Zobaczymy się w poniedziałek, okej?

– Nie. Paige, zaczekaj. Z a c z e k a j.

– Nick, proszę.

Zamknął usta, ale oczy miał wciąż szeroko otwarte. Zeszłam w dół po budynku, zostawiając go stojącego pod księżycem. Dopiero kiedy znalazłam się na ziemi, pojawiły się moje pierwsze i jedyne łzy. Zamknęłam oczy i wdychałam nocne powietrze.

Nie wiem dokładnie, jak znalazłam się w I-5 – może jechałam metrem, może szłam. Ojciec był jeszcze w pracy, nie spodziewał się mnie. Stałam w pustym mieszkaniu, gapiąc się na okno dachowe. Po raz pierwszy, odkąd byłam dzieckiem, zapragnęłam mieć matkę albo siostrę, albo chociaż przyjaciółkę – spoza Pieczęci. Nie miałam zielonego pojęcia, co zrobić, co czuć. Co zwykła dziewczyna zrobiłaby na moim miejscu? Najprawdopodobniej spędziłaby weekend w łóżku. Ale ja nie byłam zwykłą dziewczyną i to nie było zwykłe zerwanie z kimś. To było rozstanie z marzeniem. Dziecięcym marzeniem.

Myślami wróciłam do lat szkolnych, kiedy byłam jedynym jasnowidzem wśród ślepców. Suzette, jedna z koleżanek, zerwała z chłopakiem, kiedy byłyśmy w ostatniej klasie. Próbowałam przypomnieć sobie, co wtedy zrobiła. Z tego co pamiętałam, to nie spędziła tygodnia w łóżku. Co zrobiła? Chwila. Przypomniałam sobie. Podesłała mi taksówkę, zapraszając mnie do klubu. „Chcę wytańczyć swoje smutki", powiedziała. Wykręciłam się, zresztą jak zawsze.

To będzie moja noc. Wytańczę swoje smutki. Zapomnę, że to kiedykolwiek miało miejsce. Pozbędę się tego bólu.

Rozebrałam się, wzięłam prysznic, wysuszyłam i wyprostowałam włosy. Nałożyłam błyszczyk, tusz do rzęs i kohl*. W nadgarstki i szyję wtarłam odrobinę perfum. Poszczypałam policzki, żeby się zaróżowiły. Kiedy skończyłam, wskoczyłam w czarną koronkową sukienkę, a następnie założyłam obcasy z odsłoniętymi czubkami i wyszłam z mieszkania.

Strażnik, kiedy go mijałam, popatrzył na mnie jakoś dziwnie.

Wzięłam taksówkę. Na East End znajdował się bar, w którym bywała Nadine, w weekendy serwowano tam tanią mekkę (czasem prawdziwy, nielegalny alkohol). Było to w niebezpiecznej części II-6, na terenie znanym z tego, że stanowił miejsce spotkań jasnowidzów: nawet Stróże nie lubili tam chodzić.

Przy drzwiach stał potężny wykidajło w garniturze i krawacie. Przepuścił mnie.

W środku było ciemno i gorąco. Mała przestrzeń, zatłoczona, wypełniona przepoconymi ciałami. Bar rozciągał się na całą długość pomieszczenia, sprzedawano tam tlen i mekkę. Po prawej stronie znajdował się parkiet. Ludzie tutaj, głównie ślepcy, byli gogusiami w tweedowych spodniach, kapelusikach i pastelowych krawatach. Nie miałam pojęcia, co tu robię, patrząc, jak ślepcy podskakują w rytm ogłuszającej muzyki, ale właśnie tego chciałam: spontaniczności, zapomnienia o prawdziwym świecie.

Spędziłam dziewięć lat, marząc o Nicku. Teraz skończę z tym raz na zawsze. Nie pozwolę sobie na rozczulanie się nad sobą.

* Proszek antymonowy (tradycyjna mikstura używana przez kobiety na Bliskim Wschodzie do malowania oczu).

Podeszłam do baru i usiadłam na stołku. Barman przyjrzał mi się, ale nie zagadał. Był jasnowidzem, wieszczem – nie chciałby rozmawiać. Ale nie upłynęło wiele czasu, zanim ktoś mnie zauważył.

Po drugiej stronie baru znajdowała się grupa młodych mężczyzn, prawdopodobnie studentów z USL. Oczywiście ślepców – niewielu jasnowidzów studiowało. Właśnie miałam zamówić Floxy, kiedy jeden z nich podszedł. Miał dziewiętnaście albo dwadzieścia lat, był gładko ogolony i trochę opalony. Musiał przebywać w innej cytadeli na zagranicznym stażu – być może Sajon Ateny. Jego ciemne włosy przykrywała czapka.

– Hej – zagadnął, przekrzykując muzykę. – Jesteś tu sama?

Skinęłam. Usiadł obok.

– Jestem Reuben – przedstawił się. – Mogę ci zamówić drinka?

– Mekkę – powiedziałam. – Jeśli nie masz nic przeciwko.

– Proszę bardzo. – Wskazał na barmana, który najwyraźniej go znał. – Krwawa mekka, Gresham.

Barman uniósł brew, ale nie odezwał się słowem, nalewając moją mekkę. Był to najdroższy z zamienników alkoholu, robiony z wiśni, czarnych winogron i śliwek. Reuben nachylił się do mojego ucha.

– Więc – zaczął – po co tu przyszłaś?

– Bez powodu.

– Masz chłopaka?

– Może. – Nie.

– Ja właśnie zerwałem z dziewczyną. I kiedy weszłaś, pomyślałem, cóż, pomyślałem o rzeczach, o których pewno nie powinienem myśleć, kiedy ładna dziewczyna wchodzi do baru. Ale wtedy pomyślałem, że dziewczyna tak ładna jak ty na pewno ma ze sobą chłopaka. Zgadza się?

– Nie – powiedziałam. – Jestem sama.

Gresham przesunął moją mekkę po powierzchni baru.

– Będzie dwa – powiedział. Reuben wręczył mu dwie złote monety. – Zakładam, że masz osiemnaście lat, młoda damo?

Pokazałam mu dowód osobisty, a on wrócił do wycierania kieliszków, ale zerkał na mnie, kiedy sączyłam drinka. Zastanawiałam się, co go dręczyło: mój wiek, wygląd czy aura? Prawdopodobnie wszystko po trochu.

Otrząsnęłam się ze swoich myśli, kiedy Reuben przysunął się do mnie bliżej. Jego oddech pachniał jabłkami.

– Jesteś na uniwersytecie? – zapytał.

– Nie.

– A więc co robisz?

– Pracuję w barze z tlenem.

Skinął, sącząc drinka.

Nie bardzo wiedziałam, jak to zrobić. Jak dać mu znak. Czy był w ogóle jakiś znak? Popatrzyłam mu prosto w oczy i przesunęłam palcem stopy po jego nodze. Chyba zadziałało. Zerknął na przyjaciół, którzy wrócili do swoich drinków.

– Chcesz gdzieś pójść? – Jego głos był niski, ochrypły.

Teraz albo nigdy. Skinęłam.

Reuben ujął moją dłoń i ruszyliśmy przez tłum. Gresham odprowadzał mnie wzrokiem. Pewnie pomyślał, że niezła ze mnie kokietka.

Zdałam sobie sprawę, że Reuben nie prowadzi mnie do mojego wyobrażonego ciemnego zaułka. Szliśmy w kierunku toalet. Przynajmniej tak mi się wydawało, dopóki nie znaleźliśmy się na parkingu dla personelu. To było małe prostokątne miejsce, mogące pomieścić sześć samochodów. Okej, zależało mu na prywatności, to dobrze. A może nie? Przynajmniej nie chciał popisywać się przed przyjaciółmi.

Zanim zdążyłam wziąć oddech, oparł mnie o brudną ścianę z cegły. Poczułam smród potu i papierosów. Ku mojemu zaskoczeniu zaczął rozpinać pasek.

– Zaczekaj – powiedziałam. – Nie chodziło mi o…

– Ej, daj spokój. To tylko zabawa. Poza tym – puścił pasek – przecież nie oszukujemy.

Pocałował mnie. Miał jędrne usta. Wepchnął mi swój mokry język do ust i poczułam sztuczny smak. Nigdy wcześniej się nie całowałam. Nie byłam pewna, czy mi się to podoba.

Miał rację. To tylko zabawa. No pewnie, że tak. Co w tym złego? Normalni ludzie przecież to robili, nie? Pili, robili różne nierozważne rzeczy, uprawiali seks. Właśnie tego potrzebowałam. Jax nam na to pozwalał – tylko bez zobowiązań. Nie zamierzałam z nikim się wiązać. Żadnych ograniczeń. Eliza tak robiła.

Rozum kazał mi przestać. Dlaczego w to brnęłam? W jaki sposób tu wylądowałam, w ciemności, z obcym mężczyzną? Nic tym nie udowodnię. To nie zagłuszy bólu, tylko go pogłębi. Ale teraz Reuben klęczał, unosząc moją sukienkę do góry. Zaczął całować mój nagi brzuch.

– Jesteś taka śliczna.

Nie czułam tego.

– Nie powiedziałaś mi nawet, jak masz na imię. – Zaczął dotykać krawędzi mojej bielizny. Zatrzęsłam się.

– Eva – odparłam.

Masował moje krzyże. Myśl o seksie z nim była odpychająca. Nie znałam go. Nie chciałam go. Ale brnęłam w to, bo wciąż kochałam Nicka i musiałam coś zrobić, żeby przestać go kochać. Złapałam Reubena za włosy i zaczęłam go całować. Mruknął coś i uniósł mnie, obejmując siebie moimi nogami.

Przeszyło mnie małe drżenie. Tak naprawdę nigdy wcześniej tego nie robiłam. Czy ten pierwszy raz nie miał być wyjątkowy? Ale teraz nie mogłam przestać. Musiałam to zrobić. Reuben oparł się rękami o ścianę. Nie miałam pojęcia, czego się spodziewać. To było ekscytujące.

Ból. Niebezpieczny, zadziwiający ból. Jakbym dostała w brzuch okrutny cios pięścią.

Reuben nie miał pojęcia, co się właśnie stało. Czekałam, aż się to skończy, ale wciąż trwało. Zauważył moje napięcie.

– Wszystko w porządku?

– Tak – wyszeptałam.

– To twój pierwszy raz?

– Nie, jasne, że nie.

Schylił głowę do mojej szyi, całując mnie od ramienia do ucha. Zanim nawet spróbował się ruszyć, ból znowu się pojawił, tym razem silniejszy, wściekle dotkliwy. Reuben się wycofał.

– To jest twój pierwszy raz – powiedział.

– To nie ma znaczenia.

– Słuchaj, wydaje mi się, że nie powinienem…

– W porządku. – Odepchnęłam go. – Po prostu… po prostu zostaw mnie samą. Nie chcę cię. Nie chcę nikogo.

Odsunęłam się od muru i pobiegłam w kierunku baru, zsuwając sukienkę. Gdy tylko wpadłam do łazienki, od razu zwymiotowałam. Ból smagał mnie po udach i brzuchu. Owinęłam się wokół muszli kaszląc i łkając. Nigdy w życiu nie czułam się tak głupio.

Pomyślałam o Nicku. Pomyślałam o wszystkich tych latach, które spędziłam, myśląc o nim, zastanawiając się, czy kiedykolwiek po mnie wróci. I teraz też o nim myślałam, przypomniałam sobie jego uśmiech, to, jak się mną opiekował, i wszystko to było bez sensu: ja po prostu wciąż go pragnęłam. Płacząc, schowałam głowę w ramionach.

26

Zmiana

Siła tego wspomnienia na bardzo długo zwaliła mnie z nóg. Przeżyłam jeszcze raz każdy szczegół tamtej nocy, łącznie z najmniejszym drżeniem. Obudziłam się w zupełnej ciemności, nie miałam pojęcia, która jest godzina ani jaki to dzień. Z gramofonu dobiegało *It's a Sin to Tell a Lie.*

Miałam tak wiele wspomnień, które mogłam mu pokazać. Przeżyłam Rozruchy Molly, żałobę ojca, lata okrucieństwa, którego zaznałam ze strony dziewczyn ze szkoły – a mimo wszystko pokazałam mu noc, kiedy zostałam odrzucona przez mężczyznę, którego kochałam. Zdawałoby się to tak błahe i nieistotne, ale było to jedno z moich normalnych, ludzkich wspomnień. Jedyny raz, kiedy oddałam się nieznajomemu. Pierwszy i ostatni raz, kiedy moje serce zostało złamane.

Nie wierzyłam w sprawy sercowe. Wierzyłam w duchy i senne krajobrazy – to miało sens, na tym się zarabiało. Ale tamtego dnia moje serce pękło. Po raz pierwszy w życiu zostałam zmuszona do tego, żeby poznać swoje serce i jego wrażliwość. Mogło zadawać cierpienie. Mogło mnie upokorzyć.

Teraz byłam starsza. Może się zmieniłam, może wydoroślałam, z pewnością stałam się silniejsza. Nie byłam już tą dziewczyną na skraju dorosłości, rozpaczliwie pragnącą znaleźć w kimś oparcie. Ona już dawno odeszła, a ja zostałam bronią, marionetką uwikłaną w czyjeś intrygi. Nie miałam pojęcia, co jest gorsze.

W palenisku wciąż trzaskał ogień, rzucając cień na postać stojącą przy oknie.

– Witamy z powrotem.

Nic nie odpowiedziałam.

Zerknął przez ramię.

– Śmiało – zagadnęłam. – Musisz mieć przecież coś do powiedzenia.

– Nie, Paige.

Nastała chwila ciszy.

– Myślisz, że to było głupie. Masz rację. – Popatrzyłam na swoje ręce. – Ja tylko, ja chciałam...

– Zostać zauważona. – Patrzył na płomień. – Chyba rozumiem, dlaczego to wspomnienie tak mocno na ciebie wpłynęło. Leży ono w sercu twojego największego strachu: że poza twoim darem nie ma w tobie już nic więcej. Poza śniącym wędrowcem. To tę część siebie postrzegasz jako prawdziwie cenną, jako źródło swojej egzystencji. Straciłaś już bliskich w Irlandii. Teraz polegasz na Jaxonie Hallu, który traktuje cię jak swój towar. Dla niego jesteś tylko duchem wszczepionym w ciało, bezcennym darem w ludzkim opakowaniu. Ale Nick Nygård pokazał ci coś więcej.

Patrzyłam na niego.

– Tamta noc otworzyła ci oczy. Kiedy uświadomiłaś sobie, że Nick kocha kogoś innego, musiałaś stawić czoła swym największym lękom, że nigdy nie zostaniesz uznana za człowieka, jako jedność. Że pozostaniesz tylko ciekawostką. Nie miałaś wyboru, musiałaś sobie udowodnić, że jest inaczej. Znaleźć pierwszą lepszą osobę, która cię posiądzie, kogoś, kto nie wie nic o śniącym wędrowcu. Tylko to ci pozostało.

– Nie próbuj się nade mną użalać – ostrzegłam.

– Nie użalam się nad tobą. Ale wiem, jak to jest. Kiedy inni pragną cię tylko ze względu na to, kim jesteś.

– To się już nie powtórzy.

– Ale twoja samotność nie zapewni ci bezpieczeństwa, prawda?

Odwróciłam wzrok. Nie mogłam znieść tego, że wiedział. Nie mogłam znieść tego, że pozwoliłam mu się rozgryźć. Naczelnik podszedł do mnie i usiadł na łóżku.

– Umysł ślepca jest jak woda. Nijaki, szary, przeźroczysty. Wystarczy aby utrzymać przy życiu, ale nic ponadto. Ale umysł jasnowidza przypomina olej, jest w pewien sposób bogatszy. I tak jak olej i woda, te dwa umysły nie mogą się tak naprawdę ze sobą połączyć.

– Mówisz tak, ponieważ on był ślepcem…

– Tak.

Przynajmniej z moim ciałem wszystko było w porządku. Nigdy nie starczyło mi odwagi, żeby po tamtej nocy pójść do lekarza. Sajońscy medycy byli w takich sprawach zimni i bezlitośni.

Coś do mnie dotarło.

– Jeśli umysły jasnowidzów są jak olej – uważnie wypowiadałam każde słowo – w takim razie jakie są wasze umysły?

Przez chwilę nie byłam pewna, czy mi odpowie. W końcu głębokim aksamitnym głosem wypowiedział tylko jedno słowo.

– Ogień.

Ten pojedynczy wyraz przeszył moją skórę. Pomyślałam o tym, co się działo po połączeniu oleju i ognia: eksplozja.

Nie. Nie mogłam myśleć o nim w taki sposób. On nie był człowiekiem. To, czy mnie rozumiał, czy nie, było nieistotne.

Spojrzał na mnie.

– Paige – powiedział – było jeszcze jedno wspomnienie. Zanim zemdlałaś.

– Jakie?

– Krew, dużo krwi.

Potrząsnęłam głową, byłam zbyt zmęczona, żeby o tym myśleć.

– Prawdopodobnie wtedy, kiedy okazało się, że jestem jasnowidzem. Poltergeist miał bardzo krwawe wspomnienia.

– Nie, widziałem to wspomnienie. W tym było o wiele więcej krwi. Dookoła ciebie, dławiłaś się nią.

– Nie mam pojęcia, o czym mówisz. – Naprawdę nie miałam.

Naczelnik obserwował mnie przez chwilę.

– Prześpij się jeszcze – powiedział w końcu. – Kiedy się jutro obudzisz, twój umysł będzie zajęty zupełnie czymś innym.

– Na przykład?

– Na przykład ucieczką z miasta. Kiedy nadejdzie pora, musisz być gotowa.

– Więc zamierzasz mi pomóc. – Kiedy nie odpowiedział, straciłam cierpliwość. – Pokazałam ci całą siebie, swoje życie, swoje wspomnienia. Wciąż nie wiem, co tobą kieruje. Czego ty chcesz?

– Dopóki Nashira ma nas w garści, lepiej, żebyś wiedziała jak najmniej. Wtedy, jeśli ponownie cię przesłucha, będziesz mogła bezpiecznie powiedzieć, że o niczym nie wiesz.

– O czym nie wiem?

– Jesteś bardzo uparta.

– Jak myślisz, dlaczego jeszcze żyję?

– Ponieważ jesteś uodporniona na niebezpieczeństwo. – Zacisnął dłonie na kolanach. – Nie mogę ci powiedzieć o swoich motywach, ale opowiem ci troszkę o czerwonym kwiatku, jeśli chcesz.

Jego propozycja zaskoczyła mnie.

– Słucham.

– Czy znasz opowieść o Adonisie?

– W sajońskich szkołach nie uczą klasyki.

– A tak, oczywiście, przepraszam.

– Zaczekaj. – Pomyślałam o kradzionych książkach Jaxa. Uwielbiał mitologię. Nazywał ją „przepysznie wyśmienitą". – Czy on był bogiem?

– Ukochanym Afrodyty. Był młodym, pięknym, śmiertelnym myśliwym. Afrodyta była tak zafascynowana jego pięknem, że wolała jego towarzystwo bardziej niż przebywanie z innymi bogami. Legenda głosi, że jej kochanek, bóg wojny Ares, zrobił się o niego tak zazdrosny, że przybrał postać dzika i zamordował Adonisa. Zmarł on w ramionach Afrodyty, a jego krew splamiła ziemię. Kiedy bogini tuliła ciało ukochanego, na powierzchni jego krwi rozprowadziła nektar. Wyrósł z niej zawilec, krótkotrwały kwiat bylinowy, a duch myśliwego został wysłany, tak jak wszystkie duchy, aby marnieć w podziemiu. Zeus usłyszał płacz Afrodyty za kochankiem i ulitował się nad boginią, zgadzając się, by Adonis spędził połowę czasu żywy, a drugą połowę umarły. – Naczelnik popatrzył na mnie. – Zastanów się nad tym, Paige. Może nie ma czegoś takiego jak potwory, ale wciąż istnieje ziarenko prawdy ukryte w waszej mitologii.

– Tylko mi nie mów, że jesteście b o g a m i. Chyba nie zniosłabym myśli, że Nashira jest święta.

– Jesteśmy wieloma rzeczami, ale na pewno nie „świętymi". – Zamilkł na chwilę. – Powiedziałem już zbyt wiele. Musisz odpocząć.

– Nie jestem zmęczona.

– Nawet jeśli, to powinnaś się przespać. Jutrzejszej nocy coś ci pokażę.

Oparłam się o poduszki. Tak naprawdę czułam się wyczerpana.

– To nie znaczy, że ci ufam – powiedziałam. – Ale próbuję.

– W takim razie nie mógłbym prosić cię o więcej. – Poklepał prześcieradła. – Śpij dobrze, mała śniąca.

Nie mogłam już dłużej się bronić. Przekręciłam się i zamknęłam oczy, wciąż myśląc o czerwonym kwiecie i o bogach.

Obudziło mnie pukanie. Niebo na zewnątrz było różowe, przekrwione. Naczelnik stał przy palenisku, oparty rękami o kominek. Skierował wzrok na drzwi.

– Paige – powiedział – ukryj się. Szybko.

Wyskoczyłam z łóżka i pobiegłam za drzwi znajdujące się za zasłonami. Zostawiłam je lekko uchylone, zasłaniając szparę czerwonym aksamitem, i nasłuchiwałam. Widziałam kominek.

Ktoś przekręcił zamek w drzwiach komnaty i otworzył je. W blasku ognia ukazała się Nashira. Musiała mieć klucz. Naczelnik ukląkł, ale nie wypełnił rytuału. Władczyni krwi palcami przebiegła po łóżku.

– Gdzie ona jest?

– Śpi – powiedział Naczelnik.

– W swoim pokoju?

– Tak.

– Kłamca. Śpi tutaj. Prześcieradła przesiąknięte są jej zapachem. – Gołymi rękoma chwyciła go za brodę. – Czy ty naprawdę chcesz iść tą drogą?

– Nie rozumiem, o co ci chodzi. Nie myślę o niczym ani o nikim poza tobą.

– Być może. – Zacisnęła palce. – Łańcuchy jeszcze wiszą. Nawet przez chwilę nie myśl, że zawaham się wysłać cię z powrotem do Domu. Nawet przez chwilę nie myśl, że dojdzie do powtórki osiemnastych Żniw. Gdyby tak się stało, nie oszczędzę ani jednego życia. Nawet twojego. Nie tym razem. Rozumiesz mnie? – Milczał, więc uderzyła go w twarz, mocno. Wzdrygnęłam się. – Odpowiedz.

– Miałem dwadzieścia lat, by przemyśleć swoją głupotę. Miałaś rację. Nie można ufać ludziom.

Nastała krótka cisza.

– Miło mi to słyszeć. – Jej głos złagodniał. – Wszystko się ułoży. Wkrótce będziemy mieli tę wieżę dla siebie. Otrzymasz szansę wywiązania się z danej mi przysięgi.

Ona była szalona – jak mogła przejść od spoliczkowania go do takich deklaracji?

– Mam więc rozumieć, że czas 40 się kończy? – spytał.

Stałam zupełnie nieruchomo, nasłuchując.

– Jest gotowa. Wiem o zawładnięciu 12 w cytadeli, twoja kuzynka mi powiedziała. – Palcami musnęła go pod brodą. – Dobrze pielęgnowałeś jej talent.

– Dla ciebie, moja władczyni. – Popatrzył na nią, unosząc wzrok. – Przejmiesz ją potajemnie, czy pokażesz całemu Sajonowi swoją ogromną moc?

– Obydwie wersje mnie zadowolą. W końcu posiądę umiejętność wchodzenia w senny krajobraz, zdobędę moc atakowania. Wszystko dzięki tobie, mój ukochany Arcturusie. – Położyła na kominku niewielką fiolkę, a jej głos znowu się oziębił: – To będzie twoja ostatnia dawka amarantu aż do Dwusetnicy. Uważam, że potrzebujesz czasu, aby zastanowić się nad swymi bliznami. Przypomnieć sobie, dlaczego powinieneś patrzeć w przyszłość zamiast w przeszłość.

– Zniosę wszystko, co rozkażesz.

– Nie będziesz musiał długo cierpieć. Wkrótce zaznamy naszego wiecznego szczęścia. – Odwróciła się w kierunku wyjścia. – Opiekuj się nią, Arcturusie.

Zamknęła za sobą drzwi.

Naczelnik stał nieruchomo. Przez chwilę nie byłam pewna, co zrobi. Nagle uderzył pięścią i roztrzaskał szklaną urnę na kominku. Poszłam do swojego łóżka i wsłuchiwałam się w ciszę.

On nie był moim wrogiem. Nie takim, za jakiego go uważałam.

Powiedziała, że wyśle go z powrotem do Domu. To dowód na to, że brał udział w wydarzeniach z osiemnastych Żniw. Dowód jego zdrady. To właśnie miał na myśli Thuban, kiedy straszył Terebell. Próbowali nam pomóc i zostali ukarani. Wybrali niewłaściwą drogę. Drogę przegranych.

Wierciłam się godzinami. Nie mogłam przestać myśleć o ich rozmowie. O tym, jak go uderzyła. Jak go poniżyła. I jak szybko, bardzo szybko zamierzała się mnie pozbyć. Rozkopałam prześcieradła i leżałam w ciemności z otwartymi oczami. Chwilę mi to zajęło, ale w końcu zrozumiałam. Naczelnik był po mojej stronie.

Pomyślałam o bliznach na plecach Terebell, tych, o których Thuban mówił z odrobiną okrucieństwa. On i jego rodzina zadali jej ból. Terebell i Naczelnik byli okaleczonymi. Coś strasznego miało miejsce w Domu dzień po Święcie Listopadowym 2039 roku. Nie znałam Terebell, ale ona ocaliła mi życie; byłam jej coś winna. Naczelnikowi również, za to, że się mną opiekował.

Jedyna rzecz, której nie potrafiłam znieść, to bycie komuś zobowiązanym. Ale kiedy będę z nim następnym razem rozmawiać, posłucham go. Wysłucham. Usiadłam. Nie, nie następnym razem – teraz. Muszą z nim porozmawiać. Moją jedyną szansę było mu zaufać. Nie zamierzam tu umrzeć. Musiałam się ostatecznie dowiedzieć, czego chce Arcturus Mesarthim. Musiałam wiedzieć, czy mi pomoże.

Wstałam i zeszłam do komnaty. W środku nikogo nie było. Za oknami padał rzęsisty deszcz. Zegar wybił czwartą nad ranem. Na biurku znalazłam wiadomość:

Poszedłem do kaplicy. Wrócę przed świtem.

Do diabła ze snem. Miałam dosyć jego gierek, zabawy w kotka i myszkę. Założyłam buty i wyszłam z wieży.

Wiatr wył. Po krużgankach przechadzał się strażnik. Poczekałam, aż przejdzie, i zaczęłam biec. Grzmoty i ciemność chroniły mnie, pozwalając przemknąć niepostrzeżenie. Ale oprócz deszczu dobiegał mnie inny, nowy dźwięk: muzyka. Podążyłam za nim kolejnym przejściem, gdzie znalazłam szeroko otwarte drzwi. Za nimi znajdowała się mała kaplica, oddzielona od reszty budynku kamienną ścianą i oświetlona pojedynczą świecą. Na górze ktoś grał na organach. Ten dźwięk dzwonił mi w uszach, przeszywał całe ciało.

W ścianie znajdowały się małe otwarte drzwi. Podeszłam do nich i ruszyłam po schodach. Kiedy dotarłam na piętro, dostrzegłam organy. Naczelnik siedział na ławce, tyłem do mnie. Muzyka rozbrzmiewała rzędami piszczałek aż po sam sufit: dźwięk unosił się w kaplicy i ponad nią. Kipiał niewysłowionym żalem. Nikt nie mógłby tak grać, nie wkładając w to serca.

Muzyka ucichła. Odwrócił głowę. Milczał, a ja usiadłam na ławce obok niego. Siedzieliśmy w ciemności przy świetle jego oczu i świecy.

– Powinnaś spać.

– Już się wyspałam. – Palcami dotknęłam klawiszy. – Nie wiedziałam, że Refaici potrafią grać.

– Opanowaliśmy sztukę naśladownictwa.

– To nie było naśladownictwo. To byłeś ty.

Nastała długa cisza.

– Przyszłaś poprosić o wolność – powiedział. – Tego chcesz.

– Tak.

– Oczywiście, że tak. Możesz mi nie wierzyć, ale właśnie tego pragnę najbardziej na świecie. To miejsce dotknęło mnie ogromną żądzą podróżowania. Pragnę twojego ognia, widoków, których doświadczyłaś. A wciąż jestem tutaj, dwieście lat po tym, jak tu przybyłem. Wciąż jestem więźniem, pomimo tego, że udaję króla.

Mogłam współczuć mu żądzy podróżowania, ale niczego więcej.

– Zostałem kiedyś zdradzony. W przeddzień Święta Listopadowego, kiedy miało się rozpocząć powstanie zorganizowane podczas osiemnastych Żniw, jeden człowiek postanowił zdradzić nas wszystkich. W zamian za wolność poświęcił każde istnienie w tym mieście. – Spojrzał na mnie. – Teraz rozumiesz, dlaczego Nashirze nie zagraża wizja drugiej rebelii. Jest przekonana, że jesteście wszyscy zbyt samolubni, aby się zjednoczyć.

Teraz to do mnie dotarło – poświęcił tak wiele w imię ludzkiej wolności i został pokąsany przez tych, dla których walczył. Nie dziwiło mnie już, dlaczego mi nie ufa. I dlaczego jest taki zimny.

– Ale ty, Paige, ty jej zagrażasz. Ona wie, że jesteś jedną z Siedmiu Pieczęci, że jesteś Bladą Śniącą. Posiadasz moc sprowadzenia ducha syndykatu do tego miasta. Obawia się tego ducha.

– Nie ma się czego obawiać. Jest przepełniony drobnymi przestępcami i zdrajcami.

– To zależy od ich przywódców. Ma potencjał stać się czymś potężniejszym.

– Syndykat istnieje z powodu Sajonu. To Sajon istnieje z powodu Refaitów – powiedziałam. – Sami sobie wykreowaliście zagrożenie.

– Dostrzegam twoją ironię. Podobnie jak Nashira. – Popatrzył na mnie. – Podczas osiemnastych Żniw bunt mógł wybuchnąć, ponieważ więźniowie byli przyzwyczajeni do organizacji. Panowała wśród nich siła i jedność. Musimy ożywić tę siłę. Tym razem nie możemy zawieść. – Spojrzał w okno. – Ja nie mogę zawieść.

Milczałam. Pomyślałam o tym, żeby dotknąć jego dłoni, leżącej na klawiszach kilka centymetrów od mojej.

Jednak nie zaryzykowałam.

– Chcę stąd odejść – powiedziałam. – To wszystko, na czym mi zależy. Pragnę wrócić do cytadeli z tak wieloma ludźmi, jak to możliwe.

– W takim razie nasze cele się różnią. Jeżeli mamy pomóc sobie nawzajem, musimy pogodzić ze sobą te różnice.

– A ty czego chcesz?

– Uderzyć na rodzinę Sargas. Pokazać im, co to znaczy się bać.

Pomyślałam o Julianie. Pomyślałam o Finnie. I o Liss popadającej w ślepotę.

– Jak zamierzasz tego dokonać?

– Mam pewien pomysł. – Spojrzał mi prosto w oczy. – Pokażę ci coś, jeśli masz ochotę.

Chciałam odpowiedzieć, ale tego nie zrobiłam. W jego żółtozielonych oczach, kiedy na mnie patrzył, dostrzegłam dziwny rodzaj ciepła. Byłam wystarczająco blisko, żeby czuć jego serce.

– Pragnę ci zaufać – powiedział.

– Możesz mi zaufać.

– W takim razie chodź ze mną.

– Dokąd?

– Spotkać się z Michaelem. – Wstał. – Na północ od Great Quad znajduje się opuszczony budynek. Strażnicy nie mogą nas zobaczyć.

Teraz mnie zaciekawił. Skinęłam.

Wyszłam za nim z kaplicy. Przyjrzał się łukom, szukając strażników. Nie było nikogo.

Dał znak ręką. Pobliski duch przybliżył się do niego i popędził wzdłuż przejścia, gasząc pochodnie. Kiedy nastała ciemność, Naczelnik wziął mnie za rękę. Musiałam prawie biec, aby dotrzymać mu kroku. Przeprowadził mnie przez sklepione przejście i na zewnątrz na wysypaną żwirem ścieżkę.

Opuszczony budynek był taki jak inne, odstraszający. W słabym świetle dostrzegłam ciąg łuków, prostokątne zakratowane okna i tympanon z wrzeźbionym pierścieniem. Naczelnik przeprowadził mnie pod łukami, wyjął klucz z rękawa i otworzył przegniłe wrota.

– Co to za miejsce? – zapytałam.

– Kryjówka.

Wszedł do środka. Poszłam za nim, zamknęłam za sobą drzwi. Naczelnik je zaryglował.

W środku panowała absolutna ciemność i tylko jego oczy rzucały delikatne światło.

– Kiedyś były tutaj piwnice z winem – powiedział, kiedy szliśmy. – Spędziłem wiele lat na ich oczyszczaniu. Jako najwyższy rangą Refaita w tej rezydencji mogłem zabronić wstępu do wybranego przez siebie budynku. Do tej kryjówki ma wstęp tylko nieliczna grupa osób. Należy do niej Michael.

– Kto jeszcze?

– Wiesz kto.

Okaleczeni. Zadrżałam. To była ich kryjówka, ich miejsce spotkań. Naczelnik otworzył niewielką bramę, za którą znajdował się niski i wąski tunel.

– Przejdź tędy.

– Co tam jest?

– Ktoś, kto może ci pomóc.

– Myślałam, że to ty mi pomożesz.

– Ludzie w tym mieście nigdy nie zaufają Refaicie. Będą myśleli, że to podstęp, tak jak ty zawsze myślałaś. Tobie uwierzą.

– Poprowadziłeś nas już wcześniej.

Naczelnik odwrócił wzrok.

– Idź – powiedział. – Michael czeka.

Jego czoło pociemniało. Zastanawiałam się, ile lat jego pracy poszło wniwecz.

– Tym razem może być inaczej – stwierdziłam.

Nie odpowiedział. Jego spojrzenie przygasło, a skóra delikatnie połyskiwała. Brak amarantu zbierał swoje żniwo.

Nie mając wielkiego wyboru, wczołgałam się w zimny i ciemny tunel. Naczelnik zamknął bramę.

– Nie zatrzymuj się.

Posłuchałam go. Kiedy zbliżałam się do końca przejścia, złapała mnie czyjaś szczupła ręka. Popatrzyłam do góry i zobaczyłam oświetloną światłem świecy twarz. Naczelnik wyłonił się z tunelu.

– Pokaż jej, Michael. To twoje dzieło.

Michael ponownie skinął, zapraszając mnie gestem. Podążyłam za nim w ciemność. Przekręcił włącznik i pojawiło się światło, ukazując ogromny podziemny pokój. Przez chwilę patrzyłam na to światło, usiłując zrozumieć, dlaczego wydaje mi się takie dziwne. Wtedy to do mnie dotarło.

– Elektryczność. – Nie mogłam wyjść ze zdumienia. – Przecież tu nie ma prądu. Jak ty…

Michael się uśmiechnął.

– Oficjalnie prąd może zostać przywrócony tylko w jednej z rezydencji: Balliol. To właśnie tam czerwoni współpracują z Westminster Archon podczas Żniw – powiedział Naczelnik. – Ten budynek ma nowoczesną instalację elektryczną. Na szczęście Magdalena również.

Michael zaprowadził mnie do kąta, gdzie aksamitna zasłona zakrywała szeroki, prostokątny przedmiot. Kiedy ją zdjął, oniemiałam. Przed oczami ukazała mi się jego duma i pociecha – komputer. Okropnie przestarzały, prawdopodobnie z około 2030 roku – ale jednak komputer. Łącze ze światem zewnętrznym.

– Ukradł go z Balliol – powiedział Naczelnik. Delikatny uśmiech pojawił się na jego twarzy. – Był w stanie przywrócić elektryczność w tym budynku i nawiązać połączenie z konstelacją satelitarną.

– Brzmi to tak, jakbyś był szczęściarzem, Michael. – Usiadłam przed komputerem. Chłopak uśmiechnął się nieśmiało. – Do czego go używasz?

– Rzadko ryzykujemy przywrócenie energii, ale używaliśmy go, aby monitorować postępy Żniw.

– Mogę zobaczyć?

Michael przechylił się nad moim ramieniem. Otworzył plik oznaczony MAHONEY, PAIGE EVA, 07-MAR-59. Nagranie wideo z helikoptera. Zbliżenie na moją twarz. Pędziłam przez dachy i wykonałam imponujący skok. Przerwa między budynkami wydawała się nie do przeskoczenia – wstrzymałam oddech – ale dziewczynie na ekranie się udało. Pilot krzyknął: „Strzelić do niej fluxem!". Zaczęłam spadać, lecz zaczepiłam plecakiem o rozciągniętą linę. Moja nieświadoma forma wisiała sztywno. Operator kamery NDK zanosił się śmiechem. „Kociak Weavera – powiedział. – Ta mała dziwka musi mieć niezłe szczęście".

To wszystko.

– Czarujące – powiedziałam.

Michael poklepał mnie po ramieniu.

– Byliśmy rozczarowani, że jednak im nie uciekłaś – powiedział Naczelnik – ale poczuliśmy ulgę, że przeżyłaś.

Uniosłam brew.

– Zapraszaliście przyjaciół na to widowisko?

– W pewnym sensie.

Wstał i przechadzał się po piwnicy.

– Czego ode mnie oczekujesz? – spytałam.

– Daję ci możliwość wezwania pomocy. – Spojrzałam na niego pytająco, a on rzekł: – Wezwij Siedem Pieczęci.

– Nie. Nashira ich dopadnie – powiedziałam. – Chce Jaxona. Nie zamierzam go tu sprowadzać.

Twarz Michaela posmutniała.

– Przynajmniej daj im znać, gdzie jesteś – powiedział Naczelnik. – Gdyby coś poszło nie tak.

– Gdyby co poszło nie tak?

– Twoja zbiorowa ucieczka.

– Moja zbiorowa ucieczka.

– Tak. – Naczelnik popatrzył na mnie badawczo. – Pytałaś mnie o pociąg. W noc Dwusetnicy przywiezie tutaj sporą grupę sajońskich wysłanników z cytadeli. Zabierze ich także z powrotem do Londynu.

Przeanalizowałam jego słowa.

– Możemy wrócić do domu – powiedziałam. Ta myśl z trudem zaczęła do mnie docierać. – Kiedy?

– W przeddzień pierwszego września. – Naczelnik usiadł na jednej z baryłek. – Jeżeli nie wykorzystasz tego pokoju do skontaktowania się z Siedmioma Pieczęciami, możesz użyć go do zaplanowania ucieczki. Twój pomysł musi być lepszy niż mój, Paige. Musisz zapamiętać nauczkę syndykatu. – Spojrzał na mnie w skupieniu. – Ostatnim razem popełniłem błąd. Planowaliśmy uderzyć w rodzinę Sargas w ciągu dnia, kiedy większość miasta spała. Dzięki zdrajcy byli przygotowani, ale nawet gdybyśmy nie zostali zdradzeni, wyczuliby nasze ruchy w zaświatach. Musimy uderzyć, kiedy będzie spore zamieszanie, kiedy Sargas będą nieuważni. Kiedy ich możliwości odwetu będą ograniczone przez konieczność utrzymania pozorów kontroli. Dwusetnica będzie najlepszą okazją.

Skinęłam.

– Moglibyśmy przy okazji wystraszyć kilku urzędników Sajonu.

– Dokładnie. – Patrzył mi prosto w oczy. – Od teraz to jest twoja kryjówka. W komputerze znajdują się szczegółowe mapy Szeolu, abyś mogła zaplanować trasę ucieczki z centrum miasta. Jeśli uda ci się w porę dotrzeć na łąkę, zdążysz wsiąść do pociągu, który zabierze cię do Londynu.

– O której godzinie odjedzie?

– Tego jeszcze nie wiem. Nie mogę zadawać zbyt wielu pytań, ale Michael cały czas dla nas podsłuchuje. Dowiemy się.

Uniosłam głowę, by na niego spojrzeć.

– Mówiłeś, że nasze cele się różnią. Chcesz czegoś jeszcze.

– Sajon uważa, że jesteśmy zbyt potężni, aby nas pokonać. Że nie mamy żadnych słabych punktów. Chciałbym, żebyś im udowodniła, że są w błędzie.

– W jaki sposób?

– Od dawna podejrzewałem, że Nashira będzie próbowała cię zabić podczas Dwusetnicy. Przejąć twój dar. Istnieje jeden prosty sposób, aby ją upokorzyć. – Dotknął mojego podbródka. – Powstrzymaj ją.

Przyjrzałam się jego twarzy. Jego spojrzenie było przyćmione, delikatne.

– Jeżeli to zrobię – zaczęłam – chcę, abyś wypełnił należną mi przysługę.

– Słucham.

– Liss. Nie mogę do niej dotrzeć. Mam karty, ale może ich nie przyjąć. Potrzebuję… – Ścisnęło mnie w gardle. Musiałam z trudem wymówić kolejne słowa: – Potrzebuję twojej pomocy.

– Twoja przyjaciółka już dość długo pozostaje w duchowym szoku. Aby dojść do siebie, będzie potrzebowała amarantu.

– Wiem.

– Zdajesz sobie sprawę, że Nashira przestała mi go dostarczać.

Nie odwróciłam wzroku.

– Masz ostatnią dawkę.

Naczelnik usiadł obok mnie. Wiedziałam, o co proszę. Amarant był mu niezbędny.

– Nie wiem, Paige. – Postukiwał palcami o kolano. – Nie chcesz sprowadzić tu swoich przyjaciół. Ale gdybym miał zaproponować ci wolność teraz, przyjęłabyś tę ofertę, gdyby oznaczało to pozostawienie tu Liss?

– Składasz mi propozycję?

– Być może.

Wiem, dlaczego o to pytał. Sprawdzał mnie, chciał się przekonać, czy byłabym wystarczająco samolubna, aby zostawić kogoś tak bezbronnego jak Liss.

– Moje ryzyko jest ogromne – powiedział. – Gdyby którykolwiek z ludzi zawiadomił rodzinę Sargas, zostanę srogo ukarany za pomoc człowiekowi. Ale jeśli jesteś skłonna zostać tu trochę dłużej, zaryzykować dla mnie i dla swojej rasy, uczynię dla niej to samo. To umowa, którą ci proponuję.

Przez jedną przerażającą chwilę pomyślałam o porzuceniu Liss, o odzyskaniu wolności. O powrocie do Londynu i zostawieniu za sobą tego miejsca, bez oglądania się za siebie. Pojawił się we mnie natychmiastowy, gorący wstyd. Zamknęłam oczy.

– Nie – powiedziałam. – Chcę pomóc Liss.

Czułam na sobie jego wzrok.

– W takim razie – rzekł – pomogę jej.

W ruderze zgromadziło się kilku klaunów. Pięciu z nich próbowało się rozgrzać, mieli pochylone głowy i kurczowo zaciskali palce. Pośród nich dostrzegłam Cyryla i Juliana. Deszcz przeciekał przez materiał, który wetknęli w szparę pomiędzy deskami.

Liss już zbyt długo znajdowała się w duchowym szoku, aby móc wyzdrowieć. Jedyne, co mogli dla niej zrobić, to czuwać przy niej na zmianę w ciszy. Gdyby przeżyła, stałaby się ślepą łupiną samej siebie. Gdyby zmarła, jeden z nich wyrecytowałby tren. Wypędził ją poza zasięg jej zdobywców. W obydwu przypadkach straciliby swojego ukochanego cyrkowca – Liss Rymore, dziewczynę, która nigdy nie spadła.

Kiedy przybył Naczelnik z Michaelem, szepcząc, wycofali się pod ściany. Byli przerażeni. Cyryl niczym oszalały schował się do rogu. Inni po prostu patrzyli. Co tu robi małżonek krwi, prawa ręka Nashiry? Dlaczego zakłóca czuwanie nad umierającą?

Tylko Julian nie drgnął.

– Paige?

Przyłożyłam palec do ust.

Liss leżała na kocach, przykryta brudnymi prześcieradłami. W jej włosach znajdowały się resztki brei. Julian złapał jej rękę, nie spuszczając wzroku z intruza.

Naczelnik ukląkł obok Liss. Miał zaciśniętą szczękę, ale nie okazywał bólu.

– Paige – powiedział – amarant.

Podałam mu fiolkę. Ostatnią fiolkę. Jego ostatnią dawkę.

– Karty – rozkazał. Był teraz całkowicie skupiony na swojej pracy. Wręczyłam mu je. – Ostrze.

Michael podał mi nóż z czarną rękojmią. Wyjęłam go z pochwy i podałam Naczelnikowi. Szepty się nasiliły. Julian trzymał rękę Liss na swoich kolanach i patrzył na mnie.

– Zaufaj mi – powiedziałam po cichu.

Przełknął ślinę.

Naczelnik odkorkował fiolkę. Wylał sobie kilka kropel na palce i rozprowadził na wargach i pod nosem Liss.

Julian mocno trzymał ją za rękę, ale jej zimne palce ani drgnęły.

Naczelnik wtarł odrobinę amarantu w jej skronie, zakorkował fiolkę i podał mi ją. Wziął nóż za ostrze i podał go Julianowi.

– Nakłuj jej palce.

– Co?

– Potrzebuję jej krwi.

Julian spojrzał na mnie. Skinęłam. Opanowanymi dłońmi wziął rękojmię.

– Wybacz, Liss – powiedział.

Przycisnął czubek do każdej z jej opuszek. W miejscach ukłucia pojawiły się małe koraliki krwi. Naczelnik skinął.

– Paige, Michael, rozłóżcie karty.

Zrobiliśmy, co kazał. Rozłożyliśmy nową talię w półokrąg, a Naczelnik wziął rękę Liss i przetarł karty jej palcami, mażąc obrazki jej krwią.

Wytarł ostrze kawałkiem szmaty. Zdjął lewą rękawiczkę i zacisnął na niej pięść. Wszyscy zamarli. Refaici nigdy nie zdejmowali rękawic. Czy oni w ogóle mieli ręce? Tak, mieli. Jego ręka była ogromna, palce pokaleczone. Zszokował nas po raz kolejny, kiedy przeciął swoją dłoń.

Krew sącząca się z jego rany zaburzała moje postrzeganie. Wyciągnął rękę i upuścił po kilka kropel ektoplazmy na każdą z kart – dokładnie tak jak Afrodyta oprószyła nektarem krew Adonisa. Czułam, jak w pomieszczeniu gromadzą się duchy: ciągną do kart, do Liss, do Naczelnika. Utworzyły trójkąt, rozdźwięk w zaświatach. Naczelnik otwierał drzwi.

Założył rękawiczkę, wziął karty i ułożył je z powrotem w kupkę. Położył je na dekolcie Liss, tak że dotykały jej skóry, i przycisnął je jej rękami.

– I z krwi Adonisa – powiedział – wróć do życia.

Liss otworzyła oczy.

27

Rocznica

Pierwszy września 2059 roku. Dwieście lat, odkąd niebo przeszyła ławica dziwnych świateł. Dwieście lat, odkąd lord Palmerston przypieczętował układ z Refaitami. Dwieście lat, odkąd rozpoczęła się inkwizycja jasnowidzenia. I przede wszystkim, wedle tradycji Czasu Żniw, dwieście lat od założenia Szeolu.

Stała przede mną dziewczyna, patrzyła na mnie z pozłacanego lustra. Jej policzki były zapadnięte, szczęki zaciśnięte. Wciąż zadziwiało mnie, że ta surowa, zimna twarz należy do mnie.

Byłam ubrana w białą suknię, z rękawami po łokcie i dekoltem w karo. Elastyczny materiał opinał moją drobną postać. Mimo że Naczelnik karmił mnie, kiedy tylko mógł, jedzenie nie zawsze było dostępne, a poza tym ryzykował, że ktoś zacznie go podejrzewać. Przez resztę czasu żywiłam się więc breją i czerstwym chlebem od klaunów.

Nashira nie zaprosiła mnie na kolejną ucztę.

Wygładziłam sukienkę. Otrzymałam specjalne zwolnienie z żółtej kamizelki, aby móc wziąć udział w ceremonii. Nashira powiedziała, że to jej symbol dobrej woli. Wiedziałam swoje. Byłam przygotowana. Pod dekoltem miałam schowany wisiorek od Naczelnika. Tygodniami leżał nietknięty, ale dzisiejszej nocy mógł się przydać. W jednym z trzewików ukryłam mały nóż. Z trudem mogłam chodzić w tych butach, ale Refaici chcieli, żebyśmy wyglądali na silnych – a nie pobitych i ledwo żywych. Mieliśmy chodzić z uniesioną głową.

W komacie, oświetlanej przez świecę, panowała cisza. Naczelnik wraz z innymi Refaitami poszedł przywitać wysłanników. Zostawił mi liścik oparty o gramofon. Usiadłam przy jego biurku i palcami przebiegłam po piśmie.

Już czas. Będę w Guildhall.

Wrzuciłam go do kominka. W mroku nastawiłam gramofon i umieściłam igłę na nagraniu. To będzie ostatni raz, kiedy go usłyszę. Bez względu na to, co stanie się tej nocy, nigdy nie wrócę już do Wieży Założyciela.

Komnatę wypełniły miękkie, jednostajne głosy. Sprawdziłam nazwę nagrania – *I'll Be Home*. Tak, to prawda. Jeżeli wszystko pójdzie zgodnie z planem, przed świtem znajdę się w domu. Miałam dosyć oglądania biedy klaunów, miałam dosyć nazywania ich klaunami. Miałam dosyć patrzenia, jak Liss je czerstwy chleb i smalec, ponieważ nie ma nic innego. Miałam dosyć czerwonych i Emmitów. Miałam dosyć bycia 40, tego cholernego miejsca i ich wszystkich. Nie zostanę tu ani nocy dłużej.

Na dywaniku zaszeleścił papier. Klęknęłam przy drzwiach i podniosłam liścik.

Wiadomości Naczelnika podsunęły mi pewien pomysł. Zachęciłam Juliana, aby zorganizował grupę kurierów, na wzór tych Jaxa w cytadeli, i powiadamiał ludzi w rezydencjach o kolejnych działaniach za pomocą liścików przekazywanych przez ślepców.

Orfeusz wykonał zadanie. Wszystko gotowe.
Powodzenia.

Uśmiechnęłam się. Kazałam Felixowi posługiwać się fałszywym imieniem. Orfeusz to Michael.

Nie było trudno przekonać Dostawcę, by podzielił się z nami swą szczególną wiedzą. Zagroziwszy mu, że ujawnimy Nashirze jego małą melinę z narkotykami („O nie, proszę, miejcie litość dla biednego starego człowieka!"), wraz z Julianem zmusiliśmy go do przygotowania niespodzianki dla czerwonych. Czegoś, co spowolni ich reakcję, kiedy uderzymy na Refaitów. Celowo to opóźniał, ale w końcu zrobił, co trzeba („Nie ujdzie wam to na sucho, zostaniecie wyrżnięci w pień, tak jak wasi poprzednicy!"). Sproszkowany fioletowy aster zmieszany z proszkami nasennymi. Genialnie.

Użyłam garść jego własnego białego astra, aby wymazać mu pamięć zaraz po tym, jak dał nam mieszankę. Nie lubiłam zdrajców.

Podrzuciliśmy miksturę Michaelowi. Z przyjemnością przyprawił nią wino, które czerwoni pili podczas uczty w przeddzień Dwusetnicy. Gdyby wszystko poszło zgodnie z planem, żaden z nich nie byłby w stanie się bronić.

Wyjrzałam przez okno. Wysłannicy przybyli o ósmej, ubrani odświętnie, eskortowani przez uzbrojonych Stróżów. Goście z Sajonu przybyli, aby zostać świadkami nowej umowy,

Wielkiego Aktu Terytorialnego. Zezwalał on Refaitom założyć kontrolne miasto w Paryżu, pierwsze poza Anglią – Szeol II.

Sajon nie byłby już cesarstwem w zarodku. Narodziłby się. Żył.

To był dopiero początek. Gdyby Refaici zamknęli wszystkich jasnowidzów w koloniach karnych, reszta ludzkości nie byłaby w stanie z nimi walczyć. Zaświaty były naszą jedyną bronią. Skoro nikt nie mógłby ich użyć, bylibyśmy łatwym celem. Wszyscy.

Ale tej nocy mnie to nie obchodziło. Zależało mi na powrocie do Siedmiu Tarcz. Do zdeprawowanego syndykatu. Do mojego gangu. Do Nicka. W tej chwili właśnie tego pragnęłam najbardziej na świecie.

Z gramofonu wciąż dobiegała muzyka. Usiadłam przy biurku, patrząc przez okno na księżyc w nowiu. Na niebie nie było gwiazd.

Ostatnie tygodnie spędziliśmy z Liss i Julianem na sianiu fermentu, używając do tego naszej kryjówki. Suhail i Nadzorca nie mogli nas tam dopaść. Liss w pełni wydobrzała i, z nową determinacją, pomagała nam w zbieraniu klaunów. Wciąż była nerwowa, ale pewnej nocy pękła. „Nie mogę już dłużej tak żyć – powiedziała. – I nie mogę was powstrzymywać. Zróbmy to".

Więc zrobiliśmy.

Większość mundurków i cyrkowców zgodziła się nam pomóc. Ci, którzy widzieli, jak Naczelnik wyleczył Liss, przekonani o wsparciu Refaitów, byli znacznie pewniejsi. W ciągu kilku tygodni zebraliśmy zapasy i ukryliśmy je w wyznaczonych posterunkach. Kilku klaunów ukradło Dostawcy zapałki i puszki Sterno. Następnie wymazali mu pamięć. Dwóch odważnych białych usiłowało wedrzeć się do Domu, ale odkąd znaleźli martwego Kraza, podwojono straże i nikt nie mógł się tam zbliżyć. Musieliśmy więc grzebać w odpadkach. Nie mieliśmy wiele broni, ale nie potrzebowaliśmy jej, żeby zabijać.

Tylko Julian, Liss i ja wiedzieliśmy, gdzie znajduje się pociąg. Nie mówiliśmy o tym nikomu innemu, to byłoby zbyt ryzykowne. Jedyne, co pozostali wiedzieli, to że istnieje wyjście z tego miejsca. Flara miała im je wskazać we właściwym czasie.

Ściągnęłam nogi z łóżka. Przez drzwi do łazienki widziałam lustro. Wyglądałam jak ceramiczna lalka, ale mogłam wyglądać jeszcze gorzej. Mogłam wyglądać jak Ivy. Ostatnim razem, kiedy ją widziałam, szła za Thubanem z innym człowiekiem, tak brudna i chuda, że z trudem ją rozpoznałam. Ale nie płakała. Tylko szła. Milcząc. Byłam zdziwiona, że wciąż żyje, po tym, co wydarzyło się w Domu.

Naczelnik traktował mnie inaczej. W miarę jak zbliżał się pierwszy września, robił się coraz bardziej powściągliwy. Przypuszczałam, że to był strach. Obawa, że ta rebelia się nie powiedzie, tak jak poprzednia. Czasem to było coś więcej niż strach. Dotarło do mnie, że jest zły. Zły, że mnie straci. Przegra walkę z Nashirą.

Odegnałam od siebie tę myśl. Naczelnik chciał po prostu chronić mój dar, tak jak wszyscy inni.

Nie było sensu tego przedłużać. Musiałam stawić czoła Guildhall. Wstałam i jeszcze raz nastawiłam gramofon. Fakt, że muzyka wciąż gra, dodawał mi otuchy – cokolwiek wydarzy się na zewnątrz, piosenka jeszcze przez chwilę wypełni pustą już komnatę. Zamknęłam za sobą drzwi wieży.

Dziewczyna pracująca jako nocny stróż właśnie zaczęła zmianę. Jej włosy upięte były w błyszczący kok, a na ustach miała różowy błyszczyk.

– Witaj, XX-40 – powiedziała. – Za dziesięć minut masz się zjawić w Guildhall.

– Dobrze, dziękuję. Wiem o tym. – Jakby Nadzorca nie powtarzał mi tego setki razy.

– Zostałam poproszona, by przypomnieć ci instrukcje odnośnie do dzisiejszego wieczoru. Nie wolno ci rozmawiać z ambasadorami ani sponsorami z Sajonu, chyba że w towarzystwie opiekuna Refaity. Widowisko zaczyna się o jedenastej. Po sztuce masz stawić się na scenie.

– Na scenie?

– Uhm… – Sprawdziła jeszcze raz w księdze. – To wszystko. Sorry, następna wiadomość jest już dla kogoś innego.

Chciałam popatrzeć, ale zakryła ją.

– Naprawdę?

– Dobry wieczór.

Spojrzałam do góry. David. Miał na sobie garnitur i czerwony krawat, był gładko ogolony. Poczułam ucisk w żołądku. Nie wyglądał na odurzonego. Michael musiał przecież to zrobić, musiał.

– Zostałem wysłany, by zabrać cię do Guildhall. – Wyciągnął rękę. – Władczyni krwi się ciebie spodziewa.

– Nie potrzebuję eskorty.

– Jej zdaniem potrzebujesz.

Nie mówił niewyraźnie. Widocznie nawet nie tknął mikstury Dostawcy. Minęłam go, ignorując jego wyciągniętą rękę, i ruszyłam ulicą. Początek nie zapowiadał się dobrze.

Latarnie oświetlały główną trasę. Guildhall znajdował się blisko Domu, jego nazwa wywodziła się od kwater głównych NDK w Londynie. Na Dwusetnicę zaproszono tych jasnowidzów, którzy zdobyli różowe lub czerwone tuniki, a także szczególnie utalentowanych klaunów, w ramach nagrody za dobre sprawowanie. Wszyscy oni otrzymali pozwolenie, by jeść i tańczyć z innymi ludźmi, w zamian musieli wyraźnie dać do zrozumienia, że nie tylko lubią spędzać czas ze swoimi opiekunami, ale również że są bardzo wdzięczni za możliwość „resocjalizacji". Pokazać, że podoba im się życie w ukryciu, w brudnej kolonii karnej, z dala od społeczeństwa. Udowodnić, że nie ma nic lepszego niż pozwalać Emmitom odrywać sobie kończyny.

Większość z nich nie musiałaby niczego udawać. Carl był szczęśliwy. Wszyscy czerwoni byli szczęśliwi – znaleźli tu swoje miejsce. Ja nie. Zamierzałam wydostać się z tego piekła.

– Niezła sztuczka – powiedział David – z tym winem.

Nie odważyłam się na niego spojrzeć.

– Twój chłoptaś nalał mi trochę za dużo. Wiedziałem, że to fioletowy aster, od razu kiedy go poczułem. Ale nie martw się, większość się nabrała. Jestem daleki od popsucia niespodzianki.

Minęło nas dwóch klaunów niosących rolki materiału. Zniknęli w ulicy pomiędzy starym kościołem i rezydencją Suzerena. Właśnie tędy mieli przejść, aby podpalić Pokój. Musieli wziąć ze sobą zapałki. Zapałki i naftę.

Julian zasugerował podłożenie ognia pod budynki w centrum miasta. Okazało się, że był cholernie dobrym taktykiem. Klauni mieli wywołać zamieszanie, udrażniając dla nas inne ulice, tak żebyśmy mogli ruszyć na północ w kierunku łąki. Mieli zrobić to we wczesnych godzinach, kiedy wysłannicy zaczęliby czuć się zmęczeni. „Nie wrócą do domu później niż o drugiej – powiedział. – Jeśli zrobimy to o północy, będziemy mieli wystarczająco dużo czasu na dotarcie do pociągu. Przejmiemy kontrolę. Lepiej wcześniej niż za późno". Nie miałam żadnych zastrzeżeń. Wszystko szło zgodnie z planem, ale ten cwany czerwony obok mnie mógł wszystko zniszczyć.

– Komu powiedziałeś? – zapytałam Davida.

– Pozwól, że dam ci do myślenia – powiedział, ignorując moje pytanie. – Czy tobie się wydaje, że Sajon lubi być pod butem Refaitów?

– Jasne, że nie.

– Ale wierzysz Nashirze, kiedy twierdzi, że ma nad nimi władzę. Czy nie przeszło ci przez myśl, że ktoś w całej historii Sajonu mógł pomyśleć o walce z nimi?

– Do czego zmierzasz?

– Odpowiedz na moje pytanie.

– Nie. Za bardzo boją się Emmitów.

– Może masz rację. A może w Archonie zostało jeszcze ziarenko rozumu.

– Co to znaczy? – Kiedy nie odpowiadał, zatrzymałam się przed nim. – Co, do diabła, Archon ma z tym wspólnego?

– Wszystko. – Minął mnie. – Kontynuuj swoją zbiorową ucieczkę, uliczna księżniczko. Nie zawracaj sobie mną głowy.

Zanim zdążyłam mu odpowiedzieć, odszedł. Przeszedł przez wiktoriański hol i zniknął w tłumie. Przeszły mnie ciarki. Nie potrzebowałam czerwonej szelmy w pobliżu, a już na pewno nie kogoś tak zagadkowego jak David. Mógł twierdzić, że nienawidzi Refaitów, ale za mną też nie przepadał. Mógł powiedzieć Nashirze o winie. Od razu wyczułaby pismo nosem. Wszystko by runęło.

Guildhall rozświetlały tysiące świec. Gdy tylko przekroczyłam próg, Michael i grupka białych skierowała mnie na schody.

Zadaniem Michaela, jakie wyznaczyli mu Refaici, było dopilnowanie, żeby nikt nie wyglądał na posiniaczonego czy niechlujnego – idealny pretekst na ostatnie małe zebranie. Kiedy dotarliśmy na balkon, odwróciłam się do pozostałych.

– Jesteście gotowi?

– Zwarci i gotowi – powiedział biały. Był to Charles, kriomanta należący do Terebell. Skinął na salę, gdzie Refaici rozmawiali z wysłannikami. – Kosiarze zaczynają gryźć ziemię. Refaici nieprędko to zauważą.

– Świetnie. – Wzięłam głęboki oddech. – Dobra robota, Michael.

Miał na sobie prosty szary garnitur. Uśmiechnął się.

– Masz mój plecak? – spytałam.

Skinął w jego kierunku. Mój plecak pełen środków medycznych leżał pod ławkami na balkonie. Nie mogłam go teraz zabrać, ale klauni wiedzieli, gdzie jest, na wypadek gdyby go potrzebowali. Był tylko jednym z wielu ukrytych zapasów.

– Paige – spytał Charles – o której flara zostanie wystrzelona?

– Wciąż czekam na wiadomość. Wystrzelę, kiedy tylko znajdziemy ścieżkę.

Charles skinął. Jeszcze raz popatrzyłam na salę.

Tak wielu ludzi było gotowych zaryzykować swoje życie. Liss, która tak się bała. Julian, który tak wiele zrobił, żeby mi pomóc. Klauni. Biali.

I Naczelnik. Teraz rozumiałam, czym było dla niego zaufanie mi. Gdybym go zdradziła, tak jak tamten człowiek, nie zostałby tylko okaleczony – byłby zaszlachtowany. To była jego ostatnia szansa.

Musieliśmy działać teraz, póki wśród Refaitów był jeszcze cień współczucia. Gdyby okaleczeni zginęli, nasza nadzieja ległaby w gruzach.

Nagle ktoś otworzył drzwi na balkon. W przejściu pojawił się Suhail. Złapał Charlesa za tunikę i wciągnął go z powrotem na schody.

– Władczyni krwi nie lubi czekać, chuderlaku – rzucił do mnie. – Nie masz wstępu na balkon. Schodź na dół.

Znikł równie szybko, jak się pojawił. Michael zerknął na drzwi.

– Już czas – powiedziałam. – Uścisnęłam jego rękę. – Powodzenia. Pamiętaj, nie wychylaj się i wyglądaj flary.

Michael skinął.

– Przeżyj – to jedyne, co od niego usłyszałam.

Przeszłam przez parter ze spuszczoną głową. Nikt nie zauważył mojego przybycia.

System Sajonu był wdrożony w dziewięciu europejskich krajach, łącznie z Anglią. W przeciwieństwie jednak do tej ostatniej pozostałe kraje nie miały gdzie wysyłać jasnowidzów. Dlatego wszystkie dziewięć państw wysłało swoich przedstawicieli. Nawet Sajon Dublin, najmłodsze i najbardziej kontrowersyjne miasto Sajonu, miało swojego delegata: Cathala Bella, dawnego przyjaciela mojego ojca. Był nerwowym, niezdecydowanym człowiekiem, przygniecionym obowiązkami wynikającymi z pełnionej przez niego funkcji. Przeszedł mnie dreszcz, kiedy go zobaczyłam – może mógłby nam pomóc – ale wtedy sobie przypomniałam: nie widział mnie, odkąd miałam pięć albo sześć lat. Nie rozpoznałby mnie, a nie mogłam tu zdradzić swego prawdziwego nazwiska. Poza tym Bell był słaby. Jego partia straciła Dublin.

Guildhall wyglądał imponująco. Z ozdobionego freskami sufitu zwisały żyrandole, sala była przestronna. W ciemności mieniły się światła świec i słychać było muzykę Szopena. Delegaci zostali potraktowani z wielką kurtuazją. Mogli dogadzać sobie wykwintnym jedzeniem i toczyć rozmowy przy szklaneczce mekki. Ich ślepota była przywilejem, mieli do niej prawo. Usługiwali im ślepi niewolnicy, łącznie z Michaelem, który wyglądał jak chętny uczestnik programu resocjalizacyjnego. Pozostali ślepcy byli zbyt niedożywieni, aby móc się tu pojawić.

Wysoko nad tłumem Liss zwisała na jedwabiach i przybierała pozy niczym powietrzna balerina. Polegała wyłącznie na swojej sile, w przeciwnym razie spadłaby na ziemię i się zabiła.

Rozejrzałam się po sali, usiłując dostrzec Weavera, nigdzie jednak go nie widziałam. Może się spóźniał. Innym krajom można było wybaczyć nieobecność Inkwizytorów, ale nie Anglii. Dostrzegłam kilku innych rozpoznawalnych urzędników Sajonu, łącznie z Dowódcą Stróżów, Bernardem Hockiem. Był to wysoki człowiek z łysą głową i przerośniętymi mięśniami szyi: był bardzo dobry w wywąchiwaniu jasnowidzów – prawdę mówiąc, zawsze podejrzewałam, że jest węszącym. Nawet teraz jego nozdrza były rozszerzone. Odnotowałam w pamięci, że mam go zabić, jeśli tylko nadarzy się okazja.

Jeden ze ślepców zaproponował mi białą mekkę. Odmówiłam. Właśnie zauważyłam Cathala Bella.

Miał w ręku kieliszek i cały czas poprawiał swój krawat. Usiłował nawiązać rozmowę z Radmilem Arežiną, zastępcą ministra migracji Serbii. Uśmiechnęłam się do siebie. Arežina lekkomyślnie sam wydał oficjalną zgodę na przeniesienie Dani do Londynu. Podeszłam do nich.

– Panie Bell?

Zerwał się, rozlewając wino.

– Tak?

Popatrzyłam na Arežinę.

– Przepraszam, że przeszkadzam, panie ministrze, ale czy mogę chwilę porozmawiać z panem Bellem?

Arežina zmierzył mnie wzrokiem. Jego górna warga wygięła cię w łuk.

– Proszę wybaczyć, panie Bell – powiedział. – Powinienem już wrócić do swoich towarzyszy.

Wycofał się i stałam teraz twarzą w twarz z Bellem, który wycierał czerwoną plamę z marynarki.

– Czego chcesz, odmieńcu? – wyjąkał. – Odbywałem właśnie bardzo ważną rozmowę.

– W takim razie teraz może pan odbyć kolejną. – Wzięłam jego kieliszek i napiłam się z niego. – Czy pamięta pan Najazd, panie Bell?

Bell zamarł.

– Jeżeli masz na myśli Najazd z 2046 roku, to tak. Oczywiście, że pamiętam. – Jego dłonie zaczęły się trząść. Kłykcie były sine i opuchnięte, musiał cierpieć na zapalenie stawów. – Dlaczego o to pytasz? Kim jesteś?

– Tamtego dnia aresztowali mojego kuzyna. Chcę się dowiedzieć, czy żyje.

– Jesteś Irlandką?
– Tak.
Przyjrzał mi się badawczo.
– Jak się nazywasz?
– To nie ma znaczenia. Mój kuzyn nazywał się Finn McCarthy. Był w college'u Trinity. Znał go pan?
– Tak – odpowiedział natychmiast. – McCarthy był w Carrickfergus* razem z innymi studenckimi przywódcami. Został skazany na karę śmierci przez powieszenie.
– Wyrok został wykonany?
– Ja... nie byłem wtajemniczony w szczegóły, ale...
Zaczęło we mnie narastać coś ciemnego i gwałtownego. Pochyliłam się w jego stronę i wyszeptałam mu do ucha:
– Jeżeli mój kuzyn został zabity, panie Bell, pociągnę pana do osobistej odpowiedzialności. To *pański* rząd stracił Irlandię. Pański rząd się poddał.
– Nie mój – wysapał Bell. Z nosa zaczęła mu się sączyć krew. – Nie rób mi krzywdy...
– Nie pana, panie Bell. Tylko takich jak pan.
– Jesteś odmieńcem – wycedził. – Odejdź ode mnie. – Zniknęłam w tłumie, zostawiając go usiłującego zatamować krwawienie.
Cała się trzęsłam. Chwyciłam kolejny kieliszek mekki i wychyliłam jednym haustem. Zawsze myślałam, że Finn został zamordowany, ale jakaś część mnie kurczowo trzymała się wiary w to, że może wciąż żyje. Może tak było, ale nie dowiem się tego od Cathala Bella.
Zauważyłam Nashirę stojącą poniżej podium. Obok niej stał Naczelnik i rozmawiał z wysłannikiem z Grecji. Po nocnym dzwonie otrzymał swoją pierwszą od dawna dawkę amarantu; te kilka kropel zmieniło go. Ubrany był w czerń i złoto, przy szyi miał hiacynt, a jego oczy świeciły jak pochodnie. Rozpoznałam

* Miasto w hrabstwie Antrim w Irlandii Północnej.

ludzi znajdujących się przy Nashirze: jej elitarną ochronę. Jedna z czerwonych – następczyni Amelii – zauważyła mnie i na podstawie ruchu jej warg domyśliłam się, że poinformowała o tym władczynię krwi.

Nashira popatrzyła ponad głowami swych ochroniarzy. Zaśmiała się delikatnie. Słysząc to, Naczelnik odwrócił się. Jego oczy natychmiast zapłonęły.

Nashira przywołała mnie skinieniem. Podeszłam, oddając jednemu ze ślepców pusty kieliszek.

– Panie i panowie – powiedziała do zebranych wokół niej – chciałabym przedstawić wam XX-59-40. Jest jednym z naszych najbardziej utalentowanych jasnowidzów.

Wśród delegatów rozszedł się szept: pełen zaciekawienia i odrazy.

– To jest Aloys Mynatt, Wielki Gawędziarz Francji. Oraz Birgitta Tjäder, Szefowa Stróżów Sajonu Sztokholm.

Mynatt był niskim człowiekiem o sztywnych ruchach, bez żadnych cech szczególnych. Skinął.

Tjäder tylko na mnie patrzyła. Miała około trzydziestu pięciu lat, gęste blond włosy i oczy jak oliwa. Nick zawsze nazywał ją Sroką – jej rządy określano jako piekielne i w Sztokholmie cieszyła się wyjątkowo złą sławą. Byłam przekonana, że nie może znieść mojej obecności: przygryzała blade wargi, jakby miała zamiar zaraz ugryźć. Ja też nie cieszyłam się z powodu jej obecności.

– Nie chcę jej w pobliżu – powiedziała.

– Ale czy nie lepiej, że są tutaj, z nami, zamiast na waszych ulicach? – spytała Nashira. – Tutaj są nieszkodliwi, Birgitta. Nie dopuszczamy do tego. Kiedy powstanie Szeol III, nigdy już nie będziesz musiała oglądać jasnowidzów.

Trzecia kolonia karna? Mieli plany także wobec Sztokholmu? Nie chciałam nawet myśleć o Szeolu III pod wodzą Sroki.

Tjäder nie spuszczała ze mnie wzroku. Nie miała aury, ale na jej twarzy z łatwością mogłam wyczytać obrzydzenie.

– Już nie mogę się doczekać – powiedziała.

Pianista przestał grać, rozległy się brawa. Tańczące pary rozdzieliły się. Nashira zerknęła na ogromny zegar.

– Nadchodzi czas.

Jej głos był bardzo miękki.

– Przepraszam – powiedziała Tjäder. Odwróciła się i odeszła do Szwedów, zostawiając lukę pomiędzy mną a Naczelnikiem. Nie odważyłam się na niego spojrzeć.

– Muszę wygłosić mowę do wysłanników. – Nashira spojrzała na scenę. – Arcturus, zostań z 40. Będę jej potrzebować w stosownym czasie.

A więc jednak planowała zabić mnie publicznie. Popatrzyłam pomiędzy nich. Naczelnik schylił głowę.

– Tak, moja władczyni krwi. – Złapał mnie ordynarnie za rękę. – Idziemy, 40.

Zanim zdołał mnie odprowadzić, Nashira znów się pojawiła. Złapała mnie za nadgarstek, przyciągając ku sobie.

– Zraniłaś się, 40?

Na moim policzku już dawno nie było szwów, ale wciąż widniała krawędź zrostu blizny po potłuczonym szkle.

– To ja ją uderzyłem. – Naczelnik trzymał mnie mocno za rękę. – Była mi nieposłuszna. Ukarałem ją.

Stałam jak szmaciana lalka, z każdą z rąk w ich dłoniach. Patrzyli na siebie ponad moją głową.

– To dobrze – powiedziała Nashira. – Po tych wszystkich latach w końcu uczysz się, co to znaczy być moim małżonkiem.

Odwróciła się i zniknęła w tłumie pomiędzy wysłannikami.

Muzyk, kimkolwiek był, znów zaczął grać, śpiewając upiornym głosem. Byłam pewna, że znam ten głos, ale nie wiedziałam, do kogo należy. Naczelnik odprowadził mnie na bok sali, do długiego pomieszczenia poniżej balkonu, pochylił się i spojrzał na mnie.

– Wszystko gotowe?

Skinęłam.

Ten muzyk naprawdę miał piękny głos, delikatny falset. Cały czas zastanawiałam się, skąd go znam.

– Wraz z towarzyszami odbyliśmy wczoraj w nocy seans – powiedział ledwo słyszalnym głosem. – Duchy nam pomogą. Ludzkie duchy, ofiary osiemnastych Żniw. Staną po twojej stronie przeciwko Refaitom.

– A co z NDK, są tutaj?

– Nie mają wstępu do Guildhall, chyba że zostaną wezwani. Stoją na posterunku przy moście.

– Ilu ich jest?

– Trzydziestu.

Znowu skinęłam. Wysłannicy mieli przynajmniej jednego osobistego ochroniarza, ale z DDK. Nie chcieli być ochraniani przez odmieńców. Na szczęście jak dla nas DDK nie potrafiła użyć walki duchów.

Naczelnik spojrzał na sufit, gdzie Liss wspinała się po jedwabiach.

– Wygląda już na zdrową.

– Tak.

– W takim razie nasze rachunki są wyrównane. Wszystko jest uregulowane.

– Długi spłacone – powiedziałam. Tren. Przywiódł mi na myśl to, co jeszcze było przede mną. – A co, jeśli Nashirze uda się mnie zabić?

– Wszystko pójdzie zgodnie z planem, Paige. Nie powinnaś tracić nadziei. – Popatrzył na scenę. – Nadzieja to jedyna rzecz, która może jeszcze wszystkich nas ocalić.

Popatrzyłam tam gdzie on. Szklana pokrywa w kształcie dzwonu z martwym kwiatem stała na przykrytym postumencie.

– Nadzieja na co?

– Na zmianę.

Pieśń dobiegała końca i w całej sali rozległy się oklaski. Chciałam popatrzeć, dowiedzieć się, kto grał, ale nic nie widziałam zza głów wysłanników.

Na scenę wszedł jeden z czerwonych. 22. Jego przekrzywiony chód świadczył o tym, że wypił dość sporo mikstury Dostawcy.

– Panie i panowie – powiedział – wielki, wielki Suzeren, Nashira Sargas, władczyni krwi rasy Refaitów.

Zszedł, zataczając się. Uśmiechnęłam się. O jednego czerwonego mniej.

Nashira wstąpiła na podium, zbierając spore oklaski. Spojrzała na nas. Naczelnik również na nią patrzył.

– Panie i panowie – zaczęła, nie spuszczając z nas wzroku. – Witamy w sajońskiej stolicy Szeolu I. Chciałabym podziękować wam za waszą obecność na dzisiejszych obchodach rocznicy. Mija dwieście lat od naszego przybycia do Brytanii. Od 1859 roku przebyliśmy długą drogę. Jak zapewne widzicie, uczyniliśmy wszystko, co w naszej mocy, aby sprawić, żeby to pierwsze miasto kontrolne stało się miejscem piękna, szacunku, ale przede wszystkim współczucia. Nasz system resocjalizacyjny pozwala młodym jasnowidzom wejść do naszego miasta i otrzymać najlepszą jakość życia. – Jak zwierzęta w menażerii. – Jasnowidzenie, jak wszyscy wiemy, nie jest winą swych ofiar. To jak choroba, żeruje na niewinnych. Dręczy ich odmiennością. Szeol I świętuje dzisiaj dwieście lat swojej wspaniałej pracy. Jak widzicie, to bardzo pomyślne przedsięwzięcie, pierwsze z wielu nasion, które zamierzamy zasiać. W zamian za wasze zrozumienie zapewniliśmy nie tylko humanitarne sposoby usuwania jasnowidzów z normalnego społeczeństwa, ale także zapobiegliśmy setkom ataków Emmitów na cytadelę. Jesteśmy radiolatarnią, do której oni ciągną, niczym ćmy do ognia. – Jej oczy były teraz jak radiolatarnia. – Ale liczba Emmitów zwiększa się każdego dnia. Ta kolonia nie zapewni już dostatecznej ochrony. Emmici byli widziani także we Francji, Irlandii i ostatnio w Szwecji.

Irlandia. To dlatego Cathal Bell tu był. To dlatego wyglądał na tak zdenerwowanego, przestraszonego.

– Celem nadrzędnym jest założenie Szeolu II, rozpalenie kolejnego ognia – kontynuowała Nashira. – Nasza metoda została wypróbowana i przetestowana. Mamy nadzieję, że z pomocą waszą i waszych miast kwiat naszego sojuszu w końcu zakwitnie.

Oklaski. Naczelnik miał okropny wyraz twarzy. Zły. Brutalny. Morderczy.

Nigdy go takiego nie widziałam.

– Zostało kilka minut do przedstawienia, napisanego przez naszego Nadzorcę. W tym czasie chciałabym wam przedstawić mojego partnera, drugiego władcę krwi, który chciałby wygłosić krótkie przemówienie. Panie i panowie, Gomeisa Sargas.

Wyciągnęła rękę. Zanim zdążyłam zauważyć, że ktoś tam był, o wiele większa dłoń uścisnęła rękę Nashiry.

Wstrzymałam oddech.

Był wysoki i pochylony, ze złotymi włosami i surowym wyrazem twarzy, cały ubrany na czarno. Wysoki kołnierz sięgał jego uszu. Głowę miał nieznacznie opuszczoną, jakby ciążyły mu wiszące na szyi klejnoty. Zdawał się starszy niż inni Refaici – w jego posturze i w czystej masie jego sennego krajobrazu było coś wyjątkowego. Czułam ten jego krajobraz niczym ścianę. To była najstarsza i najstraszliwsza rzecz, jaką kiedykolwiek widziałam w zaświatach.

– Dobry wieczór.

Gomeisa patrzył na nas typowym dla Refaitów wzrokiem beznamiętnego obserwatora. Jego aura była jak ręka wyciągnięta w słońcu. Nic dziwnego, że Liss tak się go bała. Teraz trwała owinięta w jedwabie, milcząca i nieruchoma. Po chwili opuściła się w dół na balkon.

– Tych ludzi, którzy mieszkają w Szeolu I przepraszam za moje długie okresy nieobecności. Jestem głównym wysłannikiem Refaitów do Westminster Archon. W związku z tym większość czasu spędzam w stolicy Inkwizytora, dyskutując o tym, jak najlepiej zwiększyć skuteczność tej kolonii karnej. Tak jak powiedziała już Nashira, dzisiaj świętujemy nowy początek. Nastaje nowa era: idealnej współpracy pomiędzy ludźmi i Refaitami, dwiema rasami, które zbyt długo pozostawały do siebie zrażone. Świętujemy koniec starego świata, w którym panowały ignorancja i ciemność. Przyrzekamy dzielić się z wami naszą mądrością, tak jak wy dzielicie z nami wasz świat. Przyrzekamy was chronić, tak jak wy daliście nam schronienie. I obiecuję wam, przyjaciele: nie pozwolimy, aby nasze przymierze osłabło. Nieskazitelność rządzi tutaj nieugiętą rózgą. A kwiat przestępstwa na zawsze pozostanie zwiędły.

Zerknęłam na zwiędły kwiat pod szklaną pokrywą. Gomeisa popatrzył na niego jak na ślimaka.

– A teraz – zakończył – dosyć o prawości. Niech zacznie się sztuka.

28

Zakaz

Pojawił się Nadzorca, ubrany olśniewająco. Miał na sobie długą czarną pelerynę, zapiętą aż po szyję i okrywającą całe ciało. Ukłonił się.

– Pozdrawiam, panie i panowie, oraz witam ciepło w Szeolu I! Jestem Beltame, Nadzorca. Zajmuję się ludzką populacją tego miasta. Serdeczne pozdrowienia dla tych z was, którzy pochodzą z nienawróconych części kontynentu. Nie obawiajcie się! Po przedstawieniu dostąpicie szansy zmiany swoich miast w cytadele Sajonu, tak jak zrobiło to już wielu innych. Nasz program umożliwia rządom wykorzenić i posegregować jasnowidzów, póki są jeszcze młodzi, bez kosztownej konieczności masowej egzekucji.

Usiłowałam go nie słuchać. Nie wszystkie kraje do uśmiercania jasnowidzów wykorzystywały NitKind. Sporo stosowało śmiertelne zastrzyki albo pluton egzekucyjny, albo jeszcze coś gorszego.

– Poczyniliśmy już plany co do utworzenia Szeolu II we współpracy z cytadelami Sajonu Paryża i Marsylii, które staną się pierwszymi francuskimi satelitami. – Brawa. Mynatt się uśmiechnął. – Dzisiejszego wieczoru mamy nadzieję sprecyzować potencjalne lokalizacje przynajmniej dwóch kolejnych kontrolnych miast kontynentu, ale zanim to nastąpi, pragniemy zaprezentować wam małą sztukę, aby udowodnić, że wielu z naszych jasnowidzów dobrze wykorzystuje swoje umiejętności. Nasze przedstawienie przypomni nam o ciężkich czasach sprzed przybycia Refaitów, kiedy Krwawy Król wciąż dzierżył władzę. Król, który zbudował swój dom na krwi.

Zegar wybił godzinę. Patrzyłam, jak cyrkowcy wchodzą kolejno na scenę. Było ich dwudziestu. Mieli przedstawić historię życia Edwarda VII, począwszy od jego zakupu stolika do seansu, przez pięć morderstw popełnionych nożem w jego kwaterach, po ucieczkę z Anglii jego i reszty jego rodziny. Początek tak zwanej epidemii i dowód na konieczność istnienia Sajonu. Liss stała z tyłu, a po jej obydwu stronach znajdowali się Nell – jej zmienniczka w czasie, kiedy przebywała w duchowym szoku – i wieszcz, który nazywał się chyba Lotte. Wszyscy troje przebrani byli za ofiary Krwawego Króla.

Stojący pośrodku sceny Nadzorca zrzucił pelerynę, ukazując królewskie insygnia. Tłum go wyszydził. Grał Edwarda, następcę królowej Wiktorii. Miał na sobie futra i klejnoty.

Pierwsza scena miała prawdopodobnie miejsce w jego komnacie sypialnej, gdzie krzykliwa Kaliope śpiewała *Daisy Bell*. Jeden z klaunów, który stał najbliżej publiczności, przedstawił się jako Frederick Ponsonby, pierwszy baron Sysonby – prywatny sekretarz króla Edwarda. To jego oczami miała być przedstawiona sztuka.

– Wasza Wysokość – rzekł do Nadzorcy – może wybierzemy się na przechadzkę?

– Czy masz swoją katankę, Ponsonby?

– Tylko frak, Wasza Wysokość.

– Myślałem, że wszyscy wiedzą – huknął Nadzorca, śmiesznym arystokratycznym angielskim akcentem – iż na poranną prywatną przechadzkę do katanki zawsze zakłada się jedwabny kapelusz. I w życiu nie widziałem paskudniejszych spodni!

Gwizdy. Szumy. Ta lubieżna bestia śmiała nazywać się następcą Wiktorii. Ponsonby odwrócił się do publiczności.

– Dopiero po długiej przemowie, w tym odnośnie mojego fraka i spodni – śmiechy – książę znużył się swym ozdobnym odzieniem. Jeszcze tego popołudnia poprosił mnie, abym towarzyszył mu w pewnej wyprawie. O, moi przyjaciele! Ludzkie cierpienie nigdy nie przewyższyło tego królowej, patrzącej, jak jej syn kroczy ścieżką wiodącą ku złu. – Zerknęłam przez ramię, aby zobaczyć reakcję Naczelnika, ale go nie było.

Błyskotliwa wymiana zdań pomiędzy Edwardem i Ponsonbym trwała jeszcze chwilę. Każda scena była zaaranżowana w taki sposób, aby pokazać Edwarda jako okrutnego, lubieżnego idiotę i porażkę swej matki. Oglądałam zafascynowana. Przerysowali jego rolę w śmierci Alberta do karykaturalnych rozmiarów, wprowadzając nawet pojedynek. Owdowiała królowa Wiktoria pojawiła się w welonie i małej diamentowej koronie.

– Nigdy już nie będę mogła patrzeć na niego bez dreszczu – powiedziała do publiczności.

Radosny okrzyk. Była bastionem dobroci, ostatnim niesplamionym monarchą przed okresem zarazy. Kiedy wysłannicy zachwycali się aktorką, ja nie spuszczałam wzroku z zegara. Minęło prawie pół godziny, a ja wciąż nie wiedziałam, o której odjeżdża pociąg.

Następnie nastąpiło sedno sztuki. Seans. Wniesiono czerwone lampiony. Kiedy znowu popatrzyłam na scenę, musiałam pohamować śmiech. Nadzorca naprawdę wczuł się w swoją rolę.

– Ziemska moc nie wystarczy – powiedział, niemalże dysząc czystym złem swej postaci. Wniesiono stolik do seansu, a on wymachiwał nad nim okręgi rękoma. – Era wiktoriańska, mawiają? A jaka będzie era Edwarda? Jaki król może prawdziwie powstać, obciążony kajdanami śmiertelności? – Pochylił się nad stolikiem i zaczął nim kołysać. – Tak, powstańcie z cieni. Powstańcie poprzez bramę, duchy zmarłych. Przybądźcie do mnie i do moich następców! Rozmnażajcie się w krwi Anglii!

Kiedy przemawiał, ubrani na czarno aktorzy przemieszczali się po scenie, niosąc czerwone lampiony, symbolizujące odmienne duchy. Nagle rozproszyli się po pomieszczeniu, łapiąc ludzi i sprawiając, że zaczęli wyrywać się i piszczeć. To była plaga odmienności.

Muzyka i śmiech aktorów były głośne. W mojej głowie wszystko wirowało. Nadzorca ryczał zaklęcia. W ciemności i zamieszaniu Naczelnik złapał mnie za rękę.

– Szybko – zamruczał. – Chodź.

Poprowadził mnie pod zapadnię: do małego ciemnego pokoju zagraconego stertami skrzynek i oświetlonego jedynie słabym blaskiem sączącym się przez deski. Czerwonym jak lampiony. Po jednej stronie pomieszczenia zwisały grube aksamitne zasłony, zapewniając nam schronienie. W tym ponurym miejscu nie było łatwo myśleć o tym, co wkrótce może mnie spotkać.

Było tu ciszej. Aktorzy tańczyli nad nami, ale dźwięki były przytłumione. Naczelnik spojrzał na mnie.

– Będziesz ostatnią sceną tej sztuki. – Jego oczy płonęły. – Słyszałem ją, jak rozmawiała o tym z Gomeisą.

Skóra mi ścierpła.

– Wiedzieliśmy, że tak się stanie.

– Tak.

Od samego początku zdawałam sobie sprawę, że Nashira zamierza mnie zabić, ale dopiero kiedy usłyszałam to od niego, dotarło to do mnie w całej rozciągłości. Jakaś część mnie liczyła na to, że zaczeka – zaczeka kilka dni, dając mi szansę ucieczki – ale Nashira była okrutna. No jasne, że chciała zrobić to publicznie, przed całym Sajonem. Nie ryzykowałaby, trzymając mnie przy życiu.

Światło jego oczu sprawiało, że cienie stawały się głębsze. Było w nich coś innego: coś surowego i nieprzewidywalnego.

Zimny dreszcz przeszył moje nogi i brzuch. Usiadłam na skrzynce.

– Nie mogę z nią walczyć, z jej aniołami...

– Nie, Paige. Pomyśl. Czekała miesiącami, dopóki nie posiadłaś kolejnego ciała. Gdybyś nie ujawniła tej umiejętności, istniałoby niebezpieczeństwo, że mogłaby go od ciebie nie przejąć. Zrobiła cię żółtą, żeby się upewnić, że twojemu życiu nie zagrożą Emmici. Umieściła cię pod ochroną własnego małżonka krwi. Dlaczego robiłaby tak wiele, aby cię ochronić, gdyby twój talent nie tylko wzbudzał w niej pożądanie, ale także strach?

– Nauczyłeś mnie, jak to wszystko robić. Całe to szkolenie na łące. Motyl i jeleń. Ćwiczyłeś mego ducha. Zaprowadziłeś mnie na śmierć.

– Dostałem od niej zadanie, aby cię przygotować. Dlatego pozwoliła mi zabrać cię do Magdaleny – powiedział – ale nie pozwolę jej cię posiąść. Poświęciłem się, aby rozwinąć twój talent, ale zrobiłem to dla c i e b i e, Paige. Nie dla niej.

Nic nie odpowiedziałam. Nie miałam nic do powiedzenia.

Naczelnik zerwał jedną z zasłon. Delikatnym ruchem zaczął usuwać mój makijaż. Pozwoliłam mu na to. Moje usta były zdrętwiałe, a skóra lodowata. Za kilka minut mogłam być martwa, dryfując dookoła Nashiry w stanie bezmyślnej niewoli. Kiedy skończył, odsunął mi włosy z twarzy. Pozwoliłam mu to zrobić. Nie mogłam się skupić.

– Nie waż się – powiedział. – Nie waż się jej tego pokazać. Jesteś kimś więcej. Jesteś ponad to, co ona chce ci zrobić.

– Nie boję się.

Popatrzył na mnie uważnie.

– Powinnaś – powiedział. – Ale nie pokazuj tego. Za nic w świecie.

– Pokażę jej, co będę chciała. Nie masz prawa wydawać mi rozkazów. – Odsunęłam głowę od jego rąk. – Powinieneś był mnie puścić. Powinieneś był pozwolić Nickowi zabrać mnie z powrotem do Tarcz. To wszystko, co musiałeś zrobić. Mogłabym być teraz w domu.

Pochylił się tak, że nasze twarze znalazły się na jednym poziomie.

– Sprowadziłem cię z powrotem – powiedział – ponieważ bez ciebie nie potrafiłbym znaleźć siły do walki. Ale z tego samego powodu uczynię wszystko, co w mojej mocy, żeby odprowadzić cię bezpiecznie do cytadeli.

Nastała cisza. Wciąż patrzyłam mu w oczy.

– Musisz mieć związane włosy. – Jego głos był inny, cichszy. Włożył mi do ręki ozdobny grzebień.

Był zimny. Palce mi się trzęsły.

– Chyba nie dam rady. – Wzięłam głęboki, powolny oddech. – Zrobisz to?

Nie odpowiedział. Ale wziął grzebień. Przełożył moje włosy na jedną stronę szyi i wtedy zebrał je w kok. Nie taki zwykły kok, jaki zazwyczaj nosiłam, lecz staranny, ciasno spleciony, misterny. Jego skostniałe palce, tworząc fryzurę, przemierzały moją głowę. Po plecach przeszedł mnie delikatny dreszcz. Naczelnik puścił moje włosy, a kok się trzymał.

Jego dotyk był dziwny, cieplejszy. Dopiero kiedy zobaczyłam jego ręce, zrozumiałam dlaczego.

Nie miał rękawiczek.

Dotknęłam włosów, sprawdzając zawiły wzór. Ręce tak duże jak jego nigdy nie powinny stworzyć czegoś tak złożonego.

– Pociąg odjedzie dokładnie o pierwszej – szepnął mi do ucha. – Wejście znajduje się pod terenem do ćwiczeń. Dokładnie tam, gdzie staliśmy.

Tak długo czekałam na te słowa.

– Jeśli ona mnie zabije, musisz powiadomić pozostałych. – Coś gęstego narastało mi w gardle. – Musisz ich poprowadzić.

Palcami musnął moje ramiona.

– Nie będę musiał ich prowadzić.

Moje ciało znów przeszyły dreszcze – ale nie takie, jakich oczekiwałam. Kiedy odwróciłam głowę, aby na niego popatrzeć, założył mi kosmyk za ucho. Drugą rękę położył mi na brzuchu, przyciskając moje plecy do swojego ciała. Jego ciepło było kojące.

Czułam jego pragnienie. Nie pragnienie mojej aury, ale mnie.

Lekko otarł głową o mój policzek, palcami dotknął obojczyka. Jego senny krajobraz był blisko, jego aura splatała się z moją. Mój szósty zmysł spotęgował się, wciągając go do środka.

– Masz zimną skórę – powiedział gardłowym głosem. – Ja nigdy... – Zamilkł. Wsunęłam palce pomiędzy jego nagie kłykcie. Oczy miałam otwarte.

Przybliżył usta do mojej twarzy, a ja zaprowadziłam jego rękę do mojej talii. Moc jego dotyku była potworna; nie mogłam nawet drgnąć. Nie mogłam mu odmówić. Chciałam tego, zanim nastąpi koniec. Chciałam być dotknięta, zauważona – tutaj, w tym ciemnym pomieszczeniu, w tej czerwonej ciszy. Uniosłam brodę i nasze usta się spotkały.

Od zawsze wiedziałam, że niebo nie istnieje, Jax powtarzał mi to wiele razy. Nawet Naczelnik tak uważał. Było tylko białe światło, ostatnie światło: ostateczny odpoczynek na skraju świadomości, w miejscu, gdzie wszystko spotyka się i kończy. Nikt nie wiedział, co było poza tym. Ale jeżeli niebo jednak istniało, to z pewnością musiałabym się tam czuć właśnie tak jak teraz. Dotykając zaświatów gołymi rękoma. Nigdy bym się tego nie spodziewała, nie z jego strony, z niczyjej strony. Złapałam go za plecy, przyciągając do siebie. Chwycił mnie za kark. Czułam każde zgrubienie na jego dłoniach.

Jego oddech był gorący. Pocałunek powolny. „Nie przestawaj, nie przestawaj". Nie mogłam myśleć o niczym innym poza tymi słowami: nie przestawaj. Gładził mnie po bokach, po plecach i w końcu mnie objął. Posadził na skrzynce. Dotknęłam jego szyi. Czułam bicie jego serca. Jego rytm. Mój rytm.

Moja skóra płonęła. Nie mogłam przestać. Nigdy w życiu tak się nie czułam – to potworne napięcie, ta potrzeba dotyku. Jego usta pochłaniały moje. Otworzyłam oczy. „Przestań. Przestań, Paige". Zaczęłam odsuwać głowę, coś powiedziałam, „tak", może „nie". Może jego imię. Wziął moją twarz w dłonie, dotknął ust, kciukami musnął policzki. Nasze czoła się dotknęły. Mój senny krajobraz płonął – podpalił maki. „Nie przestawaj, nie przestawaj".

Minęła chwila. Popatrzyłam na niego, a on na mnie. Moment. Wybór. Mój wybór. Jego wybór. Wtedy znów mnie pocałował, tym razem mocniej. Pozwoliłam mu. Poczułam na sobie jego ramiona, poczułam, jak mnie unosi. Chciałam tego, prawdziwie i całą sobą. Zbyt mocno. Wplotłam palce w jego włosy, objęłam za szyję. „Nie przestawaj". Jego usta były na moich ustach, na oczach, na ramionach i na szyi. „Nie przestawaj". Jego dłonie na moich udach. Dotykał mnie zdecydowanie, śmiało, był pewny siebie. Przebudzenie.

Rozpięłam mu koszulę. Przesuwałam palcami po jego torsie, całowałam szyję, a on zanurzył dłoń w moich włosach. „Nie przestawaj". Nigdy nie dotykałam jego skóry – była rozpalona i gładka, sprawiała, że pragnęłam go całego. Dotknęłam jego pleców, wyczuwając blizny. Długie, okrutne, obrzmiałe. Zawsze wiedziałam, że tam są. Blizny zdrajcy. Poczułam jego napięcie pod moim dotykiem. „Paige", powiedział delikatnie, ale nie przestałam. Szepnął coś i znowu zaczął mnie całować.

Nie zdradziłabym go. Osiemnaste Żniwa przeszły do historii i nigdy więcej się nie powtórzą.

Dwieście lat to i tak zbyt długo.

Nagle mój szósty zmysł wyrwał mnie z mgły. Odsunęłam się od Naczelnika. Nadal trzymał dłonie na mojej talii.

Nashira. Stała ukryta pośród cieni. Moje serce zaczęło bić jak szalone.

„Uciekaj", słyszałam w głowie, ale nie mogłam. Wszystko widziała. Również teraz – moją skórę błyszczącą potem, moje obrzmiałe usta, dziko rozczochrane włosy. Jego dłonie wciąż na moich biodrach. Jego rozpiętą koszulę. Moje palce na jego skórze.

Nie mogłam się ruszyć. Nie mogłam nawet podnieść wzroku.

Naczelnik schował mnie za siebie.

– Zmusiłem ją – powiedział grubym i szorstkim głosem.

Nie odpowiedziała.

Weszła w przyciemnione światło, które prześwitywało przez zasłony. Miała coś w rękach – szklaną pokrywę. Popatrzyłam na niego, w uszach zaczęło mi dzwonić. W środku był kwiat. Rozkwitły, dziwny i piękny, z płatkami skropionymi nektarem. Kwiat, który kiedyś był martwy.

– Za to nie będzie litości – powiedziała.

Naczelnik patrzył na kwiat błyszczącymi oczyma. Po chwili spojrzał na nią.

Nashira upuściła szkło, które roztrzaskało się o podłogę, wyrywając mnie z bezwładu.

Właśnie wszystko zniszczyłam.

– Arcturusie Mesarthimie, jesteś moim małżonkiem krwi. Jesteś Naczelnikiem Mesarthim. Ale to nie może się powtórzyć. – Zbliżyła się do nas. – Istnieje tylko jeden sposób, aby powstrzymać zdradę i aby dać przykład zdrajcom. Powieszę cię żywego na murach miasta.

Naczelnik nawet nie drgnął.

– Lepsze to niż bycie twoją zabawką.

– Zawsze taki nieustraszony. Lub skłonny do ryzyka. – Dotknęła jego twarzy. – Dopilnuję, żeby wszyscy twoi dawni towarzysze zginęli.

– Nie. – Wyszłam zza niego. – Nie możesz…

Nie dokończyłam. Jej cios powalił mnie na ziemię i uderzyłam głową o róg skrzynki, rozcinając skórę nad okiem. Rękami wpadłam wprost w potłuczone szkło. Słyszałam, jak Naczelnik wypowiada moje imię, jego głos był pełen wściekłości – ale wtedy pojawili się Thuban i Situla. Thuban wziął końcówkę noża i uderzył nim Naczelnika w głowę, lecz ten nie upadł. Tym razem nie uklęknie przed rodziną Sargas.

– Później rozprawię się z twoją bezczelnością, Arcturusie. Pozbawiam cię roli małżonka krwi. – Odsunęła się od niego. – Thuban, Situla, zabrać go na balkon.

– Tak, moja władczyni – powiedział Thuban. Złapał Naczelnika za gardło. – Pora spłacić długi, zdrajco ciała.

Situla wbiła mu paznokcie w ramię. Wstydziła się kuzyna zdrajcy. Naczelnik milczał.

N i e, n i e. To nie może się tak skończyć, nie tak jak osiemnaste Żniwa. Nie był już małżonkiem krwi. Był zrujnowany. Zgasiłam ostatni promyk światła. Szukałam jego wzroku, rozpaczliwie starając się dostrzec jakąś nadzieję, ratunek – ale jego oczy wciąż były nieruchome i ciemne. Jedyne, co czułam, to cisza. Thuban i Situla wywlekli go na zewnątrz.

Nashira przeszła po potłuczonym szkle. Nie ruszałam się z miejsca, leżałam na podłodze, w szczątkach szklanej pokrywy. Piekły mnie oczy. Byłam taka głupia! Co ja sobie myślałam? Co robiłam?

– Twój czas się skończył, śniący wędrowcu.

– Nareszcie. – Krew sączyła się z mojej rany na głowie. – Czekałaś wystarczająco długo.

– Powinnaś się radować. Z tego co rozumiem, śniący wędrowcy pragną zaświatów. Dzisiejszej nocy połączysz się z nimi.

– Nigdy nie zawładniesz tym światem. – Spojrzałam na nią. Cała się trzęsłam. Ze złości, nie ze strachu. – Tak, możesz mnie zabić. Możesz mnie przejąć. Ale nie przejmiesz nas. Siedem Pieczęci już czeka. Jaxon Hall czeka. Czeka na ciebie cały syndykat. – Podniosłam głowę i popatrzyłam jej w oczy. – Powodzenia.

Nashira postawiła mnie na nogi, ciągnąc za włosy. Zbliżyła do mnie swoją twarz.

– Mogłaś być czymś wspanialszym – powiedziała. – O wiele wspanialszym. Tak się składa, że wkrótce będziesz niczym. Wszystko, czym byłaś, będzie moje. – Odepchnęła mnie wprost w żelazny uścisk Refaity. – Alsafi, zabierz tę kupę kości na scenę. Nadszedł czas, aby oddała ducha.

Nawet nie zdążyłam pomyśleć, kiedy Alsafi już prowadził mnie po schodach. Na głowie miałam worek. Usta mnie bolały, policzki paliły. Nie mogłam normalnie oddychać ani myśleć.

Naczelnik przepadł. Straciłam go. Był moim jedynym refaickim sojusznikiem i pozwoliłam go pojmać. Nashira nie zabije go tak po prostu, nie teraz, kiedy upadł tak nisko, dotknął człowieka nagimi rękami. To było coś więcej niż zdrada. Całując mnie, przytulając, małżonek krwi upokorzył całą swoją rodzinę. Nie był już godnym kandydatem. Był niczym.

Alsafi mocno trzymał mnie za rękę. Szłam na śmierć. W ciągu niecałych dziesięciu minut połączę się z zaświatami jak wszystkie inne duchy. Mój srebrny sznur zostanie przerwany. Nigdy nie będę już w stanie powrócić do własnego ciała, ciała, które zamieszkiwałam przez dziewiętnaście lat. Od tej pory będę musiała służyć Nashirze.

Zdjęli mi worek z głowy. Stałam z boku sceny, przedstawienie dobiegało końca. Dwoje Refaitów, Alsafi i Terebell, stało po moich obydwu stronach. Terebell obniżyła się do mojego poziomu.

– Gdzie jest Arcturus?

– Zabrali go na balkon, Thuban i Situla.

– Poradzimy sobie z nimi. – Alsafi puścił moją rękę. – Musisz opóźnić władczynię krwi, śniący wędrowcu.

Wiedziałam, że Terebell jest jednym z sojuszników Naczelnika, ale Alsafi? Nie wyglądał na naszego zwolennika, choć w sumie Naczelnik również.

Nadzorca zbiegł ze sceny, jego kostium był przemoczony sztuczną krwią, zostawił za sobą nóż. Jego krzyki o litość odbijały się echem w Guildhall. Wysłannicy śmiali się, kiedy grupa aktorów goniła go aż na ulicę, wszyscy w mundurach Sajonu. Oklaski były ogłuszające. Kiedy Nashira wchodziła po schodach, wracając na scenę, wciąż trwały.

– Panie i panowie, dziękuję za waszą uprzejmość. Cieszę się, że spektakl wam się podobał. – Nie wyglądała na zadowoloną. – Cieszę się także, że na koniec wieczoru mogę zademonstrować wam pokrótce, jak wygląda system sprawiedliwości w Szeolu I. Jeden z naszych jasnowidzów wykazał się tak ogromnym nieposłuszeństwem, że nie możemy pozwolić mu dłużej żyć. Tak jak Krwawy Król musi zostać wygnany poza zasięg populacji ślepców, gdzie nie zrobi już nikomu krzywdy. XX-59-40 okazała się zdrajcą. Pochodzi z gospodarstwa mlecznego w hrabstwie

Tipperary, daleko na południu Irlandii, regionu już od dawna kojarzonego z podżeganiem do buntu. – Cathal Bell wiercił się niespokojnie. Kilku wysłanników zaczęło szemrać. – Po przybyciu do Anglii natychmiast zaangażowała się w kryminalną działalność syndykatu Londynu. Nocą dziewiątego marca zamordowała dwóch swoich braci jasnowidzów, Podstrażników na służbie Sajonu. Zrobiła to z zimną krwią, w bardzo okrutny sposób. Żadna z jej ofiar nie zmarła szybko. Jeszcze tej samej nocy została przeniesiona do Szeolu I. – Nashira przechadzała się po scenie. – Mieliśmy nadzieję, że ją wyedukujemy, nauczymy kontrolować jej dar. Z bólem tracimy młodych jasnowidzów. Z bólem również muszę przyznać, że nasze starania, aby zresocjalizować 40, nie powiodły się. Za nasze współczucie odpłaciła nam bezczelnością i brutalnością. Nie pozostało jej nic innego, jak tylko poddać się osądowi Inkwizytora.

Rozejrzałam się po scenie. Nie zauważyłam żadnego szafotu, żadnego łóżka na kółkach, żadnego pnia katowskiego. Dostrzegłam za to miecz.

Krew zastygła mi w żyłach. Nie był to zwykły miecz. Złote ostrze, czarna rękojeść. Był to Gniew Inkwizytora, miecz, który ścinał głowy politycznych zdrajców. Był użyty tylko raz, kiedy szpiedzy jasnowidze zostali ujawnieni w Westminster Archon. Byłam córką znaczącego naukowca Sajonu. Zdrajcą w szeregach normalnych ludzi.

Alsafi i Terebell zniknęli pod sceną. Zostałam sama z Nashirą. Obróciła głowę w moim kierunku.

– Wystąp, 40.

Nie zawahałam się.

Kiedy wyłoniłam się zza kulis, zapanowała cisza.

– Zdrajczyni. – Zawołał Cathal Bell, po czym rozległy się gwizdy innych wysłanników. Nie patrzyłam na nich. Bell zaszalał, nazywając m n i e zdrajczynią.

Szłam z wysoko uniesioną głową, usiłując skoncentrować się tylko na Nashirze. Nie patrzyłam na wysłanników. Nie patrzyłam na balkon, dokąd zabrano Naczelnika. Zatrzymałam się kilka kroków przed władczynią krwi. Zaczęła powoli krążyć wokół mnie. Kiedy zeszła z linii mojego wzroku, patrzyłam przed siebie.

– Na pewno zastanawiacie się, jak wygląda u nas wymierzanie sprawiedliwości. Przy użyciu stryczka czy może ognia przeszłych dni? Oto miecz Inkwizytora, dostarczony z cytadeli. – Wskazała na Gniew. – Ale zanim go użyję, pragnę pokazać coś jeszcze: wspaniały dar Refaitów.

Rozległ się szmer.

– Edward VII był ciekawskim człowiekiem. Wszyscy dobrze wiemy, że wtrącał się w sprawy, w które nie powinien był się wtrącać. Próbował przejąć władzę nad ludzką wiedzą. Władzę, którą my, Refaici, znamy bardzo dobrze.

Birgitta Tjäder gapiła się na scenę, marszcząc czoło. Kilku wysłanników, w tym Bell, patrzyło na swoich ochroniarzy z DDK.

– Wyobraźcie sobie najpotężniejszą energię na świecie. – Nashira wyciągnęła rękę w kierunku pobliskiego lampionu. – Elektryczność. Napędza wasz styl życia. Oświetla wasze miasta i domy. Pozwala wam się porozumiewać. Zaświaty, Źródło, siła życiowa Refaitów jest właśnie jak elektryczność. Może dostarczyć ciemności światło, a ignorancji wiedzę. – Lampion rozjaśniał nagłym światłem. – Ale użyta niewłaściwie potrafi zniszczyć. Potrafi zabić. – Światło zgasło. – Posiadam dar, który okazał się bardzo skuteczny w ciągu ostatnich dwustu lat. Niektórzy ludzcy jasnowidze okazują szczególnie nieobliczalne umiejętności. Kierują się ku zaświatom, królestwu zmarłych, w sposób, który może się skończyć szaleństwem i przemocą. Krwawy Król posiadał taką umiejętność, która ukazała się w jego tragicznym zabójczym szale. Potrafię odbierać te niebezpieczne mutacje daru. – Wskazała na mnie. – Jasnowidzenie, podobnie jak energia, nie może ulec zniszczeniu, może tylko zostać przeniesione. Kiedy 40 umrze, inny jasnowidz w końcu rozwinie jej talent. Ale trzymając go sobie, zapewnię, że nigdy więcej nie zostanie użyty.

– Lubisz zmyślać różne rzeczy, prawda, Nashira?

Powiedziałam to, zanim zdążyłam pomyśleć. Odwróciła się. Jej oczy zapłonęły.

– Nie odezwiesz się więcej.

Jej głos był miękki.

Zaryzykowałam spojrzenie na balkon. Pusty. Poniżej, w pobliżu sceny, Michael wsunął rękę do marynarki. Miał jeden z pistoletów.

Nagle otworzyły się tyle drzwi i do środka weszli Terebell i Alsafi. I Naczelnik. Nasze spojrzenia spotkały się ponad głowami wysłanników. Złoty sznur zadrżał. Zobaczyłam obraz noża, tego na podłodze, tego, który zostawił Nadzorca. Leżał kilka kroków od Nashiry. Kiedy odwróciła się do publiczności, mój duch wystrzelił ku niej. Z całą siłą, jaką zdołałam zebrać, włamałam się do jej strefy hadal. Nie spodziewała się ataku. Zobaczyłam siebie jako potężną formę senną, behemota, na tyle dużą, aby przełamać każdą barierę.

Zaświaty rozbrzmiały echem, ze wszystkich stron nadciągnęły duchy Guildhall. Przyłączyły się do mnie na skraju jej sennego krajobrazu, przełamując pancerz Nashiry. Pięć aniołów usiłowało jej bronić, ale teraz atakowało ją już dwadzieścia… nie, dwieście duchów i jej pancerz zaczął pękać. Nie tracąc czasu, ruszyłam przez cienie i wstrzeliłam się w samo serce jej sennego krajobrazu.

Widziałam teraz jej oczami. Sala była wirującą plamą kolorów i ciemności, światła i ognia, widmem rzeczy, których nigdy wcześniej nie widziałam. Czy Refaici właśnie tak widzieli? Wszędzie były aury. Byłam widząca – ale teraz stałam się zaślepiona, jej oczy nie chciały patrzeć. Nie chciały, żebym ja patrzyła. To nie były moje oczy. Z trudem je otworzyłam, by spojrzeć na rękę. Ogromną, w rękawicy. Traciłam wzrok. Zwalczała mnie. „Szybko, Paige".

Nóż. Tam był nóż. „Szybko". Sięgnęłam po niego. Samo poruszenie ręką okazało się takim wysiłkiem, jakbym chciała podnieść sztangę. „Zabij ją". W moich uszach dzwoniły krzyki i dziwne nowe dźwięki, głosy, setki głosów. „Zabij ją". Moje nowe palce zacisnęły się na rękojeści.

Nóż. Miałam go. Ruszyłam ręką i jednym pchnięciem zanurzyłam go w swojej klatce piersiowej. Wysłannicy krzyknęli. Mój wzrok znowu się zamazywał, wszystko zamigotało. Nową ręką przekręciłam nóż, zagłębiając go w czymś, z czego składało się ciało Nashiry. Żadnego bólu. Była nieczuła na dźgnięcia noża ślepców. Kolejne pchnięcie, tym razem po lewej stronie w kierunku serca. Wciąż żadnego bólu. Ale kiedy podniosłam rękę po raz trzeci, zostałam wyrzucona z jej ciała.

Duchy rozproszyły się po sali, gasząc wszystkie świece. Guildhall pogrążył się chaosie. Kiedy odzyskałam wzrok, nic nie widziałam w ciemności. Słyszałam dudniące krzyki.

Świece ponownie zapłonęły. Nashira leżała na deskach. Nie ruszała się. Nóż tkwił w jej ciele aż po samą rękojeść.

– Władczyni krwi – krzyczeli Refaici.

Wysłannicy zamilkli. Roztrzęsionymi rękoma przeciągałam się po deskach w kierunku Nashiry. Popatrzyłam na jej twarz, na oczy pozbawione życia. Duchy osiemnastych Żniw wciąż krążyły dookoła niej, jakby czekały, aż dołączy do nich w zaświatach.

Wtedy w jej oczach pojawił się przyćmiony blask. Powoli przekręciła głowę. Cała się trzęsłam, kiedy zobaczyłam, jak wstaje.

– Bardzo mądrze – powiedziała. – Bardzo, bardzo mądrze.

Wciąż posuwałam się do przodu, wczepiając paznokcie w deski. Patrzyłam, jak wyciąga nóż z piersi. Widownia zamarła.

– Pokaż nam więcej. – Krople światła spadły jak łzy. – Nie mam nic przeciwko.

Wykonała sprawny ruch i nóż znalazł się w powietrzu. Zawisł tam na chwilę, jakby na niewidzialnej nici, i poszybował wprost w moim kierunku. Zranił mnie w policzek. Świece zamigotały.

Jeden z jej aniołów był poltergeistem. Rzadko się zdarzało, żeby poltergeisty podnosiły fizyczne przedmioty, ale widziałam to już w wcześniej. Jaxon nazywał to aport. Duchowe przemieszczanie przedmiotów. Moja skóra pokryła się potem. Nie powinnam się bać, już raz przeżyłam starcie z poltergeistem. Teraz mój duch dojrzał, potrafiłam się bronić.

– Skoro nalegasz – powiedziałam.

Tym razem nie mogłam liczyć na jej nieświadomość. Wzmocniła każdą warstwę pancerza wokół sennego krajobrazu. I nagle jakby zatrzaśnięto przede mną dwoje ogromnych drzwi – z powrotem znalazłam się we własnym ciele. Serce mi zadrgało. Czułam, jak w mojej głowie narasta ogromne ciśnienie. Usłyszałam znajomy głos, ale w moich uszach przerodził się w długi wysoki dźwięk.

Ruszaj się. Musiałam się ruszyć. Nie przestałaby. Nigdy nie przestałaby polować na mojego ducha. Oparłam się na łokciach, usiłując znaleźć nóż. Jej kontur pojawił się, zbliżał się do mnie.

– Wyglądasz na zmęczoną, Paige. Poddaj się. Zaświaty cię wzywają.

– Musiałam nie słyszeć tego wezwania – wycedziłam.

Nie byłam przygotowana na to, co miało nastąpić. Wszystkie pięć aniołów utworzyło szpulę i rzuciło się na mnie.

Niczym czarna fala przeniknęły przez moje systemy obronne. Uderzyłam głową o deski. W środku duchy parły do przodu, rozrzucając czerwone płatki. Obrazy migały mi przed oczyma. Każda myśl, każde wspomnienie zostało zniszczone. Krew, ogień, krew. Ogromna ręka przyciskała moje ciało do podłogi, byłam jak w skrzyni, jak w trumnie. Nie mogłam się ruszyć ani oddychać, nie mogłam nawet myśleć. Pięć duchów przecięło mnie jak miecz, porywając kawałki mojego umysłu, mojej duszy. Przekręciłam się na bok, rozgniatana jak insekt.

Poczułam niewielkie skurcze mięśni w rękach i nogach. Otworzyłam oczy, lecz raziło mnie światło. Widziałam jedynie Nashirę z wyciągniętą ręką i jasne ostrze w blasku świec. Wtedy zniknęła.

Z wysiłkiem, który sprawiał, że do oczu napłynęły mi łzy, podniosłam głowę z desek. Michael rzucił się jej na plecy, rozpraszając ją. Miał w ręku nóż. Chciał dźgnąć ją w szyję, ale spudłował. Błyskawicznym ruchem ręki zrzuciła go ze sceny – wylądował na jednym z klaunów i obydwaj upadli na ziemię.

Za chwilę wróci i tym razem mnie wykończy. Nade mną pojawiła się jej twarz, jej oczy zrobiły się czerwone, a rysy twarzy zamazały się. Osłabiała mnie, upewniając się, że nie użyję ducha po raz drugi. Zakłócała moje łącze z zaświatami. Byłam martwa. Uklękła obok mnie i podniosła moją głowę.

– Dziękuję ci, Paige Mahoney. – Przycisnęła mi do gardła czubek ostrza. – Nie zmarnuję twojego talentu.

To był koniec. Nie zdążyłam nawet pomyśleć. Resztkami energii zdołałam popatrzeć jej w oczy.

Wtedy pojawił się Naczelnik. Odciągał ją, używając potężnych szpuli i żonglując nimi niczym tarczami, tak jak połykacz ognia żongluje pochodniami. „Gdybym była widząca", pomyślałam odruchowo – z pewnością wyglądało to wspaniale. Naczelnikowi towarzyszyli Terebell i Alsafi, a także inni… Pleione? Ich kontury zlewały się ze sobą, przez mój senny krajobraz przewalały się najdziwniejsze miraże. Wtedy poczułam, jak ktoś bierze mnie na ramiona, znosi ze sceny.

Cały świat pojawiał się w przebłyskach. Nad mym sennym krajobrazem niebo zrobiło się burzowe: wspomnienia zlewały się ze sobą niczym błyskawice, wicher szarpał czerwone kwiaty. Mój umysł został splądrowany.

Byłam tylko częściowo świadoma tego, co dzieje się dookoła. Naczelnik był ze mną, rozpoznałam go. Niósł mnie na balkon, z dala od tego, co się działo w ciągu tych kilku minut, kiedy straciłam przytomność. Kiedy położył mnie na podłodze, czułam na twarzy zasychającą krew. Z trudem pamiętałam, gdzie jestem.

– Paige, walcz z tym. Musisz z tym walczyć.

Pogładził mnie po włosach. Patrzyłam na jego twarz, usiłując skupić spojrzenie.

Pojawiła się kolejna para oczu. Wydawało mi się, że to Terebell. Odpłynęłam na chwilę i obudziłam się, słysząc pusty ryk. Hałas zgniatał mi skronie, aż w końcu ból ściągnął mnie do rzeczywistości, Naczelnik na mnie patrzył. Byliśmy na balkonie, powyżej wrzasków dobiegających z sali.

– Paige – powiedział. – Słyszysz mnie?

Skinęłam.

– Nashira. – Nie mogłam mówić głośniej niż tylko szeptem.

– Żyje. Ale ty również.

Wciąż żyje. Nashira nadal tu była. Poczułam słabe zaczątki paniki, ale moje ciało było zbyt osłabione, żeby zareagować. To jeszcze nie był koniec.

Z dołu dobiegł dźwięk strzału. Oprócz jego oczu, wszystko inne tonęło w ciemności.

– Tam był… – Naczelnik pochylił się, aby mnie słyszeć. – Tam był poltergeist. Ona ma… poltergeista.

– Tak. Ale byłaś na to przygotowana. – Palcami dotknął mojego dekoltu. – Czy nie mówiłem, że to może ocalić ci życie?

W blasku jego oczu odbił się wisiorek, poddany sublimacji, który odstraszał poltergeisty. Ten, który kiedyś mi dał. Ten, którego nie chciałam przyjąć i którego mogłam nie założyć. Naczelnik uniósł mnie, trzymając moją głowę w dłoni.

– Pomoc już nadchodzi – powiedział bardzo miękkim głosem. – Przyszli po ciebie, Paige. Pieczęcie przyszły po ciebie.

Kolejny tępy strzał, po którym podniósł się jeszcze większy hałas. Mój senny krajobraz usiłował wyzdrowieć. Uszkodzenie było poważne; nie zniknie przez wiele dni, może wcale. Nie byłam w stanie się ruszyć. Liss na pewno już wystrzeliła flarę, czas uciekał – musiałam dotrzeć do łąki, znaleźć wyjście. Wracałam do domu. Musiałam wrócić do domu.

Kiedy ponownie otworzyłam oczy, uderzyło je wściekłe światło. Usiłowałam odwrócić wzrok, mój oddech przyspieszył.

– Paige. – Ktoś złapał mnie za wyciągniętą rękę. Nie był to Naczelnik. Ktoś inny. – Paige, kochanie.

Znałam ten głos.

Nie mogło go tutaj być. To musiała być zjawa, iluzja powstała w mojej uszkodzonej głowie. Ale kiedy wziął mnie za rękę, wiedziałam, że jest prawdziwy. Moja głowa wciąż leżała na kolanach Naczelnika.

– Nick – z trudem wymówiłam jego imię. Miał na sobie czarny garnitur i czerwony krawat.

– Tak, *sötnos*, to ja.

Spojrzałam na swoje palce, robiły się sine. Moje paznokcie pociemniały, były już niebiesko-fioletowe.

– Paige – powiedział Nick niskim i ponaglającym głosem – nie zamykaj oczu. Zostań z nami, kochanie. Wytrzymaj.

– T… ty musisz iść – powiedziałam ochrypłym głosem.

– Idę. Ty także.

– Rusz się, Wizjo. Nie mamy czasu. – Kolejny głos. – Wyleczymy naszą małą zagubioną śniącą, jak wrócimy do cytadeli.

Jaxon.

Nie, nie. Dlaczego oni tu przyszli? Nashira ich zobaczy.

– Wtedy będzie już za późno. – To samo ostre światło znowu zaświeciło mi w oczy. – Źrenice nie reagują. *Cerebral hypoxia**. Ona umrze, jeśli tego nie zrobimy. – Czyjaś ręka odgarnęła mi włosy z lepkiej twarzy. – Gdzie, do cholery, jest Danica?

Nie rozumiałam, dlaczego Naczelnik nic nie mówi. Przecież był tutaj, czułam go.

Kolejna utrata przytomności. Kiedy odzyskałam wzrok, coś było przymocowane do mojego nosa i ust. Rozpoznałam plastikowy zapach – AMBU, przenośny kuzyn systemu podtrzymującego życie śniącego jasnowidza, kolejne dzieło Dani. W pobliżu było więcej sennych krajobrazów. Nick trzymał mnie opartą o jego rękę, przytrzymując mi maskę na twarzy. Wdychałam tlen, a powieki same mi opadały. Nigdy w życiu nie czułam się tak potwornie wyczerpana.

– To nie działa. Jej senny krajobraz jest uszkodzony.

– Pociąg nie będzie na nas czekał, Wizjo. – W tonie głosu Jaxona słychać było złość. Poniesiesz ją. Wychodzimy.

Te słowa wniknęły w mój umysł. Po raz pierwszy od kilku minut usłyszałam Naczelnika.

– Ja mogę jej pomóc.

– Nie zbliżaj się do niej – powiedział Nick.

– Nie mamy czasu. NDK jest już w drodze. Natychmiast zobaczą twoją aurę, doktorze Nygård, w Sajonie będziesz skończony. – Znów Naczelnik. – Paige umrze, jeśli nic nie zrobicie. Możemy ocalić jej senny krajobraz, ale tylko jeśli będziemy działać błyskawicznie. Chcesz stracić swojego śniącego wędrowca, Białe Spoiwo?

* Niedotlenienie mózgu.

– Skąd znasz moje imię? – żachnął się Jaxon. Nie widziałam go, ale wyczułam w nim nagłą zmianę, wzmacnianie systemów obronnych.

– Mamy swoje sposoby.

Ich słowa były niczym ciąg wzorów, niemożliwych do rozwikłania. Nic z tego nie rozumiałam. Nick pochylił się, wydychając ciepłe powietrze na mój policzek.

– Paige – powiedział mi do ucha – ten człowiek twierdzi, że może cię wyleczyć. Czy mogę mu zaufać?

Zaufanie. Rozpoznałam to słowo. Zalany słońcem kwiat na skraju postrzegania, wabiący do innego świata. Innego życia, życia sprzed pola maków.

– Tak.

Zaraz po tym, jak to powiedziałam, Naczelnik zbliżył się do mnie. Zza niego z ciemności wynurzyła się Pleione.

– Paige, musisz usunąć wszystkie mentalne systemy obronne – rzekł. – Możesz to zrobić?

Jakbym miała chociaż ich strzępy.

Naczelnik wziął fiolkę od Pleione. Fiolkę z amarantem, prawie pustą. O k a l e c z e n i. Musieli go oszczędzać, chroniąc każdą kroplę. Nałożył trochę pod mój nos i odrobinę więcej na usta. Ciepło przenikało przez skórę. Zdawało mi się, że zaświaty mnie wzywają, prosząc o otworzenie umysłu. Ogarnął mnie przypływ gorąca, które na powrót zespajało w jedno mój senny krajobraz. Naczelnik pogładził mnie po policzku.

– Paige?

Zamrugałam.

– Wszystko w porządku?

– Tak – powiedziałam. – Chyba tak.

Usiadłam i spróbowałam wstać, Nick mi w tym pomógł. Nie czułam żadnego bólu. Potarłam oczy i pomrugałam, próbując dostosować wzrok do ciemności.

– Jak, do cholery, się tu dostałeś? – spytałam, chwytając go za ramiona. Nie mogłam od niego oderwać oczu. Był prawdziwy, był tutaj.

– Z grupą sajońskich wysłanników. Później ci wyjaśnię. – Przytulił mnie, niemal miażdżąc mi żebra.

– Chodź, musimy się stąd wydostać.

Jaxon stał kilka kroków dalej, w obydwu rękach trzymał laskę. Obok niego dostrzegłam Danicę i Zekego. Wszyscy nosili ubrania w barwach Sajonu. Po drugiej stronie balkonu Nadine strzeliła na chybił trafił do wysłanników. Dwoje Refaitów nie odrywało ode mnie wzroku.

– Naczelniku, ile... – wzięłam głęboki oddech – ile mamy czasu?

– Pięćdziesiąt minut. Musisz już iść.

Mniej niż godzinę. Im szybciej dotrzemy do pociągu, tym szybciej będę mogła wystrzelić flarę, zawiadamiając innych jasnowidzów.

– Wierzę, że wciąż wiesz, po której stronie leży twoja lojalność, Paige – powiedział Jaxon. Zmierzył mnie wzrokiem. – Tym małym zajściem w Londynie sprawiłaś, że prawie w ciebie zwątpiłem, moja faworyto.

– Jaxon, tutaj umierają ludzie, jasnowidze. Czy możemy zapomnieć na chwilę o tym incydencie i skoncentrować się na tym, żeby się stąd wydostać?

Nie miał szansy odpowiedzieć – na balkon wtargnęła grupa Refaitów władających potężnymi szpulami. Naczelnik i Pleione stanęli przed nami.

– Idź – powiedział Naczelnik.

Byłam rozdarta. Jaxon już schodził po schodach, inni tuż za nim.

– Paige, no chodź – ponaglał mnie Nick.

Pleione zablokowała szpulę. Naczelnik popatrzył na mnie.

– Biegnij – powtórzył. – Dotrzyj do Port Meadow, tam się spotkamy.

Nie miałam wyboru; nie mogłam go zmusić, żeby ze mną poszedł – mogłam tylko zrobić to, co powiedział, i mieć nadzieję, że postępuję właściwie. Nick złapał mnie za rękę i zbiegliśmy do *foyer*. Nie było czasu, by zatrzymać się choć na chwilę.

Klauni i Refaici wypadli na ulicę. Spanikowani wysłannicy i ich ochroniarze z NDK biegli przez *foyer*, Nick podążał za nimi. Nagle zaświaty zadrżały. Zatrzymałam się.

Odwróciłam się twarzą do sali. Coś było nie tak, byłam tego pewna. Zanim się zastanowiłam, biegłam już z powrotem po kamiennych stopniach. Jaxon zawołał:

– A ty gdzie się wybierasz?

– Po prostu biegnij do pociągu, Jaxon.

Nie słyszałam już jego odpowiedzi. Nick wrócił ze mną, złapał mnie za rękę.

– Gdzie idziesz?

– Biegnij z Jaxonem.

– Musimy już wyjść. Jeśli NDK zobaczy moją aurę…

Zamilkł, kiedy dotarliśmy do pustej już sali.

Ciemność wypełniała niemal każdy kąt pomieszczenia. Większość świec zgasła, ale trzy czerwone lampiony wciąż świeciły tam, gdzie upadły. Jedwabie Liss tworzyły teraz bezładną stertę. Podeszłam do nich, wyczuwając przyćmiony błysk sennego krajobrazu. Przebiegłam przez marmurową podłogę i rzuciłam się na kolana.

– Liss. – Złapałam ją za rękę. – Liss, chodź.

Co sprowadziło ją z powrotem na jedwabie? Jej włosy splątane były we krwi. Nie mogła być martwa, nie po tym, jak ją uratowaliśmy. Nie po to tym wszystkim, co zrobiliśmy. Nie mogła umrzeć. Seb umarł, dlaczego ona miałaby do niego dołączyć?

Z trudem rozchyliła powieki. Wciąż przebrana była za ofiarę króla. Kiedy mnie zobaczyła, na jej ustach pojawił się słabiutki uśmiech.

– Hej. – Jej oddech był chrapliwy. – Przepraszam, że się spóźniłam.

– Nie. Nie waż się umierać, Liss. Daj spokój. – Ścisnęłam jej rękę. – Proszę. Już raz myśleliśmy, że jest po tobie. Nie pozwól, żebyśmy znowu cię stracili.

– Cieszę się, że komuś na mnie zależy. – Łzy stanęły mi w oczach, nie rozpłakałam się jednak. Z jej ust wypłynęła krew. Nie wiedziałam już, gdzie kończy się krew ze sceny, a gdzie zaczyna jej własna. – U... uciekaj stąd – powiedziała słabym głosem. – Zrób to, czego ja n... nie mogłam, po prostu nie mogłam. Chciałam tylko... tylko zobaczyć swój dom.

Jej głowa opadła na bok. Palce puściły moje, a jej duch uleciał w zaświaty.

Przez chwilę siedziałam tam i patrzyłam na ciało. Nick pochylił głowę i przykrył jej twarz płótnem. „Nie ma już Liss – pomyślałam. – Nie ma już jej, tak jak Seba. Nie uratowałaś ich. Nie ma ich".

– Powinnaś powiedzieć tren – wyszeptał. – Ja nie znam jej imienia, *sötnos*.

Miał rację. Liss nie chciałaby pozostać tu, w swoim więzieniu.

– Liss Rymore – miałam nadzieję, że to jej pełne nazwisko – odejdź w zaświaty. Wszystko jest uregulowane. Długi spłacone. Nie musisz już przebywać wśród żywych.

Jej duch znikł.

Nie mogłam patrzeć na ciało. Nie na Liss – na ciało, skorupę, cień, który po niej pozostał.

Pod jej zimną ręką leżał pistolet z flarą. Jej zadaniem było ją wystrzelić. Delikatnie wyjęłam go spod jej uścisku.

– Nie chciałaby, żebyś się poddała. – Nick obserwował, jak sprawdzam broń. – Nie chciałaby, żebyś dla niej umarła.

– Myślę, że wręcz przeciwnie.

Znałam ten głos. Nie widziałam Gomeisy Sargasa, ale jego głos odbił się echem w sali.

– To ty ją zabiłeś, Gomeisa? – Wstałam. – Czy teraz jest dla ciebie wystarczająco dobra, kiedy jest już martwa?

Cisza była przytłaczająca.

Nagle tuż za mną rozległ się niski głos.

– Nie powinieneś się chować w cieniu, Gomeisa.

Do sali wszedł Naczelnik, jego wzrok utkwiony był w balkonie.

– Chyba że boisz się Paige – mówił dalej. – Miasto na zewnątrz się pali. Twoja fasada władzy już się rozpada.

Śmiech. Zesztywniałam.

– Nie boję się Sajonu. Podali nam swój świat na srebrnej tacy, Arcturusie. Teraz pora na ucztę.

– Idź do diabła – powiedziałam.

– Ciebie też się nie boję, 40. Czy możemy obawiać się śmierci, skoro już jesteśmy martwi? Poza tym zostać wysiedlonym z tego rozkładającego się świata, waszego małego świata kwiatka i ciała, cóż, to byłoby niemal błogosławieństwem. Gdybyśmy tylko mogli coś jeszcze zrobić. – Kroki. – Nie można zabić śmierci. Jaki pożar może poparzyć słońce? Kto zdoła utopić ocean?

– Jestem pewna, że coś wymyślimy – powiedziałam.

Mój głos był opanowany, ale cała się trzęsłam. Nie wiedziałam, czy to złość, czy strach. Za Naczelnikiem pojawił się kolejny Refaita. Obok niego stała Terebell.

– Chciałbym, żebyście sobie coś wyobrazili. Szczególnie ty, Arcturusie. Biorąc pod uwagę, jak wiele masz do stracenia.

Naczelnik nie odpowiedział. Usiłowałam namierzyć, skąd dochodził ten głos. Gdzieś sponad mnie. Balkon.

– Chciałbym, żebyście wyobrazili sobie motyla. Spójrzcie na jego kolorowe, mieniące się barwami skrzydła. Jest piękny. Ukochany. A teraz popatrzcie na ćmę. Mają taki sam kształt, ale jednak bardzo się od siebie różnią. Ćma jest blada, słaba, brzydka. Żałosna i autodestrukcyjna. Nie może o sobie decydować, ponieważ kiedy zobaczy płomień, pożąda jego ciepła. A kiedy zbliży się do niego, płonie. – Jego głos słychać było wszędzie. W moich uszach, w mojej głowie. – Tak ty postrzegasz swój świat, Paige Mahoney. Pudełko z ćmami czekającymi na spalenie.

Jego senny krajobraz był tak blisko. Przygotowałam ducha. Nie dbałam o to, ile wyrządziłam szkody. On zabił Liss; teraz ja zabiję jego. Naczelnik złapał mnie za nadgarstek.

– Nie – powiedział. – Rozprawimy się z nim.

– Ja chcę się z nim rozprawić.

– Nie możesz jej pomścić, śniący wędrowcu. – Pleione wciąż patrzyła na wroga. – Idź na łąkę. Czas ucieka.

– Tak, idź na łąkę, 40. Wsiądź do n a s z e g o pociągu do n a s z e j cytadeli. – Gomeisa wyłonił się zza filarów. Jego oczy błyszczały aurą, ostatnią, tą, którą zabrał Liss Rymore. – Było ci tu aż tak źle, 40? Zaoferowaliśmy ci nasze sanktuarium, naszą wiedzę, nowy dom. Tutaj nie byłaś odmieńcem; byłaś gorsza, owszem, ale miałaś swoje miejsce. Dla Sajonu jesteś objawem zarazy. Wysypką na ich cienkiej skórze. – Wyciągnął rękę w moim kierunku. – Nie masz do czego wracać, śniący wędrowcu. Zostań z nami. Zobacz, co jeszcze się tu kryje.

Napięłam mięśnie. Patrzył wprost na mnie – w moje oczy, na mój senny krajobraz, w najciemniejsze części mnie samej. Wiedział, że jego słowa mają sens. Dobrze znał swoją pokręconą logikę, polegał na niej od dwustu lat, wykorzystując ją, aby zwabiać słabych. Zanim zdążyłam mu odpowiedzieć, Naczelnik popchnął mnie ramieniem, zwalając mnie z nóg. Zakrzywione ostrze świsnęło nad jego ramieniem, tuż nad moją głową. Nie widziałam go w ciemności. Kiedy uderzyłam o podłogę, pobiegł w kierunku Gomeisy. Terebell i jeszcze jeden Refaita ruszyli za nim, tworząc szpulę, wydającą okropne dźwięki. Nick pomógł mi wstać, ale nie czułam jego rąk. Jedyne, co czułam, to zaświaty, w których tańczyli Refaici.

Powietrze dookoła zagęściło się niczym siatka. Nie widziałam czwórki Refaitów, ale czułam ich ruchy. Każde napięcie mięśnia, każdy obrót i krok posyłał falę uderzeniową przez zaświaty. Tańczyli na linii życia. Taniec olbrzymów, taniec śmierci.

W sali wciąż unosiły się duchy osiemnastych Żniw. Szpula Terebell przeleciała przez filary: trzydzieści duchów, wszystkie falujące i zbierające się nad sennym krajobrazem wroga. Żaden jasnowidz nie przeżyłby tak wielu jednoczesnych uderzeń. Czekałam, aż upadnie.

Śmiech Gomeisy poszybował aż pod sufit. Ruchem ręki roztrzaskał szpulę i duchy, niczym odłamki szkła z lustra, rozprysnęły się po całej sali. Ciało Terebell uderzyło o filar i w zimnym powietrzu rozdzwonił się dźwięk kości trzaskających o marmur. Kiedy inni Refaici zaatakowali, Gomeisa po prostu podniósł rękę i za pomocą jednego gestu cisnął napastników na scenę. Deski trzasnęły się pod ich ciężarem, spadając wraz z nimi do pomieszczenia poniżej.

Cofnęłam się i natychmiast zachwiałam, ślizgając się na krwi. Czy Gomeisa był kimś w rodzaju poltergeista? Potrafił wykorzystywać aport – przesuwać rzeczy, nie dotykając ich. Kiedy zdałam sobie z tego sprawę, moje serce zaczęło walić jak oszalałe. Mógł w każdej chwili walnąć mną o sufit.

Został tylko Naczelnik. Odwrócił się do swojego wroga, w półmroku wydawał się straszny.

– Chodź więc, Arcturusie – powiedział Gomeisa, rozciągając szeroko ramiona. – Zapłać za swą szczodrość.

Wtedy scena wybuchła.

29

Rozłąka

Podmuch gorąca rzucił mną do tyłu, ogłuszając mnie. Wylądowałam na prawym boku, rozbijając biodro. Czułam, jak Nick łapie mnie za nadgarstek, podnosi na nogi i wyciąga aż do *foyer*. Ledwo dotarliśmy do drzwi, płomienie były tuż za nami. Rzuciłam się na podłogę, głowę przykryłam rękoma. Ogień buchnął z Guildhall, rozbijając okna. Biegłam schylona, biegłam tak szybko, jak tylko mogłam. W ręku wciąż trzymałam pistolet z flarą.

Żaden z klaunów nie miał na tyle artylerii, by spowodować tak potężny wybuch. Julian musiał coś przede mną zataić. Gdzie znalazł minę, kiedy miał czas ją podłożyć? Zabrał ją z Ziemi Niczyjej? I jaka mina posłała ryczący ogień prosto z budynku?

W gęstym dymie Nick złapał mnie za łokieć. Z włosów osypywało mi się szkło, kaszlałam, oczy potwornie mnie piekły.

– Zaczekaj. – Wyrwałam się z uścisku. – Naczelnik…

Nie mógł zginąć. Nick coś krzyczał, ale jego głos wydał mi się odległy. Próbowałam użyć złotego sznura. Coś zobaczyć, poczuć, usłyszeć. Pustka.

Syreny na zewnątrz wyły, a gwałtowny ogień dławił kolejną ulicę. Z budynku buchały płomienie i ciemne chmury. Jedna – nie, dwie rezydencje stały w płomieniach. Jedną z nich była Balliol, budynek, w którym zainstalowano elektryczność. Wysłannicy będą mieli problem z powrotem do cytadeli. „Dziękuję ci Julianie – pomyślałam. – Gdziekolwiek jesteś, dziękuję".

Nick wziął mnie na ręce.

– Musimy iść – powiedział, jego głos drżał. Patrzył na nieznajome miasto, na jego twarzy rysowało się zdenerwowanie. – Paige, nie znam tego miejsca, jak znajdziemy pociąg?

– Musimy iść na północ. – Próbowałam zejść na ziemię, ale trzymał mnie zbyt mocno. – Mogę biec, cholera!

– Właśnie przeżyłaś wybuch i poltergeista – krzyknął na mnie. Jego twarz poczerwieniała ze złości. – Nie przybyłem tu po to, żebyś teraz dała się zabić, Paige. Chociaż raz w życiu pozwól, żeby ktoś cię poniósł.

Szeol płonął. Teraz, kiedy Guildhall się zawalił, rebelia przeniosła się na ulice, gdzie ludzie walczyli z Refaitami wszelkimi możliwymi sposobami. Wysłannicy Sajonu pouciekali w różnych kierunkach, podążając za swoimi ochroniarzami, którzy otworzyli ogień do jasnowidzów. Ludzie Juliana, odpowiedzialni za podpalenie, stanęli na wysokości zadania z morderczym zaangażowaniem – podłożyli ogień w większej części Rookery. Chciałam zostać i walczyć, ale musiałam wystrzelić flarę. W ten sposób ocaliłabym więcej ludzi.

Nick objął najbezpieczniejszą trasę, z dala od walczących, przez wąską ulicę. Kolejna rozróba – klauni wraz ze ślepcami i mundurkami walczyli przeciwko Refaicie. Nawet Cyryl się do nich przyłączył.

Dobiegł mnie świdrujący krzyk. Spojrzałam za ramię Nicka. Nell. Dwójka Refaitów trzymała ją za ręce.

– Nigdzie nie pójdziesz, 9. Musimy się nakarmić. – Jeden z nich przyciągnął do siebie jej głowę, trzymając ją za włosy.

– Nie! Zabieraj ode mnie swoje łapy! Nie nakarmisz się mną już więcej, ty pasożycie!

Jej krzyki ucichły, kiedy jej opiekun zatkał dłonią jej usta.

– Nick! – krzyknęłam.

Zdał sobie sprawę z mojej determinacji i postawił mnie na ziemi. Natychmiast popędziłam w kierunku Nell. Nie miałam żadnej broni – ale miałam swój dar. Nie był już moim przekleństwem. Dziś w nocy nie odbierze życia, ocali je.

Rzuciłam swoim duchem w najbliższego Refaitę. Natarłam na jego senny krajobraz, zmierzając w jego strefę hadal, i natychmiast wskoczyłam z powrotem do własnego ciała. Wróciłam tam w porę, aby wyciągnąć ręce, blokując uderzenie brodą o ziemię. Nie mając pojęcia, co właśnie się stało, Nell wyrwała się Refaitom i dźgnęła nożem tego po prawej stronie. W tym samym czasie złapała jakiegoś ducha i rzuciła nim w jego twarz. Wrzasnął okropnie. Jego towarzysz wciąż zataczał się po moim ataku. Nell poderwała z ziemi swoje zapasy i zaczęła uciekać co sił w nogach.

Obaj Refaici byli ranni, ale wciąż stanowili zagrożenie. Ten, którego zaatakowałam, popatrzył na mnie i jego pomarańczowe oczy odzyskały ostrość widzenia. Wyjął ostrze z pochwy.

– Wracaj w zaświaty, śniący wędrowcu.

Ostrze błysnęło, mknąc w moim kierunku. Nie zdążyłam uskoczyć: zraniło mnie w ramię. Nick wystrzelił – kula trafiła Refaitę w tors, ale okazała się bezskuteczna. Posłałam swego ducha w jego senny krajobraz i ten drugi atak go osłabił. Podniosłam ostrze i zanurzyłam je w jego gardle.

Popełniłam błąd, zapomniałam o jego towarzyszu. Rzucił się na mnie, przygważdżając do ziemi, a z moich płuc uciekło całe powietrze. Jego olbrzymia pięść trzasnęła kilka centymetrów od mojej głowy.

Nick odrzucił broń. Kiedy Refaita zamachnął się po raz drugi, złapał trzy pobliskie duchy i cisnął każdym z nich po kolei. Poczułam przypływ w zaświatach, gdy wysłał jaskrawą migawkę w senny krajobraz Refaity, całkowicie go oślepiając. W chwili, kiedy Refaita mnie puścił, walcząc z duchami i wizją, wstałam i wróciłam do Nicka.

Nie odbiegliśmy daleko, kiedy poczułam pieczenie w szóstym zmyśle. Odwróciłam głowę w kierunku źródła zagrożenia.

– Nick!

Już wiedział. Jednym ruchem zrzucił plecak i sięgnął po kolejną szpulę. Cel był znany: Aludra Chertan.

– Śniąca. – Nawet nie spojrzała na Nicka. – Wydaje mi się, że wciąż jestem ci dłużna za twój mały popis w kaplicy.

– Nie podchodź. – Nick obiema dłońmi złapał za rewolwer.

Jej oczy zmieniły kolor.

Twarz Nicka wykrzywiła się. Krew wypełniła jego kanaliki łzowe, a żyły na jego szyi nabrzmiały.

– Prawie tak ożywczy jak śniący wędrowiec.

Idąc w naszym kierunku, wciąż karmiła się jego aurą.

– Mogłabym cię zatrzymać, wyrocznio.

Nick złapał się za kolana, usiłując nie upaść.

– Zabiłam twojego prawowitego spadkobiercę – powiedziałam. – Nie zawaham się zrobić z tobą tego samego. Wracaj z powrotem do zgniłego piekła, skąd wypełzłaś.

– Kraz był bezczelnym stworzeniem. Ja nie. Wiem, którzy z moich wrogów są warci moich cennych minut.

– A ja jestem jednym z nich.

– O, tak.

Zamarłam. Coś przemieszczało się za nią: cień. Masywny, niezdarny cień. Była zbyt zachłanna, żeby go zauważyć. Zgniły olbrzym. Rozpoznałam plamę w zaświatach.

– Ilu minut?

– Tylko jedną. – Uniosła rękę. – Ale minuta wystarczy, żeby zabić.

Jej wyraz twarzy gwałtownie się zmienił. Szok. Poczuła go, ale nie odwróciła się dostatecznie szybko. Zanim wykonała jakikolwiek ruch, to coś już zdążyło ją złapać. Białe oczy. Martwe oczy. Widziałam je tylko częściowo – latarnie zgasły, kiedy stwór się pojawił – ale to wystarczyło, żeby głęboko zapadły mi w pamięć, rozpanoszyły się w sennym krajobrazie. Aludra nie miała żadnych szans. Jej krzyk urwał się gwałtownie, zanim się pojawił.

– Tak – powiedziałam. – Wystarczy.

Nick zesztywniał z zimna. Oczy miał szeroko otwarte, usta zaciśnięte. Złapałam go za rękę i zaczęliśmy biec.

Pędziliśmy co sił w nogach. W mieście byli Emmici, tak jak podczas osiemnastych Żniw.

– Daleko jeszcze?

– Już niedaleko. – Złapał mnie za rękę, przyspieszając. – Co to było? Co Sajon zrobił z tym miejscem?

– Długo by opowiadać.

Pobiegliśmy boczną ulicą, jedną z kilku, które prowadziły do miasta duchów. Z naprzeciwka, dysząc, pędziła jakaś postać. Oboje zareagowaliśmy w ten sam sposób: Nick podstawił jej nogę, posyłając na chodnik, a ja przycisnęłam rękę do jej szyi.

– Wybierasz się gdzieś, Carl?

– Zostaw mnie! – Był cały przepocony. – Nadchodzą. Wpuścili ich do miasta.

– Kogo?

– Szerszenie. Szerszenie! – Odepchnął mnie, prawie płacząc. – Musiałaś to wszystko zniszczyć, no nie? Musiałaś usiłować wszystko zmienić! To miejsce jest wszystkim, co mam, nie zabierzesz mi go…

– Masz cały świat. Zapomniałeś?

– Cały świat? Jestem świrem! Wszyscy nimi jesteśmy, 40! Świrami, którzy rozmawiają z umarłymi ludźmi. Dlatego ich potrzebujemy – wykrzyknął, pokazując palcem w kierunku centrum miasta. – Nie rozumiesz tego? To jedyne miejsce, w którym jesteśmy bezpieczni. Wkrótce zaczną nas zabijać, atakować nas…

– Kto?

– Ślepcy. Kiedy zdadzą sobie sprawę. Kiedy pojmą, czego chcą Refaici. Nigdy tam nie wrócę. Możesz sobie zatrzymać ten swój cenny świat, proszę bardzo!

Puściłam go. Poderwał się na nogi i rzucił się do ucieczki. Nick patrzył, jak się oddala.

– Po powrocie do domu musisz mi wszystko opowiedzieć.

Patrzyłam, jak Carl znika za rogiem.

Do łąki zostało nam jeszcze niewiele ponad kilometr, ale nie liczyłam już na to, że dotrzemy tam bez walki. Nashira gdzieś tu była, poza tym możliwe, że nie wszyscy wypili miksturę Dostawcy. Dotarliśmy do skraju ulicy, wciąż biegnąc dalej przez miasto duchów.

W oddali rozległ się wybuch. Nick gnał przed siebie, zdawał się go nie słyszeć. Zadrżały szyby w oknach pobliskich budynków. Nie byłam w stanie jasno myśleć. Czyżby ludzie próbowali uciekać przez pole minowe? Musieli spanikować, zastanawiając się, gdzie jest flara, i wybrać drogę przez las, byleby tylko uciec. Musiałam ich zawołać. Przebiegliśmy całą opustoszałą ulicę i skręciliśmy w ścieżkę w kierunku Port Meadow. Widziałam już ogrodzenie i znak. Na zewnątrz zebrało się kilku jasnowidzów i ślepców. Musieli pomyśleć, że w ten sposób opuszczą miasto.

Był też Naczelnik. Był tam. Był brudny, cały w popiele, ale żywy. Wpadłam mu w ramiona.

– Gdzieś ty, do cholery, był? – wysapałam, ledwo łapiąc oddech.

– Wybacz mi. Coś mnie zatrzymało. – Spojrzał na miasto. – To nie ty podłożyłaś ładunek wybuchowy pod sceną?

– Nie. – Oparłam dłonie na kolanach, usiłując złapać oddech. – Chyba że…

– Chyba że?

– 12. Wyrocznia, czerwony. Mówił coś o planie awaryjnym.

– Skupmy się na tym, jak się stąd wydostać. – Nick zerknął na Naczelnika, a potem na mnie. – Gdzie jest wejście do tunelu? Kiedy tu przyjechaliśmy, było jasno. – Teraz na łące panowały egipskie ciemności, było zbyt ciemno, żeby odnaleźć drogę.

– Niedaleko – odparł Naczelnik.

– To dobrze. – Nick popatrzył na swój stary zegarek Nixie. Przetarł górną wargę trzęsącą się ręką. – Czy Spoiwo dotarł?

– Możesz używać jego prawdziwego imienia, Nick. – Czułam, jak pot spływa mi po karku. – On wie.

– Pan Hall i trójka jego towarzyszy są na łące, czekają na was – powiedział Naczelnik. Wciąż patrzył na miasto. – Paige, radziłbym wystrzelić flarę. Masz jeszcze czas.

Nick podszedł do wejścia, gdzie Jaxon sprawdzał eteryczne ogrodzenie. Stanęłam obok Naczelnika.

– Przykro mi z powodu Liss – powiedział.

– Mnie również.

– Dopilnuję, żeby Gomeisa nie zapomniał o jej śmierci.

– Nie zabiłeś go?

– Wybuch nam przeszkodził. Gomeisa był nakarmiony i o wiele silniejszy od nas, ale osłabiliśmy go. Pożar w Guildhall mógł dokończyć sprawę.

Wciąż miał na sobie rękawiczki, nawet teraz. Poczułam kłucie w środku: może ból. Czyżbym myślała, że tak łatwo się zmieni?

Naczelnik patrzył mi w oczy. Złoty sznur zatrząsł się, ale tylko trochę. Nie wiedziałam, co usiłuje mi przekazać, ale nagle ogarnęło mnie poczucie pewności. Wyjęłam pistolet z flarą. Odciągnęłam kurek i odwróciłam głowę.

W niebo szedł sygnał za sygnałem. Stałam obok Naczelnika, obserwując smugi dymu. Czerwone światło zamigotało w jego oczach i przy naszych stopach.

Spojrzałam na gwiazdy. To mógł być ostatni raz, kiedy widziałam takie gwiazdy w mieście bez światła, bez smogu. A może któregoś dnia cały świat będzie tak wyglądał? Świat pod rządami Nashiry, jedno wielkie ciemne miasto-więzienie.

Naczelnik położył rękę na moich plecach.

– Musimy już iść.

Poszłam z nim do wejścia. Otworzył bramę, a ośmioro jasnowidzów i ślepców ruszyło w kierunku łąki. Kiedy znaleźliśmy się po drugiej stronie, otworzył szeroko kolejną bramę i wyjął fiolkę. Miał więcej fiolek niż znachor.

Jej zawartość była blada i krystaliczna. Sól. Wysypał ją, tworząc cienką linię. Już miałam zapytać o Emmitów, kiedy Jax złapał mnie za ramiona i rzucił mną o słupek. Czułam siłę ogrodzenia, tak bliską, że moje włosy się zelektryzowały.

– Idiotka. – Złapał mnie za sukienkę. – Właśnie im pokazałaś, gdzie jesteśmy, ty nędzny dzieciaku.

– Pokazuję wszystkim, gdzie jesteśmy. Nie zostawię tu tych ludzi na pewną śmierć, Jaxon – powiedziałam. – To są jasnowidze.

Mięśnie jego twarzy zadrgały, by wykrzywić się w grymasie wściekłości. Takiego Jaxona się bałam – człowieka, do którego należało moje życie.

– Zgodziłem się przybyć tutaj, żeby uratować swojego śniącego wędrowca – wycedził. – A nie ocalać hołotę wróżbitów i augurów.

– To nie mój problem.

– Właśnie że twój. Jeżeli zrobisz cokolwiek więcej, żeby narazić na szwank to przedsięwzięcie, zorganizowane, żeby ocalić *ciebie*, niewdzięczny mały urwisie, dopilnuję, żebyś pokutowała za to przez resztę swych dni. Wyślę cię na Wyspę Jakuba, gdzie będziesz chałturzyć z całą resztą łajdackich wyrzutków, którzy chodzą jeszcze po świecie. Zobaczysz, co ci zrobią. – Poczułam na gardle jego zimną rękę. – Ci ludzie są zbędni. My nie. Może zdobyłaś odrobinę niezależności, moja śliczna, ale zrobisz to, co ci każę. I wszystko wróci do normy.

Jego słowa zdzierały kolejne warstwy ochronne osłaniające mój senny krajobraz. Znów byłam szesnastoletnią dziewczynką, wylęknioną i bojącą się wszystkiego, co było we mnie. Wtedy otoczyłam się pancerzem i stałam się kimś innym.

– Nie – odparłam. – Odchodzę.

Jego wyraz twarzy się zmienił.

– Nie *odejdziesz* z Siedmiu Pieczęci – powiedział.

– Właśnie to zrobiłam.

– Twoje życie jest moją własnością. Zawarliśmy umowę. Podpisałaś kontrakt.

– Nie obchodzi mnie, co powiedzą inni mim-lordowie. Skoro jestem twoją własnością, to znaczy, że moje zatrudnienie jest niczym innym jak niewolnictwem. – Odepchnęłam go od siebie. – Mam tego dosyć do końca życia.

Wypowiedziałam te słowa, ale zdawały się nie pochodzić z mojej głowy. Zaczęłam drętwieć.

– Jeśli ja nie mogę cię mieć, nikt nie będzie cię miał. – Zacisnął palce. – Nie zrezygnuję ze śniącego wędrowca.

Mówił poważnie. Po tym, co się wydarzyło na Trafalgar Square, zrozumiałam jego żądzę krwi. Zdradzała ją jego aura. Zabiłby mnie, gdybym odeszła z jego służby.

Nick nas zauważył.

– Jaxon, co ty robisz?

– Rezygnuję – powiedziałam. I powtórzyłam: – Rezygnuję. – Musiałam usłyszeć, jak to mówię. – Kiedy wrócimy do Londynu, nie będę chodzić do I-4.

Przeniósł wzrok na Jaxona.

– Porozmawiamy o tym później – rzekł. – Teraz nie ma już czasu. Zostało piętnaście minut.

To przypomnienie przeszyło mnie zimną strzałą.

– Musimy zabrać wszystkich do pociągu. Teraz.

Nadine wróciła.

– Którędy mamy iść? – Była spocona. – Dostaliśmy się na tę łąkę przejściem. Co teraz?

– Za chwilę się dowiemy. – Spojrzałam za nią. Stał tam tylko Zeke. – Gdzie jest Dani?

– Nie odpowiada. Może być wszędzie.

– Pracuje dla Sajonu – powiedział Nick. – Wywinie się, mówiąc, że była z wysłannikami. Chociaż to nie jest idealne rozwiązanie.

– Eliza też z wami była?

– Nie, zostawiliśmy ją w Tarczach. Potrzebowaliśmy jednej Pieczęci w cytadeli.

Jaxon wstał i otrzepał się.

– Zakopmy na chwilę topór wojenny. Przedyskutujemy nasze różnice zdań po powrocie – skinął. – Diamencie, Dzwonie, proszę, osłaniajcie nas. Musimy złapać pociąg.

– A co z Dani? – Zeke wyglądał na zdenerwowanego.

– Da sobie radę, drogi chłopcze. Ta dziewczyna przeszłaby nawet przez pole minowe.

Jaxon minął mnie, zapalając cygaro. Jak on mógł palić w takiej chwili? Byłam pewna, że celowo przybiera nonszalancką pozę. Nie chciał mnie stracić. Też nie byłam pewna, czy chcę stracić jego. Dlaczego to wszystko powiedziałam? Jaxon nie był wyrocznią ani wróżbitą, ale jego słowa brzmiały proroczo. Nie mogłam skończyć jako chałturnik – albo, co gorsza, nocny wędrowiec w slumsach dla jasnowidzów na Wyspie Jakuba. Istniały o wiele gorsze sytuacje, w których mogłam się znaleźć, niż zatrudnienie u Jaxa w bezpiecznym I-4.

Chciałam przeprosić. Musiałam przeprosić. Byłam faworytą; on był moim mim-lordem. Ale duma mnie powstrzymała.

Wystrzeliłam kolejną flarę. Ostatnią. Ostatnia szansa dla ostatnich ocalonych. Wtedy zaczęłam biec za Jaxonem. Naczelnik mnie osłaniał.

Flara rozświetliła nam ścieżkę. Do bramy dotarło jeszcze kilkoro ludzi, którzy teraz biegli za nami przez łąkę – niektórzy parami, inni pojedynczo, w większości jasnowidze. Przybył też Michael – natychmiast złapał mnie za rękę. Miał paskudną ranę ciętą na twarzy, od łuku brwiowego aż po szczękę, ale się trzymał. Niósł mój plecak.

– Dzięki, naprawdę nie musiałeś. – Potrząsnął głową, ciężko oddychał. Założyłam plecak na ramię. – Idzie ktoś jeszcze?

Wykonał trzy szybkie znaki do Naczelnika.

– Wysłannicy – przetłumaczył Naczelnik. – Idą ze swoimi ochroniarzami. Kiedy tu dotrą? – Podniósł dwa palce. – Za dwie minuty. Musimy ich znacznie wyprzedzić.

To był koszmar. Obróciłam się przez ramię.

– Nie mogą po prostu pozwolić nam odejść?

– Kazano im uczestniczyć w każdym najdrobniejszym szczególe tego wydarzenia. Może będziemy musieli z nimi walczyć.

– Nie ma problemu.

Poczułam kłujący ból. Przed nami, na trawie, leżał ranny mężczyzna. Jego klatka unosiła się i opadała w rytm powolnych oddechów. Miałam pół minuty, żeby postawić go na nogi, inaczej bylibyśmy zmuszeni go tu zostawić.

– Idź – powiedziałam do Naczelnika. – Powiedz im, że już idę. Możesz otworzyć tunel?

– Bez ciebie nie. – Popatrzył na mężczyznę. Nie mogłam pojąć, co ma na myśli. – Pospiesz się, Paige.

Odszedł z Michaelem. Uklękłam obok tego człowieka. Leżał na plecach, oczy miał zamknięte, ręce założone na piersiach. Wyglądałby jak kukła, gdyby nie jego sajoński mundur – czerwony krawat, czarny garnitur, wszystko przesiąknięte krwią. Kiedy sprawdziłam jego puls, otworzył oko. Nagle złapał mnie zaobrączkowaną dłonią.

– To ty jesteś tą dziewczyną.

Nawet nie drgnęłam.

– Kim jesteś?

– Kieszeń. Popatrz.

Wyjęłam skórzany portfel z jego kurtki. W środku tkwił dowód osobisty. Był ze Starch.

– Pracujesz dla Weavera – powiedziałam cicho. – Ty chory, chory draniu. Ty to zrobiłeś. To twoja wina. Wysłał cię, żebyś zobaczył moją śmierć? Chciał mieć oko na piekło, które nam zgotował?

Był mało znanym człowiekiem, nie rozpoznałam jego nazwiska.

– Oni zniszczą w… wszystko. – Krew na jego ustach błyszczała.

– Kto?

– Te s… stworzenia. – Wziął ciężki oddech, jego gardło zadrgało. – Znajdź, znajdź Rackhama. Znajdź go.

Po tych słowach umarł. Trzymałam jego portfel w dłoniach, cała się trzęsąc.

– Paige?

Nick wrócił po mnie.

– On był z Sajonu. – Potrząsnęłam głową, wyczerpana. – Nic już z tego wszystkiego nie rozumiem.

– Ja też nie. Ktoś z nami pogrywa, *sötnos*. Tylko nie wiem jeszcze, w co się bawimy. – Złapał mnie za rękę. – Chodź.

Pozwoliłam mu się podnieść. Gdy tylko wstałam, usłyszałam odległy strzał. Zesztywniałam. Wysłannicy. Musieli dotrzeć do bramy. W tej samej chwili poczułam dziwny sygnał z zaświatów – w naszym kierunku zmierzały cztery żółtookie postacie.

– Refaici – powiedziałam. Zaczęłam biec.

– Uciekaj, Nick, uciekaj!

Nawet się nie odezwał. Biegliśmy co sił, ale Refaici deptali nam po piętach, byli od nas szybsi. Wyjęłam nóż z plecaka i odwróciłam się z zamiarem wbicia go w oko napastnikowi, ale za rękę złapała mnie Terebell Sheratan.

– Terebell – powiedziałam, z trudem łapiąc oddech. – O co chodzi?

Terebell popatrzyła mi prosto w oczy. Była z nią Pleione, Alsafi i młodsza Refaitka, której nie znałam. A za nimi, w poszarpanej i zakrwawionej koszuli, biegła Dani. Na jej widok ciężar spadł mi z serca.

– Przyprowadziliśmy twoją przyjaciółkę – powiedziała Terebell. Oczy jej się lekko świeciły. – Nie przeżyłaby tu długo.

Ignorując ich wszystkich, Dani, kuśtykając, przeszła obok mnie i dołączyła do grupy spóźnialskich. Wyglądała jak śmierć.

– Czego chcesz w zamian? – zapytałam przezornie. – Nie chcesz chyba wsiąść do pociągu?

– Gdybyśmy chcieli, nie zabroniłabyś nam. Wszyscy ocaliliśmy ludzi. Przyprowadziliśmy ci twoją przyjaciółkę i opóźniliśmy Nocną Dywizję Kontrolną. Masz wobec nas dług wdzięczności.

Alsafi zmusił mnie do odwrócenia wzroku.

– Na szczęście dla ciebie, śniący wędrowcu, nie zmierzamy w kierunku cytadeli. Przyszliśmy po Arcturusa.

– Wróci do was, kiedy będzie mógł. Ja go wciąż potrzebuję.

– W takim razie przekaż mu wiadomość. Ma się z nami spotkać na polanie zaraz po waszym odjeździe. Będziemy na niego czekać.

Tak szybko, jak się zjawili, odeszli, zmierzając w kierunku ogrodzenia. Zniknęli w ciemności, niczym kurz w cieniu, uciekając przed srogą karą rodziny Sargas. Odwróciłam się i ruszyłam w kierunku terenu szkoleniowego, gdzie w szybkach witraży płonęły dwa lampiony.

Dostanie się tutaj nie było takie trudne. Teraz musiałam poprowadzić tych ludzi tunelem wprost do pociągu.

Spóźnialscy zebrali się na betonowej platformie – ale nie na tej, na której powinni. Ta była prostokątna. Nick sprawdzał obrażenia Dani – powyżej oka miała głęboką ranę, ale zdawała się nic sobie z tego nie robić. Jaxon zmierzył miasto zimnym spojrzeniem. Pomyślałam o Julianie. Zginął w ogniu walki, tak jak Finn. Miałam nadzieję, że przynajmniej się nie męczył.

– Musimy się stąd wydostać – wypowiedziałam oczywistą prawdę. – Nie mamy już na co czekać.

– To nie ma sensu. – Jeden ze ślepców złapał się za włosy zbielałymi palcami. – NDK nadchodzi.

– Dotarliśmy tu pierwsi.

W oczach kolejnych uciekinierów dostrzegłam zgorzknienie. Wyjęłam latarkę.

– Chodźcie za mną – zarządziłam. – Tak szybko jak tylko możecie. Rannych, jeśli to możliwe, weźcie na ręce. Musimy dotrzeć do kolejnego znaku, do owalu. Nie mamy wiele czasu.

– Jesteś po stronie Refaitów – inny rozgoryczony głos. – Nie pójdę nigdzie z pijawką.

Odwróciłam się do niego i wskazałam na miasto.

– Wolisz tam wrócić?

Zamilkł. Przeszłam obok niego, ignorując ostry ból, i popędziłam przed siebie.

Kiedy minęłam basen, znalezienie właściwego miejsca przyszło mi z łatwością. Naczelnik stał dokładnie tam, gdzie kiedyś trenowaliśmy.

– Tutaj jest wejście – rzekł, wskazując na betonowy owal. – Nashirze bardzo podobał się pomysł pociągu pod terenem do ćwiczeń.

– Myślisz, że ona nie żyje?

– Nie liczyłbym na aż tyle szczęścia.

Odsunęłam od siebie tę myśl. Nie mogłam teraz myśleć o Nashirze.

– Czekają na ciebie – powiedziałam. – Na polanie.

– Jeszcze nie zamierzam do nich dołączać.

Słysząc to, poczułam, jak ogarnia mnie uczucie ulgi. Spojrzałam na owal.

– Nie ma tu strażnika – zauważyłam. – Nie zostawiliby tego bez ochrony.

– Nie są tacy głupi. – Naczelnik odgarnął warstwę mchu, odsłaniając srebrną kłódkę. Na środku pojawiła się cienka smuga białego światła, jakby wewnątrz zapaliła się jakaś żarówka. – Ta kłódka zawiera baterię eteryczną. W środku znajduje się poltergeist. Mieli zamiar wysłać refaickiego strażnika z wysłannikami, aby ją odblokował, zanim elektryczność zostanie przywrócona, ale jeśli przekonasz poltergeista, żeby odszedł, bateria nie zadziała i zamek odskoczy.

Rany na mojej ręce zapiekły.

– W twojej sennej formie nie może cię skrzywdzić, Paige. – Wiedział. – Potrafisz doskonale poradzić sobie z przełamującym.

– Jaxon jest spoiwem.

– To nie usunie problemu. Poltergeist musi zostać przekonany albo zmuszony do opuszczenia tego miejsca, nie przejęty. Dopóki nie zostanie uwolniony ze swoich fizycznych ograniczeń, twój przyjaciel nie może go przejąć.

– Czego ode mnie oczekujesz?

– Potrafisz przemieszczać się w zaświatach. Potrafisz, w odróżnieniu od nas, nawiązać kontakt z poltergeistem bez dotykania zamka.

– Nie ma „nas", Refaito. – Odezwał się augur, trochę starszy od de mnie. – Odsuń się.

Naczelnik nie kłócił się z nim, ale nie spuszczał z niego wzroku. Augur miał w ręku ciężką rurę, prowizoryczną broń.

– Co chcesz zrobić? – zapytałam.

– Nie ma czegoś takiego jak bateria eteryczna. – Zacisnął zęby. – Rozprawię się z tym. Wydostanę się stąd.

Zamachnął się i uderzył w kłódkę.

Wstrząs przeszył zaświaty. Augur, krzycząc, został odrzucony do tyłu na dobre kilka metrów.

– Nie, proszę, nie. Nie chcę umierać. Proszę! Ja… ja nie chcę być niewolnikiem! – Zgiął się, zadrżał i znieruchomiał.

Rozpoznałam te słowa.

– Zmieniłam zdanie – powiedziałam. Naczelnik popatrzył na mnie badawczo. – Dam sobie radę z poltergeistem.

Skinął. Być może zrozumiał.

– Nadchodzą!

Spojrzałam do góry.

W świetle księżyca dostrzegłam, jak przez łąkę naciera NDK. Byli uzbrojeni w tarcze i kije, eskortowali grupę wysłanników. Pośród nich znajdowali się Birgitta Tjäder i Cathal Bell. Tjäder zauważyła nas pierwsza i ryknęła ze złością. Nick podniósł swój pistolet i wycelował w jej głowę. Nie było sensu używać szpuli na ślepców.

Odwróciłam się do więźniów. Po raz pierwszy, odkąd tu przybyli, potrzebowali słów zachęty. Musieli usłyszeć głos, który powie im, że dadzą sobie radę. Że są coś warci.

To mógł być mój głos.

– Widzicie tych Strażników? – Wskazałam na nich, podnosząc głos. – Zamierzają powstrzymać nas przed ucieczką. Zamierzają nas zabić, ponieważ nawet teraz nie chcą nas w swojej stolicy. Nie chcą, żebyśmy powiedzieli innym, co widzieliśmy.

Chcą, żebyśmy zginęli, tutaj, teraz. – Gardło mnie bolało, ale mówiłam dalej. Musiałam. – Otworzę ten właz i w porę opuścimy miasto. Obiecuję wam, że jeszcze przed świtem znajdziemy się w Londynie. Nie będzie już dziennego dzwonu wzywającego nas do naszych cel! – Rozległy się szepty poparcia, złości. Michael zaczął bić brawo. – Ale wy musicie obronić łąkę. Proszę was, żebyście zrobili tę ostatnią rzecz, zanim opuścimy miasto na zawsze. Dajcie mi dwie minuty, a ja dam wam wolność.

Nikt się nie odezwał. Żadnych okrzyków wojennych, żadnego płaczu. Mimo to, niemal jednocześnie, podnieśli swoją prowizoryczną broń, przywołali duchy i ruszyli na NDK. Nadine i Zeke popędzili za nimi, prosto w bójkę. Duchy łąki zjednoczyły się, żeby im pomóc, atakując NDK ze zdwojoną siłą kul. Jaxon stał nieruchomo, mierząc mnie badawczym wzrokiem.

– Wyśmienita mowa – rzekł – jak na amatora.

To był komplement. Pochwała dla faworyty od jej mim-lorda. Ale wiedziałam, że to nie był prawdziwy podziw.

Miałam dwie minuty. Obiecałam im.

– Dani, potrzebuję maski.

Sięgnęła do kieszeni płaszcza. Na jej czole pojawił się pot.

– Masz. – Rzuciła mi ją. – Tlen się kończy, weź to pod uwagę.

Przysuwając się jak najbliżej kłódki, położyłam się na trawie. Nick popatrzył na Naczelnika.

– Nie wiem, kim jesteś, ale mam nadzieję, że wiesz, co robisz. Ona nie jest zabawką.

– Nie mogę pozwolić ci przeprowadzić tych ludzi przez Ziemię Niczyją. – Naczelnik spojrzał w kierunku lasu. – Jeżeli nie masz jakiegoś innego pomysłu, doktorze Nygård, to jest jedyny sposób.

Założyłam AMBU na usta i nos. Zakleiło się i zaświeciło, wskazując stały przepływ tlenu.

– Nie masz wiele czasu – powtórzyła Dani. – Potrząsnę tobą, kiedy będziesz musiała wrócić.

Skinęłam.

– Naczelniku – spytałam – jak Seb miał na drugie imię?

– Albert.

Zamknęłam oczy.

– Masz dwie minuty – powiedział Nick i to była ostatnia rzecz, jaką usłyszałam. Przynajmniej w realu.

W zaświatach pojawił się malutki pojemnik. Wchłonął mnie, tak jak senny krajobraz, tak jak jedna kropla wchłania drugą. I wtedy zobaczyłam zagubionego chłopca.

Nie ruszyłam w jego kierunku, stałam w miejscu. Ale on tam był: Sebastian Albert Pearce, chłopiec, którego nie zdołałam ocalić. Uderzał o ściany, trząsł żelaznymi kratami pomieszczenia, za którymi znajdowała się niekończąca się ciemność zaświatów. Jego twarz była zakrwawiona i wykrzywiona wściekłością, a włosy czarne jak popiół.

Ostatnim razem, kiedy spotkałam poltergeista byłam w swojej fizycznej postaci, ale Seb wciąż mógł uszkodzić mego ducha. Musiałam go powstrzymać.

– Seb – powiedziałam najdelikatniej, jak tylko mogłam.

Od razu zauważył moje wtargnięcie. Ruszył na mnie, zaatakował. Złapałam go za nadgarstki.

– Seb, to ja!

– Nie uratowałaś mnie – warczał wściekły. – Nie uratowałaś mnie i teraz jestem martwy. Jestem m a r t w y, Paige! I nie mogę – uderzył w mur – wyjść – jeszcze raz – nie mogę stąd wyjść!

Jego wątła postać zatrzęsła się w moich ramionach. Tak jak za życia miał wystające żebra i inne kości. Zwalczyłam strach i ujęłam jego brudną twarz w dłonie. Wzdrygnęłam się na widok skręconego karku.

Musiałam to zrobić. Musiałam poskromić gniew ducha, którym się stał, albo pozostałby już w tym stanie na wieki. To nie był Seb. To było jego rozgoryczenie, ból i nienawiść.

– Seb, posłuchaj mnie. Przykro mi, tak bardzo mi przykro. Nie zasłużyłeś na to. – Jego oczy były ciemne. – Mogę ci pomóc. Chcesz znowu zobaczyć mamę?

– Mama mnie nienawidzi.

– Nie. Posłuchaj, Seb, posłuchaj. Nie uwolniłam cię, i... i przepraszam – głos mi się załamywał. – Ale teraz możemy nawzajem się uwolnić. Jeśli opuścisz to pomieszczenie, je będę mogła opuścić miasto.

– Nikt stąd nie wyjdzie. Powiedziała: „Nikt nie wyjdzie". – Chwycił mnie za rękę i gwałtownie potrząsnął głową, że aż zamazała mi się przed oczyma. – Ani ty, ani ja.

– Mogę cię uwolnić.

– Nie chcę stąd odchodzić. Dlaczego miałbym odejść? Ona mnie zabiła. Powinienem był żyć!

– Masz rację, powinieneś był żyć. Ale czy naprawdę chcesz na zawsze pozostać w tej klatce?

Znowu zaczął się trząść.

– Na zawsze?

– Tak, na zawsze. Przecież tego nie chcesz.

Jego szyja zaczęła się goić.

– Paige – wyszeptał – czy będę musiał zniknąć na zawsze? Nie będę mógł wrócić?

Teraz ja się trzęsłam. Dlaczego go nie uratowałam? Dlaczego nie potrafiłam jej po prostu powstrzymać?

– Na razie nie. – Powoli, ostrożnie położyłam ręce na jego ramionach. – Nie mogę wysłać cię do ostatniego światła. Wiesz, tego białego światła, które ludzie widzą na końcu. Nie mogę. Ale mogę wysłać cię o wiele dalej, w najdalszą ciemność, tak że nikt nigdy cię już nie uwięzi. I wtedy, jeżeli będziesz tego naprawdę chciał, będziesz mógł wrócić.

– Jeżeli będę chciał.

– Tak.

Staliśmy tak przez chwilę, trzymałam go w ramionach. Nie miał pulsu, ale wiedziałam, że się boi. Mój srebrny sznur zadrgał.

– Nie idź za nią – powiedział, chwytając moją śniącą formę. – Nie idź za Nashirą. Oni chcą wszystko z nas wyssać. Jest pewien sekret.

– Jaki sekret?

– Nie mogę powiedzieć, przepraszam. – Chwycił moje dłonie. – Dla mnie jest już za późno, ty jeszcze masz czas. Możesz to powstrzymać, pomożemy ci. Wszyscy.

Założył mi ręce na szyję. Czułam go, jakby był żywym chłopcem. Wyszeptałam tren:

– Sebastianie Albercie Pearce, odejdź w zaświaty. Wszystko jest uregulowane. Długi spłacone. Nie musisz już przebywać wśród żywych. – Zamknęłam oczy. – Żegnaj.

Uśmiechnął się.

I znikł.

Kieszeń zaświatów wewnątrz noumenu zaczęła się zapadać. Srebrny sznur szarpnął, tym razem mocniej. Szybko skoczyłam i mój senny krajobraz sprowadził mnie z powrotem na ziemię.

– Paige. Paige.

Nagły blask sprawił, że rozbolały mnie oczy.

– Nic jej nie jest – powiedział Nick. – Wynosimy się stąd. Nadine, zbierz ich wszystkich.

– Naczelniku – wyszeptałam.

Moją rękę uścisnęła wielka dłoń w rękawiczce i wiedziałam, że jest przy mnie. Otworzyłam oczy. Słyszałam strzały i bicie jego serca.

Naczelnik podniósł właz: ciężkie drzwi, przykryte betonem, zakrywające wąskie schody. Pusta kłódka brzdęknęła. Naczelnik podniósł mnie, a ja oplotłam rękami jego szyję. Ludzie zbiegali po schodach, wciąż strzelając do NDK. Tjäder podniosła broń martwego Strażnika i jej kula trafiła Cyryla w szyję. Padł martwy. Zdążyłam po raz ostatni spojrzeć na miasto – błysk na niebie, światło w ciemności – zanim Naczelnik podążył za ocalonymi. Jego ciepły, pewny uścisk był jedyną rzeczą, na której mogłam się skupić. Świadomość powracała mi bolesnymi szarpnięciami.

W tunelu było zimno. Czułam to: zatęchły odór rzadko używanego pomieszczenia. Strzały ponad nami zamazywały się w bezsensowną kakofonię, niczym szczekanie psów. Zacisnęłam palce na ramieniu Naczelnika. Potrzebowałam adrenaliny lub amarantu.

Tunel nie był duży, porównywalny z tunelem metra, długi i szeroki mógł pomieścić przynajmniej stu ludzi. Poczułam środek dezynfekujący, a daleko pod ścianą dostrzegłam poskładane w stertę nosze. Musieli na nich przewozić do ośrodka dla internowanych, albo przynajmniej na ulicę, jasnowidzów pod wpływem fluxu. Ale byłam pewna, że coś usłyszałam: drgający szum elektryczności.

Naczelnik skierował latarkę w głąb tunelu. Chwilę później pojawiły się światła. Przymrużyłam oczy.

Prąd.

Pociąg był typowym metrem, zaprojektowanym do przewożenia niewielu pasażerów. Na jego tylnej części widniał napis: „ZAUTOMATYZOWANY SYSTEM TRANSPORTU SAJONU". Wagony były białe, z emblematami Sajonu na drzwiach. Drzwi się otworzyły i w środku włączyły się światła.

– Witamy na pokładzie. – Głos Scarlett Burnish. – Ten pociąg odjedzie za trzy minuty. Cel podróży: cytadela Sajon Londyn.

Ocaleni ze stłumionym okrzykiem ulgi weszli do wagonów, zostawiając swoją prowizoryczną broń na peronie. Naczelnik stał nieruchomo.

– Zorientują się. – Mój głos zdradzał moje zmęczenie. – Zorientują się, że w pociągu są niewłaściwi ludzie. Będą na nas czekali.

– A ty stawisz im czoła. Tak jak wielu innym rzeczom.

Postawił mnie na ziemi, ale nie wypuścił z rąk. Objął mnie w pasie. Popatrzyłam na niego.

– Dziękuję ci – powiedziałam.

– Nie musisz mi dziękować za swoją wolność. Masz do niej prawo.

– Ty również.

– To ty dałaś mi wolność, Paige. Zajęło mi dwadzieścia lat, żeby odzyskać siły i spróbować o nią zawalczyć. Tobie i tylko tobie to zawdzięczam.

Moja odpowiedź uwięzła mi w gardle. Jeszcze kilkoro innych ludzi weszło do pociągu, wśród nich Nell i Charles.

– Powinniśmy wsiadać – powiedziałam.

Naczelnik milczał. Nie byłam pewna, co się wydarzyło w ciągu tych ostatnich sześciu miesięcy – czy cokolwiek z tego to prawda – ale moje serce było pewne, a skóra ciepła i niczego się nie bałam. Już nie. Nie jego.

Gdzieś w oddali rozległ się dźwięk, niczym grzmot. Kolejna mina. Kolejna bezsensowna śmierć. Zeke, Nadine i Jax wpadli do tunelu, niosąc na wpół przytomną Nadine.

– Paige, jedziesz? – spytał Zeke.

– Wsiadajcie, zaraz do was dołączę.

Wskoczyli do jednego z ostatnich wagonów. Jaxon popatrzył na mnie przez drzwi.

– Porozmawiamy, moja śniąca – powiedział. – Jak wrócimy, porozmawiamy.

Wcisnął przycisk i drzwi się zasunęły. Do kolejnego wagonu zdążyli jeszcze wskoczyć kolejny ze ślepców i wróżbita.

– Minuta do odjazdu. Proszę zająć miejsca.

Naczelnik objął mnie mocniej.

– Dziwne – powiedział – że to takie trudne.

Przyjrzałam się jego twarzy. Jego oczy były przyćmione.

– Nie jedziesz z nami – upewniłam się – prawda?

– Nie.

Ta świadomość docierała do mnie powoli, tak jak zmierzch stopniowo zagarnia gwiazdę. Zdałam sobie sprawę, że nigdy nie oczekiwałam, że ze mną pojedzie. Miałam jedynie taką nadzieję w ciągu ostatnich kilku godzin. I teraz on odchodził. Albo raczej zostawał. Od tej chwili zostawałam sama. I w tej samotności byłam wolna.

Dotknął nosem mojego nosa. Poczułam przypływ powolnego, słodkiego bólu i nie wiedziałam, co powinnam zrobić. Naczelnik nie odrywał wzroku od mojej twarzy, ale ja popatrzyłam w dół. Spojrzałam na nasze dłonie, jego wielką, odzianą w rękawiczkę ukrywającą szorstką skórę, na mojej drobnej, bladej, poszytej niebieskimi żyłami. Moje paznokcie wciąż były zabarwione na różowo.

– Chodź z nami – poprosiłam. Gardło mnie bolało, usta piekły. – Chodź ze mną. Do Londynu.

Pocałował mnie. Pragnął mnie. Ale nic między nami nie było możliwe. I sądząc po jego spojrzeniu, wiedziałam, że to pragnienie nie wystarczy.

– Nie mogę jechać do cytadeli. – Kciukiem dotknął moich ust. – Ale ty możesz. Możesz wrócić do swojego życia, Paige. Ta szansa to wszystko, czego dla ciebie pragnę.

– Ale ja chcę czegoś więcej.

– Czego?

– Nie wiem. Po prostu chcę, żebyś był przy mnie.

Nie wypowiedziałam tego na głos. Teraz, kiedy czułam już wolność, chciałam, żeby dzielił ją ze mną.

Ale on nie mógł zmienić dla mnie swojego życia. A ja nie mogłam poświęcić swojego, żeby z nim zostać.

– Muszę pokonać Nashirę. – Czołem dotknął mojego czoła. – Jeżeli zdołam się jej stąd pozbyć, reszta będzie mogła odejść. Będą mogli się poddać. – Jego oczy powiększyły się, a ja zaczęłam pojmować znaczenie tych słów. – Jeżeli nigdy nie wrócę, jeżeli nigdy więcej mnie nie zobaczysz, wiedz, że wszystko jest w porządku, że z nią skończyłem. Ale jeżeli powrócę, będzie to oznaczać, że zawiodłem, a ona wciąż stanowi niebezpieczeństwo. I wtedy cię odnajdę.

Patrzyłam mu prosto w oczy. Zapamiętam tę obietnicę.

– Teraz mi ufasz? – zapytał.

– A powinnam?

– Nie mogę ci tego powiedzieć. To *jest* zaufanie, Paige. Nie powiem ci, co powinnaś czuć.

– W takim razie ci ufam.

Usłyszałam uderzenia butów, jakby w oddali. Pięści łomoczące o metal, przytłumione krzyki. Na peron, razem z pozostałymi ocalonymi, wbiegł Nick. Wsiedli do pociągu, a zaraz potem drzwi się zasunęły.

– Paige, wsiadaj! – krzyknął.

Odliczanie dobiegło końca, skończył się nasz czas. Naczelnik odsunął się ode mnie, jego oczy przepełnione były żalem.

– Biegnij – powiedział. – Biegnij, mała śniąca.

Pociąg ruszał. Nick wychylił się i wyciągnął rękę.

– PAIGE!

Jego głos sprawił, że oprzytomniałam. Serce mi podskoczyło, wszystkie zmysły się wyostrzyły, jakbym z impetem uderzyła o mur. Odwróciłam się i zaczęłam biec przez peron. Pociąg nabierał prędkości, jechał już zbyt szybko. Złapałam wyciągniętą rękę Nicka, wspięłam się po barierce i wskoczyłam. Już byłam w środku. Byłam bezpieczna. Iskry błysnęły przez linię kolejową i metalowa rama zatrzęsła się pod moimi stopami.

Nie zamykałam oczu. Naczelnik zniknął w ciemności, niczym świeca zdmuchnięta przez wiatr.

Już nigdy go nie zobaczę.

Ale kiedy patrzyłam, jak tunel znika mi przed oczyma, jednego byłam pewna: naprawdę mu ufałam.

Teraz musiałam tylko zaufać samej sobie.

Słowniczek*

Wiele wyrazów pojawiających się w oryginalnej wersji książki, głównie w przypadku słownictwa jasnowidzów, zostało zaczerpniętych z dziewiętnastowiecznego slangu podziemia przestępczego Londynu oraz współczesnego języka potocznego. Autorka dokonała jednak pewnych poprawek i zmian w ich zastosowaniu.

Amarant (*amaranth*) – tu: ekstrakt kwiatu amarantu, którego odmiana nie rośnie na Ziemi. Leczy on większość ran zadanych przez duchy, a także uszkodzenia mózgu.

Aster (*aster*) – narkotyk w postaci kwiatów w kolorach białym, niebieskim, różowym i fioletowym. Każda odmiana astra ma inne działanie.

Astroman (*courtier*) – slangowe określenie uzależnionych od purpurowego astra, używane przez samych narkomanów.

Aura (*aura*) – wyjątkowe dla każdego jasnowidza łącze z zaświatami, podtrzymujące zdolność jasnowidzenia.

Blask (*glow*) – określenie aury.

Biali (*white-jackets*) – pierwszy stopień nadawany wszystkim ludziom w Szeolu I.

Breja (*skilly)* – cienka zupa przygotowywana z wywaru mięsnego; główne pożywienie cyrkowców.

Chałturnictwo (*busking*) – odpłatne jasnowidzenie na ulicach, praktykowane przez jasnowidzów niezrzeszonych w syndykacie.

Cyrkowcy (*performers*) – ludzie, mieszkańcy Szeolu I, którzy oblali testy i zostali oddani pod opiekę Nadzorcy; żyją w nędzy

* Na potrzeby niniejszego wydania Słowniczek został uzupełniony przez tłumaczkę o określenia i wyjaśnienia mogące pomóc polskiemu czytelnikowi w lepszym zrozumieniu terminologii stosowanej w powieści.

i ubóstwie, ich zadaniem jest zapewnianie rozrywki Refaitom oraz czerwonym.

Czas Żniw (*Bone Season*) – Refaici określają tak odbywające się co dziesięć lat przybycie jasnowidzów, gromadzonych przez dziesięć lat w Wieży, do kolonii karnej Szeolu I.

Czerwoni (*red-jackets*) – najwyższa ranga człowieka w Szeolu I. Czerwoni są odpowiedzialni za chronienie miasta przed Emmitami. W zamian za swe usługi otrzymują specjalne przywileje.

Domus stultorum (łac.) – dom dla obłąkanych.

Donop (*donop*) (slang.) – funt, nazwa używana głównie w społeczności użytkowników eterycznych narkotyków.

Dostawca (*Duckett*) – przydomek właściciela lombardu w Szeolu I.

Dwusetnica (*Bicentenary*) – święto z okazji dwudziestych Żniw, ceremonia, podczas której miał zostać podpisany Wielki Akt Terytorialny.

Dziupla (*crib*) (slang.) – mieszkanie.

Ektoplazma, ekto (*ectoplasm*) – krew Refaitów; żółto-zielona, lśniąca i lekko galaretowata substancja. Może być użyta do otworzenia zimnego punktu.

Emmici (*Emim*) – wrogowie Refaitów. Opisywani przez Nashirę jako bezmyślne i bestialskie stworzenia karmiące się ludzkim ciałem. Ich pojawieniu się towarzyszy charakterystyczne bzyczenie. Ich istnienie owiane jest tajemnicą.

Eteryczne Stowarzyszenie (*Unnatural Assembly*) – organizacja składająca się z mim-lordów i mim-królowych, mająca na celu zarządzanie syndykatem.

Fałszerz (*screever*) – człowiek podrabiający dokumenty, zatrudniany przez mim-lordów, aby zapewnić im i podlegającym im jasnowidzom fałszywe dokumenty na przejazd.

Faworyta (*Mollisher*) – według dziewiętnastowiecznego slangu przestępczego podziemia Londynu to „kochanka złoczyńcy", w książce określenie to oznacza młodą jasnowidzkę podlegającą mim-lordowi i uważaną za jego kochankę lub następczynię.

Floxy (*floxy*) – marka tlenu smakowego.

Flux (*flux*) – Fluxion 14, narkotyk wywołujący u jasnowidzów ból i omamy, stosowany w Sajonie i Szeolu I.

Glify (*glyphs*) – pismo Refaitów.

Glossolalia (*Glossolalia*) lub **gloss** (*gloss*) – język Refaitów.

Gwieździsty kwiat (*star-flower*) – określenie stosowane przez Refaitów na aster, będące dosłownym tłumaczeniem z ich języka.

Handlarz snów (*sleep dealer*) – jasnowidz, który potrafi przemierzać senny krajobraz, wybierać wspomnienia i łączyć je w sny; kategoria nieopisana w *O wartościach odmienności*.

Klauni (*harlies*) – pogardliwe określenie cyrkowców.

Jasnowidze (*clairvoyants, voyants*) – określenie wszystkich odmieńców, osób mogących porozumiewać się z zaświatami.

Julker (*julker*) – slangowe określenie poligloty.

Kamień wróżebny (*shew stone*) – kamień używany przez jasnowidzów do wróżenia.

Kosiarz (*bone-grubber*) – obraźliwy termin określający czerwonych.

Literatura groszowa (*penny dreadful*) – tania, nie najwyższych lotów literatura, tu: nielegalna fantastyka sprzedawana na ulicy Grub w Londynie.

Małżonek krwi (*Blood-consort*) – nobilitujące określenie narzeczonego Nashiry, władczyni krwi, czyli Naczelnika.

Mekka (*mecks*) – bezalkoholowy substytut wina, słodki, o gęstej konsystencji. Rozróżniamy trzy rodzaje mekki: białą, różową i „krwawą", czyli czerwoną.

Międzyświaty (*Netherworld*) – owiane tajemnicą miejsce, z którego przybyli Refaici, a jednocześnie stan pomiędzy życiem i śmiercią. Żadna ludzka istota nie jest w stanie się tam przedostać.

Mim-królowa (*mime-queen*) – żeński odpowiednik mim-lorda.

Mim-lord (*mime-lord*) – przywódca gangu w syndykacie jasnowidzów, specjalizujący się w mim-zbrodni. Ma w swoich szeregach grupę od pięciu do dziesięciu jasnowidzów i przewodniczy wszystkim jasnowidzom w danej sekcji w obrębie jednej kohorty. Członek Eterycznego Stowarzyszenia.

Mim-zbrodnia (*mime-crime*) – każdy przejaw komunikacji ze światem duchów, szczególnie dla zysku. Zgodnie z prawem Sajonu uważane za poważna zdradę i podlegające surowej karze.

Mundurki (*jackets*) – określenie stosowane przez cyrkowców na wszystkich białych, różowych i czerwonych.

O wartościach odmienności (*On The Merits of Unnaturalness*) – broszura opracowana i wydana przez Jaxona Halla, zawierająca między innymi klasyfikację jasnowidzów.

Naczelnik (*Warden*) – jedna z ważniejszych funkcji w Szeolu I, pełniona przez Arcturusa, opiekuna Paige i narzeczonego Nashiry.

Nadzorca (*Overseer*) – człowiek pracujący dla Refaitów; zajmuje się cyrkowcami i przygotowuje ich występy. Jest także odpowiedzialny za pozyskiwanie nowych jasnowidzów,

NitKind (*NiteKind*) – nazwa, którą określa się nitrogen, stosowany w Sajonie jako oficjalny środek do uśmiercania jasnowidzów.

Nocny wędrowiec (*nightwalker*) – jasnowidz, który sprzedaje swoją wiedzę w ramach usług seksualnych. Nocni wędrowcy przebywają na Wyspie Jakuba.

Noumeny (*numen*, l.m. *numa*) – przedmioty używane przez jasnowidzów do kontaktów z zaświatami, na przykład lustra, karty, kości.

Okaleczeni (*Scarred*) – Refaici, którzy brali udział w rebelii podczas osiemnastych Żniw. Mieli wówczas zamiar pomóc ludziom wydostać się z Szeolu I, lecz zostali zdradzeni. Za karę poddano ich torturom.

Ossista (*ossista*) – pracownik baru z tlenem.

Ostatnie światło (*last light*) – centrum zaświatów, miejsce, z którego duchy nie mogą już powrócić.

Poltergeist (*poltergeist*) – złośliwy duch, potrafiący przenikać świat cielesny.

Poszukujący (*querrent*) – osoba poszukująca wiedzy w zaświatach. Wróżbici i augurzy mogą użyć poszukującego, aby skoncentrować się na poszczególnych obszarach zaświatów, co ułatwia wróżenie.

Półzaraza (*half-urge*) – infekcja przenoszona przez Emmitów, powodująca szaleństwo i nieuchronną śmierć. Jedynym lekarstwem chroniącym przed zakażeniem jest ludzka krew.

Przełamujący (*breacher*) – duch, który potrafi oddziaływać na świat cielesny z powodu swojego wieku bądź typu. Należą do nich poltergeisty i archanioły.

Rabdomancja (*rhabdomancy*) – różdżkarstwo.

Real (*real*) – używane przez jasnowidzów określenie świata cielesnego.

Refaici (*Rephaim*) – stara rasa biologicznie nieśmiertelnych, zamieszkujących Międzyświaty istot karmiących się aurą jasnowidzów. Ich historia i pochodzenie owiane są tajemnicą.

Rodzina (*Family*) – wszyscy ludzie zamieszkujący Szeol I, z wyjątkiem kosiarzy i innych zdrajców.

Senny krajobraz (*dreamscape*) – wnętrze umysłu, gdzie przechowywane są wspomnienia. Dzieli się na pięć stref: słoneczną, zmierzchu, południową, przedpołudniową i hadal. Jasnowidze mogą świadomie wejść w swój senny krajobraz, podczas gdy ślepcy łapią tylko jego przebłyski w czasie snu.

Siedem Pieczęci (*Seven Seals*) – gang Jaxona Halla; należy do niego siedmioro jasnowidzów noszących przydomki: Białe Spoiwo, Czerwona Zjawa, Czarny Diament, Blada Śniąca, Udręczona Muza, Zniewolony Narwaniec oraz Cichy Dzwon.

Siedem Tarcz (*Seven Dials*) – miejsce, w którym mieści się kryjówka Siedmiu Pieczęci.

Sokoli wzrok (*broadsider*) – dawne określenie kartomanty, wróżącego z kart.

Spoiwo (*Binder*) – jedna z kategorii jasnowidzenia, należy do niej między innymi Jaxon.

Srebrny sznur (*silver cord*) – stałe łącze pomiędzy ciałem i duchem, szczególnie ważne dla śniących wędrowców, gdyż pozwala im opuścić ciało na krótki czas i bezpiecznie do niego powrócić. Zużywa się z biegiem lat i kiedy zostanie zerwany, nigdy się już nie odnowi.

Sublimacja (*subliming*) – proces, podczas którego zwykły przedmiot zostaje przekształcony w noumen.

Syndykat (*syndicate*) – przestępcza organizacja zrzeszająca jasnowidzów, działająca od 1960 roku w cytadeli Sajonu Londyn. Zarządzana przez Zwierzchnika i Eteryczne Stowarzyszenie. Jej członkowie traktują mim-zbrodnię jako źródło zysku.

Szerszenie (*Buzzers*) – przezwisko nadane Emmitom przez czerwonych, nawiązujące do towarzyszącego im odgłosu bzyczenia.

Szpara (*coloboma*) – znak w oku świadczący o tym, że dana osoba ma zdolność widzenia duchów.

Szpula (*spool*) – grupa duchów przywoływanych przez jasnowidza w celu ochrony.

Ślepcy (*amaurotics*) – określenie zwykłych ludzi, niezdolnych swobodnie komunikować się z zaświatami.

Śniący (*dreamer*) – skrót od śniącego wędrowca, określenie zazwyczaj używane przez Refaitów.

Śniący wędrowiec (*dreamwalker, dreamer, walker*) – najwyższa i rzadko spotykana kategoria jasnowidza. Śniący wędrowiec ma możliwość aktywnego wpływania na zaświaty i opuszczania własnego ciała.

Tlen (*oxygen*) – smakowa używka wdychana przez kaniulę, rodzaj umieszczanej w ciele rurki. W Sajonie stanowi alternatywę dla alkoholu. Serwowany jest w miejscach rozrywki, a także w barach z tlenem.

Tren (*threnody*) – formuła wypowiadana w celu uwolnienia ducha i odesłania go w odległą ciemność.

Tułacze (*drifters*) – duchy w zaświatach, które nie zostały wygnane w odległą ciemność ani do ostatniego światła. Jasnowidze nadal mogą je kontrolować.

Widzący (*sighted*) – jasnowidz obdarzony zdolnością widzenia ducha.

Wielki Akt Terytorialny (*Great Territorial Act*) – umowa pomiędzy Szeolem I i kolejnymi państwami chętnymi utworzyć kolonie karne dla jasnowidzów.

Władczyni krwi (*Blood-sovereign*) – tytuł przywódczyni Refaitów.

Zaraza mózgu (*brain plague*) (slang.) – inaczej fantasmagoria, efekt wywołany działaniem fluxu.

Zaświaty (Æther) – królestwo duchów dostępne dla jasnowidzów.

Zdobywca (*Procurer*, *Overseer*) – osoba, której zadaniem jest wyszukiwanie i dostarczanie do Szeolu I wartościowych jasnowidzów z Sajonu Londyn.

Zeitgeist (*Zeitgeist*) (niem.) – duch czasów; niektórzy z jasnowidzów modlą się do niego jak do bóstwa, większość jednak używa tego słowa w metaforycznym znaczeniu.

Zgniłek (*rottie*) – pogardliwe określenie ślepca.

Zimny punkt (*cold spot*) – niewielkie rozdarcie pomiędzy zaświatami i światem cielesnym. Przy użyciu ektoplazmy może otworzyć drogę do Międzyświatów. Ciało fizyczne nie może się przez niego przedostać.

Złoty sznur (*golden cord*) – łącze pomiędzy dwoma duchami. Niestety niewiele o nim wiadomo.

Znachor (*gallipot*) – ekspert od eterycznych narkotyków i znawca ich wpływu na podświadomość.

Zwierzchnik (*Underlord*) – Przywódca Eterycznego Stowarzyszenia oraz szef syndykatu jasnowidzów. Jego siedziba mieści się w Zagonie Diabła w Pierwszej Kohorcie.

Żółci (*yellow-jackets*) – najniższa ranga ludzi w Szeolu I. Przydzielani są do niej jasnowidze, którzy obleją testy i zostaną uznani za niezdolnych do walki z Emmitami. Synonim tchórza.

Goście z zaświatów

Pieter Claesz (1597–1661) – malarz holenderski, autor martwych natur ukazujących zjawisko przemijania, tzw. *vanitas*. Nazwisko Claesz powstało od imienia Claes oraz skrótu słowa *zoon* (holend. „syn"); jego prawdziwe nazwisko nie jest znane.

John Donne (J.D. 1572–1631) – czołowy poeta wczesnego angielskiego baroku, główny przedstawiciel nurtu poezji metafizycznej.

Anne Naylor – młoda dziewczyna żyjąca w osiemnastym wieku, torturowana i barbarzyńsko zamordowana. Według legendy jej duch wciąż nawiedza okolice stacji metra Farringdon w Londynie, gdzie porzucono jej szczątki.

Horatio Nelson (1758–1805) – admirał angielski, wicehrabia, książę Brontu, baron Nilu. Najsłynniejszy admirał w historii marynarki brytyjskiej, dwukrotnie pokonał flotę Francji. Zginął na żaglowcu HMS Victory postrzelony w kręgosłup w czasie bitwy morskiej koło przylądka Trafalgar.

Jane Rochford (ok. 1505–1542) – angielska dama dworu, dalsza kuzynka Henryka VIII Tudora. Dzięki małżeństwu z Jerzym Boleynem zdobyła tytuł wicehrabiny Rochford (Lady Rochford). Jako dwórka Katarzyny Howard organizowała spotkania swej pani z Thomasem Culpeperem, przez co 13 lutego 1542 roku została ścięta wraz z Katarzyną.

Kuba Rozpruwacz (ang. Jack the Ripper) – pseudonim nadany seryjnemu mordercy działającemu w okolicach Whitechapel w Londynie w 1888 roku. Ofiarami ataków przypisywanych Kubie Rozpruwaczowi zwykle padały prostytutki z ubogich dzielnic, mordowane przez podcięcie gardła. Większość z nich odniosła ponadto poważne rany brzucha. Zabójstwa nigdy nie zostały wyjaśnione, choć wysunięto ponad sto hipotez na temat tożsamości mordercy.

William Terriss (1847–1897) – angielski aktor znany głównie z ról awanturników, takich jak Robin Hood. Został zasztyletowany przez chorego psychicznie aktora przy drzwiach Teatru Adelphi, w którym Terriss występował. Legenda głosi, że jego duch nawiedza stację metra Covent Garden i Teatr Adelphi.

Eteryczna playlista

Gloomy Sunday (1941) – Billie Holiday
Danse Macabre (Jaxon's Theme) (1874) – Camille Saint-Saëns
Did You Ever See a Dream Walking? – Bing Crosby
Mr. Sandman (1954) – The Chordettes
Molly Malone (1883) – autor nieznany
I Don't Stand a Ghost of a Chance (With You) (1947) – Frank Sinatra
It's a Sin to Tell a Lie – The Ink Spots
Komm, süßer Tod (Come, Sweet Death) (1736) – J.S. Bach
I'll Be Home (1955) – The Flamingos
Fantazja-Impromptu (1834) – Fryderyk Szopen
Daisy Bell (A Bicycle Built for Two) (1892) – Harry Dacre

Podziękowania

Chciałabym wyrazić ogromną wdzięczność rodzinie Godwinów, a przede wszystkim Davidowi za tak ciepłe przyjęcie w wydawnictwie. Wielkie podziękowania dla Kirsty McLachlan, Caitlin Ingham i Anny Watkins za ich ciężką pracę nad prawami autorskimi do filmu i wydań zagranicznych. DGA to zdecydowanie najlepsza agencja, z jaką mogłam nawiązać współpracę.

Zanim poznałam zespół wydawnictwa Bloomsbury, nie miałam pojęcia, jak wiele potrzeba pasji i zaangażowania całego zespołu, by powstała książka. Pragnę wyrazić moją wdzięczność wspaniałej Alexandrze Pringle, której miłość do tej książki była najlepszą inspiracją. Niezmierne uznanie dla mojego wspaniałego wydawcy Alexa von Hirschberga, który wykonał ogromną pracę i na którego zawsze mogłam liczyć, oraz dla Rachel Mannheimer, Justine Taylor i Sary Barlow, którzy pomogli mi stworzyć *Czas Żniw*. Serdeczne podziękowania dla moich przyjaciół z Wielkiej Brytanii: Katie Bond, Jude Drake, Amandy Shipp, Ianthe'a Cox-Willmotta, Eleanor Weil i Olivera Holden-Rea, oraz ze Stanów Zjednoczonych: George'a Gibsona, Cristiny Gilbert, Nancy Miller, Marie Coolman i Sary Mercurio. Byliście wspaniali.

Andy Serkisie, Jonathanie Cavendishu, Chloe Sizer, Willu Tennancie i pozostali członkowie zespołu Imaginarium: praca z wami to zaszczyt. Dziękuję Wam za poświęcenie wobec każdego aspektu tej książki, nie tylko wzrokowe. Od strony artystycznej jestem winna ogromne podziękowanie Andrásowi Bereznayowi za mapy Sajonu i Szeolu; Davidowi Mannowi za przepiękną okładkę – jesteś wielki – oraz Leianie Leatutufu za to, że była moim osobistym „automatykiem". To dzięki Wam wszystkim powstał *Czas Żniw*.

Twierdzenie, że przez ostatnie dwa lata ta książka była moim życiem, byłoby niedopowiedzeniem. Zbyt wiele jest przychylnych mi osób, aby je tutaj po kolei wymienić, ale bardzo dziękuję wszystkim moim przyjaciołom, którzy wspierali mnie przez ten czas (i wcześniej). Szczególnie wdzięczna jestem Neilowi Dymondowi, Fran Tracey, Emmie Forward, mojej inspirującej nauczycielce angielskiego, a także Rianowi, Jesice i Richardowi za to, że zaprosili mnie do Irlandii. Gdyby nie Wy, nigdy nie poznałabym osobiście Molly Malone.

Moim tłumaczom na całym świecie dziękuję za przetłumaczenie tej książki na więcej języków, niż mogłabym kiedykolwiek opanować. Flo i Alie: dziękuję za pomoc przy nazwach francuskich i serbskich, a Devorze z Agam Books – przy hebrajskich.

Dziękuję wszystkim ludziom, którzy śledzili mojego bloga i konto na Twitterze przed opublikowaniem książki, szczególnie Susan Hill. Twoje wsparcie dało mi mnóstwo odwagi. Dodatkowe podziękowania dla personelu i studentów *college*'u Świętej Anny za wyrozumiałość i zakwaterowanie w ciągu tego ostatniego chaotycznego roku. Stanner – uściski.

Dziękuję także mojej rodzinie – przede wszystkim Mamie, za siłę i wsparcie, oraz Mike'owi, mojemu wspaniałemu ojczymowi i bezspornemu królowi wróżenia z liści herbaty. Obydwoje pomogliście mi w najtrudniejszych chwilach, tak więc, jak powiedziałaby Marilyn Monroe, zdecydowanie zasługujecie na wszystko to, co we mnie najlepsze.

J.D., dzięki za to, że byłeś moją najlepszą muzą. Jesteś moim ulubionym nieżyjącym poetą. I w końcu ogromne podziękowania dla Ali Smith, za to, że dała mi odwagę, by rozesłać *Czas Żniw* na cały świat.

Dziękuję Wam wszystkim, że daliście szansę śniącej.

Posłowie wydawcy

Czas Żniw to powieść szczególna, napisana z wielką dbałością o detale, także na poziomie językowym. Nadając imiona bohaterom i tworząc terminologię dla całego siedmiotomowego cyklu, autorka czerpała zarówno ze współczesnej angielszczyzny, jak i ze slangu przestępczych środowisk dziewiętnastowiecznego Londynu, a także, między innymi, języka arabskiego, hebrajskiego, serbskiego czy francuskiego.

Znaczna część zastosowanych w powieści określeń stanowiła nie lada wyzwanie translatorskie. Ich dosłowne przełożenie na język polski wykluczało zachowanie zamierzonych przez autorkę skojarzeń, czyniło poszczególne sformułowania zbyt dosłownymi lub, w skrajnych przypadkach, niezrozumiałymi dla polskiego czytelnika. I tak na przykład tytuł oryginału, *The Bone Season* dosłownie oznacza „dobry sezon" (od francuskiego *bone* – dobry, obfity), lecz także „sezon kości" lub na przykład „kościozbiory". Autorka wielokrotnie nawiązuje do tego znaczenia, choćby nazywając czerwonych *bone grubbers* (zbieracze) czy wkładając w usta Dostawcy słowa: „*We might have another interesting season this year*" (dosłownie „w tym roku czeka nas kolejny ciekawy sezon"). Gra słów wykorzystująca wyraz *bone* jest nieprzetłumaczalna na język polski. W związku z tym w tłumaczeniu zdecydowaliśmy się na odejście od dosłownego znaczenia i zastosowanie słownictwa związanego z terminem „żniwa", także rozumianym dwuznacznie: jako plon, a także haracz oddany śmierci. Tym samym *bone grubbers* stali się „kosiarzami", a we fragmencie, w którym David tłumaczy Paige, co oznacza termin „czas żniw", dokonaliśmy nieznacznej zmiany – w polskiej wersji David nie mówi o grze słów opartej na przymiotniku *bone*, lecz tłumaczy dwuznaczność terminu

„żniwa" i objaśnia, czym jest żniwo zbierane przez czerwonych – kosiarzy.

Z myślą o łatwiejszym odbiorze powieści wprowadziliśmy także rodzime, autorskie odpowiedniki poszczególnych kategorii jasnowidzów – bo o ile oczywiste jest, że na przykład *chiromancer* to chiromanta, wróżący z dłoni, o tyle dosłowne tłumaczenie słów takich jak *drymimancer* czy *cyathomancer* mogłoby nastręczać trudności polskiemu czytelnikowi. Wobec tego na kartach *Czasu Żniw* pojawiają się na przykład kartowróże, zwierciadlarze i kościeje, a nazwy ich profesji są łatwe do odczytania.

Zmianie uległy również pojedyncze określenia, które po dosłownym przełożeniu brzmiały w sposób mylący lub wręcz komiczny. W angielskiej wersji Emmitów nazywa się mianem *buzzers* (brzęczyki). Dosłowne tłumaczenie nie oddawało grozy, jaką budziły te tajemnicze postacie. Kierowaliśmy się więc skojarzeniem z dużymi, brzęczącymi owadami – niebezpiecznymi i powodującymi wstręt. Wybór padł na szerszenie. Z kolei dosłowne tłumaczenie słowa Æther (tu: w filozofii przyrody hipotetyczna substancja wypełniająca całą przestrzeń) brzmiało zbyt „radiowo" lub „medycznie", dlatego nazwę tę przełożyliśmy jako „zaświaty", rozumiane jako miejsce, w którym według wierzeń religijnych przebywają dusze zmarłych. Londyńską bulwarówkę „Naga Prawda" autorka nazwała „Roaring Boy", czyli „urwis", „gagatek". My zdecydowaliśmy się na określenie, które jednoznacznie kojarzy się z tabloidem.

Od oryginału odbiega także część pozostałej terminologii stosowanej przez jasnowidzów w Szeolu I. Ludzie, którzy nie zdali testów i nie otrzymali czerwonej tuniki, w związku z czym zajmują się występami artystycznymi (ang. *performers*), zostali określeni mianem cyrkowców, które najlepiej oddaje specyfikę ich trudnej, lecz powszechnie pogardzanej profesji. Analogicznie potoczne określenie cyrkowców to klauni – w wersji oryginalnej zwani *harlies* (termin odnoszący się do ładnych dziewczyn z poczuciem humoru, z którymi większość mężczyzn chętnie flirtuje), co nie ma dosłownego polskiego odpowiednika. Amatorzy astra w ramach wewnętrznego slangu nazywają się *courtiers* (dosłownie „dworzanie" lub potocznie „lizusy") – słowo to po bezpośrednim przełożeniu nie brzmi jednak zrozumiale, dlatego zdecydowaliśmy się na żartobliwe i dwuznaczne określenie „astromani". Podobnie rzecz miała się z „gallipotem". Ów wyraz oznacza „słoik apteczny", przyjęliśmy jednak termin „znachor", znacznie lepiej określający specjalistę od wpływu roślin na podświadomość. Dawne określenie kartowróża w oryginale brzmi *broadsider* (*broadside* to dosłownie „ostry atak, ostra krytyka"), tu: „ktoś, kto widzi więcej". W polszczyźnie brak odpowiadającego mu rzeczownika, wobec czego zastosowaliśmy formę opisową: osoba o sokolim wzroku.

Spis treści*

1. Przekleństwo 13
2. Kłamca 35
3. W zamknięciu 49
4. Wykład o cieniu* 66
5. Obojętna 79
6. Wspólnota 102
7. Przynęta 121
8. Moje imię 133
9. Różnorodność 140
10. Wiadomość 157
11. O płaczu* 184
12. Gorączka* 199
13. Portret własny* 212
14. Wschód słońca* 226
15. Upadek muru 242
16. Przedsięwzięcie 258
17. Testament* 270
18. Dzień dobry* 287
19. Kwiat* 308

* Wszystkie tytuły rozdziałów są jednocześnie tytułami lub parafrazami tytułów wierszy Johna Donne'a. Te oznaczone gwiazdką podano w tłumaczeniu Stanisława Barańczaka za: John Donne, *Wiersze wybrane*, Wydawnictwo Literackie, Kraków – Wrocław 1984.

20. Maleńki świat* 322
21. Spalony statek 337
22. Potrójny głupiec* 364
23. Antykwariusz 378
24. Sen 395
25. Rozwiązanie 409
26. Zmiana 428
27. Rocznica* 447
28. Zakaz 465
29. Rozłąka* 493

Słowniczek 518
Goście z zaświatów 526
Eteryczna playlista 528
Podziękowania 529
Posłowie wydawcy 531

ANETA JADOWSKA
KURCZACZEK I SALAMANDRA
SQN

JAKUB
MAŁECKI
SATURNIN
SQN

ANETA
JADOWSKA
DYNIA I JEMIOŁA
NIETYPOWE HISTORIE ŚWIĄTECZNE
SQN